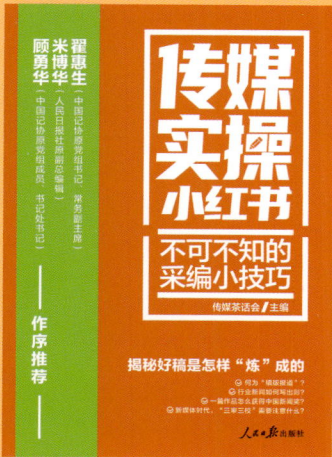

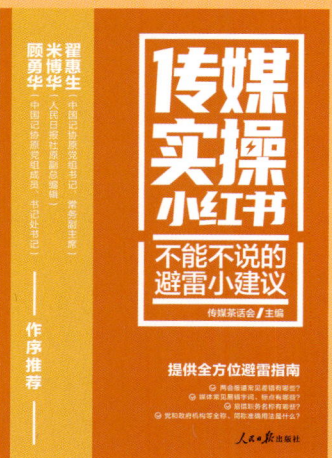

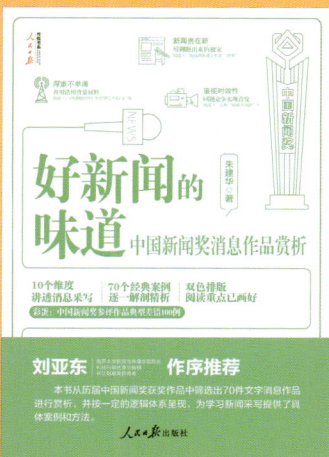

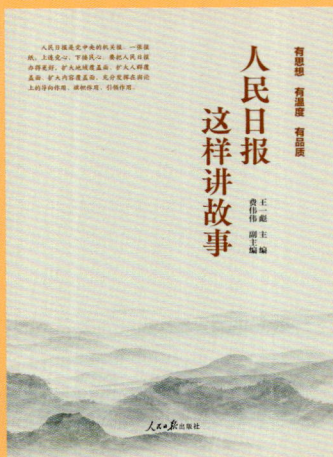

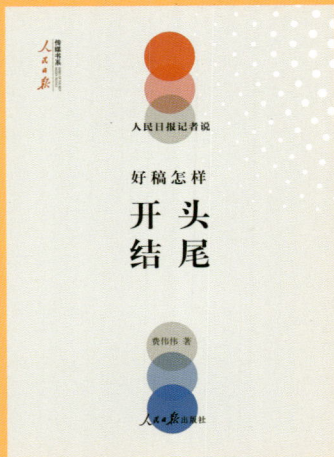

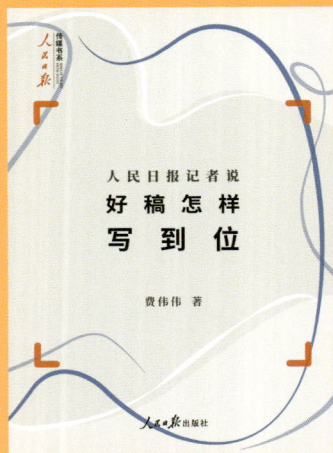

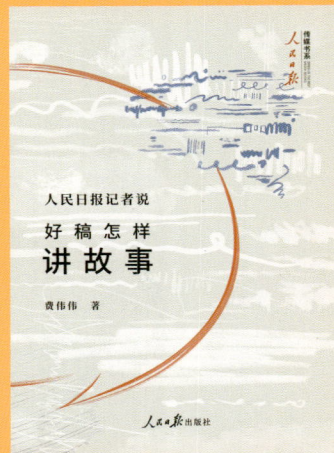

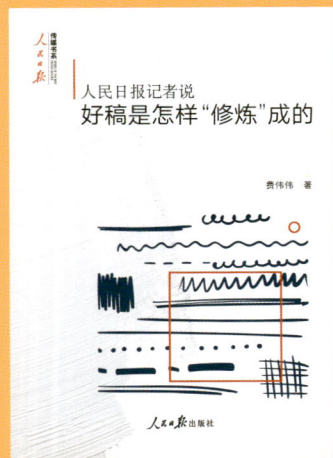

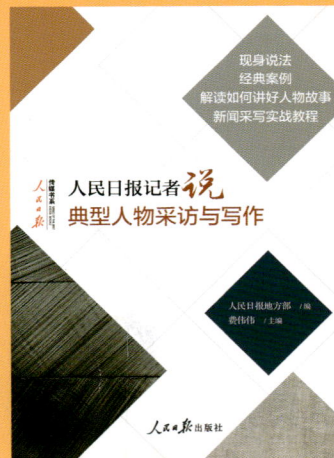

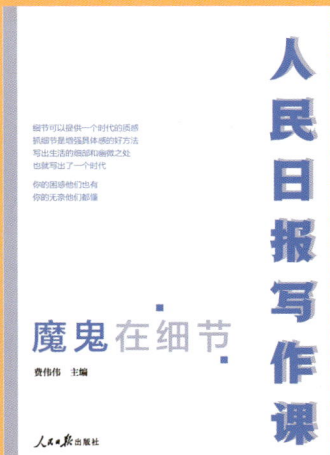

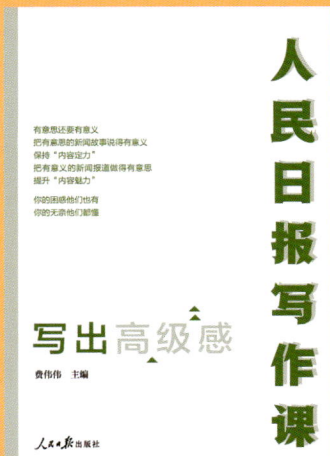

Xinwen Caifang Fangfa Lun
新闻采访方法论
艾丰 / 著
人民日报出版社

人民日报写作课
少即是多
别在于细节出多少
而要在于能出多少不写出来
写好的诀窍
就是删除写得不好的地方
你们的困惑他们也有
你的无奈他们都懂
学会断舍离
费伟伟 主编
人民日报出版社

Xinwen Xiezuo Fangfa Lun
新闻写作方法论
艾丰 / 著
人民日报出版社

人民日报写作课
细节可以提供一个时代的质感
抓细节是塑造强具体感的好方法
写出生活的细节和幽微之处
也就展示了一个时代
你们的困惑他们也有
你的无奈他们都懂
魔鬼在细节
费伟伟 主编
人民日报出版社

新闻评论实战教程
米博华 著
近三十年专攻新闻评论
人民日报出版社

人民日报写作课
有意思还要有意义
把有意思的新闻故事说得有意义
保持"内容定力"
把有意义的新闻报道做得有意思
提升"内容魅力"
你们的困惑他们也有
你的无奈他们都懂
写出高级感
费伟伟 主编
人民日报出版社

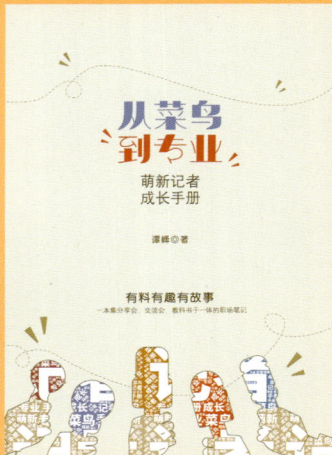

南周评论写作课：
怎样表达一个观点
978-7-5115-7025-3
69.00 元

一本书学会新闻写作
（第二版）
978-7-5115-7048-2
49.00 元

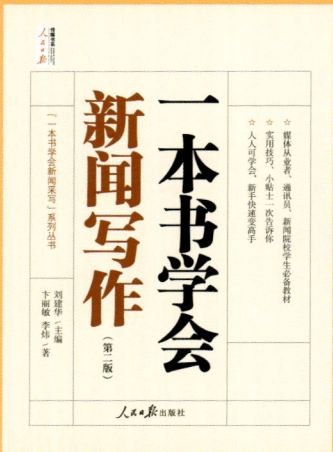

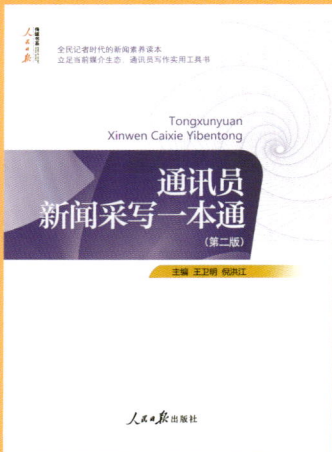

获奖评论赏析
978-7-5115-6685-0
59.00 元

从菜鸟到专业：
萌新记者成长手册
978-7-5115-6443-6
39.80 元

通讯员新闻采写一本通
（第二版）
978-7-5115-5337-9
46.00 元

新闻标题制作一点通
978-7-5115-6530-3
46.00 元

人民日报
传媒书系 SERIES OF THE BEST MEDIA BOOKS
传媒人的宝藏书单
总有惊喜在等你

好新闻的魅力

中国新闻奖通讯作品赏析

朱建华 ◎ 著

人民日报出版社

北京

图书在版编目（CIP）数据

好新闻的魅力：中国新闻奖通讯作品赏析 / 朱建华
著 . — 北京：人民日报出版社，2024.5
ISBN 978-7-5115-8243-0

Ⅰ . ①好… Ⅱ . ①朱… Ⅲ . ①通讯—作品集—中国—
当代 Ⅳ . ① I253

中国国家版本馆 CIP 数据核字（2024）第 061933 号

书　　名：好新闻的魅力：中国新闻奖通讯作品赏析
　　　　　HAOXINWEN DE MEILI:ZHONGGUO XINWENJIANG
　　　　　TONGXUN ZUOPIN SHANGXI
著　　者：朱建华

出 版 人：刘华新
责任编辑：梁雪云
版式设计：九章文化

出版发行：人民日报出版社
社　　址：北京金台西路2号
邮政编码：100733
发行热线：（010）65369509　65369527　65369846　65369512
邮购热线：（010）65369530　65363527
编辑热线：（010）65369526
网　　址：www.peopledailypress.com
经　　销：新华书店
印　　刷：河北大厂回族自治县彩虹印刷有限公司
法律顾问：北京科宇律师事务所　010-83622312

开　　本：710mm×1000mm　1/16
字　　数：410千字
印　　张：27.75
版次印次：2024年5月第1版　　2024年5月第1次印刷

书　　号：ISBN 978-7-5115-8243-0
定　　价：66.00元

序

孙德宏

朱建华的"好新闻"系列已经出到第四部了，这很令人高兴。

我与建华从未见过面。但是，因为他的学术研究，因为他对新闻职业的热爱，我们在微信上有较多的联系。我对他的了解主要还是来自阅读他的"好新闻"系列——数年来，他在孜孜以求地追问：什么是好新闻？如何采编出好新闻？

采编新闻的业者、研究新闻的学者，有谁没努力地想过这个问题呢？

他的追问对象从他所在的长江日报社开始，然后扩展到全国。通过对大量中国新闻奖获奖作品的分析，分别讨论消息、融媒"好新闻"的"样子""味道""气质"。这一部专门以通讯作品为对象来讨论"好新闻"的"魅力"。前三部我都读过，即将出版的这一部我也读了电子版——材料丰富、分析细致、启发颇多。相信这部《好新闻的魅力——中国新闻奖通讯作品赏析》对新闻传播业界、学界都有很大的参考和帮助。

这一部的话题是：什么是"好通讯"？如何采编"好通讯"？

这一部的结论，依然是他前三部那种形象表述的套路：从"好新闻"的"样子"到"味道"到"气质"，这一回到了"魅力"……你可以把它理解为"好新闻"不同体裁之"好"的各自形态，似乎也可以把它理解为"好新闻"从初级到高级这个过程的努力方向。

我认为，新闻传播的目的有两个：一是传递信息，传递对受众有某种价值或需求的信息，这是基本目的；二是影响社会和人生，即促进社会的文明进步和人的自由全面发展，这是根本目的。这样看来，那些给人以满足、愉快、解放，甚至升华的感受和效果的报道，就是好新闻。实现基本目的的好新闻，其文本形式至少要有这么几个特点：一是得先是个事儿；二是得有惊奇感；三是得写得干净。实现根本目的的好新闻，难度可能要大一些。尤其是通讯作品，相较于消息作品，其文本形式与倾向流露都可能更复杂一些。再进一步讲，包括通讯在内的所有新闻作品，能够实现内容与形式"合目的性与合规律性"（康德语）的表达，或者实现"理念的感性显现"（黑格尔语），确实都很难，这需要新闻的采编者有些超乎寻常的"功夫"——可以认为，《好新闻的魅力——中国新闻奖通讯作品赏析》一书所选的篇目不同程度地体现了这种"功夫"，该书作者的分析和讨论也一定程度地揭示了这种"功夫"。也可以说，该书作者的选目及其分析和讨论，是通过那些"好通讯"所具有的共同或独特的品质，来探究"好新闻"的采编规律。

当下，新媒体蓬勃发展，一种新形式还没怎么掌握，一种更新的形式又呼啸而来。业界呈现争奇斗艳，学界探索高深各异……于是，"技术为王""流量为王""算法为王"之类的说法，既似是而非又言之凿凿，且声势浩大、各领风骚，而"内容为王"的"传统"的好新闻的标准，在前面的那些"王"面前，似乎正在被遮蔽、淹没……显然，我们今天又需要面对新闻传播从一开始就思考的最基本的问题：什么是"好新闻"？怎样才能采编出"好新闻"？

其实，这个答案原本是一直存在的。那么，这个问题不妨换个角度提出：在媒体融合深度发展的当下，"好新闻"的标准是不是有了重大的改变？

读《好新闻的魅力——中国新闻奖通讯作品赏析》，重温几十年来获中国新闻奖的那些优秀作品，再看该书作者花了大功夫收集、引用的那些有关这些作品的记者自述、学者评论，以及该书作者的诸多讨论，越发坚定了我的一些认识。

媒介形式的任何改变和进步，都不能改变新闻传播的目的和"好新闻"的标准。各种新媒介、新形式所呈现的新闻报道都必须传递信息，都必须为促进社会的文明进步和人的自由全面发展而努力——在这些方面做得好的新闻报道就是"好新闻"。

所以，作为人类精神产品的新闻报道，必须始终坚持"内容为王"。

"技术""流量""算法"这些新媒介所带来的"好新闻"的新指标,虽然很重要,必须高度重视,但称之为"王"则是十分偏颇的。

正是在这样的前提下,我们的讨论才得以进入下一个层次——新媒体的蓬勃发展为"好新闻""好记者"赋予了不少新的指标。从采编手段看,要把握并娴熟运用"两微一端"等新技术;从传播效果看,"流量"很重要,"算法"很重要,都必须高度重视——但总的说,相比新闻传播的根本目的而言,这些都是实现目的的技术手段而已。

时代变了,好新闻的标准并未因为新闻呈现方式的变化而变化;媒介变了,新闻传播的目的和阐释立场没有变——就新媒体上的那些优秀作品而言,它们之所以优秀,是因为它们几乎都很大程度地展现了传统媒体所一贯强调的那些规律性的品质:真实、客观、短小、快捷、新鲜、生动、深刻,以及新闻美学所突出强调的人文关怀、内容为王等。而且,这些品质要求在信息容量无穷大的各种新媒体上,似乎比传统媒体表现得更加鲜明、更加突出、更加迫切。这给我们一个很大的启示:在媒体融合深度发展中,传统媒体长期积淀下来的那些品质、规律,在新媒体上不是没用了,而是要求更高更强了。

在媒体融合深度发展时代,评价新闻传播优劣的标准仍然在于传播效果,效果优劣仍然在于文本的新闻价值,新闻价值的大小仍然在于事实本身,而从事实中看到了什么,取决于传播主体(记者、编辑)的新闻价值判断能力。这种能力很大程度上取决于传播主体是否拥有科学的价值观和方法论,即求真求实的科学精神和求善求美的人文精神——这些都必然地体现在新闻文本之中,必然地成为新闻文本的报道倾向……这些认识给我们的启示是:一个优秀的新闻人要在娴熟掌握和运用新技术的同时,花大功夫提高自身新闻价值的判断及遵守新闻规律实现这种判断的能力。后者要比前者难得多,也重要得多,而这可能也正是一个"合格新闻人"与"卓越新闻人"的分水岭。

我们经常思考这样一些问题:一方面,为什么同样题材有的新闻作品能够成为经典长久流传?另一方面,为什么一些重大报道花了很大的力气传播效果却并不理想……我以为,上面讨论的那些"规律"可能对这些问题背后的深层机理的探究会有一些帮助。

最后，还应该注意到，对新闻传播而言，"互联网时代"尤其强化了"好新闻"所应该具有的与受众平等、共享、互动的品质。具体到"好通讯"，《好新闻的魅力——中国新闻奖通讯作品赏析》一书归纳、总结了不少这方面的经验和做法……同时也应该看到，那些"好通讯"可能还具备另外一些"隐蔽"的品质。所以，关于如何采编出"好通讯"，或许还可以更深入地探讨一下那些优秀的通讯作品本身客观存在的更深层的"功夫"。比如，既要严格地遵守"真实""客观"的新闻规律，又要使新闻文本因为某种张力而吸引受众阅读，甚至感动受众，实现"共情"传播，于是，那些优秀的通讯文本极其谨慎而广泛地使用了想象、隐喻、象征之类修辞手法。我以为，这也是"好通讯"的某种独特品质，亦应得到某种关注。事实上，新闻史上的很多经典名篇，几乎都具有这样那样的更独特的品质。深入研读《好新闻的魅力——中国新闻奖通讯作品赏析》所选篇目中那些优秀的通讯作品，是可以领略到这一点的——否则，如果它们都是常用的套路，它们凭什么获奖？凭什么成为名篇、经典？

以上这些是我在读《好新闻的魅力——中国新闻奖通讯作品赏析》时的一些感受和认识，在此也一并与建华和读者们分享。

是为序。

孙德宏，文学博士，现为南开大学新闻与传播学院二级教授。曾任工人日报社社长、总编辑，第十三届全国政协委员，享受国务院政府特殊津贴，系首期全国宣传文化系统"四个一批"人才、首批全国新闻出版行业领军人才。

目 录
CONTENTS

第二辑　讲好百姓故事

第三辑 记录时代精彩

第四辑　直面社会热点

第七辑 重视融合传播

第一辑

塑造典型人物

我国新闻界一直重视典型人物的塑造。中国新闻奖获奖作品在紧密配合各个时期党和国家的重大工作任务的同时，先后推出了一大批先进典型人物，在宣传和弘扬社会主义核心价值观中唱响了主旋律，打好了主动仗，对引领导向、鼓舞士气、成风化人、凝心聚力发挥了重要作用。

细节来自默默观察

在第三十一届中国新闻奖评选中，《新华每日电讯》刊发的报告文学《"燃灯校长"送 1600 多名女孩出深山》获评副刊作品一等奖。这其实也是一篇通讯作品。在众多报道张桂梅的作品中，这篇稿件能脱颖而出获评中国新闻奖一等奖，是为什么呢？

（一）

《谁是最可爱的人》《为了周总理的嘱托……》有时收入通讯集，有时又收进报告文学集。通讯与报告文学两种文体之间界限模糊，不易区别，往往将不少青年记者和学写报告文学的朋友带入误区。[①] 有人瞧不起报告文学，认为要讲文学的正宗，还是小说、散文、诗歌之类，报告文学不过是一种"边缘文体"，艺术的表现力十分有限。[②] 如果把报告文学划为新闻文体，但它又不是严格意义上的新闻体裁。到底报告文学是什么性质的文体？有人认为，报告文学是文学向新闻靠拢并与新闻结合的产物。[③] 全国科学技术名词审定委员会审定公布的新闻学与传播学名词中，"报告文学"是指"介于新闻报道和文学作品之间，兼具新闻性和文学性的文学体裁"[④]。

有观点认为，报告文学与通讯都属于新闻文体的大范畴，都具有程度不同的文学色彩，区别在于：报告文学具有更强的文学性，通讯有更强的时间

---

① 赵瑜：《通讯报道与报告文学——兼答江雪等文友》，《采写编》2015 年第 6 期。
② 王军：《谈报告文学与通讯的本质区别》，《新闻传播》2014 年第 6 期。
③ 胡欣：《报告文学文体界定及其归属》，《武汉大学学报》（哲学社会科学版）1996 年第 1 期。
④ 出自《新闻学与传播学名词》，商务印书馆 2022 年版，第 51 页。

观念；通讯多是写人物或事件的一个片段、一个局部，而报告文学则要求所报道的人物或事件较为完整；通讯的篇幅一般都较短，可以说是"长消息"，而报告文学则相对较长。① 对于两者的区别，报告文学作家何建明在《什么是真正的"报告文学"？》一文中说："报告文学的'新闻性'，与新闻报道的新闻性有交叉之处，但也有本质上的不同，因为报告文学的新闻性更侧重在作品的价值观上和思想意义上，即时代性、现实性和当下性。"②

按照第三十一届中国新闻奖评选办法，副刊作品包括杂文、文艺评论、特写和报告文学，要求时代感强，体现思想性、新闻性、艺术性统一，格调高雅，特色鲜明，文笔生动。其中，文艺评论、杂文不超过 2000 字，报告文学不超过 8000 字，特写不超过 3000 字。第三十二届中国新闻奖评选改革后，副刊作品是基础类的 14 个奖项之一，明确为刊载于报纸副刊上的杂文、特写、报告文学，要求思想性、新闻性、艺术性相统一，特色鲜明。对比可以发现评选办法的细微变化：一是明确副刊作品为报纸副刊刊发的作品，不能是广电或网络媒体的作品；二是副刊作品仅指杂文、特写、报告文学，不再包括文艺评论；三是与其他体裁的作品一样，均不再限制字数。改革前后的副刊作品评选均强调了作品的"新闻性"。《"燃灯校长"送 1600 多名女孩出深山》虽是一篇报告文学，但也有通讯的色彩，有比较强的新闻性。

（二）

1957 年出生的张桂梅，先后在大理喜洲一中、华坪县中心中学等地任教，现任云南省丽江市华坪女子高级中学党支部书记、校长，华坪县儿童福利院（华坪儿童之家）院长。她为了改变贫困地区女孩失学辍学现状，在党和政府以及社会各界的帮助下，推动创建了一所免费招收贫困女生的高中，帮助女孩走出大山走进大学，被孩子们亲切地称为"张妈妈"。张桂梅是党的十七大、二十大代表，是"七一勋章"等荣誉的获得者。③

---

① 尹均生：《通讯和报告文学的区别》，《语文教学与研究》1983 年第 5 期。
② 庄居湘：《从中国新闻奖获奖作品看报告文学选题》，《新闻战线》2023 年第 7 期。
③ 《图片故事二十五｜"七一勋章"获得者张桂梅》，云报客户端 2022 年 8 月 5 日。

在张桂梅已经成为典型的情况下，媒体再去做报道本身是有难度的，要获奖更不容易。有人评价，《"燃灯校长"送1600多名女孩出深山》展现了一位呕心沥血创办免费女子学校、点亮一届又一届大山女孩追梦之路的校长的事迹，塑造了一个可亲可敬的校长形象，引发人们对那些大山失学女童的关注。[①] 这篇获奖作品有一些值得说道之处。

——**提炼人物标签**。稿件开头选择张桂梅每天清晨坚持为学生打开教学楼楼道的灯这个细节作为切入点，这是记者采访张桂梅的过程中最打动他们的画面。而开灯这个动作，其寓意是为学生们带来光明。作者在与编辑反复讨论后，提炼出"燃灯校长"这一原创词语并上了标题。稿件刊发后的社会效果证明，"燃灯校长"成为张桂梅最鲜明的标签，在随后的许多报道中被其他媒体反复引用。有人评价，《"燃灯校长"送1600多名女孩出深山》标题中"燃灯校长"的称呼是一种赞誉，作者对其进行引用就表示认同；"出深山"是对改变命运者付出的努力和心血的回应，从而形成敬仰之情和感动之情。由此看来，在新闻标题里，态度、立场和情感的融合，使之既能完整准确体现新闻事实，更能透露出字面或事实深层次的内涵。[②]

——**报道深入全面**。与其他报道张桂梅的稿件相比，这篇获奖报道的特色之一，是对张桂梅的感人事迹进行了一次全面的、立体的报道，而非局部的、碎片化的。近6000字的篇幅，正文分为六个部分：第一部分"活着吧，我要还这座小城的人情债"，主要写张桂梅的人生经历，写出生于黑龙江省的她怎么到了云南并走上了教育之路；第二部分"女学生读着读着就不见了"，主要写张桂梅是如何走上办学之路的；第三部分"穿破洞牛仔裤的党代表"，主要写张桂梅办学过程中是如何筹建全国第一所免费女子高中的；第四部分"'周扒皮'校长"，主要写师生眼中的张桂梅；第五部分"万里家访路"，主要写张桂梅的家访；第六部分"能不能把丧葬费预支给我？"，主要写张桂梅在生命垂危之际心里仍挂念着学生。这些内容有的之前已经被媒体报道过，

---

① 李文：《从第三十一届中国新闻奖获奖作品看记者"四力"》，《视听界》2022年第4期。
② 侯惠燕：《道是无情却有情——新闻传播中情感维度的价值呈现》，《西部广播电视》2023年第5期。

有的是独家披露。

——**巧妙回应质疑**。这篇获奖报道写作上的另一特点是不仅不回避质疑，而且很巧妙地回应了一些质疑。比如，所有学生从高一开始，就要遵循这套由张桂梅制定的、把时间压榨到极限的作息表。为了节省时间，张桂梅甚至不允许学生在吃饭时聊天。走进华坪女高，你会发现，学生们几乎做什么事情都是跑着的，跑步去晨读，跑步去吃饭，跑步去睡觉……高升学率的背后，这种做法难免会陷入应试教育的质疑。

考上大学、走出大山，通过知识改变命运，"一个女孩可以影响三代人"，张桂梅的目标是"阻断贫困的代际传递"。她说："我们经常说，要让每一个孩子拥有公平的起跑线，可这些女孩却连站上起跑线的机会都没有。"面对质疑，张桂梅解释说："有人批评我搞应试教育，可不拿出这样拼的架势，等到孩子们高考坐进同样的考场，做同一份试卷时，怎么和外面条件、基础好的孩子比？"借新闻人之口巧妙地回应质疑，一定程度上也起到了"澄清谬误、明辨是非"的作用。

——**平实生动感人**。语言平实、细节生动感人是这篇获奖报道的一大特色。作为典型人物报道，文中没有大话、空话、套话，相反语言非常平实。作者在分享此稿的采写经验时说，力求语言平实，不用人物报道以往较为俗套的排比句式、堆叠形容词等手法，而是通过大量的细节描写、故事讲述，并穿插点缀着能够凸显人物个性特征的直接引语来刻画人物，尽管这样的写作方式看起来不够华丽，却能够以克制而朴实的风格来打动读者。

例如，稿件第六部分"能不能把丧葬费预支给我？"写张桂梅2018年初再次病危住院感觉自己可能挺不过去，面对前来看望的县长，她拉住县长的手说："我情况不太好，能不能让民政部门把丧葬费提前给我，我想看着这笔钱用在孩子们身上。"这个独家披露的信息十分感人。接着另起一段写道："如今，回想起要预支丧葬费这件事，张桂梅仍坚持说，哪天如果自己突然走了，千万不要操办什么丧事，骨灰撒到金沙江里就完事了。"寥寥数笔，张桂梅身上的那种无私大爱得到了淋漓尽致的体现。

作品参评中国新闻奖时填报的材料中称，这篇稿件是《新华每日电讯》

乃至新华社 2020 年最有传播力的人物报道之一，被赞"石头人看了也要流泪"，是一篇感人肺腑的"刷屏之作"，不仅有故事、有细节，更有情感，记者笔下的"燃灯校长"形象立体，催人泪下，真实可感，为新闻界贡献了一篇"成风化人"的佳作。① 有人评价，这篇稿件不同于一般新闻报道的最大特点便是质朴扎实、真实可感的语言，大大拉近了与受众之间的距离，成功唤起读者的共鸣。全媒体时代记者"硬核"本领的锤炼，应当以此为参照，用心报道，用情感关怀，深入一线，从细节处挖掘新闻内涵。②

（三）

张桂梅近年多次被媒体报道，《新华每日电讯》曾在 2007 年 1 月 15 日头版刊发报道《"我有一个梦想"——访云南省丽江市华坪县民族中学教师张桂梅代表》，此次《"燃灯校长"送 1600 多名女孩出深山》获评中国新闻奖一等奖，也留下了一些思索。

——把握时代价值。 新华社时隔 10 多年，为何又在 2020 年重点报道张桂梅？有影响力的、能被人们记住的先进典型，往往是典型人物与时代精神的有机结合。教育扶贫是脱贫攻坚的重要内容之一，而 2020 年正是我国即将全面打赢脱贫攻坚战、全面建成小康社会的关键之年，坚守大山办教育的张桂梅身上无疑具备一股催人奋进的力量。这篇重磅典型人物报道结合脱贫攻坚进入决战时刻的大时代背景，不仅生动刻画"燃灯校长"的人物形象，还聚焦华坪女高的创立初衷、发展历程等，进而延伸到脱贫攻坚这项"超级工程"，主题升华、催人奋发。③

——选准报道时机。 脱贫是一个宏大而复杂的话题，物质脱贫、文化脱贫、精神脱贫等方方面面互相交叉、互相影响，作者选取了张桂梅这样一个典型人物进行深入报道，她的事迹真切展现了教育对脱贫的重要意义，让脱

① 《中国新闻奖报纸副刊参评作品推荐表〈"燃灯校长"送 1600 多名女孩出深山〉》，中国记协网 2021 年 10 月 25 日。

② 李仁芳：《全媒体时代记者如何锤炼"硬核"本领》，《中国报业》2022 年第 23 期。

③ 林冬冬：《以"四力"支撑典型人物报道"立"起来》，《新闻潮》2022 年第 11 期。

贫工作具象化、形象化，脱贫成果从一个个硬邦邦的数字，变得"有血有肉"起来。而"高考"这一情境，让经历过高考的读者能够很快"感同身受"，从而产生共鸣。① 稿件选在 2020 年高考结束之后迅速刊发，报道时机把握得也比较好。

——坚持不懈采访。 新华社云南分社记者庞明广在一年多的时间，先后 4 次到华坪女高蹲点采访，但 2020 年 7 月对张桂梅的采访，是从"放弃"采访开始的。张桂梅很不喜欢接受媒体采访，因为她担心采访会影响学生上课学习。此前有许多媒体记者来到华坪，都被她不留情面地拒之门外。面对新华社记者，张桂梅并不客气："我最近实在太忙了，没时间接受采访。"早有心理准备的记者赶忙接话："张老师，我们不耽误您时间，就在学校里陪您转转，绝不影响您工作和学生学习。"就这样，记者花了一整天时间跟在张桂梅后面，陪着她巡课、和学生谈心，看着她艰难地爬楼梯，拿小喇叭在校园里督促学生做操、吃饭，感受她日常工作里的每一个小细节。

没有过多打扰，甚至没有太多交流，记者跟在张桂梅身后边观察、边记录、边思考。事后来看，记者虽然放弃了面对面交谈的采访形式，但这样默默观察被采访对象的一举一动，却让记者更真实地感受到了张桂梅的精神力量，无形中拉近了记者和她之间的距离。许多独家细节也就在这样默默的观察里被记录下来。例如，在张桂梅吃午饭时，饭没吃上几口，她就从抽屉里拿出一个装着各种药的塑料袋。这一细节立刻引起了记者的注意，随后记者在她的抽屉里看到一份密密麻麻写有骨瘤、风湿、肺纤维化等 17 种疾病的医院报告单。可能也正是记者这种不太"功利"的采访方式，让张桂梅慢慢加深了对他们的信任。之后的采访，张桂梅不仅不再拒绝，还主动和他们聊起了许多独家的故事，比如，她在病危时要求政府预支丧葬费给学生用的故事。② 很多采访都会面临困难和挫折，哪怕新华社记者采访也未必都是一帆

① 胡春萌：《重大主题报道中报告文学的优势与创作策略——以第二十九届至第三十一届中国新闻奖获奖报告文学作品为例》，《海河传媒》2022 年第 4 期。
② 庞明广：《深挖典型人物背后的时代精神——"燃灯校长"张桂梅报道思考》，《青年记者》2021 年第 21 期。

风顺的，面对采访对象的婉拒，记者如何应对十分重要，不能别人一拒绝就打退堂鼓，关键是如何应对和突破。

从赏析的角度而言，这篇获奖稿件也有可探讨之处。《"燃灯校长"送1600多名女孩出深山》刊发时是一个单行题，虽提炼出了"燃灯校长"的人物标签，赋予了人物精神内核，但"张桂梅"三个字不上标题，难免让人觉得有遗憾。是不是每个人看到这个标题，都能想到说的是张桂梅呢？稿件呈现上存在一定程度的重复，一方面稿件开头的提要式导读与正文有重复，另一方面正文六个小标题下面的摘要又与正文有重复。

(阅)(读)(+) 《"燃灯校长"送1600多名女孩出深山》

扫码阅读获奖作品全文

（作者：庞明广、严勇、陈欣波；编辑：谢锐佳、易艳刚、雷琨；原载《新华每日电讯》2020年7月10日；获第三十一届中国新闻奖一等奖）

挖掘人物精神内核

在第三十届中国新闻奖评选中，新华社作品《英雄无言——95 岁老党员张富清的本色人生》获评通讯一等奖。新华社并非张富清这一重大典型的首发者，但为何新华社作品获评中国新闻奖一等奖呢？这说明，首发重要，注重挖掘典型人物的精神内核同样重要。

（一）

张富清，1924 年 12 月生，陕西洋县人，中国建设银行湖北省来凤支行原副行长。他在解放战争的枪林弹雨中冲锋在前、浴血疆场、视死如归，多次荣立战功。1955 年，他转业后主动要求到湖北最偏远的来凤县工作，为贫困山区奉献一生。60 多年来，他深藏功名，埋头工作，连儿女对他的赫赫战功都不知情。荣立特等功一次、一等功三次、二等功一次、"战斗英雄"称号两次。[①] 张富清后获"共和国勋章"等荣誉。2022 年 12 月 20 日 23 时 15 分，张富清在湖北武汉逝世，享年 98 岁。

张富清是如何被媒体发现的呢？时任湖北日报传媒集团特别传媒常务副总编辑张孺海是张富清儿子张健荣、张健全的中学同学。2018 年 12 月的一天，张健全给张孺海打电话时无意中说起帮父亲进行退役军人普查登记时，才知道老爷子是一位战斗英雄，有不少军功章和证书。张孺海告诉张健全，等他春节回老家，确认一下真实性、准确性。两人正月初三见面，看了张富清的奖状奖章后，张孺海凭多年的新闻职业敏感判断：这不只是一个好人好

---

① 《关于"共和国勋章"和国家荣誉称号建议人选的公示》，新华社 2019 年 8 月 27 日电。

事，也不仅仅是一个战斗英雄的传奇故事，这是一个重大典型，他身上展现了当代军人及退役转业军人的精神风貌，展现了一位老共产党员的人格力量。由于他本人已不在新闻采访一线，所以春节后一上班，就约了好友、时任楚天都市报社副总编辑胡成和湖北日报社高级记者张欧亚一起商量这个重大新闻线索。①

2019 年 2 月 13 日（正月初九）一大早，春运还没结束，一行人前往恩施踏上寻访英雄之旅。由于老英雄不愿张扬，次日他们以慕名看望的名义上门拜访（公开报道中是这么写的：联系到张健全表示想采访他的父亲，他感到有些为难，不确定老父亲是否愿接受采访。后来他对老人称，"省里有人想来看望，了解一下过去战争的情况"，老人勉强答应和记者聊一聊），通过老英雄的老伴现场"翻译"，终于让他敞开了尘封已久的心扉。当晚，记者怀着激动的心情写就《95 岁老人是功勋卓著的战斗英雄》《战斗英雄深藏功名六十四载》（两篇稿件标题不同，内容相同，为同一团队采写）的报道，2 月 15 日分别在《湖北日报》和《楚天都市报》刊发，一则引发全国关注的典型报道就此产生。② 后续，湖北日报传媒集团又持续进行了报道。

一篇好的新闻报道，不仅看质量，时效性和独家性也是一个必不可少的因素，抢占了报道的第一落点，就抢占了报道的先机。③《中国新闻出版广电报》2019 年刊文介绍，湖北日报传媒集团在全国首次报道了张富清的事迹。④ 有媒体人评价，在发现张富清的报道中，眼力至关重要。线索的发现看似偶然，但偶然中有必然。必然，就是获知线索后，大家认识到了事情背后可能存在的巨大新闻价值。这就是眼力。⑤ 也有人认为，一条新闻能走多远，首

---

① 张孺海：《凭多年职业敏感判断：这是一个重大典型》，出自《新闻策划案例》，武汉理工大学出版社 2022 年版，第 243 页。

② 胡成、张欧亚、刘俊华：《感人的故事让我们激动不已》，出自《新闻策划案例》，武汉理工大学出版社 2022 年版，第 245 页。

③ 李宗前：《新时代地方主流媒体典型人物报道策略研究——以湖北日报传媒集团张富清系列报道为例》，《中国地市报人》2021 年第 8 期。

④ 汤广花：《"四力"带来的首发报道——湖北日报社与张富清的故事》，《中国新闻出版广电报》2019 年 5 月 29 日。

⑤《中国记协组织召开张富清同志先进事迹宣传报道研讨会》，中国记协网 2019 年 7 月 23 日。

先要看记者对新闻价值的判断，还要看记者离新闻的核心有多近，对新闻价值的挖掘有多深。①

（二）

在第三十届中国新闻奖评选中，共有 3 件报道张富清的作品获奖，其中新华社 3800 多字的《英雄无言》获文字通讯与深度报道一等奖（刊播日期：2019 年 4 月 8 日），《湖北日报》7000 多字的报告文学《你是一座山——记深藏功名的共产党员、战斗英雄张富清》获报纸副刊二等奖（刊发日期：2019 年 5 月 25 日），湖北广播电视台近 4 分钟的《95 岁战斗英雄张富清　深藏功名 60 余载》获评电视消息二等奖（刊播日期：2019 年 5 月 24 日）。

这一评选结果引发了一些疑问。为何率先报道张富清的湖北日报传媒集团的作品没有获得一等奖？按照中国新闻奖评选办法：对同一事件的同体裁新闻作品，特别是消息类、突发事件报道等时效性要求强的作品，在同等条件下，优先考虑首发时间在前的作品；在同等条件下，优先考虑短、实、新作品。②3 件获奖作品虽然报道的都是张富清，但属于不同体裁。《湖北日报》的报告文学《你是一座山》不是对张富清报道的首发作品，与新华社、湖北广播电视台的作品在体裁上也不同。照这样说，新华社作品获一等奖，也不违背评选办法。这也警示地方媒体，首发报道的优势在新闻奖评选中并不是唯一的，首发在前不一定就能获奖和获高等级奖项。

不妨看下这 3 件作品参评中国新闻奖时的推荐理由。新华社报送《英雄无言》参评中国新闻奖时给出的推荐理由是：稿件主题重大，思想深刻，率先精准提炼出张富清的初心本色这一精神内核，使其感人形象深深植根于时代的土壤；团队用"脚力"寻找人物品格和力量的源泉，用"眼力"发掘人物精神的波纹，用"脑力"洞察人物思想的脉络，用"笔力"表达人物的"血

---

① 黄宏：《一个典型人物报道的 N 种呈现方式——以 95 岁老英雄张富清的报道为例》，《青年记者》2019 年第 22 期。

② 《第三十〈中国新闻奖评选办法〉发布》，中国记协网 2020 年 7 月 28 日。

肉"与灵魂。①

中国报纸副刊研究会报送《你是一座山》时给出的推荐理由是：这篇作品较早并较为全面地呈现了老英雄的人生轨迹和高贵本色，有跨越鄂陕两省重走英雄战斗故地采访到的大量第一手资料，通过历史与现实的巧妙对接，生动展现了一个深藏功名、坚守初心，却又有血有肉、有情有义的英雄形象，是体现红色文化传承的报告文学佳作。②

湖北记协报送《95 岁战斗英雄张富清　深藏功名 60 余载》时给出的推荐理由是：在新华社发布消息"中共中央总书记、国家主席、中央军委主席习近平近日对张富清同志先进事迹作出重要指示"的当天播出，时效性强，是把握时度效、唱响主旋律的佳作。③

（三）

新华社是如何挖掘和报道张富清的呢？ 2019 年春节后，新华社湖北分社记者谭元斌作为以恩施州为调研基地的记者，他从恩施州、来凤县宣传部门获得了有关张富清事迹的线索。3 月中旬，在充分核实研判并向总社编辑部报题的基础上，湖北分社在向上级机关报告情况时明确提出，张富清这一人物真实可信、事迹感人，值得作为新中国成立 70 周年的重大人物典型进行深度挖掘宣传。3 月 27 日，新华社全媒体报道组前往来凤，深度挖掘张富清感人事迹。新华社为何对典型人物报道极为谨慎？因为张富清的事迹涉及军队，时间又相当久远，更要慎之又慎，担心某些哪怕是被善意隐瞒的事实会对他的定性造成致命伤。④新华社播发《英雄无言》时，距离湖北日报传媒集团首发报道已有 50 多天。

---

① 《中国新闻奖推荐表〈英雄无言——95 岁老党员张富清的本色人生〉》，中国记协网 2020 年 10 月 14 日。

② 《中国新闻奖推荐表〈你是一座山——记深藏功名的共产党员、战斗英雄张富清〉》，中国记协网 2020 年 10 月 16 日。

③ 《中国新闻奖推荐表〈95 岁战斗英雄张富清　深藏功名 60 余载〉》，中国记协网 2020 年 10 月 21 日。

④ 谭林茂、谭元斌：《融媒体时代如何做好重大典型人物报道》，《中国记者》2020 年第 12 期。

时任新华社湖北分社社长唐卫彬在谈到张富清的报道时说，在社会意识形态多元多样多变，各种思潮交流交融交锋的背景下，张富清不忘初心，忠于信仰，朴实纯粹，甘于奉献，绝不是一个普通典型，更不是一个猎奇故事，而是一个靠得住、立得住的重大人物典型，可以成为一面引领全国人民共同奋进的精神旗帜。特别是 2019 年正值中华人民共和国成立 70 周年，配合即将开展的"不忘初心、牢记使命"主题教育，做好这一典型人物宣传具有很强的时代意义。新华社党组对张富清先进事迹宣传报道一直高度重视，时任新华社社长蔡名照、总编辑何平等社领导前期多次批示，并要求精心组织做好后续报道。她还介绍，习近平总书记就分社相关报道作出重要指示，充分肯定了张富清同志的先进事迹，要求向他学习，强调要积极弘扬奉献精神，凝聚起万众一心奋斗新时代的强大力量。①

《英雄无言》只是新华社对张富清众多报道中的一篇，或者说是具有引领性的一篇。此外，还有《英雄的选择》《初心永恒》《你是一个传奇》等系列融合产品，涵盖文字、图片、视频、MV、漫画等丰富的内容载体，同时编辑和撰写出版《初心》《本色英雄张富清》两册图书。② 其中，9500 余字的长篇通讯《英雄的选择》被众多媒体整版采用，重磅微电影《初心永恒》总浏览量突破 2 亿人次，获评"中国纪录片学术盛典"短片十优作品。③

（四）

通讯是报道典型人物最常见最有力的体裁。一段时期以来，典型人物报道存在人为拔高、过于片面、缺乏新意、内容呆板等种种问题，用绝对、夸大的方式塑造的典型人物形象，公众认同度低，正面宣传的效果并不理想。④

---

① 唐卫彬：《践行初心使命　推出重大典型——张富清同志先进事迹发掘报道的背后》，《中国记者》2019 年第 8 期。

② 唐卫彬、余国庆：《初心，从未改变——新华社记者这样讲好老英雄张富清的故事》，《新闻战线》2019 年第 22 期。

③ 唐卫彬：《英雄从未远去——追记我们与老英雄张富清的故事》，《新华每日电讯》2023 年 4 月 7 日。

④ 岳伍东：《人物报道以情感人创作规律探析》，《全媒体探索》2022 年第 4 期。

《英雄无言》可以说是近年来典型人物报道的一篇精品力作。有人评价说，这篇报道是"教科书式的人物报道"①，除率先精准提炼出张富清的初心本色这一精神内核之外，还契合了"不忘初心、牢记使命"主题教育的时代背景，树立了坚守使命、不忘本心的英雄形象，叙事主体、叙事时间、叙事结构等叙事方式的多元化也是报道成功的重要因素②。

——**标题提炼到位。** 现在很多通讯的标题日益消息化、网络化，虽然适应了网络传播的需要，但缺乏应有的通讯味。与湖北日报传媒集团首发的两篇稿件相比，仅从标题上而言，新华社的稿件主副搭配要更有味道一些，也更像是一篇通讯的标题。

——**逻辑框架清晰。** 3800多字的《英雄无言》，文字很精练，短句多，短段多，写作上表述很讲究。正文九个部分没有提炼小标题文字，只是使用汉字数字加以分割，这也是通讯写作常见的方式之一。这九个部分，每个部分都各有侧重，整体逻辑框架清晰。第一部分主要写是怎么发现这位有着赫赫战功的大英雄的，第二部分主要写张富清获得军甲等"战斗英雄"荣誉称号的永丰战役，第三部分主要写张富清退役转业到湖北来凤后的工作情况，第四部分主要从家庭的角度写张富清，第五部分主要写张富清事迹在来凤引发的反响，第六部分主要写张富清的晚年生活，第七部分从党员的角度写张富清，第八部分主要写的是组建退役军人事务部，第九部分主要写张富清当年战斗的英雄部队派员专程去探望老战士。

——**内容厚重有力。** 稿件第六部分，"卧室的写字台上，一本2016年版的《习近平总书记系列重要讲话读本》，被他翻阅得封皮泛白"。这点内容很重要，把这样一位典型人物与当下紧密地联系在了一起。第八部分写组建退役军人事务部，不仅让整篇报道更加厚重有力，也体现了新华社作为国家通讯社的站位和高度。

——**开头结尾独特。** 稿件开头，如同剪辑了一组类似于电影中的蒙太奇

---

① 徐嵋：《浅谈人物报道的"三重境界"》，《新闻战线》2022年第21期。
② 黄禧婧：《基于叙事学理论下的中国新闻奖获奖作品分析——以〈英雄无言——95岁老党员张富清的本色人生〉为例》，《声屏世界》2021年第6期。

画面：71 年前……64 年前……7 年前……现在……这个开头以时间为轴，构建纵向画面，如在眼前，如在耳边，镜头感十足，让人一边沿着镜头想象着更丰富的故事，一边迫不及待地继续读下去。[①] 稿件结尾，张富清老人独腿站立敬军礼的细节，让我们看到了这名老战士的内心世界，他的故事、他的精神在这个画面中得以升华。优秀的人物通讯，就是要通过写出某种情境，触动读者心底最柔软、最敏感之处，从而使得读者自然而然产生共鸣，使共情的效果得到最大化体现。[②]

——情节刻画细腻。《英雄无言》有很多情节刻画细腻，在为文章增色的同时，充分彰显了典型的崇高品质。记者从张富清住了 30 多年的老房子里、从他打满补丁的搪瓷缸里、从他歪歪斜斜的笔记里去破解他的精神密码。斑驳的墙壁、褪色的家具，阳台上排列整齐仿佛整装待发的战士的绿植，写字台上已被翻阅得封皮发白的图书和杂志……这些被精准捕捉到的细微之处，无不承载着高尚的精神和生活状态。这样的文字常常潜藏着万钧之力，不仅能让英雄形象久久留在人心间，还能在潜移默化中对社会道德及价值观甚至受众的行为起到引导作用。[③] 另外，老人颤抖的声音，不太流畅的语言，听起来是那么真挚、感人，其对牺牲战友的无限怀念、对祖国的深厚情感令人动容。[④]

（五）

在第三十七届湖北新闻奖评选中，1 件特别奖、5 件一等奖都与张富清有关，二等奖、三等奖作品中也有报道张富清的。特别奖为《湖北日报》评论《永葆共产党人的初心和本色》，5 件一等奖分别为：《湖北日报》报告文学《你是一座山——记深藏功名的共产党员、战斗英雄张富清》，恩施州广播电视台

---

① 王玉龙：《让文字报道"可视"起来——跟着中国新闻奖获奖作品写出画面感》，《青年记者》2021 年第 20 期。

② 张洪伟：《共识与共情：写好人物通讯的两个关键点》，《新闻与写作》2022 年第 12 期。

③ 靳云杰：《军队媒体加强和改进典型报道的思考》，《新闻战线》2022 年第 17 期。

④ 周静娟：《新形势下典型人物报道如何打动人》，《科技传播》2021 年第 2 期。

广播消息《接见老英雄，总书记对张富清说了啥？》，湖北广播电视台电视消息《95 岁战斗英雄张富清　深藏功名 60 余载》，恩施州广播电视台电视消息《接见老英雄，总书记对张富清说了啥？》，《湖北日报》新闻摄影《张富清的军礼》。《楚天都市报》2019 年 2 月 15 日刊发的《战斗英雄深藏功名六十四载》获通讯二等奖。相关资料显示，这篇稿件评奖时被审核出了一些值得商榷的问题：

（1）【原文】记者偶然获悉这个消息，联系到张健全表示想采访他的父亲，他感到有些为难，不确定父亲是否愿意接受采访。

【差错情况】标点符号差错。应为：记者偶然获悉这个消息，联系到张健全，表示想采访他的父亲。他感到有些为难，不确定父亲是否愿意接受采访。

（2）【原文】……多次充当突击队员在战火中九死一生。

【差错情况】标点符号差错。应为：多次充当突击队员，在战火中九死一生。

（3）【原文】永丰战役后，彭德怀握着他的手说："你在永丰战役表现突出、立下了大功。"还亲手给他授功。

【差错情况】标点符号差错，导致主语缺失。应为：永丰战役后，彭德怀握着他的手说："你在永丰战役表现突出，立下了大功"，还亲手给他授功。

（4）【原文】……发现敌人即刻占领外围制高点……

【差错情况】标点符号差错，使原文产生了歧义。应为：发现敌人，（他）即刻占领外围制高点。

（5）【原文】老人向他出示了两处伤口……

【差错情况】出示伤口，表述不妥。[①]

---

① 唐中平、陈波：《从第 37 届湖北新闻奖的评选看细节的重要》，"湖北日报社工会"微信公众号 2020 年 8 月 17 日。

　　审核指出的这些问题具有警示意义。今天来看，湖北日报传媒集团报道张富清的两篇首发稿件，从记者赶赴来凤采访到稿件刊发前后也就 3 天时间，能用来精心打磨稿件的时间十分有限。新华社则不然，从采访到稿件刊发中间有较为充裕的时间，参评中国新闻奖时填报的材料中称，"十易其稿，写作精益求精"。[①] 这可能也是造成两边稿件差异的一些原因。

　　回顾媒体对张富清的报道，也留下了很多思考。重大报道既要重视做好首发，也要重视后续持续跟进，并且要善于用不同的新闻体裁和传播方式做好后续报道，既要有文字报道，也要有融合作品，既要有消息、通讯、评论、新闻摄影等体裁的作品，也要有报告文学等其他体裁的作品。多手准备、多种形式，从新闻奖评选的角度而言，也是一种有效应对。

　　从赏析的角度而言，《英雄无言》这篇佳作也有可探讨之处。稿件正文分为九个部分，虽然逻辑框架很清晰，但又不可避免地对内容做了过度切割，对一篇不到 4000 字的稿件而言，小标题显得有点多。另外，稿件的一些延展内容，虽然让整篇报道站位更高、更加厚重有力，但无形中又增添了宣传的味道。对党的新闻舆论工作而言，新闻与宣传并非一对矛盾，但也要尊重新闻传播规律，用新闻形式做宣传，才能更好提升主流舆论的传播力、引导力。

　　新华社稿件中说张富清是"退役转业"，这个说法值得注意。新中国成立之初，党中央专门成立复员委员会，专职复员转业组织工作，给予人民功臣应有的安排和政治待遇。[②]《人民日报》2019 年 4 月 9 日刊发的《95 岁老英雄张富清克己奉公永葆党员本色——深藏战功 63 年》相关的表述是"复员转业"，中国军网上一篇张富清的稿件用的表述也是"复员转业"[③]。"退伍""复员""转业"是军队人员变动的专用语，都是指军人退出现役，但三者却有严格区别。"退伍"是指我国实行义务兵役制以来应征入伍服役期满后退出现役的战士（包括班长），或称退役；"复员"是指实行义务兵役前的志愿兵，

　　① 《〈英雄无言——95 岁老党员张富清的本色人生〉申报材料实录》，出自《中国新闻奖作品选（2019 年度·第三十届）》，新华出版社 2021 年版，第 74 页。

　　② 孙绍骋：《在坚守初心使命中全心全意为退役军人服务》，《学习时报》2019 年 8 月 28 日。

　　③ 《张富清》，中国军网 2019 年 7 月 10 日。

因战争结束退出现役和实行义务兵役制以来的干部，改变军队干部工资待遇，领取复员费，退出现役，到工厂、农村参加社会主义建设；"转业"则是由一种行业转到另一种行业，这里特指军队干部，不改变其工资级别，仍按干部待遇退出现役，分配到国家机关、企业、事业等单位工作。[①]

新中国成立之初，仍沿用革命战争年代长期实行的志愿兵役制。当时实行的志愿兵役制被称为"绝对自愿制"。一方面是指这种兵役制的性质是志愿兵役制，凡加入人民军队者皆出于自愿；另一方面这种志愿兵役制是以不计报酬、不确定服役期为条件的，是最彻底的志愿兵役制。1955 年 7 月 30 日，第一届全国人民代表大会第二次会议审议通过的第一部《中华人民共和国兵役法》规定："中华人民共和国年满十八岁的男性公民，不分民族、种族、职业、社会出身、宗教信仰和教育程度，都有义务依照本法的规定服兵役。"正式取消志愿兵役制，实行义务兵役制。到 1957 年，人民解放军基本上完成了由志愿兵役制向义务兵役制的转变。[②]

阅读+ 《英雄无言——95 岁老党员张富清的本色人生》

扫码阅读获奖作品全文

（作者：唐卫彬、杨依军、谭元斌；编辑：张宿堂、赵承、江国成、李鹏翔；新华社 2019 年 4 月 8 日电；获第三十届中国新闻奖一等奖）

---

① 詹敏：《安珂是退伍、复员还是转业？》，《新闻战线》1983 年第 8 期。
② 肖季文、朱鹏：《新中国 60 年兵役制度的调整改革与发展趋势》，《军事历史》2009 年第 4 期。

写人不见宣传痕迹

在第二十二届中国新闻奖评选中，《都市快报》作品《吴菊萍：勇敢的妈妈　伟大的母亲》获评通讯二等奖。中国新闻奖获奖通讯中的诸多人物报道多是静态的，稿件多是策划的，是经过深入采访精心打磨甚至数易其稿，而这篇获奖通讯是对前一天的突发事件的报道，时效性很强，写人基本不见宣传痕迹是其显著特色之一。

（一）

2011 年 7 月 2 日下午 1 时许，在杭州市某小区，2 岁的小女孩妞妞突然从 10 楼坠落，路过的吴菊萍奋不顾身地冲过去用双手接住了孩子。由于巨大的冲击力，两人瞬间摔倒在地。也正是这一接，妞妞年轻的生命得以延续，而吴菊萍的左臂粉碎性骨折。这件事首先在互联网上受到关注和传播，无数人为之动容。

前后半年，媒体对吴菊萍的报道可分为五方面：一是吴菊萍救妞妞事件及相关细节；二是吴菊萍、妞妞伤情进展；三是政府部门等授予吴菊萍多个荣誉；四是事件影响，包括妞妞父母的感恩、小区业主及各行业市民的自发爱心行为、社会各界的广泛学习，政府部门及吴菊萍工作单位阿里巴巴的行动，国内乃至国外媒体的报道等；五是吴菊萍相关动态等。[①] 当年中秋节，吴菊萍

---

① 冯祎春：《新媒体环境下的传统媒体典型人物报道研究——以"最美妈妈"吴菊萍的报道为例》，《北京电子科技学院学报》2016 年第 1 期。

和坠楼女童妞妞相约从医院回到家里，共度团圆。① 值得关注的是，杭州在平凡人物塑造方面，似乎已经形成了自己的经验，吴菊萍只是其中一例。再如，2023 年对跳江救人者外卖骑手彭清林的持续宣传，也很成功。有的城市也有类似的人，但效果不如杭州，背后的原因不能仅仅用 2023 年杭州刚好举办亚运会来解释，还在于背后的一系列机制。

"最美妈妈"的提法是读者看了报道以后喊出来的。在这一事件的传播中，传统媒体记者、娱乐明星、公众人物、论坛版主、活跃网民都充当了网络意见领袖角色，他们通过自身影响力，通过"粉丝"实现了点对点传播，每一个节点都成为传播中枢，实现了近似"病毒式"的扩散，使现实信息在网络中得以放大，同时也引发大众媒体对该事件的传播，实现了新媒体与传统媒体的互动，扩大了事件影响力。② 相关资料显示，传统媒体记者汪佳婧利用其现场报道身份，第一时间在新浪微博发布《英勇女业主徒手接住坠楼女童》的报道，网民纷纷转发和评论，两小时后其发布的《她果然是位妈妈》将该事件推向高潮，新浪微博上的转发和评论数量分别高达 25982 条和 7749 条。③

吴菊萍后获评央视"感动中国 2011 年度人物"。组委会给吴菊萍的颁奖词是："危险裹挟生命呼啸而来，母性的天平容不得刹那摇摆。她挺身而出，接住生命，托住了幼吾幼以及人之幼的传统美德。她并不比我们高大，但那一刻，已经让我们仰望。"④ 在第三届全国道德模范评选中，吴菊萍获全国见义勇为模范称号。她还被授予全国三八红旗手、全国三八红旗手标兵等荣誉，后来还光荣当选为党的十八大代表。

一段时间，"最美"成了人物报道最爱贴的标签之一。有观点认为，"最美人物"被人们普遍接受与他们的草根身份不无关系。人们总是对自己周围

---

① 赵超、隋笑飞：《凝聚道德力量 共建和谐家园——党中央印发〈公民道德建设实施纲要〉十周年综述》，新华社 2011 年 9 月 19 日电。
② 何海翔：《网络意见领袖的功能及引导策略——基于"最美妈妈"传播的实证研究》，《青年记者》2017 年第 13 期。
③ 《"共话最美"·浙江最美现象系列微访谈之十八 网络意见领袖传播"最美"》，浙江在线 2014 年 4 月 7 日。
④ 翁浩浩：《吴菊萍感动中国》，《浙江日报》2012 年 2 月 4 日。

发生或与自己关系密切的新闻感兴趣，距离越近，兴趣越浓，这是新闻传播的接近性原则，正因为"最美人物"来自民间，看得见，摸得着，群众才感到这样的英雄可爱、可敬、可信、可学。① 也有人认为，"最美现象"是优秀传统的传承与升华，也是对社会主义核心价值观的践行，宣传"最美现象"可以为建设和谐社会、实现中国梦凝聚更多的正能量。②

（二）

吴菊萍救人事件，媒体做了大量报道，其中获中国新闻奖的有 3 件，一件是《都市快报》获二等奖的通讯《吴菊萍：勇敢的妈妈　伟大的母亲》，一件是《嘉兴日报》获新闻摄影三等奖的《最美妈妈》，一件是浙江广电集团的《"最美妈妈"吴菊萍》获电视系列三等奖。

《最美妈妈》照片比《都市快报》的文字稿晚了一天。吴菊萍是浙江嘉兴人，《嘉兴日报》作为吴菊萍家乡的媒体，记者第二天赶到医院病房采访。当天，作为一名 7 个月大的孩子的母亲，吴菊萍接到了很多祝福鲜花和问候电话，当她平静下来面对自己天真可爱的儿子时，她面带愧疚的神情深深打动了记者，于是记者迅速定格了这一画面。《最美妈妈》的新闻摄影作品通过病床前吴菊萍因救婴儿导致骨折，不能给自己儿子喂奶而表现出的愧疚这一新闻事实，通过眼神、动作和场景等细节呈现，突出和深化了一个永恒的主题——世间最伟大的人是母亲、最无私的是母爱。孩子的天真、母亲的眼神和动作、骨折手臂、罐装奶粉等视觉元素交代到位，带给读者强烈的心灵冲击。③

在大量报道中，为何《都市快报》的《吴菊萍：勇敢的妈妈　伟大的母亲》能获中国新闻奖二等奖呢？时任浙江记协副主席钱大成、浙江大学广播电影电视研究所所长范志忠都是第二十二届中国新闻奖评委，他们认为，这篇报道中许多真实的细节描写，让读者感动。这种感动是发自内心的，没有华丽

---

① 严宏伟：《全媒体时代群众路线的"最美"样本》，《中国广播电视学刊》2014 年第 10 期。
② 陈冬丽：《以"最美现象"创新社会主义核心价值观培育》，《齐齐哈尔师范高等专科学校学报》2017 年第 1 期。
③ 赵颖硕：《她面带愧疚的神情打动了我》，《新闻实践》2012 年第 12 期。

的语言，文风很朴实，没有宣传的痕迹，报道出来后，感动了无数的读者和网友。[①]新华社播发的第二十二届中国新闻奖揭晓的报道中称，这篇通讯一见报，立即引起广大读者及各大网站的关注，吴菊萍被网友称为"最美妈妈"，迅速成为受全国关注的英雄人物。[②]

作为突发事件类的人物报道，这篇 2700 多字的稿件正文分为四个部分，依次为："吴菊萍踢掉高跟鞋，张开双臂""富阳卫生局局长叮嘱全力救治女英雄 富阳市中医骨伤医院全免 5 万治疗费""一般人手臂力量只有 45 公斤""生了孩子后，她变得勇敢，凡事敢担当"。这四个部分，第一部分重点还原吴菊萍现场救人细节，第二部分重点写伤情及医院救治，第三部分像是科普，第四部分讲吴菊萍其人。

最特别也是最重要的是第一部分。这部分内容又可分为两部分：一部分是"在记者一再请求下，吴菊萍回忆了事发时情形"，11 个自然段，400 余字；另一部分是吴菊萍老公小陈补充现场情况，10 个自然段，300 多字。这两部分写作用的是第一人称，短句、短段，直观详细地还原了事发经过。人物通讯很少这样去写。

这样写，可能与《都市快报》长期倡导的文风有关。《都市快报》的文字风格在纸媒中十分特别。标题上没有概念性词语，正文没有文件性语言，行文中流淌着人文情怀，体现"生活因温暖而美好"的办报理念。曾任都市快报社总编辑的杨星对此表示，编委会鼓励记者突破旧有的框框，摒弃"八股"写作方式，只要生动、好看、有趣，可以不拘形式，怎么写都可以。[③]全媒体时代，这种文风也有利于优质内容在互联网上实现传播。

综观全文，这篇报道从大处立意、小处着手，善于用细节来展现人物性格，丰富事件内涵，深化作品主题。例如，记者在病房首次见到吴菊萍时，

① 钱大成、范志忠：《多元化传播时代国内新闻报道的特征与趋势——第 22 届中国新闻奖评奖有感》，《新闻实践》2013 年第 3 期。

② 璩静、杨荣荣：《植根基层沃土 书写时代华章——第 22 届中国新闻奖获奖作品扫描》，新华社 2012 年 10 月 27 日。

③ 朱建华：《在竞争中研究、学习他人——〈都市快报〉何以令一位异地同行爱不释手？》，《中国记者》2013 年第 9 期。

病友说她是个大英雄，流了很多血，记者写道："吴菊萍听了有些害羞，轻声说：'哎呀，没什么，没什么。'"一个"害羞"，一个"轻声"，主人公的品性为人跃然纸上。通讯的结尾："我们让吴菊萍说说自己，她想了半天，说：'我是个农村来的孩子。我一直蛮普通的，没啥特别的。'"记者另起一行续了一句："吴菊萍是中国共产党党员，2000 年入党，党龄 11 年。"戛然而止，意味深长。这种四两拨千斤式的细节性描写，让读者的认知与记者的认知产生共鸣，对吴菊萍充满敬意。①

有人评价这篇获奖报道，通过"当事人叙述事发经过"的"场景再现"，捕捉到触动人物情感的细节，加之作者采用原生态的直接引语，不仅起到了画龙点睛、深化主题的作用，还使人物报道内容更真实，情感更丰富。②另有观点认为，记者用其神奇的笔，给读者还原了"勇敢的妈妈"吴菊萍舍身抢救坠楼女孩的惊心动魄的瞬间，读起来像一篇内容感人、情节曲折的故事，紧紧吸引着读者的目光。对人物的肖像及动作细腻入微的刻画，一个接一个的细节描写以及人物原汁原味语言的再现，成功树立了一个体现时代精神、引领道德风尚的"伟大母亲"形象。③

（三）

同题报道、突发事件报道，比拼的是媒体和记者的综合采编实力和功底。吴菊萍挺身而出的那一刻，很多杭州市民都是见证者，最早向都市快报打电话报料的是一位 43 岁的邮递员。如果接到报料的媒体负责人能看到突发事件背后人物的新闻价值，并根据其价值大小，立即派出一路或多路记者采访，往往会让被报道人物"一夜走红"，从而成为典型人物。这就要求媒体负责人在接到突发事件报料时，多了解一下突发事件背后的感人故事，从而对其

① 高菲：《提升人物报道传播效果的策略分析》，《新媒体研究》2016 年第 24 期。
② 朱胜伟：《在"走转改"中挖掘新闻富矿——地方媒体新闻报道故事化写作路径初探》，《中国报业》2017 年第 23 期。
③ 王珩：《用讲故事的形式报道新闻——以通讯〈吴菊萍：勇敢的妈妈 伟大的母亲〉为例》，《传媒》2013 年第 8 期。

新闻价值做出比较准确的判断。① 可以说，正是缘于都市快报领导层的重视，策划及时，指挥得当，记者在第一时间采访到了吴菊萍，并写出了后来获中国新闻奖的通讯。

这篇获奖报道作者是时任都市快报记者的张妹。《都市快报》是杭州日报报业集团主办的一份都市报。张妹最初在杭州日报报业集团旗下的每日商报当记者，后来又在杭州日报工作过。做记者，是张妹中学参加文学社时就确立的职业理想。她从小喜欢写作，少年时就知道自己想要什么，能做什么，做不了什么。高二时，她用零花钱买了一本怎样做记者的书。33 岁生日之际，张妹被杭州市委市政府授予"杭州市劳动模范"称号。成功学上有个著名的"两万小时理论"，即"经过两万小时锻炼，任何人都能从平凡变成卓越"。她认为，自己天资平平，投入新闻事业中的写作和思考的时间，10 年里应该远远超过两万小时。她用超过"两万小时"的时间，训练自己的脚力、眼力、脑力、笔力。②

张妹受命去采访吴菊萍那天是周六，她当时正在度假，接到报社部门主任的电话，她立即中止度假，驱车去医院。在途中，张妹给富阳市③卫生局长打了电话提前进行了沟通交流，这个提前介入，为后来的采访提供了很多便利。采访时，她还承担起吴菊萍与医院双方都认可和信任的"分内人"的职责，如向医院建议为吴菊萍换单人病房和减免医疗费，都得到医院方面的支持。那天，她和摄影记者还代表都市快报给吴菊萍送了一个果篮表达敬意，事情虽小，也可以看出记者采访中善意待人的工作方式。从第二天开始，张妹连续 11 天开车到富阳，陪伴在吴菊萍的身边，一面采访，一面帮吴菊萍及其家人承担和料理一些她能做的工作，写出的系列报道受到读者及媒体同行的关注和称赞。这次采访，让张妹真切地体会到一个道理：只有我们把采访

① 杨静雅：《如何发掘并报道"瞬间美"典型人物》，《新闻战线》2015 年第 6 期。
② 张妹：《像蒲公英种子一样播撒"最美"》，《传媒评论》2021 年第 2 期。
③ 2014 年 12 月 13 日，国务院批复同意浙江省调整杭州市部分行政区划，撤销县级富阳市，设立杭州市富阳区。

对象放在心上，采访对象才会把我们放在心上。①

张姝到医院时已是下午 5 点，采访结束已是晚上 8 点，回到报社开始写稿已是晚上 9 点一刻，整理采访素材，理出思路和稿件框架，最后在次日零点 30 分截稿前，写出了 2700 多字的通讯，这个时间相当紧张，但她做到了。

对于《吴菊萍：伟大的妈妈　勇敢的母亲》一稿引发的关注及"最美妈妈"产生的广泛影响，张姝认为，当年的社会背景是，人们在历经了"范跑跑"②"小悦悦"③等事件后，厌倦了造假和丑陋，内心强烈期待着人性光明、美好、善良的一面。看多了现实生活中种种不尽如人意的事，"最美妈妈"让大家突然发现，美就在我们身边，善就在我们心底。面对全球讲中国故事时，我们叙述的角度需要更生动地更人性化地描写中国普通人的形象。向善的力量看不见，摸不着，用读者认同的表达，才能激发内心共鸣。一个人会被什么打动，一个人在关注什么，这本身就是价值观的体现。④

从赏析的角度而言，这篇获奖报道有可探讨之处。《吴菊萍：勇敢的妈妈　伟大的母亲》的报道中对坠楼女童的健康情况涉及不多，这其实也是受众颇为关心的问题，如果能适当介绍一下，整个作品就会更加完整。实际上，坠楼女童伤得也不轻，吴菊萍和女童再次相见是两个月后的中秋节。2011 年 7 月 3 日《都市快报》第 2 版除主稿《吴菊萍：勇敢的妈妈　伟大的母亲》外，还有配稿《孩子为什么会坠楼？》和制图。主稿中涉及坠楼女童的情况尤其是坠楼后的救治情况不多，可能是出于主稿主要写吴菊萍的考虑，所以也就没过多地讲坠楼女童的情况。纸媒的内容以报纸版面为主要传播渠道时，这种处理和编排也没什么，全媒体时代，需要考虑内容的完整性。

另外，稿件中的文字表述规范性有值得注意的地方。文中"下午 5 点""1：

---

① 张姝：《把采访对象放在心上》，《新闻实践》2012 年第 12 期。

② 2008 年 5 月 12 日汶川大地震发生时，正在课堂讲课的范美忠先于学生逃生，掀起轩然大波，被称为"范跑跑"，并引发了一场关于师德的讨论。

③ 2011 年 10 月 13 日，2 岁的小悦悦在广东省佛山市南海黄岐广佛五金城相继被两车碾轧，7 分钟内，18 名路人路过但都视而不见，漠然而去，最后一名拾荒阿姨陈贤妹上前施以援手，引发广泛热议。

④ 张姝：《我爱新闻事业就像爱生命——从"最美妈妈"吴菊萍的故事说起》，《中国记者》2019 年第 11 期。

00 左右""1 点 15 分""晚上 10 点"等时间表述格式最好统一。第二个小标题"富阳卫生局局长……"中的"市"不宜省略,"全免 5 万治疗费""治疗费在 5 万左右"等表述不宜省略单位"元",否则从后来施行的中国新闻奖参评作品审核的角度看,可能会被视为数量单位缺失。

(阅)(读)(+) **《吴菊萍:勇敢的妈妈　伟大的母亲》**

扫码阅读获奖作品全文

(作者:张姝;编辑:王晨郁;原载《都市快报》2011 年 7 月 3 日;获第二十二届中国新闻奖二等奖)

写人走进人物内心

在第十六届中国新闻奖评选中，新华社记者张严平、田刚采写的《索玛花儿为什么这样红——记优秀共产党员、木里县马班邮路乡邮员王顺友》获评通讯一等奖。这是一篇经典的人物通讯，也是一篇成功的典型报道，今天读来仍十分感人。

（一）

王顺友是四川省木里藏族自治县的一名邮递员。一个人，一匹马，他数十年坚守"马班邮路"，先后荣获全国五一劳动奖章、全国劳动模范、全国优秀共产党员、全国敬业奉献模范、感动中国 2005 年度人物等荣誉。2009 年，王顺友被评选为 100 位新中国成立以来感动中国人物之一；2012 年，当选中国共产党第十八次全国代表大会代表；2019 年，荣获最美奋斗者称号。2021 年 5 月 30 日，王顺友因病逝世，享年 56 岁。得知王顺友逝世消息后，网民纷纷留言，向这位英雄平凡而伟大的坚守致敬！①

《索玛花儿为什么这样红》写于 2005 年，此时王顺友已坚守"马班邮路"20 年。王顺友是新华社率先发现的典型。新华社四川分社发现王顺友的线索后，记者田刚两次到木里县采访挖掘王顺友事迹，并向县、州党政领导和邮政系统干部职工反复核实事实，及时发出内参，中央领导批示，对王顺友事迹给予充分肯定。根据中宣部安排，2005 年 5 月中旬，40 人组成的中央新闻采访团到木里县对王顺友先进事迹进行实地采访。

---

① 《王顺友逝世　网友：向英雄致敬！》，新华社 2021 年 5 月 30 日电。

（二）

在我国，新闻与宣传结合的代表就是典型报道，从解放战争到改革开放，各个历史时期典型报道都发挥过重要的组织动员力量，是中国独有的一种报道形式。①《索玛花儿为什么这样红》既是人物通讯也是典型报道。近万字的稿件正文分为五个部分，依次为：第一部分"如果说马班邮路是中国邮政史上的'绝唱'，他就是为这首'绝唱'而生的使者"；第二部分"如果说马班邮路是一种'心'的冶炼，他在这冶炼中锻铸了最壮美的词句——'忠诚'"；第三部分"如果说马班邮路是一条连接党和人民的纽带，他就是高原上托起这纽带的'脊梁'"；第四部分"如果说马班邮路是一个人的长征，这条长征路上凝结着他全家人崇高的'奉献'"；第五部分"如果说马班邮路是高原上的彩虹，他就是绘织成这彩虹的索玛"。作为人物通讯写作的范文，此稿有诸多优点。四川日报社在自己派记者采写了长篇报道的情况下，仍然全文采用了新华社稿件。这件作品参评中国新闻奖时的推荐单位是四川记协，这也是很少见的。

——深入一线采访。曾任新华社社长的著名记者穆青说："许多长期做记者工作的同志都有这样一个体会：采访决定写作。采访是第一位的，写作是第二位的，如果你根本没有采访到东西，没有接触到实际，没有到群众中间去，只是闭门造车，你是写不出好稿来的。"《索玛花儿为什么这样红》写得很真切，很感人，高票获中国新闻奖一等奖。专家们普遍认为，这篇稿件的成功，首先在于采访的成功。②作为同题报道，那么多记者一起去采访王顺友，为什么只有新华社的这篇报道最打动人心呢？

新华社记者张严平后来在分享《索玛花儿为什么这样红》采写经验时介绍，这篇稿件的采访并不顺利。最初，从北京到达木里，张严平见到王顺友时就怔住了。这个矮小苍老的苗族汉子，不会寒暄，不会应酬，长年与马为伴的邮路生活，让他在人前极不自在，话很少，半天憋出一句，绝超不过5

---

① 王润泽：《在服从宣传需要与尊重新闻规律之间——中国当代记者心态史研究》，《国际新闻界》2017 年第 4 期。

② 郑健：《采访依然决定写作》，《军事记者》2008 年第 7 期。

个字。"第一眼见到王顺友，感觉他就像深山里一块未曾面世的石头，没有任何当下社会那些见惯了的概念烙印，真实得就像婴儿的第一声啼哭。望着他，我第一次失去了固有的思维方向。"张严平意识到，她所面临的采访，是一次几乎无法用语言进入的采访。

张严平在跟随王顺友历经了白天、黑夜、寒冷、酷暑、高山反应、极度疲劳，以及种种惊恐和危险之后，她被自己从未体验过的另一种人生，深深地震撼。深夜，她躺在帐篷里，听着回荡在大山中的风声、水声和半夜远处的狼嚎，辗转反侧，一夜无眠，泪水静静地淌下来，又淌下来。在张严平眼里，王顺友就像一个殉道者，一个人默默地承受着邮路上种种的艰辛和常人难以忍受的孤独，他的心头很苦。但是，他却把这杯苦酒酿成了一泓甘泉，带给大山的乡亲们。当乡亲们因为他的付出而获得快乐时，他便有了莫大的幸福。

"这稿子不是我们写得好，而是因为我们亲身经历了，跟着他走邮路了。"张严平说。如果只是简单地采访，很难挖掘到王顺友最内心的东西。正是记者陪王顺友走了一趟邮路，在陪伴的过程中，深深地感受到了马班邮路的险峻，体会到了王顺友内心的孤寂与痛苦，同时也拥有了大量独家采访的素材。[①]这再次说明，"脚下有泥，心中有光"，记者只有用"脚底板"走近现场，离现场近些再近些，才能写出华彩篇章，留下名篇佳作。[②]

——**细节呈现故事**。细节是指新闻作品中那些能有效增强新闻事件和新闻人物表现力的环节或情节，是新闻中最微小、最生动、最传神、最具吸引力和感染力的事实，用高尔基的话来说就是"细小而又有代表性的事情"。细节犹如珍珠，镶嵌到新闻里能产生光泽、动感、形象，有利于克服新闻写作一般化、概念化的毛病，使新闻更有说服力、感染力。[③]《索玛花儿为什么这样红》有许多生动的故事，很有可读性，在同类题材中做到出类拔萃，受到

---

① 宋清华：《典型人物报道特征及策略运用》，《中国报业》2016 年第 8 期。
② 王坤：《体验式采访的新闻代入感研究》，《采写编》2021 年第 11 期。
③ 刘保全：《新闻作品的感染力从何而来？——兼评部分"中国新闻奖"获奖作品》，《新闻爱好者》2013 年第 1 期。

读者广泛好评。① 粗略统计，稿件中相对完整的故事多达 14 个，其他的小故事还有多个，每个故事都有细节。通讯的诸多细节描写将母子情、夫妻情、儿女情，展示得一览无余。大量生动的细节描写，赢得了受众的青睐和评委们的厚爱。②

细节的力量，看似啥也没说，其实一语胜过千言，背后是记者卓然的功力。③ 例如，稿件开头部分第 3 段话中的"他有些羞涩地被拉进了跳舞的人群，一曲未了，竟跳得如醉如痴。'我太高兴了！我太高兴了！'他嘴里不停地说着。'今晚真像做梦，20 年里，我在这条路上从没有见过这么多人！如果天天有这么多人，我愿走到老死……'忽然，他用手捂住了脸，哭了，泪水从黝黑的手指间淌落下来……"这些细节赋予了这个典型人物鲜活的个性，让读者情不自禁地湿了眼眶。④

再如，稿件第一部分介绍王顺友如何成了一名乡邮员时先讲了他父亲的一个故事："王顺友至今记得，他 8 岁那年冬天的一个夜晚，做乡邮员的父亲牵着马尾巴撞开家门，倒在地上。'雪烧伤了我的眼睛。'母亲找来草药煮沸后给父亲熏眼。第二天清早，父亲说，看到光亮了。他把邮件包往马背上捆。母亲抱着他的腿哭。父亲骂她：'你懂什么！县里的文件不按时送到乡上，全乡的工作就要受影响。'"这一段细节描写，使读者如身临其境，更能读懂主人公的内心世界，更加深刻地理解王顺友为什么能够如此受父亲的影响。⑤

——**让典型接地气。** 长期以来，典型宣传中的典型多是不顾家庭、不顾身体、不食人间烟火的"特殊材料制造"。这种思维定式下的典型人物一个个都是"高大全"，都是"烈火金刚"。先进模范首先应该是个人，千万不能就英雄写英雄，不妨避开他们头上的光环，仅仅当成普通人来写，用平视的角度塑造更加可信、可亲、可敬的英雄形象，只有让英雄走下神坛，才能让他

① 朱金平：《什么样的新闻内容才能"为王"》，《军事记者》2016 年第 4 期。
② 刘保全：《典型报道如何创新求深出彩——兼评"中国新闻奖"部分作品》，《当代传播》2007年第 4 期。
③ 吴家斌：《典型人物报道模式的创新》，《军事记者》2017 年第 6 期。
④ 许晓坤：《用细节打造新闻精品》，《新闻传播》2009 年第 9 期。
⑤ 马竞：《场景再现＋细节描写　让人物形象熠熠生辉》，《中国地市报人》2017 年第 4 期。

们的精神更加具有感染力、影响力和生命力。

例如，《索玛花儿为什么这样红》开篇，就把主人公纯洁无瑕的心灵和乐于奉献青春为大山深谷人民服务的感人事迹渲染出来，令人动容。[①] 稿件是这样开头的："眼前这位苗族汉子矮小、苍老，40 岁的人看过去有 50 开外，与人说话时，憨厚的眼神会变得游离而紧张，一副无助的样子，只是当他与那匹驮着邮包的枣红马交流时，才透出一种会心的安宁。""矮小""苍老""无助"这些词语和后文的"忠诚"共同支撑起王顺友这个人物，而且表述丝毫无损王顺友的光辉形象。[②]

再如，"他有一本发了黄的皱巴巴的学生作业本，每页上面都记满了他在邮路上唱的山歌，其中很大一部分是相思相盼的情歌。他说那是唱给韩萨的"。韩萨是王顺友的妻子。一个小小的细节，寥寥几笔，描绘了王顺友对妻子和家人长长的牵挂和惦念。王顺友不是不爱妻子，不是不眷恋家庭，事实上，几十年寂寞孤单的马班邮路让他比普通人更加儿女情长，但是也正因如此，他瘦弱的身躯、坚实的脚步、虽九死而不悔的赤心，以及对党和人民事业的无限忠诚才更加震撼人的心灵。[③]

有人评价，《索玛花儿为什么这样红》通过对王顺友在马班邮路上的坚守和孤独的描写、对家人儿女情长的牵挂等细节描写，多方位展现人物的人性美，塑造了一个有血有肉的真实的人物形象。[④] 这篇稿件获评中国新闻奖一等奖，说明新闻传播报道越来越看重在个体小处着眼，从细微具体入手，采取"小口径"切入和"低视角"报道模式，打破传统思维注重整体综合的束缚，走出旧思维追求"大而空"的弊端。[⑤]

——带着感情写作。人物通讯写作常见的问题是人物形象不饱满，文章程式化，传播力、感染力不强。要想写出优秀的人物通讯，不仅要在理性层

① 滕岩、韩玉江：《通讯意境与美学语言的运用》，《中国地市报人》2011 年第 5 期。
② 于泳、禹跃昆：《新闻报道平衡的多维视角》，《新闻战线》2007 年第 8 期。
③ 裴培：《浅析写好人物通讯》，《新闻传播》2011 年第 4 期。
④ 高松：《新闻的发现力与表达力》，《新闻爱好者》2013 年第 9 期。
⑤ 索燕华：《新闻传播模式与报道理念变革探究》，《昆明学院学报》2010 年第 2 期。

面上得到读者的认同，而且要在感情层面上使读者产生共鸣，即达到共识和共情两个要求。共识与共情是写好人物通讯的两个关键点。共识是共情的基础，没有共识层面的认知很难产生共情；共情是共识的升华，如果有共识无共情，文本内容虽能抵达但无法触动读者。

《索玛花儿为什么这样红》的采访和写作都不是那么顺利。采访结束，张严平回到北京，坐在电脑前，两天，写不出一个字。张严平再次像一个跋涉者，努力寻找着通向彼岸的路。三个夜晚，长篇通讯完成了。那一刻，张严平感受到一种心灵洗礼之后的辽远与宁静。稿件刊发后，张严平与王顺友再一次见面时，王顺友含泪在饭桌上对张严平说："你写的，我看了。你最明白我心头。"那一刻，张严平佯装心不在焉，眼睛使劲地望着天花板上的吊灯，不让泪水流下来。① 情感浓烈，贯穿于整篇稿件中，从大标题到小标题再到稿件正文都蕴含着一股炽烈的情感。

稿件第二部分有一个故事讲王顺友一次用溜索过江时绳子断裂，他摔倒在江滩上，邮包被甩进了江里，不识水性的他疯了一般，抓起一根树枝就跳进了齐腰深的江水中拼命打捞邮包。这里，作者没有直接抒发感情，却是带着感情写的，溢满字里行间。这种依附于事件的抒情，很容易使读者动情。读者看完这位乡邮递员为了一个邮包奋不顾身的具体情景时，无不被他对事业高度的责任心、对人民群众深厚的爱心所深深感动，从而收到此时无声胜有声的效果。② 《索玛花儿为什么这样红》成为新闻名篇，其打动人心的力量来自记者身入、心入，走邮路，动真情。③ 有学者评价，记者用真诚、朴素的文笔写出了王顺友丰富的情感世界。④

——**挖掘时代价值**。《索玛花儿为什么这样红》的主人公王顺友是 2004 年 10 月加入中国共产党的，"优秀共产党员"几个字不仅上了稿件的副标题，

---

① 张严平：《真实的才是具有震撼力的——〈索玛花儿为什么这样红〉采访体会》，《新闻战线》2006 年第 10 期。

② 赵红：《人物通讯贵在情真》，《新闻爱好者》2011 年第 14 期。

③ 陈剑文、张晓峰：《新闻好文风来自脚力眼力脑力笔力》，《新闻战线》2016 年第 23 期。

④ 陈伟军：《新中国成立 70 年来"故事化新闻"写作模式嬗变》，《新闻与写作》2019 年第 10 期。

正文中也多处用"把信送好就是为党做事"等语言，旗帜鲜明地诠释了一名共产党员为党和人民无私奉献的精神。随着社会主义市场经济的不断发展和深化，人们的道德观念也在经历前所未有的挑战，社会需要这样的人，中国文化需要这样的人，中华民族伟大复兴也需要这种精神，这正是王顺友的价值和感人之处。①

——写法上有留白。留白，作为中国艺术作品创作中常用的一种手法，极具中国美学特征。在新闻写作实践中，同样经常借鉴运用留白技巧以增强文章的感染力、吸引力。《索玛花儿为什么这样红》中关于场面、人物形象、人与马的亲密等特写镜头的描写，像电影中一幕幕场景一样有机组合起来，闪现在受众面前，对受众的视觉、听觉有着强烈的冲击力和引人入胜的作用。这种结构形式，往往是多镜头组合，内容呈跳跃状，省略一切过程的叙述和不必要的交代，紧紧抓住事物最主要的特征和关键性环节加以凸显和放大，使之产生连贯、对比、联想等效果，从而成为一篇完整性、艺术性和可读性强的作品，这与留白的艺术手法，可谓一脉相承，殊途同归。②

——抒情式的标题。在新闻文本中，标题起着提纲挈领的作用，是受众对文本内容的第一手判断，好的新闻标题能够恰如其分地点明新闻内容的主旨，吸引受众的眼球引起其阅读兴趣。③《索玛花儿为什么这样红》是一个抒情式加悬念式的标题。悬念，是读者关切故事发展和人物命运的紧张心情。为了增强文章的吸引力，在制作标题时，记者对报道中的原因、结果等，不直接点明，而是利用巧妙手段，先给读者制造一个个的疑团，调动起紧张心理，催促着读者往下看。这则标题，就起到了让受众"一唱三叹""一见倾心""一曲难忘"的效果。④稿件最初的标题是《一个人的长征》，作者联想到采访时漫山遍野的索玛花，于是拟了这个有诗意的标题。这种花也象征着

① 谢彦云、石鹏：《新闻材料"挖掘"方法新探——再读〈索玛花儿为什么这样红〉》，《新闻窗》2010 年第 6 期。

② 张建军、张锦霖、黄桂斌：《不著一字 尽得风流——以留白艺术提升新闻写作内涵初探》，《新闻战线》2017 年第 7 期。

③ 宋苗：《简析人物通讯中的叙事方法——以中国新闻奖获奖作品为例》，《采写编》2020 年第 4 期。

④ 于书勤：《论新闻作品的文学魅力》，《新闻爱好者》（理论版）2007 年第 9 期。

王顺友几十年如一日对工作和信仰的忠诚和坚守。标题之所以有些诗意，与张严平年轻时喜欢诗也有一定关系。在大学里，她是诗社的成员，工作后到书店看到诗集就会买些回去读。

（三）

张严平大学毕业后进入新华社工作，多年坚守一线，以人物通讯写作见长。她坚持实践"用脚采访"的新闻理念，她人物通讯中的主人公白芳礼、张云泉、王顺友、杨业功、石兰松等感动着一批又一批的读者。张严平2005年获全国优秀新闻工作者称号，2007年当选党的十七大代表，2009年获全国五一劳动奖章并获第十届长江韬奋奖（长江系列）荣誉。2010年初，随着《王争艳，冬天里温暖的故事》播发，新华社首个以记者名字命名的专栏《严平走近》推出。[①]

多年坚守一线，张严平也曾迷茫过，承担《穆青传》的写作让她走出了迷茫。"穆青有两点十分打动我。一是有坚定的信念。他在政治上经历了很多风浪，但信仰从未动摇过。二是和老百姓感情深厚。他平时不擅应酬，但到农民家里的炕头一坐，人就'活了'，和老乡有说不完的话。"《穆青传》的传记写作，使张严平开阔了视野，学会了从更高层次体验社会和人生，而不是局限于琐屑的得失。[②]

张严平认为，一名好的记者首先不是文字，而是要采访、感受你的人物内心，文字粗糙一些没有关系，但一定要有感动。[③]写作没有什么模式可言。采访是一种笨功夫，有时采访一整天，最后却只得到了一两句话，尽管只得到一两句话，但她觉得，值！文章里面可能只写了五六个例子，但她却采访了五六十个例子，甚至是10倍以上的量。最好的文字是最朴素最有味道的文

---

① 邓慧娟：《张严平人物通讯特色探析》，《佳木斯教育学院学报》2013年第5期。

② 陈芳：《人如其文——记第十届长江韬奋奖长江系列获得者、新华社领衔记者张严平》，《中国记者》2010年第6期。

③ 赵允芳：《"首先不是文字，是感动！"》——访新华社首位"领衔记者"张严平》，《传媒观察》2010年第3期。

字，永远都不要花里胡哨的东西，永远不要卖弄什么。①

张严平总结，写好人物如果说有诀窍的话，就是采访采访再采访。如果采访和写作一共是一百分的话，那么采访要占到六十到七十分。采访好了，你这个稿子基本上就没问题了。新闻稿永远不是妙笔生花可以出来的。在新闻里面，文字永远在最后，事情第一，题材第一，采访第一，写作是放在最后的东西。特别是采访，你没有很艰苦很努力地采访，就凭几个词，煽几句情，想写得感动人，那是不可能的。

在张严平看来，一个记者一定要有理想，有抱负，做一个内心有大格局、大格调的人，不为其他的一些东西所干扰。还要有正义感，在精神上要修炼自己；应该爱人，这个爱非常重要。一个记者对我们的生活、我们的民族，如果没有感情，内心只有自我的话，当不了一个好记者。做记者还要耐得住寂寞，不要做那种特别浮躁的记者。年轻人多去读一读老一代记者的作品。她说，精神、内心对一个记者是最重要的，别的都在其次，技能的东西想学很快就学会了，但是内心的东西如果没有的话会很难。②

2021年5月30日获知王顺友病逝的消息后，张严平在她很少更新的微信朋友圈里写道："16年前，四川凉山索玛花儿盛开的季节，我第一次见到了这位大山里的乡邮员；16年后，又是索玛花儿盛开的季节，他走了。他是我记者生涯中最难忘的记忆。他给他的大山，给中国的邮路，给千万人的心中留下了永远盛开的索玛花儿，他给我留下了永远的追寻——索玛花儿为什么这样红……"③

从赏析的角度而言，这篇获奖作品也有可探讨之处。有观点认为，《索玛花儿为什么这样红》存在对纯客观新闻的解构倾向，文章带有较为鲜明的个人色彩和主观色彩，如"记者的心被一种热辣辣的东西涨得满满的"。④"我

① 杨芳秀：《27年漫漫记者路——张严平访谈录》，《新闻战线》2009年第4期。

② 中国人民大学口述历史工作坊：《花儿为什么这样红——张严平口述实录》，《新闻春秋》2014年第2期。

③ 吴光于：《新华社高级记者张严平：王顺友是我记者生涯中最难忘的记忆》，新华社2021年5月31日电。

④ 徐叶：《新新闻主义——新闻客观性的扩容》，《当代传播》2008年第3期。

流泪了""我永远地记住了他""我直截了当地问王顺友""让我更深切地触摸到了王顺友的一颗心"……稿件中还有多处记者是以"我"的身份直接出现。近万字的篇幅显得过长，小标题也可更精练出彩，评价性的语言过多。

　　另外，稿件副标题仅仅点了一个木里的县名，对全国范围的读者而言，未必知道木里在哪里。《人民日报》刊发的同题报道《二十年：大凉山上的铿锵承诺——记优秀共产党员、四川木里藏族自治县马班邮路乡邮员王顺友》约5700字，标题上点明了木里县位于四川。还有，文中"猜想可能是陶家十多年没有音信的女儿写来的""在雪地里走了10多公里"中的"十多年""10多公里"，是用汉字还是阿拉伯数字，格式应统一。

阅读➕　《索玛花儿为什么这样红——记优秀共产党员、木里县马班邮路乡邮员王顺友》

扫码阅读获奖作品全文

　　（作者：张严平、田刚；编辑：邹沛颜、周红军；新华社2005年6月2日电；获第十六届中国新闻奖一等奖）

用小事写活大人物

在第十三届中国新闻奖评选中，新华社记者朱玉、人民日报社记者董宏君共同采写的长篇通讯《公仆本色——追记湖南省委原副书记、省人大常委会原副主任郑培民同志》获评特别奖。这是这届中国新闻奖评选中唯一的特别奖，也是一件典型的人物通讯。

（一）

郑培民，生于 1943 年 7 月，1969 年 12 月加入中国共产党。生前曾任中共湖南省委副书记，湖南省人大常委会党组副书记、副主任等职务。2002 年 3 月 11 日，郑培民在参加党的十六大"两委"人选考察工作时，因心脏病突发，倒在工作岗位上，享年 59 岁。

2019 年 9 月 25 日，郑海龙在人民大会堂为父亲郑培民领取最美奋斗者奖章后写道："这枚沉甸甸的奖章既是对父亲一生奉献的巨大褒奖，也是对后来人的莫大激励，要继承父辈的遗志和精神财富，努力做新时代忠诚干净担当的'奋斗者'。"[1]

在第十三届中国新闻奖评选中，有两篇报道郑培民的稿件都获奖了，一篇是新华社记者和人民日报社记者共同采写、2002 年 10 月 14 日刊发的 9000 余字的《公仆本色》，另一篇是《湖南日报》2002 年 10 月 12 日刊发的 1900 余字的《情切切、意绵绵——亲人眼中的郑培民》。两篇获奖报道虽然都是报道郑培民，但视角并不相同。

---

[1] 谭畅：《郑培民：做官先做人 万事民为先》，新华社 2020 年 1 月 15 日电。

《公仆本色》展现了郑培民不挑不拣、服从组织调动，想尽办法改变州面貌，心系群众、真情待人，发挥中流砥柱作用，位高权重却廉洁自律，严守家风的感人事迹和崇高品质，属全面展示型通讯。《情切切、意绵绵》则从亲人的角度，展示了一个有情有义、知冷知热的个性男子，属个性展示型。应该说，两篇作品写得都非常精彩，但《情切切、意绵绵》还是屈居《公仆本色》之下，这说明，在评委眼中，它们的地位还是有分别的，全面展示型通讯似乎要比个性展示型通讯更胜一筹。①

（二）

郑培民作为一位党的高级领导干部，如何将其身上那些平凡的点点滴滴真实地描摹出来，让读者感到可信、可亲，报道具有难度。无论是主题提炼还是文本写作、人物刻画，《公仆本色》都有诸多优点。有人评价此稿之所以在第十三届中国新闻奖评选中折桂，就是因为用老百姓喜闻乐见的语言、生动感人的现场画面，再现了郑培民这一党的高级领导干部"做官先做人，万事民为先"的感人事迹，字字句句打动人心。②

为了让读者真实地了解一位高级领导干部工作生活的方方面面，记者用了最朴素最本色的语言，写一个本色的人。"重任""真情""砥柱""考验""家风""呼唤"六个简洁的小标题串起了一个个感人的故事。这六个部分相互映照，较为完整地勾勒出了主人公生命中的平凡与不凡，没有多少惊心动魄，在扎实与稳健中却处处感受到一位共产党人高尚的人格魅力与党性修养。

——**典型报道注重"平民化"色彩。**先进典型报道的社会价值往往大于新闻自身的价值。加强对典型人物的宣传，服务于当时的工作路线、政策方针，新闻媒体要把笔触、镜头、话筒更多地对准这些典型，报道他们的业绩，

---

① 李毅坚：《中国新闻奖的价值取向探析——从两类通讯的获奖情况看》，《柳州职业技术学院学报》2012 年第 5 期。

② 孙铁精：《论新闻报道的情感因素》，《记者摇篮》2003 年第 12 期。

弘扬他们的精神，这也符合典型报道的宣传政策。[①] 但必须认识到，典型报道是给平常人看的，如果没有"平民化"色彩，那就难以赢得广大读者的青睐。所以，"平民化"是典型报道赢得读者的依托和支柱，要尽量让典型人物普通化、通俗化、平民化，以平易的格调、平实的作风和平常的心态与受众交流，真正挖掘典型人物的朴素美、自然美，来达到感染读者、引导舆论的目的。[②]

郑培民的经历和事迹都非常丰富，从哪些方面入手才能更好地表现出他的本质特点呢？作者在谈采写经过时说："我在采访时就想，不能把他写成很完美的人物，要尽量写得实在。他本身是党的高级领导干部，职位离老百姓很远，再把他塑造成'高、大、全'式的人物，就离老百姓更远了。写成半人半神，可敬就不可亲。正因为要写得平实，所以我们在写作时尽量写他的一些小事。"稿件突出表现了郑培民的个性，写出了一个真实、普通、生动而又不平凡的郑培民。[③]

——**采访 100 多人次挖掘素材**。典型报道在采访作风上应与人物同呼吸、共命运、心连心。采访是写作的基础。记者只有深入下去闻泥土芳香，听民众疾苦，与人民群众同呼吸、共命运、心连心，才能写出生动感人的典型报道来。《公仆本色》一稿，记者的采访对象包括郑培民的生前好友、同事家人，甚至包括他去吃过饭的路边小店的老板，他帮助扶贫解困的深山里的苗族同胞……采访的路线是沿着主人公工作的足迹一路走下来的。采访中，召开座谈会 4 场，采访的干部群众共计 100 多人次，作品中使用的每一个素材、每一个细节，都是记者采访、收集到的第一手材料。通过扎实的采访，主人公的耿直，他的淡泊、他的真诚、他的豁达，他浑身弥漫着的亲切的气息，他的亲切中渗出的浓浓的人情味儿，在记者的头脑中渐渐生动起来。[④]

——**一系列细节描写令人难忘**。人物通讯无论是写先进典型还是凡人小

① 朱信良：《先进典型报道中人物形象的独特内涵》，《齐齐哈尔大学学报》（哲学社会科学版）2008 年第 6 期。

② 徐可晶：《浅谈典型报道的平民视角》，《湖南大众传媒职业技术学院学报》2006 年第 6 期。

③ 苏进跃：《试析新闻报道中的审美思维》，《长沙大学学报》2006 年第 6 期。

④ 刘保全：《典型报道如何创新求深出彩——兼评"中国新闻奖"部分作品》，《当代传播》2007 年第 4 期。

事，都要力求塑造出一个鲜活的、真实可信的人物。一篇好的人物通讯必须做到"见物、见人又见思想"，读后能让读者如见其人、如闻其声、如睹其行、如聆其心；听其言、察其行、见其心，从而深受感动、启迪和教育。而要做到真实可信、鲜活可亲，就必须精确把握细节，通过细节来再现新闻场景，彰显人物个性。人物通讯有了细节，就可以生动地反映出人物的特征，使之成为一个独特的典型，使作者笔下的人物丰满、细腻、生动。人物通讯的细节描写，还有助于增强通讯的可读性。《公仆本色》是一篇成功运用细节的人物通讯，有的细节着墨不多，却令读者如闻其声、如见其人，看见了一个一心扑在工作上，下基层、办实事，关心群众疾苦的州委书记。[①]

有人评价《公仆本色》通过一系列感人至深的细节，展现了郑培民人民公仆的本色。在维护社会治安的事件中受伤而致双目失明的司法干部曾令超，写信给郑培民希望得到他的题词。郑培民收到信后不仅回了信，而且主动给曾令超打电话。稿件一系列细节描写令人难忘：在半个多小时的电话中，郑培民详细询问了曾令超的各种情况；他怕在纸框子里摸索着记录的曾令超不方便，把自己家里和办公室的电话号码重复了三四遍；最后，郑培民一定要等到曾令超放下电话后，自己才挂电话。让人慨叹的是：电话是郑培民亲自打的（而非秘书代劳），且一通话就是半小时（而非三言两语、敷衍了事）；给曾令超留电话号码，不仅留办公电话，而且留住宅电话（而非只留办公电话）；为了方便曾令超记录，把电话号码重复了三四遍（为对方着想，达到了细致入微的地步）；一定要等到曾令超放下电话后，自己才挂电话（对百姓谦恭有加）。郑培民的公仆本色令人叹为观止，其公仆本色被表现得淋漓尽致。[②]

写好人物通讯需要把握三种关系，即取与舍、事与情、人与景的关系。写景不单单是自然景物的描写，有时深入细致的工作、生活场景的刻画会起到意想不到的艺术效果。如《公仆本色》中就有许多这方面的刻画，"妻子去湘西看他，一进屋，地上扔的是一双粘满泥巴的胶鞋，唯一一套出国时置办

---

① 龙亚芳：《细节决定成败——浅谈人物通讯写作》，《新闻世界》2010 年第 8 期。
② 丁柏铨：《改革开放 40 年来新闻报道研究》，《新闻大学》2018 年第 6 期。

的西装，在柜子里已被虫子蛀满了洞"。这些生活细节就很好地表现了主人公清廉为民的高大形象。总之，写景是为写人服务的，景物、场景的描写一定要恰当、贴切，不能出现为写景而写景的情况。① 需要注意的是，细节的展示和描写必须在主题统摄之下进行，不应该也不需要对所有可知细节展开描写，应该重点关注那些特别精彩和富有内涵的细节，否则会导致细节的碎片化。②

——**巧妙使用第二人称表达情感**。使用第二人称"你"来表达记者强烈的主观情感，可以算是一种间接评论。如《公仆本色》一文的最后一个小标题"呼唤"部分，1200多字都是以第二人称叙事视角来叙述的。例如，"人们怎么也想不明白啊，天若无情，为什么让你这样的好人来到人间？天若有情，为什么天不假寿，让你过早地离开人间！"作者朱玉在谈到这部分的写作时说道："我在写作这段时，痛哭失声，不可仰视。应该说，用第二人称也不是我刻意而为，我们在成稿后，曾试着改动为第三人称，但是改动的效果大不如前。"③

（三）

此稿作者之一的新华社记者朱玉，塑造过很多重大人物典型，如郑培民、任长霞、宋鱼水；撰写了很多调查性报道，如龙胆泻肝丸导致肾损害、安徽芜湖红顶商人调查等。在2003年首届"中国记者风云人物"评选活动中，朱玉榜上有名。"让世界因为拥有我们而更美好"是评委会给朱玉的推介词。获"中国记者风云人物"荣誉时，朱玉承认处于瓶颈期，有自己的困惑，"有时候看人家的东西，觉得自己还是有差距的"。④

"我与新闻并非一见钟情"，朱玉毕业于北京大学中文系文学专业，毕业分配时没有实现她文学青年的梦想，而是进入新华社成为一名新闻记者。在朱玉当记者之初，一名老记者曾对她说："记者是一个让人永远年轻的职

---

① 杨德林：《人物通讯写作的"三种关系"》，《青年记者》2011年第11期。
② 丁柏铨、陈相雨：《对新闻报道中几个常见问题的新探讨》，《新闻传播》2012年第7期。
③ 沈婵婧：《探析典型报道的叙事视角》，《新闻爱好者》2010年第15期。
④ 张志安：《工作的过程让我乐不可支——新华社资深记者朱玉访谈》，《新闻记者》2007年第12期。

业。"① 初为记者的日子是不得章法和要领的，为此朱玉特别苦恼，甚至怀疑自己到底适不适合继续从事新闻记者的工作。在进退维谷、茫然彷徨的时刻，朱玉当时的领导给了她最大的宽容和鼓励。

写命题作文，这是朱玉的工作之一，但她不想做一个只会写命题作文的记者。"调查报道可以充分满足人的那种好奇心、探索感，它对记者、对人来说，能充分满足你各方面的愿望和欲望。你必须独立完成，必须去设立、证明那种逻辑，要在充分意义上去建构你的法律思维。"调查性报道如果证据不全，她就不写。朱玉认为，调查型记者与写作型记者并不矛盾，在进行深入调查的同时，如果能用妙笔将调查中的某一细节充分描写，将会增强调查性报道的可读性，其社会影响将会更大。

谈到调查性报道，朱玉承认调查的过程是相当困难的，对记者的要求也相当高。要想做好调查性报道，不光要有冷静客观的分析能力、高超的采访技巧、运用自如的文字表达能力，同时还要耐得住寂寞、闻得到新闻的味道。一个完善的调查性报道可以起到新闻报道和调研报告的双重作用，可以唤起全社会对某一个案或某一现象的关注和监督，可以推动整个社会来共同关注这个问题，在强大的舆论聚焦下使事情得到充分的曝光和解决。②

从赏析的角度而言，《公仆本色》也有值得探讨之处。稿件开头从2002年春节期间湘西土家族苗族自治州凤凰县米良乡叭仁村一封写给郑培民的信切入，然后接着讲，郑培民1990年5月从湘潭市委书记被调往湘西土家族苗族自治州出任州委书记。稿件前五个部分都是从不同角度讲述郑培民的事迹和精神，直到第六部分"呼唤"才点明叭仁村村民的新春祝福，郑书记没有看到——2002年3月11日，郑培民被抽调到北京参加中央干部考察组，工作中，急性心肌梗死突发，"一棵生命的大树就这样倒下！"至此，稿件副题"追记湖南省委原副书记、省人大常委会原副主任郑培民同志"才算有了事实支撑。点题比较慢，是此稿的不足之处。此外，有些字词应当注意，如"照

① 任青：《朱玉：有一种力量就是责任》，《青年记者》2005年第10期。
② 王英钰：《新闻给我力量——新华社记者朱玉》，《中国记者》2004年第3期。

张像"应为"照张相","订做"应为"定做"等。

第十三届中国新闻奖评委、新疆人民广播电台原台长史林杰感慨，要不是亲临几届中国新闻奖评选，很难体会评委们在评奖中的铁面无情。不要说参评作品有严重的"违规"或"内伤"，就是提法不准确，甚至连一个错别字都会成为奖项降等或取消资格的重要因素。这届中国新闻奖评选中，《中国铁道建筑报》的作品《过路吧，亲爱的藏羚羊》，说的是青藏铁路建设者保护藏羚羊的故事，这篇作品题材重大，角度精巧，现场感强，很有可读性。记者为采写这篇稿件在海拔近 4800 米的可可西里生活了近一个月，新闻发生时，又亲赴现场采访。可惜的是，开头说"迁徙"结尾说"迁徒"，有评委指出，到底是"迁徙"还是"迁徒"？虽然只是一笔之误，但既然是一等奖那就是精品，精品绝对不允许任何错别字出现，否则会让世人嗤笑。评委们因此决定取消其评一等奖资格。中国新闻奖作为全国新闻的最高奖项，获奖作品就是要做到响当当、硬邦邦，立得起、放得下，无可挑剔。[1]《过路吧，亲爱的藏羚羊》后获评消息二等奖。

阅读+　《公仆本色——追记湖南省委原副书记、省人大常委会原副主任郑培民同志》

扫码阅读获奖作品全文

（作者：董宏君、朱玉；编辑：吴恒权、马利；原载《人民日报》2002 年 10 月 14 日；获第十三届中国新闻奖特别奖）

---

[1]　史林杰：《参评佳作的特色——第十三届中国新闻奖评奖有感》，《当代传播》2003 年第 6 期。

典型要经得起考验

在第六届中国新闻奖评选中，新华社、人民日报社、西藏日报社、大众日报社记者共同采写的通讯《领导干部的楷模——孔繁森》获评特别奖。这届中国新闻奖共评出两件特别奖，另一件为山东电视台、西藏电视台专题《领导干部的楷模——孔繁森（一）》。另外，有两件获评一等奖的作品也与孔繁森有关，一件为《人民日报》言论《论孔繁森的时代意义》，另一件为山东人民广播电台专题《孔繁森——九十年代的焦裕禄》。同一题材的作品，同时获这么多中国新闻奖，这是很少见的。

（一）

我国新闻界一直重视典型人物的报道。典型人物，即先进模范人物，指的是"新闻媒体报道的在一定时期或一定地区，其事迹或思想观念能够代表时代潮流、反映时代精神的新闻人物或人物集体"。[1]

典型是时代的旗帜，典型的生命力来自它对时代的影响与引领。一个好的典型，应当对我们所处的时代产生良好的社会效应，这样才会具有经久不衰的生命力。以思想的穿透性使典型深入人心，这是宣传一个典型立得住的根基和根本。[2] 作为重大典型的个人或群体，必然有其感人的力量和非比寻常的精神特质。这就不仅要记录主人公"是什么"，还要理解主人公"为什

---

[1] 杨旦：《论典型人物通讯报道中的"三美"问题——以〈领导干部的楷模——孔繁森〉为例》，《宿州学院学报》2012 年第 3 期。

[2] 刘保全：《典型报道如何创新求深出彩——兼评"中国新闻奖"部分作品》，《当代传播》2007 年第 4 期。

么"；不仅要走近主人公的生活，更要触摸主人公的灵魂。①

通讯是塑造典型最为常见也是最为有力的宣传手段。对于孔繁森等一大批先进人物，人民群众都是通过典型人物报道认识的。优秀的人物报道，能让读者通过文字看到一个活生生的人的形象。唯有如此，文章才能给读者留下深刻的印象，才能引起社会大众的共鸣。②传统媒体路在何方？传统媒体还有无独门利器与新媒体竞争？答案是肯定的，那就是典型报道、调查性报道和解释性报道等。焦裕禄、孔繁森等事迹报道就是典型报道的典范。③

第三十二届中国新闻奖评选重大变革之一，是在专门类奖项中设置了典型报道——报道全国性或区域性先进人物、先进集体、先进事迹、先进经验的新闻作品，要求应具有时代性、典型性、代表性，受众面广，影响力大。获奖作品《孔繁森——九十年代的焦裕禄》可以说是继《县委书记的榜样——焦裕禄》之后，又一篇堪称经典的人物通讯，也是一篇产生重大社会影响的典型报道。有学者评价，对孔繁森等领导干部的榜样和楷模式人物的报道，展现了他们感人的精神力量和突出的人格魅力，使受众从中感受到了独特的美。④

（二）

生前系西藏阿里地区地委书记的孔繁森，是新中国成立以来感动中国人物之一，也是改革开放 40 周年之际党中央、国务院授予的"改革先锋"之一。1979 年，孔繁森告别年逾古稀的老母、体弱多病的妻子和尚处幼年的孩子，在海拔 4700 多米的西藏自治区岗巴县一干就是 3 年。1988 年，他克服困难再次带队进藏任拉萨市副市长。1992 年，他又到被称为"世界屋脊的屋脊"的阿里地区任地委书记。在他带领下，经过广大干部群众的努力，阿里经济有了较快发展。1994 年 11 月，他在考察工作途中因车祸殉职，终年 50 岁。⑤

---

① 贾永、樊永强、徐壮志：《追求新闻报道皇冠上的宝石——关于媒体实施精品力作战略的理论与实践思考》，《中国记者》2011 年第 8 期。

② 齐立强：《论人物报道中的性格塑造》，《新闻世界》2013 年第 10 期。

③ 魏武：《新闻的长与短》，《青年记者》2012 年第 31 期。

④ 丁柏铨：《论新闻舆论传播力、引导力、影响力、公信力》，《新闻爱好者》2018 年第 1 期。

⑤ 《新中国成立以来感动中国人物：孔繁森》，共产党员网 2013 年 8 月 5 日。

孔繁森生前，山东和西藏的新闻单位陆续报道过他。孔繁森殉职后，西藏和山东的新闻工作者及时对孔繁森的事迹进行了广泛的采访报道。新华社播发《领导干部的楷模——孔繁森》时，距离孔繁森殉职已有4个月。在此之前，新华社在1995年1月也播发过新华社记者与工人日报记者、人民日报记者共同采写的2600多字的通讯《雪域高原奉献歌——记因公殉职的阿里地委书记孔繁森》。就是这篇通讯，引起中央有关部门领导重视，并召开了专门的座谈会。

参加座谈会的有西藏和山东的同志，他们都和孔繁森一起工作过。会上，大家谈得非常感人，孔繁森作为一个焦裕禄式好干部的光辉形象渐渐地明晰起来。会后，有关部门的同志来到了新华社，找到了社长郭超人。郭超人曾在西藏工作过，对西藏有很深厚的感情。他仔细看完了关于孔繁森的全部材料，确定了孔繁森报道的主题思想，并自始至终组织指挥了这一战役性的报道。郭超人提出，孔繁森的精神可以归结为三点：一是坚强的无产阶级党性；二是在工作中无私奉献的精神；三是民族团结的模范。后来的通讯主要也是由这三部分组成。

由于时间和条件的限制，记者不能去西藏阿里进行实地采访，这是无法弥补的缺憾。新华社记者朱幼棣[①]是《领导干部的楷模——孔繁森》的作者之一，他回忆，写这篇通讯要经得起历史的考验，在内容上必须准确，不能有丝毫不真实的东西。孔繁森事迹太多，他记下的笔记就有上百页稿纸。写作时，对通讯中的每一个细节都反复核实，未经核实的坚决不用。初稿题目是《地委书记的一面旗帜——孔繁森》，后来几经修改，稿件还分别电传到西藏和山东征求意见。郭超人后来谈道，如果在题目《领导干部的楷模——孔繁森》中再加上"新时期"三个字就更好了。[②]

领衔采写孔繁森报道的是新华社名记者何平。新闻界人士对后来担任过新华社总编辑、社长的何平并不陌生。作为记者，何平的名字时常同党和国

[①] 朱幼棣是第一个去南极的记者，其作品首印5万册的40万字《大国医改》多次加印，他后来担任过国务院研究室社会发展司司长。2015年6月3日，朱幼棣因突发脑出血抢救无效离世，享年65岁。

[②] 朱幼棣：《走近孔繁森——〈领导干部的楷模——孔繁森〉的写作经过及其他》，《新闻爱好者》1995年第8期。

家的一些重要活动及重大事件的报道连在一起。何平独自或与人合作采写了一系列在社会上产生广泛影响的力作，除《领导干部的楷模——孔繁森》外，还有《在大海中永生——邓小平骨灰撒放记》《历史将铭记这一刻——记中英香港政权交接仪式》《迈向新世纪的宣言和纲领——党的十五大报告诞生记》等。由于他新闻业绩突出，被破格评为高级记者，他也是全国首届百佳新闻工作者，第三届范长江新闻奖获得者，党的十五大代表。[①]

随着一篇篇日臻成熟的新闻佳作问世，何平逐渐形成了自己的风格：政论性与抒情性有机统一。[②] 何平善于驾驭重大政治题材报道。有人评价用新闻报道的形式宣传抽象的理论问题，是他报道中的一大特色。政治报道难度大，政策性强，十分敏感，不易把握。作为多年从事中央政治新闻采访的记者，他非常注意对理论和政策的学习，勤奋钻研，善于思索，在政治新闻的采访报道上积累了丰富经验，并逐渐形成了自己特有的风格。多年紧张的中央新闻采访使他具备了"倚马可待"的素质，一篇现场纪实性报道往往能在很短时间内出手，不仅内容准确，而且文笔生动。他采写的许多考察随记，不仅得到中央领导同志的多次表扬，也受到新闻界同行的好评。[③] 在新华社播发长篇通讯《领导干部的楷模——孔繁森》的当天，中央电视台《新闻联播》头条播出了由山东电视台、西藏电视台共同推出的七集系列报道《领导干部的楷模——孔繁森》第一集。对孔繁森这一重大典型的宣传，中央主要媒体不仅同时推出，文字报道和电视报道甚至连标题都一样，这也是少见的。

《领导干部的楷模——孔繁森》被称为宣传孔繁森的"定性之作"，在全国广泛开展学习孔繁森的活动中，这篇通讯被作为主要学习材料。

（三）

时任中国记协国内部主任阮观荣谈道，题材重大、题材新鲜、题材典型

---

① 《第三届范长江新闻奖获奖者名单及事迹简介》，《新闻战线》1998 年第 11 期。
② 刘刚：《聚焦时代写春秋——记第三届范长江新闻奖获奖者何平》，《新闻爱好者》1998 年第 11 期。
③ 《勤奋耕耘硕果满枝——记新华社何平》，《新闻知识》1998 年第 11 期。

的作品，容易获得较高层次的奖。题材重大是指新闻作品的内容在一个地区、在一个行业，甚至在全国、在国际上有很大影响，为社会所关注。不提倡唯题材论，但报道重大题材永远是新闻工作者的追求和使命，也是党、政府和人民对新闻工作者的要求。每年统计中国新闻奖评选结果，题材重大的作品总在 40%—50%，这是规律性的反映，也是绝大多数评委的共识。获奖通讯《领导干部的楷模——孔繁森》在主题的提炼、事例的选择、细节的描述等方面都下了功夫，人物形象鲜明生动，感人至深，在全国人民中产生了很大反响。在改革开放的社会转型时期，孔繁森无疑具有了时代意义。①

——写出高度和境界。2021 年是中国共产党成立 100 周年，党中央批准了中央宣传部梳理的第一批纳入中国共产党人精神谱系的伟大精神，其中就包括"老西藏精神（孔繁森精神）"。② 这种精神具体而言就是"特别能吃苦、特别能战斗、特别能忍耐、特别能团结、特别能奉献"。《领导干部的楷模——孔繁森》之所以能远远超过前面的报道，不仅是一个文字技巧与事实材料的多寡问题，主要是对其内涵的社会意义的开发和表达的高度、深度和力度问题。③ 有人评价《领导干部的楷模——孔繁森》等优秀通讯之所以让人击节赞叹，是因为写出了党的好干部"为官一任，造福一方"的实干精神，写出了共产党人鞠躬尽瘁，死而后已的高尚品格。④

也有人认为，《领导干部的楷模——孔繁森》深刻表现了在新的历史条件下，在市场经济促使人们的价值观念发生深刻变化的时代背景下，一位优秀的党的领导干部对党和人民的事业无限忠诚，艰苦奋斗、忘我工作、廉洁奉公、无私奉献的崇高风范。作品的主人公成为当代人的精神楷模，作品的主题也成为时代特点和时代精神的最佳聚焦。⑤ 还有人总结说，《领导干部的楷模——孔繁森》之所以产生了巨大的社会影响，其根本原因在于紧紧把握了

---

① 阮观荣：《怎样争获中国新闻奖兼谈中国新闻奖的导向作用》，《新闻传播》1997 年第 1 期。
② 《中国共产党人精神谱系第一批伟大精神正式发布》，新华社 2021 年 9 月 29 日电。
③ 彭朝丞：《释义，新闻的重要支撑点》，《新闻战线》1999 年第 8 期。
④ 张国军：《新闻通讯写作的常见病》，《齐齐哈尔师范学院学报》（哲学社会科学版）1996 年第 2 期。
⑤ 郭乾湖：《主题：新闻报道的灵魂》，《新闻与写作》1999 年第 8 期。

改革开放时代的脉搏，回答了在商品经济大潮冲击下，艰苦奋斗的作风需不需要发扬、在国家利益与个人利益发生冲突的时候怎么去对待，人们应该确立和实践什么样的人生观、价值观这样一个根本问题，体现了中国共产党人在新形势下的理想和追求。① 这些评价分析带来的启示是，写好典型人物报道，要与时代结合，写出人物的高度和境界。

——谋篇布局要讲究。《领导干部的楷模——孔繁森》一稿作者没有从孔繁森殉职写起，而是从他告别拉萨赴阿里任地委书记写起，最后写他因车祸不幸殉职。写作的重点放在了孔繁森两次援藏，而在阿里工作的20个月则是重中之重。经过精心选择，作者把以一胜十的典型材料高度集中、浓缩、提炼、概括成三个提要式的小标题：一是"两次进藏，历时十载。在党的召唤面前，在人生的选择中，他的精神境界一次次得到升华"；二是"为了寻找阿里的发展优势，全地区106个乡，他跑了98个，在雪域高原上留下了他的深深足迹。风雪中，他把自己的毛衣脱给了一位藏族老阿妈……"；三是"三个藏族孤儿，900毫升鲜血。他向人民奉献的是比血还浓的炽热情感，是博大、深沉和无私的爱"。②

此稿编辑是时任新华社社长郭超人和新华社副总编辑张万象。通讯的架构是经过精心提炼、缜密构思形成的。构成通讯主干部分的三个部分，从不同侧面表现了孔繁森崇高品质和精神世界的主要方面，即纯洁坚定的党性、艰苦奋斗和开拓创新的精神、热爱人民和无私奉献的品格。三个小标题，风格基本相同，特点是以实为主，虚实结合。小标题尽管以写实为主，甚至是具体的一个事实，但它们都是从众多的事实和情节中提炼出来的典型事实和情节，看似松散一般，实则凝练深刻。提炼，包括思想内容和语言文字的提炼，在新闻写作的实践中这两者是密不可分的。只有深刻的思想内容和完美的表现形式高度统一，才能构成一篇优秀的新闻作品。③ 这在《领导干部的楷模——孔繁森》一稿上有鲜明体现。

---

① 蔡平、韩玉江：《抓准问题写出精品工作通讯》，《新闻传播》2011年第7期。
② 陈金松：《通讯精品结构探析（上）》，《当代传播》1999年第4期。
③ 张万象：《提炼，新闻写作的基本功——评通讯〈领导干部的楷模——孔繁森〉》，《写作》1997年第8期。

《领导干部的楷模——孔繁森》一稿的过渡也有特色。正文在从三方面描述了孔繁森的崇高精神和光辉业绩后，用"***"符号隔开，以"令人痛惜的意外事情发生了"一句做引语，追述孔繁森发生车祸不幸殉职，以及藏族人民无限哀思和深切怀念这位党和人民的优秀儿子的感人情景。这里使用"***"进行分割，犹如在"生前"与"死后"之间架起了一座桥，不仅表明了层次的区别，同时也很好地起到了过渡和连接的作用，真可谓此处无字胜有字。[①]

——**用细节刻画人物**。人物形象的刻画始终是人物通讯写作中的一个焦点问题。要使人物有血有肉、形象丰满，不仅需要通过人物语言，更要让人物处于行动状态，从不同侧面写出人物性格的发展，使人物形象在活动中鲜明起来。[②]《领导干部的楷模——孔繁森》一稿中有很多典型的事，在讲述这些典型的事时，作者善于用细节刻画人物形象。例如，"人们在料理孔繁森的后事时，看到两件令人心碎的遗物：一是他仅有的钱款——8.6 元；一是他的'绝笔'——去世前 4 天写的关于发展阿里经济的 12 条建议"。通过对孔繁森遗物的描写，一个共产党员的高尚形象，一下子矗立在了读者的面前。[③] 文中选取的孔繁森把自己的毛衣脱给一位藏族老阿妈、收养 3 个地震中失去父母的藏族孤儿、把自己献血 900 毫升的营养费用于生活贫困的群众、隆冬早晨在敬老院将一位老人冻得红肿的脚抱在怀里等细节，无不扣人心扉，催人泪下。[④]

《领导干部的楷模——孔繁森》一稿还通过富有人情味的语言和行动，把孔繁森这个典型人物刻画得活灵活现，跃然纸上，让人读后感到可见、可闻、可触。最吸引人、最具有可读性的情节就是孔繁森二次进藏工作前与亲人诀别的情景："想到也许这是同年迈多病的老母亲的最后一面，孔繁森再也抑制不住内心的感情，'扑通'跪在母亲面前：'自古忠孝不能两全，娘，您要多保重！'说完，流着眼泪给母亲深深磕了一个头。"[⑤] 思想性、个性和人情味

① 陈金松：《承接严密 文气贯通——谈新闻精品的过渡技法》，《当代传播》1999 年第 1 期。
② 刘保全：《人物通讯如何刻画人物形象——兼评第六届"中国新闻奖"特别奖作品〈领导干部的楷模——孔繁森〉》，《报刊之友》1997 年第 4 期。
③ 吴四清：《采写要重细节》，《青年记者》1999 年第 1 期。
④ 赵刚健：《论 20 世纪 90 年代以来中国报纸新闻的文体革新》，《黄山学院学报》2005 年第 1 期。
⑤ 张楠：《做好先进典型人物采写的几点思考》，《城市党报研究》2020 年第 2 期。

是建构典型人物报道的三块基石，缺一不可。有人评价，孔繁森与母亲告别时的描写感染力很强，读起来很容易让人与通讯中的人物产生情感共鸣。[①]

大量使用直接引语是《领导干部的楷模——孔繁森》一稿的另一特色。例如，"我年纪轻，没问题，大不了多喘几口粗气""怎么能说我是山东的干部呢？我们共产党员无论在哪里都是党的干部，越是边远贫穷的地方，越需要我们为之去拼搏、奋斗、付出，否则，就有愧于党，有愧于群众""想想灾区那些还在饿肚子的群众，大鱼大肉咱能吃得下吗？"这些语言不仅合乎主人公的身份，而且合乎语境，让当时那个特定环境、特定时期、特定心情下的孔繁森跃然纸上，同时这些鲜活、生动、富有个性的语言，也让孔繁森这名优秀共产党员的世界观、人生观、价值观以及高尚行为和崇高精神都获得了支撑点。[②]此外，对孔繁森的心理活动、他的内心深处的所思所想的描写，有力地揭示了他的党性原则、组织原则。[③]

——先声夺人的开头。新闻作品中的画龙点睛的议论、浓烈感情的迸发，常常起到映照全文、升华主旨的功效。写作时，如果将议论与抒情有机结合，就会呈现出一种意境。《领导干部的楷模——孔繁森》一稿的开头，激情洋溢的文字把读者带进对孔繁森的无尽追思之中，沐浴着美和崇高的洗礼。[④]有人评价，稿件开头作者就抑制不住心中的感情发出抒情式的议论："也许，岁月能改变山河，但历史将不断证明，有一种精神永远不会失落。崇高、忠诚和无私将超越时空成为人类永恒的追求。"这是先声夺人，站在历史和时代的高度，突出了一种崇高感，这种崇高感奠定了通讯的感情基调和艺术感染力。[⑤]也有人称赞，开头用诗一样的语言，描绘了一个耐人寻味的意境，为深刻地揭示孔繁森的崇高精神创造了良好的氛围。[⑥]

从赏析的角度而言，有人认为《领导干部的楷模——孔繁森》作为典型

---

① 刘书芳：《新闻报道中的大与小》，《新闻知识》2007 年第 8 期。
② 裴培：《浅析写好人物通讯》，《新闻传播》2011 年第 4 期。
③ 张庆勇：《好新闻典型的几个要点》，《新闻传播》2002 年第 12 期。
④ 李国英：《新闻作品的高级审美形态——意境》，《湖北教育学院学报》2007 年第 7 期。
⑤ 陈建平：《新闻创优"三感"》，《中国广播电视学刊》1999 年第 5 期。
⑥ 王连星、薛福连：《论想象在新闻写作中的作用》，《采写编》2009 年第 4 期。

人物报道，存在无限拔高的情况。"三个藏族孤儿，900 毫升鲜血。他向人民奉献的是比血还浓的炽热情感，是博大、深沉和无私的爱""殷红的鲜血，从孔繁森的体内缓缓流进针管。这是一位共产党员的鲜血，是从一位日夜操劳的领导干部的血管里流出来的血"……这还仅仅是献血，就获得了如此无以复加的赞语，如果是比献血更难更大的事呢？"孔繁森是清贫的，同时也是富有的。他拥有人世间最美好的心灵，最丰富的情感，最高尚的精神境界"，孔繁森的举动的确高尚，思想境界的确很高，但是不能因为他高尚就提到世界第一、无与伦比的程度。文学创作可以这样赞叹，但新闻写作应该讲究客观真实，应该把握适当的"度"。稿件中有些场景已经过去很久了，记者自然无法亲眼看见，由合理想象营造出来的细节和场景描写，令人生疑。要改进和克服《县委书记的榜样——焦裕禄》和《领导干部的楷模——孔繁森》出现的写作缺陷，就要矫正认识典型的观念。① 另外，"五岁的儿子没人照看"与"曲尼 12 岁，曲印 7 岁，贡桑只有 5 岁"中的数字格式不统一，"五岁"中的汉字"五"改为阿拉伯数字"5"比较合适。

阅 读 + 《领导干部的楷模——孔繁森》

扫码阅读获奖作品全文

（作者：何平、朱幼棣、陈雁、陈维伟、魏武、王世亮；编辑：郭超人、张万象；新华社 1995 年 4 月 6 日电；获第六届中国新闻奖特别奖）

---

① 李毅坚：《从通讯名篇看通讯写作的改进——以〈县委书记的榜样——焦裕禄〉和〈领导干部的楷模——孔繁森〉为例》，《河池学院学报》2012 年第 6 期。

好文章必须拧水分

在第四届中国新闻奖评选中，《解放军报》刊发的《战士义勇非凡　人民恩重如山——某红军团班长徐洪刚勇斗歹徒负重伤之后》获评通讯一等奖。这是一篇典型的人物报道，从徐洪刚勇斗歹徒到稿件在《解放军报》刊发，中间相隔了数月，为何还能获评中国新闻奖一等奖呢？

（一）

徐洪刚的事迹今天读来仍感人至深。1993年8月17日，徐洪刚在探家返回部队途中，乘车时与抢劫乘客财物的4名歹徒英勇搏斗，在胸部、腹部、臂部被歹徒连捅14刀、肠子流出体外50厘米的情况下，用背心兜着肠子，忍着剧痛追赶歹徒，直至昏倒，用革命战士对党和人民群众的无限忠诚，谱写了一曲正气歌，历经三次大手术才活下来。徐洪刚的事迹经媒体报道后，在全国产生强烈反响。一时间，徐洪刚的名字家喻户晓，他成为那个年代中华大地上标志性的英雄！[1]

见义勇为英雄战士、见义勇为青年英雄、全国新长征突击手、中国十大杰出青年等荣誉接踵而至。党和国家领导人先后接见和勉励徐洪刚，称赞他是人民的好儿子。江泽民同志亲笔题词，号召全国人民和全军指战员"向徐洪刚同志学习"。[2]徐洪刚的壮举还写进了1994年的政府工作报告——"榜样的力量是无穷的，要大力表彰各条战线上的英雄模范人物，学习徐洪刚见

---

① 梅世雄：《英雄徐洪刚的多彩人生》，新华社2017年8月4日电。
② 《徐洪刚：见义勇为英雄战士》，新华社1999年9月3日电。

义勇为、不畏强暴的高尚思想和英雄行为，弘扬新时期的雷锋精神。"有人说，一时间，徐洪刚成为当时近 10 年来社会反响最强烈的一位英雄典型。①

后来，组织安排徐洪刚到军校深造，毕业后分配到部队带兵，他后来又读了研究生。这些年，徐洪刚始终保持着党员本色，用最平凡的姿态做着不凡之事，用实际行动践行着入党时的铮铮誓言。2018 年 9 月，47 岁的徐洪刚主动申请上高原，去了西藏昌都。"能给我们讲讲你勇斗歹徒的故事吗？""你是如何从初中文化提升到研究生学历的呢？"徐洪刚经常被战士们围着问个不停。②徐洪刚的事迹和精神至今仍在激励着很多人。武警工程大学校长陈富平在 2020 年毕业典礼的致辞中提到了大家熟悉的徐洪刚：他是全军表彰的见义勇为英雄，本可躺在功劳簿上轻松度日，却抱着"当兵没有打过仗是遗憾，没在高原边防当兵也是一种遗憾"的情怀，坚守"老西藏精神"，长期驻守巡逻于雪域高原。③

（二）

1993 年 12 月 31 日，《战士义勇非凡　人民恩重如山》以"本报特约记者梁万魁"的名义，在《解放军报》头版头条刊发，并同时配发了短评《军地同唱主旋律》。梁万魁当时供职于驻豫某集团军政治部宣传处。虽然不是专职记者，但梁万魁和同事们推出了多位叫得响的典型。有资深新闻工作者这样评价他："万魁的笔尖始终与时代脉搏一起跳动。"为了准确把握时代脉搏，梁万魁对开会学习、读报看文件和每日的《新闻联播》情有独钟，他认为这是了解上情的触角，而他把深入基层视为工作的触角。两"角"并用，耳聪目明；两"角"偏用，就"春江水暖鸭不知"了。④

在《解放军报》刊发《战士义勇非凡　人民恩重如山》之前，已有多家

① 杨玉辰：《椽笔谱就正气歌——通讯〈战士义勇非凡　人民恩重如山〉试析》，《写作》1995 年第 7 期。

② 何勇、张俊：《徐洪刚：雪域高原最"亮"的星》，《中国青年报》2019 年 4 月 10 日。

③ 《毕业典礼上，校长说了 4 句话，政委填了一首词》，中国军网 2020 年 8 月 13 日。

④ 魏联军、龙云飞：《笔尖与时代脉搏一起跳动——记驻豫某集团军政治部宣传处副处长梁万魁》，《新闻爱好者》1998 年第 10 期。

媒体报道了徐洪刚的事迹。新华社当年 10 月 11 日就播发了电稿《战士徐洪刚浴血斗歹徒》，其他媒体对徐洪刚的事迹也有报道，仅当年全国各地媒体推荐参评中国新闻奖的作品就有 40 多篇，为何《战士义勇非凡　人民恩重如山》能获评通讯一等奖呢？梁万魁认为，同题有的稿件虽时效性强，但就事论事，内容单薄，难以给人思想鲜明、主题重大、内容翔实的完整印象。① 这话在今天看来，也仍有一定道理。首发有首发的优势，关于这一点，今天的中国新闻奖评选办法中明确："对同一事件的同体裁作品，同等条件下首发在前的优先。"

徐洪刚是云南彝良县人，他见义勇为之事于 8 月 17 日发生在四川筠连县，而他所在部队位于河南。8 月 18 日，徐洪刚所在的团领导就接到电报："你部战士徐洪刚受重伤，速派人来。"是车辆事故，还是打抱不平受伤，抑或是私下闯了什么祸？领导反复揣摩电文、了解了徐洪刚平时表现后，心头才稍微宽松，并立即派人前往慰问和了解详情。梁万魁获悉这个线索已是事发半月之后的 9 月 4 日。当时，他正与解放军报社、新华社和军区报社记者一起在某师山地训练场参加现场观摩。休息时，师政治部领导讲了徐洪刚见义勇为的事迹，要求梁万魁下点劲把英雄壮举报道出去。

尽管此事在当时已是"旧闻"，但仍让梁万魁兴奋不已。理由之一是在发展市场经济新形势下，不少人价值观念错位，见危不救，社会各界谴责之声不断。徐洪刚以行动做了回答。随后，又进行了相关汇报并得到了相关指示，梁万魁一行出发采访徐洪刚事迹已是 10 月中旬。找不到现场目击者不罢休，查不到实物证据不撒手……半个月的时间，梁万魁一行进行了广泛、深入、全面的采访，采访对象包括客车司机、抢救徐洪刚的筠连县税务局人员、事件当事人之一的吴某、救治徐洪刚的医护人员、社会各界群众、徐洪刚的父母等。梁万魁后来揣着两大本采访笔记和照片、实物，又到部队采访了徐洪刚。当他了解完徐洪刚平时的表现，现场听取了徐洪刚英雄事迹报告后，稿

① 梁万魁：《让英雄走进亿万人民心中——获奖通讯〈战士义勇非凡　人民恩重如山〉形成前后》，《新闻爱好者》1997 年第 8 期。

件的主题和脉络便成竹在胸了。[①]

（三）

中国新闻奖获奖通讯比较注意刻画正面人物形象，而且多关注某一领域的"大人物"，或是在某一特定新闻事件中发挥重要作用的公众人物。获奖通讯《战士义勇非凡　人民恩重如山》，通过对某红军团班长徐洪刚见义勇为的英雄行为的叙述，树立了一个不畏强暴、舍己救人的光辉典型。[②]在错失首发优势的情况下，这篇获奖报道有什么独特之处？又何以能打动中国新闻奖评委并获评一等奖？对今天写好通讯，尤其是塑造典型人物的通讯，又有什么可借鉴之处？

——**主题鲜明**。《战士义勇非凡　人民恩重如山》仅从标题上就能看出，其主题并非在单纯写徐洪刚的英雄事迹，如果此时还单纯写事迹，已经滞后。稿件中的两条线，既呈现了人民战士卫人民的献身精神，也反映了人民群众爱英雄的传统美德，汇成了正义与真情相映成辉的时代交响曲。[③]社会需要英雄。弘扬时代精神，永远是新闻工作者的责任。此稿是一篇双主题的通讯，既表现了具有时代特征的人物精神，又切近了群众关心的社会治安问题。

——**谋篇讲究**。《战士义勇非凡　人民恩重如山》一稿2800多字，谋篇布局上比较讲究。把筠连县委书记、彝良县县长的话作为摘要，放在正文开头，别具一格，既突出了党委政府的关心重视，也强化了徐洪刚壮举的社会反响，有编者按的功效。正文五个部分各有侧重：第一部分用500多字就把徐洪刚见义勇为、惊心动魄的现场呈现了出来；第二部分重点写救治徐洪刚的经过；第三部分重点写筠连县方面如何组织学习徐洪刚事迹和精神；第四

---

① 梁万魁：《我是怎样采写徐洪刚的——通讯〈战士义勇非凡　人民恩重如山〉形成前后》，《新闻与成才》1994年第11期。

② 艾达：《中国的通讯与美国的特稿》，《新闻爱好者》2004年第2期。

③ 袁良：《正义与真情相映成辉》，出自《中国新闻奖作品选（1993年度·第四届）》，新华出版社1995年版，第24页。

部分重点写徐洪刚事迹和精神在筠连县和家乡彝良县引发的强烈社会反响；第五部分重点写徐洪刚获得的荣誉以及他本人的态度。整个稿件框架比较清晰，阅读起来也比较流畅。有人评价此稿，事迹写得很抓人，只要看了开头，就使人放不下，直到看完。再好的稿件，如果读者看了开头不想往下看，也很难说是好稿。

——**厚重有力**。此稿从最初的8000多字，到刊发时删减到了2800多字。事实证明，经过精心删改，这篇通讯的分量不仅没有减轻，反而使主题更加鲜明，内容更加凝练，文字更加生动。① 金是从沙里淘出来的，好文章也必须有个拧水分、留干货、选精品的过程。同样的内容，篇幅越短，文章的含金量越高。能做到内容厚重有力，与作者前期扎实广泛的采访分不开。比如，第二部分写救治徐洪刚时有这么一句："护士长孙道贵连续3个昼夜，几乎没离开病房一步，给病人吸痰、擦澡、洗衣裤……"这句话，作者可是费了功夫的。在事先无约的情况下，梁万魁一行凭着医院给的家庭住址，连夜登门采访孙道贵。汽车走走停停，找了1个多小时，终于叩响了孙道贵的家门。面对面采访孙道贵4小时，最后稿件中仅呈现了一句话，这种处理是比较得当的。什么地方详细、什么地方简略，什么地方展开、什么地方概括，这是对一个人脑力和笔力的考验。

——**内容全面**。《战士义勇非凡　人民恩重如山》对徐洪刚见义勇为的前因后果及后续情况写得很全面，基本上受众所有关心的内容都涉及了。比如，第四部分专门交代了警方历时7天6夜抓获暴徒的情况，主犯被抓的消息传开后，全县人民无不拍手称快。这部分内容篇幅不长，两段话，100多字，但让整个报道更加完整。第五部分专门用一段话写面对荣誉的徐洪刚没有陶醉的肺腑之言，强化了典型人物精神价值。这种尝试对塑造典型人物都有一定的参考性。

——**细节感人**。一篇通讯能否撑起来，既靠骨干事例，又靠传神入化的

---

① 田建民：《批语"长风"缘何受到关注——〈论中国新闻奖评选中的长稿导向作用〉一文采写体会》，《新闻记者》1996年第9期。

细节。没有细节的通讯很难说是好通讯，好的通讯尤其是好的人物通讯一定是有生动感人的细节的，这在《战士义勇非凡　人民恩重如山》中有鲜明体现。比如，稿件第四部分写徐洪刚的事迹和精神在筠连县引发的社会反响时，有一段是这样写的："通往县人民医院的大街上，探望者一批接一批，络绎不绝。为了让伤员休息好，医院特设接待室。探望的群众有年过八旬的老人，有三四岁的孩童，有城镇居民、机关干部、企业职工、学生教师，还有偏远乡镇来的农民。50多岁的哑巴姐妹李云芝、李云芬，虽然无法用言语表达心声，却再三恳请，站在徐洪刚床前连连鞠躬；73岁的五保老人汪向珍，用自己省吃俭用的钱买来糖果点心，3次看望徐洪刚，并亲自喂他吃两口，才恋恋不舍地离去。"这段话中，哑巴姐妹、五保老人看望徐洪刚的一事虽简洁但很生动。这两个细节不仅使读者如临其境，如睹其人，而且有"转轴拨弦三两声，未成曲调先有情"的感染力，很好地表现了人民群众崇尚英雄的高贵品格。[①] 没有深入细致的采访，很难做到细节生动感人。

从赏析的角度而言，《战士义勇非凡　人民恩重如山》也有不足的地方。通讯的时效性虽然不那么强，但从徐洪刚见义勇为事发到稿件刊发间隔了好几个月，让人感到有遗憾。采访如果能迅速，发稿如果能更快，效果会不会更好？ 12月31日是一年最后的一天，选择这一天刊发，多少有点再不发稿就要跨年的被动。全媒体时代，做好新闻舆论工作，应该避免这种情况。从写作上而言，徐洪刚勇斗歹徒的时间，这是新闻重要的元素之一，但稿件中只有一个笼统的"金秋时节"。稿件中有名有姓的人物不少，值得肯定，但"司机小杨""胸外科王教授""宜宾地委高书记""民政局黄副局长"等用全名会更好。

另外，稿件第一部分"决定把徐洪刚转以县人民医院"中的"以"字，稿件第四部分"乡中学的学生们带给他家背去了4000公斤煤炭"中的"带"字，让人有点疑惑。还有，"受伤者身上被利器刺中14刀，胸部8刀，腹部一刀"中的"一刀"改为数字"1"更为合适。"县政法委、县公安局迅速缉

① 蟾桂：《细节在通讯中的运用》，《新闻前哨》1996年第4期。

拿罪犯归案"这句话也有点问题，"县政法委"的准确说法是"县委政法委"，中间的这个"委"字不能省略，否则意思就变了。政法委与公安局不同，政法委不是行政执法部门，让政法委"迅速缉拿罪犯归案"，也不符合我国法律法规精神。

阅 读 + 《战士义勇非凡　人民恩重如山——某红军团班长徐洪刚勇斗歹徒负重伤之后》

扫码阅读获奖作品全文

（作者：梁万魁；编辑：刘均孔；原载《解放军报》1993年12月31日；获第四届中国新闻奖一等奖）

第二辑

讲好百姓故事

好通讯最终比拼的是讲故事的能力，比谁能从看似平凡的世界中挖掘到感人的故事，并通过生动的细节和场景描写展现出来。综观获得中国新闻奖的优秀作品，它们都有一个共同点，那就是运用群众的语言讲述好人民自己的故事。

小人物见证大时代

在第三十一届中国新闻奖评选中，《陕西日报》稿件《杨叔的脱贫日记》获评通讯一等奖。这些年，反映脱贫攻坚主题的报道不少，这篇通讯有其独到之处，否则也不会获评一等奖。

（一）

《杨叔的脱贫日记》2020年12月22日在《陕西日报》头版头条刊发时，署名为"本报记者张辰　通讯员刁江岭"。不到3000字的稿件头版发了一部分，采取了转版处理，在头版与通讯一起配发的还有千字评论《写在人民心里的战贫篇章》。配发的杨叔与扶贫干部在一起的照片是记者张辰拍的，同时还配有一个二维码，"日记原文连载　详见本报客户端"。关注好新闻首先应关注线索来源。张辰在谈及这篇稿件的线索来源时透露："2020年4月，通讯员刁江岭发来几张翻拍的日记内容，朴实的大白话立刻抓住了我的眼球。"[①]刁江岭是宝鸡日报记者。

第三十一届中国新闻奖评选结果揭晓后，《宝鸡日报》发布喜讯说："宝鸡日报记者刁江岭与陕西日报记者合写的一篇文字通讯获得一等奖。"这届评选中，《宝鸡日报》在陕西新闻奖评选中获三等奖的评论《莫以纪律红线为怠政懒政找借口》，由陕西记协报送参评中国新闻奖并最终获得二等奖，《宝鸡日报》刊文称"本报获奖等次和获奖数量均居全国地市党报之首"。[②]2022年

---

① 张辰：《"嗅"出新闻的味道》，《陕西日报》2021年11月8日。
② 郑晔：《喜讯！第三十一届中国新闻奖评选结果揭晓——宝鸡日报获奖等次和数量居全国地市党报之首》，《宝鸡日报》2021年11月9日。

记者节，从事新闻工作 27 个年头的刁江岭发表感言时说，从学校毕业走上工作岗位，她从未放弃自己的新闻理想，一直身在一线，寻找生活中的真、善、美。"能捕捉到可以冲击新闻奖的重大线索，既有偶然性，也有必然性，这是对我多年心无旁骛、一心专注新闻工作的奖励。"她认为，基层一线，是新闻主阵地，也是自己的战场。她想给同行们分享的是：认真对待每一位采访对象，加强学习、热爱生活，始终保持对新闻的不懈追求，一定能写出精彩的人生答卷。①

作为陕西日报社时政新闻部记者的张辰，不仅会写还会拍。2022 年记者节，他在回顾从业经历时说："13 年的职业生涯中，我从一个青涩大学生成长为一名新闻战线上的老兵，曾荣获中国新闻奖一等奖的通讯及陕西新闻奖的摄影、评论等作品，无一例外都是把焦点对准了基层一线。"②他认为，继承好、发扬好群众路线这个"传家宝"，是新时代党报记者的使命与担当。记者到基层，就能发现"取之不尽、用之不竭"的"宝藏"。③

（二）

新闻是一种特殊的信息产品，有着与新闻信息相对应的新闻价值。新闻价值可通过受众对新闻的重视程度、接受程度、扩散力度等得以彰显，它是新闻事件本身意义、记者采写技巧、编辑编排水平以及刊发时间的综合体现。有新闻价值的新闻才是好新闻。④

《杨叔的脱贫日记》中的杨叔，是 70 多岁的宝鸡市硖石镇车辙村的村民杨思笃，他的日记记录了从贫困户到小康家庭的点点滴滴。虽然在脱贫之路上遇到挫折和困难，但是杨叔从未放弃过，在扶贫干部的支持和自己的努力劳作下，杨叔的日子越过越好。他以日记形式，记录了扶贫干部的辛劳与自己脱贫致富的心路历程，希望后世子孙能够铭记历史、感恩社会，并发愤图

① 刁江岭：《讲好宝鸡发展故事》，《宝鸡日报》2022 年 11 月 8 日。
② 张辰：《传承延安精神　做好新时代"答卷人"》，《陕西日报》2022 年 11 月 8 日。
③ 张辰：《践行"四力"叩初心》，《陕西日报》2022 年 3 月 24 日。
④ 司勇：《捕捉采写好新闻的路径探究》，《新闻研究导刊》2023 年第 2 期。

强为社会和国家发展做出贡献。①2021年2月，杨叔走了，他留下的日记以及以他日记为切入口的这篇报道，也就显得更加珍贵和独特。第三十一届中国新闻奖评委、时任江西广播电视台总编辑的龚荣生认为，在《杨叔的脱贫日记》这篇报道中，一位善良的老人、一群有责任心的帮扶干部形象跃然纸上。这14本日记，是这位普通农民对这个时代最好的见证，也彰显了在中国共产党的坚强领导下，亿万中国人民向贫困宣战的坚定决心，小切口折射大变化，小人物见证大时代。②

稿件开头和结尾写作上都很用心。开头"杨叔的屋里，那新刷的箱柜就在窗前，在冬日阳光的照射下，闪闪发亮，是杨叔最爱的红色……"接着另起一段"在杨叔的眼里，这鲜红既是对贫困的作别，更是对焕然一新生活的迎接"。作者借用电影的"回放"镜头，以杨叔家的焕然一新呈现给读者，这种类似电影拍摄的手法，丰富了文章结构，既体现了历史纵深感，也增强了文章的厚重感，避免了流水账式的记录，大大增强了可读性，受众的阅读欲望也易被激发。结尾倒数第二段中"燕子在杨叔家明亮的厅堂内筑起了窝，雏燕的叫声悦耳，杨叔全家的生活越来越有盼头"。此处通过杨叔焕然一新的家里传出雏燕悦耳的叫声与开头形成呼应，让人印象深刻。③

稿件三个部分之间是层层递进的关系。三个小标题是2016年、2017年、2020年三篇日记的内容概括，记述的分别是帮扶、脱贫、感恩。这种安排让文章脉络清晰，承接过渡自然，看似平铺直叙，但故事表述流畅，读者能够一口气读完，并领略其中的大意。④新闻作品要力争让"不起眼"的细节变得"抢眼"，成为非凡时代画卷中出彩的一笔。小标题选用了杨叔日记中的原

---

① 彭伟步、舒树满：《创新突破的标杆，融合传播的典范——评第三十一届中国新闻奖获奖作品》，《新闻战线》2021年第24期。

② 龚荣生：《打造有思想有温度有品质的精品力作》，《新闻战线》2022年第15期。

③ 张辰：《藏在日记本里的中国精神——文字通讯〈杨叔的脱贫日记〉创作感悟》，《全媒体探索》2021年第4期。

④ 刁江岭、张辰：《践行"四力"打造新闻精品——浅谈〈杨叔的脱贫日记〉的采写体会》，《新闻知识》2022年第4期。

话，增强了稿件的故事性、语言的生动性。^① 三个小标题，从"帮扶干部来了，也重燃了希望"到"请结束对我家的帮扶，改扶别人"，再到"希望子孙能记住历史，律己向上，感恩社会"，无不反映出杨叔骨子里透着不服输的"拧劲"。这种"拧"包含着中华民族朴实勤劳、知足感恩的中国精神，这种精神不仅影响着与他境遇相同的贫困户，也使得帮助他的扶贫干部受到了激励。这正是这个时代需要的精神力量。

细节生动是此稿的特色之一。写好人物报道是记者的一项必备技能，但要将人物报道写得鲜活、给读者留下深刻印象却并非易事。^②《杨叔的脱贫日记》的作者将新闻素材以日记的形式进行别致的新闻架构，将 14 本日记与生动鲜活的故事反复穿插叙述。在叙事中，记者时刻锚定人物和细节。^③ 采访时，记者不断向摄影记者学习，善于用职业的眼光观察人物、事物、环境，眼观六路，耳听八方；需要刨根问底不放过与采访主题相关的所有信息；还身临其境用心感受气味、温度、情绪等变化。^④ 每一位新闻人物都有自己的特征，运用白描刻画人物肖像时，需抓住人物的典型细节，即用最精练、最节省的文笔粗线条地勾勒出人物形象。通过来自一般又突出于一般的特征勾勒，虽简练，但传神，其概括性强，却又具有代表性。《杨叔的脱贫日记》中"杨叔身材单薄瘦小，但是腰板直挺，看着硬朗。他常着一身蓝色布衣，干农活时，手脚麻利，额头上的汗珠在黝黑皮肤的映衬下闪闪发光"的几笔勾画，在字里行间展现了杨叔的质朴自然，书写了脱贫攻坚大背景下一位爱写日记的小典型，使读者为之动容。^⑤ 作为一位 70 多岁的关中农民，杨叔收到记者寄送的报纸后说："报纸上的文章我看到咧，写得好，我也很感动。"

---

① 张辰、张丹华：《让细节更"抢眼"——以〈杨叔的脱贫日记〉为例》，《新闻战线》2021 年第23 期。

② 高雅娜：《让行业新闻人物报道更鲜活》，《全媒体探索》2022 年第 1—2 月期。

③ 郑焱：《区域新闻，如何从"版面的负担"变成"版面的亮点"——党报驻站记者提升新闻跨区域传播力的实践与思考》，《城市党报研究》2022 年第 2 期。

④ 郝天韵：《〈陕西日报〉文字通讯〈杨叔的脱贫日记〉：深入基层，才能挖出实实在在"宝藏"》，《中国新闻出版广电报》2021 年 12 月 17 日。

⑤ 孔天贺、王艳玲：《新闻通讯如何用好白描》，《海河传媒》2022 年第 5 期。

（三）

发现线索只是第一步，关键是怎么操作好。脱贫攻坚是党领导人民创造的彪炳千秋的历史伟业，在这一宏大的时代叙事中，一滴水滴可以折射出太阳的光辉。杨叔家的脱贫故事就是那一滴水滴，而这水滴恰好被记者敏锐的眼力发现，并最终成就一篇佳作。[①] 白天，记者跟随老人下地里采访；晚上，坐在炕头听老人讲脱贫故事。只有深入基层，走入群众中，才能发现和捕捉到带有宝贵价值的新闻，这是一篇好新闻出炉的基础。此稿的采写过程，完美地诠释了什么是"四力"。[②]

值得一提的是，杨叔家距离市区有近 5 小时的车程，记者先后 6 次驱车前往杨叔家。前两次，当地宣传部门和扶贫办的同志陪记者一起去，记者发现杨叔有些拘束，介绍情况时有些保留，记者听不到自己想听的"重要信息"。于是，从那以后记者都是独自前往。一来二去，记者与杨叔变得熟络起来。正是这份坚持，让记者与杨叔成为无所不谈的朋友，从而能够采访到大量不为人知的鲜活细节，掌握杨叔内心的真实情感和细腻心理变化，最终这些都成为文章的血肉，写出了农民、农村、农业在精准扶贫中的真实变化和农民的真情实感，大大增强了作品的传播力和影响力。[③]

在采访中，征得杨叔同意，记者将他的日记中涉及脱贫的部分全部录入了电脑，采访录音将近 10 小时。每次采访完成后，记者当天就整理好采访笔记，尽量把采访到的每一个鲜活的故事生动地记录下来。采访杨叔，记者收集到 10 多个故事，每个故事都和扶贫有关系。但是，稿子里不能把这些故事都简单罗列进去，那样有可能写成流水账。[④] 采访到位了，如何表达呈现就显得十分关键了。《杨叔的脱贫日记》的成稿过程颇费周折，素材内容丰富，但难以取舍，记者无从下笔。如何让杨叔的故事既精彩，又有说服力和可信

---

① 宋秉琴：《如何利用融媒体观念写好人物通讯稿》，《西部广播电视》2022 年第 8 期。
② 董云平：《如何选好角度出品优秀新闻》，《新闻传播》2022 年第 21 期。
③ 李文：《从第三十一届中国新闻奖获奖作品看记者"四力"》，《视听界》2022 年第 4 期。
④ 郝天韵：《〈陕西日报〉文字通讯〈杨叔的脱贫日记〉：深入基层，才能挖出实实在在"宝藏"》，《中国新闻出版广电报》2021 年 12 月 17 日。

度？倘若从扶贫干部嘴里说出帮扶政策，村支书畅谈村子如何发展、杨叔家如何脱贫，平铺直叙恐怕达不到理想效果。

一篇新闻佳作的背后，很多时候是集体的智慧，当记者困惑如何下笔时，报社领导的点拨启发了记者。汉乐府诗《陌上桑》中有这样一段描写："行者见罗敷，下担将髭须。少年见罗敷，脱帽著帩头。耕者忘其犁，锄者忘其锄。"罗敷美吗？诗中并没有对她的相貌进行讲述，而是借"行者""少年""耕者"的举止动作来描写。这就会引起读者的好奇，从而加深印象。人物通讯报道，特别是重大主题宣传报道也可以借鉴《陌上桑》的描写方法，从惯用的"领导怎么说""干部如何做""群众反映好"的套路跳出来，从群众角度出发娓娓道来，定能增色不少。用写罗敷的手法，借用杨叔日记记录家庭的变迁为时间线，不仅让这位小人物身上的优秀品质发光，还反映大时代精神。就从日记入手！记者一遍遍梳理采访笔记，一次次消化杨叔日记的内容，找到了方向，开始动笔。①《杨叔的脱贫日记》最大的亮点也莫过于此，这也是此稿与其他脱贫攻坚报道在角度上最大的不同。

好稿是写出来的，也是改出来的。深入了解杨叔家的前后变化，仔细聆听帮扶干部畅谈工作收获，记者将采写的大量新闻素材提炼归纳，九易其稿，精益求精，历时半年才最终完稿。在快速碎片化阅读的新闻时代，潜心打磨稿件不是一件易事。②记者最后也感慨，这期间虽然也遇到催发稿件的压力，但坚持多次修改，去粗取精，打磨毛边……最终在头版头条推出，可谓"过程不易、反响热烈"，值！③这也启示，稿件不要怕修改，不要怕别人提意见，只要提的意见对，就应该参考。当然，媒体也要给记者足够的时间打磨修改稿件，仓促发稿有时会浪费一个好题材；个人也要提高工作效率，一篇稿件不能久拖，有时候拖着拖着就拖没了。

---

① 张辰：《藏在日记本里的中国精神——文字通讯〈杨叔的脱贫日记〉创作感悟》，《全媒体探索》2021 年第 4 期。

② 符攀：《从中国新闻奖看地方媒体如何做好大选题》，《教育传媒研究》2022 年第 3 期。

③ 张辰：《藏在日记本里的中国精神——文字通讯〈杨叔的脱贫日记〉创作感悟》，《全媒体探索》2021 年第 4 期。

　　从赏析的角度而言，这篇佳作也有可探讨之处。7 个字的标题《杨叔的脱贫日记》虽然很简洁，因为没有引题或副题，稿件想要表达的主题就不是那么直观。同样是脱贫攻坚的主题，《人民日报》获第二十七届中国新闻奖一等奖的《老郭脱贫记》，因为使用了引题"政府兜了底　致富靠自己"，让稿件的主题一目了然。另外，稿件的部分语言，有的不像是杨叔作为一个农民的自然表达，显得有些刻意；有些表述在一定程度上还是工作化的语言，不够接地气。文中"杨叔家的地在全村务得最好"的"务得"一词，也不是那么好理解。

阅 读 ＋ 　《杨叔的脱贫日记》

扫码阅读获奖作品全文

　　（作者：张辰、刁江岭；编辑：周维军、曹瑞；原载《陕西日报》2020 年 12 月 22 日；获第三十一届中国新闻奖一等奖）

走基层走出好新闻

在第二十九届中国新闻奖评选中，《山西日报》作品《矿工组长的 551 条短信》获评通讯二等奖。这是记者走基层走出的一篇获奖报道，短是此稿的一大特色，正文不到 800 字。

——视角独特。山西煤矿多，记者平时走基层时对煤矿已有较多报道，在第二十七届中国新闻奖评选中，《山西日报》获评一等奖的《别了，白家庄矿》报道的也是煤矿，在这种情况下，"新春走基层"再来报道煤矿的话，如何出新出彩面临很大考验，找不到好角度就容易流于一般化。

"浙江宣传"盘点"新春走基层"存在值得注意的问题有：用手机代替脚走；到过就算走过；选题年年炒冷饭；移花接木式采访；场景刻意演练。"走一走"不能满足于"看一看"。对此，"浙江宣传"总结了几点："身"入也要"心"入；怀着一颗坚持而敏感的心；走得有时代感；要通俗，也要有创新。[1]

山西日报社记者苏晓晨从下井到升井，历时 14 小时，体验了煤矿工人的酸甜苦辣，通过深入基层，记者亲身感受并深入挖掘了感人的温暖小事。[2]可贵的是，记者走完基层提笔成文时，脑海中闪烁的是矿工兄弟下井前与家人虽简单却情意绵长的短信，"下井，早睡""上井平安"中饱含的是对家人的惦念，是对安全生产的期盼。安全生产是煤炭行业永恒的主题，几条短信折射出的是家庭温情，折射出的是一线职工对安全的敬畏。[3]

---

① 杭轩：《"新春走基层"怎么走》，"浙江宣传"微信公众号 2023 年 1 月 27 日。

② 李彦水：《把"四力"融入每一篇新闻精品——从中国新闻奖近几年部分获奖作品看重大报道创新路径》，《中国地市报人》2022 年第 1 期。

③ 《中国新闻奖参评作品推荐表〈矿工组长的 551 条短信〉》，中国记协网 2019 年 6 月 23 日。

关于安全生产的报道不少，但这篇获奖报道从矿工组长的短信入手，可谓独辟蹊径，角度之巧，令人赞叹。这说明，即便是已经被多次报道过的题材和领域，在特殊的时间节点，找到与众不同的角度，同样可以做出好的报道。

值得一提的是，此次"新春走基层"苏晓晨以不同的角度写了 3 篇不一样的初稿，然后把稿件交给几位煤矿生活丰富的老师傅看，让他们帮自己选到底哪个角度更逼真更贴近。他认为，另外两篇刻画得更细腻，但是几乎所有的老师傅都选择了短信报平安这个角度。他后来感慨说："现在看来，也许这就是咱们的矿工兄弟吧，虽然身处阴冷的巷道，却总有一个温暖的心惦念着家人。"① 同一件事，写出 3 篇不同角度的稿件，并请煤矿生活丰富的老师傅评判，然后再做选择，这样的记者恐怕不多。

——**细节生动**。人物通讯的形象力和感染力，离不开生动的故事情节。文章中一两个细节描写远比拉拉杂杂的平铺直叙强得多。细节可以是人物的一个眼神、一个表情、一个动作，选最能代表人物特征的细节写一两个，可以让人物更接地气、更有亲和力。好的细节刻画，可以为新闻作品注入"灵气"，使人物丰满扎实、主题刻画鲜明。② 细节生动是此稿的一大特色。对新闻工作者而言，去了新闻现场写不出现场，是职业能力欠缺的表现。山西记协推荐这件作品参评中国新闻奖的理由之一是"细节刻画生动，受到各界认可"。能做到"细节刻画生动"，源于记者在现场的细致观察。"内衫、马甲已黑得看不出原先的纹理图案。棉裤塞满胶鞋鞋筒才能不进砂石，厚重的棉裤有些潮湿僵硬，梁林勇用跪着的姿势，使尽全力把胶鞋拽到裤筒上。"这些细节，寥寥数语，如同一段短视频，画面感极强，体现出记者较强的"眼力"。③

① 邰蓉、党三玲：《山西省举行新闻界颁奖报告会，太原晚报 8 件作品获 2018 年度山西新闻奖！》，"太原晚报"微信公众号 2019 年 11 月 19 日。
② 司雁：《脚下"沾泥土"心中"有情怀"笔下"有温度"——浅析记者如何把人物通讯写出彩》，《新闻采编》2021 年第 2 期。
③ 朱建华、李炜：《获奖作品中人物故事报道的五个特征》，《新传播》2022 年第 3 期。

——**语言丰富**。能不能讲好百姓故事，评价标准有很多，但最基本的一条要看人物语言是不是接地气。《矿工组长的 551 条短信》一稿语言很丰富，说明记者走基层走得很到位。例如，更衣室里，工友打趣检修班电工组长梁林勇时说："过年吃得不错呀，又贴了新膘。"这个"贴了新膘"的表述，既口语化又形象生动，是老百姓的话，听着自然、舒服。记者的文字功底在这篇稿件中也得到彰显，比如，这段："开水房里，大伙排队灌满随身的保温壶。记者掏出相机按下快门，面前的师傅被闪光灯一惊，开水马上溢出水壶，师傅把手在身上擦擦，笑着朝井口走去。"还有文尾这段："按下发送，梁林勇给妻子的第 551 条短信，飞跃在城市的夜空之巅。"文字的魅力在这里得到了充分体现。新闻作品尤其是通讯作品，要能体现语言文字的魅力。这篇报道获奖也说明，一篇好的文章不一定要有华丽的辞藻，但一定要朴实、一定要接地气。①

——**情感充沛**。有温度的新闻作品中生动的细节和丰沛的情感，既能感动记者，也能打动受众，并实现记者与受众之间的相互感染。② 在第二十八届中国新闻奖评选中获评一等奖的《"见字如面"23 年》与《矿工组长的551 条短信》有相似的地方，一个写的是一对在铁路系统工作的夫妻 23 年靠留言进行交流，一个写的是一位煤矿矿工组长与妻子之间的短信交流，这种留言、短信都饱含着浓烈的情感，这也正如稿件中所言"信息虽短，情意绵长"。能做到这一点，背后可能与记者本身的经历也有一定的关系。苏晓晨生长在矿山，又在煤矿企业工作了好几年，写起这样的稿件，与没有这个从业经历的记者相比，他内心的感情一定是炽烈的。新闻大家穆青的"人民情怀"，也正如他所言："我热爱劳动人民，无论在什么情况下，我的心始终同他们是相通的。"

——**标题平实**。对于一个有较强故事性的新闻事件的报道，标题以何种"面目"映入读者的"眼帘"尤为关键，标题是否故事性"饱满"，是否有吸

---

① 《相见恨晚也不晚——感悟一场"干货"满满的通讯员培训会》，"陕钢集团龙钢公司"微信公众号 2023 年 3 月 26 日。

② 丁柏铨：《论"有思想、有温度、有品质"的新闻作品》，《新闻爱好者》2020 年第 9 期。

引力，关系到此类新闻传播力的大小。①互联网时代的传播，争夺的是注意力，很多人追求的是"语不惊人死不休"，这也是"标题党"盛行的原因。《矿工组长的 551 条短信》的标题是一个单行题，不长，但平实有力。记者原稿的标题为《梁林勇的 551 条短信》，见报时，编辑改成了《矿工组长的 551 条短信》，这个改动是把"梁林勇"改成了"矿工组长"，是把一个具体人名改成了一个有职务有身份的人，从传播的角度而言，改后的标题要比原题好，因为改后更有吸引力一些。让"梁林勇"上标题也不能说错，但绝大多数人可能都不知道"梁林勇"是一个什么样的人。有人评价这个标题，"先声夺人，充满故事性"，"从标题制作上，可看出整篇报道的风格式样"。

从赏析的角度而言，这篇稿件也有可探讨之处。此稿在版面上刊发得并不突出，虽然全媒体时代，稿件在报纸版面上刊发的位置并不能完全说明什么，但这样一篇后来获中国新闻奖二等奖的稿件，你能想象到发在了"新春走基层"整版报道最下边的角落里吗？具体而言，发在了右边条的最下方。换句话说，在整版 6 篇稿件和 1 组摄影照片中，这篇稿件可能被认为是最不重要的。可唯独这篇稿件经过层层选拔和评选，最后获评中国新闻奖，这说明了什么呢？

就稿件本身而言，文中摘录的短信内容读起来有些费力。稿件第 4 段写的是："梁林勇趁着下井前的一小段时间，赶紧给妻子发了条短信，因为从入井到升井差不多要 14 小时，再发信息就要到明天了。系统显示这是他从去年 1 月以来，发给妻子的第 550 条短信。翻看内容，大致相同。"第 5 段写的是："我马上下井了，你早点睡别等我。""刚上井，洗了澡就回去。"仔细看也能理解，这都是丈夫发的短信。接着第 6 段写的是："干活小心点，早回家。""路上慢走，锅里留了饭。"读到这里就迟疑了，原来这是妻子回复的对应上面短信的内容。第 7 段又写丈夫给妻子的短信："下井，早睡。"第 8 段接着写妻子回复丈夫的短信："上井平安。"第 5 段到第 8 段内容上的这种切换，读起来不够自然，有点费劲。编排时处理成夫妻两人一对一的短信交流，比较合适。

---

① 李艳龙：《创新新闻表达，让标题更"有料"》，《采写编》2021 年第 1 期。

阅读+　　《矿工组长的 551 条短信》

扫码阅读获奖作品全文

（作者：苏晓晨；编辑：焦玉强、段伟华；原载《山西日报》2018 年 3 月 1 日；获第二十九届中国新闻奖二等奖）

刷热搜刷出好选题

在第二十九届中国新闻奖评选中，中国新闻社作品《两岸夫妻"过年回谁家"？》获评通讯二等奖。这篇稿件非重大策划，采写难度也不大，是记者刷热搜时发现的好选题，没花费太多时间就操作了出来，胜在很巧妙地记录并反映了时代变化，政治意味足。

"踏破铁鞋无觅处，得来全不费工夫。"做新闻有时也是这样，天天为选题冥思苦想，而选题有时候可能就在眼皮子底下。热点是最公开的信源，记者能通过关注热点发现新闻选题，本身也是"脑力"的体现。

2018年农历春节前夕，中国新闻社浙江分社李佳赟刷到"过年回谁家"的热搜，看着网友们的热评，她突然好奇跨越海峡的"两岸夫妻"是如何解题的。打开微信，她找出了在宁波创业的台商朋友褚富宥，问他今年还回台湾过年不。半聊天半采访中，褚富宥告诉李佳赟，为了方便湖南籍的妻子和亲友团聚，这一年夫妻俩在大陆过年。末了，他还说"今年我有很多的台湾朋友都留在大陆过年哦"，并热心地向记者发送了几位已婚台湾朋友的微信名片。当时正值春节放假，采访完成后，李佳赟在与家人的短途旅行中完成了这篇稿件的撰写工作。①

稿件篇幅不长，不到千字，11个自然段，主要写了3位台商春节过年的故事，分别是在宁波过年的台商褚富宥、在宁波开餐厅的台商丁志成和台商中的"绍兴女婿"施建全。每人的故事没有平均用力，而是各有侧重，写褚

---

① 赵晔娇、李佳赟：《两岸夫妻过年回谁家？中国新闻奖获奖作品教你答好"无解题"》，"庖丁解news"微信公众号2021年2月9日。

富宥的文字有 4 段，写丁志成的仅 1 段，写施建全的有 3 段。另外 3 段分别是概述、评述，在文中主要起到起承转合的作用。

稿件行文有特色。第 1 段从台商褚富宥与大陆妻子在宁波新家的第一个农历春节写起，"贴财神画儿、挂灯笼、写对联"很具体，也充满了年味。第 2 段旗帜鲜明地切入主题——近年来，越来越多的两岸夫妻选择在大陆过年。第 3 段至第 5 段写台商褚富宥，为何决定留在大陆过年，在大陆过年和在台湾有没有区别，在大陆过年有啥具体感受。第 6 段是过渡，陈述多位台商选择在大陆度过春节的原因——一方面"暖心"照顾妻子需求，另一方面大陆事业如今是如日中天。第 7 段写台商丁志成在大陆过年的感受。第 8 段属于评述——台商选择陪妻子在"娘家"过年，折射出"两岸跨海婚恋"的发展与融合。第 9 段至第 11 段写台商施建全，并借他的口在最后一段升华报道主题，"有爱的地方就是家"，希望"两岸一家亲"的氛围亦能像这年味一样越来越浓。

稿件的一大特色是口语化、接地气，符合人物身份特点，有中新社稿件的独特风格。具体如在"爱巢"迎来第一个农历春节，夫妻俩"达成共识"，选择"留守"大陆过年，笑言"陆配魅力大"，"暖心"照顾妻子需求，"大家族"的聚会年味更浓，可以互相"串门"拜年。这篇稿件中引号用得也比较多，既有直接引语，还有很多词也打了引号。

一个家庭的变迁可以反映出时代浪潮的奔腾向前。一个大的背景是，2017 年是两岸打破隔绝状态、恢复民间交流 30 周年。这篇稿件写于 2018 年初，叠加着 2017 年两岸恢复民间交流 30 周年和 2018 年改革开放 40 周年两个历史背景。部委专业报初评委员会推荐这篇稿件参评中国新闻奖时给出的理由是：这篇文章讲述了 3 位台商的小故事，角度选择得好，而且时间把握得好，文章最后一段突出了"两岸一家亲，有爱的地方就是家"的主题，读者可以从这篇文章中读出"温情、亲情、两岸情"。[①]

---

① 《〈两岸夫妻"过年回谁家"？〉申报资料实录》，出自《中国新闻奖作品选（2018 年度·第二十九届）》，新华出版社 2020 年版，第 275 页。

发现问题，不仅要反映问题表象，还要知其然，更要知其所以然，深刻思考并把握问题本质，抓住要害找出规律，唯有如此，报道才能由表及里、由点及面、由浅入深，富有说服力和穿透力。有人评价，《两岸夫妻"过年回谁家"？》赋予了一篇常规报道以不寻常的意味，这篇报道的成功正是源于新闻工作者对于一个日常问题的发问和思考。①

《两岸夫妻"过年回谁家"？》一稿令第二十九届中国新闻奖评委、中国人民大学教授许向东印象深刻。他认为，好通讯的关键在于题材能够吸引人，讲述中有细节有情节，用"有温度、有热度、有深度"的故事来感染读者。此外，要善于发现问题，强调新闻事件或新闻人物的代表性、典型性，只有事实准确无误，观点才能立得住。另一位第二十九届中国新闻奖评委、中国新闻社政文部主任夏宇华谈到《两岸夫妻"过年回谁家"？》一稿时说，通过3个家庭的小切口反映了两岸关系的大主题。他认为，好通讯最终比拼的是讲故事的能力，比谁能从看似平凡的世界中挖掘到感人的故事，并通过生动的细节和场景描写展现出来。②

有吸引力的标题才是好标题。《两岸夫妻"过年回谁家"？》的标题是从正文准确提炼出的一句疑问式标题，巧设悬念，聚焦两岸夫妻"过年回谁家"的问题，既具有人情味又有一定的冲突性，容易产生共鸣，扩大共同的话题，拉近与读者的距离，同时激起读者的好奇心，引导其阅读。③

从赏析的角度而言，这篇稿件也有可探讨之处。一是发稿时间。中新社发稿的时间是2018年2月21日，也就是农历正月初六，这相当于春节已接近尾声了，稿件发得略晚。二是表述。稿件开头"贴财神画儿、挂灯笼、写对联"年味足，但这些通常发生在春节之前、除夕之前，如此这般布置新房通常也是在过年之前就要做的事，而非春节期间。开头的表述不符合常理和常识。文中"究极"这个词不是很常见，不好理解。三是规范的问题。"年

---

① 刘莲莲：《"互联网+"时代新闻工作者增强"四力"的实践思考》，《中国出版》2019年第21期。

② 《第二十九届中国新闻奖解析文字通讯与深度报道圆桌研讨》，《中国记者》2019年第12期。

③ 陈宇丽、陈安庆：《中国新闻二等奖：〈两岸夫妻"过年回谁家"？〉点评赏析》，"采访编辑圈"微信公众号2020年7月13日。

夜饭足足有三、四桌"中的"三、四桌"规范的写法是"三四桌"。根据《出版物上数字用法》，两个数字连用表示概数时，两数之间不用顿号"、"隔开，如"三四个月"等。

另外，参评材料和中国新闻奖评委均提到文中 3 位台商分别出生于 20 世纪 70 年代、80 年代、90 年代，但稿件中并没有关于他们年龄的介绍，并不能直接看出他们是哪个年代的人，留有遗憾。从更高的标准看，稿件概述、评述内容多了点，缺乏足够的事实支撑，厚重感不足，显得有点单薄。稿件主角是两岸夫妻，但文中只有丈夫的讲述而无妻子的讲述，如果能穿插点另一半讲故事、谈感受的内容，整篇报道无疑会更加全面和丰富。

阅 读 + 《两岸夫妻"过年回谁家"？》

扫码阅读获奖作品全文

（作者：李佳赟；编辑：王晓晖；中国新闻社 2018 年 2 月 21 日；获第二十九届中国新闻奖二等奖）

家事背后的家国情

在第二十八届中国新闻奖评选中，《工人日报》稿件《"见字如面"23 年》获评通讯一等奖。这篇不到 1500 字的稿件，写的并非轰轰烈烈的大事，主题也很难说多么重大，但稿件不仅通讯味十足，也散发着文字的魅力，有值得学习之处。

（一）

李全忠和任亚娟是兰州铁路局兰州客运段的一对夫妻，每隔 3 周才能相聚一次，没有手机、微信的年代，日记本成了两人之间最主要的沟通纽带。23 年，他们用掉了 12 本日记本，留下 24 万余字的 6820 多条只言片语。第二十八届中国新闻奖评委、新民晚报社时政新闻中心副总监兼评论部主任鞠敏认为，《"见字如面"23 年》通过报道一对平凡夫妻 23 年共同写下的"家庭日记"，展现平凡职工情感的"最美留言"，通过记者的文字，恰到好处地得以呈现，不虚浮，不煽情，很好地传递了社会正能量。①

好新闻首先在于发现。工人日报社甘肃记者站站长康劲是如何发现这个线索的呢？他最初接触到这个故事是在 2016 年 12 月底，当时兰州铁路局评选表彰"感动兰铁·2016 年度百名人物"，在表彰十大领军人物、十大创新模范、十大安全功臣的同时，新设立了十大贤内助的奖项。发现这个线索后，他最初想写成 6000 余字的整版纪实报道，版面上有微博、微信的二维码，报

---

① 鞠敏：《站位高打磨精　全面践行"四力"》，出自《中国新闻奖评选报告（第二十八届）》，新华出版社 2020 年版，第 46 页。

纸图文并茂，新媒体上讲细节、说经历，再设计一组短视频。但冷静一想他又感觉不妥，最终还是决定用自己所擅长的方式讲出好看、耐看的故事，才是应该追求的真本事。采访中，他用笨办法复印、摘抄了许多"日记"，拍摄了 1.4G 的图片资料，捧着手机反反复复揣摩、提炼采访素材，字斟句酌、删繁就简，最终写了一篇不足 1500 字的通讯。从发现线索到稿件刊发，前后历时 3 个多月。[①]

发现线索之后准确做出价值判断至关重要。类似的事，报道还是不报道、一般报道还是重点报道，都取决于价值判断。记者认为重要，编辑部认为不重要，这个报道可能就做不了或不会列为重点报道；反之则不同，编辑部认为重要，记者认为不重要，最后多半是记者完成编辑部布置的报道任务。

对于这个线索，康劲认为，故事看似极其普通，但如果放在大环境、大背景中来思考，会发现他们所经历的时代，正是读者经历过的时代，不断更新换代的通信工具和通信方式，正在深刻地影响和改变着今天的人类生活。由此，这对夫妻的经历就具有了一定的"典型"意义。关注他们的命运，实际上也是在回应社会普遍关注、普遍忧虑的情感话题——通信工具和通信方式的持续变迁，让人与人之间的沟通和联系更为及时、更为便捷，但与此同时，也出现"因科技而冷漠"的现象，公交、地铁、餐厅，随处可见的是捧着手机的"低头一族"。在许多人忙于时时刷屏、频繁充电的时候，一个无可否认的事实是：人情淡了、亲情淡了。基于这样的思考，这对夫妻的"家庭日记"，远远超越了就事说事的层面，具有精神指引和价值引领的意义。这对夫妻所执着坚守的纯情与质朴、守护的爱情与亲情，承载着人类对美好生活的普遍向往与追求，鲜明而深刻地体现和弘扬了新时代应有的主流价值和情感共识。[②]试问，面对这个线索，多少媒体人在认识上能达到这样的高度？

---

① 康劲：《将新闻作品打造成"精神产品"》，《青年记者》2019 年第 11 期。
② 康劲：《"好故事"：展现理想之光　探索本质回归》，《新闻战线》2018 年第 21 期。

（二）

什么是好新闻？工人日报社原社长孙德宏认为："一篇好新闻，除了要坚持最基本的新闻原则，还至少得有这几个标准——是个事，有惊奇感，写得干净。这三条，是一篇好新闻必须具备的基本品质。"就这几点而言，《"见字如面"23年》这篇稿件做得都很好，首先事件独立且完整；其次夫妻互相说些事算不了什么特别，但这一说一写23年令人惊奇；最后23年的家事公事，记者写得清清爽爽，文字极其简洁。① 有人评价说，这篇报道社会反响很大，中宣部很重视，还得了中国新闻奖一等奖，这说明，凡是独家的、有血有肉的、耐读的、反响大的新闻，都是经过记者深入采访、扎实调研打磨出来的，不可能通过照搬发布会内容或者打个电话就能得到。②

获评中国新闻奖后，多位人士对这篇稿件给予了赞扬：以一家人的留言为叙事线索，用平凡的生活细节、质朴的日常语言来呈现家庭的温暖和情感的纯净，拳拳爱意，颇具感染力③；文章娓娓道来，通过一个个小小的细节，一句句质朴的话语，让读者在不知不觉中体会到这世上最普通也最触动人心的亲情的可贵、家庭的温暖，并深深为之所感染④；讲述了一个汹涌而来的温暖故事，没有跌宕起伏的情节，没有扣人心弦的传奇经历，有的只是简单而平凡的家庭琐事，正是有了千千万万铁路夫妻一样普通人的执着与坚守，才奠定了共和国建设、发展与进步的庞大而又坚实的基础⑤。

有媒体人读这篇文章时深深被打动，眼泪不知不觉涌上眼眶。典型情节要言不烦、文字内敛感人，讲故事怎样才能达到如此功力？ 24万字的日记，作者摘录的不过是短短几行，却足够打动人心，可见记者对世事人情的洞察；

① 杨俊东、宋婧：《"报纸应该是美的"——工人日报社社长孙德宏谈新闻美学》，《新闻战线》2019年第18期。

② 魏地春：《不忘初心、牢记使命 共同擦亮工人日报这块金字招牌——在工人日报社全国记者站站长工作会议上的讲话》，《中国工运》2019年第9期。

③ 梁思凡：《照亮人心的篝火——人物通讯作品评析》，《新闻世界》2019年第9期。

④ 滕敦斋：《新闻不是无情物——中国新闻奖作品启示录之三》，《青年记者》2019年第18期。

⑤ 赵巧萍：《回望来时路 扬帆再出发——〈工人日报〉与共和国同行70年》，《传媒》2019年第20期。

不到 1500 字的篇幅，通过有限表现无限，却能言简意赅地讲述绵绵不绝的爱情、亲情、家国情，作者老到的表达风格值得学习。①

稿件写作确实出彩。有人评价，记者将情感融于通讯中，以文字为桥梁连接作者与读者之间的情感，增强了读者的阅读兴趣，改变了新闻平铺直叙的刻板印象。② 作者在有限的报道篇幅中，只选择了那些能够突出表现夫妻境遇和情愫的留言，所选的 4 条留言既平易亲和又风趣幽默，既充满关爱又坦露遗憾，从不同侧面反映出铁路乘务员夫妻的工作特点和性格特点。③ 文中引用的丈夫李全忠在日记本上写下的"亚娟，昨晚在列车上没合眼吧？一回来就趴在沙发上睡着了，看着好心疼。你最喜欢的冬果梨汤熬好了，在茶几上，醒来记得喝，我先出乘去了"。这种离别的场景所烘托出的是这对夫妻的高尚品质和纯洁爱情。④ 另外，"一提到女儿，任亚娟的眼里总是泛起泪花""任亚娟低头抚摸着家庭日记本，心里泛上一阵酸楚"，文中的这两句话也饱含着浓烈的情感。

全文 22 个自然段，没有使用小标题，但逻辑架构清晰。第 1 段以直接引用留言的方式开头，并介绍核心新闻事实——这样的日记一写就是 23 年，用掉了 12 本日记本，留下 6820 多条只言片语，长达 24 万余字；第 2 段至第 10 段主要写夫妻之间如何用日记进行留言交流；第 11 段是个过渡；第 12 段至第 21 段从夫妻俩的故事延展到了一家三口；第 22 段是结尾，升华了文章主题——在聚少离多的日子里，一家三口仍旧在用"见字如面"的方式守护着纯情家风。

写作上的另一个特点是首尾呼应。开头是"全忠，2 月 14 日，咱们一家三口站台上见"。倒数第 2 段写的是 2 月 14 日一家三口在兰州火车站站台上37 分钟的相聚。报道如果只写站台上短暂的相聚，或者只用视频的方式呈现这一感人瞬间，也可能会成为流量爆款，但有些单薄。值得一提的是，这对

① 王学文等：《精心寻找，剪裁好故事》，《青年记者》2020 年第 30 期。
② 何卓颖、岳晓华：《试论新闻通讯中情感表达的应用与分寸》，《新闻潮》2019 年第 11 期。
③ 姜小凌：《细节：写好新闻的关键》，《新闻与写作》2019 年第 4 期。
④ 郑慧、赵岳：《探析人物通讯中的形象突出问题》，《传媒论坛》2019 年第 24 期。

夫妻的女儿后来成了沪兰高铁列车上的一名"美丽动姐"。这篇报道能获评中国新闻奖一等奖，与这个事情在次年被中宣部等推荐为"新春走基层"采访活动的重点选题有直接关系，这本身也是整个报道社会影响的一部分。

《"见字如面"23 年》一稿的标题广受赞誉。无论是报媒还是新媒体，好标题都能给人深刻印象，甚至令人过目不忘。这个标题的精彩之处，不仅在于寥寥几个字即概括了全文，更在于"见字如面"的形象用法。"见字如面"在"鸿雁传书"盛行的年代，多见于书信写作，在几乎人人用手机传递信息的今天已鲜见踪影。纸上留言鲜见，"见字如面"用法更鲜见，令人过目不忘。[①]有人认为，这个标题会令人产生联想和疑惑，究竟什么是"见字如面"，又怎么样就过了 23 年，进而使受众能有兴趣阅读整篇通讯，达到新闻传播的效果。[②]也有人评价，这个标题取得非常巧妙，乍一看题目，以为是远隔千山万水的笔友，无论如何也不会想到这是一对十分恩爱的平凡夫妻，也正是这种不确定性，让受众迅速进入一种阅读状态，去寻求最终的答案。[③]这篇稿件其实还有一个引题——"12 本家庭日记，6820 多条留言，24 万余字，记录了一个家庭的聚少离多和牵肠挂肚——"引题和主题结合在一起清晰自然。

（三）

这篇报道获奖留下了一些思考。有人感慨说，如果不是在基层采访，记者就不可能发现此线索；如果不是敏锐地意识到此线索的价值并克服重重困难紧抓不放，就不会有这篇优秀报道。[④]有人评价说，大浪淘沙，繁华落尽，优质内容仍然尽显王者本色。全媒体时代，有影响力的报道，既有赖于技术也需要"头脑"，融到深处最终还是要回归内容。[⑤]这篇报道，也彰显了全媒体时代文字作品的独特魅力。

① 刘雅丽：《浅谈全媒体背景下报媒新闻标题制作方向——以中国新闻奖文字类获奖作品为例》，《科技传播》2021 年第 9 期。

② 曹艳、李文学：《媒介融合背景下新闻文体嬗变的表征与逻辑》，《东南传播》2019 年第 3 期。

③ 邵华：《讲好新闻故事 让传播有"温度"》，《西部广播电视》2019 年第 11 期。

④ 孙贵田：《记者如何增强"四力"》，《青年记者》2020 年第 17 期。

⑤ 刘保全：《第二十八届中国新闻奖精品赏析》，《当代传播》2019 年第 1 期。

值得警惕的是，类似的报道很容易陷入工作性的程式化报道。《"见字如面"23年》的独特之处在于，去掉了抽象化的"坚守岗位过春节"等语言，让普通受众身临其境般获得情感体验，成为主题报道中"讲好中国故事"的案例。①工人日报社编委、第十七届长江韬奋奖（韬奋系列）获得者兰海燕是这篇稿件的编辑之一。他认为，讲故事不是为了讲故事而讲故事，而是文以载道，让人悟"道"。主题报道同样需要让受众在某一方面能够"得到"，感到"有用"。尤其应避免事、理、情的不统一或过于生硬而拉远与受众的心理距离。这就需要记者走进现场、走近人物，通过"发现力"过滤"杂质"，看到"真实"，而真实是好新闻最朴实的味道。②

从赏析的角度而言，这篇佳作也有可探讨之处。一个疑惑是，12本家庭日记这个很容易统计，6820多条留言和24万余字就不是那么好统计的了，作者是如何算出来他们23年在日记本上写了6820多条、24万余字留言的呢？稿件中没有交代。"如今，这些留在家庭日记上的'微记录'，被同事们翻出来，赞为'最美留言'。"这句话也不是那么好理解，一个家庭的内部留言，怎么就被别人翻出来了呢？是因为"最美贤内助"的评选吗？另外，稿件中的"值乘"这个词不是很常见，虽然结合文意也能理解其意思，但显得工作化。

值得注意的是，文中"23年，经历了传呼机、手机短信、微博微信等不同的通讯工具"的"通讯"应为"通信"。中国新闻奖评选委员会办公室编、新华出版社2018年12月出版的《中国新闻奖作品选（2017年度·第二十八届）》一书收录《"见字如面"23年》时，用的仍是"通讯"。中国工人出版社2019年7月出版的《工人日报》创刊70周年纪念丛书之一《足迹：工人日报历年获中国新闻奖作品集》收录《"见字如面"23年》时，表述为"通信"。新闻写作中，"通讯"与"通信"很容易混淆。《现代汉语词典》中"通讯"有两个解释：一是"通讯"是"通信"的旧称，二是指"翔实而生动地报道客观事物或典型人物的文章"。"通信"也有两个解释：一是"用书信互

---

① 兰海燕：《努力做一个厚重的新闻人》，《青年记者》2022年第21期。
② 兰海燕：《"今天，我要把什么呈现给读者？"》，《新闻战线》2023年第5期。

通消息，反映情况等"；二是指"利用电波、光波等信号传送文字、图像等"，旧称"通讯"。

阅读+ 《"见字如面" 23 年》

扫码阅读获奖作品全文

（作者：康劲、黄贵彬、马勇强①；编辑：兰海燕、周有强；原载《工人日报》2017 年 3 月 18 日；获第二十八届中国新闻奖一等奖）

---

① 黄贵彬、马勇强系通讯员。

对着花名册寻找人

在第二十七届中国新闻奖评选中，《山西日报》作品《别了，白家庄矿——两对父子矿工的煤炭情》获评通讯一等奖。这是一篇用小切口反映重大主题的新闻佳作，采访对象是记者对着煤矿工人花名册寻找到的。

——**主题重大**。推进供给侧结构性改革，是党中央适应和引领经济发展新常态、推动经济高质量发展的重大创新，是新时期经济发展和经济工作的主线。去产能是供给侧结构性改革的重要任务，也是优化存量资源配置的根本途径。在去产能工作中，煤炭又是重中之重。[1]2016 年，供给侧结构性改革全面启动，当年重点推进煤炭、钢铁行业去产能。煤炭大省山西不等不靠，痛下决心，壮士断腕，全年关闭煤矿 25 座，退出煤炭产能 2325 万吨，居全国第一。[2]中国记协评奖办评价《别了，白家庄矿》时分析，以供给侧结构性改革为宏观背景，以白家庄矿的两对父子矿工为切入点，以"告别"为契机，以"新生"为内核，历史与现实交织呼应，将"去产能"的重大意义灌注于两对父子的感人故事中。[3]

——**寻找主角**。党媒是宣传党的主张和方针政策的主要阵地，事实的发现力、策划力和报道力是关键。[4]但要明白，新闻是做给人看的。人的故事，

---

① 王小东：《煤炭去产能　新闻出精品——以三篇获奖新闻作品为例》，《中国报业》2020 年第 6 期。

② 滕敦斋、韩萍：《给我讲个故事，让它有趣一点——中国新闻奖作品启示之九》，《青年记者》2019 年第 36 期。

③ 中国记协评奖办公室：《第二十七届中国新闻奖获奖作品报告》，《中国记者》2018 年第 6 期。

④ 张晓敏：《融媒时代党媒产品舆论引导力的提升》，《青年记者》2018 年第 9 期。

是最能吸引读者眼球、拨动读者心弦的。因此，找故事，第一位就是要找人。[①]当新闻内核越硬的时候，故事的切入点要越软。为了软化"去产能"的新闻硬核，融进"人"的因素就成为较好的表现形式。[②]《别了，白家庄矿》稿件作者之一的张临山介绍，稿件主题和写作思路大致明确后，经过一番仔细梳理，最终始建于 1934 年具有 80 多年历史的白家庄煤矿入选。选定煤矿后，再进一步选新闻主角。讲好大主题下的故事，核心在人。寻找最合适的采访对象，决定着这篇宏大主题稿件的成败。

在矿上机关，他们要来了工人的花名册，挨个看，寻找符合要求的。在几千人的花名册中，祁彬茂父子引起他们的注意。祁家三代都在白家庄矿上班，煤矿关闭，尚在岗位的父子二人有着不同的安置方式，他们的经历几乎是整个煤矿大部分工人的经历，极具代表性。只有一对父子，显然有些单薄。在矿上的办公室，他们拿起电话，对着花名册挨个打了过去，只要能打通电话的，都会详细询问对方的家庭、工作状况和安置情况，将近一小时的电话沟通后，终于找到了第二对理想的采访对象——张保艾父子。"我们终于找到了新闻主角"，这令张临山大喜。从采访到写作，他们俯下身子，将共鸣点放在了人的身上。他们总共采访了 16 位矿工，故事很多，细节丰富。稿件框架搭好后，写作一气呵成。[③]

——切入口小。从《别了，白家庄矿》的采写过程可以看到，在宏大时代背景下，党报记者用"小切口"讲"大故事"的创新之路清晰可辨。在找到"小切口"这个讲故事的法宝之后，党报记者一定要按照习近平总书记的要求，在体裁、内容、方法等方面，持恒心、下功夫、勤思考、多积累，寻找创新的切入点，真正讲好中国故事。[④]有人评价，《别了，白家庄矿》是以

[①] 何小卫、陈蓉：《在新闻报道中讲好故事》，《新闻采编》2020 年第 6 期。

[②] 刘英、金林、高志顺：《努力在重大主题报道中"讲好故事"——以近年来中国新闻奖中部分地方党报获奖作品为主要研究对象》，《采写编》2019 年第 6 期。

[③] 张临山：《我们终于找到了新闻主角——〈别了，白家庄矿〉背后的故事》，《新闻采编》2018 年第 1 期。

[④] 丁伟跃、张临山、冷雪：《用"小切口"讲好"大故事"——从〈别了，白家庄矿〉看宏大主题的新闻叙事技巧》，《新闻战线》2017 年第 21 期。

小见大的范例，作品以讲述两对父子矿工的故事为切入点，通过多点采访，反映供给侧结构性改革的大主题，从标题开始就蕴含着能够吸引人甚至动人心弦的情感力量。① 这也启示，记者必须苦练"选角"能力，坚持宽阔视野＋独特视角、大主题＋小切口、小故事＋大主题等方式切入，让作品在真实记录的过程中体现时代感、纵深感，见人见事见精神。②

——**文笔细腻**。综观获得中国新闻奖的优秀作品，它们都有一个共同点，那就是运用群众的语言讲述好人民自己的故事。③ 在新闻写作时，要善于把动作、语言、神态、情绪、形状、色彩、气息、场景这些有声有色、有景有情的细节突出来、组合起来，勾画出一幅幅生动的画面，将读者引入新闻事件的实际情景中，让读者自己去想象、判断新闻事件的深层内涵。《别了，白家庄矿》的开头，寥寥数语，煤矿工人为采煤工作半生的付出和离开的不舍就展现出来了。④

新闻细节描写指的是新闻事件、发生背景、人物等方面的细节描写。好的细节刻画，可以为新闻作品注入"灵气"，一个细节可能是一句话、一个动作、一个表情或者一个场景，一个好的细节刻画有时可以让读者如临其境，一句看似不经意的描写有时可以让读者会心一笑并为之回味。⑤《别了，白家庄矿》有多处细节引人入胜，例如，"坑口上方红色的'五角星''红旗'带有鲜明的时代特征，至今依然熠熠生辉，记录着时代的荣光"。细节刻画需要记者在采访中多问、多看，深入挖掘，深入现场。很多采访对象面对媒体的经验较少，而且言辞并不丰富。在此情况下，记者必须一边深究细节，一边全面观察采访现场，通过多看、多问，获取能支撑后续行文的全部细节素材。⑥

——**内容厚实**。《别了，白家庄矿》一稿不但写了白家庄矿的情况，写

---

① 李宜珊：《全媒体时代新闻故事化的思考》，《新闻潮》2022 年第 3 期。
② 文学军：《全媒体时代记者的转型》，《新闻战线》2020 年第 7 期。
③ 王文齐：《讲好故事的"四字诀"——以部分中国新闻奖获奖作品和省级党报优秀作品为例》，《采写编》2021 年第 8 期。
④ 高静宜：《新闻通讯中的美学呈现——以〈别了，白家庄矿——两对父子矿工的煤炭情〉为例》，《开封教育学院学报》2019 年第 12 期。
⑤ 苏晓晨：《做有温度的新闻报道》，《山西经济日报》2020 年 11 月 4 日。
⑥ 李芳芳：《让行业新闻报道"活起来"》，《青年记者》2018 年第 24 期。

了这两对父子的情况，还用较为简洁的笔墨融入了整个山西的相关情况。例如，第 7 段中的"2016 年，在山西，像白家庄矿这样关闭的煤矿共有 25 座，退出产能 2325 万吨，居全国第一"，第 18 段中的"山西有 106 万煤矿职工，2016 年分流的共有 20166 人。未来，在供给侧结构性改革和煤炭去产能的进程中，分流的煤矿职工人数将达到 11.8 万人"，第 23 段中的"新中国成立以来，山西共挖了 140 亿吨煤炭，其中外调出省占到 70%。在中国 1/60 的土地上，山西生产了全国 1/4 的煤炭。晋煤外运，山西为全国提供了源源不断的能源。地上，运煤火车开向四面八方；地下，同一时间山西 40 万矿工正在挖煤"，这些虽然都是背景材料，但可以说是整个报道的重要组成部分。这些内容穿插其中，为以点带面、以小见大的新闻表达提供了较为有力的支撑，否则内容就会显得单薄。

——**基调得当**。煤矿关闭，职工分流，是改革也是阵痛，如何面对和把握不太容易。《别了，白家庄矿》的基调整体把握得当，虽然有不舍但并不悲情，表达的是对未来的希望和憧憬，这集中在第 5 段中的"告别负重前行的过去，迎接充满希望的未来"，第 17 段中的"这是大势所趋，有国家号召，有政策支持，我们没有一个人下岗，都端上了新饭碗"，第 25 段中的"我相信未来，我相信会越来越好"，第 28 段中的"祁师傅充满希望地说，'道路拓宽，绿化造林，拆迁改造……以后这里一定会大变样'"。有人评价《别了，白家庄矿》表述笔触细腻、情感真挚，描绘了白家庄矿矿工在煤炭行业去产能后面临重新安置分流的真实心理状态，让人从这些敬业尽职的矿工身上看到了更高层次的情怀和奉献，既面对了现实，又看到了希望。[①]

——**精心编校**。稿件没有差错等硬伤是获评中国新闻奖的前提，在这方面《别了，白家庄矿》作者之一的张临山曾有切肤之痛。《别了，白家庄矿》获中国新闻奖之前，他撰写的评论《改到位让市场做主》和深度分析性报道《一吨煤的价值》参评中国新闻奖，但都因为倒在了文字审核关而无缘中国新闻奖。《别了，白家庄矿》第一稿成文后，时任山西日报报业集团总编辑丁伟

① 廖岚：《切实增强"四力" 打造精品力作》，《中国广播电视学刊》2020 年第 8 期。

跃给文章调整了结构，提出了修改意见。后来几稿，总编辑和两位记者一起研究、打磨，稿件前后一共修改了5次，每一次都有侧重点：梳理脉络，精选细节，细抠文字，核对标点符号……五易其稿后，丁伟跃给文章起了最后见报的简洁明快的主标题《别了，白家庄矿》，将记者原先的文章题目做成了副题。有人评价，《别了，白家庄矿》标题强调了对过去的告别，让人产生一种历史既视感，发自肺腑，夺人心声，堪称经典。①

发稿当晚，张临山跟着上夜班，逐字逐句，对每一个标点符号都进行了几次审订。稿件上版后，他又请资深校对帮助检查，排除差错。稿件最终尘埃落定，下班时已是凌晨3时。可以说，《别了，白家庄矿》在零差错的前提下，进军中国新闻奖并获得一等奖的背后，靠的不是运气，而是水到渠成，是山西日报社全编辑部人员严把质量关、共同努力的结果。第二十六届山西新闻奖评选首次设立审核委员会，参照《中国新闻奖评选办法》中有关"评选标准"的要求，开展对山西新闻奖参评材料审核工作。山西日报报业集团报研中心迅速成立"审核组"，参照中国新闻奖审核委员会的工作流程进行审定，编委会针对审定结果召开会议进行讨论研究，发现个别优秀作品确实存在两处以上的硬伤，总编辑、副总编辑、编委们也十分"舍不得"，但还是"忍痛割爱"，将不符合要求的作品放下，重新组织申报。同时，这一次审定出来的"差错"也成了全员学习的材料。②

丁伟跃认为，做新闻要有"工匠精神"，精心打磨每一件作品，力争产出的都是精品力作，让读者爱看之余得到启示、引发思考。采编人员想要出精品，就要在案头、田头、口头和笔头上多下功夫。案头工作，就是在采访之前，要大量收集素材，任何新闻，都不能脱离这个时代，不能脱离我们生活的大背景。对所访之事、所访之人的背景、政策、环境等，要有一个比较清晰的认知和了解。田头工作，这里取"田间地头"之意，就是要真正深入基层，深入新闻事件之中或新闻当事人身边，而不是蜻蜓点水，甚至坐在家里完成

---

① 裴怡：《"读屏时代"如何制作好标题》，《新闻采编》2020年第5期。
② 杨凌雁：《严格把关　不断学习　纠错人人有责　浅谈〈山西日报〉连续两年参评山西新闻奖作品全部达到审核标准的经验做法》，《新闻采编》2018年第3期。

采访。口头工作，就是要学会采访、善于发问。在做好案头和田头工作、取得采访对象信任的前提下，多做启发式提问和引导式提问，最好能够让采访对象在不知不觉中流露真情，从而捕捉到更多的细节和戏剧性素材，使新闻本身更加生动、丰富。笔头工作，就是要摒弃旧有语言体系，注重谋篇布局，用娓娓道来的方式，以笔力呈现精品。《别了，白家庄矿》这篇作品就做足了"四头"工作。①

——心怀目标。中国新闻奖是经中央批准常设的全国优秀新闻作品最高奖，能获得中国新闻奖，无疑是对一个新闻人最好的肯定和嘉奖。从 2001 年到 2017 年，张临山拿了 11 个山西新闻奖特别奖和一等奖，但独缺一个中国新闻奖。"十多年来，没有获得中国新闻奖就是我的一个心结。"要获中国新闻奖，首先要知道中国新闻奖的样子。2005 年 7 月，他从山西日报社夜班编辑转岗到工交部做记者时，就连续买了几届《中国新闻奖作品选》，认真研读，咂摸味道，模仿写作，细细体会结构语言、故事人物，知道了最好的新闻作品"长得是什么样子"。屡战屡败，屡败再屡战。最终，他和同事合写了通讯《别了，白家庄矿》，获评中国新闻奖一等奖。

值得一提的是，在次年的第二十八届中国新闻奖评选中，张临山撰写的评论《不要让耀眼数字迷了眼睛》获评二等奖。获一等奖后，记者写的评论又获中国新闻奖二等奖，这本身也比较少见。对于作品如何冲击中国新闻奖，张临山有六点感悟：一是要有参评意识，不能误打误撞；二是要了解评奖规则流程，不能茫然无知；三是要研读分析获奖作品，不能坐井观天；四是要精雕细刻新闻作品，不能自毁长城；五是要在省里拔得头筹，不能胎死腹中；六是要有一点好运气，不能自视过高。②

从赏析的角度而言，这篇获奖作品也有可探讨之处。《别了，白家庄矿》2000 多字的篇幅不算短，但正文没有小标题。通讯是否一定要使用小标题并没有严格的规定，但篇幅较长的时候不用小标题，会直接影响受众的阅读

---

① 丁伟跃：《把主流媒体办出主流的样子》，《新闻战线》2018 年第 17 期。

② 朱建华：《获中国新闻奖一等奖后又获二等奖，他的作品之前参评过但落选了》，"长江朱建华"微信公众号 2018 年 11 月 3 日。

体验。文中"别了，白家庄矿"以整段的形式先后出现 3 次，另"别了，白家庄矿！"还在倒数第 2 段句首出现了 1 次，这样算下来相当于同一句话在文中出现了 4 次。这种探索虽然具有呼应文章主题、分隔不同故事叙事区、层层递进用来推动情感上的堆叠和释放、通过相同的文字的重复来构建文章节奏感和加深读者的印象的积极作用[1]，但同一内容多次出现，又难免有重复之感。

阅读+ 《别了，白家庄矿——两对父子矿工的煤炭情》

扫码阅读获奖作品全文

（作者：张临山、冷雪；编辑：丁伟跃；原载《山西日报》2016 年 12 月 28 日；获第二十七届中国新闻奖一等奖）

---

① 冷雪：《如何用"小切口"讲好"大故事"》，《中国新闻出版广电报》2017 年 9 月 18 日。

好文风源自好作风

在第二十七届中国新闻奖评选中，《人民日报》作品《老郭脱贫记》获评通讯一等奖。这是一篇用千字文表现重大主题的新闻佳作，有很多值得学习之处。

——**主题重大**。有人梳理不同获奖通讯作品的选题方法总结出了三个特点：一是强调大主题中的小情节；二是反映小故事里的大时代，做到"一粒沙里见世界，半瓣花上说人情"；三是"旧瓶装新酒"，挖掘旧话题里的新气象。《老郭脱贫记》属于第二种。2015 年底，中共中央、国务院颁布《关于打赢脱贫攻坚战的决定》，吹响脱贫攻坚的冲锋号。精准扶贫是习近平总书记牵挂的事，2016 年是打赢脱贫攻坚战的首战之年，《人民日报》为此在头版开设《2016，我们脱贫了》的栏目，《老郭脱贫记》为其中一篇并且刊发在头条位置。《老郭脱贫记》能获中国新闻奖一等奖，首先胜在选题，用千字的篇幅，以小见大的写作手法，通过贫困户老郭的变化，写出了政策扶持、政府引导、主人公老郭的自强不息等，生动鲜活地反映了全国开展脱贫攻坚行动的成果，堪称脱贫题材中的佳作。

题好一半文。这带来的启示是，紧扣时代脉搏，选准报道主题最为关键。党报记者要围绕中心工作展开报道，盯紧国家和地方的大事要事，横向纵向延伸挖掘。紧扣中央精神去选题，对党报记者来说是天经地义的事，为此需要坚持学习。学习领导人讲话有这么几个作用：一是站稳立场，与党中央保持一致，这是党报记者必须有的立场；二是从中寻找线索，领导人讲话往往体现国家政策最新走向，这是重大新闻线索；三是汲取其中的思想营养，使稿件更有深度、厚度和高度——篇领导人讲话是领导人和"笔杆子"们反复调研、讨论、研究得来的，蕴含着对问题的最新成熟思考，如果党报记者对领导人讲话不学习、不研究，也就胸中无主张、笔下无物。①

　　——导向鲜明。唯物辩证法认为，事物发展的根本原因，不是在事物的外部而是在事物的内部，在于事物内部的矛盾性。当时，一些地区脱贫攻坚中出现不同程度的"干部干，群众看"现象，一些贫困群众存在"等、靠、要"思想。贫困群众脱贫内生动力不够，是脱贫攻坚面临的最大挑战。习近平总书记强调，"贫困群众既是脱贫攻坚的对象，更是脱贫致富的主体。要注重扶贫同扶志、扶智相结合，把贫困群众积极性和主动性充分调动起来，引导贫困群众树立主体意识，发扬自力更生精神，激发改变贫困面貌的干劲和决心，靠自己的努力改变命运"②。《老郭脱贫记》讲述老郭曲折的脱贫故事，主题鲜明、事例鲜活、表达本真自然，既能看到政策扶持、支部引导、合作社引领、因地制宜的脱贫实践，更体现贫困群众老郭踏实肯干、自强不息的奋斗精神，真实可信，具有很强的说服力、感染力。③

　　有人评价，老郭脱贫故事虽小，却穿透力极强，令人感动。这与很多地方群众争当贫困户，坐享"政策温床"的投机思想形成了鲜明的对比，彰显出"扶贫先扶志""扶贫必扶智"在脱贫攻坚中的重要意义。④稿件副标题"政府兜了底　致富靠自己"与主标题"老郭脱贫记"组合在一起，传递的信息不言而喻，既有很强的现实针对性，也传递了鲜明的价值导向。

　　——采访扎实。人民日报社领导多次提到《老郭脱贫记》。时任人民日报社社长杨振武认为，好文风源自好作风，编辑记者们走出去、走下去、走进去，为报纸版面、网络页面、手机界面增加了一大批"沾泥土""带露珠""冒热气"的精品。比如，人民日报社河南分社记者采写的《老郭脱贫记》，细节鲜活，情感真挚，村容村貌的巨变、群众脱贫的喜悦、干部扶贫的真功，真

---

① 王学文等：《以小篇幅小切口表现大主题》，《青年记者》2020年第27期。
② 《更好推进精准扶贫精准脱贫确保如期实现脱贫攻坚目标》，《人民日报》2017年2月23日。
③ 张晓红、周文韬：《做好脱贫攻坚报道的若干着力点》，《新闻与写作》2018年第9期。
④ 刘娟：《新闻媒体助推精准扶贫的路径——兼评第二十七届中国新闻奖获奖扶贫新闻作品》，《青年记者》2018年第14期。

情实感，跃然纸上，稿件在一版头条见报后，引起强烈反响。①

当时，人民日报社河南分社记者马跃峰接到线索批复之际，正是另一篇报道冲刺之时，时间紧、任务重、压力大。虽然他曾三下封丘，对当地的扶贫产业发展、黄河滩区居民搬迁等情况都比较了解，如果到老郭家转转，也能写一篇可交差的稿子。但他坚持的理念是"想写好稿，要专注深入，半点偷懒都要不得"。好稿子必须有好细节，要想让稿子真实可信、有说服力，采访还需要从下到上、从基层和现场开始。记者唯有把每一次采写任务都当成"第一次"，察实情、动真情，才能写出更多有说服力感染力的好稿。

为此，他直接来到老郭的家里、地里和猪棚里。提起脱贫，老郭一口气算了七笔"政策账"，又细算了"产业账"。从老郭如何脱贫，到党支部如何选产业，再到乡里、县里如何精准施策，拔"穷根"有了故事、有了细节、有了数字、有了点和面。记者和老郭聊了两个多钟头，又跟着老郭看地黄、看猪场。由现场激发而出的激情和灵感让记者文如泉涌，稿子一气呵成、一挥而就，成稿过程可谓酣畅淋漓、奔流而下。深入基层现场，心到情到，和好故事相遇，让新闻牵动人心，让受众如身临其境，《老郭脱贫记》这一中国好故事再次印证了最基本、最朴素的新闻传播理念。②

——鲜活动人。俄国作家托尔斯泰说："我不讲述，我不解释，我只是展现，让我的角色替我说话。"新闻写作，记者可以灵活运用曲笔、虚笔等手法，在含蓄曲折中不着痕迹地表达思想感情，做到润物细无声。③《老郭脱贫记》寥寥千字的报道，文字干净利落、朴实无华，且生动鲜活、有血有肉，写得出神入化。词句长短并用、交替出场、节奏明快，读起来如宋词一般抑扬顿挫、起伏跌宕、妙不可言，充满了节奏感，加强了表达效果，提升了文章美感。④

《老郭脱贫记》共 11 个自然段，短小的报道包含了场景描写、细节描写、对话等，是一篇典型的新闻故事化写作。第 1 段算是一个悬念；第 2 段介绍

---

① 杨振武：《用脚步丈量时代　把新闻写在大地》，《新闻战线》2017 年第 5 期。
② 陈燕侠：《〈老郭脱贫记〉：新闻故事的"中国式"讲述》，《新闻爱好者》2017 年第 4 期。
③ 张林贺：《新媒体环境下党报提升读者黏性新范式探析》，《新闻爱好者》2018 年第 11 期。
④ 陈毓钊：《惜墨如金写短文　字字珠玑易传播》，《媒体融合新观察》2022 年第 5 期。

了老郭为什么吃低保；第 3 段到第 5 段包含冲突、矛盾迭起，还有对人物的心理描写，把故事引向了高潮；第 6 段到第 9 段是"叙事弧线"的顶峰，讲述了老郭面临的困境，也就是危机的到来；第 10 段是故事的高潮，也就是问题怎么解决——说明老郭致富靠劳动，脱贫靠政府的政策帮扶，共同演绎了一首脱贫致富的赞歌；第 11 段是故事的结尾，经过一系列的戏剧化的努力，老郭家脱贫了。①

中国记协评奖办评价《老郭脱贫记》时说，呈现脱贫攻坚一线中具有内生动力的典型人物，有情节、见精神。② 有人评价，这篇报道以点带面、以小见大，真实地反映了"精准扶贫"取得的成果——老郭脱贫了，虽然在千千万万个扶贫对象中他只是平平常常的一个，但他又让千千万万的人感受到了党的好政策，看到了家庭脱贫致富的希望。③

有观点认为，"老郭"这一人物并不是作者随手拈来，而是精挑细选的结果；对新闻素材的选择，也是反复推敲，透过表象挖掘本质，构成跌宕起伏的故事情节，使文章读起来鲜活动人，有很强的说服力和感染力。④ 还有观点认为，《老郭脱贫记》从贴近基层人民的生活实际讲起，运用散发着泥土味的语言、简洁传神的肖像描写刻画出农民老郭憨厚、倔强的人物个性，形象生动。同时，记者善于捕捉细节，巧妙运用动词，生动地还原现场，讲述了一个生动的好故事。⑤

《老郭脱贫记》的文本很有特色。作者用接地气、通俗易懂的语言，将基层扶贫干部在压力下能担当、敢作为的务实形象和一个满心想靠劳动脱贫的朴实农民形象跃然纸上，通篇读来朴实无华，但细节和故事情感真挚、打动人心，是值得学习借鉴的佳作。⑥ 从写作上而言，《老郭脱贫记》多次使用

---

① 黄宏春：《叙事弧线：新闻故事化写作的设计图纸》，《新闻研究导刊》2020 年第 19 期。
② 中国记协评奖办公室：《第二十七届中国新闻奖获奖作品报告》，《中国记者》2018 年第 6 期。
③ 汪振军：《不忘初心，感知时代生长的力量——新常态下"新春走基层"的创新之路》，《新闻战线》2017 年第 5 期。
④ 闫丽静：《讲好故事 写好新闻》，《中国地市报人》2018 年第 4 期。
⑤ 汪洁琼：《浅析应用文学手法增强新闻张力》，《新闻前哨》2018 年第 5 期。
⑥ 宋柏松：《如何抓住新闻点打造精品力作》，《卫星电视与宽带多媒体》2020 年第 7 期。

直接引语，新闻写作中如果新闻当事人讲了一些生动、幽默、寓意深邃、令人回味的话，此时就尽量用直接引语，让读者能"听到"新闻当事人的声音。要注意的是，不可为了生动而生搬硬造，直接引语引述的文字必须准确无误，不可违背原意，不能无中生有，也不能断章取义。①

文章结尾，作者并没有描写主人公郭祖彬脱贫后的高兴神情或是心理活动，而是选择了用数据来说明事实——"老郭算了笔账：4.5亩药材，纯收入1.8万元。自己在合作社干工，月工资1500元；儿子开车耕地，也能收入3600元。全家年收入5.6万多元，家里6口人年人均纯收入9300多元。"这一方面十分有力地表现了老郭脱贫的现状，呼应了新闻的标题；另一方面也使得新闻有据可依，有据可查，增强了新闻的真实性。②

——**不拘一格**。老郭，是千千万万贫困户中的普通一员，很多人没想到，以他为主角的脱贫故事《老郭脱贫记》竟上了《人民日报》一版头条。谈起《老郭脱贫记》的采写经过，作者马跃峰有很多感慨。

作为一线记者，马跃峰深切体会到：面对每一篇报道，哪怕是一篇小稿子，都要诚心、用心、真心，深入基层，贴近群众，努力突出问题的针对性、人物的典型性、报道的可读性，不断增强脚力、眼力、脑力、笔力。面对赞扬和荣誉，马跃峰显得很谦虚，他说：其实，与高手的作品相比，《老郭脱贫记》仍然有很大差距。个人时常感到的，是一份沉甸甸的责任、一种努力向前的鞭策：在媒体深度融合的时代，为党立言，不断创新；深入基层，服务人民；讲"好故事"，"讲好"故事，推出更多有思想、有温度、有品质的作品。③

从赏析的角度而言，这篇佳作也有可探讨的地方。一是时效性不是那么强，时间要素不是很明显，倒数第2段中的"12月"算是全文中的时间要素，而稿件是当年12月25日刊发的。二是稿件通篇写作口语化很强，这是这篇稿件的特色和亮点，但个别用词和表述显得不够自然，如开头老郭的话："脱

① 李芳芳：《让行业新闻报道"活起来"》，《青年记者》2018年第24期。
② 蓝歆旻：《试析人物通讯中的细节描写——以历届中国新闻奖获奖作品为例》，《科技传播》2019年第15期。
③ 马跃峰：《深入基层 创新表达——〈老郭脱贫记〉采写手记》，《中国记者》2020年第11期。

贫靠劳动，不能躺在'政策温床'上！"且不说老郭能否说出"政策温床"这样的话，这本身也不像是接地气、口语化的农民语言。好的语言不是唯美，而是与读者契合和响应。口语就像一个朋友和读者说话，给读者的感觉像聊天，最富有交流感。口语化写作的死敌是书面语。时任人民日报社地方部副主任费伟伟介绍，有位领导给《老郭脱贫记》这篇报道挑了一处小毛病，即文中"封丘是国家级扶贫开发重点县，建档立卡贫困户 1.86 万户，5.8 万人。该县对因病、因残等 7 种致贫原因分门别类"中的这个"该县"，显然是书面语。虽只一字欠妥，终是白璧有瑕。马跃峰对此批评心服口服，后来曾屡屡提及。① 如果这样较真，"该"字在新闻报道中的使用，可谓比比皆是。

另外，查阅《人民日报》版面和中国新闻奖评选委员会办公室编、新华出版社 2017 年出版的《中国新闻奖作品选》一书，《老郭脱贫记》一稿存在的细微差异是，"政府兜了底　致富靠自己"在报纸版面上是引题，收录书中时变成了副题且使用了破折号。

阅 读 + 《老郭脱贫记》

扫码阅读获奖作品全文

（作者：马跃峰；编辑：施娟、谢雨；原载《人民日报》2016 年 12 月 25 日；获第二十七届中国新闻奖一等奖）

---

① 费伟伟：《按说话的方式来写作》，《新闻与写作》2022 年第 6 期。

好新闻要有好故事

在第二十六届中国新闻奖评选中，《河南日报》作品《马氏"兄弟"跨越二十年的诚信》获评通讯一等奖。稿件篇幅不算长，作为通讯只有 1300 多字，没有使用小标题。

这届中国新闻奖评选，公示的结果与最终揭晓的结果相比少了 33 件，其中一等奖空缺多达 13 件。这说明，媒体融合时代的新闻从业者提高新闻业务水平仍然要从新闻表达的基本功抓起，遵守新闻行业规范，重视媒介技术运用，这符合媒体发展的方向，也是新闻教育应当坚持的方向之一。[①]

故事性强是《马氏"兄弟"跨越二十年的诚信》一稿的显著特点之一。这篇报道讲述了"两个人"和"一件事"：两个人是马保东和马奋勇，一件事即诚信的故事。马保东做生意向马奋勇借了 16 万元，因债台高筑一直未能还清。后来马保东东山再起，想还清欠款，却用了 20 年时间、无数次地在全国各地甚至跨国寻找马奋勇，最终了却心愿。[②] 好新闻要有好故事，如何发现故事并把故事写好直接体现了媒体人的职业能力和水平。

——关于线索。《马氏"兄弟"跨越二十年的诚信》本身是个好故事，这个故事是如何被河南日报社发现的呢？ 2015 年 2 月 10 日，临近农历新年，新疆哈密商人马奋勇随河南省援疆干部、哈密市伊吾县委副书记付剑伟和河南日报报业集团援疆干部、哈密日报社副社长阙爱民来到郑州，介绍河南与新疆的

---

① 弥建立、师克谦、王圆磊：《宁缺毋滥求精品　好中选优"树标杆"——第 26 届中国新闻奖一等奖大面积空缺的启示》，《兰州文理学院学报》（社会科学版）2017 年第 3 期。

② 李彦水、尚燕华：《深度报道的"四度"策略研究——以中国新闻奖部分获奖作品为例》，《青年记者》2023 年第 3 期。

合作情况。交谈中，马奋勇说这次来郑州就是为了看看 3 个月后将要开业的新疆名优产品交易中心的装修进展，同时看望一位有着 20 年交情的开封朋友马保东。马氏"兄弟"的话题由此展开。① 能从一次工作交谈中抓到好线索，体现出了较强的新闻敏感性。很多事，说者无意，听者有心。很多事，如果媒体人也都听听了事，无疑会错失很多好线索。抓新闻、做报道，并不局限于正式采访的场合，很多会见、交流的场合，可能也蕴藏着好线索，关键在于有没有新闻敏感性，能不能有所发现，这是"四力"中"脑力"的综合体现，这无疑是做新闻最为重要的一种能力，有了这种能力，后面就是如何落实采写了。

　　——**关于采访**。2 月 10 日座谈交流时，几位媒体人都为"兄弟"俩的真情所感动，意识到这是一个可遇不可求的诚信故事，遂决定由阙爱民、河南日报社驻开封记者站站长童浩麟第二天随河南日报报业集团副总编辑王国庆与马奋勇一起去开封，在"兄弟"见面时进行一次深入的采访。第二天是 2 月 11 日，也就是腊月二十三，北方农历小年。

　　这天下午 5 时许，"二马"在开封记者站的所在地——开封市委大院见面。采访的目的在于厘清支撑这一跨越 20 年的诚信故事的基础。重点要搞清楚二人交往的过程、关系发展的脉络，搞清楚"哥哥"为什么就那么护着"弟弟"，那么信任马保东；马保东对马奋勇是一种什么样的感情，是什么因素促成他多年苦苦寻找。当天，"兄弟"二人激动地回忆着他们之间的交往，在一些细节上相互提醒着、纠正着、补充着，而且两个人的语言生动，精彩话语不断，他们那些生动的语言，几乎原封不动地被写进了报道里。采访结束时已是晚上 7 点多钟。②

　　这种面对面深入采访，为后期写作奠定了扎实的基础。采访是整个新闻内容生产至关重要的一个环节，采访既是对线索进行核实的过程，也是一个不断深入和提出问题的过程，采访的深浅直接关乎后期的写作。全媒体时代，

　　① 王国庆：《获奖者说 | 河南日报报业集团王国庆：做一个善讲故事的好记者》，"中国记协"微信公众号 2016 年 12 月 26 日。
　　② 王国庆：《小故事　大新闻——〈马氏"兄弟"跨越二十年的诚信〉写作记》，《新闻与写作》2017 年第 11 期。

采访有很多方式和途径，但最基本最值得倡导的仍是面对面采访、去现场采访，最大的好处是便于记者观察、感悟细节，最终写出情感充沛、有血有肉的稿件。不排除少数人即使不去现场采访也能把稿件写得活灵活现，但这只是少数人而且需要采访时问得特别详细才行。

——**关于写作**。这篇稿件的作者有 3 人，他们不仅都参与了采访，也都参与了写作。采访结束后，3 人相约各成初稿，由王国庆来综合、取舍，形成第二稿。这种模式自然有好的一面，有利于群策群力，取长补短，做到最优。

文字是党报记者的基本功，也有人说文字是党报记者的看家本领。基本功也好，看家本领也罢，最能体现党报记者文字水平的莫过于通讯写作。具体而言，文本逻辑是否清晰，架构是否一目了然，语言是否生动，细节是否感人，现场是否鲜活……这些都关乎文本质量的优劣。新闻写作尤其是通讯写作，更能看出一个记者的文字功底如何。

全媒体时代，追求视频化，但对记者尤其是党报记者而言，不能荒废写作技能。在一次中国新闻奖获奖作品研讨会上，有位专家就给这篇文字稿很高的评价，认为其情节真实、现场感强，采用了传统小说白描手法，句子短小干净、文字朴实精美，通篇几乎"没有一个多余的字"。从文本上看，这篇稿件的写作确有优点。

一是围绕主线写。暨南大学新闻与传播学院教授、第二十六届中国新闻奖评委喻季欣在谈到《马氏"兄弟"跨越二十年的诚信》一稿时说，一气呵成，巧妙之处就在作者始终紧紧围绕借钱还钱这一主线，选取颇富戏剧性变化的细节构成情节，在一波三折中极富感染力地表现出了诚信如金、兄弟情深的动人场景与新颖主题，还涵盖了仗义合作、民族团结、"一带一路"等诸多当下社会公众关注的新闻元素。精彩故事、精美文本，把两个普通百姓、两个民族兄弟的大爱仗义诚信之美淋漓尽致地呈现在读者面前，使这篇通讯在众多参评作品中脱颖而出，荣登中国新闻奖通讯一等奖宝座。[①]

---

① 喻季欣：《深入：通讯写作与价值实现的关键词——兼评近年中国新闻奖文字通讯一等奖作品》，《新闻与写作》2017 年第 10 期。

二是无说教评述。《马氏"兄弟"跨越二十年的诚信》从头到尾没有一句说教评述，作者只是陈述故事本身，但意义却很明白，读者从中能够充分感受到诚信的力量、做人的根本、人性的纯真，宣传效果不但并未减少，反而更为深切。因为这样一来，读者所获得的体会与领悟，是从言外自己思想生发得来的，带有发现的欢喜、悟得的自信、思考的印证，与作者谆谆提示的情形大相径庭。①

三是采用白描写法。20年前，马氏"兄弟"马保东、马奋勇因"诚"结缘；20年后，哥俩又因"诚"重聚。《马氏"兄弟"跨越二十年的诚信》这篇报道时间跨度长达20年，中间的曲曲折折千丝万缕，作者在选取素材时不是面面俱到而是采用简洁到几乎只用对话的段落结构，用干净利落的白描手法，陈述事实，勾勒出了一个震撼灵魂的故事，不愧是一篇优秀的新闻报道。②

四是注重细节刻画。通读通讯，几乎时时处处都是细节描写。作品一开始就交代了时间地点，对应开头的特殊时间交代，在结尾处的时间描写，从语气和语境来看，两人的谈话是愉快的，该了结的事情都有了满意的结果，双方心情愉快，谈兴甚浓，并表示了"未来可期"的美好规划。"一敲就是近4年"的动作，生动描绘了马保东时刻关注马奋勇，时刻不忘还钱、不忘兄弟情谊的心情，也体现了他的诚信。马保东一口气说了好几个"还"，形象地描绘了马保东还钱的急迫心情，真实地展现了他的诚信。③

——关于主题。优秀的新闻作品能激发读者的社会意识，引发对自身价值观的反思及对人的生命存在的思考。讲好中国故事，传递社会主义核心价值观，单靠空洞的说教很难达到预期的效果。新闻作品借助真人真事讲述社会上平凡人身上发生的平凡事，可起到"润物细无声"的传播效果，达到很

---

① 张建军、张锦霖、黄桂斌：《不著一字 尽得风流——以留白艺术提升新闻写作内涵初探》，《新闻战线》2017年第7期。

② 梁艳春：《新闻宣传要讲好故事》，《西部广播电视》2016年第23期。

③ 周立：《论细节描写在人物报道中的"正确打开方式"——以中国新闻奖一等奖通讯〈马氏"兄弟"跨越二十年的诚信〉为例》，《新闻研究导刊》2017年第4期。

好的社会效果。①《马氏"兄弟"跨越二十年的诚信》一稿刊发后，众多网民纷纷跟帖赞叹，对马氏"兄弟"所体现出的平凡人身上的大美表示敬佩。②

对于此稿的主题，多人从诚信和社会主义核心价值观的角度进行了评析。有人认为，文中的马氏"兄弟"以贯穿始终的友善和诚信，践行了社会主义核心价值观，读后令人感佩、难以忘怀。③还有人认为，报道将诚信放在 20 年的时间跨度中考量，展现的是人性中闪亮的光辉，不分地位与贫贱，更能打动人心。④也有人说，这篇通讯采用了谈家常式的叙事方式，让受众感到平易近人，没有距离感。⑤还有人评价，这篇报道运用以小见大的手法，通过讲述两位普通百姓之间的诚信故事，对民族团结国家政策和"一带一路"倡议进行鲜明有力的注解和阐释。⑥诚信和社会主义核心价值观当然是稿件的主题，就事件本身而言，这其实更是一个具有新闻价值的民族团结的故事。

——关于编排。《马氏"兄弟"跨越二十年的诚信》刊发在了当年 2 月 15 日《河南日报》头版头条位置。⑦具体刊发在了《行进中国　精彩故事》栏目。这个栏目对稿件的要求是，立足于新闻事实，善于讲故事，故事一定是新闻，一定是大家认为"新奇""独到""味足"的东西才行。稿件刊发时以竖排的方式编排，是个左边条，从上面一直拉到下面，没有配发照片，配发了 200 多字的短评："马氏'兄弟'的动人故事，让我们再一次感受到了平凡人身上蕴藏的大美的力量。构建诚信社会，从你我做起，从现在做起。"从 2 月 10 日工作交流时发现线索，到次日现场深入采访，再到最后刊发，前后

---

①　张艳：《从接受美学视野看新闻作品的审美价值——以中国新闻奖获奖作品为例》，《新闻前哨》2018 年第 9 期。

②　王国庆：《小故事　大新闻——〈马氏"兄弟"跨越二十年的诚信〉写作记》，《新闻与写作》2017 年第 11 期。

③　丁柏铨：《改革开放 40 年来新闻报道研究》，《新闻大学》2018 年第 6 期。

④　宋苗：《简析人物通讯中的叙事方法——以中国新闻奖获奖作品为例》，《采写编》2020 年第 4 期。

⑤　丁柏铨：《新理念、新实践、新追求——论新时代党报改革再出发》，《新闻爱好者》2018 年第 7 期。

⑥　郭芳、陈伟军：《新闻写作中散文技法的合理借鉴》，《新闻战线》2019 年第 24 期。

⑦　王国庆、童浩麟、阙爱民：《做一名善讲好故事的记者——〈马氏"兄弟"跨越二十年的诚信〉背后的故事》，《新闻战线》2016 年第 21 期。

也就几天的时间。操作迅速，采写到位，突出刊发，也体现了各个环节对好新闻的重视。

这篇稿件作者之一的童浩麟，也是中国新闻奖一等奖消息《火车站见证兰考经济变迁》的作者。他在交流新闻采写经验时说："熟悉了百姓的喜怒哀乐，说明你已经融入了生活。那么，你距离发现新闻素材、报道的聚焦点已经不远了。"①《马氏"兄弟"跨越二十年的诚信》一稿获奖是童浩麟5年来在基层工作中第三次获得中国新闻奖。有人对此评价说，事实证明，新闻工作者只有沉下心、俯下身，与人民群众心气相通、血肉相连，才能得到真正有价值的报道素材，才能更好地凸显新闻的品格与力量。②

从赏析的角度而言，这篇获奖报道也有可探讨之处。有人评价《马氏"兄弟"跨越二十年的诚信》的标题看上去朴实无华，却道出了事实的本质，显示出新闻的价值和强烈的生命力。③这样说虽不无道理，但另一个感受是，让"诚信"直接上标题显得过于赤裸裸，少了点通讯应该有的意味。另外，"河南马保东说：'还不了欠款，这事儿真成了我的心病！'"和"新疆马奋勇说：'失而复得的朋友比失而复得的金钱更珍贵'"的引题，虽然直观明了，但不够简洁，缺乏新闻标题应该有的美感，有点不太讲究。一般而言，下午指正午12点到日落的一段时间。稿件开头"下午6点"，对冬天而言，不知道这个时间还算不算"下午"？

也有人指出，文中描写借钱时，写"有时连个欠条都不用打"，虽然与主题无关，但打欠条并不能说明不诚信。常言道："亲兄弟也要明算账"，明算账不能说明不是亲兄弟。现实社会生活中不少官司和人际纠纷表明，借钱"不打欠条"的做法不值得提倡和宣传。尽管这篇通讯有瑕疵，但瑕不掩瑜，仍不失为一篇佳作。④

① 王晓宁：《传承穆青精神　做党和人民信赖的新闻工作者》，《新闻爱好者》2017年第9期。
② 李欢：《论新闻工作者坚持正确工作取向的三个维度》，《新闻前哨》2016年第12期。
③ 付尹：《远离"标题党"　回归真实中》，《中国新闻出版广电报》2016年12月6日。
④ 刘保全：《第二十六届中国新闻奖精品赏析》，《新闻爱好者》2017年第1期。

阅 读 + 　《马氏"兄弟"跨越二十年的诚信》

扫码阅读获奖作品全文

（作者：王国庆、阙爱民、童浩麟；编辑：赵铁军、李芳；原载《河南日报》2015 年 2 月 15 日；获第二十六届中国新闻奖一等奖）

看照片发现好线索

在第二十五届中国新闻奖评选中，《贵州日报》作品《车轮上的幸福——福泉市陆坪镇福兴村吴成德家换车记》获评通讯二等奖。这篇稿件的线索是记者在新春走基层时从一张照片上发现的，然后去采访，后根据编辑意见修改，最终获奖。

《车轮上的幸福》获中国新闻奖时，贵州日报社记者陈毓钊从事新闻工作已有 5 年，这篇稿件的线索是他在新春走基层时偶然发现的。新闻单位的"新春走基层"采访活动，是新闻战线的一个响亮品牌，该活动始于中宣部 2011 年 1 月组织中央主要新闻单位开展的全国性基层采访活动。[①]

2014 年春节后，贵州日报社记者陈毓钊根据报社安排，到福泉市开展"新春走基层"采访。在福泉市委宣传部办公室，他无意间看到一张照片。照片上一家人四世同堂，站在一栋木房子前，其中有一辆自行车、一辆摩托车、两辆面包车。一家人其乐融融，幸福的表情洋溢在脸上，让人倍感亲切。他仔细一打听才知道，这是春节期间当地宣传部门组织的到基层农村为群众拍摄全家福中的一幅。拍摄的对象是陆坪镇福兴村支书吴成德一家。凝图而思，几个关键词出现在陈毓钊的脑海中：四世同堂、好几辆车、幸福。凭着新闻记者的直觉和从业几年来的积累，他感觉到，这是一个反映基层民生的好题材，能写出精彩的稿子。当天，陈毓钊就赶到了吴成德家，和他一家人促膝长谈，聊车、聊路、聊产业、聊生活，一直聊到深夜。[②]

---

① 黄雷：《新春走基层 党报传民声》，《中国地市报人》2019 年第 2 期。

② 陈毓钊：《到基层去，采写好新闻——第二十五届中国新闻奖二等奖作品〈车轮上的幸福〉采写体会》，《新闻窗》2016 年第 1 期。

新闻工作者的"四力"中，脚力是基础，去现场采访，这是最基本的。相比于脚力，眼力则更为重要，眼力的背后体现的是脑力。试想，陈毓钊看到这张一家人四世同堂的照片，如果无动于衷，可能也就不会有这篇获奖报道。从某种程度上而言，没有发现就没有新闻，新闻首先在于发现，其次才是采写。他看到这张照片能有所思，感觉是一个好题材，能写出好稿子，这是眼力的体现，更是脑力的体现。这种能力，对一个记者是至关重要的。

时任贵州日报社记者部主编靖晓燕看完陈毓钊用一个晚上完成的初稿后给出了修改意见：主题鲜明，故事精彩，这是一个能冲奖的好稿子，但美中不足的是时代感不够突出，文字不够精练，需要进一步修改。陈毓钊后根据编辑"突出时代感、精练文字"的意见，对稿件进行了修改完善。

靖晓燕在谈到《车轮上的幸福》一稿时回忆，当时感到这是个好线索、好题材，但记者第一稿啰唆、头绪繁杂，主题不鲜明，需要再修改，要写出年代感。寻找老吴换车的时间，与我们国家进行改革开放的重要节点互为印证。一次、两次、三次……思路在反复中渐渐明晰，按一条明线和一条暗线来写出年代感。明线是农民吴成德的三次换车经历，暗线是老吴每一次换车的时间节点，都与我国改革开放大事件有密切的关联。从自行车、摩托车到汽车，吴成德家的车轮丈量着时代变迁的年轮，由此形成了观察一个农民的中国梦是如何实现的，起到以小见大的效果。标题制作也是反复斟酌，原标题为《农民吴成德换车记》《农民吴成德甜蜜的"烦恼"》，见报时由时任贵州日报社社长宫喜祥改成了《车轮上的幸福》，高度浓缩了一个好故事。① 宫喜祥早年在新华社工作，后在贵州挂职，担任过贵阳市委常委、副市长和安顺市委副书记，后重回新华社工作，担任过新华社党组成员、秘书长兼办公厅主任、厅务会主任。

一篇好稿件的诞生，很多时候是记者和编辑、前方和后方共同努力的结果，《车轮上的幸福》能获奖就是一个很好的例证。这也再次说明，记者发现好的线索和选题很重要，编辑及时提出意见，双方携手不断提升稿件同样

---

① 靖晓燕：《新闻写作要有"工匠精神"》，《新闻窗》2017年第2期。

重要。社长、总编辑不仅仅是稿件最后的把关人，也要善于做稿件价值的发现者和提升者。以这篇获奖报道为例，最后见报的标题确实优于之前的标题，这个标题让这篇稿件有了"魂"，也凸显了报道的主题。陈毓钊在分享此稿的采写心得时谈道，编辑多具有丰富的新闻从业经历，他们能把新闻作品提升一个档次，从他们身上能学到很多东西，受益匪浅。

《车轮上的幸福》一稿篇幅不算特别长，连记者手记加起来不到 1900 字。正文的三个部分集中写了吴成德家的自行车、摩托车和汽车。就写作而言，稿件有几个显著特点。

——**内容厚重**。在每个部分的第一段，交代了当时大的时代背景，内容大致依次为：家庭联产承包责任制突破了集体主义"大锅饭"的束缚，农村出现了生机勃勃的新景象；新一轮改革开放启动，发展的春风吹遍神州大地；废止农业税，农村经济社会发展迎来又一个新的春天。写的虽然是吴成德一家几十年来的变化，但同时也写出了乡村几十年来的变化。不要小看这些内容，正是有了这些内容，这篇稿件才显得很厚实，才能体现以小见大。

——**逻辑清晰**。正文的三个部分分别集中写吴成德家的自行车、摩托车和汽车，让整篇稿件的逻辑框架很清晰，这也有利于突出"车轮丈量着时代变迁的年轮"的报道主题。写通讯、写长文，一定要事先搭好框架，框架体现逻辑，逻辑是否清晰直接关乎阅读体验。逻辑不清晰的稿件，很难说是好稿件。

——**文风平实**。稿件不仅写得平实，人物语言也平实，基本没啥大话，如主人公刚买摩托车时感觉"洋气惨了"，既口语化又个性化，也符合人物的身份和特点。用小人物写大时代，文风一定要平实，注重故事、现场、细节和情感，少搞大话、空话、套话、废话，总之，少用高大上的话，多用接地气的话。

——**结合当下**。就这篇报道而言，主人公买自行车、买摩托车都是很久远的事了，家里买汽车也是一两年前的事了，比较久远，如何与当下结合是必须考虑的。在稿件的第三部分，作者与党的十八届三中全会联系起来，写吴成德发起成立合作社，从之前的种烟叶到尝试种植葡萄，这就与当下比较好地结合了起来，有了现实感。

好新闻一定是具有时代价值的新闻。《车轮上的幸福》写的虽然是吴成德一家的故事，但这是大时代里很多人小日子变化的体现，这些变化正是他们在大时代的滚滚洪流中用双手创造幸福的生动写照。① 有人评价，这篇获奖报道围绕主人公买车换车，一次比一次贵，一次比一次高档，折射出农民不断提升生活质量和实现脱贫致富梦想的生活现状。②

贵州记协推荐此稿参评中国新闻奖时给出的理由是：小康不小康，关键看老乡。作品选取改革开放后的三个时间节点，通过吴成德一家三次换车的故事，讲述大时代背景下普通人的生活变迁，折射出人民生活水平的提高、交通条件的改善、产业的更新发展，反映了时代的大变迁，具有强烈的时代感。③ 这篇获奖作品也告诉媒体人，采访没有捷径，只有下苦功夫、下硬功夫，双脚走到基层去，大脑装着党中央的政策，才能写出符合时代发展的优秀作品。④

从赏析的角度而言，这篇获奖报道也有一些可探讨之处。一是时效性较差，看不出时间要素，也看不出记者是什么时候完成采访的。二是从采写到修改、定稿到最后刊发，中间间隔时间较长。新春走基层的时间一般是腊月十五到正月十五，而稿件刊发时已是农历六月底了，让人难以理解。三是采访有点单薄，就稿件看，给人的感觉是就采访了吴成德一个人。四是"南巡"的表述，现在规范准确的表述是"南方谈话"。五是"车冲进了竹林，手指粗的竹子压倒一大片"的表述，在"竹子"后加个"被"可能会更好。六是"价值 80000 元""价值将近 80000 元"与"3000 多株葡萄苗""3000 株葡萄苗"等表述，前后表述能统一显得就更严谨。七是正文最后一段，先是一句"他

① 杨帆：《践行"四力"抓"活"鱼 见微知著讲好故事——地方党媒做好"新春走基层"报道的几点思考》，《中国地市报人》2023 年第 3 期。

② 梁瀚泽：《做好新闻标题 让读者"不思量 自难忘"》，《媒体融合新观察》2019 年第 4 期。

③ 《〈车轮上的幸福〉申报资料实录》，出自《中国新闻奖作品选（2014 年度·第二十五届）》，新华出版社 2016 年版，第 248 页。

④ 梁瀚泽：《追求思想的光芒和泥土的芳香——不断践行"四力"讲好奋斗故事》，《新闻研究导刊》2019 年第 14 期。

说"，接着又来一句"吴成德乐呵呵地说"，同一个人的内容连用两个"说"，阅读体验不是很好。

阅 读 + 《车轮上的幸福——福泉市陆坪镇福兴村吴成德家换车记》

扫码阅读获奖作品原文

（作者：陈毓钊；编辑：宫喜祥、靖晓燕；原载《贵州日报》2014 年 6 月 26 日；获第二十五届中国新闻奖二等奖）

热点是公开的信源

在第二十届中国新闻奖评选中，《重庆商报》作品《雪中穿着凉鞋上学 "火炉女孩"让人心疼》获评通讯二等奖。与其他一些获奖的人物通讯不同，这件获奖作品是记者对网上线索转化跟进的结果。

互联网带来的改变是前所未有的。对来自网络上的线索，不应简单地排斥或否定，看得见、抓得住、操作好，也可以成为媒体强化内容建设的重要组成部分，有利于提升媒体的传播力和影响力。当然，网上的信息真假难辨，媒体使用时不能直接采用，需要经过求证核实，必要时还需要进一步深入现场采访。

《雪中穿着凉鞋上学 "火炉女孩"让人心疼》的采写经过并不复杂：一个小女孩雪中穿着红色凉鞋、提着一个用旧油漆桶改制的小火炉上学的照片在网上引起了关注，被网友们亲切地称为"火炉女孩"。有感于此，《重庆商报》进行了核实采访。网络热点是最为公开的信源。互联网上的信息是公开的，也是透明的，究竟哪些值得媒体去关注，这本身就是对一个媒体人眼力和脑力的考验。这种深入基层一线的采访，也离不开媒体人所在单位的支持。

核实采访既可以简单地通过网上核实求证，或者通过拨打电话的方式核实求证，也可以去现场核实求证，这几种方式可以视情况而定。网上或电话核实求证情况，也可以作为是否有必要进行报道的依据。就《雪中穿着凉鞋上学 "火炉女孩"让人心疼》而言，简单地网上或电话核实求证似乎也行，但效果肯定不如去现场真实、全面、感人。

这篇报道采写深入而全面，记者不仅去了学校，见到了"火炉女孩"，也采访了学校唯一的教师，还去了女孩家里采访到了她的父亲，也见到了村支书。稿件中有很多现场和细节，如"来上学的孩子们朝学校走来，他们的欢笑声和村民家中的狗被惊醒的叫声从远处传来，走近了，你才看到，他们左手拿着手电筒，右手提着用锡盆或油漆桶改制的小火炉""……为防止小火炉中的炭火熄灭，她一路上都要对着桶里吹气，木炭灰将她脸蛋弄得黑乎乎的""上课的时候，小兴敏双眼一直跟着老师手里的粉笔在走，嘴里不时默默念几句黑板上的内容。一只被削得很短的铅笔握在她手里，只见头不见尾"。这些表述，记者如果不去现场，恐怕写不出来。

这篇报道从体裁看是通讯，其实也像是一件组合报道。组合报道是指集中发表一组稿件反映具有相同性、相似性或相反性的事实。通过相互映衬或对比，起到深化主题，增强报道效果的作用。[①] 中国新闻奖在奖项设置上并没有组合报道，而是把组合报道归到了系列报道。"火炉女孩"的报道，除了1800多字的主稿《雪中穿着凉鞋上学 "火炉女孩"让人心疼》外，还配发了不到200字的记者手记《提火炉上课与浪漫无关》。稿件刊发时，还配发了"小兴敏冬日作息时间表"和"城里孩子作息表"，编者的意图很明显，试图通过城乡孩子的时间表传递教育面临的差异。虽然获奖名单中并没有摄影记者的名字，但摄影记者拍摄的组照也是整个报道的重要组成部分。

有人总结，读图时代，传播者也随之力求内容的形象化。"形神创意"就是抓住新闻事实中人物所具鲜活的特征或形象化地突出事物的特色，创造一个形神兼备的意象来。《雪中穿着凉鞋上学 "火炉女孩"让人心疼》一稿的特点就是标题中标出了"形神"兼备的意象，其新颖而又活灵活现，令人过目难忘。[②]

从传播效果看，"火炉女孩"刻苦求学的形象感动了众多城市少年，她所在的村小得到了修缮。[③] 这是媒体持续追踪报道的结果。也许是报纸上女孩

---

① 出自《新闻学与传播学名词》，商务印书馆2022年版，第56页。

② 林奇：《创意性新闻标题制作六招——中国新闻奖获奖作品标题分析》，《中国记者》2012年第6期。

③ 《〈雪中穿着凉鞋上学 "火炉女孩"让人心疼〉申报资料实录》，出自《中国新闻奖作品选（2009年度·第二十届）》，新华出版社2010年版，第201页。

冻得通红的小脸，也许是那肿着的脚趾，也许是她惶恐的眼神，很多市民动容了。原来破旧的村小，很快有了红色的墙体和蓝色的玻璃。孩子们不仅吃上了免费午餐，从那年冬天开始，还都穿上了新衣。①

重庆媒体对"火炉女孩"进行了长期跟踪。2020 年底，重庆媒体刊发报道：11 年，一个人能发生多大变化？看到眼前亭亭玉立的大姑娘，完全想不到，这就是那个曾经的小女孩。11 年前，记者用镜头记录重庆市云阳县云峰村一年级小学生刘兴敏的生活；11 年后，她完成华丽蜕变，正在江口中学读高三。她的变化，也是三峡库区群众摆脱贫困奔小康的缩影。②

这件获奖报道今天来看很像是一篇"暖新闻"。有人总结，暖新闻，即通过暖心的人和事演绎出来的新闻。暖新闻传播正能量，弘扬主旋律，充满着向上向善的力量。做好暖新闻传播，产生大流量，使好声音变为最强音，弘扬社会正能量，是媒体践行职责使命的必答题。③

《雪中穿着凉鞋上学 "火炉女孩"让人心疼》有暖的一面，但报道同时也有问题感的一面，如稿件正文最后一部分"这个冬天 唯一的老师想走"就充满了问题感。记者手记也具有问题感，实际上是对网友"在高山上用小火炉烤火是一件多么浪漫的事情"的回应。

从赏析的角度而言，这件获奖作品有一些值得探讨之处。一是从"火炉女孩"在网上引发关注到记者前去采访报道，中间相隔了约 20 天，间隔的时间有点久，如果放到今天"四全媒体"④的背景下未必就合适了。二是稿件采写留有疑惑。"火炉女孩"的照片在网上引发关注源于一个摄影师的照片，这个摄影师是谁，又是在什么情况下拍摄到相关照片的，稿件中没有介绍，让人疑惑。村小只有 4 个年级，分别是一年级、二年级、四年级和六年级，但

---

① 杨林：《因为你们的善举 我们见证了温情》，《重庆商报》2012 年 2 月 23 日。

② 崔力：《"我再也不是那个脏脏的小女孩"——"火炉女孩"刘兴敏之变》，《重庆日报》2020 年 12 月 30 日。

③ 闫友明、宋美玲：《"五种力"赋能暖新闻传播》，《新闻潮》2022 年第 10 期。

④ 2019 年 1 月 25 日，在主持中共中央政治局第十二次集体学习时，习近平总书记提出了"四全媒体"这一新概念，即全程媒体、全息媒体、全员媒体、全效媒体。"四全媒体"是传统媒体和新媒体密切融合实践的产物，是媒体融合向纵深推进的必然趋势。

只有陈波一名教师，4 个年级一共有多少学生，稿件也没有交代。稿件中有一段话用的是村支书的直接引语，但没有写村支书的名字，留有遗憾。三是个别表述不一致。例如，稿件第一部分"火炉女孩不再穿凉鞋了"中的"火炉里的木炭是 5 点过妈妈给她烧好的"，而"小兴敏冬日作息时间表"中的表述是"5∶30 小兴敏母亲起床为小炭炉引火"。四是"零下十度"准确的表述应是"零下十摄氏度"或"−10℃"。

　　数字表述到底是用汉字还是阿拉伯数字？根据《出版物上数字用法》，数字连用表示的概数、含"几"的概数，应采用汉字数字；如果表达计量或编号所需要用到的数字个数不多，选择汉字数字还是阿拉伯数字在书写的简洁性和辨识的清晰性两方面没有明显差异时，两种形式均可使用；如果要突出简洁醒目的表达效果应使用阿拉伯数字，如果要突出庄重典雅的表达效果应使用汉字数字。

阅 读 ⊕　《雪中穿着凉鞋上学　"火炉女孩"让人心疼》

扫码阅读获奖作品原文

　　（作者：汪再兴、廖娴雅；编辑：赵郁松；原载《重庆商报》2009 年 12 月 9 日；获第二十届中国新闻奖二等奖）

将镜头对准老百姓

在第十届中国新闻奖评选中,浙江日报社主办的《经济生活报》刊发的《中国农家半世纪》获评通讯一等奖,稿件作者徐永辉是一名摄影记者。摄影记者的文字作品获中国新闻奖通讯一等奖,本身就是新闻。徐永辉获中国新闻奖时已是一位七旬老人。

这届评选中,另一件获一等奖的通讯为刊发在《中国青年报》上的《1503亿赤字预算意味什么》。在中国新闻奖历史上,另一位摄影记者的文字作品获中国新闻奖的是中国青年报社的贺延光——在第九届中国新闻奖评选中,他采写的《九江段4号闸附近决堤30米》获特别奖(等同于一等奖),这是"国内媒体对长江决口的独家报道"。徐永辉、贺延光获中国新闻奖的文字作品相同点是,报纸版面上同时刊发了他们拍摄的照片。

(一)

浙江日报社高级记者徐永辉,数十年如一日记录农家生活变迁,被誉为"中国跟踪摄影第一人"。他的经历颇有传奇性。徐永辉生于1930年。由于家里太穷,母亲又没有奶水喂养,他两个月时就被送给了姨妈。后来,他眼看着亲人一个个饿死、病死,为了生计他学着织手套、跟着大人贩卖大米。一次过封锁线时,他被日本鬼子抓去打得遍体鳞伤。14岁时,他只身来到上海一家照相馆当学徒,有幸从师于著名卡通大师、后来曾任上海美术电影制片厂动画片导演的万籁鸣。①

---

① 刘慧同:《一首歌绵唱四十五年的底蕴——记跟踪摄影第一人徐永辉》,《新闻传播》1995年第1期。

杭州解放后，《浙江日报》创刊。徐永辉随着革命的洪流，从上海到了杭州。起初，他留在第七兵团政治部摄影组参加学习，从杭州新闻学校毕业后在浙江一个县当通讯干事。其间，他两个月写了 6 篇消息，寄到浙江日报社农村组，一个字也没有用，《解放日报》在综合稿里用了 30 多个字。因被评价"文化水平太低，不能胜任……"，他后被调到临安新华书店做会计工作。因当时浙江日报社摄影记者身体不好，而报社没有人会拍照，兼任杭州新闻学校校长的浙江日报社社长陈冰，想到了曾在上海照相店里当过学徒的徐永辉。到浙江日报社报到的第四天，陈冰问了徐永辉过去的一些情况，勉励他认真学习，努力工作，还亲手交给他一台折叠式"皮老虎"老照相机，要他到农村去采访。临行之前，陈冰再三叫秘书告诫徐永辉："这台照相机是从日本鬼子手里缴获来的，是谭（震林）政委赠予陈冰同志工作上用，因此你使用时万万要当心。"徐永辉接过这个具有政治历史意义的"传家宝"后，就到农村采访去了。①

（二）

徐永辉当记者第一次下乡，拍的第一张照片是雇农叶根土一家的"全家福"。②那天早晨，他到浙江省著名的"鱼米之乡"嘉兴县农村采访，路过七星乡二村村口时，忽然听到一阵动人的歌声，他们无忧无虑地唱出了父辈翻身得解放的喜悦心情，他想拍一张照片，把旧社会给他们带来的深重苦难记录下来，让他们长大后能看到自己的童年生活和历史遗留下来的痕迹，也能使后人了解旧社会是怎样一个烂摊子。这时，孩子的父母从屋中出来，徐永辉提议给他们拍一张全家福。在拍摄中，他才知道这一家的主人叫叶根土。

时隔几年，1954 年秋后，徐永辉意识到叶根土一家可能开始了新生活，便专程赶到七星乡，没想到叶家搬回黄岩原籍去了。后来，历经艰险，他终于在 1959 年 9 月找到了叶家。当他再见到叶根土时，他们一家当年贫困的影

---

① 徐永辉：《老照相机的故事——记陈冰教我走上记者之路》，《新闻实践》2009 年第 5 期。
② 徐永辉：《老照片里的故事——一户农家 60 年亲历记》，《中国记者》2009 年第 9 期。

子全无了。徐永辉拿出当年的全家福照片，他们看了半天都不敢认那上面站的是自己一家，他乘兴为叶家拍了新全家福。这张照片引起时任浙江日报社总编辑于冠西的兴趣，他亲自为照片拟了标题——《一户人家十年间》并配上一首诗。照片发表后，受到读者的好评。①

后来，徐永辉对叶家几代人进行了长达数十年的跟踪拍摄报道。很多人问徐永辉，跟踪报道一户人家几十年是不是很难？他说，只要你和群众的感情深，让老百姓接受你，跟踪报道就不难。"其实，将镜头对准叶根土一家，也就是对准我自己，对准中国千千万万的老百姓。"在他看来，这户农家的变化，也就是新中国历史的缩影。②

（三）

成为一名摄影记者之后，徐永辉一共跟踪摄影了数十户普通人家，其中跟踪 50 年以上的有 5 组，40 年以上的有 5 组，30 年以上的也有 5 组。叶根土、贺金财、汪阿金、李招娣……一个个名字、一户户家庭，数十年如一日地被他记录到镜头里。③ 获中国新闻奖通讯一等奖的《中国农家半世纪》，是徐永辉用文字和组照相结合的方式讲述了汪阿金一家近 50 年的变化。

汪阿金是余杭学稼村农民，徐永辉认识汪阿金是杭州解放后的第二年。那天，他采访时见到供销社门前人头攒动，原来农民们卖掉络麻后，正在供销社里选购生活用品。有个一次买了 4 张彩色的毛主席画像的农民引起他的关注。经过交流，徐永辉跟着到了"分到了田和地，今年又是大丰收"的阿金家深入采访。其间，徐永辉见到阿金的两个孩子十分有趣，立即在现场把他们的童年拍摄了下来。那天，阿金留下徐永辉在草屋里共进午餐，吃的是芋艿、咸菜和青菜等，阿金叫妻子专门煎两个荷包蛋。

1979 年 9 月，阿金的两个儿子建了新房子，想到了给他们拍过照的徐永辉便叫儿子出去打听寻找，因为当时阿金没有听清楚徐永辉的姓名，经过一

---

① 徐永辉：《跟踪摄影 40 年》，《中国记者》1990 年第 3 期。
② 王晓晨：《徐永辉与一家农户的 50 年情缘》，《新闻传播》2000 年第 6 期。
③ 蔡晓雨：《摄影追踪报道彰显媒体社会责任》，《传媒观察》2012 年第 7 期。

番周折，双方联系上时已是 1981 年 11 月，彼此都很激动。彼时，告别了草棚生活的阿金一家，住进了高大的瓦房，屋内农具和家具摆设有致。

1998 年国庆节，徐永辉应阿金两个儿子的邀请，又去学稼村做客，村民的住宅以楼房为主，有的还建起了别墅。阿金的二儿子汪水灿的家是一个四开间两层楼大院。这次来访，徐永辉拍了一张汪水灿他们骑摩托车的纪念照片。"对比一下，时代的变迁十分强烈，阿金当时推的是独轮车、拉的是牛板车，而他的儿子骑的是摩托车。"徐永辉认为，他的这些平凡的照片，虽然反映的只是民间常谈的"儿子、房子、车子"等小事，但就是在这些小事的强烈对比中，真实而生动地反映了国家在这 50 年间的巨变。

1999 年是新中国成立 50 周年。3000 多字的《中国农家半世纪》，引题是"本报独家披露　跟踪摄影 50 年背后的故事——"，稿件的主标题把新闻的价值给凸显了出来。正文除引子外，由"50 年采访 9 次""初识阿金一家""30 年后重逢""半个世纪巨变"等四个部分组成。

不同于一般的通讯作品，此稿用徐永辉自述的方式讲述了与汪阿金一家近 50 年的交往故事，"这是共和国 50 年历史长河中精彩朴实的一个篇章"。作品不仅字里行间渗透了一个新闻工作者对采访对象的深情和他对职业的激情，而且编者在照片编排上匠心独具，主次分明，烘托主题，视觉效果良好。[1]

在第十届中国新闻奖的评选会上，《中国农家半世纪》受到评委们的高度赞赏，一致评它为中国新闻奖一等奖。[2] 如果就"中国农民"这样的题目做文章，这个题目确实很大，恐怕够写厚厚的一部书了，要表现大主题，最好的办法是从小角度入手。[3] 如果用纯经济学的视角来看阿金一家的变化，只能说明阿金一家如何在艰辛的劳动中由贫穷走向富裕的生活，而记者把报道对象与共和国的命运融合在一起报道，从讲政治的高度来记录阿金一家半个

---

① 《〈中国农家半世纪〉资料》，出自《中国新闻奖作品选（1999 年度·第十届）》，新华出版社 2000 年版，第 149 页。

② 郑梦熊：《爱党爱国爱社会主义的好教材——推荐〈一户人家五十年〉》，《新闻实践》2000 年第 9 期。

③ 刘书芳：《新闻报道中的大与小》，《新闻知识》2007 年第 8 期。

世纪的巨变，深刻地揭示了没有共产党就没有今天的幸福生活的真理。①

有人评价，徐永辉获奖的作品《中国农家半世纪》是靠"两脚泥"精神积累下来的一篇传世之作。透过徐老的新闻作品我们不难看出，其实一个国家的目标，最终会分解成一个人的目标，一个家庭的目标，一个村子的目标；国家的进步，最终也要体现为一个人，一个村子，一个家庭，一点一滴生活的变化。②

（四）

徐永辉跟踪拍摄的人多是普普通通的农民。在城市化的进程中，农民往往是困难群体的代名词，但在他的镜头里，他们却一直是坚强、乐观、勤劳、奋进的象征和载体。对此，徐永辉说："我是苦出身，自然而然地和农民心贴心；慢慢地，就和他们分不开了。"③

如果单看，徐永辉跟踪拍摄的这些人物照片，也不失为很有意义的新闻照片，但有意识地把这些散片联系起来看，就像散落的珍珠被红线串联起来，从一个家庭全家福照片的量的积累，揭示中国农村改革质的飞跃，形象而生动地折射出新中国的前进历程。由量变到质变——任何事物由量的积累变化必然会引起质的飞跃。同样，一个新闻报道的点子和题材的形成、发展，有时也是一种由量变到质变的过程。④ 有人评价，徐永辉的探索实践表明，他的这种创作途径，尤为适合对一些具有普遍社会意义的典型做持续"掘进式"的纵深纪实。⑤

"做事要有恒心，新闻讲究坚持，做跟踪摄影更要有恒心。"徐永辉把所有的精力都投到摄影事业上，经常有家不回，成了浙报大院内有名的"单身

---

① 韩炼：《经济新闻深度报道的思辨美》，《中国广播电视学刊》2001 年第 6 期。
② 高保珍：《赶作业不如著作品——对新闻从业者参与"走、转、改"的断想》，《当代电视》2012 年第 3 期。
③ 童颖骏：《55 年追踪带来别样人生观》，《浙江日报》2005 年 2 月 11 日。
④ 万刚：《新闻的发现》，《中国记者》2000 年第 8 期。
⑤ 任东亮：《时代呼唤纪实摄影的勃兴（下）——兼谈解海龙、徐永辉纪实摄影探索实践的启示》，《新疆新闻界》1996 年第 1 期。

汉"。徐永辉夫妻都是上海人，婚后他和妻子两地分居长达 40 年，从 1956 年结婚，直到 1995 年妻子退休才到杭州一起生活。报社考虑到徐永辉夫妻两地分居，曾多次设法将他调往上海的报社工作，却被他婉言拒绝。他说："我一生痴心黑白世界，心里实在舍不得放不下这些农民朋友，无论如何我离不开他们！"①

徐永辉被人们誉为"历史的见证人""新闻界的史官"。1994 年，中央电视台从徐永辉为普通农民叶根土一家跟踪拍摄的近千幅照片中，选出 4 幅不同时期同一家的全家福，作为春节联欢晚会的一个特别节目，介绍给全国亿万电视观众。丁关根同志在节目彩排之际，看了徐永辉拍摄的 4 幅被放大成两米多高的全家福，高兴地称赞徐永辉说："这个人是'民星'——不是电影明星的明星，而是人民之星的'民星'。"丁关根同志讲的话，不仅是对徐永辉同志的高度评价，而且言简意赅地说明，一个新闻工作者只要有艰苦深入的作风、锲而不舍的精神、扎根于群众沃土之中，就会成为群众喜爱的名人、名家。②后来，中央电视台《东方时空》10 集大型新闻文献片《50 年人民的记忆》专门用了一集介绍徐永辉跟踪拍摄几个百姓家庭半个世纪的事迹。③

从浙江日报社退休后的徐永辉多年来仍在坚持他的跟踪摄影。他已成为中外新闻摄影史上一面独一无二、历时最长、跟踪最集中、主题最鲜明的旗帜。正如中国著名摄影理论家丁遵新所说：徐永辉的名字，和跟踪摄影紧紧联系在一起。人们谈到跟踪摄影，自然会联想到徐永辉；人们谈到徐永辉，也就会联想到他的追踪报道。中国新闻摄影学会原会长蒋齐生在谈及徐永辉的作品时评价，一张普普通通的照片，如果真实地反映了现实历史，它就会成为一种有社会历史意义的文献，随着时间的推移及历史的变化，而增进其价值。徐永辉用生动的视觉引导和独特的报道方式，潜移默化地让读者感受到人们所经历的天翻地覆的变化。看似平常，实际上是不平常的，因为追踪报道需要耗费巨大的精力和时间，如果没有坚强的毅力、没有记录历史的责

① 章瑞华、杜玲玲：《徐永辉：年逾八旬，依然用镜头聚焦历史》，《传媒评论》2014 年第 10 期。
② 钱吉寿：《培养名记者、名编辑要从年轻人抓起》，《中国记者》1995 年第 5 期。
③ 王一丁：《中国跟踪摄影第一人与一农家的 51 年情缘》，《劳动世界》2002 年第 6 期。

任感和使命感，的确是一般的摄影人或者摄影记者难以长期坚持下去的。①有人评价，"是执着的职业追求，成就了徐永辉不凡的新闻人生"。②

徐永辉一辈子只专注于一件事：跟踪摄影。难能可贵的是，他一直保持着这份初心。他说："不管时代怎么发展，新闻工作者走基层、到群众中去交朋友、走群众路线的法宝千万不能丢。只有心中装着人民，与人民同呼吸、共命运，才能准确反映他们的需求和心声。"③

（五）

如何成为名记者、大记者？徐永辉的经历也给人留下了诸多思考。个人的努力，个人与时代一起奋进当然重要，社长、总编辑的关心和帮助对一个记者的成长同样具有重要作用。徐永辉在回忆自己的成长经历时，特别提到了时任浙江日报社社长陈冰、总编辑于冠西等人对他的帮助。

陈冰曾 7 次对徐永辉进行面对面的教育，"其中一次谈起我的入党问题时，他要我认真听取党员同志的意见，明确努力方向"。一次，徐永辉到天津开会，已在天津工作的陈冰接他到家里去做客，并询问他嘉兴叶家还在采访吗，鼓励他"要认真采访下去"。1954 年，于冠西看到徐永辉写了一篇余杭仓前粮管所的"小品文"，为其写了一段批语：此文写得较好，通俗易懂，群众的口语化很重，老百姓爱看，但是文句不通，错别字太多……请谢狱同志找一个编辑对徐永辉同志进行文字辅导，使他能写一般的照片说明。若干年后，徐永辉的通讯获中国新闻奖一等奖，恐怕与此前同事们帮助提高了文字写作能力也有关系。1959 年，徐永辉追踪拍摄的叶家全家福引起于冠西的关注并以《一户人家十年间》为题突出刊发，对徐永辉日后长期走上追踪拍摄道路的激励作用不言而喻。今天来看，社长、总编辑在培养新闻名人方面具有多么重要的作用。

---

① 蔡晓雨：《摄影追踪报道彰显媒体社会责任》，《传媒观察》2012 年第 7 期。

② 滕敦斋：《精品背后看"脚力"——中国新闻奖作品启示录之一》，《青年记者》2019 年第 12 期。

③ 吴朝香、徐永辉：《跟踪摄影毕生力　不忘初心七十年》，《中国记者》2019 年第 8 期。

从赏析的角度而言，《中国农家半世纪》一稿中有些表述和字词值得注意。一是有的地方是"作客"有的又是"做客"，"作客"意思为"指寄居在别处"，"做客"的意思为"访问别人，自己当客人"。根据文意应为"做客"而非"作客"。二是"我有钱罗"的"罗"应为"啰"，"啰"用在句末，表示肯定语气。三是"4只肉馒头""两只荷包"中的量词"只"，不太符合阅读习惯，而文中有的地方表述又是"两个荷包蛋"。四是文中的"面目皆非"与"面目全非"虽然是一个意思，都可以用来说"事物的样子改变得很厉害"，但从情感色彩上而言，多为贬义，用在这里并不恰当。五是"全家8口只得背井离乡"中的"口"后应加上"人"。依据《现代汉语词典》，"口"作为量词用于人，如"一家五口人"。

阅读+ 《中国农家半世纪》

扫码阅读获奖作品原文

（作者：徐永辉；编辑：项宁一、叶飞虹；原载《经济生活报》1999年2月2日；获第十届中国新闻奖一等奖）

稿件中有股泥土味

在第七届中国新闻奖评选中，《内蒙古日报》刊发的《种树"种到"联合国》获评通讯一等奖。这届中国新闻奖评出 3 件特别奖，都是对一线重大典型的报道：《把党和政府的温暖送到千家万户》报道的是上海水电修理工徐虎，在平凡岗位上长期积极主动地为居民排忧解难，用"辛苦我一人，方便千万家"的精神，谱写了一曲新时代的雷锋之歌；《岗位作奉献　真情为他人》和《北京有个李素丽》报道的都是北京公共汽车售票员李素丽，她在平凡的岗位上把"全心全意为人民服务"作为自己的座右铭，真诚、热情地为乘客服务，被誉为"老人的拐杖，盲人的眼睛，外地人的向导，病人的护士，群众的贴心人"。

（一）

优秀的记者要有能够发现好线索和好选题的能力。相比采访、写作，发现是第一位的，在新闻采编的诸多环节中，发现是最基础的，也是最关键的，没有发现，采访、写作也就无从谈起。《种树"种到"联合国》报道的是时任内蒙古达拉特旗树林召乡副乡长王果香带领乡亲们植树治沙，被联合国邀请去介绍经验一事。稿件获评中国新闻奖之后，作者李广华撰文分享采编经过时，讲述了线索发现和选题操作过程，颇有意味。

大致情况是：在内蒙古日报社的一次编务会上，编辑部的一位负责同志通报了一条简讯，说的是内蒙古达拉特旗一位农家女（采访后得知是副乡长），因种树治沙成绩显著，被联合国邀请参加防治荒漠化公约会议。这一情况引起了李广华的注意。他认为，在内蒙古这样一个地处偏僻、荒漠化十

分严重的地方，一位农家女获此殊荣必有惊人之举，在她身后一定还有许许
多多感人至深的事迹，特别是在环境问题日益成为全世界所关注的大课题的
今天，一条小消息不能涵盖这一事件，可以采写一篇意义深远的报道。当时，
李广华正在值《内蒙古日报》的一版夜班，每天上班要上至深夜，节假日也
不例外。强烈的采访欲望使他暗下决心，要好好挖掘一下。为此，他便和同
事商量，请他人替自己值夜班，他与当时报社分管林业报道的孙亚辉一起去
王果香的老家深入采访。①

　　很多事情不能假设，李广华抓到这条好新闻似乎有一定的偶然性。试
想，内蒙古一位女性因种树治沙成绩显著被邀请到联合国参加防治荒漠化公
约会议，这本身就具有很强的新闻性，虽然一开始对这位女性的身份掌握得
不是那么准确，把副乡长误以为是农家女，但首发者如果能刨根问底深究一
下、与当事人面对面深入采访一下，也许就会有不一样的收获。退一步讲，
编辑部在研究每天的新闻线索和选题时，如果能及时看到此事的价值和意
义，当即进行策划并做出进一步安排，可能后面就不需要李广华因为要去采
访而专门找人替自己上夜班了。话说回来，李广华还是挺令人敬佩的，不仅
看到了此事的价值和意义，更重要的是作为一位头版的夜班编辑，本身这事
与他关系似乎并不大，但他却下定了决心要去采访，这种热情、激情是很难
得的。

　　新闻工作干久了，日复一日、年复一年，早出晚归，忙忙碌碌，还有多
少人能保持新闻热情和激情呢？面对好的线索和选题，还能有多大的劲头
呢？为什么会是李广华呢？大学毕业后，李广华长期在报社总编室工作，养
成了从全局视野审视新闻的习惯，这让他在新闻价值的判断上积累了一定的
经验。② 李广华先后5次获中国新闻奖，可能与此积累也有关。

---

① 李广华：《要善于发现新闻——通讯〈种树"种到"联合国〉采写体会》，《新闻知识》1998 年
第 6 期。

② 《把创新意识贯穿于新闻工作的始终——第十届浙江飘萍奖获得者李广华纪实》，浙江记协网
2014 年 3 月 12 日。

（二）

好新闻要有好故事。一个基层的女性副乡长带领群众植树治沙，因为成绩突出，到联合国分享经验，这本身就很有新闻性和故事性，作者写作时也下了功夫。第七届中国新闻奖评委、时任新华社副总编辑张万象评价此稿时说，稿件在写作上通俗、活泼，散发着一股泥土的气息，一位生活在农村，从沙海里走出来的妇女形象跃然纸上。[①] 这是对此稿写作特色的肯定。

标题亮眼是《种树"种到"联合国》一稿最为直观的体现。所谓"秧好一半谷，题好一半文"，标题是通讯的"眼睛"，有着非常重要的地位，"巧笑倩兮，美目盼兮"，传神的标题能够吸引读者的注意。一篇好的通讯，最好应是在文化的钢火中淬炼过，点染了文化灵性的。这个标题以夸张、形象的表达吸引人。[②] 也有人评价这个标题颇具特色和情味，具体而言是运用了一个独特的修辞格——拈连，从而使文章标题给人耳目一新之感，引起读者的阅读兴趣。拈连是指甲乙两件事物连起来叙述时，把适用于甲事物的词语（主要是动词和形容词）顺势拈用于乙事物，这种修辞就叫拈连。[③]

"王果香要去联合国了！"《种树"种到"联合国》一稿开篇仅用一句话就深深抓住了读者。让人不禁好奇地想：王果香是谁？她为什么要去联合国？她有什么特别的贡献吗？但作者并没有急于回答这些问题，而是接着用一段话写了此事在乡下引发的关注和反响："消息在乡下传得特别快，时值年根儿，姐妹们像迎来一件了不起的喜事，有的送去钱，有的送衣服，有的去家看望。张铁营子村的杜花眼还特意到她家帮忙：收拾东西、洗衣服、做年糕……他们说，平时果香帮我们太多了，怎么着这次也要表表心意。"这里面有概述也有细节。最妙的一句莫过于这段话的结尾——"别看是喜事，姐妹们还不无担忧，叮嘱道：'日内瓦那么远，可别走丢了！'"这个直接引语使用巧妙，很接地气，也有乡土气息，还十分贴合讲话者的身份。有人评价，

① 张万象：《丰收的喜悦和超长的遗憾——从第七届中国新闻奖通讯评选谈起》，《中国记者》1997年第11期。

② 徐亚平：《举轻若重——试论如何提高通讯的文化品位》，《云梦学刊》2000年第4期。

③ 汪茂吾：《教你一招新修辞——拈连》，《中学课程辅导》（初二版）2005年第4期。

这句来自群众的口语，反映了农村妇女对王果香朴素的心理，真诚而深厚的感情，令人颇感清新、鲜活，有滋有味。[①] 这句话与第 3 段的内容联系也十分紧密，交代王果香正式身份后介绍她最远仅去过包头，连内蒙古自治区首府呼和浩特都没去过，何况出国呢？后面才接着讲王果香受邀参加联合国国际防治荒漠化公约会议并发言以及她带领群众植树治沙情况。从精彩的标题到引人入胜的开头，可以看出作者在写作此稿时经过了精心构思和打磨。

细节描写生动传神是此稿的另一特色。有了精彩的细节描写，就可以把新闻发生时的场面、情景、人物等历历浮现在受众眼前，给读者留下鲜明的印象。[②] 所谓细节，原本指的是文学作品中细腻地描绘人物性格、事件发展、社会环境和自然景物的最小组成单位。细节能具体生动地反映出事物的特征、刻画人物的个性，从而增强作品的艺术感染力。细节虽细，可作用不小，小中寓大，小中见大。如果说细节是文学的细胞的话，那么对新闻作品而言，细节就是它的血肉。

《种树"种到"联合国》是运用细节描写来深化作品主题、揭示人物思想的成功典范。例如，写她忙于带领群众治沙造林，很少照顾家，"有时做一顿饭，要吃上几顿，衣服也多是孩子给洗……"写她为了使全乡人人起来植树造林走村串户上门动员，"每到老乡家脱鞋就上炕，还要坐在他们正中间，这样一下子就和他们的距离拉近了"。为了充分表现她治沙绿化的情怀，文中有这样的细节描写：会议上，公约秘书长和主管项目官员为支持王果香的工作，决定赞助一套计算机设备，而王果香"考虑到眼下最缺乏的是资金，她提出可否换成资金形式，资助乡里建立优质绒山羊基地和中小学生防治荒漠化教育试验林场。官员们看到这位有心计的中国女性，仿佛看到了防治荒漠化的新希望，当即同意捐款 2 万美元"。这些来自生活、看似平常的细节描写，却起到了以情动人、以小见大的作用。[③] 有没有细节，与是否深入一线扎实采访有直接关系，细节的背后是脚力、眼力、脑力、笔力的体现。

① 陈金松：《创新，新闻精品写作之母（下）》，《当代传播》2000 年第 3 期。
② 郭莹莹：《散文式笔调在新闻写作中的运用》，《视听》2008 年第 3 期。
③ 钱晨辰：《新闻作品散文化刍议》，《新闻记者》2001 年第 5 期。

（三）

新闻的本质特性，新闻的内在含义，决定新闻必须具备新鲜性。失去新，便不成其为新闻，更谈不到上品、精品了。从这个意义上讲，求新、创新是新闻工作的灵魂，也是新闻精品的写作之母。新鲜之事离不开新鲜之人。三百六十行，行行出新人。各行各业开拓创新者的思想、情感与行为，他们创造的新时代的业绩，都能给人们以新鲜感。他们突出的成绩可以拨动广大读者的心弦，他们闪光的思想更为受众所崇敬。《种树"种到"联合国》一稿，紧紧抓住这件很有意义的新人新事，绘声绘色地描述了王果香从受到邀请到赴日内瓦参加会议这段特殊的经历，穿插着写她带领妇女儿童植树造林、治理荒漠的苦辣酸甜，写得非常生动、感人，受到广大读者的青睐。①

好新闻不仅要有新闻性，更要有价值。《种树"种到"联合国》获奖之后，成了业界和学界学习研究的案例。有人评价，这篇通讯引起了全社会的广泛关注，因为它表现了这样一个主题：植树造林，治理荒漠，改造生态，是关系人类命运的大问题，必须把这种认识变成全民性的自觉行动。②也有人认为，衡量人物知名与不知名的标尺，不在于职务的高低、工作的不同、年龄的大小，关键在于事业上有无突出成就以及是否为社会所公认。③

《种树"种到"联合国》在主题上被视为"以小见大"的范例。回顾新中国新闻事业发展的历程，那些在社会上产生了巨大反响并且深入人心的新闻作品，无不闪耀着思想的光芒、折射着时代的精神、透视着社会的本质，从而强烈地震撼着亿万读者的心弦。《种树"种到"联合国》写的虽是一名"小人物"，但表现的是一个具有普遍意义的重大主题。文章写的虽是一位普通人生活中的点点滴滴，但字里行间却蕴藏着严肃的生活哲理。这种源于事实又高于事实的深刻主题，对人们的启示作用是不言而喻的。④

有人总结，仔细分析来自地方报纸的历届中国新闻奖通讯作品的特色，

① 陈金松：《创新，新闻精品写作之母（上）》，《当代传播》2002 年第 2 期。
② 李阳海：《立意·选材·抒情——谈谈通讯的写作》，《写作》2011 年第 8 期。
③ 李江虹：《浅谈专访写作》，《新闻与成才》1999 年第 10 期。
④ 郭乾湖：《主题：新闻报道的灵魂》，《新闻与写作》1999 年第 8 期。

不难发现，大部分获奖通讯作品都运用了"以小见大"的表现方法。所谓"以小见大"，就是通过对社会生活中某个或某些具体"点"上的新闻事实进行分析，从中挖掘出重大的社会主题，也就是人们通常所说的"宏观选题，微观选材"，《种树"种到"联合国》等就是"以小见大"的典型作品。①

（四）

《种树"种到"联合国》一稿后来还被收入人民教育出版社的全国统编教材初中语文课本中。教材的影响力确实不可小觑，王果香收到的全国各地中学生来信，装满了三大麻袋。另外，几十种图书收录《种树"种到"联合国》。2022 年 5 月，李广华一行还到内蒙古回访了王果香。"见到她，一下子让我想起《种树'种到'联合国》发表后，她的事迹很快传开，三年后自治区确立她为重大典型，组成联合采访组再次报道，报社又派我前往，采访后我又写了篇《撑起绿荫的那棵树》，里面引用一首鄂尔多斯新民歌：'树林召乡好地方，林茂粮丰果飘香。好领导，王果香，名字和家乡面貌一个样。'"②

对于《种树"种到"联合国》一稿的成功，李广华有两点体会。一是作为编辑记者要善于发现新闻。二是要树立精品意识，在写作上狠下功夫。有了好的线索，不一定就能产生好的作品。平时多学习别人的长处，不断提高自己是少不了的。同时还要注意研究文章的写作、布局、材料的取舍，根据素材有针对性地构思写作，把精品意识牢牢地记在脑海中，让它成为编辑记者敏感神经的"根"，无时无刻不在发挥作用。在新闻实践中，发现、采访和写作是一篇作品完成的重要三环，每一环都在考验着从业者的能力。而写作倒很像是学生的期末考试，一学期下来，学了不少，成功与否，在此一举。③

记者要善于讲故事，这是李广华从业数十年的体悟。对于现在的年轻记者采访之后总是把控不住自己，写出来的东西多而杂，不知道自己要表达什

---

① 李新文、唐艳林：《中国新闻奖通讯作品对地方报纸的启示》，《新闻知识》2010 年第 7 期。
② 李广华：《跨越二十六年的回访》，《内蒙古日报》2022 年 5 月 27 日。
③ 李广华：《发现·采访·写作》，《新闻爱好者》1998 年第 6 期。

么，他感慨：过分追求全面，写出来的作品就不成样子。对于如何讲故事，他说："我工作 5 年之后还不会，10 年写得很概括，15 年才有点感觉，20 年有了一些思考，25 年后可能又会有一些不一样的认识。"这是李广华从业 30 余年的体悟。讲故事离不开艺术手法。他总结，记者要学会挖掘故事，要学会把小事情上升为故事，将读者带回现场，经过思考、提炼、分析，围绕一个主题去讲故事，用故事增强现场感、可读性、说服力。①

从赏析的角度而言，《种树"种到"联合国》也有可探讨之处。一是时效性偏弱。通讯不像消息那么重视时效性，但发稿与王果香参加联合国方面的会议之间相隔了两三个月，时效性不强。二是正文 2700 多字没有小标题，读起来层次感不是很强。虽然通讯不是都要用小标题进行分割，但文字比较长的时候没有小标题的话，层次感就不明显。三是一些表述值得注意。"着实令在坐不同国籍和肤色的代表震惊"中的"在坐"应为"在座"，"在座"泛指出席聚会或宴会。"乡下的生活炼就了王果香许多'本事'，会吸烟，能喝酒"，这不见得是一种健康的、值得倡导的生活方式，即便是新闻事实，主流媒体也未必应该去报道并传播。

有中国新闻奖评委指出，这篇获奖作品前重后轻，前半部分较为生动、形象，不乏耐读之处，而后半部分概念性的语言太多，缺少前半部分拥有的现场感强的情节和细节，读来令人有些许乏味。前 12 个自然段基本写的是王果香在日内瓦参加国际会议的情况，后 9 个自然段写的是王果香带领乡亲们治沙绿化的情况，由于前后之间缺少一个衔接性的过渡，读起来让人有突兀之感，如果后 9 个自然段采用王果香在日内瓦参加会议期间回忆的方式进行表述，也许比现在这样处理会好一些。②

---

① 《宁波日报高级编辑李广华与我院新闻系师生座谈》，宁波大学新闻传播学院网站 2018 年 5 月 25 日。

② 梁潇：《有新闻价值更要有感染的细节和情节》，出自《中国新闻奖作品选（1996 年度·第七届）》，新华出版社 1998 年版，第 80 页。

阅读 + 　　《种树"种到"联合国》

扫码阅读获奖作品原文

（作者：李广华、孙亚辉；编辑：高原、郑学良；原载《内蒙古日报》1996年5月3日；获第七届中国新闻奖一等奖）

平常中发现不平常

在首届中国新闻奖评选中，解放军报社①记者乔林生采写的《京郊四胞胎应征记》获评通讯一等奖。短是这篇通讯的显著特征，仅有 600 多字。此稿获奖不完全在于短，好新闻不光要有意思能传播，更要有意义才行。此稿的采写过程有故事性，乔林生后来还多次获中国新闻奖，他的一些认知和探索对今天如何做好新闻舆论工作仍有启示意义。

（一）

从基层报道员、连队排长、新闻干事，到军旅记者、作家、诗人，乔林生在业界有"记者中的作家、作家中的记者，军人中的诗人、诗人中的军人"之誉。②在第二十六届中国新闻奖评选中，乔林生撰写的报告文学《高天厚土》获二等奖，这是他继《京郊四胞胎应征记》获首届中国新闻奖后，第六次获中国新闻奖。一个记者，20 多年六次获中国新闻奖，本身就值得关注。

乔林生早年曾在解放军报社实习，他对带他的老师说过的一些话记忆犹新：新闻的成功是选择的成功；要关注人，关注不同人的不同命运；记住，只有打动你的事情才能打动读者，不要写那些无病呻吟的东西；事情是个什么样子，一是一、二是二照实写下来就行，不用人为地设计、构思。他说："后

---

① 2018 年，由解放军报社等军队新闻出版单位调整组建而成的解放军新闻传播中心成立，解放军新闻传播中心是 18 家中央主要新闻单位之一。

② 周莱：《军旅作家乔林生第六次获中国新闻奖：写好小人物的故事》，中国作家网 2016 年 11 月 3 日。

来，我不仅照着做了，还把这些经验传授给我带过的学员、报道员。"①乔林生曾担任过解放军报社文化部主任，并发表过多篇新闻业务论文，这些文章今天读来仍有价值，摘录部分如下：

◎很多军地结合部的来稿都有一个通病，面面俱到。你如果做出了选择，就把那些枝枝蔓蔓、无足轻重的方面统统砍掉，单刀直入。记住，突出你最突出的地方，你的稿件才突出。②

◎政治工作报道如何贴近实际、贴近生活、贴近群众，说通俗一点，就是要让有关政治工作的稿件更加具体、实在和鲜活起来。一具体就生动。但从现在的情况看，相当一部分政治工作方面的来稿，笼而统之、大而化之的东西居多。③

◎抓季节性"热点"问题——年年岁岁花相似，岁岁年年人不同，要注意去寻找你那个单位这个"季节"与往年的不同之处，与别人的不同之处。④

◎动笔之前你要考虑一下，你所报道的这类事件值不值得在全军范围内推广？符不符合部队的有关规定？如果拿不准、说不好，那就干脆作罢。⑤

◎为什么同样一件事，有的记者写得味同嚼蜡，有的记者写得感人至深？文字功底的差别不是很大，往往出在感情投入与否。⑥

◎做好常态下的宣传报道工作，是个难点，难就难在"常态"，波澜不惊，过家常日子。从常态下发现非常态，从平常中发现不平常，那么就有可能推陈出新，有所作为。常常有人问我："这个人能不能写？""我写行不行？"我回答："写谁都可以，谁都可以写。"但必须是"你眼中

---

① 乔林生：《永远的家》,《解放军报》2019 年 8 月 12 日。
② 乔林生：《新闻？新闻！》,《新闻与成才》1996 年第 3 期。
③ 乔林生：《政治工作报道怎样做到"三贴近"》,《军事记者》2003 年第 9 期。
④ 乔林生：《如何跟中心抓"热点"问题》,《军事记者》2004 年第 3 期。
⑤ 乔林生：《这些稿子为什么未被采用》,《军事记者》2004 年第 4 期。
⑥ 乔林生：《亲历式报道的魅力所在》,《军事记者》2006 年第 11 期。

的他，他心中的故事""叙述要自然，语言要平实，故事要完整，人物要特别"。①

◎人物纪实必须做到客观客观再客观，而不是主观性地对人物进行概念化、脸谱化、同质化、标签化的描述。作者要用一种更接近事实本身的表现方式，表达自己笔下的人物，给读者一份阅读的期待和满足。好的人物纪实一定能读出责任感、历史感。②

2016年，乔林生在一次接受采访时谈道：要想写出好作品，首先是下得去，蹲得住；其次是挖得深，拎得清；最后才是写得出，立得住。第一条是价值取向的问题，就是军队作家到底选择一种什么样的生活方式成就自己，从而无愧于这个变化巨大的时代。第二条是要下苦功夫，要当明白人，什么题材是自己擅长的喜欢的，或者说你打算攻哪个堡垒，心里有数，飞蛾投火般专注和执着。第三条就是你的思想水平，驾驭能力，你得有深刻的见解，你得塑造好形象。无论是低科技时代还是高科技时代，对军事文学的要求都是一样的：作品应当是这个时代的一面镜子，换句话说，你的作品必须是生动而独特、宏大而厚重的。不要被"高科技"三个字吓倒，觉得门槛很高，否则只有专家、博士才能写长篇小说了。③这里，乔林生虽然谈的是军事文学创作的问题，其实对做好新闻舆论工作也有指导意义。

（二）

《京郊四胞胎应征记》一稿讲述的是：1990年北京市50余万踊跃报名应征参军的适龄青年中的一件趣事——国庆前夕出生的昌平四胞胎兄弟宋建迎、宋建接、宋建国、宋建庆报名参军。四胞胎的父亲宋玉祥是一位参加过淮海战役、平津战役的老复员军人。四胞胎出生时，一下添四丁，爹发愁、娘掉泪，北京市政府每月发给宋家母子55元生活费，抚育四胞胎健康成长，

---

① 乔林生：《对常态下文化宣传工作的思考》，《军事记者》2010年第5期。
② 乔林生：《坚守真实：人物纪实的底线》，《军事记者》2017年第3期。
③ 徐芳：《乔林生：军事文学应当是这个时代的一面镜子》，上观新闻2016年8月1日。

一直把他们从出生养到了 18 岁。

有意思的新闻就具有了传播性，但好新闻光有意思还不行，还要有意义，有意义主要是说要有传播价值。《京郊四胞胎应征记》是一件有意思又有意义的好新闻。当过记者的，怕都有这样的体会，好新闻的产生，最难的在于"寻觅"和"捕捉"。很好奇，当时乔林生是如何抓到这条"活鱼"的？此稿背后又有着怎样的故事？

1990 年 11 月，乔林生在北京卫戍区参加征兵工作会议时发现了这条线索。北京市征兵办的一位同志在电话中向乔林生介绍情况时说，昌平有些小情节。他忙追问：什么情节？对方说：有一宋家弟兄四人争着报名参军。乔林生问：弟兄四人年龄层次相差很大，怎么一齐报名参军呢？对方解释：弟兄四人同年同岁，是一胎生的。乔林生觉得这是一条新闻，他当即把电话打到昌平县武装部，证实确有其事。他说："对职业新闻工作者来说，感觉是至关重要的。感觉麻木便熟视无睹，感觉迟钝便失之交臂，感觉一般便难以冲动。"四胞胎参军之事，很多人都知道，其中不乏新闻行业中的人，因为他们前一年就曾一起报名参军，只是因种种原因未到县上体检。乔林生的体会是：一是凡事都要问清楚，不要稀里糊涂，如果他不把昌平有些"小情节"这句话问清楚，这条"活鱼"可能就跑了；二是要通过思索、判断来确定新闻。这两条说到底就是感觉，感觉要靠长期积累，要靠知识积累，要靠感情积累，要靠经验积累。《京郊四胞胎应征记》一文用洁简明快的语言描述了四胞胎及其家人的爱党之心、报国之志，反映党和政府同人民群众的血肉联系，表达新一代青年国防意识大大增强的精神风貌。一篇小文章唱了一出精彩的戏。乔林生认为，无论怎样，人应该是新闻的中心。新闻要表现人对世界的理解、爱憎，表现人对生活的判断和感情。人应该也必然要成为新闻的"主要目标"和"聚焦点"。①

《京郊四胞胎应征记》一稿的采写经过，让人看到了乔林生具有很强的新

---

① 乔林生：《抓新闻要抓特殊点——〈京郊四胞胎应征记〉采写体会》，《新闻知识》1992 年第 8 期。

闻敏感性。不过，此稿的刊发经过也颇耐人寻味。乔林生写好《京郊四胞胎应征记》后，就把稿件发到了夜班，让他没想到的是这条 600 多字的稿件差点遭遇毙稿，理由是："登这样的东西会对计划生育工作产生负面影响。"当天，解放军报社夜班值班的副总编辑林兆义发现这一情况，要求换上《京郊四胞胎应征记》。林兆义同意将稿子放在头版右下角位置，但要求加框处理。后来，时任解放军报社社长祝庭勋力主把《京郊四胞胎应征记》报送中国记协参评首届中国新闻奖，最终获得一等奖。获首届中国新闻奖一等奖时，乔林生 35 岁。他感慨："如果不是林总坚持刊发我的这篇稿件，我年轻的新闻生涯该是多么寂寥和冷落啊！"①

此稿见报后，多家媒体转载转发，有两家报纸的老总批示在一版转载的同时严厉批评自己的记者漏报新闻。② 好新闻不仅要抓得好、写得好，还要发得好才行。抓得好、写得好主要在记者，发得好主要在编辑、在媒体。如果没有林兆义副总编辑决定刊发此稿，如果没有社长祝庭勋力主推荐参评中国新闻奖，《京郊四胞胎应征记》恐怕也不会被更多人知道。在当年春节的"心连心"大型文艺晚会上，四胞胎应邀表演节目。这也是报道产生的重大社会影响。

有些新闻人物是值得长期关注和追踪的。比如，北京的这一四胞胎兄弟——他们呱呱坠地时，曾是北京市民议论的热门话题，报上都登了消息；长大后，哥几个有的跑运输，有的管仓库，都有活干。如果媒体能长期跟踪和记录四胞胎兄弟的成长和发展，也是一件挺有意思的事。四胞胎兄弟后来入伍没有？他们的近况如何？很遗憾，没有查到这方面的报道。浙江日报社有个记者名叫徐永辉，1950 年开始跟踪摄影，被业界誉为"中国跟踪摄影第一人"。新中国成立后的第一个春天，在浙江日报当摄影记者的徐永辉，第一次被批准单独下乡采访，就在嘉兴七星乡遇见农民叶根土一家，从此，他们成为徐永辉生命中的一部分。70 年的岁月里，徐永辉用镜头记录下这一家

① 乔林生：《一个成活新闻的人——追忆原解放军报社副总编辑林兆义》，《中国新闻出版广电报》2022 年 11 月 3 日。

② 《这位军报记者为什么先后六次获得中国新闻奖？》，凤凰网 2016 年 11 月 3 日。

四代人的生活。徐永辉和相机里的他们一起日渐老去，而相机外的这片土地却越来越朝气蓬勃。他说，在这户普通到不能再普通的农户身上，看到了梦想和希望的光，勤奋、踏实、努力，一步一个脚印，创造着属于自己的人生。这就是千千万万的中国农民，勇敢、坚毅、不屈，一步一个脚印，创造着属于中华民族的未来！ ①

乔林生在第十一届中国新闻奖评选中获评通讯二等奖的《西部，一个士兵的葬礼》（与欧世金合作），显示出了一个优秀记者的职业素养和专业能力。新闻报道中的人性内容，又是展示社会开放程度的重要窗口，《西部，一个士兵的葬礼》是对人物报道的一次突破。只有三个多月军旅生涯的19岁战士陈才君在训练时，突发"心脑缺氧综合征"昏迷死去。这是一个普通得不能再普通的战士。照以往的新闻选择标准，这样的事实是不具备显著性的，更不用说成为获奖之作了。文中有这样一段叙述："他带着四班长坐着留守处派来的车赶去了。那个太平间地处偏僻，又破又脏，窗户上有几个洞。张排长鼻子一酸，出去买了些蜡烛回来点上。那天很冷，刮了一夜的风，他们四五个人每人穿件大衣，陪伴在陈才君的遗体旁，感觉不到什么是冷，什么是饿。"这些话句句都是平实的大白话，可正因为其"实"，更容易让读者信服，更能打动人、感染人。② 有人评价，这篇获奖报道对年轻生命的关注所流露的热情与真情，深深地打动着读者。作品的感人魅力，就在于对生命的尊重。不以成败论英雄，也不以贡献大小论价值，生命对每一个人来说都是同样重要的。③《西部，一个士兵的葬礼》带来的启发是：人物通讯不局限于先进人物、英雄人物，一个普普通通的人，通过记者的挖掘和叙述，同样也可以成为报道对象，这说明人物报道正在经历从"神"到人的转变。④

《西部，一个士兵的葬礼》一稿的线索，并不是由哪个部门推荐的，而是

---

① 徐永辉：《叶根土一家》，"中国摄影报"微信公众号2022年9月19日。
② 刘春光：《军事新闻语言不能乏味》，《军事记者》2007年第8期。
③ 郭光华：《十二年中国新闻奖作品中人性内容的演进》，《新闻记者》2003年第4期。
④ 任旭辉：《比较·精析·还原——〈优秀新闻作品赏析〉授课体会》，《新闻知识》2007年第12期。

记者在基层发现的。作者发现了线索后，进而又做了深入采访，写出了这篇感人的通讯。《解放军报》能用半个版的篇幅来报道一个入伍仅三个月、年仅19岁的战士，说明军报在向基层贴近，向官兵靠拢。[①] 关于此稿的采写情况：2000年3月上旬，乔林生与记者欧世金赴南疆采访。将要离开之际，经过一楼走廊时，乔林生透过一间办公室10多厘米宽的门缝看到里面有人在扎白花。怎么回事？谁死了？好奇心驱使他推开屋门打探究竟。里面有军人，有家属，他们告诉乔林生：一个新兵死了。这个新兵是谁？他怎么死的？乔林生一连串地刨根问底，得知：新兵训练营一位叫陈才君的四川籍新战士因突发疾病不幸逝世，这两天就要举行葬礼。乔林生决定留下来采访。陪同的一位同志劝他：这种事我们这儿经常发生，没多大意思，还是赶路吧！乔林生却不这么认为。他说："假如那间屋子的那扇门闭得很严实，我肯定会与这件事失之交臂；假如我只埋头走路、不扫那门缝一眼，我也不会停住脚步。完全是偶然的发现、偶然的感应，一个陌生的人突然与一件不相干的事有了联系。这大概就是人们常说的偶然中的必然吧！"一个入伍三个月的新兵逝世，何以值得报道？乔林生认为，陈才君没有惊天动地的英雄事迹，他的军旅生涯就像划过天空的流星一样短暂，但他做出了从军报国的选择，并为这个选择献出了自己的生命，就值得写上一笔。进入21世纪，战争离我们远了，但我们应该通过一个普通士兵的死，告诉人们：中国军人在和平环境同样经受着死亡的威胁，同样要做出牺牲和奉献。稿件发回编辑部后，40多天后才得以见报。[②]

（三）

新闻精品主要是指导向正确、意义重大、提法准确、编写精细、制作精良、效果突出的新闻作品。多出新闻精品，是时代的需要和广大受众的呼唤。

---

① 黄朝文：《深入实际好——读〈西部，一个士兵的葬礼〉一文引起的联想》，《新闻与成才》2000年第6期。

② 乔林生：《门缝里看到的新闻——第11届"中国新闻奖"获奖作品〈西部，一个士兵的葬礼〉采访纪事》，《军事记者》2002年第1期。

新闻精品必然紧扣时代脉搏，必然关乎国计民生。优秀的新闻作品，总是能够着手于微观，用小切口来表现大主题，用具体实在的小事来彰显时代的主流趋向，其题材是一地一事，但意义绝不局限于一地一事。①作为获中国新闻奖通讯一等奖的《京郊四胞胎应征记》，到底有哪些优点呢？多位学界和业界人士对此有过分析。

——**篇幅短**。抓短而有分量的新闻并不容易，需要花大力气。不论是消息还是通讯，决定其质量高下的不是看其长短，而是看它的分量。《京郊四胞胎应征记》获奖，能说小通讯分量轻吗？②写通讯，事实要新颖，形式要活泼，还得写出活灵活现的人物。这点对短通讯是个难题。首届中国新闻奖复评委员彭朝丞评价《京郊四胞胎应征记》做了喜人的探索，此稿语言干净，有生活气息；妙语短句迭出，文字精练。③

——**题材新**。题材在新闻中的重要地位必须肯定。因为题材决定价值，有什么样的题材就有什么样的价值，有什么样的价值就有什么样的社会效果，抓不到好的题材就会全盘皆空，把题材、价值、效果三者和谐地统一起来，是写好新闻的关键。新闻价值的高低，社会效果的好坏，主要取决于新闻题材自身，题材不好写得再好也难以夺魁。《京郊四胞胎应征记》之所以能获中国新闻奖一等奖，首先在于题材重要，反映了广大人民群众知恩报国的强烈国防意识，像这样四胞胎兄弟同时报名应征入伍更有典型意义。④有人评价，《京郊四胞胎应征记》抓住"四胞胎应征"这一独特事实，反映"祖国养育我长大，我要扛枪卫祖国"的主题，独有、独到、新颖、厚重。⑤还有人评价，新闻贵在新，此稿新闻性强，在北京50余万应征青年中抓到了新奇的事，这

① 毕锋、王晓：《新闻精品运作规律解析》，《新闻三昧》2006年第12期。
② 叶祖兴：《下大力气抓好"本报消息"——从首届"中国新闻奖"评选想到的》，《新闻与写作》1992年第1期。
③ 彭朝丞：《一篇异乎寻常的短通讯》，出自《中国新闻奖作品选（1990年度·首届）》，中国广播电视出版社1992年版，第38页。
④ 何光先：《题材、价值、效果——首届"中国新闻奖"评选的启示》，《新闻与写作》1992年第4期。
⑤ 李文喜：《写新闻一招——"事件链"中抓特点》，《新闻知识》1994年第5期。

样的事对读者而言会有强烈的吸引力和感染力。①

——**价值大**。突出政治导向是中国新闻奖通讯作品的显著特点。舆论导向是否正确，主要从两方面考虑：一是政治导向是否有偏差，二是是否符合社会主义核心价值观的要求。获奖通讯作品在理解和把握舆论导向层面所体现出来的价值取向，主要体现在对上述两个标准始终如一的重视。② 如果只具有新闻价值，哪怕是具有很高的新闻价值，但不利于社会政治稳定，一篇通讯作品就会被认定为价值导向出现了问题，就不可能得到社会主流价值观的认可，更不可能获中国新闻奖。中国新闻奖通讯作品的新闻价值要素，是由重要性（包含政治性）、显著性、接近性、时新性、趣味性等构成的。③

中国新闻奖评选给我们的一个重要启示是，把内容、形式、风格和谐地统一起来，是一篇好的新闻作品不可缺少的功夫。《京郊四胞胎应征记》文字精练，清新明快，语不惊人，但新闻性强，容量大，有深度，文章厚重，使四胞胎"祖国养育我们长大，我们都想扛枪卫国"的话落地有声。④ 此稿可谓寓"大"于小，出奇制胜，孪生四兄弟的应征故事反映了一代青年的国防情结，稿件虽小，但影响不小。⑤ 这是一篇以小见大，用社会新闻表现重大主题而又有极强可读性的力作。⑥《京郊四胞胎应征记》获中国新闻奖一等奖，不在于"四胞胎应征"这件事，真正的新闻是"国家养育四胞胎成长，四兄弟长大适龄后又争着应征报效祖国"，这是新闻中的新闻。引题是这篇稿件的"新闻眼"——"祖国养育我们长大，我们都想扛枪卫国"。若没有这个"新闻眼"，四胞胎应征又有多大的意义呢？⑦ 有人说，此稿因为扣上了青年一代

① 刘保全：《题材新奇 言简意赅》，出自《获奖通讯赏析——兼论通讯的写作技巧》，人民日报出版社 2013 年版，第 318 页。

② 赵晓蕊、李新文：《中国新闻奖通讯作品价值取向分析》，《采写编》2012 年第 3 期。

③ 李新文：《中国新闻奖获奖通讯作品价值取向分析》，《军事记者》2012 年第 8 期。

④ 何光先：《形式·内容·风格——首届"中国新闻奖"评选的启示》，《新疆新闻界》1992 年第 1 期。

⑤ 牛明汉：《战略、胆识、激情与大手笔——军报获历届"中国新闻奖"作品评析》，《军事记者》2004 年第 7 期。

⑥ 彭朝丞：《社会新闻在传播媒介中的特殊作用》，《新闻界》1993 年第 3 期。

⑦ 蒋剑翔：《拎出"新闻眼"》，《新闻战线》2003 年第 5 期。

报效祖国的大主题，所以既有浓郁的生活气息又有思想高度。[1] 还有人评价，这篇稿件用小故事生动地反映了社会主义制度的优越性，也从一个侧面雄辩地说明：社会主义中国是充分尊重和保护人权的，提倡计划生育和保障人权是不矛盾的，对西方世界对我们的攻击与污蔑是一个有力的回击。[2]

——**写作佳**。古今中外的大手笔们无一不强调要惜墨如金。要想简练，就要抓住事物的特点来写。不抓特点，逐一地面面俱到描写，文字上拖泥带水，也不可能给人以深刻印象。《京郊四胞胎应征记》在抓特点上颇见功底，如稿件第 2 段，寥寥几笔，就把全家六口人的主要特点活脱脱地展示出来。[3]

新闻是一门用事实说话的艺术，如何从大量的客观事实中挑选新闻事实，在报道新闻事实时如何精选事例，如何用生动的新闻语言来陈述新闻事实，如何在有限的篇幅里增加新闻的信息量，等等，这些都大有学问。《京郊四胞胎应征记》一稿，作者紧紧围绕"应征"二字写，与"应征"无关或关系不太大的事件舍去，真可谓言简意赅、不枝不蔓，读后让人感到回味无穷。[4]有人评价，《京郊四胞胎应征记》导语写得精巧，把 19 年前四胞胎兄弟呱呱坠地曾是北京市民的热门话题，和今朝争相报名参军的新闻连接起来，给人一种迫近感和亲切感。全文将人、事、情、景巧妙地糅合起来，显得轻松自然，绘声绘色，增加了可读性和可信性。[5]

——**语言活**。新闻写作不能仅仅停留在一般意义的传递信息上，就像高质量的产品既有实用价值又有审美价值一样，高品位的新闻作品还应该给受众一种美的享受。这种美来自内容与形式的有机融合，来自合乎新闻写作目

---

[1]　田睿：《把"软新闻"做成大文章》，《记者摇篮》2002 年第 2 期。

[2]　刘向东：《评委们为啥青睐社会新闻——首届中国新闻奖参评札记（二）》，《新闻通讯》1992 年第 1 期。

[3]　宋兆宽：《短胜于长的艺术——兼谈首届"中国新闻奖"获奖通讯》，《新闻知识》1993 年第 8 期。

[4]　刘保全：《刹长风　写短文——兼评"中国新闻奖"部分获奖作品》，《新闻传播》2006 年第 12 期。

[5]　刘向东：《评委们为啥青睐社会新闻——首届中国新闻奖参评札记（二）》，《新闻通讯》1992 年第 1 期。

的和写作规律的高度统一。新闻以叙述为主，但叙述的弊端是容易造成平淡，而描写则能使文章生动，因此适宜描写的地方就应尽量采用描写的方法。《京郊四胞胎应征记》结尾写记者问四胞胎的父亲，怎么看待儿子参军给家里经济造成的损失。其父对记者说："钱算个啥？如果国家需要，让他们哥四个都走我才高兴。咱这时候不报答党，什么时候报答党！"用人物的语言描写结尾，比作者第三人称的叙述要直观生动得多。①

——时效强。通讯虽然不像消息那样重视时效，但好的通讯也要重视时效。《京郊四胞胎应征记》一稿，作者在获得线索后，当天就赶赴昌平采访。采访中，还临时借了一台相机，拍了照片。随后，将稿件及图片送到报社编辑部。报社很快刊出，在读者中引起强烈反响，先后被多家新闻单位转载转发。这就是抓新闻中抢时间、争速度的威力。②此稿发表时正是全国征兵之际，发表这样一篇反映社会主义制度好且能知恩报国——"祖国养育我们长大，我们都想扛枪卫国"的四胞胎应征典型，无疑是个绝好的时机。③

从赏析的角度而言，此稿获评中国新闻奖通讯一等奖，值得学习的地方很多，但也有可探讨之处。乔林生谈到《京郊四胞胎应征记》时曾说，这篇短新闻是急就章，必然有很多遗憾。从体裁上看，这篇稿件是通讯，但从呈现上看更像是一篇消息。短是此稿最显著的特点，但读后让人觉得有些不解渴，这也是短带来的遗憾。从今天中国新闻奖审核的角度而言，文中"老大、老二象母亲""老三、老四象父亲"中的"象"应该是"像"。根据《现代汉语词典》，"像"做动词时的释义之一为"在形象上相同或有某些共同点"。

① 龙钢华：《如何使新闻写得美》，《写作》2000年第7期。
② 刘保全：《脚板底下出新闻》，《新疆新闻界》1993年第1期。
③ 何光先：《新闻写作中的喜与忧——首届"中国新闻奖"作品简析》，《新闻知识》1992年第2期。

阅 读 + 《京郊四胞胎应征记》

扫码阅读获奖作品原文

（作者：乔林生；原载《解放军报》1990 年 11 月 23 日；获首届中国新闻奖一等奖）

第三辑

记录时代精彩

记者只有反映时代强音才能有所作为。新闻作品的营养在现实社会生活的"泥土"里，记者"深"不下去，新闻作品也就没有了"活力"和"魅力"。记者不深入基层，不知大众所需所求、喜怒哀乐，也就不能写出动人心弦的好作品。好新闻的发现，同样需要深入基层、深入一线。

写现场不限于现场

在第二十九届中国新闻奖评选中，《新疆日报》作品《"乡亲们的日子一天比一天好"》获评通讯二等奖。这篇约 1600 字的稿件，有值得学习之处。新疆记协当年推荐这篇稿件参评中国新闻奖时给出的理由是：主题重大，意义深远；剪裁得当，叙事凝练，有历史纵深感。[1]

——**人物特别**。这篇报道的主角是亮相全国两会"代表通道"的新疆女孩如克亚木·麦提赛地，她是当地于田县兰干乡民政社会保障事务所的一名干部。她更显著的身份是 20 世纪 50 年代多次想要骑着毛驴去北京的库尔班大叔——库尔班·吐鲁木的曾外孙女。值得关注的是，2016 年底，她代年近 90 岁的奶奶向习近平总书记汇报家乡发生的巨大变化，习近平总书记后来还回信了。这些因素叠加在一起，决定了这篇报道的不寻常。人物的显著性直接关乎新闻价值，人物越显著新闻价值也就越大。"这个新闻事件本身就有其独特性，是不可多得的好题材。"[2] 新疆日报社记者李杨一开始就意识到了这篇报道的价值。做记者，要有这种判断力。

——**准备充分**。类似库尔班大叔的曾外孙女亮相"代表通道"，是一个公开的同题报道，大家都能看到这个事，也能想到这个事的新闻价值。看得到，关键是要操作得好，这就需要提前做好充分准备，不能只是简单地把她在"代表通道"讲的内容似文字实录般地发一遍。李杨抓住时机，交出了出彩的答

① 《中国新闻奖组织报送参评作品推荐表〈"乡亲们的日子一天比一天好"〉》，中国记协网 2019 年 6 月 23 日。

② 李杨：《两会看招："代表通道"现场特写如何出彩？｜中国新闻奖秘笈》，"中国记协"微信公众号 2022 年 3 月 4 日。

卷，这与她背后准备充分有直接关系。在写稿前的那晚，李杨查阅资料直到凌晨 4 点，为的就是让头脑中的资料更丰富一些。走"代表通道"当天，清晨 6 点她与如克亚木·麦提赛地一起吃早餐、一起乘车，到达大会堂后一起候场。这些接触和交流，让她对这个人物有了更多了解。李杨多次参加全国两会报道，地方记者如何与来自地方的代表保持密切联系，取得对方信任，获得对方支持，十分重要。如果一个记者报道全国两会，采访上连来自本地的代表委员都难以突破，很难说是称职的记者。

——内容厚重。如克亚木·麦提赛地亮相"代表通道"不到 5 分钟，根据这不到 5 分钟的讲述，写一篇稿件也不是太难的事，但要写出现场感与历史感，还要做到有细节、有对比、有情感，就不是一件容易的事了。越是重大的、重要的报道，越要避免内容的单薄。"代表通道"现场的记者很多，《新疆日报》的这篇报道能获奖，与稿件操作得"有历史纵深感"直接相关，这也正如参评中国新闻奖时填报的材料中所言，"通过历史素材与现实场景的勾连与切换，将天山南北的巨大变化浓缩于一个新闻现场"①。

——现场感强。《"乡亲们的日子一天比一天好"》是一篇时政报道，也是一篇有特色的现场报道，写出了细节，写出了现场感，诸多动人的细节表达值得学习。例如，如克亚木·麦提赛地来到"代表通道"等候时，她显得有些紧张，局促地拉了一下裙角；在回答央视记者提问时，如克亚木·麦提赛地不由得提高了音调；还有说到动情处，如克亚木·麦提赛地的声音有些颤抖。这些细节描写，让记者的"眼力"得到充分彰显，也让人物形象更加丰满。

——剪裁得当。近 1600 字的篇幅，16 个自然段，没有使用小标题，但读下来比较顺畅，不仅逻辑架构清晰，起承转合自然，历史素材与现实场景连接与切换也自然。整篇稿件可分为四个部分，前 3 段为第一部分，历史与现实交织，新闻要素齐全，体现新闻的重大性与显著性。"'咔'，一位新华社记者捕捉下这个镜头，就像 60 年前，新华社女记者侯波轻按快门，记录下毛

---

① 《〈"乡亲们的日子一天比一天好"〉申报资料实录》，出自《中国新闻奖作品选（2018 年度·第二十九届）》，新华出版社 2020 年版，第 279 页。

主席与库尔班大叔握手的珍贵瞬间一样，全神贯注，迅速抓拍。"第2段的话很巧妙地把现实与历史进行了勾连，增强了报道的厚重感。①第4段至第8段为第二部分，集中写"代表通道"现场情况。第9段至第14段为第三部分，既有背景材料，也有对现场情况的延展。最后两段为第四部分，往昔对比中强化了报道主题。

——**重视时效**。通讯的时效性不像消息那么强，但并不是说通讯可以不重视时效。无视通讯时效性的做法都不可取。时效性强是这篇稿件的特点之一。2018年3月20日早上，十三届全国人大一次会议闭幕。在闭幕会前，全国人大代表如克亚木·麦提赛地亮相"代表通道"，接受中外媒体采访。《"乡亲们的日子一天比一天好"》只有不到一天的采编时间，这也在倒逼媒体必须重视时效，否则就会落后于他人。获奖报道3月21日在《新疆日报》刊发，做到了纸媒的最快速度。

党报的时政新闻是连接地方党委政府和区域人民群众的重要纽带，能够有效促进党的方针路线和中心工作内容的深入人心。但不容回避的现状是，我国地方党报新闻记者在报道时政新闻时文章内容生涩难懂，不贴近群众，篇幅冗长，空话套话较多，难以激发人民群众的阅读欲望。②作为一篇时政报道，《"乡亲们的日子一天比一天好"》获评中国新闻奖，说明改进党报的时政新闻报道也可以有所作为。

李杨2010年参加新闻工作以来，先后从事民生、科技、时政新闻领域的采访报道。③值得一提的是，李杨与梁立华合写的通讯《大山深处走出最美"古丽"》在第三十一届中国新闻奖评选中获评一等奖。"成绩的取得来自不停奔跑。"在她看来，记者是一个能够拓宽人生长度与宽度的职业。如果报道得不够好，说明离现场不够近。做好新闻报道腿要勤，要无限接近新闻源，保证

① 朱建华、李炜：《获奖作品中人物报道的五个特征》，《新传播》2022年第3期。
② 李杨：《地方党报如何创新时政新闻报道——做好"三个结合"凸显新闻价值》，《传媒论坛》2018年第9期。
③ 《新疆维吾尔自治区新闻工作者协会公告》，天山网2021年11月12日。

报道真实准确。①

从赏析的角度而言，这篇稿件也有可探讨之处。一是引题"60 年前，库尔班大叔上北京表达对毛主席和共产党的无限热爱；60 年后，库尔班大叔后人走上'代表通道'向总书记汇报——"虽然表达清晰完整，但不简洁，也不像通讯的标题。二是"如今，老人家每天都要拿出信看一看、摸一摸，让人读上几遍"读起来有疑惑。三是前面的"乡亲们的日子一天比一天好"和后面的"乡亲们的日子，就像芝麻开花节节高"表达的意思重复。四是有些表达感情的话，如能更朴实自然，整个报道的宣传和传播效果则会更好。五是"发生在 3 月 20 日清晨"中的"清晨"，即代表亮相"代表通道"的时间能否说是"清晨"？"清晨"是指日出前后的一段时间，《人民日报》的报道用的是"上午"。

(阅)(读)(+) 《"乡亲们的日子一天比一天好"》

扫码阅读获奖作品全文

（作者：李杨；编辑：李华、刘千圣、杨英春；原载《新疆日报》2018 年 3 月 21 日；获第二十九届中国新闻奖二等奖）

---

① 梁立华：《新疆日报报友分享会举办第三十八期活动 "奔跑"是记者最美的姿态》，天山网 2021 年 11 月 9 日。

答得好也要问得好

在第二十五届中国新闻奖评选中,《新京报》作品《起草报告　总理要求做不到的不写》获评通讯二等奖。作为时政类报道,这篇稿件有一定揭秘性,也是历届中国新闻奖获奖通讯中少有的采用对话体的稿件。

（一）

两会作为最重要的时政报道之一,《新京报》在报道两会时有自己的特色。《起草报告　总理要求做不到的不写》一稿的作者宋识径多次参加过两会报道。两会每年议程基本固定,记者的报道方式也在逐渐程式化。一天闲聊时,一位朋友问,什么是两会,两会是怎么开的,他才发现,这些他已经习以为常的问题竟然有很多人不清楚。2013 年全国两会,《新京报》推出一种较为新颖的报道形式——《两会观》,每天一个整版,一半文字,一半制图,"用常识解读两会"。宋识径采写了 19 篇报道中的 12 篇,具体如《全国两会为什么在 3 月开》《人大代表团住在哪里》《国家主席是个怎样的国家机构》《谁代表你来开两会》《全国人大代表团是如何划分的》等。以《人大与政协有何区别？》为例,不能用政治课本上的"性质不同、产生方式不同"进行解释。媒体要做的,一定是从实际效果上来对二者进行比对。为此,宋识径找到了既担任过全国人大代表又担任过全国政协委员的两会代表,让他谈这个区别,报道有血有肉。[①] 最后在版面上呈现时除制图的内容外,文字部分有三块:从

---

① 宋识径:《用常识的视角看"两会"》,出自《新京报传媒研究》第一卷,时代出版传媒股份有限公司、安徽人民出版社 2013 年版,第 181—186 页。

历史上看政协曾行使人大职能，从职权看人大监督"一府两院"，从建言看代表发言不受法律追究。

不仅是两会报道，《新京报》的其他时政报道也有自己的特色，其经验可以总结为五点：一是选择最佳的报道角度，在有限的新闻报道篇幅内选择最佳的报道角度是取得胜利的基础；二是接近最核心的信源，时政新闻记者都应该做到尽力抛弃通稿、抛弃简单的网络信息检索，走出办公室，走向新闻事件的最核心信源，努力挖掘新闻事件背后的更多新闻；三是争取最难采访的对象，一身汗两腿泥才能跑出好新闻，时政新闻的报道更是如此；四是提出最恰当的问题，提问要以获取细节信息为主，避免大而空的问题导致的大而空的回答；五是以细节和故事打动受众，用大量的细节和故事才能减小时政新闻与受众之间的距离感。①

全媒体时代，《新京报》时政报道在互联网上有自己的传播产品。2014年8月，中央通过了《关于推动传统媒体和新兴媒体融合发展的指导意见》，意见提出要着力打造一批形态多样、手段先进、具有竞争力的新型主流媒体，建成多家拥有强大实力和传播力、公信力、影响力的新型媒体集团，形成立体多样、融合发展的现代传播体系。传统媒体在新媒体上有所表现，既是自身发展的需要，也是在完成党交给的任务。② 新京报社时政新闻部倾力打造的新媒体产品"政事儿"，自上线以来，异军突起，引起广泛关注。"政事儿"的定位是从"小细节看大时政"，内容题材涵盖时事热点、反腐、人事、时局等时政新闻的方方面面。"政事儿"依托新京报社以及时政新闻部的时政资源和采编力量，是新京报社鼓励以部门为单位运营新媒体产品，将优质采编资源和内容产品化、新媒体产品"项目化""品牌化"的一个缩影和成功案例。新京报社社长曾亲自签发嘉奖令，表彰"政事儿"在新媒体转型方面的开拓和创新，奖励"政事儿"团队5万元，成为媒体行业关注的话题。③

---

① 余亚仕：《都市报对时政新闻报道的策略研究——以〈新京报〉时政新闻报道为例》，《新闻研究导刊》2015年第7期。

② 窦丰昌、李栋：《传统媒体的新媒体两会报道》，《青年记者》2015年第10期。

③ 全昌连、宋识径、马俊茂：《〈新京报〉"政事儿"快速成长的秘籍》，《中国记者》2015年第12期。

（二）

两会报道年年做，如何做出新意、做出影响，有点难。作者宋识径在谈到这篇获奖报道时介绍：每年的全国两会，都是时政新闻报道的重头，政府工作报告则是"重中之重"。如何做好这个报道？解读、制图、动画……各家媒体都是挖空心思，出彩已经很难。但是《新京报》的这篇稿子出彩了，还获奖了。独辟蹊径是此稿的最大特点。记者采访到了政府工作报告的起草人。其实，在总理作政府工作报告当天，这位起草人已经接受过多次采访，央视请他做了直播，不少网站也做了访谈，把报告的重点、意义都说得差不多了。当宋识径联系到这位起草人时，已经是晚上了，在仅有的 20 分钟里，记者的问题集中在"报告为什么这么写"。因为记者知道，这个人不是普通的专家，最大的新闻价值在于，他起草了政府工作报告，而且知道总理的思路，知道起草的全过程。这篇报道受到了高层的高度肯定，也获得了受访者本人的好评。他的同事夸他这篇访谈谈得好，他很谦虚地说，记者问得好。[①]

宋识径的讲述中有几个关键点值得注意：一是政府工作报告起草人多次接受采访，并非仅接受了《新京报》一家媒体的采访；二是时间很有限，记者采访是在晚上，时间仅有 20 分钟；三是提问的主题集中在"报告为什么这么写"；四是这篇稿件不仅获得了受访者的肯定，也获得了高层的"高度肯定"。面对同题竞争，在有限的时间里，能做出出彩并获奖的报道，有值得学习之处。

提问是记者的天职，受访者答得好也要记者能问得好。如何提问，如何高质量地提问，如何围绕报道主题提问，如何就受众关心的问题提问，如何结合最新的情况进行提问，如何提出问题又避免尴尬，都直接体现记者的职业能力和专业水平。一个好的记者，一定是善于提问的记者。好的提问，不是咄咄逼人，不是弄得对方无所适从。《起草报告　总理要求做不到的不写》可以说是一篇记者如何提问的样本。约 2800 字的稿件正文分为起草揭秘、

---

① 宋识径：《我的 2015　面对新媒体，信心满怀》，《青年记者》2015 年第 34 期。

报告亮点、焦点三个部分，涉及 17 个问题，这些问题都较为具体。问题越具体，回答起来也就会越生动，抽象而笼统的问题，回答起来也就难免比较空泛。

（三）

怎么提问，是新闻工作者脑力的体现。不妨看一下记者是如何与政府工作报告起草人进行交流和提问的。为方便阅读，以序号呈现。

1. 很多人看了这份报告，感觉这是一份充满李克强风格的报告。

2. "改革是最大的红利""舌尖上的安全"，这些话是一开始起草的时候就写进去了，还是后来总理审稿时才加上去的？

3. 总理对报告起草提了什么要求？

4. 这份报告在结构和写法上有什么新特点？

5. 报告起草过程中，哪些内容是总理特别关注，并且反复斟酌修改的？

6. 这个报告起草历时多长时间？

7. 起草小组有什么人参与？

8. 报告起草中，听取了哪些方面的意见？

9. 在这个过程中，总理是怎么听取意见的？

10. 从你个人来讲，报告里的哪些地方是你觉得最费心思的？

11. 从报告上看，你认为总理的总体思路是怎么样的？

12. 这份报告最想表达的是什么？

13. 大家很关注经济增长预期目标，报告写的是 "7.5% 左右"。总理解释说，这个目标经过了认真比较，反复权衡。在起草过程中，是怎么比较和权衡的？

14. 还有一种意见认为，应该划一个增长幅度区间，这种意见是怎么被舍弃的？

15. 报告在治理雾霾问题上，篇幅不小。上个月长时间持续雾霾，有没有给报告的起草一些启发？

16. 总理在讲到"社会治理创新"时，提到"打击暴力恐怖犯罪的活动"，这句话是不是在 3 月 1 日昆明暴恐事件发生之后才加的内容？

17. 总理脱稿讲的这些内容，是什么时候才决定？

这 17 个问题可以归纳为几方面：一是切入对话，集中在问题 1 上；二是关于报告的基本情况，集中在 4、6、7、8 等问题上，涉及报告起草时间、参与人、新特点、听取了哪些方面的意见等；三是与总理相关的内容，集中在 2、3、5、9、16、17 等问题上，涉及总理对报告起草提了什么要求、哪些内容是总理特别关注的、总理是怎么听取意见的等；四是经济增长目标设定的问题，这是报告中的重点内容之一，集中在 13 和 14 两个问题上；五是百姓关切的雾霾问题，集中在问题 15 上。

无论是记者提问，还是受访者回答，这篇稿件基本上没有什么大话、空话和套话，显得都很平实也很真诚，不知道的也明确回答说"不知道"。有人评价这件获奖作品，没有过多解释报告的内容，而是揭秘了报告的起草过程，透露了总理对报告起草提出的思想要求，满足公众信息需求，新闻价值极高。[①]

此稿参评中国新闻奖时填报的材料称：选题重大又具有独家性。通过报道，让公众了解到，总理自始至终参与政府工作报告起草，标题《起草报告 总理要求做不到的不写》，更是让政府工作报告起草的总体思路一目了然，彰显了党中央领导下的新一届政府务实亲民的执政风格。这篇报道开创了重大题材解释性报道的新形式，除了占据各大网站显著位置，在微博上、微信朋友圈也流传甚广，几乎被"刷屏"，网友评论踊跃，"做不到的不写"一时成为热门话题。[②]

从赏析的角度而言，这篇稿件也有可探讨之处。约 2800 字的内容，可

---

① 郭芳、陈伟军：《新闻写作中散文技法的合理借鉴》，《新闻战线》2019 年第 24 期。

② 《〈起草报告 总理要求做不到的不写〉申报资料实录》，出自《中国新闻奖作品选（2014 年度·第二十五届）》，新华出版社 2016 年版，第 234 页。

能是限于报纸版面排版的需要，被分为了左中右三大块。其中，左侧为"起草揭秘"，包括"总理自始至终参与起草""可有可无的话基本拿掉"两个小标题；右侧为"报告亮点"，包括"'改革'出现的频率最高""'7.5% 左右'发出稳定信号"两个小标题；中间部分为受访者即政府工作报告起草组成员、时任国务院研究室司长向东的个人照片，照片下方为"焦点"，小标题为"总理什么时候决定脱稿讲话"。这三块的内容其实很难完全分为"起草揭秘""报告亮点""焦点"，中间有一定的交叉性。如果只是为了版面编排需要，而对内容进行"切割"，最后导致的结果是内容在逻辑上和阅读上的体验不太好。

这篇稿件的标题，如果只是作为两会期间报纸版面上的标题，与副题"政府工作报告起草组成员接受新京报专访时表示，总理自始至终亲自修改报告直到提交审议"搭配在一起，似乎也没啥不可以。但从今天全媒体传播的角度来看，这个标题就不是那么合适了。一方面主标题上"报告"没有明确为"政府工作报告"，另一方面副标题过长。人民网转载时的标题《李克强亲自修改政府工作报告 要求做不到的不写》，双行题变单行题，既突出了重点又简洁直观，有值得学习之处。

另外，"还要面向全国征求意见稿"的表述、搭配不怎么准确，看文意应该是：还要面向全国征求意见，征求意见稿发到全国党、政、军 100 个部门和各个地方。"总理脱稿讲的这些内容，是什么时候才决定？"的提问，"决定"后面加一个"的"读起来更顺畅。"不论是总结工作还是部署工作，涉及的每一项措施，都经过反复推敲，跟有关部门反复认证"中的"认证"不妥当。"认证"的意思是"证明产品、技术成果等达到某种质量标准的合格评定。通常由国家质量监督机构或其授权的质量评定机构确认并颁发证书和标志"。"跟有最近那场雾霾关系不大"这句话也不通顺。

阅读 + 《起草报告 总理要求做不到的不写》

扫码阅读获奖作品全文

（作者：宋识径；编辑：余亚仕；原载《新京报》2014年3月6日；获第二十五届中国新闻奖二等奖）

从会议中抓出好稿

在第十五届中国新闻奖评选中,《浙江日报》刊发的《习近平告诫领导干部——要算一算"三笔账"》获评通讯二等奖。这是一篇从会议中抓出的好新闻,短是此稿的显著特点,正文仅 600 多字。时至今日,"三笔账"仍不时被提及。

(一)

会议≠新闻。在新闻实践中,会议报道通常被理解为报道会议的新闻,这是一种比较狭隘的理解,容易将记者引入"会议就是新闻"的观念误区。早在 1950 年,《人民日报》就提出"会议本身不是新闻","只有会议中那些读者应该知道的、与人民生活密切关系的内容才是新闻"。会议本身可能有新闻,也可能没有新闻。如果会议本身不是新闻,就要留心会内会外的潜在新闻:会中有新闻线索,要当机立断抓"活鱼";议题有新闻价值,要紧扣议题,掘地三尺探"金矿";人物有新闻信息,要紧盯人物跟踪采访做文章。[①]

会议未必有新闻,但不等于不进行报道。对媒体来说,党和政府或相关部门涉及国计民生的重要会议(含各级领导的重要活动)往往是重要信息源,甚至是重大的第一信息源。因为,各级党委和政府的重大决策或举措,就是在这样的会议上研究、决定和发布的。在信息纷繁复杂且又多元的情况下,作为主流媒体要传播好党和政府的声音,掌握舆论主导权,凸显权威性、公

[①] 吴林红:《发现求新 表达求活 策划求精——创新会议报道的实践与思考》,《中国报业》2016 年第 15 期。

信力和影响力，不能不重视会议，不能不报道好会议。

如何做好会议报道，是一个老问题，也是一个大问题，又是一个难题。对此，有人分析了模式化写作方式盛行的原因：一是记者官本位思想严重，漠视群众的需求；二是记者能力不足，对新闻的含义不明白；三是记者懒散，不想动脑筋找新闻；四是报社领导、编辑新闻观有偏颇，把关不严。[①] 这些分析不能说不对，但未必全面，毕竟只是从媒体自身分析。很多问题的存在，也不能完全归咎于媒体自身。记者从会议中抓到《习近平告诫领导干部——要算一算"三笔账"》并获奖，除记者自身职业能力和专业水平外，也与上级领导同志的支持密不可分。

（二）

改进会议报道，绝非不要报道会议，而是要把会议中有新闻价值的内容更好地报道出来。程式化的会议动态与有价值的会议新闻并不是一回事。前者的着眼点是会议，体现的是会议举办者指导工作的主观意图；后者的着眼点是新闻，报道重心是会议透露的新鲜信息，满足受众的需求。这个区别说明：受众头疼的其实是枯燥的程式化的会议动态，而不是鲜活的有价值的会议新闻。所以，会议报道改革的指导思想，首要的就是要减少程式化报道，增加会议新闻的"含金量"，变"会议动态"为会议新闻。[②]

2004年7月15日，浙江全省深入学习贯彻《中国共产党党内监督条例（试行）》和《中国共产党纪律处分条例》、推进党风廉政建设电视电话会议召开。时任浙江省委书记习近平在会上脱稿讲话，给领导干部语重心长地算了"三笔账"——经济账、法纪账和良心账。《浙江日报》在报道时既做了会议的程序报道，又抓到了鲜活的新闻。次日，《浙江日报》在头版头条刊发了程序性的会议报道《习近平在全省电话会议上强调　严格遵纪守法　自觉接受监督》，以边条加框方式刊发了短稿《习近平告诫领导干部——要算一算"三笔

---

① 张小梅：《突破模式化写作　寻找会议的价值》，《中国地市报人》2019年第6期。

② 周咏南：《会议报道的"加与减"》，《新闻实践》2013年第6期。

账"》。这种处理也被称为会议报道的"A+B"方式。"A"即对会议做全景式报道，有利于读者了解会议的全貌，"B"将特别生动的新闻点拎出单独成篇，两全其美。①

（三）

正文只有 610 字的《习近平告诫领导干部——要算一算"三笔账"》仅有 5 个自然段，是短通讯的代表。写作短通讯所需要的典型情节和片段，并不像沙滩上的石子，俯拾即是，往往像蚌壳里的珍珠，不仅淹没在水里，而且裹着坚硬的贝壳，要获得它，就要像高明的摄影师那样，善于捕捉现实生活中珍贵的一瞬。② 要在"乱花渐欲迷人眼"中不被表象牵着鼻子走，这需要有透过现象抓住事物本质的能力，而这个能力就是记者必须具备的眼力。一个优秀的新闻人，不但能发现"一滴水"，还要能从这"一滴水"里发现别人看不见的东西。也可以说，没有眼力就没有发现，没有发现就没有新闻，有眼力的记者才能从纷纭的世事中发现深层次的信息，找到值得挖掘的本质性的题材，写出让人刮目相看的作品。③

浙江日报社记者周咏南从事新闻工作 30 余年，曾长期担任浙江省委、省政府主要领导的随行记者，特别是习近平同志在浙江工作 6 年期间，他作为随行记者采写了近千篇有关习近平同志的报道和言论，是习近平新时代中国特色社会主义思想在浙江萌发的亲历者、见证者、记录者和传播者。④

谈起《习近平告诫领导干部——要算一算"三笔账"》一稿，周咏南回忆，他当时在现场听了习近平同志给领导干部算的"三笔账"觉得算得好，参会的领导干部们都沉浸在心灵的震撼中。作为记者，直觉告诉他"三笔账"不仅重要，还是闪光的新闻点。"这'三笔账'，省委书记不仅是算给参会领导干部听的，更是算给全省广大干部听的。"为把省委书记的声音传播开来，他

---

① 周荣新：《传播好党和政府声音的一件大事——也说会议报道》，《新闻实践》2007 年第 10 期。
② 刘保全：《短通讯写作浅议——兼评部分"中国新闻奖"作品》，《新闻传播》2007 年第 6 期。
③ 陶克强：《让增强"四力"成为无须提醒的自觉》，《中国新闻出版广电报》2019 年 4 月 16 日。
④ 《语言风趣、案例生动，值得一听！》，"浙大城市学院"微信公众号 2022 年 11 月 23 日。

决定跳出会议消息，再写一篇新闻稿。"领导稿不能随便写。"那天会后，周咏南请示了当时的省委秘书长，又请示了习近平本人。得到同意后，他立即撰写了报道。① 次日，《浙江日报》头版对"三笔账"的稿件做了加框的突出处理。这篇报道，打破会议报道的常规，在会议中找新闻，跳出会议写新闻，将习近平同志给广大干部算的这"三笔账"传遍之江大地，并在全国引起强烈反响。②

《人民日报》同一天也刊发了此稿，标题是《为官应算"三笔账"》，打的栏目题花是《特写》，不过最终获奖的是《浙江日报》的稿件。让周咏南想不到的是，这一从会议中挖掘的新闻还获得了中国新闻奖二等奖。他说，一篇会议报道要得奖，并不容易，这篇稿件能获奖不是文章写得好，关键是习近平同志的"三笔账"算得好，让中国新闻奖的评委们一致认为这是一个好新闻。③

（四）

2019 年，新中国成立 70 周年，浙江日报报业集团启动"同走新闻路——庆祝新中国成立 70 周年暨《浙江日报》创刊 70 周年"大型融媒体报道活动，200 余人组成的采访团队由浙江日报社老记者、一线骨干记者、高校新闻专业学生三代同行，兵分 15 路深入基层、深入群众，以浙江视角反映新中国 70 年艰辛辉煌历程。④ 浙报集团编委会从《浙江日报》历年新闻报道中选出 15 篇佳作，作为"同走新闻路"的线索，其中就包括《习近平告诫领导干部——要算一算"三笔账"》。⑤ "同走新闻路"15 组报道跨版呈现密集推出，历时 19 天，这在浙报历史上属首次。⑥ 这组报道后获浙江新闻奖一等奖，并

---

① 方力、徐健悦：《算好这"三笔账"，是干部一生的财富》，《浙江日报》2019 年 5 月 20 日。
② 《同走新闻路｜算好这"三笔账"是干部一生的财富》，浙江日报客户端 2019 年 5 月 19 日。
③ 周咏南：《做党的政策主张的传播者》，人民网 2019 年 5 月 20 日。
④ 陈新梁：《从经典佳作探寻时代亮点——三代新闻人"同走新闻路"特别报道致敬新中国 70 华诞》，《中国报业》2019 年第 17 期。
⑤ 浙江日报报业集团总编办：《践行"四力"的生动载体——浙江日报以"同走新闻路"特别报道致敬新中国 70 周年》，《新闻战线》2019 年第 17 期。
⑥ 许春初、邓国芳：《浙报集团"同走新闻路"大型融媒体报道的实践创新》，《新闻与写作》2019 年第 10 期。

以"四力"教育实践工作案例入选浙江省宣传思想工作创新项目。^①今天来看，《习近平告诫领导干部——要算一算"三笔账"》对新时代如何改进新闻报道有启示意义。

习近平总书记在党的二十大报告中强调，锲而不舍落实中央八项规定精神。2022 年 10 月 25 日，党的二十大闭幕后第三天，中央政治局会议审议了《中共中央政治局贯彻落实中央八项规定实施细则》。党中央再次表明态度：中央八项规定不是五年、十年的规定，而是长期有效的。其中的第六条"铁规矩"——要改进新闻报道，中央政治局同志出席会议和活动应根据工作需要、新闻价值、社会效果决定是否报道，进一步压缩报道的数量、字数、时长。这无论是对各级领导干部，还是对新闻媒体来说都是硬杠杠。正确对待新闻报道，不仅是领导干部的媒体素养，更是品格作风的体现。

"三笔账"时至今日还时常被提起，周咏南认为正是因为《习近平告诫领导干部——要算一算"三笔账"》这篇会议报道平实简洁，抓住了领导朴实生动的"话风"，变说教为对话，变抽象为具体，变深奥为生动，所以大家听得懂、记得住、能理解、用得上。要改进会议活动报道，首先领导干部得带头。主动改话风、改文风，少些照搬文件的"官话""套话"，多些平实务实的真话、大白话；少些排山倒海晦涩难懂的说教，多些引发群众共情共鸣的平等对话，要让群众觉得实在、亲切、解渴、管用。新闻媒体也要积极求变创新，跳出模式化、"老一套"，以"有味有料"、触及人心的报道，寻求最有效的传播效果。^②

从赏析的角度而言，《习近平告诫领导干部——要算一算"三笔账"》也有可探讨之处。一是稿件更像是一篇消息，作为通讯，通讯味不足，缺乏通讯应该有的现场和细节。因为没有"本报讯"的消息头，而是用了"本报记者"的署名，从体裁的形式上看当然可以归为通讯，但实际上这又不像通讯。这种处理，不知道是不是鉴于会议消息是消息体，会议现场的亮点就处理成

---

① 许春初：《三代同行 增强"四力" "同走新闻路"巧在哪里？》，《传媒评论》2020 年第 9 期。
② 周咏南：《文风代表作风 改进新闻报道》，《新闻战线》2023 年第 6 期。

了通讯体？二是开头"学习贯彻两个《条例》"用的是简称，作为单独稿件，用全称更好。使用简称，是不是考虑到会议消息用了全称，此处就使用了简称？三是"但作贼终究心虚"的表述，《现代汉语词典》第7版仅收录了"做贼心虚"，但《辞海》中称"作贼心虚"亦作"做贼心虚"。《人民日报》刊发这篇稿件时用的表述是"但做贼终究心虚"。

阅读+　《习近平告诫领导干部——要算一算"三笔账"》

扫码阅读获奖作品全文

（作者：周咏南；编辑：胡冠平、施扬；原载《浙江日报》2004年7月16日；获第十五届中国新闻奖二等奖）

精心提炼报道主题

在第十一届中国新闻奖评选中，新华社播发的《赤子心　赤子情——朱镕基总理中外记者招待会侧记》获评通讯二等奖。也有人把这件获奖作品归为特写。有数百名中外记者参加的总理招待会，做独家报道不可能，但却可以拼脑力，搞出出彩的报道。

今天重读《赤子心　赤子情》一稿，感触颇多。总理中外记者招待会，参会记者众多，要想在这样的新闻大战中做出出彩报道、获奖报道，没有硬功夫恐怕不行。做新闻，做独家报道重要，在新闻大战中做出体现硬功夫的出彩报道其实同样重要。此稿能获奖，有些优点值得一说。

——精心准备、提炼主题。国务院总理的中外记者招待会作为历年两会的"压轴戏"，备受世界瞩目。但会议报道很容易千篇一律，厚积薄发添慧眼，文山会海识真金。翻阅改革开放以来从中央到地方的历届好新闻作品选，不难发现，会议新闻金榜留名的为数不少，《赤子心　赤子情》等均成了典范新闻作品。① 提炼一个鲜明、响亮的主题，离不开精心准备。新华社记者会前就做了充分准备，收集整理了大量背景素材，对两会代表、委员关注的焦点、热点问题进行了深入思考。

精心提炼报道主题，而不是就事论事报道事实，是这篇报道的显著特点。新闻作品有了鲜明的主题，报道也就有了魂，有了思想。《赤子心　赤子情》一稿写作上立意新颖，独具匠心，截取记者招待会上表达人民总理浓浓爱国心、拳拳赤子情的精彩细节，将人物的风采融入国家前途、民族命运的大视

---

① 卜庆祥：《跑会记者如何体现"走转改"》，《记者摇篮》2011 年第 12 期。

角中，揭示出共和国总理与祖国、与人民的血肉亲情，使这一震撼亿万人心的精彩瞬间化作历史的永恒。①

——**内容厚重、细节生动**。这篇特写可以说是重大政治题材报道的一次成功探索和有益尝试，展示了编辑记者较高的政治素养、敏锐的新闻敏感、独特的观察视角以及高超的文字表达能力。稿件篇幅不长，1100 多字，共有 11 段话，内容厚重不单薄，既有现场也有对背景材料的灵活使用，可读性较强。背景材料的使用主要在第 3 段和第 4 段。

现场感强、细节生动是此稿的另一个显著特色。一篇新闻，只有事实的陈述而不含一个细节描写，就好似一幅画只有远景而没有中景和近景，内容再好也只能像雾中的花、远处的山，难以吸引、感染、打动受众。如果新闻有了精彩的细节描写，就可以把发生新闻事实当时的场面、情景、人物乃至人物的面貌、行动、语言、性格等展现在受众的眼前。细节描写并不在于文字的长短，关键在于要有个性化的特征。细节描写的个性化程度越高，作用就越大。②

如何选择细节？选择可以展现人物精神面貌，揭示人物思想境界的细节。《赤子心　赤子情》开篇即通过直接引语和感人的细节描写紧紧抓住读者，共和国总理的爱国心、赤子情跃然纸上，打动读者，震撼人心。③此稿其他鲜活生动的细节还有："身着深蓝色西装的朱镕基总理向大家拱手致意""这时，全场的人们都看到他眼里的泪光""话音刚落，总理的拳头重重地砸在桌上"……这些细节现场感特别强，总理的衣着、神态、动作等都一一展现在人们的面前。

——**取舍得当、团结协作**。围绕主题，取舍得当也是此稿的特色。在 1 小时 40 分钟的记者招待会中，总理先后回答了 16 位记者的提问，内容涉及很多方面。写作时，记者并没有面面俱到地记述这些问答，而是精心选材。当时由

---

① 张景勇：《震撼人心的现场新闻——评刘刚、唐卫彬、王雷鸣的特写〈赤子心　赤子情〉》，《写作》2001 年第 1 期。
② 弓雪：《新闻报道中细节的作用》，《西部广播电视》2014 年第 1 期。
③ 黄伟、黄钰婷：《新闻写作中细节描写技法初探》，《中国地市报人》2013 年第 5 期。

于台湾领导人变更在即，两岸关系成为人们关注的焦点，涉及台湾问题的就有6个，因此对这类问题的描写就比较详细，而对其他一些问题则一笔带过。

此稿能受到好评并获奖也是集体智慧的结晶。记者招待会现场，3名记者分工协作，仔细捕捉生动细节，并先后采访了10余名中外记者、外国驻华官员等。招待会结束后，编辑记者共同推敲，从大量素材中提炼主题，全文一气呵成，活动结束仅几小时就播发了这篇饱含深情的作品。①

从赏析的角度而言，《赤子心 赤子情》一稿中"特别是去年国际形势剧烈动荡，国内三场政治斗争的严峻考验"的"国内三场政治斗争"今天未必好理解，具体指的是：一是针对以李登辉为首的台湾分裂势力公开将两岸关系界定为"特殊的国与国关系"，组织全国各界开展对"两国论"的批判；二是针对少数人利用"法轮功"蛊惑人心，破坏社会稳定的事件，及时发动社会各界揭批"法轮功"歪理邪说，取缔"法轮功"邪教组织，维护了社会稳定；三是针对以美国为首的北约集团轰炸我驻南斯拉夫使馆的野蛮行径，开展坚决斗争，维护了国家主权和民族尊严。

阅读+ 《赤子心 赤子情——朱镕基总理中外记者招待会侧记》

扫码阅读获奖作品全文

（作者：刘刚、唐卫彬、王雷鸣；编辑：何平、朱承修、吴锦才；新华社2000年3月15日电；获第十一届中国新闻奖二等奖）

---

① 《〈赤子心 赤子情——朱镕基总理中外记者招待会侧记〉资料》，出自《中国新闻奖作品选（2000年度·第十一届）》，新华出版社2001年版，第208页。

抓大题目做好文章

在第五届中国新闻奖评选中,《经济日报》作品《开封缘何不"开封"？》获评通讯二等奖。这件作品值得说道的地方很多,全媒体时代提高主流舆论的传播力、引导力、影响力、公信力,要善于抓大题目做好文章。

——报道的背景是什么？《开封缘何不"开封"？》是系列报道中的一篇。1994 年 2 月 28 日到 3 月 17 日,《经济日报》连续以较大篇幅,分 9 次推出了"开封"报道,前后发表通讯、消息、评论、访谈、照片等 25 篇（幅）,近 3 万字。具体有《开封何时能"开封"》《开封人盼"开封"》《开封市委书记、市长致信本报欢迎大家为开封"会诊"》《〈开封日报〉全文转载本报报道并发表评论》《先找症结再开良方》《"开封"报道在开封反响强烈》《借来东风促"开封"》《最大的差距在哪里？》《"开封"现象说明了什么？》《人民群众是"开封"的主力军》《四面八方说"开封"》等。获奖作品是系列报道中的一篇,不是开头篇也不是结尾篇,只能算是中间的一篇。

《经济日报》推出"开封"系列报道与时代背景有直接关系。当时,改革开放已走过 15 年,但并不意味着所有的地方都已"开封",保守、落后,改革开放政策落实不够、不力的地方还存在。1994 年,改革进入了全面推进、重点突破、配套进行阶段,迫切需要全国人民进一步解放思想,打破旧观念。从全国来看,东部沿海步子快,中西部地区相对慢些,差距的形成引起了人们的关注,除了客观因素和历史因素,最主要的还是主观因素。改革开放的形势倒逼着人们必须在思想上观念上"开封"。

《经济日报》推出"开封"系列报道与其善于抓"带响"的报道也有关。《经济日报》非常善于抓大题目做好文章,甚至还形成了特色的"春季攻势",

即每年春季要推出一套叫"响"的报道。在新闻界,《经济日报》曾以独特的报道思想、报道内容、报道形式,形成了自己的风格,在形式上以深度、广度的系列报道见长,在选题和内容上大多以"难点""疑点""热点"为新闻眼,往往抓住一个上下都关心、具有普遍性的题目,展开报道攻势。推出"开封"系列报道,一方面是广大群众中蕴藏着强烈要求进一步深化改革、扩大开放的积极性,另一方面源于开封市新的政府班子刚组建,省领导和新班子都有强烈的忧患意识和改革迫切性。选择在全国两会之际推出,也比较好地把握了时度效,话题是代表委员们关心的焦点。①

　　——线索是怎么来的?大手笔策划,线索是基础。《开封缘何不"开封"?》一稿作者之一的刘海法,时任经济日报社河南记者站站长。1954年10月,河南省省会迁至郑州,开封改为地级市。直至20世纪90年代,开封在河南各地级市的经济指标排名中逐渐落后,古都开封的发展困境引起很多人的焦虑和思考。1994年春节刚过,刘海法到开封,见到时任市委书记、市长、常务副市长等人,简要谈了采访意图。②1994年春节之后,经济日报社编委会召开编委扩大会研究报道,大家认为深度报道和系列报道是《经济日报》的"拳头产品",应继续发扬光大。刘海法及时反映了古都开封在汹涌的改革大潮中成了"落伍者",在河南17个地市中掉到了倒数第二的情况。

　　当时分管经济日报社记者工作的副总编辑罗开富及时对这条线索进行了安排部署。罗开富是我国新闻界的一位传奇记者,他曾两次重走二万五千里长征路。1984年10月16日,他从江西瑞金出发,历经368天徒步原路走完长征全程;25年后,从2009年4月到6月,他以车代步,历经67天再次走完红军长征路全程。2016年10月21日,在纪念红军长征胜利80周年大会上,习近平总书记深情讲述"半条被子"的故事。这个故事源自《经济日报》1984年11月14日"来自长征路上的报告"系列报道中的一篇《当年赠被情

---

　　① 郑波:《"开封"报道始末——经济日报〈开封何时能"开封"〉连续报道评述》,《新闻记者》1994年第5期。
　　② 刘洋:《年度记忆:1994年〈经济日报〉报道〈开封何时能"开封"〉发表》,《开封日报》2018年12月21日。

谊深　如今亲人在何方——徐解秀老婆婆请本报记者寻找三位红军女战士下落》。1984 年 11 月，罗开富在徒步重走长征路时采访徐解秀老人，发掘报道了这个关于"什么是共产党，共产党就是自己有一条被子也要剪下半条给老百姓的人"的故事。2021 年出版的《中国共产党简史》收录了"半条被子"的故事。由新闻报道而入党史，这是为数不多的典型案例之一。①

　　——记者是如何采访的？报道选题确定之后，经济日报社派出詹国枢、庹震赴开封，做活、做透、做好这个报道。詹国枢、庹震当时分别是经济日报社工交部主任、记者部主任，两人后来也相继担任了更重要的职务。

　　因评论《少数企业"死"不了　多数企业"活"不好》获第二届中国新闻奖二等奖，詹国枢称这是自己"一战成名"。他从人民日报海外版总编辑岗位上退休后坚持在互联网上写作，微博兴盛时获人民网"2012 年度十大个人微博"称号，获评理由是：坚持正义、善良、智慧、幽默之宗旨，笔耕不辍，长期居微博个人关注排行榜首。他的微信公众号"码字工匠老詹"现今也搞得有声有色。谈及新闻写作，詹国枢总结了三点：一是有故事，二是有见识，三是有文采。② 作为第二届范长江新闻奖得主，詹国枢认为，记者是一个需要坚守底线的职业。他说："如果你太爱钱，最好别干记者。如果你太怕事，最好别干记者。如果你太胆小，最好别干记者。因为，世上还有别的职业，比记者更容易挣钱，而且也不会惹事，不用担惊受怕。所以，年轻人要干记者，最好先想好喽，不要到时后悔。"③

　　庹震获首届全国优秀新闻工作者称号时仅 25 岁，被评为高级记者时也只有 35 岁，是第五届范长江新闻奖得主。庹震在大学学习的是经济学专业，对新闻他是从零起步。他认为，从事新闻工作，勤奋是第一位的，没有勤奋这一条，记者就不可能游进社会生活的海洋，也就不会从这浩瀚的海洋

---

　　① 刘亮、牛瑾、乔金亮：《应运东方潮　奋进新时代——写在经济日报创刊 40 周年之际》，《经济日报》2023 年 1 月 1 日。

　　② 《詹国枢：妙手著文章——谈新闻写作的技巧》，大众网 2009 年 7 月 29 日。

　　③ 叶莉：《做人民信赖的新闻工作者！ 32 位长江韬奋奖得主寄语青年记者》，"传媒茶话会"微信公众号 2021 年 11 月 5 日。

里捕获到新闻的"活鱼"来。1996 年至 2002 年,《经济日报》专门开设了《庾震社会观察》专栏,分析和评论与老百姓生活密切相关的社会问题和经济现象。① 庾震在《怎样当记者》一书中也谈道:记者是一种全天候的职业。一个出色的记者,更要使自己处于这样的临战状态:不论何时何地,只要发现了有价值的新闻线索,就要立即出发,奔赴现场或寻找知情者,要以最快的速度采写出新闻报道来。② 在第六届中国新闻奖评选中,庾震与李本军共同采写的消息《这发票该不该企业报销》获二等奖,编辑为詹国枢;詹国枢、庾震、邹大虎合作的通讯《深圳特区还能"特"下去吗?》同时也获二等奖。

在开封采访期间,他们每天睡眠只有四五小时,白天采访,晚上写稿,茶饭不思,挑灯夜战。其间,与书记市长商量,先召开几大班子座谈会,大家放下包袱,畅所欲言,将开封这些年来的问题及症结,竹筒倒豆子,统统讲出来。③ "夜色朦胧中,冒着寒风,我们沿街采访开封市民,从小商铺,到小食摊,到小作坊,到老宅院,问答之间,碰撞出了一个个共鸣点,新闻写作的火花开始跳跃,作为新闻记者,那时刻,是兴奋的,也是幸福的……"庾震回忆这组报道时总结:采写"开封"系列报道的过程,是我们对开封市情的了解和熟悉的过程,是我们对"跳出"开封看"开封"的意义深化认识的过程,是我们进一步懂得新闻记者只有反映时代强音才能有所作为的道理的过程,是深入实际、深入群众、深入生活的新闻采访作风得到印证的过程。新闻作品的营养在现实社会生活的"泥土"里,记者"深"不下去,新闻作品也就没有了"活力"和"魅力"。记者不深入基层,不知大众所需所求、喜怒哀乐,如何能写出动人心弦的好作品?新闻的发现,需要深入。优秀的新闻作品,不会产生在高档宾馆饭店里,不会产生在被采访单位打印好的"材

① 郑文:《记者是个"早起"的职业——记第五届范长江新闻奖获得者庾震》,《新闻与写作》2002 年第 11 期。

② 庾震:《全天候记者怎么当》,出自《怎样当记者》,中国发展出版社 2008 年版,第 3 页。

③ 詹国枢:《那年我们批开封,开封表示很欢迎!》,"码字工匠老詹"微信公众号 2020 年 8 月 14 日。

料堆"里。"开封何时能'开封'"这组报道，不是"等"出来的，不是用材料"编"出来的，而是"跑"出来的，是"抓"出来的。[①]

——**报道社会影响如何？**没有哪座城市能像开封一样，因为一篇新闻报道，使城市的名字和城市发展的轨迹如此紧密地联系在一起。《经济日报》的系列报道振聋发聩，使开封人惊醒。人们终于认识到，在改革开放的大潮之中，思想保守，封闭自满，定难跟上时代脉动，而囿于落后的孤岛。[②]《经济日报》的这组报道，在开封、在河南、在全国都产生了广泛影响。多位省部级领导干部对这组报道给予了肯定好评，赞扬《经济日报》抓了一个大题目，做了一组好文章，报道击中了要害，点到了痛处。回过头来看，《开封缘何不"开封"？》等优秀作品，成为《经济日报》接续为中国改革开放、经济发展、社会进步鼓与呼的生动写照。[③]

——**获奖作品有何特点？**此类报道不好写，不是简单地写人记事，做到接地气有思想有高度有力度很不容易。《开封缘何不"开封"？》一稿篇幅算不上长，1800多字，正文没有使用小标题进行切分，写作上娓娓道来，由记者在开封采访遇见的一位复员军人切入，探究开封落后的原因究竟是什么。既直面了10年连续换5任市委书记市长的情况，也围绕"思想观念落后、封闭，是开封多年落后的根本原因"进行了深入剖析，并大量使用直接引语，让稿件更可读也更有力。

好作品要有好标题。《开封缘何不"开封"？》的标题意味深长，读后令人印象深刻。通讯的标题制作求短求虚，这个标题是"巧用设问"的典型案例。[④]这个标题还是一个"一语双关"的标题。"一语双关"言在此，意在彼，目的在于增强标题的趣味性、艺术性和表现力，使思想表达含蓄深刻，机智巧妙。运用双关的修辞手法，前一个"开封"是地名，是名词，后一个"开封"

① 庹震：《在"开封"的日子里》，《文摘报》2018年7月28日。
② 王国庆、童浩麟：《开封：克难攻坚谋"开封"——来自开封市解放思想跨越发展的报告（上）》，《河南日报》2014年9月15日。
③ 《发改革开放先声》，中国经济网2023年1月2日。
④ 屈慧君：《通讯与消息的区别》，《新闻世界》2011年第7期。

变成了动词，意指打开自我封闭的现状。"开封"报道成了各地解放思想的一个参照，能引起大的反响，与标题制作上的匠心独具不无关系。[①] 有人认为，《开封缘何不"开封"？》的标题是同音反复，用同音反复揭示异常现象、不合理现象或新奇的逻辑方法，可以产生幽默效果。[②]

——留下了什么启示？ 有人评价，20 世纪 90 年代初，邓小平同志南方谈话后在全国掀起了一个思想解放的浪潮，对全国的改革开放起到了巨大的推动作用。《开封缘何不"开封"？》等一批振聋发聩的佳作问世，之所以影响大、效果好，首先在于记者对这些线索发现眼光的犀利和发现胆识的可贵。[③] 有人认为，《开封缘何不"开封"？》等作品从分析旧观念造成的落后入手，让人们更深刻地看到解放思想，增强市场观念的重要性。[④] 全媒体时代，内容建设是根本，媒体抓大题目做好文章，离不开政治判断力、政治领悟力、政治执行力。做到这一点，记者在一线发现有价值的线索是基础，媒体从顶层设计上进行策划是重点，深入一线进行广泛全面的采访是关键，突出编发呈现实现传播效果最大化是保障。

从赏析的角度而言，这件思想性强、时代性强、可读性强的获奖作品，也有值得注意的地方，如时间元素不清、人物身份模糊等。此外，有些字词应避免误用，如"算小帐""算大帐"中的"帐"应为"账"，"拣了芝麻，丢了西瓜"中的"拣"应为"捡"。

① 石化龙：《就写稿与投稿致读者和作者》，《中国财政》2007 年第 6 期。
② 唐晓童：《幽默笔法在新闻写作中的运用》，《新闻传播》2004 年第 10 期。
③ 东流：《发现的魅力——近期读稿的思考与收获》，《城市党报研究》2006 年第 3 期。
④ 郭光华：《中国新闻奖中经济新闻主题的拓展》，《湖南城市学院学报》2004 年第 5 期。

阅 读 ＋　　《开封缘何不"开封"？》

扫码阅读获奖作品全文

（作者：詹国枢、庹震、刘海法；原载《经济日报》1994 年 3 月 4 日；获
第五届中国新闻奖二等奖）

讲政治也要敢担当

在第三届中国新闻奖评选中,《深圳特区报》作品《东方风来满眼春——邓小平同志在深圳纪实》获评通讯一等奖。报道邓小平同志 1992 年南方谈话,这是举世瞩目的重大新闻,它的发表是我国新闻界的一件大事,报道这个头等重大题材,是一次难得的机遇,是地方媒体新闻报道的一次突破,也是一次卓有成效的建设有中国特色社会主义的理论宣传,有很强的针对性和指导性。①

(一)

1992 年 1 月 18 日至 2 月 21 日,邓小平同志先后赴武昌、深圳、珠海、上海等地视察,沿途发表了重要谈话。邓小平同志南方谈话阐发的一系列全新思想,犹如一股强劲东风,驱散了人们思想上的迷雾。它从理论上深刻回答了长期困扰和束缚人们思想的许多重大问题,是把改革开放和现代化建设推向新阶段的又一个解放思想、实事求是的宣言书,不仅对之后召开的党的十四大具有十分重要的指导作用,而且对中国整个社会主义现代化建设事业具有重大而深远的意义。②

1 月 19 日到 23 日,邓小平同志到深圳视察时谈话,是改革开放掀起新高潮的标志性事件。3 月 26 日,《深圳特区报》头版头条刊登万字通讯《东方风来满眼春》,唱响了一段春天的故事序章,并在海内外产生巨大影响,向

---

① 张惠卿:《难得的机遇 可贵的突破》,出自《中国新闻奖作品选(1992 年度·第三届)》,新华出版社 1994 年版,第 31 页。

② 《百个瞬间说百年 | 1992,邓小平南方谈话》,新华网 2021 年 12 月 8 日。

世界传递出中国坚持改革开放的鲜明信号。①邓小平同志南方谈话精神，党内人士一般是从中央文件中获悉的。当时，即将访日的江泽民同志在会见日本驻华记者时被问及《东方风来满眼春》一文，他十分肯定地回答："邓小平同志视察南方时的重要讲话，早已在全党和全国传达。现在发表邓小平同志视察深圳的报道，可以使全国人民更好地了解他的讲话精神，以便全面地贯彻落实。"②

从 1 月 19 日随市领导去火车站迎候，到 23 日送邓小平同志去珠海，时任深圳市委宣传部副部长吴松营和深圳特区报社副总编辑陈锡添近距离观察了邓小平同志在深圳的一言一行，并聆听了这位改革开放总设计师在深圳的一系列重要谈话。晚上，两人同住一室，一起整理、核对记录，对临时因故不在邓小平同志身边的有些场合，还要找在场的有关领导追访，对重要言论及时进行补记，每天都是凌晨 2 点以后才入睡。他们所整理的记录文字，后来便成了《深圳特区报》"猴年新春八评"的论述依据和长篇通讯《东方风来满眼春》主要内容以及深圳电视台纪录片《邓小平在深圳》解说词的主要素材。③

（二）

《东方风来满眼春》的刊发，犹如平地春雷，被誉为"历史关头的雄文"。20 世纪 90 年代初的背景是，国内外形势复杂，国际上苏联解体、东欧剧变，国内对姓"社"姓"资"问题争议不断。

"赶上这么重大的历史事件，但是通知我们不报道，没有报道任务。"陈锡添回忆，当时的要求是"不接见、不题词、不报道"④。时任深圳市委书记李灏及省委领导认为，邓小平同志的谈话太重要了，应该如实地向全党全国

① 《〈信·物〉第十期　泛黄的手稿，激荡起当年滚滚春潮》，人民网 2022 年 3 月 26 日。
② 余玮、吴志菲：《"东方风来满眼春"》，《广安日报》2018 年 3 月 27 日。
③ 吴松营、陈锡添：《春风化雨润神州——1992 年邓小平南方谈话报道追忆》，《新闻战线》1999 年第 10 期。
④ 林捷兴：《特报 40 年｜佳作诞生记之〈东方风来满眼春〉：历史关头的雄文》，读特客户端 2022 年 4 月 13 日。

人民报道。为此，李灏直接请示邓小平同志，希望把他的谈话报道出去。邓小平说，他从领导岗位上完全退下来以后，有一个惯例，就是不再公开发表谈话了，这次也不破例。① 从不报道到最后《深圳特区报》公开重磅报道，背后经历了什么呢？

那一年的春节前夕，深圳市领导到深圳特区报社慰问时，建议用其他报道方式将邓小平同志的谈话精神宣传出去。在时任深圳市委常委、宣传部部长杨广慧的推动下，成立了包括陈锡添在内的评论写作小组。写作小组人员在宾馆集中食宿，闭门谢客，几乎全脱产参与写作。写作小组为原汁原味、准确无误地体现邓小平同志谈话精神，讨论并敲定了 8 篇评论题目：《扭住中心不放》《要搞快一点》《要敢闯》《多干实事》《两只手都要硬》《共产党能消灭腐败》《稳定是个大前提》《我们只能走社会主义道路》。1992 年 2 月 20 日至 3 月 6 日，《深圳特区报》刊发了这些评论。这组评论被统称为"猴年新春八评"，打响了邓小平同志南方谈话精神宣传报道"第一枪"。这组评论在海内外引起巨大反响，其中《人民日报》全文转载第一篇评论，并详细摘要转发另外三篇。②

除评论外，3 月 12 日，《深圳特区报》又以头版半个版、四版一整版的篇幅，推出了深圳特区报社记者江式高拍摄的邓小平同志视察深圳的图片新闻。但真正的转机来自 3 月 22 日《南方日报》登载的《小平同志在"先科"人中间》。"对标"是新闻宣传中常见的一种工作方式，有些内容媒体报不报、怎么报，地市媒体可以对标省级媒体，省级媒体可以对标中央媒体。先科是邓小平同志深圳之行中的一站，也是"在深圳视察的唯一国有高科技企业"。《南方日报》的报道让陈锡添心头一震。"你报道千把两千字，我报道万把字不都一样吗？"陈锡添开始着手撰写邓小平同志在深圳的长篇通讯。"刚落笔，我便想好了题目，就用唐代诗人李贺的诗句——'东方风来满眼春'。邓小平同志来深圳时正是南国早春，他给人们带来了春天的消息，也定将在全

---

① 孟东明：《主题鲜明　联系实际 '97 全国新闻学术年会散记》，《新闻三昧》1997 年第 12 期。

② 林捷兴：《特报 40 年｜佳作诞生记之 "猴年新春八评"：写作小组 23 个昼夜伏案的心血》，读特客户端 2022 年 4 月 14 日。

国掀起改革开放的滚滚春潮。"① 大气的标题可以折射出一个时代的风貌,《东方风来满眼春》标题七个字, 就足以让读者看到改革开放的春风唤起万物生长、繁花似锦、生机勃勃的大好局面。②

3 月 25 日上午, 陈锡添和时任深圳特区报社社长区汇文一起拿着稿件送审。时任深圳市委常委、宣传部部长杨广慧说:"发吧! 稿子我就不看了, 你们自己把关, 但要注意, 你们要把小平同志写成人, 不要写成'神'。"送审前, 区汇文审阅过全部发排好的小样。稿件见报时修改得并不多。原文中的"过了猴年"改成"过了新年", 因为文章中的时间还未到春节。"人们的目光和闪光灯都一齐投向这位领一代风骚的人物身上"中的"人物"改成了"伟人"。3 月 26 日,《东方风来满眼春》在《深圳特区报》头版头条刊发后, 新华社播发了全文, 中央和很多地方媒体转载转播, 外媒也纷纷发表评述。后来有领导问深圳市委书记李灏, 你们这个稿子怎么出来的? 李灏回答说:"我不知道, 家里定的吧。"意思是他在北京开会, 他怎么知道这个稿子是怎么出来的? 他说家里定的吧, 就是说是在家的深圳市领导定的吧。这位领导说:你们的胆子好大啊。③

(三)

新闻精品应当具有时代精神, 又经得起历史检验。《东方风来满眼春》至今仍被一代代新闻人所传颂。有人评价,《东方风来满眼春》是"那个时代里程碑式的作品"④; 名记者一定是时代的哨兵, 读陈锡添的《东方风来满眼春》就会想到邓小平 1992 年初的南方谈话⑤;《东方风来满眼春》是一篇反映重大题材的新闻精品, 这篇长篇通讯随着时代的发展, 它越发显示出难得的

---

① 《掀起改革开放的滚滚春潮 (亲历者说) ——访深圳特区报原总编辑陈锡添》,《人民日报》2021 年 3 月 25 日。

② 李居清:《让读者"一见钟情"——浅谈新闻标题的审美追求》,《青年记者》2006 年第 2 期。

③ 王永亮、辛华:《前沿现场 | 不唯上, 只唯实, 岂只写"东风"——对话〈东方风来满眼春〉作者陈锡添》, 读特客户端 2021 年 1 月 14 日。

④ 王林勇、蒋剑翔:《新闻价值的两个层面》,《应用写作》2017 年第 5 期。

⑤ 方延明:《好记者的素养和好新闻的要素》,《传媒观察》2010 年第 2 期。

光彩^①；《东方风来满眼春》在国内外影响深远，是中国新闻史上难得的新闻精品^②；《东方风来满眼春》可以说是我国 20 世纪 90 年代以来社会反响最大，引发社会关注最强烈的通讯之一^③……还有人说，《东方风来满眼春》是解放思想的产物，突破了地方媒体报道高层领导的一些禁区。事实证明，这个报道对于中国改革的推进，对于新闻战线自身的改革推动是举世瞩目的，因而被评为中国新闻奖一等奖。^④

一万多字的《东方风来满眼春》正文分为七个部分，按时间顺序比较详细地报道了邓小平同志深圳考察点位及其与省、市领导谈话的主要精神。作者旁征博引又举重若轻的白描、生动丰富的背景材料的衬托、朴实清新的行文风格、具体形象又幽默风趣的细节描写，使作品充满了人情味、趣味性，是对新闻宣传的一次成功突破。^⑤从写作而言，《东方风来满眼春》有一些鲜明的特色。

一是详细报道谈话主要精神。《东方风来满眼春》把邓小平同志南方谈话的春风吹向了海内外，这是这篇稿件最大的价值，有人甚至因此而改变了命运。特区姓"社"不姓"资"；不仅经济要上去，社会秩序、社会风气也要搞好；不坚持社会主义，不改革开放，不发展经济，不改善人民生活，只能是死路一条；基本路线要管一百年，动摇不得；中国要保持稳定；干部和党员要把廉政建设作为大事来抓；走社会主义道路，就要逐步实现共同富裕；改革开放胆子要大一些，敢于试验；看准了的，就大胆地试，大胆地闯；在农村改革和城市改革中，不搞争论，大胆地试，大胆地闯；对的就坚持，不对的赶快改，新问题出来抓紧解决……

二是有诸多感人的鲜活细节。"原来，写伟人，竟也可这样写！"《东方风来满眼春》作为重大主题的时政报道，可读性很强，稿件中有诸多感人的

---

① 周国才：《树立精品意识　多出精品力作》，《军事记者》2011 年第 3 期。
② 张少洁：《论记者的新闻敏感》，《新闻爱好者》（理论版）2008 年第 4 期。
③ 贾刚为：《好通讯采写需要具备的能力》，《新闻实践》2005 年第 12 期。
④ 刘爱民：《试论"领导活动"报道》，《新闻三昧》1999 年第 2 期。
⑤ 于淑敏：《寻求新闻价值与写作技巧的最佳契合——第三届中国新闻奖（报纸、通讯社部分）评选侧记》，《新闻爱好者》1993 年第 9 期。

鲜活细节，体现了作者过硬的"眼力""脑力""笔力"。例如，车子行至火车站前，邓林指着火车站大楼那苍劲有力的"深圳"两个大字对邓小平同志说："您看，这是您的题字，人们都说写得好。"邓楠打趣说："这是您的专利，也属知识产权问题。"说得邓小平同志笑了起来。再如，看到一种叫"发财树"的植物，邓榕风趣地对邓小平同志说："以后咱们家也种一棵。"邓小平同志指着"光棍树"问："为什么叫光棍树？"植物园负责人回答："因为它不长叶子。"还有，广州军区司令员朱敦法中将向邓小平同志敬礼、问好。中央军委副主席刘华清上将向邓小平同志介绍说："朱敦法同志在淮海战役中是个连长。"邓小平同志笑笑说："那时还是个娃子哩。"《东方风来满眼春》以朴实而生动的文笔，把一代伟人的音容笑貌、重要谈话，都穿插在逐日活动中。①

三是活用背景材料内容厚实。《东方风来满眼春》在报道邓小平同志深圳之行时，灵活地穿插使用了一些背景材料，这也让稿件更加厚实。第一部分主要写邓小平同志时隔 8 年再次到深圳视察，穿插介绍了邓小平同志是创办经济特区的主要决策者及 1984 年到深圳视察的情况；第三部分写在先科激光公司参观时，邓小平同志看传记资料片《我们的邓大姐》时对身旁的广东省委书记谢非说："我今年 88 岁，邓颖超同志和我同年，都是 1904 年生的。我是 8 月出生，她比我约大半岁。"写完这些，紧接着介绍：邓小平同志出生于 1904 年 8 月 22 日，家乡是四川省广安县协兴乡牌坊村。后面又另起一段写父女之间的对话——邓小平同志接着说："邓颖超同志是河南人。"他女儿邓楠说："不，她是广西人。"邓小平同志纠正说："她的原籍是河南。广西是她出生和长大的地方。"稿件中类似的情况还有多处。

（四）

一石激起千层浪，一文风靡海内外。陈锡添后来获第四届韬奋新闻奖，担任过深圳特区报社总编辑、深圳商报社总编辑。陈锡添采写《东方风来满

---

① 李昂：《"东方风来满眼春"——参加中国新闻奖评选的几点感受》，《新闻知识》1993 年第 11 期。

眼春》时已 51 岁了，有人后来问他：成为名记者是否要趁早？他说：不一定，这要看机遇了，采写《东方风来满眼春》是一种机遇。当时也有一些中央媒体的记者，他们没有抓住这种机遇，因为当时要求不报道。① 对于《东方风来满眼春》成为历史名篇，他认为"我只是尽了一个记者应尽的职责"②。回顾从事新闻工作的经历，陈锡添认为，在追求新闻理想的征程中，即便遇到了困难，仍不放弃新闻理想，仍坚持不懈地奋斗，坚信"机会只属于有准备的头脑"。③

陈锡添的经历有点传奇。他 1966 年毕业于中国人民大学新闻系，先在湖北工作，20 世纪 70 年代末到广州外国语学院（现广东外语外贸大学）任教师。他 1983 年 10 月到深圳旅游时听说《深圳特区报》将由周报改为日报，可能需要人，就到报社毛遂自荐。调令来了，学院不放人，他给院长写了一封长信，表达了对新闻事业的执着追求，院长看完信，当即同意放人。陈锡添到深圳特区报社当记者时已 42 岁。从记者到部门副主任再到主任，到报社不满 5 年陈锡添就被提拔为副总编辑。

《东方风来满眼春》发表后，成为"大记者"的陈锡添持续奋战在新闻战线。他谈道：正反两方面的经验告诉我，做主动的喉舌不容易，这需要办报人坚持唯实不唯上的原则，要有对党的事业负责的勇气和责任心。"唯实不唯上"是实践多次证明了的真理，也应该是我们办报的原则。④ 2021 年，建党百年之际，在新落成开馆的中国共产党历史展览馆，《东方风来满眼春》这篇通讯略微发黄的记者手稿，吸引了不少观众驻足。"写作和发表《东方风来满眼春》的历程，是我永生难忘的激情岁月。"陈锡添记得，后来去国外访问，当地新闻同行说，他们读了这篇文章，都认为邓小平南方谈话是中

① 牛跟尚：《"媒体要做党的主动工具"——访"韬奋新闻奖"获得者、〈香港商报〉总编陈锡添》，《新闻三昧》2004 年第 6 期。
② 张小宇：《勇立潮头唱"东风"——记第四届韬奋新闻奖获得者、〈深圳特区报〉总编辑陈锡添》，《中国记者》2001 年第 2 期。
③ 韦星：《陈锡添：机会只属于有准备的头脑》，《青年记者》2018 年第 28 期。
④ 陈锡添：《不唯上 只唯实》，《新闻爱好者》2002 年第 4 期。

国的一件大事。^①

2022 年，《深圳特区报》创刊 40 周年，陈锡添作为老报人代表发言。再一次谈及《东方风来满眼春》，他说：这是特区报人的光荣，也是深圳的荣耀。这是在当时历史环境下，偶然又必然出现的一篇作品。在重要的历史关头，市委和报社讲政治，敢担当，终于让这篇作品得以面世。怎样才能做一个好记者？他总结了三点：一是胸怀大局，要有政治家的头脑，关注"国之大者"；二是要有历史责任感，努力记录伟大时代，讲好深圳故事，讲好中国故事；三是要夯实业务基础，精通新闻业务。这样才能成为政治坚定、敢于担当、业务精湛的党和人民放心的新闻舆论工作者。^②

从赏析的角度而言，这篇经典作品也有不足之处。根据当年的评选办法，通讯作品字数限 3000 字内，《东方风来满眼春》是作为超长作品特别推荐参评的中国新闻奖，是当年超长作品唯一获奖的一篇。有人指出，《东方风来满眼春》篇幅过长，"新闻不是文学，它还大有精练的余地，如能压缩到几千字，效果更好"。^③此外，作为一篇没有反复修改打磨的稿件，有些表述如斟酌后进行润色，将会更完美。从今天中国新闻奖审核的角度而言，一些表述应当注意。

对比收录《东方风来满眼春》的新华出版社 1994 年版《中国新闻奖作品选》、复旦大学出版社 2004 年版《新闻传播精品导读：通讯卷》、人民日报出版社 2013 年版《获奖通讯赏析——兼论通讯的写作技巧》、人民出版社 2013 年版《中国百年新闻经典·通讯卷》等，可以发现有多处字词的改动。例如，"我们在一起几十年罗"中的"罗"改成了"啰"，"啰"用在句末，表示肯定语气；"日不暇给"改成了"目不暇接"，"日不暇给"是指"形容事务繁忙，没有空闲"，"目不暇接"是指"形容东西太多，眼睛看不过来"，也说"目不暇给"；"摸上去象绒布"等多个语句中的"象"改成了"像"；"长青树"改成

---

① 孙飞、印朋：《"我写的新闻手稿进党史馆了" 访〈深圳特区报〉原总编辑陈锡添》，《新华每日电讯》2021 年 8 月 13 日。

② 《特报 40 年 | 陈锡添：〈东方风来满眼春〉是特区报人的光荣，也是深圳的荣耀》，读特客户端 2022 年 6 月 5 日。

③ 吴国瑛：《试论报纸头版头条的精品意识》，《上海大学学报》（社会科学版）2000 年第 2 期。

了"常青树"等。

另外，"暴发"与"爆发"也容易混淆。对于两者差异，学界已经基本达成共识：灾害、贬义语境，用"暴发"；猛烈的自然、社会现象发生，用"爆发"。相较而言，山洪、流行病的发生，和"暴发"的语义特征更匹配，更突出以突然的方式发生；火山、战争、掌声等的发生，与"爆发"的语义特征更匹配，更突出在破裂的基础上发生。①

今天，特别需要注意的是，"邓小平南方谈话"为正确表述，不使用"南巡讲话"。这是因为"南巡"一词带有帝制色彩，很容易让人想到古代帝王的巡幸，在后来的宣传中都使用"南方谈话"来代替"南巡讲话"。②

阅读 + 《东方风来满眼春——邓小平同志在深圳纪实》

扫码阅读获奖作品全文

（作者：陈锡添；编辑：区汇文；原载《深圳特区报》1992 年 3 月 26 日；获第三届中国新闻奖一等奖）

---

① 高铭婉：《"暴发"与"爆发"用法不同的内在语义解释》，《语言文字周报》2023 年 3 月 10 日。
② 吕飞：《宣传工作常用规范表述 300 例》，人民日报出版社 2021 年版，第 69 页。

呐喊唤醒一方热土

在第二届中国新闻奖评选中，《铜陵报》（系《铜陵日报》前身）刊发的《醒来，铜陵！——谨以此文参加"理思路、抓落实、奔小康"大讨论》获评通讯一等奖。此文不仅加速了思想解放的步伐，增添了改革发展的动力，在铜陵乃至全省、全国范围内引发强烈反响，时至今日，这篇稿件仍不时被提及。重读当年的文章，思想的温度和时代的脉搏依然清晰可触。字里行间喷薄欲出的改革激情和历史担当，深深融入铜陵的发展脉络，赋予这座皖江小城以鲜明气质，也给今天的我们以奋勇前行的精神力量。[①]

——《醒来，铜陵！》的背景是什么？铜陵位于安徽省中南部、长江下游，北接合肥，南连池州，东邻芜湖，西临安庆，是长江经济带重要节点城市和皖中南中心城市。铜陵资源丰富，探明的稀有金属矿种有30余种，是"中国古铜都，当代铜基地"，新中国第一个铜工业基地建于铜陵，第一炉铜水、第一块铜锭出自铜陵，第一只铜业股票发自铜陵，安徽省首个千亿元企业来自铜陵。[②]当时的背景，从大的方面说，1991年是第八个五年计划的第一年，经济正处在初期改革完成，深层次的矛盾开始显现之时。人们一方面在享受改革的初步成果，另一方面又对下一步如何加快发展捉摸不定，对要不要进一步加大改革力度心存迷茫。铜陵市当时正被这种迷茫困扰。从小的方面说，这一年5月，在传达学习安徽省农村工作会议精神时，铜陵市决策层感慨：回顾过去的10年，成绩当然是明摆着的，然而，1990年与1985年相比，全

---

① 汪国梁、林春生：《〈醒来，铜陵！〉唤醒一方热土》，《安徽日报》2018年5月22日。

② 出自铜陵市人民政府网2023年1月3日。

市全民独立核算工业企业产值增长 31.9%，但销售收入利税率却下降 2.85%，资金利税率下降 2.28%……高速度为什么没有带来高效益？为什么铜陵凡事都比外地慢半拍？为什么人们办事效率差、精神不振作，缺乏沿海地区那样的强旋律、快节奏？9 月 25 日，铜陵市以"万人大会"形式，正式揭开大讨论序幕。随后，市领导分头展开调研。调研中，他们发现，相当一些官员不是把大讨论的重点放在破除陈旧的观念上，而是急于上项目、争投资，还有一些班子护短遮丑，不敢一针见血。

——《醒来，铜陵！》具体写了什么？1991 年 11 月 14 日，《铜陵报》在头版头条刊发署名"龚声"的文章《醒来，铜陵！》，铜陵市电台、电视台也相继播发。"龚声"意为"共同的声音"。《醒来，铜陵！》一稿 4300 余字，正文分为四个部分：十年磨"剑"锋自出、同处一江景不同、剔肤见骨找病根、解放思想是先导。这篇稿件不似通常那种四平八稳的风格，在简短回顾了铜陵此前十多年发展成绩后，便以大篇幅自我揭短、自曝家丑，并发出了"铜陵，醒来！"的呐喊——如果我们继续抱着僵化的思想、陈腐的观念、封闭的意识、萎靡的士气，那么，不是危言耸听，在迎接新世纪到来的十年接力赛中，我们铜陵将被别人抛得更远！如同被大喝一声、猛击一掌，很多铜陵人痛定思痛、深刻反省。《醒来，铜陵！》使铜陵市广大干部群众受到强烈触动。时任铜陵报社总编辑洪哲燮后来回忆：当天就有很多热心读者给报社打来电话，称赞文章写得好。忆起往事，他感慨不已：当年的思想大讨论，是农业文明向工业文明过渡的大讨论，对改革开放的意义十分重大；春江水暖鸭先知，铜陵，走在了全国的前头！①

——《醒来，铜陵！》是如何出炉的？"铜陵这块土地太板结了，要松动松动。"1991 年，时任铜陵市委书记孙树兴如是说。时任铜陵市市长汪洋主动提出："看来要组织一场讨论活动，把大家的思想激活起来，精神振奋起来。"当时 36 岁的汪洋，思维超前，作风果敢。在他的倡议下，市委、市政府决定：在全市开展一次以"理思路、抓落实、奔小康"为主题的经济思想

---

① 周卫星：《〈醒来，铜陵！〉：春江水暖鸭先知》，安徽画报网 2018 年 9 月 29 日。

大讨论。随后，汪洋专门从市直机关抽调人员，组成了一个精干的策划写作班子，并要求：开篇之作，要一炮打响，要有深刻的思想、鲜明的观点、翔实的材料、有力的论证，文风要泼辣，文笔要犀利。当时，有人预先翻看了文章初稿，认为有政治风险，不能发，但汪洋的态度却异常坚决。三易其稿后，文章最终在《铜陵报》刊发。《醒来，铜陵！》是"理思路、抓落实、奔小康"大讨论的开篇。①

——《醒来，铜陵！》社会影响如何？在姓"资"姓"社"激烈交锋的1991年，这篇文章迅速掀起了一场解放思想的大讨论。文章见报，巨石投水，铜陵全市上下立即形成人人查找思想差距，人人关心经济发展的风尚。铜陵报专门组织企业和政府部门负责人座谈，深入揭露矛盾、转变观念，为改革发展找出路。随后，《铜陵报》又连续刊发了《敢问路在何方？》《走出"资源优势"的误区》等重头文章，为大讨论继续造势。伴随着解放思想大讨论的是一场旨在彻底打破"三铁"（铁饭碗、铁工资、铁交椅）思想、砸破"三铁"体制的全面改革。此后数年，铜陵迅速发展成安徽改革的"领头羊"、全省极具发展潜力的城市。②之后，铜陵相继开展了"起来，铜陵""崛起，铜陵"等解放思想大讨论。从"醒来"到"起来"再到"崛起"，铜陵始终勇于清理制约创新发展的思想障碍，不断破除阻碍改革深化的观念桎梏，并在多个领域大胆探索，成为全国先行先试试验区。③2018年改革开放40周年之际，《安徽日报》推出《40年改革风云录》专栏，首篇关注的就是《醒来，铜陵！》一文。

——《醒来，铜陵！》如何走向全国？1992年1月4日，《经济日报》在一版头条位置，推出一套总标题为《醒来，不只是铜陵》的系列报道。随后20天，又相继推出数十篇报道，并配发系列评论员文章，深入阐述铜陵思想大讨论的意义。芜湖、马鞍山、安庆等省内沿江兄弟城市首先响应。1992年1月10日，在一次座谈会上，安庆市有关负责人表示，《醒来，铜陵！》

① 贺海峰：《一座城市的三次思想解放》，《决策》2008年第10期。
② 《解放思想大讨论推动铜陵崛起》，中共安徽省委机构编制委员会办公室网站2018年5月21日。
③ 左克平：《传承"拼"基因 拼出新铜陵》，铜陵新闻网—铜陵日报2022年4月22日。

也给安庆敲响了"起床"钟声。芜湖、马鞍山两市有关负责人也表示，要借铜陵这把火，烧烧自己。《"西安不安了"》《自醒，时代的呼唤》等相关文章相继在媒体刊发。《解放日报》发表评论员文章指出，铜陵"解放思想、转变观念"的主题，对整个安徽、整个华东的深化改革、扩大开放，提出了共同的命题。

《醒来，铜陵！》登上《经济日报》并在全国产生影响有一定偶然性。当时，经济日报社记者被邀请到铜陵参加铜陵长江大桥开工庆典，偶然看到当地报纸大讨论的报道。在庆典后，记者要来了全套报纸，觉得有点意思，随即约请了时任市长的汪洋谈谈市里组织这场大讨论的初衷。汪洋半小时的介绍，深深地打动了记者。记者及时把这一信息和希望做重点报道的想法向时任经济日报社记者部主任的庹震和值班副总编杨尚德进行了报告。《经济日报》把这组报道的切入口定为"醒来，不只是铜陵"，思路顿时开阔，"不只是"三个字一加上，报道的方向便十分明确，其重要意义也不言而喻。后来，曾任安徽省委第一书记、时任全国人大常委会委员长的万里在七届人大五次会议安徽团审议政府工作报告时非常明确地说："铜陵讨论改革开放，要解放思想，我赞成。大家要从小农经济的思想中解放出来，从过去计划经济僵硬的思想中解放出来，还要从封建残余思想中解放出来，大力发展经济。"万里的一席话，不仅给这个讨论、这组报道定了调，也使人们看到，确实在很大层面上都有解放思想的需要，都有从计划经济僵硬的思想桎梏中彻底解放出来的需要。后来，在《新闻战线》《中国记者》《新闻出版报》等报刊论述 1992 年春季全国新闻宣传动态时专门提及了这组报道：发表在邓小平同志南方谈话之前，比较充分地反映了基层干群对深化改革扩大开放的期盼之情，是邓小平南方谈话公开发表前的一次很好舆论热身，表现了很高的新闻锐敏性，是组好报道。①

——《醒来，铜陵！》何以获中国新闻奖？《醒来，铜陵！》先后获安徽新闻奖一等奖、中国新闻奖一等奖。地方媒体能斩获中国新闻奖一等奖，

---

① 陈雷：《"醒来"的铜陵　深入的改革开放》，《文摘报》2018 年 10 月 13 日。

重要原因之一在于这篇稿件充分发挥了舆论引导的巨大作用,全面、准确地把宣传党的基本路线这一中心任务落实在了具体的行动中,不搞空洞说教,靠事实讲道理,寓情于冷静分析之中,从而达到了人人参与、个个提高的目的。① 有人评价《醒来,铜陵!》时说,一张地市报的一篇文章竟成了 1992年"春潮"——一场全国性的进一步解放思想、深化改革大讨论的前奏。② 也有人说,《醒来,铜陵!》这篇报道从就事论理上选取角度,用辩证唯物论的观点引导人们重新审视过去的成绩和工作,纵横比较,从经济指标、工作差距找出观念上的差距,最后结论是解放思想,奋起直追。由于抓住了问题的要害和实质,写得有理有据,发表后在社会上激起了强烈的反响。③

这篇稿件获评中国新闻奖一等奖后,时任经济日报社总编辑的范敬宜专门给《铜陵报》写了条幅表示祝贺:"一声震九皋,报坛足自豪;志在凌绝顶,池小亦腾蛟!"后来,范敬宜还应邀题写了"铜陵日报"报头。作为《醒来,铜陵!》一稿的责任编辑刘宇飞后来获第十二届长江韬奋奖。2022年,《经济日报》创刊 40 周年之际,曾任铜陵日报社党组书记、总编辑的刘宇飞感慨地说,自己和铜陵日报社都要感恩经济日报社、感恩范敬宜总编辑,没有他们,就不会有当年的中国新闻奖一等奖、第十二届长江韬奋奖和国务院政府特殊津贴获得者这些荣誉。④ 回首往事,刘宇飞认为:新闻是历史的初稿,新闻人是个有使命的群体。作为一个新闻人,唯有不断深入生活,不断思考,不断创新,才能真正成为历史的守望者,才能把个人的努力和国家、人民的前途紧密联系在一起,才能把有限的生命融入无限的为人民服务之中,而这正是新闻职业的魅力所在。⑤

---

① 《为改革鼓与呼》,出自《中国新闻奖作品选(1991 年度·第二届)》,新华出版社 1993 年版,第 27 页。

② 庞孝浚:《经济报道的魅力——读第二届"中国新闻奖"得奖作品随笔》,《新闻记者》1992 年第 9 期。

③ 刘保全:《获奖精品是怎样选取新闻角度的——兼评部分"中国新闻奖"作品》,《新闻传播》2007 年第 4 期。

④ 刘宇飞:《"一声震九皋"——难忘与〈经济日报〉一段激情合作》,中国经济网 2022 年 12 月31 日。

⑤ 刘宇飞:《一位摘取了"两奖"桂冠的地市报人的从业感悟》,《中国记者》2013 年第 3 期。

——《醒来，铜陵！》有哪些优点？一是标题。标题是文章最有价值的内容的浓缩、概括和提炼，故有的人甚至说"标题是现代新闻的生命"。①《醒来，铜陵！》的标题，句短字少，鲜亮突出，宣传效果更为有力。②标题上的感叹号，也强化了时不我待的紧迫感。二是以小见大。《醒来，铜陵！》是"以小见大"的典型作品。所谓"以小见大"，是通过对社会生活中某个或某些具体"点"上的新闻事实进行分析，从中挖掘出重大的社会主题，也就是人们通常所说的"宏观选题，微观选材"。③三是接地气。《醒来，铜陵！》是一篇来自改革一线、事例活灵活现、充分接地气的深度通讯。④四是导向鲜明。中国新闻奖评奖，《醒来，铜陵！》等获奖通讯作品主要是突出政治导向。⑤五是内容厚实。作为一篇旨在推动思想解放的政论文章，《醒来，铜陵！》内容厚实，数据有力，案例精当，情感充沛，给人一种"坐不住的紧迫感、慢不得的危机感、等不起的责任感"，达到了舆论动员的目的。

——《醒来，铜陵！》留下哪些思考？这样一篇呐喊式的雄文，唤醒了一片热土，也留下了很多思考，对今天做好新闻舆论工作仍有启示和借鉴意义。一是如何善用媒体做好舆论动员？这是从领导层面而言的。在这场思想解放大讨论中，铜陵市委、市政府比较好地发挥了媒体的舆论动员功能。今天，又该如何真正善待媒体、善用媒体、善管媒体？二是如何发挥好媒体的舆论作用？这是从媒体层面而言的。《醒来，铜陵！》首发后，又持续进行了跟进，刊发了多篇讨论，类似的系列讨论，只有通过媒体策划好、组织好才能更好地发挥作用。三是如何在全国产生重大影响？因为有了《经济日报》的介入和持续关注，《醒来，铜陵！》才在全国产生了重大影响。地方媒体有地方媒体的优势，中央媒体有中央媒体的优势，二者有效联动，有利于实现影响最大化。四是靠谁生产优质内容？《醒来，铜陵！》不是个人的作品，

① 刘贤忠：《言之无文　其行不远——论新闻作品的文采》，《中国地市报人》2012 年第 7 期。
② 金永辉：《读题时代新闻标题的语言特色》，《时代文学》（下半月）2009 年第 11 期。
③ 周光磊：《中国新闻奖近三十年中的新闻价值观变化探析》，《新闻传播》2022 年第 8 期。
④ 贾永：《全媒环境下深度报道如何再崛起》，《青年记者》2020 年第 16 期。
⑤ 李新文：《中国新闻奖通讯作品价值取向嬗变分析》，《视听》2012 年第 10 期。

也非记者的作品，而是一个写作班子集体打磨出来的作品。单靠记者，能不能搞出如此深刻有力的内容？今天，在 UGC（用户生成内容）、OGC（职业生产内容）、PGC（专业生产内容）并存之下，媒体如何更好地生产优质内容？这也是《醒来，铜陵！》留下的思考。

从赏析的角度而言，尤其是从中国新闻奖审核的角度而言，《醒来，铜陵！》一稿中的个别字词应当注意，如"发展的更快一些"中"的"应为"得"，"这象做生意的吗？"中"象"应为"像"。中国新闻奖审核委员会主任唐绪军在介绍第三十二届中国新闻奖审核情况时，特别提到了参评作品中结构助词"的、地、得"的误用——审核委员经过讨论一致认为，在国家有关部门没有明确取消前，新闻媒体和新闻工作者应当遵守国家语言文字使用规则。[①]

阅读+　《醒来，铜陵！——谨以此文参加"理思路、抓落实、奔小康"大讨论》

扫码阅读获奖作品全文

（作者：龚声；编辑：刘宇飞；原载《铜陵报》1991 年 11 月 14 日；获第二届中国新闻奖一等奖）

---

① 唐绪军：《迎接新挑战　当好把关人——第三十二届中国新闻奖审核委员会工作报告》，"新闻战线"微信公众号 2022 年 11 月 16 日。

硬主题写出文化味

在第二届中国新闻奖评选中，时任经济日报社总编辑范敬宜的作品《真正的"秘密武器"——齐鲁纪行之一》获评通讯二等奖。作为一篇政经类报道，或者说作为一篇主题宣传，这篇获奖作品非常独到，跳出了传统经济报道或主题宣传的模式、套路，给人一种清新之感，写得如同散文。

（一）

范敬宜出生于江苏苏州，曾任辽宁日报社副总编辑、文化部外文出版局局长兼党组书记、经济日报社总编辑、人民日报社总编辑、清华大学新闻与传播学院首任院长。2010 年 11 月 13 日，范敬宜因病医治无效在北京逝世，享年 79 岁。"老范的作古，让新闻界惊痛不已。"[1] 人民日报社原社长邵华泽追忆范敬宜时说：范敬宜作为新闻人，有两个长处，即"会办报和爱办报"。[2]

在我国当代新闻史上，范敬宜是一位占有重要地位的人物。他不仅是新闻战线杰出的领导人，也是新闻实践改革创新的集大成者，还是一位卓越的新闻教育家。[3] 办报实践中，他捍卫实事求是的精神，树立了严谨求实的新闻工作作风，为后世留下了一笔宝贵的新闻思想财富。新闻研究中，他较早提出"三贴近"的新闻报道改进方法并予以实践，阐述了党报宣传艺术的必要性和丰富内涵，追求新闻报道的"文化味儿"。新闻教育中，他提出"面向主流，培养高手"的教育理念，开"马克思主义新闻观"教育之先河，强调

---

① 李泓冰：《世上已无范敬宜——我们为什么这样沉痛》，《新闻记者》2010 年第 12 期。

② 《著名新闻人范敬宜病逝》，清华大学网站 2010 年 11 月 15 日。

③ 薛亚利：《浅析"敬宜笔记"的三大独特魅力》，《传媒》2017 年第 22 期。

新闻学子的文化积累。①

范敬宜的一生充满传奇。7 岁念完小学一年级以后到 15 岁期间，他一直在家里养病。小学读了一年，初中、高中都没有念，家里唯一的伴侣就是书报，这让他逐渐对报纸产生了兴趣。18 岁从上海圣约翰大学中文系毕业后被分配到华东师大当助教，当教师好像没有当记者"浪漫"，他瞒着家里人偷偷去了东北，最初在东北日报社即后来的辽宁日报社从事新闻工作。他说："那时候对我影响最深的是魏巍的《谁是最可爱的人》。"每次读到《谁是最可爱的人》中"亲爱的朋友们，当你坐上早晨第一列电车走向工厂的时候，当你扛上犁耙走向田野的时候……"总是热血沸腾，"我要做魏巍，我要去白山黑水"②。他开始做新闻工作的时候，是想让生活充满传奇色彩，还有就是对新闻工作的责任感。③1957 年，范敬宜被打成"右派"，下放到贫困的山区。做不成记者了，能在农村里做"黑板报编辑"也不错——文字简洁，字迹端秀，别人看后感觉就像印刷出来的。

前后 20 年的厄运和基层生活，使范敬宜懂得了我国的基本国情和民情，亲身体味到了农民喜欢什么，厌恶什么，欢迎什么，反对什么，什么样的政策会给农民带来幸福，什么样的政策会给农民带来灾难。④1978 年，范敬宜重返新闻工作岗位，焕发出极大的工作热情。党的十一届三中全会以后，他写的农村工作述评《莫把开头当过头》被《人民日报》转载后，在当时起到了帮助人们分清是非、拨乱反正的作用。正是他胸怀天下，对国家、对民族、对事业有责任感，使得他平地爆响一声春雷。⑤《莫把开头当过头》的标题短短七个字，就把那时节相当重要的一个政治取向问题——如何看待方兴未艾的农村改革，昭示得十分精辟透彻。⑥多年之后，范敬宜认为他写《莫把开

① 王健华、徐梦菡：《范敬宜的新闻和教育思想与实践》，《现代传播》（中国传媒大学学报）2017 年第 6 期。

② 范敬宜：《如果有来生，还是做记者》，出自《新闻人生——名记者清华演讲选》，清华大学出版社 2009 年版，第 2 页。

③ 范敬宜：《如果有来生还是当记者》，《青年记者》2005 年第 8 期。

④ 郝怀明：《读〈范敬宜文集·新闻作品选〉有感》，《新闻战线》2009 年第 6 期。

⑤ 罗建华：《为范敬宜的流泪而流泪》，《青年记者》2011 年第 1 期。

⑥ 李洪波：《中国特色新闻学研究的一个创例》，《新闻战线》2004 年第 5 期。

头当过头》，主要得益于农村基层生活的经历，了解什么政策是符合实际的、受农民欢迎的，什么政策是不符合实际的、不受农民欢迎的。①

（二）

1986 年到 1998 年，范敬宜先后担任经济日报社和人民日报社总编辑。他善于发现和培养人才，不断推出名记者。"其实我还是喜欢当记者。在报社里，官再大也是一个普通记者。如同一个共产党员的职务再高，在组织内也是一名党员。"古稀之年的范敬宜站在清华大学新闻与传播学院的讲台上，面对台下一张张稚气的脸，他讲的第一堂课，就是"如果有来生，还是当记者"。②

范敬宜到经济日报社以后，提出评论员文章可以个人署名，后来又提出个人专栏，并带头写个人专栏文章，当时阻力不小。后来他总结了两句话："人不求全，求全则天下无可用之材；文不求同，求同则天下无可读之章。"范敬宜认为，新闻工作是有风险的，出问题是很正常的。作为领导，必须把担子、把责任承担下来。最怕总编辑这时候说"这个我不知道""我当时没有仔细看""不知道他会这样写"等，那就会给记者留下一辈子的创伤。③

总编辑的头衔至少包含两层意思：第一，总编辑本身就是编辑（包括记者），不同之处只是多个"总"而已，去掉"总"字，就是个普通编辑；第二，总编总编，应该总是在编（或写），如果总是不编，还算什么总编？曾任辽宁日报社总编辑的赵阜的这番话给范敬宜印象极深：总编辑如果不亲自参与新闻报道的具体实践，也就起不了"总"的作用。因为亲自动笔的过程，实际上也是亲自调查研究、亲自思考问题、亲自体察编辑记者甘苦、亲自探索新闻业务的过程，也可以说是取得宣传报道主动权、指挥权的过程。他感慨：自从在"编辑"前面挂了"总"字以后，大量精力陷入日常行政事务，动嘴多了，动手少了，其结果是文思日益艰涩，笔头逐渐长锈，不但写不出什么好文章，连好点子也很难出得来。在这种情况下，在报道上又能有多少主动

---

① 傅宁、王永亮：《范敬宜：心怀全局　笔写苍生》，《记者摇篮》2004 年第 3 期。
② 董岩：《范敬宜：一代知识分子的传奇缩影》，《今传媒》2005 年第 12 期。
③ 傅宁、王永亮：《范敬宜：心怀全局　笔写苍生》，《记者摇篮》2004 年第 3 期。

权、指挥权？由于有了这点反省，结合报纸扩版和新闻改革的需要，他写了多篇文章，其中就包括《真正的"秘密武器"》等系列报道。总编辑每天那么忙，哪来时间写稿？除了逼、挤以外，没有什么捷径。为了写《十四大手记》，范敬宜在整个会议期间没有午休过一次，没有看过一次文娱节目，没有在凌晨 2 点以前睡过觉。①

"天涯何处无新闻。只要你不太懒、太笨，好新闻俯拾即是。" 1990 年 10 月下旬，亚运会组委会专门召开了亚运会好新闻发奖大会。一位经济日报社记者和范敬宜一起参会，一个是报道会议的记者，一个是颁奖嘉宾。会议快结束时，时任北京市副市长张百发即兴讲话。"记者不容易啊！你们是亚运会的见证者和报道者，我要真诚地谢谢你们。" 记者根据通稿写的稿件没有这个现场。作为颁奖嘉宾，范敬宜撰写的现场消息标题为《记者不容易啊》。他后来对这位记者说：写新闻是给人看的，千万不要就事论事，只见物不见人。即使是写事，也应该写读者关心的事，让读者在读这个新闻事件的过程中看到人的活动、人的思考，才能引起读者的兴趣。②

有一次，范敬宜在故乡苏州陪同 80 多岁的姨妈去看刺绣，抓了一条"活鱼"。那天停电，展览没法参观，正欲打道回府，忽见苏州刺绣研究所所长正在为女老外颁发证书，而她们的丈夫在一旁卖力地鼓掌。原来，这个研究所开发了一个颇受欢迎的新的旅游项目——为外国游客举办苏州刺绣学习班，3 天时间教授一些基本的针法，让她们学会刺一朵花、绣一只鸟等，然后发给奖状和证书。意外的收获让范敬宜十分兴奋，深感不虚此行。他回去后马上写了篇《碧眼金发学苏绣》。范敬宜认为，记者走到哪里都是一个记者，他每时每刻都要注意周围有没有新闻线索，有没有具有新闻价值的东西。这要成为一种职业习惯，一种职业的敏感。许多好素材好新闻就是在有意无意之间获得的。③

---

① 范敬宜：《别议"亲自动手"》，《新闻战线》1993 年第 2 期。

② 王秋和：《舆坛擎旗手 先忧后乐人——与范敬宜一起工作的日子》，《中国报业》2011 年第 7 期。

③ 叶国标：《天涯何处无新闻——〈人民日报〉总编辑范敬宜在人大新闻学院讲的一堂课》，《新闻爱好者》1994 年第 7 期。

（三）

"五种人不可当记者：不热爱新闻工作的不可以，怕吃苦的不可以，畏风险的不可以，慕浮华的不可以，无悟性的不可以。"范敬宜的这句话给大家留下无尽的思考和有益的启发。人民日报海外版原副总编辑刘国昌认为，这些话至今仍有强烈的现实指导意义。除以上五条外想再添一条："不熟悉互联网的不可以。"这是根据现在形势发展的需要提出来的，时下已是媒体融合的时代，你不掌握新媒体技术，就上不了岗、干不了"活儿"。①

范敬宜到清华大学新闻传播学院任教后，先后开了4门课：新闻评论与专栏写作、新闻中的文化、记者素养和采编艺术、马克思主义新闻观。他认为，教育的核心不是技巧、知识，而是观念、指导思想。新闻院系对新闻知识、新闻技巧讲得很多，不难学到，最难的是如何掌握正确的认识和判断力，没有一种指导思想行不通。大二学生李强的《乡村八记》就是在马克思主义理论指导下深入社会实践的结果，因此得到了温家宝总理的肯定和赞扬。②

范敬宜跨度达半个多世纪的新闻生涯中，发表了130多万字脍炙人口的作品，著有《总编辑手记》《敬宜笔记》《马克思主义新闻观十五讲》《范敬宜文集》等多本著作。范敬宜的文字有三点尤为突出，并由浅入深形成三个层面。其一，朴实无华而蕴含深厚的文风，犹如醇香宜人的陈年老酒。其二，辩证的认识论、方法论。文风总是同学风、作风相联系的。没有实事求是的学风、作风，也就难有朴素真切的文风。范敬宜的文风、文笔等层面之下，是实事求是的学风、作风，其中最突出的、给人印象最深刻的，当属辩证的认识论、方法论。除了文字表达及其风格，除了实事求是的认识论、方法论，写作及文风更进一步来说也是一种人生境界。古人云，文如其人，讲的就是这个道理。范敬宜文字的第三个层面，其实也在这种境界中。③ 这在获奖作品《真正的"秘密武器"》中亦有体现。

---

① 《人民日报原总编辑范敬宜：五种人不可当记者》，"长江朱建华"微信公众号2023年2月2日。
② 董岩：《范敬宜：马克思主义新闻观不是一句空话》，《新闻与写作》2007年第3期。
③ 李彬：《范敬宜与作文章》，《新闻与写作》2011年第1期。

不少记者的工作不能说不勤奋、不深入、不刻苦，但是往往达到一定水平以后就再难超越了，这就需要从学养上寻找原因。范敬宜认为，记者的学养主要是指记者的综合学识修养，包括政治、经济、科学、文学、艺术等各方面的学识修养。① 他经常提醒编辑、记者们要"学会说话"，指会说群众能听懂、能接受、能入耳入脑入心的话。他说："我们主张新闻写作要多从文学写作中吸取营养，借鉴文学写作丰富、多样的表达方法，以增强新闻作品的感染力和影响力，使新闻事实不仅更加可信，而且更加可读、可亲……现在许多新闻之所以不受读者欢迎，不是由于文学色彩过浓，而是由于表达缺少文采，单调、枯燥、僵化，令读者望而生厌。'言之无文'，结果必然是'行之不远'。"②

为继承和发扬范敬宜先生的精神，范敬宜曾经工作过的单位，以及关心支持新闻教育事业发展的机构和个人共同发起设立了范敬宜新闻教育奖基金会。到 2023 年第十一届范敬宜新闻教育奖时，已累计评选出 21 名新闻教育良师、16 名新闻教育良友和 100 多个新闻教育学子奖。

（四）

《真正的"秘密武器"》写的是山东在改革开放悄然崛起中领导班子是如何做的。领导班子建设是经济建设中很重要的一环，但如何写领导班子建设却是很多新闻工作者最感棘手的，写不好就会让读者感到枯燥、乏味、没有人情味儿，写得太过了有夸张不实之感。此稿篇幅不算长，正文 3400 多字，分为"这里没有断层""勇气，来自稳固的后方""为 8400 万山东人民的利益负责"三个部分。虽然稿件主题很重，也很硬，但作者的政治敏感、新闻敏感、说真话的勇气和深厚的写作功底，令人敬佩。

——**勇于创新**。写《真正的"秘密武器"》时，范敬宜的身份是经济日报社总编辑。那时，鉴于读者经常批评经济报道是就经济谈经济，跳不出专业

---

① 张苹：《底气·眼界·学养——范敬宜纵谈政治家办报》，《新闻传播》1996 年第 5 期。
② 罗海岩：《范敬宜：亦真亦儒的新闻人生》，《百年潮》2010 年第 2 期。

圈子，枯燥乏味，缺乏可读性，他提出了要"抓经济中的文化，文化中的经济"，就是说，要重视从文化的角度、用文化的视角来观察经济现象，从而使经济报道更贴近实际、贴近群众、贴近生活。当时，有人认为这样做会影响经济报道的深度；有人认为这是外行人办报的做法；也有人认为这种提法太玄虚，难以操作，甚至和他"叫板"——请总编辑亲自动手拿出样板来。为此，范敬宜一直试图在实践中做些创新尝试，《真正的"秘密武器"》即为在这种背景下的尝试。① 以总编辑角色活跃在当代新闻界的范敬宜，他的新闻作品具有很强的"示范性"，符合他提出的新闻精品标准：导向正确、意义重大、精心编写、效果突出。这些作品呈现出的特色也是多方面的，《真正的"秘密武器"》如画中长卷，色彩丰富，场面阔大，气势恢宏，笔墨酣畅。② 今天，提高主流新闻舆论的传播力、引导力、影响力、公信力，同样需要改革创新。

——**角度巧妙**。写山东悄悄崛起的原因，可以有多个角度，但这件获奖作品却偏偏选了一个最棘手的角度——政策的稳定，来自班子的稳定，班子的稳定，又来自班子的团结。这个角度很棘手，作为新闻界的名家、大家，范敬宜写此文时三易其稿，连续两天从夜晚写到凌晨3点多，初稿、二稿出来后，还都曾虚心地征求同行记者的意见。范敬宜认为，任何一个报道，都应该研究写法，即研究究竟采取何种形式最能表达所要报道的内容。选择了最佳的写法，文章也就成功了一半。在中国古代，这叫作"谋篇"。③ "秘密武器"的报道角度，绝非作者空想，而是来自采访座谈时的灵感——记者印象最深的还是在省政府有关部门座谈会上听到的一句话："山东只有'常规武器'，没有'秘密武器'。如果非要说有什么'秘密武器'，那就是：稳。"

——**可读性强**。无论多么重大的主题，无论稿件是长还是短，都要解决可读性的问题，都要让人能够读得下去，不能被人阅读和传播的作品，一切都无从谈起。政经类报道，不解决可读性的问题，一味地追求高度和思想深度，并不可取。业内有句名言：好记者的笔下，应该是"外行不觉深，内行不觉浅"。

① 范敬宜：《从文化视角写经济现象》，《新闻战线》2007年第11期。
② 窦锦平：《咫尺之图　写百千里之景——范敬宜新闻作品解读》，《青年记者》1996年第6期。
③ 范敬宜：《站在全局高度的好文章》，出自《总编辑手记》，人民日报出版社2010年版，第40页。

经济学，够高深的了吧？《真正的"秘密武器"》等作品可以当作小说、散文读。[①] 此稿堪称新闻工作者学写经济新闻的典范，读起来犹如在欣赏一篇优美的散文。开篇引出全篇点睛之笔"一个'稳'字，惹出无数联想"。文章结尾富有诗意，充满深意——"这是难忘的 1991 年 3 月 8 日下午，去冬以来第一场好雪，正纷纷扬扬地洒向那一片新绿但亟待灌返青水的麦田……"[②] 有人评价，这篇稿件用凝练而优美的语言，浓缩了历史与现实，把满腔豪情与壮丽景色融为一体，将读者带进了一个真实而富有诗意的美妙境界。[③]

——**深入一线**。《真正的"秘密武器"》也是范敬宜深入一线采访的成果。当时，他看了许多材料，听了不少汇报，都觉得比较"平淡"。一个偶然的机会，他了解到山东省离任的领导都愿意继续留在济南，而现任的党政干部都住在同一个大院。经过深入调查，他进一步了解到，山东省的领导班子和衷共济、团结合作、凝聚力强，大家心往一处想，劲往一处使，很少互相牵掣、扯皮。这样团结的领导班子，在全国也算得上一个典范。他就以此为核心、为切口，写了《真正的"秘密武器"》一稿。[④] 稿件中许多生动的细节描写和现场描述，与作者亲自在山东进行了半个月的采访分不开。[⑤]

——**胸怀全局**。《真正的"秘密武器"》是一篇以高屋建瓴之势，对一个省的改革开放形势进行分析和总结的作品；写的是一个省，折射和反映的却是一个发人深思的具有全国意义的大问题。非全局在胸者不敢做这个大题目，非功底深厚者写不出此等好文章！此稿的采写经验可以归纳为六个字：敏感、勇气、功力。[⑥]《提高把握全局的能力》《地方记者要有全局观念》《抓住带全局性的问题做大文章》《抓好带全局性的重大报道》《站在全局高度的好文章》……范敬宜任人民日报社总编辑时的值班手记《总编辑手记》中，多篇

① 王慧敏：《一个记者究竟能走多远》，《新闻战线》2019 年第 7 期。
② 高冬梅：《浅谈如何写好经济新闻》，《新西部》（理论版）2014 年第 14 期。
③ 邬乾湖：《时代呼唤新的散文式新闻》，《江西社会科学》1999 年第 11 期。
④ 叶国标：《范老总和他的新闻观》，《青年记者》1994 年第 4 期。
⑤ 李宁、王唯：《浅谈范敬宜的新闻采写特色》，《西部广播电视》2013 年第 12 期。
⑥ 庞孝浚：《经济报道的魅力——读第二届"中国新闻奖"得奖作品随笔》，《新闻记者》1992 年第 9 期。

谈论的都是全局问题。他在一篇手记中写道：地方记者写报道一定要有全局观念，不能地方党委政府要求怎样写就怎样写，我们定要站在全局的高度来看问题、选题目。有些事情在局部看来是可行的，应该推广或扩大宣传的，但在全局来看不行。①

从赏析的角度而言，这篇佳作亦有可探讨之处。根据如今施行的中国新闻奖审核制，稿件存在差错、词序错乱、词语缩略不当、生造词语等，都会被视为问题。《真正的"秘密武器"》中个别表述和用词值得注意。例如，"络绎不绝地来自全国各地的考察者"中的"地"应为"的"；再如，"新班子至今还经常向他们登门请教"，改为"新班子至今还经常登门向他们请教"似更严谨。

阅读+ 《真正的"秘密武器"——齐鲁纪行之一》

扫码阅读获奖作品全文

（作者：范敬宜；原载《经济日报》1991 年 3 月 19 日；获第二届中国新闻奖二等奖）

---

① 范敬宜：《地方记者要有全局观念》，出自《总编辑手记》，人民日报出版社 2010 年版，第 6 页。

好新闻不是易碎品

在首届中国新闻奖评选中，新华社记者穆青、冯健、周原采写的通讯《人民呼唤焦裕禄》获荣誉奖，这是这届中国新闻奖唯一的荣誉奖。这篇稿件可以说是穆青、冯健、周原三人对经典新闻名篇《县委书记的榜样——焦裕禄》的追踪。《人民呼唤焦裕禄》主题巧妙，内容难写，难就难在"呼唤"上。

（一）

1962 年 12 月，焦裕禄调到兰考县工作，先后担任兰考县委第二书记、书记。1964 年 5 月 14 日，焦裕禄因病不幸逝世，时年 42 岁。在兰考工作的 475 天，焦裕禄带领兰考人民除内涝、风沙、盐碱等"三害"，种泡桐，用生命树起一座共产党人的巍峨丰碑，铸造出熠熠生辉、穿越时空的伟大精神——亲民爱民、艰苦奋斗、科学求实、迎难而上、无私奉献的"焦裕禄精神"。2009 年，焦裕禄被评为"100 位新中国成立以来感动中国人物"之一；2019 年，焦裕禄入选中宣部、中组部等组织评选的"最美奋斗者"。[①]

焦裕禄是 1964 年 5 月 14 日病逝的，新华社于 1966 年 2 月播发了穆青、冯健、周原采写的 1.3 万余字的长篇通讯《县委书记的榜样——焦裕禄》，此后焦裕禄的名字家喻户晓。在此之前，媒体对焦裕禄事迹已有报道。1964 年 11 月 20 日，《人民日报》第 2 版刊登了新华社播发的报道《在改变兰考自然面貌的斗争中鞠躬尽瘁　焦裕禄同志为党为人民忠心耿耿》。这是对焦裕禄

---

① 《焦裕禄同志生平》，河南博物院网站 2019 年 11 月 6 日。

事迹最早的一篇报道。① 这虽是首发报道，但未能在全国产生重大社会影响。焦裕禄事迹是如何被穆青等人发现并作为重大典型被报道出来的呢？

1965 年 12 月，时任新华社副社长穆青原本准备去西安，新华社拟在那儿召开分社会议，讨论下一步报道计划，为能找到突破口，他决定绕道河南。在河南分社召开会议时，穆青让周原也发言谈谈情况。听了周原发言，穆青插话："在河南当记者，不去灾区采访，就不是一个好记者！"第二天，去西安前，穆青让分社领导给周原留话，让他去豫东灾区摸情况，物色采访线索。②周原第一站到了穆青的老家杞县，但收获不大，后又去了兰考。在兰考，当他听到焦裕禄是被"累死的"，心被震了一下。得知焦裕禄的事迹之后，38岁就走上新华社副社长领导岗位的穆青断然决定："原来的计划不搞了，就写兰考，就写焦裕禄！"③1965 年 12 月 17 日上午，穆青一行走进兰考县委大院。④在兰考期间，穆青、冯健、周原深入兰考田间地头、农户家中采访了解情况，掌握了焦裕禄大量的感人事迹。⑤

回到北京后，穆青用半小时向时任新华社社长和人民日报社总编辑吴冷西⑥汇报了采访焦裕禄事迹情况，吴冷西被深深地打动了，让穆青先在新华社内部做个报告，结果那场报告，台上的穆青泣不成声，台下的听众哭声一片。最后稿件要发的时候，考虑到当时的政治气候，是否能如实地反映兰考的灾荒，实事求是地对待所谓阶级斗争等敏感问题，吴冷西难以做主。⑦稿件发表前，请示了时任中央书记处书记彭真，经彭真拍板，新华社播发了这

① 高建国：《焦裕禄重大典型面世始末》，《文艺报》2020 年 11 月 2 日。

② 张严平：《到灾区淘金去》，出自《穆青传》，新华出版社 2005 年版。

③ 吕传彬：《是谁发现了焦裕禄》，《文史博览》2013 年第 2 期。

④ 张严平：《穆青与名作〈县委书记的榜样——焦裕禄〉的诞生》，上海档案信息网 2022 年 9 月 28 日。

⑤ 雒应良：《榜样焦裕禄是怎样被发现的——追记关于焦裕禄的战役性报道》，《中华儿女》2014 年第 14 期。

⑥ 吴冷西（1919—2002），新中国成立后，历任新华通讯社副总编辑、总编辑、副社长、社长、人民日报社总编辑兼新华社社长，中宣部副部长，广东省委书记，广播电视部部长，中国记协第二届至第四届理事会主席和第五、六届名誉主席，中国广播电视学会第三届名誉会长。

⑦ 王树人：《"党的好干部"焦裕禄是怎样被"发现"的》，《党史博采（纪实）》2014 年第 5 期。

篇长篇通讯。①

1966 年 2 月 7 日，《人民日报》在头版原题刊发了这篇通讯，同时还在头版配发了社论《向毛泽东同志的好学生——焦裕禄同志学习》。当天清晨，中央人民广播电台录音室里，气氛异常。长篇通讯《县委书记的榜样——焦裕禄》上午就要播出，可是录音制作却遇到了前所未有的"障碍"。稿子还没念到一半，中央人民广播电台的"头牌"播音员齐越就已经哽咽难言，泣不成声。②几天之内，全国各大局委、省市委、中央各部委，纷纷发出通知，号召全体党员干部向焦裕禄同志学习，《人民日报》此后又相继发表了《要有更多这样的好干部》《最可贵的阶级感情》《在用字上狠下功夫》等多篇社论，指导各地如何学习领会焦裕禄精神，迅速在全国掀起了学习弘扬焦裕禄精神的高潮。从此，焦裕禄的名字传遍千家万户，成为全国家喻户晓的共产党人的光辉典范和全体党员干部崇敬的榜样。《县委书记的榜样——焦裕禄》被誉为新中国成立到 1966 年的"写先进人物的压卷之作"。③

（二）

好新闻是有魅力的，好新闻不是易碎品。有人评价，《县委书记的榜样——焦裕禄》能够穿越时空，今天读来仍让人为之动容，在于作者"情动于中"，展示了人物独特而高尚的灵魂。④回顾经典通讯《县委书记的榜样——焦裕禄》的采编过程，留下了很多思索。新闻工作干久了，不时会听到这样一句话：这个人或这个事我们采写过、报道过，但是不是形成了有效传播并产生了一定的社会反响和社会影响呢？同样的人，同样的事，抢首发、抓独家当然重要，但更重要的是在于有思想的深度，能够真正打动人、影响人。

---

① 李海文：《彭真拍板发表焦裕禄的报道——访原新华社社长穆青》，《军事记者》2002 年第 11 期。

② 《新华书摘丨县委书记的榜样——焦裕禄》，新华社客户端 2022 年 3 月 28 日。

③ 任祎寒、付靖芸：《浅论穆青人物通讯的报道特色——以〈县委书记的榜样——焦裕禄〉为例》，《今传媒》2018 年第 7 期。

④ 贾永、樊永强、徐壮志：《追求新闻报道皇冠上的宝石——关于媒体实施精品力作战略的理论与实践思考》，《中国记者》2011 年第 8 期。

穆青说："人物通讯的教育和激励作用，是通过思想上的启示和感情上的共鸣来打动读者的。特别是感动读者这一点更加重要，而要使读者动感情，首先记者要动感情。如果记者不动感情、不激动，或者感动得不深、不真、不强烈，那就不可能感染读者。"《县委书记的榜样——焦裕禄》一文，三位作者是流着泪采访、流着泪写稿的，正是记者将这种真挚的情感流注笔端，最终成就了这篇震撼人心的名作。①

采访小组在总结通讯《县委书记的榜样——焦裕禄》采写过程时说，从这一次采访焦裕禄同志的事迹中，初步体会是需要做到三个洞悉：洞悉国内国际形势和全国宣传动向；洞悉这一典型的全部材料；洞悉有关的反面材料，作为正面宣传的放矢之的。采访的过程自始至终都是受教育的过程。采访中摸到的东西并不一定就真正理解了它，必须把采访到手的材料，反复进行分析综合，经过艰苦的思考，去粗存精，进行由表及里的改造制作，在认识上完成从感性认识到理性认识的飞跃，然后才能去表现它。否则，就不可能比较深刻地、正确地认识客观事物，因此也就不可能比较深刻地、正确地表现客观事物，最后也就不可能通过我们的报道，起到教育群众、推动斗争的作用。②

习近平同志曾经深有感触地说："我们这一代人，是深受焦裕禄同志的事迹教育成长起来的。几十年来，焦裕禄的事迹一直在我脑海中，焦裕禄同志的形象一直在我心中。"早在上初中时，听到政治课老师在课堂上给大家念新华社记者穆青、冯健、周原采写的通讯《县委书记的榜样——焦裕禄》，习近平便受到深深震撼。1990 年 7 月 15 日，他在任福州市委书记时，读了《人民日报》上刊登的由穆青、冯健、周原采写的《人民呼唤焦裕禄》的报道后，深夜撰写了《念奴娇·追思焦裕禄》，发表在《福州晚报》上。他写道：

魂飞万里，盼归来，此水此山此地。百姓谁不爱好官？把泪焦桐成

---

① 戴婷婷：《胸怀大局，以典型人物彰显时代精神》，出自童广安主编《新闻传播精品导读：通讯卷》，复旦大学出版社 2004 年版，第 68 页。

② 《〈县委书记的榜样——焦裕禄〉的采写体会》，出自童广安主编《新闻传播精品导读：通讯卷》，复旦大学出版社 2004 年版，第 61—64 页。

雨。生也沙丘，死也沙丘，父老生死系。暮雪朝霜，毋改英雄意气！

依然月明如昔，思君夜夜，肝胆长如洗。路漫漫其修远矣，两袖清风来去。为官一任，造福一方，遂了平生意。绿我涓滴，会它千顷澄碧。①

2009 年春，在兰考县干部群众座谈会上，习近平把焦裕禄精神概括为"亲民爱民、艰苦奋斗、科学求实、迎难而上、无私奉献"。2014 年，在第二批群众路线教育实践活动中，习近平选择兰考作为自己的联系点。同年 3 月 17 日，他到兰考实地指导教育实践活动，第一站就是焦裕禄同志纪念馆。再访兰考时，他对焦裕禄精神作出新的论述——要特别学习弘扬焦裕禄同志"心中装着全体人民、唯独没有他自己"的公仆情怀，凡事探求就里、"吃别人嚼过的馍没味道"的求实作风，"敢教日月换新天""革命者要在困难面前逞英雄"的奋斗精神，艰苦朴素、廉洁奉公、"任何时候都不搞特殊化"的道德情操。②

（三）

1990 年 7 月，新华社播发了《人民呼唤焦裕禄》后，《人民日报》在头版倒头条位置以通栏的形式刊发了此稿。穆青、冯健、周原是河南老乡，分别是河南杞县人、河南新野人、河南偃师人，他们也被称为"河南三剑客"，原因是 3 人多次回河南老家一起采写过不少名篇。1990 年，穆青 69 岁，冯健 65 岁，周原 62 岁。3 个已过花甲之年的老人，为何在《县委书记的榜样——焦裕禄》播发 24 年之后、在焦裕禄逝世 26 周年之际，又重返兰考而且写的又是焦裕禄呢？这是一个令人好奇的问题。

根据《解放军报》2014 年 3 月 21 日刊载的《关于焦裕禄那些人和事》记述，大致情况是：1990 年春夏之交，穆青、冯健、周原再访兰考。在兰考，在豫东农村，在同基层干部和农民群众的交谈中，他们看到听到了人民群众

---

① 万京华：《榜样的力量》，《中国记者》2019 年第 10 期。
② 曹树林等：《总书记要我们对标焦裕禄（新思想从实践中产生系列报道之七·河南兰考篇）》，《人民日报》2018 年 9 月 25 日。

对焦裕禄的深切怀念。人们思念他，赞颂他，呼唤他的名字，把他的形象深深刻在自己心里。于是，他们通过《人民呼唤焦裕禄》这篇报道，如实地反映了广大干部、群众怀念焦裕禄，怀念我们党的优良传统的深情。

另一个说法是：当时，面对干部队伍中出现的问题，穆青、冯健、周原想到基层找一个新的典型，下去转了一圈，发现群众仍对焦裕禄有感情，盼望焦裕禄那样的干部。穆青介绍："1990 年写的《人民呼唤焦裕禄》，是个政治题目。干群关系紧张，有些地方重新学习焦裕禄，重新树立焦裕禄的形象。我们这 3 个老头儿又在北京坐不住了，又要下去找新的典型。结果下去，根本不是那么回事。白天看，晚上召开座谈会，群众叫'说真话会'，反映的都是干部的作风问题，贪污、腐败、欺压百姓，群众都怀念焦裕禄，说现在缺少焦裕禄那样的好干部。"于是，他们用"呼唤"二字撰写了《人民呼唤焦裕禄》一文。[①] 这再次说明，做好新闻舆论工作，主题先行那一套并不合适，还是要多深入一线采访，坚持实事求是。

有趣的是，新华社老记者冯东书当时得知穆青等人又要去原来采访焦裕禄的河南兰考，直言道："你们现在去那里采访，不是自己给自己找麻烦吗？"在他看来："现在你们去那里，说焦裕禄多了，老百姓不满意；说焦裕禄少了，有关领导人又会不满意。"后来得知 3 人写的是《人民呼唤焦裕禄》，冯东书很佩服，觉得"三剑客"真有奇招，不说焦裕禄多了，也不说焦裕禄少了，只说人民群众的心愿，角度很巧妙。这个稿子很不好写，3 个老头翻来覆去改，看上去很容易，却很难改出来。这 3 个人从全国新闻界来说都是高手，他们都觉得难，可见这个题目是个好听却十分难写的题目。难在哪里呢？难就难在"呼唤"上。材料是现成的，只是写起来，这个度太难把握了。高手毕竟是高手，他们终于改出来了。[②]

有观点认为，穆青等人采写《人民呼唤焦裕禄》是为了回应当时改进干

① 贾关青：《穆青与焦裕禄"三部曲"》，《百年潮》2020 年第 5 期。
② 冯东书：《三个老头一块碑——记穆青、冯健、周原采写〈人民呼唤焦裕禄〉》，《新闻记者》1999 年第 11 期。

部作风、加强党的思想建设和党风建设的时代风潮。①5000余字的《人民呼唤焦裕禄》从主题到构架、从细节到呈现，有很多值得学习的地方。正文四个部分之间是有逻辑关系的，从变化到思念，再到忧心，最后到领导干部谈当下该如何学习焦裕禄精神，一环扣一环。新闻即政治，但党性与人民性从来都是统一的，新闻要体现政治，要考虑当前的政治气候，但新闻有新闻的传播规律。用新闻表达政治，不是赤裸裸喊口号，需要在尊重新闻传播规律的基础上去实现政治的需要。那种为了政治的需要，赤裸裸地喊口号的新闻表达，是苍白的，是无力的，也是难以达到宣传目的的。《人民呼唤焦裕禄》最妙的在于主题和标题，以人民之名"呼唤"焦裕禄，体现的正是新闻工作者的政治判断力、政治领悟力、政治执行力。

（四）

《人民呼唤焦裕禄》有很多出彩之处，需要仔细去品味，很多表述体现了老记者十分了得的文字功底。比如开头，在平实中直奔主题——"进入九十年代，在中华大地兴起学雷锋新潮的同时，人们深情地呼唤着另一个名字——焦裕禄"。写变化时，用散文笔法写出了文字的美感——"我们一路所见，不仅在兰考，而且在豫东平原，在中州大地，在千里公路沿线，在雄伟的黄河大堤，到处都是亭亭的泡桐英姿，到处都是绿色的海洋。"写思念时，既有"群众过上了好日子，思念焦裕禄；群众有了困难，想起焦裕禄；群众心里感到有了委屈，也要到焦裕禄墓前来哭诉"的概况，也有双目失明的张晴老大娘、70多岁的老农马全修、葡萄架村的妇女、民权县的老农等具体事例。写忧心时，语言接地气、生动又令人痛心——农民形容自己的苦日子是"泥巴房子泥巴床，除了泥巴没家当""这个县一面吃着国家救济粮，用着国家救济款，一面竟然作出决定，让下级机关给领导干部'送红包'；而全县得'红包'金额最多的是原县委书记"。5000余字的稿件，数字多，事例多，有名有姓的百姓多，且抒情多、议论多，读起来并不觉得乏味枯燥。相反，文字

---

① 屈晓妍：《家乡人民缅怀他》，《河南日报》2022年9月11日。

中有一种炽热的情感在里面，能让人强烈地感受到这是人民在呼唤焦裕禄。

这篇稿件播发后，同样引起了强烈的社会反响。有人评价，这一贯串了24年（近四分之一世纪）的连续报道，是新中国报告文学史上闪闪发光的篇章，将永远载入新中国新闻报告文学史册。稿件发表一个多月的时间里，作者收到了大批来信。有读者在信中说，这篇文章喊出了人民群众的共同心声——回来吧，焦裕禄；回来吧，党的好传统、好作风。时任经济日报社总编辑范敬宜读了《人民呼唤焦裕禄》后激动不已，提笔撰写了"本报评论员"文章《不信东风唤不回》。而后，他说："心潮难平，中夜转侧，忽成一律，以尽评论之所未言——庾信文章老更成，新篇续就意难平。豪情满纸见肝胆，卓识如炬明古今。论议常含贾傅泪，怀民总带杜陵心。拳拳心曲谁评说，读与穷乡父老听。"①

重读《人民呼唤焦裕禄》，老一辈新闻工作者身上那种对新闻事业的炽热追求，令人敬佩，令人感动。穆青认为，新闻需要改革的东西很多。他在新华社社长的位子上心里总是不安，不是怕犯错误，主要是总在考虑如何能够对内对外使我们的报道发挥更大的作用、更大的影响。有人说，现在有的人越来越不信我们的报纸，反而相信西方的东西。他觉得这是宣传工作的耻辱，做了几十年宣传工作，在这样的新形势下不能很好地发挥作用，是失职。我们的宣传应该与这个时代，这个要求相称。我们应当拿出一些有吸引力的东西，及时回答我们应该回答的问题。②值得一提的是，1994年5月，在焦裕禄逝世30周年前夕，穆青、冯健、周原3位老人又一次联手写下了《焦裕禄精神长青》一文，并发表在《河南日报》。③

（五）

首届中国新闻奖评选是新闻界的一件大事。中华人民共和国新闻奖的设

---

① 成一：《卓识如炬明古今——读〈人民呼唤焦裕禄〉有感》，出自《中国新闻奖作品选（1990年度·首届）》，中国广播电视出版社1992年版，第11—12页。
② 祺銮：《访穆青》，《视听界》1987年第7期。
③ 贾关青：《穆青与焦裕禄的不解之缘》，《党史纵览》2020年第8期。

立和评选，是从 20 世纪 70 年代后期起步的。开始是新华社、人民日报社、光明日报社、中央人民广播电台、中央电视台以及部分省级新闻单位内部评选优秀新闻作品，接着是报纸、广播、电视进行本系统的新闻优秀作品评选。到 1980 年，中国新闻学会开始举办全国好新闻奖评选。1989 年 11 月到 1990 年 6 月，中国记协举办首届现场短新闻奖评选（评选三届以后，并入中国新闻奖），这是创立中国新闻奖的前奏曲。① 中国记协 1991 年 6 月发布了中国新闻奖评选通知，同时出台了中国新闻奖评选办法，由此拉开了中国新闻奖评选的序幕，至今已持续 30 多年。

首届中国新闻奖评选于 1991 年 10 月下旬在南京举行。首届中国新闻奖和首届范长江新闻奖的颁奖大会于 1991 年 12 月 10 日在北京人民大会堂隆重举行，整个颁奖仪式仅 15 分钟，被传为佳话。② 首届中国新闻奖原定设奖数量是 150 件，最后实际评出的获奖作品多了 3 件。新华社在首届中国新闻奖评选中有 6 件作品获奖：通讯《人民呼唤焦裕禄》获荣誉奖；消息《百家"三资"企业调查表明在华投资大有可为》获一等奖，消息《伏契克是英雄的共产党人》、通讯《商业部长买鞋上当记》同获二等奖，言论《未来 10 年国民党中生代的政治走向》、新闻摄影《云南昆明销烟禁毒》同获三等奖。

《人民呼唤焦裕禄》是首届中国新闻奖中唯一获荣誉奖的作品。荣誉奖如同现在中国新闻奖中的特别奖，从等级上视同一等奖。对于《人民呼唤焦裕禄》获首届中国新闻奖荣誉奖，时任中国新闻奖评委会主任、人民日报社总编辑邵华泽谈道：从参评、获奖的作品可以看出，我国新闻工作者是很自觉地按着国家前进的步伐、社会主义事业发展的需要进行新闻报道的。新华社社长穆青等老记者重访 24 年前采写焦裕禄时的地方和当事人，写出了感人肺腑的通讯《人民呼唤焦裕禄》，具有深刻的思想内容和强烈的时代气息，这次

---

① 阮观荣：《新闻奖的前奏曲：现场短新闻奖——创建中国新闻奖系列史料之一》，《青年记者》2008 年第 7 期。

② 阮观荣：《中国新闻奖评选办法的诞生——创建中国新闻奖系列史料之二》，《青年记者》2008 年第 10 期。

特别给予了荣誉奖。① 时任中国新闻奖评选办公室副主任王伟评价说,《人民呼唤焦裕禄》的 3 位作者都是年过六旬的老同志,他们不顾年老体弱,重访兰考,走家串户,与数十个干部、群众倾心交谈,因而才有了文章中许多催人泪下的细节描写。②

对于《人民呼唤焦裕禄》获首届中国新闻奖荣誉奖的殊荣,有人评价,如果穆青等人重返兰考只是把焦裕禄的模范事迹重述一遍,只是写兰考人民对焦裕禄的怀念之情,只是写兰考自然面貌的改观,将是平庸之作。《人民呼唤焦裕禄》最后两部分是重头戏,是它之所以获奖的重要因素。《人民呼唤焦裕禄》的标题十分传神,画龙点睛,妙不可言。喜、怒、哀、乐是情感的基本形式,这在《人民呼唤焦裕禄》中几乎都占全了。《人民呼唤焦裕禄》获奖,也说明了我国新闻界同人是有"新闻良心"的,也就是说有正义感,能顺应民心。③

2022 年 8 月 31 日,97 岁的新华社原副社长、党组副书记兼总编辑冯健因病在北京逝世,这也再次让不少媒体人想到了他和穆青、周原合写的《县委书记的榜样——焦裕禄》《人民呼唤焦裕禄》等新闻名篇。2021 年《瞭望》创刊 40 周年,特别提到了冯健与曾建徽合写的《中南海的春天》。采写这篇特稿的冯健、曾建徽,在中南海采访了 10 天,共参加了 7 次座谈会,收集、记录的资料达数万字。1981 年 4 月 20 日,《中南海的春天》在《瞭望》创刊号上同读者见面。"九尽冬去。春天,又来到了中南海。"充满细节的特写,把曾充满神秘感的中国领导机构的神秘面纱掀开了一角。"我从事新闻工作几十年,不是一直很成功的,有自己满意的时候,也有走麦城的时候。"谈起新闻工作,冯健说,做新闻工作首先要有责任心,有担当,包括对党、对人民

---

① 邵华泽:《随着时代的脚步前进——从首届"中国新闻奖"评选揭晓谈起》,《新闻战线》1991年第 12 期。

② 王伟:《获奖通讯综述》,出自《中国新闻奖作品选(1990 年度·首届)》,中国广播电视出版社1992 年版,第 292 页。

③ 樊炳武:《民心和"新闻良心"的投射——从心理学角度谈〈人民呼唤焦裕禄〉获奖》,《新闻知识》1992 年第 2 期。

的责任心和担当，也包括对新闻事业的责任心和担当。①

从赏析的角度而言，《人民呼唤焦裕禄》也有值得探讨之处。例如，对时度效的把握。时度效是检验新闻舆论工作水平的重要标尺。2016 年 2 月 19 日，习近平总书记在党的新闻舆论工作座谈会上发表重要讲话，强调"要抓住时机、把握节奏、讲究策略，从时度效着力，体现时度效要求"，这为新时代做好党的新闻舆论工作确立了基本原则和方法论指导。② 稿件的时间元素只有笼统的"焦裕禄去世已经 26 年了""在这声声呼唤中，我们 3 个当年采写焦裕禄事迹的老记者重访兰考"等表述，让人觉得略有遗憾。通讯虽然不那么强调时效性、时间元素，但如果时效性强、时间元素明显，无疑会为稿件增色。焦裕禄是 1964 年 5 月 14 日病逝的，《人民呼唤焦裕禄》的播发时间是 1990 年 7 月 8 日，如果能把播发时间选择在焦裕禄逝世 26 周年当天或前后几天，从时度效方面而言，效果可能会更好一些。

参照如今的中国新闻奖审核原则，对比收录进新华出版社《中国新闻奖作品选》的内容与《人民日报》当年刊发的内容和新华社客户端后来发布的内容，多个地方的字词使用应注意，要避免语言文字差错。例如，"流泄"应为"流泻"；"象撒下一条条金色丝线""象蛇一样""象江河大海的波涛""象警钟长鸣""要象焦裕禄那样"等中的"象"应为"像"；"期间，人民共和国 960 万平方公里土地上发生了天翻地覆的变化"中的"期间"应为"其间"；"有多少家庭在这里骨肉离伞"中的"离伞"应为"离散"；"群众也会支持国家度过难关"中的"度"应为"渡"；等等。

---

① 《新华社著名记者冯健逝世，"我从事新闻工作几十年，不是一直很成功的"》，"长江朱建华"微信公众号 2022 年 9 月 4 日。

② 《做好党的新闻舆论工作要把握好"时度效"》，国际在线 2021 年 2 月 20 日。

阅 读 ＋　　《人民呼唤焦裕禄》

扫码阅读获奖作品全文

（作者：穆青、冯健、周原；新华社 1990 年 7 月 8 日电；获首届中国新闻奖荣誉奖）

第四辑

直面社会热点

凡是贴近实际、贴近生活、贴近群众的报道，凡是热点难点问题，读者都是爱看的。抓住民心就是最大的贴近，党报的人文关怀也就在这样贴近实际的报道中实现。深入调查研究是正确引导社会热点的基础，也是探求、揭示新闻热点的本质特征的必由之路。

意外抓到敏感题材

在第二十八届中国新闻奖评选中，《金华日报》作品《"我在中国社区矫正的日子"——三名境外社区服刑人员在义乌接受社区矫正的故事》获评通讯一等奖。这篇报道值得说道的地方很多，这是记者助人时发现的好线索。值得一提的是，媒体近年来对在中国的外国人的报道很多，但像《"我在中国社区矫正的日子"》这样的报道并不多。敏感题材不是不能做，关键在于如何做。地方媒体把看似敏感的题材以新闻的形式报道了出来，通过外国人之口讲述中国司法，以新闻的形式做宣传，取得良好效果，这是值得学习的。

——稿件主题重大。我国是法治社会，不管是本国人还是外国人，只要在中国土地上违反中国法律就要受到法律的处罚。在义乌，就有一些因触犯中国法律而被判处徒刑的外籍罪犯，罪责轻一些的就在义乌接受社区矫正。义乌从 2006 年开始接收境外服刑人员在社区矫正。[①] 这篇报道通过 3 名境外人员在义乌接受社区矫正的真实案例，客观、生动地展现了中国司法的严肃性和公正性，诠释了中国司法的人文温度，也从一个侧面展现了中国的开放包容和文明进步。[②] 有人评价，这篇报道借外国人在义乌的真实经历，用一个个生动的小故事，讲述了中国司法公正的大主题。[③] 作为作者，金华日报社记者何百林认为这篇报道主题重大，但切口很小，内容真实生动。在一些西方人士始终对中国司法公正抱有偏见的大背景下，这篇作品中外籍人士的

---

① 何生英、何成明：《义乌题材的新闻作品为何能频获中国新闻奖》，《传媒评论》2019 年第 1 期。
② 《第二十八届中国新闻奖获奖作品〈"我在中国社区矫正的日子"〉》，出自中国记协网。
③ 张志杰：《地市级媒体冲击大奖应在"小"上做"文章"——以〈西安晚报〉文字系列作品获中国新闻奖为例》，《今传媒》2019 年第 2 期。

"现身说法"，有着较强的感染力和说服力，具有特殊的现实意义。①

　　——意外发现线索。境外社区服刑人员在义乌接受社区矫正并非事件性新闻，事情已存在多年，内容相对静态，令人好奇的是金华日报社记者是怎么发现这个线索、为何其他媒体没有抓到呢？其实，报道的线索源于记者的一次免费帮忙。具体情况为：何百林的一位律师朋友参与了义乌市司法局的部分社区矫正工作，因为工作完成得比较出色，司法局打算拍摄一部关于社区矫正的短视频，并委托律师所在的事务所牵头拍摄。这位律师就找到了何百林帮忙。何百林在帮忙过程中，意外获悉有一批境外服刑人员在义乌接受社区矫正。事后有人开玩笑说，这是一篇热心帮忙帮出来的好新闻。② 但这又何尝不是对记者"脑力"的考验呢？试想，如果记者只是单纯帮忙，对这个事情本身不敏感的话，那将是一件令人多么遗憾的事！

　　——积极突破采访。好线索关键是要操作好，好线索如果不能操作好一切都是徒劳。采访服刑人员有严格的程序，一些境外服刑人员内心对中国司法判决存在抵触情绪，如果在采访期间把握不好尺度，很难得到他们的配合，甚至还会引发外交问题，司法部门建议记者不要采访境外服刑人员。面对婉拒，记者为了消除司法部门的顾虑主动提出：能否以志愿者的身份，定期跟随法律志愿者上门宣教？经过协商，司法部门和法律志愿者服务机构同意了记者的提议。在之后一个多月的时间里，何百林以志愿者的身份多次与法律志愿者一起，对在义乌接受社区矫正的境外服刑人员进行上门宣教，从而掌握了大量的第一手新闻素材。最后采访前，记者请司法部门帮忙，提前征求境外社区服刑人员的个人意见，最终顺利完成了采访。这也启示记者在日常工作和生活中既要"有心栽花"，也要"有心插柳"，因为机会往往只垂青"有心"之人。③如果记者一开始面对婉拒就放弃，也就不会有后来的获奖报道了。

---

　　① 何百林：《大主题小切口的地方媒体实践——以获奖作品〈"我在中国社区矫正的日子"〉为例》，《新闻战线》2018 年第 21 期。

　　② 何百林：《真诚的朋友圈更牢固》，《传媒评论》2019 年第 3 期。

　　③ 何百林：《记者要学会做有心人——中国新闻奖一等奖作品〈"我在中国社区矫正的日子"〉采写体会》，《中国记者》2018 年第 12 期。

——**精心选择人物**。稿件中的 3 名境外社区服刑人员各有特点，这是记者在先期征求境外社区服刑人员个人意见的基础上，又结合义乌的外贸进出口特点，分别从年龄、地域、案件类型等方面进行综合考虑后筛选出来的。古斯（报道中为化名，下同）因买卖国家机关公文罪（买卖报关单）被判处有期徒刑 2 年，缓刑 3 年；佳奇因销售假冒注册商标商品罪被判处有期徒刑 1 年 10 个月，缓刑 2 年 6 个月；欧力因销售假冒注册商标商品罪被判处有期徒刑 2 年，缓刑 3 年。3 个故事，看似平行，但从"古斯的两个困惑"到"佳奇的心愿实现了"，再到"欧力的中国'海淘梦'"，实则层层递进深入。3 个故事紧扣中心而不散，讲故事时点题，主题高度凝练概括。写作上也有特色，记者没有用法律公文讲社区服刑人员应该怎么做，相关部门应该怎么对待境外社区服刑人员，而是让受访对象自己说出来。3 个故事都运用了大量细微的细节，来表明境外社区服刑人员对我国相关工作人员的态度：严肃、公正，又不乏人性化关怀。[①] 这是很高明的宣传，而非喊口号式的宣传，这样的宣传才能让人信服。

——**勇于尝试创新**。2600 多字的《"我在中国社区矫正的日子"》一稿，讲述了古斯、佳奇、欧力 3 人的故事，每个故事后面以"画外音"的形式附了义乌市司法局社区矫正执法大队大队长骆跃军的点评，这算是通讯写作的一种创新尝试。此外，还配发有上海财经大学浙江学院院长、博士生导师马洪撰写的《为有温度的社区矫正点赞》的专家点评，同时以新闻链接的方式对境外社区服刑人员社区矫正"义乌模式"的六大举措进行简要解读。[②] 主稿与专家点评、新闻链接组合在一起，让整个报道显得丰富、立体多了。这样处理，让主稿也显得较为简洁，没有那么多枝枝蔓蔓。

——**确保没有差错**。何百林写稿期间认真核对每一个细节，力求稿件的每一个字都经得起推敲。初稿写好后，时任金华日报报业集团陈东社长对稿

---

① 陈安庆、叶洁：《获奖作品写作方法点评（之九）|《金华日报》获第 28 届中国新闻奖一等奖文字通讯：〈"我在中国社区矫正的日子"〉》，"新闻与写作"微信公众号 2019 年 10 月 10 日。

② 何百林：《用真实的小故事讲述中国司法公正大主题——〈"我在中国社区矫正的日子"〉采写体会》，《传媒评论》2018 年第 5 期。

件进行了认真修改和把关，并提出了一些补充意见。何百林还将稿件发给义乌市司法局、参与上门宣教的法律志愿机构及 3 名被采访对象，请他们认真核对和修改。最后，在综合各方意见的基础上，他再次对稿件进行修改补充。在版面编排期间，金报集团美编工作室的专业美编对版式进行了精心设计，校对室、值班领导及陈东社长再次对大样上的稿子进行认真审读，确保不出现任何文字差错。①

新闻作品要冲击中国新闻奖，就要努力避免硬伤差错。2021 年 5 月，何百林参加了中国地市报研究会优秀新闻作品评选定评会，并与相关评委一起推选作品代表中国地市报参加中国新闻奖评选。有的作品因为出现一些差错而遗憾地失去参评机会令人惋惜：一是文字差错，如混淆"制定"和"制订"、"中午"和"下午"，分不清"蜕变""嬗变"和"蝶变"的细微区别等；二是时效性差；三是事实差错，如"终于登上了 K1281 次曹县到阜阳的列车"，实际上 K1281 次列车是济南到深圳东，不是曹县到阜阳，新闻中的当事人只是从曹县上车计划到阜阳下车；四是逻辑不清，如有一篇作品在交代升国旗的地点时，第 1 段中说"自家门前"，第 3 段里变成"院子里"，从配文图片看升国旗的地点并不在"院子里"，既存在自相矛盾的问题，也存在图文不符的问题。②

——**坚守新闻理想**。义乌是浙江省的一个县级市，以小商品市场而闻名中外，也是一个盛产好新闻的地方。自 1991 年设立中国新闻奖至 2018 年，已有 9 件义乌题材的新闻作品获中国新闻奖。值得关注的是，这 9 件获中国新闻奖的义乌题材作品中，何百林占了 4 件，其中一等奖 2 件，二、三等奖各 1 件，这 4 件获奖作品中有 3 件为何百林独自采写，这在地市媒体中是十分罕见的。

心界决定眼界，眼界决定世界。心有多大，舞台便有多大。2014 年 11

---

① 何百林：《记者要学会做生活的有心人——〈"我在中国社区矫正的日子"〉采写体会》，《城市党报研究》2018 年第 8 期。

② 何百林：《在融合发展中彰显地市报人的时代担当——2020 年度中国地市报优秀新闻作品（通讯类）分析》，《中国地市报人》2021 年第 8 期。

月18日，首趟"义新欧"班列从义乌出发，何百林利用休年假的时间自费赶往马德里采访，第一时间发回的消息《马德里迎来首趟"义新欧"货运班列》后获中国新闻奖二等奖。何百林不懂英语，也没有海外人脉，到国外采访困难重重，但他胸中怀有一个建功立业的"小宇宙"。①

到媒体工作前，何百林在一所乡村初中当了5年老师。后来，他通过公开招聘考试考入金华日报社，被分配到《金华晚报》工作，主要承担《金华晚报》"热线新闻"的值班和采写任务。因不是科班出身的记者，何百林初到媒体工作并不顺利。除了新闻线索少，采写的好稿少也是他面临的一大压力，这大约持续了半年才有所好转，直到一年后他才逐渐适应记者的工作。2011年，报社需要派一名记者到金华日报社义乌新闻中心做驻地记者，当时女儿5岁，在高中当老师的妻子平时工作也很忙，何百林有些犹豫，但很快决定去义乌工作。因为义乌有全球最大的小商品市场，也是我国改革开放的窗口城市，在浙江新闻界，义乌一直有"新闻富矿"的美誉。②在义乌工作期间，何百林4次获得中国新闻奖。

何百林刚入行时是一名热线记者，只要每天守着热线电话，就有热心市民源源不断地打来电话报料，获取新闻线索并不难。后来，随着自媒体时代的到来，"热线不热"早已成为传统媒体普遍面临的一大问题。在这样的情况下，记者除了要主动拓展信息接收渠道，还要坚持深入一线，学会从生活中发现新闻线索。尽管当前的媒体生态已发生了天翻地覆的变化，但何百林始终坚信，无论传播方式如何变革，优秀的新闻作品始终会有传播的土壤。要想在新的媒体竞争中赢得主动，就必须坚守新闻理想，大力弘扬精益求精的工匠精神。对媒体人来说，不断提高新闻作品的核心竞争力，才是安身立命之本。③

从赏析的角度而言，这篇获奖作品也有可探讨之处。一是稿件标题《"我在中国社区矫正的日子"》打了引号，但正文没有直接对应的原话。二是稿件

① 陈东：《做一个有职业筋骨的新闻人》，《传媒评论》2020年第4期。
② 何百林：《18年，我和金华日报副刊的故事》，《传媒评论》2021年第1期。
③ 何百林：《牢记职责使命，做最好的自己》，《传媒评论》2017年第9期。

开头过硬，新闻性不足。三是义乌市司法局社区矫正执法大队大队长骆跃军的点评，能不能说成是"画外音"？按照专业说法，"画外音"是指影视片中声源不在画面内的声音。在电视新闻中，多为记者或主持人在画面之外以声音的形式对正在播出内容的说明、补充、评介等，通常不能独立成篇，须与现场声音画面等元素配合完成叙事。[①] 四是稿件开头"义乌是我省接收境外社区服刑人员最多的城市，也是全国接收境外社区服刑人员最多的县级市"。让人想问，到底有多少境外的人在义乌接受社区矫正？稿件中没有这方面的数据。

阅读+　　《"我在中国社区矫正的日子"——三名境外社区服刑人员在义乌接受社区矫正的故事》

扫码阅读获奖作品全文

　　（作者：何百林；编辑：蒋晓明；原载《金华日报》2017 年 6 月 5 日；获第二十八届中国新闻奖一等奖）

---

　　①　出自《新闻学与传播学名词》，商务印书馆 2022 年版，第 69 页。

打热线完成的采访

在第二十八届中国新闻奖评选中,《北京日报》作品《共享单车停放难倒 13 条热线》获评通讯二等奖。从体裁上看,这篇稿件也可归为舆论监督报道或调查性报道,只不过内容不像有的舆论监督报道或调查性报道那么尖锐。共享单车停放难,一度在全国范围内具有普遍性,北京的情况可能更为典型——北京曾经是自行车王国,当共享单车出现后,却因随意停放给城市带来负担。媒体如何直面这个问题?《北京日报》的这篇报道在操作上可圈可点,可以说,这是一篇靠打职能部门热线完成的采访。

——**抓住时机**。共享单车停放难问题由来已久,媒体如何报道需要把握时机。《共享单车停放难倒 13 条热线》的刊发时间是 2017 年 3 月 22 日,而3 月 21 日北京市西城区市政市容委发布了"西城 10 条大街将禁止停放共享单车"的消息,这是北京首次划定共享单车"禁停"区域。从时间上看,记者在北京首次划定共享单车"禁停"区域次日进行了采访。既然划定了共享单车"禁停"区域,那具体应该停在哪呢?

——**操作巧妙**。操作具有问题感的报道要讲究策略,这篇报道没有使用常见的、很正式的采访相关部门的方法,而是通过拨打相关职能部门热线电话,以咨询的名义很巧妙地完成了采访。可以设想,如果记者很正式地去采访相关部门,各种流程走下来都将是一个漫长的过程,可能流程走着走着这个选题就做不下去了。操作巧妙还体现在稿件开头以市民之口抛出问题,然后记者顺理成章地带着市民的疑问去采访。而稿件结尾又很巧妙地借助市民之口表达了想要表达的观点:"禁止是一种管理手段,但更多的应该是疏导,并广而告之哪里可以停车。"

——**问题感强**。媒体对共享单车停放难的报道不算少，而《共享单车停放难倒 13 条热线》具有很强的问题感，直接追问相关部门自行车该如何停。一个值得关注的现象是，因为种种原因，地方媒体较少做本地的舆论监督报道或调查性报道，中央媒体会做一些地方的舆论监督报道，地方的省级媒体一般很少做省级层面的舆论监督报道，地市级媒体一般也很少直接做地市级部门的监督报道。像北京日报这样直接把北京城市管理委员会等相关部门作为追问对象的，现实中还不多。

——**采写翔实**。相关部门的热线是如何回答记者咨询的呢？稿件中有翔实的记录，如"建议您咨询一下 122，我这边没有自行车停车的信息""我们这儿只负责接听举报电话，但是没有停车信息""这是西城的事儿，我们不是一个单位"……这些回答很直观，也让报道的主题更加突出。不仅如此，记者还公布了接线员的工号，这一细节也增加了报道的真实性和感染力。

——**文字简洁**。稿件正文不长，也就 1100 多字，没有枝枝蔓蔓的内容。正文的 3 个小标题"乱停可举报　停哪儿不知道""哪儿禁停公布了　停哪儿说不清""单车软件只提示'禁停区'"都不算长，但文字接地气，有味道，尤其是前两个小标题，一看就是用心打磨过的。稿件只有一个主标题"共享单车停放难倒 13 条热线"，简洁、直观、有力，尤其是"难倒"一词用得巧妙。报道除了 1100 多字的主稿外，还刊发了两条配稿，一是记者手记《规划好的自行车车位应该亮出来》，二是另一个记者写的相关新闻《摩拜单车惹上专利官司》。主稿与配稿相搭配，既有利于主稿简洁、主题突出，也让整个报道显得丰富、厚实。

——**有建设性**。从效果上看，这篇报道推动了政府加快制定出台规范共享单车发展政策的步伐，最终明确了共享单车管理过程中政府、企业和租用人的责任，这也体现了报道的建设性。北京记协推荐这篇作品参评中国新闻奖时给出的推荐理由是：这是一篇成功的舆论监督报道。报道及时捕捉到社会现实生活中出现的新问题，展开深入调查采访，最终督促政府有关部门开始对"共享单车停放混乱"问题进行治理。采访涉及部门达十余个，里面包括很多热线"踢皮球"的情况，记者对新闻事实反复核实，力求得到最官方、最权威的答复。同时稿件通过采访手记的方式，就问题给出解决建议，充分发挥了党报舆论监督的积极作用。①

从赏析的角度而言，这篇稿件也有一些可探讨之处。一是标题上的"难倒 13 条热线"，正文如果能条目化具体列出 13 条热线，新闻性的冲击力则会更强。二是作为舆论监督报道或调查性报道，内容显得有些单薄。三是开头和结尾提到的市民张先生，他的信息如果能具体点，而不是笼统地匿名，则有利于增加新闻的真实性和可信性。四是文中的"期间"应为"其间"。中国记协网上公布的这篇稿件的参评材料中，稿件正文用的是"期间"，中国新闻奖评选委员会办公室编、新华出版社 2018 年 12 月出版的《中国新闻奖作品选（2017 年度·第二十八届）》一书收录此稿时，改成了"其间"。

"期间"被当作"其间"在句中错误地单独使用的现象，比较普遍，应引起足够的重视。"期间"和"其间"是有区别的，不可通用，即"其间"一词可单独使用，而"期间"一词不能单独使用。"其间"可单用，所指时间由上句所决定；"期间"不可单用，前面必须加定语，所指时间相对较长（某个时期）。②

阅读+ 《共享单车停放难倒 13 条热线》

扫码阅读获奖作品全文

（作者：刘冕；编辑：赵中鹏、刘昊；原载《北京日报》2017 年 3 月 22 日；获第二十八届中国新闻奖二等奖）

---

① 《〈共享单车停放难倒 13 条热线〉申报资料实录》，出自《中国新闻奖作品选（2017 年度·第二十八届）》，新华出版社 2018 年版，第 313 页。
② 山水：《"期间"不能单独使用》，《新闻前哨》2012 年第 3 期。

在热点中引领舆论

在第二十三届中国新闻奖评选中,《人民日报》作品《三问焦三牛——一个清华毕业生的人生选择》获评通讯二等奖。这是一篇调查报道,但不同于监督类的调查报道,这也是一篇人物报道,但又不同于典型塑造式的人物报道。这是一篇回应公众关切的报道,也是在热点中成功引领舆论的报道。

领导干部的选拔任用一直备受关注,焦三牛即为其中一例。"1989 年出生,2011 年 7 月工作,2012 年 1 月副县,牛呀!"当年,刚工作半年的 23 岁的清华大学毕业生焦三牛的名字出现在甘肃省武威市公选的副县级领导公示名单中,立刻引起社会广泛关注,也引来一些质疑的声音:堂堂清华大学高才生为何要跑到落后的甘肃去工作? 是不是冲着副县级的待遇才去的? 为什么他刚工作半年就可以参加副县级岗位的公选? 23 岁的年轻人能否胜任副县级的岗位?《人民日报》的这篇报道,为如何直面此类网络热点问题提供了参考。

——抓住公众关切的问题。社会热点,是一段时期内社会各界普遍关注的事件、现象或问题等。作为党报党刊,如果对这些热点问题避而不谈,就容易自说自话,失去对公众的吸引力;如果对这些热点问题报道滞后,人云亦云,就容易陷入被动,失去引导舆论的能力。因此,对于社会热点问题,党报党刊不仅要在第一时间内做出反应,敢说话,早说话,而且要比别人想得深、看得远、说得透,会说话、说对话,这样的报道多了,党报党刊的传播力和影响力自然就增强了。①

---

① 李晓珍:《新时期提高党报党刊质量的思考——以〈人民日报〉为例》,《中国出版》2012 年第 18 期。

根据 2004 年中办发《公开选拔党政领导干部工作暂行条例》，"报上一级职位的，需在本级职位任满一年；越级报名的，应当在本级职位任满四年；不得越两级报名"。有人评价，焦三牛事件中，这名清华毕业生的正常提拔，遭遇了"腐败猜想"的舆论包围。[①] 不管怎么说，工作才半年、23 岁就成副县级领导，难免引发公众的质疑。面对社会热点，《人民日报》的《三问焦三牛》报道抓住了公众关切，3700 多字的内容，主要回答了三个问题：一是清华毕业生为何主动去西部工作？二是到基层去是不是为"镀金"？三是考上副县级干部有没有特殊原因？将这三个问题解释清楚了，质疑自然也就不是什么问题了。

——回应质疑非自说自话。2012 年 2 月 1 日，人民日报社记者姜洁接到中组部紧急通知，于 2 月 2 日至 5 日随中组部调查组到甘肃武威对焦三牛事件进行调查采访。其间，除与焦三牛本人充分交流外，记者还先后与甘肃省委组织部、武威市委有关领导座谈，采访了焦三牛参加公选的面试考官、考察组负责人、与焦三牛同去武威的选调生、焦三牛的同事及普通群众等相关人士 20 多人。[②] 不妨看下稿件中除焦三牛外出现的具体人或部门：比焦三牛早一年到武威的清华选调生康石清、清水乡党委书记李晓燕、和焦三牛一批到武威工作的清华大学选调生蔡程程、2011 年到菖蒲村任大学生村官的王宗敏、武威市有关领导、武威市委组织部、武威市外事侨务办副主任人选的考察组组长（武威市工信委纪委书记祁成源）等。

为什么一些类似的回应质疑的内容，不仅没有回应质疑，反而引起了更多质疑，这说明对质疑回应得不到位。《三问焦三牛》也是回应质疑，但最大的特点不是自说自话，而是通过新闻的方式，用扎实的调查和事实来回应质疑，这也得益于记者前期扎实的采访。《人民日报》当天还配发了署名为"仲祖文"《不拘一格选人才》的评论，让报道和评论分开，好处显而易见，报道侧重说事实，评论侧重说理，两者一起刊发，相得益彰。

---

① 刘鹏飞、邱海理：《话语权多元化时代主流媒体的把握》，《新闻爱好者》2012 年第 22 期。

② 《〈三问焦三牛——一个清华毕业生的人生选择〉申报资料实录》，出自《中国新闻奖作品选（2012 年度·第二十三届）》，新华出版社 2014 年版，第 251 页。

——**澄清事实并引导舆论**。焦三牛的选拔任用程序上没有问题，对媒体而言，如何在澄清事实的基础上引导舆论显得尤为重要。《三问焦三牛》在写作上也有特点。稿件开篇从质疑切入。第2段铺陈在甘肃武威的见闻："白色是尚未消融的积雪，除了主要的公路之外，许多道路仍被冰雪覆盖着；黄色是沿路光秃秃的荒山，以及土坯结构为主的平房，似乎倾诉着这里的贫困与落后。"第3段介绍焦三牛的情况："黝黑的皮肤，瘦高的个子，一件朴素的黑色羽绒服，如果不是戴了一副眼镜，他和普通的村民看上去似乎并没有两样。"这句外貌描写体现眼力和笔力。一些写人的报道，写了半天，读者读起来对人的相貌仍无感。正文实际上回答了三问，并且把每一问都直接弄成了小标题。

《三问焦三牛》能起到引领舆论的作用，与记者能走进焦三牛内心也有直接关系。作品参评中国新闻奖的材料显示：从甘肃采访回京后，记者还在网上通过QQ和焦三牛多次深谈，并认真研读了他QQ个人空间的每一段文字，并在此过程中赢得了他的信任，更多地触及他内心的真实想法。焦三牛坦言，到甘肃之初，母亲依然不能完全原谅他，连他的电话都不接，直到春节回家过年，一提起他去甘肃工作的事，母亲还忍不住一个劲地抹眼泪。面对质疑，焦三牛抱着一颗平常心："尽管我对自己能胜任新的岗位充满了信心，但我认为有质疑也是可以理解的，不论最终结果如何，我都会踏踏实实在岗位上干好每一项工作，在实践中不断提升自我。"

与一些回应质疑采取的简单粗暴方式不同，这篇报道有血有肉、有理有据、见人见事，不仅详细解释了这次公开选拔的理由以及焦三牛能入选的原因，同时也借助多位受访者之口，客观地介绍了焦三牛是一个什么样的人。从某种程度上而言，这是把一篇回应质疑的报道做成了充满正能量的报道。中央领导同志后来在中共中央党校全国县委书记培训班座谈会上用近10分钟时间讲了焦三牛问题，并专门提到了《三问焦三牛》一文，指出文章成功地引导了舆论走向，有力地澄清了事实，促使社会舆论从消极转为积极，让社会风气从"嫉贤妒能"转向"见贤思齐"。①

---

① 《〈三问焦三牛——一个清华毕业生的人生选择〉申报资料实录》，出自《中国新闻奖作品选（2012年度·第二十三届）》，新华出版社2014年版，第252页。

时任人民日报社总编辑吴恒权认为，"焦三牛"这样的例子说明，互联网等新兴媒体越是发展，人们获取的信息越是庞杂，社会思想意识越是多元多样多变，《人民日报》引导舆论的作用就越凸显，中央对《人民日报》的期望、人民群众对《人民日报》的期待也就越高。"众说纷纭"中，人们渴望权威信息；"众声喧哗"中，人们期待主流声音。作为党中央机关报，权威性和公信力是我们的核心优势。也正是因为拥有这种优势，《人民日报》的重要性在新形势下显得更为突出。①

从赏析的角度而言，这篇获奖报道留下了一些思索。回应质疑忌简单粗暴。官方发布的回应是回应，通过媒体调查报道的方式也是回应。《三问焦三牛》的成功之处在于，既没有急于表明态度，也没有简单地以对或错的方式直接给出回应，而是通过一个清华毕业生的人生选择的角度，针对公众关心的问题，通过深入的采访调查，以事实为依据，用新闻的方式，给出了回应。这也启示，回应网上质疑，相关部门进行调查时不妨也让媒体参与其中，好处在于既能有效回应社会关切也有利于做好舆论引领。

早些年，一些热点问题的报道，类似几问这种标题比较常见，全媒体时代这种几问的标题就不够直观了，看不出核心事实与具体内容，未必适合网络传播。央视网转载这篇稿件时用的标题为《人民日报三问焦三牛：抓住机遇在公选中脱颖而出》，也有网站转载时改成了《人民日报：23岁的副县有何不可？》。这些改后的标题，相比之下就较为具体，也比较吸引人，比较适合网络传播。

值得一提的是，新华社、《中国组织人事报》当年同时也针对焦三牛引发的质疑，发表了《为年轻人才脱颖而出搭建舞台——甘肃武威"焦三牛事件"新闻调查》《23岁清华毕业生如何成为副县级干部——甘肃武威"焦三牛事件"记者调查》等报道。同一个主题，《人民日报》的报道获奖了，原因耐人寻味。仅从标题上，也可以看出这些报道角度上的一些差异。有观点认为，《人民日报》的报道获奖在于，《三问焦三牛》生动地刻画了一个朝气蓬勃、

---

① 吴恒权：《关于进一步提高办报质量的几点思考》，《新闻战线》2012年第4期。

满腔热血立志于扎根西部的青年人才的丰满形象，引起强烈的社会反响，很多读者表示，"读完文章，自己从原先的不理解、妒忌心态转为理解与支持"。[①]同题报道，很多时候是一家媒体综合业务能力的直接比拼，直接体现媒体人的脚力、眼力、脑力、笔力。

阅读+ 《三问焦三牛——一个清华毕业生的人生选择》

扫码阅读获奖作品全文

（作者：姜洁；编辑：盛若蔚；原载《人民日报》2012年2月13日；获第二十三届中国新闻奖二等奖）

---

① 张烁：《第二十三届中国新闻奖：讲好中国故事 传好中国声音——第二十三届中国新闻奖获奖作品扫描》，《人民日报》2013年11月9日。

用反差传递价值观

在第二十一届中国新闻奖评选中，《北京日报》作品《八卦话题"打败"抗日老兵》获评通讯二等奖。这本是一次由多家媒体参加的集体采访，北京日报社记者独辟蹊径，敏感地从现场嘉宾冷热对比中做出了独家报道。千余字的稿件，今天读来仍令人回味和思索。

（一）

《八卦话题"打败"抗日老兵》一稿的采写经过并不复杂。1942 年至 1945 年间，为抗击日本对中国云南和缅甸的入侵，中国远征军出兵 40 多万人投入中缅印战场，付出了伤亡近 20 万人的代价，彻底驱逐了盘踞在滇西和缅北的日军。[①] 电视连续剧《滇西 1944》是世界反法西斯战争胜利 65 周年献礼剧，该剧是以世界反法西斯战争中的中国战场为大背景，讲述在广大滇西民众和中国共产党领导的抗日游击队的支持下，中国远征军驱逐日寇于国门之外的故事。

影视剧上映前办个首播式、发布会，邀请主要演员与记者面对面也不是什么新鲜事。《滇西 1944》首播式现场，一边是 92 岁中国远征军老战士蹒跚步出会场的孤独背影，另一边是媒体追着王学兵孙宁夫妇抖落私生活。《八卦话题"打败"抗日老兵》从这个角度，写了《滇西 1944》首播式现场的一些见闻情况。参加这场首播式的媒体，可不只北京日报社一家，为何只有北京日报社记者写出了与众不同的报道还获奖了呢？

---

① 查文晔：《一寸山河一寸血——两岸记者追寻中国远征军遗迹》，新华网 2014 年 8 月 11 日。

这篇稿件获奖之后，多位学界和业界人士有一些评点分析：这是一篇极其"出挑"的报道，北京日报社记者冷静地将笔触对准角落里的这名远征军老战士，充分体现了一个记者独到的新闻敏感和高度的社会责任感、使命感①；这是记者从会上"抓来的"获奖报道，北京日报社记者抓住了现场的"反差"场景，如果北京日报社记者随波逐流，按部就班地报道首播式，也就不会有这件获奖作品了②；这篇报道提出问题时相当巧妙，叙事中，记者对老兵受到的冷遇表示了不平，"没人""搀扶""专程""赶到""92 岁""缓缓""蹒跚"等用词，单个来看个个都是中性的，但在整个报道所构成的语境中，却又巧妙地隐含了记者的价值判断③；以意味深长的细节和对比强烈的事实，这篇最佳视角表达的通讯既有立场又有深度，有力地弘扬了社会主义核心价值观④；这篇报道的过人之处，在于慧眼独具，抛开了"仪式新闻"中规中矩的模式，转而撷取首播式上的"花絮"，在价值观的对比中折射出新闻娱乐化的"文化奇观"，反映出新闻报道中一个值得深思的大问题⑤；彰显了记者对文化报道偏离社会主义核心价值观的反思与追问⑥；对首播式上新闻人的价值观冲突进行了沉甸甸的解读。⑦ 这些评点分析都有一定道理，概括起来可总结为四点：一是角度独特；二是对比性强；三是写出了现场细节；四是彰显了主流媒体的新闻价值观。

（二）

就写作而言，稿件中的一些表述和用词具有强烈的情感色彩。例如，第

---

① 赵凤兰：《打开记者发现力的"金钥匙"》，《军事记者》2015 年第 2 期。

② 许海涛：《从一则获奖消息浅谈如何捕捉"新闻中的新闻"》，《传播力研究》2019 年第 12 期。

③ 丁柏铨：《做活·做深·做新——对通讯写作中若干问题的思考》，《编辑之友》2013 年第 6 期。

④ 陶克强：《新闻角度的魅力——最佳视角的挖掘思考及路径选择》，《新闻前哨》2015 年第 4 期。

⑤ 王君超：《以"批判思维"提升新闻的价值——中国新闻奖二等奖获奖作品〈八卦话题"打败"抗日老兵〉的理论解读》，《中国记者》2011 年第 12 期。

⑥ 李朗、欧阳宏生：《民生新闻中的社会主义核心价值观表征——兼评"中国新闻奖"部分获奖作品》，《新闻战线》2014 年第 7 期。

⑦ 李世磊：《以民生新闻的视角探索社会主义核心价值观的有效传播》，《新闻传播》2015 年第 8 期。

6 段主持人主持环节，"老人的脸因激动变得通红""老人台上讲，娱记们却在台下聊闲天"；第 7 段王学兵夫妇互送礼物环节，"主持人一个劲儿地说""鼓动王学兵做出亲密的动作""见到王学兵依然木然地呆在台上，主持人于是更加不遗余力地忽悠""无奈中的王学兵硬着头皮当众把妻子孙宁抱得老高"；后面几段中的"王学兵、孙宁只言片语地应付着""王学兵简而言之""娱记们不解渴""王学兵敷衍着""娱记们继续穷追猛打""王学兵眉头紧皱，不耐烦了""孙宁的回答更是带着不满"。这些表述和用词可谓入木三分，记者的眼力、笔力得到了充分体现。最后一段的评述，则旗帜鲜明地表明了态度。

回顾此稿的采写经过，令人思索。按照常理，类似的首播式司空见惯，很多记者都参加过类似的活动，这样的活动很难做出新闻，更别说获奖了。这样的活动，记者通常都是受邀参加，简单发个稿件了事也说得过去，很少有人会带着强烈的问题感去进行反思和追问。可能正是因为鲜有人这样做，所以这篇报道也就显得更加难能可贵。这也是北京市委宣传部新闻阅评组会表扬这篇报道的原因。

《北京日报》能刊发此稿，与采编之间的通力协作密不可分。记者采访回来向值班主任进行了汇报，最后商定写一篇现场新闻，将现场场景如实记录下来。稿件完成后，值班主任在文字方面进行了一些修改，标题上以"打败"这一动词将相去甚远的八卦话题和抗日老兵联系在了一起，进一步强化了现场的反差。[①] 记者参加活动采访结束后，写什么、怎么写，不妨多与部门主任沟通交流，而不是一写了之、一发了之。全媒体时代，找到好的角度并把稿件写好，实现效果最大化才是最重要的。

2016 年 6 月 22 日，《解放军报》刊发了一篇题为《延安精神如何"打败"八卦话题？》的报道，讲述了一个与延安枣园革命旧址有关的故事，单看标题就能感觉到这与《八卦话题"打败"抗日老兵》有一定关联。一个从小就

---

① 《〈八卦话题"打败"抗日老兵〉申报资料实录》，出自《中国新闻奖作品选（2010 年度 · 第二十一届）》，新华出版社 2012 年版，第 180 页。

是"追星族"的青年，因为一次自驾游走进延安革命纪念馆，从延安回去后，她谈论的明星八卦话题明显少了，更让家人欣喜的是，她还在学校主动递交了入党申请书。她的祖辈已是年近八旬的老人，他们硬是坐了 20 多个小时的火车去延安，目的之一是想追寻到底是什么"魔力"，让从小就是"追星族"的孙女像是变了一个人。作者在这篇报道中也提到了《八卦话题"打败"抗日老兵》的报道，并感慨：可喜的是，参加中央和行业类媒体编辑记者延安行活动第一站，我们就听到了延安精神"打败"八卦话题的感人故事。它像一棵报春花，告诉我们：延安精神，正在一代代年轻人心中传承。

（三）

今天来看，这篇报道是娱乐类报道也要讲导向的生动体现。习近平总书记在党的新闻舆论工作座谈会上强调："各级党报党刊、电台电视台要讲导向，都市类报刊、新媒体也要讲导向；新闻报道要讲导向，副刊、专题节目、广告宣传也要讲导向；时政新闻要讲导向，娱乐类、社会类新闻也要讲导向；国内新闻报道要讲导向，国际新闻报道也要讲导向。有人认为，娱乐类、社会类新闻等不必过于强调导向，尺度可以宽一些。这种认识是不对的，至少是不全面的。如果这类新闻中充斥着纸醉金迷、花天酒地、钩心斗角、炫耀财富、移情别恋、杀人越货等方面的内容，充斥着有关大款、老板、名人、明星等人物的八卦新闻，就不能对人民群众起到正面引导作用。"[1]

值得关注的是，媒体的过度娱乐化，早受诟病。美国学者尼尔·波兹曼在《娱乐至死》中警告，当公众话语日渐以娱乐的方式出现，文化内容心甘情愿地成为娱乐的附庸，"结果是我们成了一个娱乐至死的物种"，人们逐渐丢失判断力和独立思考能力。重视导向问题，需要自觉抵制泛娱乐化倾向。[2]娱乐宣传也要讲导向，是坚持正确舆论导向问题的应有之义。[3]针对近年来

---

[1] 习近平：《坚持党的新闻舆论工作的正确政治方向》，出自《习近平著作选读》（第一卷），人民出版社 2023 年版，第 455—456 页。

[2] 李其芳：《要"成风化人"，不要"娱乐至死"》，《人民日报》2016 年 4 月 13 日。

[3] 赛男：《娱乐也要讲导向》，内蒙古新闻网 2019 年 1 月 17 日。

网上泛娱乐化倾向、低俗炒作现象屡禁不止的情况，中央网信办 2021 年 10 月 26 日发出通知，要求进一步加强娱乐明星网上信息规范相关工作。

从赏析的角度看，这篇获奖通讯不太像是一篇通讯。诚然，记者去了现场，也写出了对比鲜明的现场，但成文时又看不到作为作者的记者在现场，甚至没有采访的痕迹，更多的是对现场的细致观察。新闻写作可以不拘一格，可以打破条条框框和套路，《八卦话题"打败"抗日老兵》读起来让人觉得像是一篇评论或者评述，文中的多处表述和用词不仅具有强烈的感情色彩，最后结尾时还直接来了一段直抒胸臆的议论，点明了报道的主题。通讯可以有议论，但如果能用事实来表达想要表达的观点，这会比单纯的评说更有力量。

稿件开头"抖落私生活"中的"抖落"一词，不知该怎么理解，《现代汉语词典》没有收录这个词。"以至"与"以致"用法也值得注意。"以至"用于连接词或短语（连接的词语不止两项时用在最后两项之间），表示在时间、数量、范围、程度等方面的延伸，有"直到""直至""甚至"的意思，所连接的结果多是上面词语或分句所说情况的延续或程度的加深，可以是好的，也可以是坏的。例如，循环往复以至无穷。"以致"用于连接分句，用在后一分句开头，含"致使"的意味，表示由于上述原因而造成的结果，多指不好的或说话人不希望的结果。例如，只听一面之词，以致判断错误。注意，有"以至""以至于""以致"，没有"以致于"。"以至于"同"以至"，表示程度，"以致"表示结果。①

有人认为，这篇报道从时效性上有点滞后，刊发时距离《滇西 1944》首播式已有两天，与其他纸媒相比晚了一天。这是事实。《北京日报》晚发，不知道是不是出于选择在《滇西 1944》在央视 8 套播出当天刊发的时间考虑？如果能把《滇西 1944》"今晚播出"的时间元素在稿件开头体现，就能有效避免时效上的滞后。

---

① 王海英：《16 例常见易错易混词误用辨析》，"长江朱建华"微信公众号 2023 年 4 月 14 日。

阅读 + 《八卦话题"打败"抗日老兵》

扫码阅读获奖作品全文

（作者：赵文侠、白鸥；编辑：徐雪梅；原载《北京日报》2010 年 1 月 28 日；获第二十一届中国新闻奖二等奖）

大胆揭露不正之风

在第十九届中国新闻奖评选中，《文汇报》作品《"文化包工头"垄断舞台剧制作》获评通讯二等奖。这件获奖作品也可以算是舆论监督报道，只不过监督的对象不是某个人、某件事，而是一种社会现象。通常，监督某种社会现象的报道不好写，但这件获奖作品从传播效果上看影响很大，对改变现状也起到了积极的推动作用。

——**敏锐发现**。当时，天价制作正泛滥于各地文艺舞台。这是一个在全国具有普遍性的现象，文汇报社记者张裕去观摩一台民族舞剧时，听到一位业内人士无意中说起，这台戏的编剧费高达 50 万元。记者以其新闻敏感，感觉这里面有新闻可挖。于是，采访了大量业内人士和专家，掌握了大量确凿的材料，同时结合自己多年采访文艺新闻的积累，写成此文。报道就"文化包工头"现象提出批评，引起读者关注。报道指向明确，观点鲜明，讲出了改变这类不正之风的必要性与紧迫性，具有很强的现实针对性。[①]

记者能有此敏锐发现，与其在这一领域长期的积累有直接关系。如果一个记者对自己所报道的领域缺乏积累，对很多基本情况不够了解，恐怕很难从偶然的一次演出中发现新闻选题。资料显示，张裕 2001 年进入文汇报社，先后担任记者、首席记者、《文汇读书周报》主编，发表了大量有分量的文章，是上海白玉兰戏剧艺术奖评委等，堪称文化采写领域的"专家型"记者。张裕不仅是一位文化记者，还是一位编剧，他在挂职上海越剧院副院长的一年

---

① 刘保全：《时政新闻如何创新出佳作——兼评"中国新闻奖"部分获奖作品》，《新闻爱好者》2013 年第 3 期。

间，担纲制作了《甄嬛》《双飞翼》等多部大戏。他独立编剧创作或与人合作的主要作品有：苏剧《国鼎魂》，上党梆子《太行娘亲》《沁岭花开》，京剧《红色特工》，越剧《情殇马嵬》《金锁劫》《燃灯者》，沪剧《飞越七号桥》，儿童剧《智送鸡毛信》等。他编剧的作品曾获第十六届"文华大奖"、国家舞台艺术精品工程"十大精品剧目"奖、上海新剧目展演优秀作品奖、山西省"杏花奖"杏花新剧目奖和"五个一工程"奖、江苏省紫金文化艺术节优秀剧目奖等。①

——**精心提炼**。在采访中，一些演员告诉张裕，现在某些名导演说得好听点是"文化商人"；说严重点，就是一群"文化包工头"。把"文化包工头"作为报道主题，不仅新颖，也比较通俗。时任中国国家话剧院副院长王晓鹰表示，"文化包工头"现象在国内文艺界的确存在，是一种畸形、扭曲的状态。但产生这一表面现象的真正根源，需要我们深入思考。②第十九届中国新闻奖评委、复旦大学新闻学院教授黄芝晓认为，《"文化包工头"垄断舞台剧制作》一稿从人们已经"习惯"的高成本制作现象中揭示了其中的秘密。③

——**穿透力强**。《"文化包工头"垄断舞台剧制作》虽然是对现象类的报道，但正文既有例证、事实、数据，也有业内人士和专家学者的观点以及评析，并非一般的泛泛而谈，其中列举了约20个数字、8个事例，全部是第一手材料。这篇报道之所以能在文艺界引起震动，在于它的穿透力强。文章的思考，像闪电一样穿透了现实的厚墙，抓住了现象后面的许多更真实、更本质、更具有普遍性的东西。通过这篇报道，张裕也认识到，做个好记者，不但要有新闻敏感、文字够漂亮，更需要有丰富扎实的理论素养，不断穿透现象的迷雾，始终准确地抓住事物的本质。④

---

① 张裕：《张謇先生穿越时空，对话历代"通医人"——记南通大学附属医院出品的史诗话剧〈通医魂〉》，《江海健康》2021年第12期。

② 罗云川：《创造出无愧于"国话"称号的精品力作——访中国国家话剧院副院长王晓鹰》，《中国文化报》2009年2月7日。

③ 黄芝晓：《搏击时代风云　担当社会责任——第十九届中国新闻奖平面媒体作品综述》，《新闻战线》2009年第11期。

④ 张裕：《追求"穿透现实"》，《新闻记者》2009年第11期。

——**持续跟进**。《"文化包工头"垄断舞台剧制作》刊发于年底,《文汇报》乘胜而上刊发作品追踪报道,批评文化演出市场盲目押宝"名家大牌",为"博奖"排演新戏,各种大制作的舞台剧、主题晚会场面盛大、包装豪华,成本动辄几百万元到上千万元,并在利益的驱使下形成制作环节上一连串的"垄断"等怪象。《奢靡的舞台,浮浅的视觉欢愉》等文章在社会上引起强烈反响,也让这个话题重新成为被关注的文化焦点。[①] 追踪报道《三大怪象伤害了文化生态》一稿从"评奖"代替评论、"运作"代替创作、"跑奖"代替评选三方面进行了剖析。一位剧作家透露,他连续两次到西北,拜访一位在某文艺院团当院长的朋友,然而,两次都扑了空。后来一问,那位朋友前一次是到南方某大城市去"运作"评给演员的奖项,后一次是到北方某大城市"运作"评给剧目的奖项。

——**反响强烈**。没有社会影响的报道很难说是好报道。从反响的角度看,《"文化包工头"垄断舞台剧制作》这篇报道具有很强的现实针对性,在文化演艺界引起较大反响,"文化包工头"在全国两会期间更是成为文艺界两会代表热议的话题。有关专家对这一报道也给予肯定:"记者密切关注影响文艺事业发展的不良现象和不正之风,大胆揭露,并提出建设性意见,进行正确舆论引导,体现了强烈的社会责任感。""文化包工头"垄断舞台剧创作还入选了 2009 年十大文化事件。有关部门后来在深入调查研究的基础上,对"五个一工程"奖等重大文艺奖项的评选规则进行了调整和修改,对涉及同一主创人员的作品做了限制,明确要求终评时同一主创人员的作品不得超过两件。这从制度层面,有效遏制了"文化包工头"现象的蔓延。[②]

从赏析的角度而言,这件获奖作品也有不足之处。一些例证语焉不详,没有事实发生的具体时间、地点、人物,采用的表述是"某位导演""一位名

① 梅林:《打破创作"垄断" 重塑文化生态——舞蹈学者资华筠访谈录》,《舞蹈》2009 年第 5 期。

② 《〈"文化包工头"垄断舞台剧制作〉申报资料实录》,出自《中国新闻奖作品选(2008 年度·第十九届)》,新华出版社 2009 年版,第 204 页。

气颇响的导演""一位'著名'的舞台剧导演"等措辞。①中国知网收录的《"文化包工头"垄断舞台剧制作》与新华出版社出版的《中国新闻奖作品选》中收录的《"文化包工头"垄断舞台剧制作》相比，后者第三部分少了最后两段约300字。少了两段，第三部分就没那么完整了，有人甚至据此评论"整体头重脚轻，结尾的部分较为短小"。

阅读+　　《"文化包工头"垄断舞台剧制作》

扫码阅读获奖作品全文

（作者：张裕；编辑：郑逸文；原载《文汇报》2008年12月29日；获第十九届中国新闻奖二等奖）

---

① 陈力丹、叶梦姝：《难得的文化领域潜规则揭示——评〈"文化包工头"垄断舞台剧制作〉》，《新闻实践》2009年第11期。

揭开药价虚高内幕

在第十四届中国新闻奖评选中，《浙江日报》刊发的《医药代表向"老百姓"下跪——老百姓大药房杭城奇遇记》获评通讯一等奖。稿件篇幅不长，只有1100余字，但影响很大，在揭露药价虚高的同题报道中具有典型性。从线索来源看，这是记者一次参加会议时意外聊出的猛料。

——好新闻离不开好线索。有人评价，《医药代表向"老百姓"下跪》探讨的是医药改革如何给百姓带来更多实惠的主题，揭露药价虚高的幕后原因，当时此类报道很多，但只有《浙江日报》这篇报道影响最大，效果最好。因为该文既没有直接抨击药价虚高的问题，也没有直接介绍平价药房的好处，而是抓住推销药品的医药代表向"老百姓"大药房负责人下跪和制药厂竟要封杀"老百姓"大药房这样的平价药店两件既典型又奇特的事件，采用戏剧冲突式的写法，情节离奇跌宕，很有吸引力，因此报道一经刊出立即引起了强烈的社会反响，受到读者的普遍关注。[1]

好新闻离不开好线索。稿件作者秦军在分享《医药代表向"老百姓"下跪》采编经过时，介绍了线索是如何来的。2002年12月，湖南一家大型平价药店——"老百姓"大药房开进杭州，其"平均降幅比国家核定价格低45%"的口号在杭州激起了强烈反响，普通老百姓纷纷为之叫好。秦军和杭城媒体也对此进行了报道。两个月后，在杭州市药品监督管理系统召开的一次会议上，秦军正好和杭州"老百姓"大药房的老总坐在一起。交谈中这位

---

[1] 刘保全：《抓住特色采写，避免同质化新闻——兼评"中国新闻奖"部分作品》，《新闻与写作》2010年第4期。

老总提到，杭州市政府当月刚公布了市民对市级机关"满意不满意"的评选结果，杭州市药品监督管理局名列末位，而其排名最后的一个重要原因就是，杭城老百姓认为"老百姓"大药房这种平价药店进驻杭城后，杭州市药品监督管理局没有明确表态予以支持。这个评选结果给杭州"老百姓"大药房带来了巨大的压力，他们希望《浙江日报》能发表一篇表扬杭州市药品监督管理局的文章，以减轻他们的压力。

对这个要求，记者委婉地给予了拒绝。毕竟，为一个单位发表纯工作性的文章难度比较大，再说，这样的文章也不具有典型意义。随后，当记者问起"老百姓"大药房现在经营状况如何时，药房老总感慨地说："由于大幅度降价，杭州'老百姓'大药房已严重影响到了那些既得利益者，他们对'老百姓'大药房恨之入骨，纷纷采取各种措施围剿。零售药房组织起'价格同盟'拒绝降价，要同平价药店对着干；医药代表则纷纷围攻'老百姓'大药房，有的拼命抢购药品，有的要求提价，个别人甚至还向'老百姓'大药房采购部经理下跪，请求调高价格。"这位老总还介绍，"老百姓"大药房开张两个月来，杭州众多医药批发公司竟然完全封杀了"老百姓"大药房的进货渠道，不发给"老百姓"大药房一点药品，以致"老百姓"大药房货源短缺、库存锐减。了解到这些情况后，记者当即向报社领导做了汇报。①

——**好线索看得见还要抓得住。**记者参会偶然获得了一条猛料，这只是第一步，后面部门、报社的判断、策划和实施就很关键了。药价虚高一直是老百姓心中的痛，背后涉及方方面面，问题错综复杂。浙江日报社一直想就药价虚高的问题做一组深度报道，揭开药价虚高的内幕，发挥舆论监督的力量，推动药价下降，但苦于没有"抓手"。当获悉"老百姓"大药房遭遇的怪事时，浙江日报社觉得时机来了。不过，为了稳重起见，在掌握了新闻事实后，浙江日报社并没有急于发表报道，而是请教了有关专家。专家明确告知：因为药店低价销售而不供货，既妨碍了自由竞争原则，也损害了群众的切身

---

① 秦军：《党报完全有能力做好热点难点的报道——对〈医药代表向"老百姓"下跪〉系列报道的回顾》，《新闻战线》2005 年第 2 期。

利益，这是一种落后的甚至丑恶的现象。另外，按照我国加入 WTO 的协议，在 2004 年底前我国医药批发和零售领域必须向外资全面开放，随着外资的大举进入，国内的小药店、小医药批发公司将难以挡住这种冲击。可见，药品流通领域打破目前相对垄断的局面、充分展开竞争已是大势所趋。把握了宏观层面的走向，浙江日报社立即大胆推出了这组报道，系列报道一环扣一环，先推出《老百姓大药房杭城奇遇记》上下两篇报道，从杭州市药品监督局负责人约见记者，到药品批发龙头企业总经理出面表示愿意让"老百姓"大药房来进货，接着省药品监督局负责人明确表态，直至报道最后一篇——平价药店不久即可成为医保定点，环环紧扣，层层推进，一气呵成。

整组报道多种新闻体裁并用，多角度、多层次地剖析这一怪象。第一天，在推出《医药代表向"老百姓"下跪》的同时，配发《老百姓利益高于一切》的评论，深化了报道的思想深度。次日，在推出第二篇报道《有钱拿不到浙江药》时，又配发了记者对浙江大学经济学教授的专访——《千万不要学欧洲中世纪行会》和对杭州市药品监督管理局局长的访谈文章。这两篇文章可谓醍醐灌顶，击中要害，使得那些试图继续保住暴利、抵御公平竞争的势力遭到当头棒喝。整整一周，《浙江日报》每天以半个版的篇幅，前后共发 10 多篇报道，对药价虚高、药品流通领域暴利及垄断行为展开了猛烈的抨击。

这一报道社会反响强烈，也引起了浙江省委、省政府领导及政府相关部门的高度关注。省长专门作出批示，责成有关部门组成联合调查组到"老百姓"大药房调查，解剖药品流通领域存在的问题。读者来信来电一个接一个，或支持报道声讨虚高药价，或提供新的药价虚高证据。与此同时，杭州的几家都市类媒体也跟进报道。最终，在强大的社会舆论和政府支持下，"老百姓"大药房进不到货的局面得到了明显改善，消费者盼望已久的将其列入杭州市医保药店也有了定论。①

——好线索变好新闻要找准切入点。《医药代表向"老百姓"下跪》是系

---

① 秦军、王纲、朱仁华：《直面热点 突破难点 形成看点——对"老百姓"大药房系列报道的回顾》，《新闻实践》2003 年第 4 期。

列报道的开篇，系列报道的开篇至关重要，如果第一篇反响平平，后面要想产生影响就很困难了。"老百姓"大药房在杭州遭遇的怪事很多，但报道的切入角度突出的是下跪，具有很强的典型性。稿件的标题制作也十分巧妙，具有很强的反差性和吸引力。在同一时期，杭州多家都市报也就"老百姓"大药房遭"封杀"做过报道，但影响不如此文，其原因是这篇报道所抓事例典型且具体，文章一刊出，立即在社会上引起很大震动。① 这说明，好线索变好新闻要找准切入点。精心选择医药代表下跪这样一个戏剧性极强的场面作为报道的切入点，可谓煞费苦心，匠心独具。②

　　时任浙江日报社科教卫新闻部主任的朱仁华，也是这篇获奖报道的编辑之一。他回忆，2003 年 2 月底的一天下午，记者把一篇稿子交到他的手上。与往常一样，他希望能透过一些表象抵达事件的核心，从一件看似孤立的事件中寻找到更多的含义。这是他多年来养成的职业习惯。"医药代表真的下跪了吗？"朱仁华拿着稿子往外冲。作为编辑，他希望第一时间到现场确认"下跪"这一核心事实。对于事实真相的追寻，永远不能放松，任何一个细节失误都可能对整篇报道带来致命的伤害。新闻是历史的底稿，容不得半点马虎。当"下跪"的核心事实得到确认后，他开始精心策划后续报道。③

　　朱仁华长期在采编一线"带兵打仗"，他强调"读者第一"的理念，力图改变党报"严肃有余"的现状。每一篇稿件，他都要问一问：这样的稿件读者喜欢看吗？省委的决策怎样通过读者喜闻乐见的形式来表达？为此，他突破党报传统的采编思路，敢于介入热点，善于介入热点，通过精心策划编辑，在选题、版式、标题上不断出新，努力改变党报的传统形象。④ 担任浙江日报社农村部副主任时，朱仁华带领记者撰写的《一只梨卖了五元钱》等报道，获时任浙江省委书记批示，省委办公厅转发给各市、县党政领导参阅，"相信

　　① 《〈医药代表向"老百姓"下跪〉申报资料实录》，出自《中国新闻奖作品选（2003 年度·第十四届）》，新华出版社 2004 年版，第 49 页。

　　② 杨坚：《获奖作品展示事实的艺术》，《新闻爱好者》2008 年第 2 期。

　　③ 朱仁华：《做一位永不懈怠的探索者——长江韬奋奖获得者朱仁华自述》，《新闻实践》2012 年第 12 期。

　　④ 《浙江省参评中国第 12 届长江韬奋奖人员公示》，浙江记协网 2012 年 5 月 11 日。

大家会从中悟出些道理"。从此，"一只梨卖了五元钱"成了效益农业的代名词，并转化为浙江各地解放思想、大力调整农业结构的实际行动。①

朱仁华后受浙报集团委派，策划、创办大型财经人物杂志《浙商》，他也是第十二届长江韬奋奖（韬奋系列）获得者。有人评价朱仁华是一位理想主义者，可他却认为，这是许多有成就的新闻工作者身上的共同标签，"没有理想主义的驱动，我们的新闻事业不可能蓬勃发展，不会如此丰富多彩"。②

——党报如何使权威性得到充分发挥？凡是贴近实际、贴近生活、贴近群众的报道，凡是热点难点问题，读者都是爱看的。③《医药代表向"老百姓"下跪》报道的成功也表明，抓住民心就是最大的贴近，党报的人文关怀也就在这样贴近实际的报道中实现。④有观点认为，《医药代表向"老百姓"下跪》这组报道成功之处在于，党报凭借自身的政治优势和公信力，选准百姓的关注点，使权威性得到充分发挥。

有关专家指出，"浙报这种贴近百姓生活，想为百姓所想，做为百姓所做的办报思想和方法，既能积极'引导舆论'，又体现'民之心声'，充分显示了党报应有的风范"。⑤有学者认为，如果能够充分利用和发挥党报的权威性这一优势，及时、准确报道群众关心的经济问题和经济现象，进行重要经济政策和经济信息的权威发布，增强独家性、指导性和前瞻性，进一步提高公信力和权威性，做到"人无我有，人有我精"，党报的经济报道是完全可以在一个较高的平台上运作的。⑥

从赏析的角度而言，这篇获奖报道也有可探讨之处。一是稿件可以更精练，以事实说话，删除不必要的议论和推测。二是稿件副题"老百姓大药房杭城奇遇记"中的"奇遇"不太合适。按《现代汉语词典》中的解释，"奇遇"

---

① 《"五个一批"人才——朱仁华》，浙江在线 2006 年 7 月 31 日。

② 赵勋、朱仁华：《为时代进步鼓与呼》，《军事记者》2013 年第 10 期。

③ 朱仁华：《关键是要把体现党的意志与反映人民心声统一起来》，《新闻战线》2003 年第 10 期。

④ 彭剑：《党报经济报道新思路》，《新闻实践》2004 年第 7 期。

⑤ 杜大强：《在创新思维指导下做强党报社会新闻》，《新闻实践》2006 年第 2 期。

⑥ 丁柏铨、南海芬：《权威·深刻·实用——试论党报经济报道的核心价值》，《新闻实践》2004 年第 7 期。

是指"意外的、奇特的相逢或遇合（多指好的事）"，而这里并非好的事。三是正文多处"老百姓"都加了引号，但第6段第一句中没加引号，显得不够完美。另外，有的药名加了引号，而有的又没有使用引号，显得前后不统一。

阅 读 + 《医药代表向"老百姓"下跪——老百姓大药房杭城奇遇记》

扫码阅读获奖作品全文

（作者：秦军；编辑：朱仁华、王纲；原载《浙江日报》2003年2月25日；获第十四届中国新闻奖一等奖）

用舆论促思想解放

在第十四届中国新闻奖评选中，《湖北日报》刊发的《尴尬的阻击战——双汇市场遭遇解析》获评通讯二等奖。这篇获奖报道比较典型，可以说既是一篇调查报道，也是一篇"围绕中心、服务大局"的报道。

（一）

党的十六大后，时任湖北省委书记俞正声同志代表湖北省委作出了一个重要部署，用整风的精神学习贯彻党的十六大精神，突出强调"来一次思想大解放"。正是在这种背景下，"双汇现象"进入了湖北日报社的视野。

双汇是河南的一家肉食加工企业，作为三峡对口支援项目，当时用鲜花把它迎接到宜昌落户。但是，双汇产品进入市场时，却处处遭遇阻击。为了解决双汇产品准入问题，省政府专门开会协调，还发了文件。但一些地方的职能部门，公然出台与省政府相左的规定，拼命做"顶门杠"。

处在中部地区的湖北到底如何开放？这是全省上下都在思考和探索的问题。湖北日报社深入调查研究发现，作为一个内陆省份，要扩大开放，必须着力转变观念，切实改善招商引资环境。[①] 湖北日报社记者熊家余认为，双汇的市场遭遇不是一个孤立现象，它集中体现了封闭与开放的观念冲突，依法行政、执政为民的理念与职能部门"权力寻租"行为的冲突。把这些冲突揭示出来，让人们通过活生生的事实，谈思想解放，正是党报的职责所在。

一开始，湖北日报社还担心采写《尴尬的阻击战》会挨批评，没有料到

---

① 王文、徐维：《经济报道要密切联系实际》，《新闻前哨》2006 年第 6 期。

得到省委书记及省委其他领导同志的重视和肯定。①《尴尬的阻击战》的报道，将湖北当时发展过程中存在的开放不够、市场障碍颇多、思想观念滞后等问题揭示得淋漓尽致，引起了强烈反响。其后，《湖北日报》又与央视《经济半小时》刊播的《武汉市汉阳区生猪私屠滥宰现象严重》联系在一起，推出了就"两种现象"进行的系列访谈，在全省引起强烈震动。这组报道有力推动了对外开放和招商引资工作。

（二）

约3000字的《尴尬的阻击战》，正文分为"鲜花背后的尴尬""11个图章组成的阻击大军""小政府与大政府的较量""听听市场怎么说""谁该为之尴尬"等几个部分。每个部分不仅小标题有特点，内容之间的逻辑联系也十分紧密。整篇报道调查充分，事实清楚，指向明确，观点犀利，文字精练，语言生动，可读性强，发人深省。

有学者评价，《尴尬的阻击战》是创造性思维在新闻实践中成功运用的范例。2002年，双汇冷鲜产品开始进入湖北市场，风波因此而起，接连发生一系列针对双汇的事件：扣车、罚款、责令整改……但记者没有孤立地看待这些事，而是从一份材料中发现系列事件背后的联系。这份材料是鄂东11个市县食品公司联合递交给湖北省委省政府的，痛陈双汇集团不平等竞争，导致鄂东地区生猪定点屠宰遭遇灭顶之灾，但这只是一个方面。记者还了解到省委省政府的态度是积极支持双汇在湖北发展。两方面对比，记者发现由"11个图章组成的阻击大军"发动的是一场"尴尬的阻击战"。可以说，记者的创造性思维发现了有独特价值的新闻。

在观察角度上，记者对"双汇受阻事件"进行了全景式扫描，从各个侧面审视报道对象及其与外部世界的联系。从政府角度，记者写道：省政府要求"开门"，地方"小政府"却慌忙"关门"。从市场角度，记者分析道：有

---

① 湖北日报编辑部：《紧贴中心工作的一次成功尝试——湖北日报"来一次思想大解放"战役性报道回眸》，《新闻前哨》2004年第2期。

形的手，不一定能管住无形的手。记者还从改革开放的角度，全面透视这一新闻事件。最后令人信服地得出结论：双汇遭遇的尴尬，是湖北省发展环境改善不够的尴尬，是思想解放不够的尴尬。

记者没有过多地在"双汇遭遇阻击"这种现象上纠缠，而是不停地提出问题、研究问题。记者显然不想不痛不痒地描述一下现象，而是要用一种直接明白的方式揭示问题所在，让人们直面这种尴尬。这篇报道也体现了一个负责任的主流媒体应有的职业精神，是直接面向当时的一个社会热点推出的。整个报道过程中，记者时刻关注的是改革开放的大局。文章的思路十分清晰，基调把握准确，分寸拿捏得当，呈现出一个有社会责任感媒体应有的专业水准。①

从写作上而言，《尴尬的阻击战》语言也很有特点，有很多思辨性的语言。例如，"有形的手，不一定能管住无形的手""好一个'必须购买'，犹如一堵墙，挡住了消费者伸向双汇生鲜的手""省政府要求'开门'，这个'小政府'却在慌忙火急地'关门'"……稿件开头一看就是精心选择和打磨过的，生动地还原了一个现场，不信请看——

　　"到底还是被我们逮着了！"这声音划破深夜的宁静，从黄石市的一条小巷中传出。

　　车刚停稳，王细花紧张的脚还未落地，就被"埋伏"在这里的市肉食稽查队7名队员团团围住。

　　尴尬和无奈写满这位女老板的脸。车上2吨双汇冷鲜肉成了稽查队的"战利品"。

"到底还是被我们逮着了！"这一声再直白不过的口头语言，生动、鲜活地反映出湖北鄂东11个市县食品公司对双汇产品竞争带来的急迫、恼怒的心态，也生动地展现出女老板的尴尬和无奈心情，达到了传神、生动的效果。

① 罗以澄、强月新、肖遥：《突破惯性的桎梏——评〈尴尬的阻击战〉》，《中国记者》2004年第6期。

"埋伏""战利品"是战争中经常使用的语言，引用这样的语言又很好地深化了主题"阻击战"。一场战争，当然就有描写战争的语言，但是这场战争又不是应该发生的战争，因此，所谓的"埋伏""战利品"为"尴尬的阻击战"做了很好的说明，同时，引用这样的战争语言来描写经济行为，使文章情节显得紧张，充满火药味，扣人心弦，极大地增强了文章的可读性。有人评价，这是"用简洁明快的语言酣畅地表达主题"。①

（三）

《尴尬的阻击战》是由熊家余带领记者在深入采访的基础上撰写的。熊家余的名字是和湖北改革开放的历程紧紧相连的，代表作有《由邯钢经验引出的话题》《正视这份耻辱》《疾风袭来劲草立》等。他先后担任过湖北日报社理论部副主任、记者站站长、工财部副主任、理论部主任、经济部主任、首席记者等，5 次获中国新闻奖，获湖北新闻名人称号，被评为全国优秀新闻工作者，享受国务院专家津贴。

1996 年，湖北全省上下为湖北落后于沿海而焦灼，熊家余领衔推出的《由邯钢经验引出的话题》获中国新闻奖一等奖。这篇报道用发人深省的事实证明：湖北最大的实际是发展不够，造成发展不够的根本原因是思想解放不够、落实力度不够。时任省委书记贾志杰对此表示肯定："报道联系了湖北最大的实际，刨出了湖北发展不够的病根。"

熊家余的经历有传奇色彩。15 年军旅生活，8 年企业打拼，他 40 岁时成了湖北日报社的一名记者。成为湖北日报社记者前，他仅在《湖北日报》发表过一篇 70 个字的消息《全国最大高炉炉体在汉建成》。这让他认识到"在堂堂省委机关报发表作品是很难的"——"你看，你们千把号人披星戴月、夜以继日，干出当时全国最大的高炉炉体，也就只够享受区区 70 个字的待遇。"有这个"难"字在前，他也就懂得了"珍惜"。②

---

① 韦长友：《巧用民间语言》，《新闻爱好者》2006 年第 8 期。
② 熊家余：《我的新闻之旅》，《新闻前哨》2005 年第 1 期。

　　成为记者后，熊家余十分珍惜这个岗位，珍惜这个舞台，他由珍惜而努力，由珍惜而发奋。当记者时，他才刚刚拿到高等教育自学考试大专文凭。为解决文凭问题要学外语，为了有充足的时间学好日语，他主动提出下到记者站去工作，这样可以只要完成确定的采写任务，就有大量的机动时间来学习。在职研究生的日语课都在周末，记者由于活动比较多，不少一起相约读研的同行受不了诱惑就翘课了，而关掉手机、谢绝周末活动的他坚持到了最后，最终取得了全国统考的硕士学位。

　　"做社会发展的瞭望哨，做时代前进的清道夫。"文无定法，勇于创新，熊家余在新闻实践中形成了自己独特的风格——注重从全局的高度把握新闻元素，体现新闻的历史纵深感；将评论贯穿于新闻写作，以理性见长，开掘新闻的深度；重视新闻策划，实现媒体与社会的互动；反对模式化，追求不拘一格的写作风格。[1] 为了写好评论文章，他读经典，把报纸上的好的评论剪辑下来经常翻看，同时认真阅读中国新闻评论名篇精选。他说："读经典、认真揣摩这些名篇佳作，脑中有了这些垫底才能有高度。"[2]

　　思辨性强是熊家余作品的显著特色。他的代表作《尴尬的阻击战》《由邯钢经验引出的话题》等文章，让人每读一遍都能有新的收获。[3] 有人评价熊家余："别人能看 5 米远，他却能看 10 米远……善于捕捉社会上、群众中普遍性、根本性的问题，能吃透上下两头，能在两头中找准结合部，找准思辨的空间……能见人所未见，言人所未言，甘于寂寞，远离功利，固守自己的沉静家园。他把新闻宣传写作作为自己传情达意的载体，察万象之微，探文海之妙。"[4] 熊家余曾从五方面总结新闻记者如何培养自己的历史方位感：一是认清新闻事实的历史坐标；二是要在矛盾中准确把握历史走向；三是用内省构建新闻人对历史责任的担当；四是做历史进程的瞭望哨；五是促进人民的

---

[1] 龚雪：《和时代脉搏一起跳动》，《湖北日报》2013 年 3 月 22 日。
[2] 陈曦：《湖北日报高级记者讲述 8 字新闻人生》，华中科技大学新闻网 2013 年 12 月 16 日。
[3] 谭平：《学无止境》，长江巴东网 2015 年 10 月 31 日。
[4] 靳书敏：《心系明天用尽洪荒之力　情倾热土点燃赤子之光——2016 年〈湖北日报〉秋季新闻培训、新闻干部研修班学习侧记》，秦楚网 2016 年 10 月 27 日。

觉醒和进步。①

从赏析的角度而言,《尴尬的阻击战》有几处表述值得注意。一是"直到17 日交 6000 元'罚金'后才被放行"中的"交"。《现代汉语词典》对"缴纳"的解释是"交纳(多指履行义务或强制交付)",如"缴纳税款""缴纳罚金",而"交纳"的意思是"向政府或公共团体交付规定数额的金钱或实物"。二是"武汉麦德龙超市,将其他生鲜肉全部清场"中的"清场"。《现代汉语词典》对"清场"的解释是"清理公共场所",如"散戏后,再打扫清场"。三是单位名字应注意准确,到底是"黄石食品公司"还是"黄石市食品总公司"?

阅读+ 《尴尬的阻击战——双汇市场遭遇解析》

扫码阅读获奖作品全文

（作者：熊家余、姜平；编辑：雷刚；原载《湖北日报》2003 年 7 月 17 日；获第十四届中国新闻奖二等奖）

---

① 熊家余:《新闻记者的历史方位感》,湖北经济学院网 2015 年 12 月 7 日。

透过表象抓住问题

在第十四届中国新闻奖评选中，《科技日报》刊发的《这是在宣扬一种什么文化？——走进"京西灵水第二届举人金榜文化节"》获评通讯二等奖。从践行"四力"的角度而言，这件获奖作品今天仍有值得学习之处。

——从脚力看，"不请自来"去现场。2003 年 8 月 8 日，北京市门头沟区的一个村搞了一个"举人金榜文化节"。事前宣传做得铺天盖地。当天，去了不少媒体，包括主流大报以及在全国很有名气的地方都市报，从同行闲聊中得知，大都是来做"正面报道的"。科技日报社记者属于"不请自来"。次日，多家媒体基本上以消息形式见报，简单报道了某时某地举办了什么活动。①可能正是因为"不请自来"，科技日报社记者才能跳出活动本身，《这是在宣扬一种什么文化？》是媒体对该事件最早的一篇批评报道，算得上一篇新闻舆论监督的独家新闻，荣获中国新闻奖是情理之中的事。如果不是记者"不请自来"去了现场，可能就不会有这篇报道；如果不去现场，稿件第一部分、第二部分中的大量直接引语，恐怕也写不出来。

——从眼力看，用细节表现闹剧。稿件在一片锣鼓声中开头，一个与现实生活格格不入的场景扑面而来。接下来，用相关人士的神态回答了他对自己充当的角色的反感。还有主持人的唱腔等，所有这些烘托了一幕荒诞剧的开幕。为了保证客观准确又有表现力，记者将地方官员曲解中央精神的讲话原文照录；让院士与记者的对话原原本本走进文章，语无伦次，答非所问，

---

① 张文天、张显峰：《批评报道的表达技巧——从一篇获奖作品谈白描在批评报道中的运用》，《新闻战线》2005 年第 5 期。

还有那尴尬的笑……能把现场写得入木三分，体现了记者的眼力。

值得一提的是，2023 年 8 月 2 日，共 6 章 33 条的新版《中国科学院院士行为规范（试行）》公布。其中明确：禁止以院士称号谋取不正当利益；禁止以院士名义参加中国科学院和中国工程院、学部和学术团体、学术期刊以外活动；禁止参加各类应景性、应酬性活动；禁止参与设置以"院士"冠名的非学术活动场所；禁止公开发表与自身专业领域无关的学术意见；禁止参加与本人职务职责和专业领域无关的咨询、评审、评价、评估、推荐等活动；禁止违背推荐、评审、鉴定和评奖等活动的公平和保密原则。

——从脑力看，用事实表达态度。在传媒环境复杂多变，受众对获取信息的理解、分析、判断能力不断提高的今天，记者要本着做真新闻的标准，勤于思考，善于质疑，对消息来源、别人提供的资料不偏信、不轻信，不人云亦云，不为表象所迷惑，尤其是要透过表象抓问题，不唯上不唯书，只有这样才能做出与众不同的新闻。[①]《这是在宣扬一种什么文化？》一稿本身看似没有批评，但人物的言行之间充满荒唐，读来觉得可笑，读过之后，此事该褒该贬一目了然。

记者通过现场仔细观察，发现这场貌似弘扬民族传统文化、倡导科教兴国的活动实际上是一场与现代社会格格不入的"闹剧"，仅仅是一场商业炒作。这是眼力的体现，更是脑力的体现。1800 余字的稿件，从"鼓乐喧天"的现场切入，正文以"'状元'都是谁？""是商业炒作还是弘扬教育？""举人文化是什么文化？"犀利的三问展开，具有很强的问题感。

编辑为此稿配发了评论，通过评论让新闻的指向更加明确。记者写评论也可锻炼脑力。此稿作者之一的张显峰在科技日报社工作期间开有专栏，写了几百篇评论，每周一期，除非特殊情况否则基本没间断过。张显峰撰写的评论两次获中国新闻奖，连他自己都有点意外。写评论锻炼的是一种全局视野，透过现象看本质的思维能力。他认为，记者要有评论家思维——这样才

---

① 谢晖：《强化问题意识与争创精品力作》，《文史博览》（理论）2013 年第 9 期。

不会一叶障目，不会流于肤浅。① 在张显峰看来，好记者应当有"言论"修养。它锻炼的是记者对事件的看法，在合理的质疑和理性的求证中，达到最终的客观平衡。②

"问题意识"体现脑力。称职的新闻人一定是常怀"问题意识"，善于发现问题、提出问题、研究问题、回答问题。强调问题意识，并不是说新闻报道要满篇问号，恰恰相反，新闻报道是要努力将受众心中的问号拉直。③ 全媒体时代，媒体人更需要强化脑力。没脑子，脚步就会乱，脚下沾再多的泥也出不了有价值的新闻。有脑子，体现在作风上就是有求证精神。记者采访一定要多问几个"为什么""是这样吗"，在得到的所有信息之间构成完整的事实链或逻辑链之后，形成的报道才可能更接近真相。④

——从笔力看，用白描手法写新闻。从写作上而言，《这是在宣扬一种什么文化？》为运用白描手法写新闻提供了范例。白描本是一个绘画的概念、文学的概念、艺术的概念。白描被引入新闻写作，虽历史不长，但被大量运用。白描就是不用比喻、极少修饰，只用简练的笔墨，抓住事物的主要特征进行描写的写作手法。鲁迅把这种手法归纳为"有真意，去粉饰，少做作，勿卖弄"。如果从写作方法上看，白描是叙述和描写的高度融合，可视为以叙述进行描写的一种方法。白描的特点是文字朴实，真切自然，清晰如画。主要靠形象、事实、人物的言行和内心活动来打动读者。这篇报道运用白描手法记录新闻事实，将在北京门头沟的一个山村举办的"举人金榜文化节"的现场，真实地展现在读者面前，使人看到一场与现代社会格格不入的"闹剧"的本来面目。⑤ 稿件的结尾充满意味，也彰显了笔力——"就在吴老与记者谈话的时候，主席台右侧一群着装艳丽而时髦的姑娘们早早等候着上台献艺。站在台下的两位充做'轿夫'的高中生，当记者问他们愿不愿意成为'轿中

① 张显峰：《让常识说话——从个人专栏〈显峰冷言〉谈起》，《中国记者》2012 年第 8 期。
② 高海珍：《张显峰：做有思想的新闻》，《新闻与写作》2013 年第 7 期。
③ 张显峰：《"事实"面前要多留个心眼儿》，《青年记者》2014 年第 18 期。
④ 张显峰：《网络时代最缺"有脑子"的记者》，《青年记者》2013 年第 23 期。
⑤ 刘保全：《生动展现一幕"荒诞剧"的好通讯——评第十四届中国新闻奖获奖通讯〈这是在宣扬一种什么文化？〉》，《新闻战线》2005 年第 9 期。

人'而非'轿夫'时，他们茫然地摇了摇头。"

多次获中国新闻奖的张显峰，还是实习生的时候就崭露头角—— 一篇"两会特稿"受到好评，后成了科技日报社记者。他常常为了一篇稿子的开头、一个词语甚至一个标点的使用"纠结"良久。"张显峰在吗？"这是时任科技日报社总编辑陈泉涌跨进采编大厅最常问的一句话。一般情况下，这是有重要或紧急的任务了。"显峰在吗？"在同事的 QQ 群里，也经常会跳出这样的问话。这一定是他们在写稿过程中遇到问题了。在同事眼里，张显峰是个采写编评样样在行的"全能选手"，而他也创造了令年轻记者望尘莫及的纪录：被评为全国优秀新闻工作者时工龄只有两年，34 岁时荣获第十二届长江韬奋奖（长江系列）。①

"评奖有时也有运气成分。能得奖，我想一半是对以前工作的肯定，一半是运气，不代表你比别人厉害。"张显峰认为，媒体要营造宽容的生态，要在激烈的市场竞争中留一片缓冲地带，不拼炫酷，不拼"10 万＋"，让一批人慢下来、静下来，做专业的事，把专业的事做足做透，形成媒体自身的专业竞争力。好新闻离不开"田野调查"和"纯手工制作"，这也正是新闻战线一直提倡"走转改"的意义和价值所在。② 记者要做到不落伍，就需要多读书、勤比较、常积累。③

从赏析的角度而言，这篇稿件也有可探讨之处。一是标题虽平实，属质问，提出了问题，但又不是那么直观。二是稿件中有的地方是"6 位'状元'"，有的地方又是"6 名'状元'"，同一篇稿件量词使用宜统一。三是"省市自治区"规范表述的问题。《中华人民共和国宪法》规定，"全国分为省、自治区、直辖市"。这既表明省、自治区、直辖市是平列的省级行政区划单位，也说明三者的排序依次为"省""自治区"和"直辖市"。因此在说到全国各地时，规范表述应该是"全国各省、自治区、直辖市"，也可以写成"全国各省（自治区、直辖市）"。此外，"全国各省、自治区、直辖市"可简写为"全国各省、

---

① 操秀英：《张显峰：热血冷言写新闻》，《青年记者》2012 年第 28 期。
② 张显峰：《定力决定影响力——调查能力仍是专业媒体制胜之力》，《青年记者》2020 年第 16 期。
③ 张显峰：《如何做一个合格记者》，《新闻战线》2006 年第 4 期。

区、市"或"全国各省（区、市）"，还可以去掉顿号，写作"全国各省区市"。①

2023 年 7 月，《中国科学院办公厅关于中国科学院简称的通知》引发广泛关注，通知内容为：我院全称和简称均为"中国科学院"，在今后的网站和新媒体内容发布时，请大家统一使用"中国科学院"。不知道，把中国科学院写成中科院，以后参评新闻奖算不算问题？

阅读+ 《这是在宣扬一种什么文化？——走进"京西灵水第二届
举人金榜文化节"》

扫码阅读获奖作品全文

（作者：张显峰、张文天；编辑：陈泉涌；原载《科技日报》2003 年 8 月 9
日；获第十四届中国新闻奖二等奖）

---

① 《省（区、市）、省长、书记等的规范表述》，"编辑校对"微信公众号 2022 年 8 月 24 日。

千里追踪回应关切

在第五届中国新闻奖评选中，新华社作品《菜价追踪》获评通讯一等奖。今天，有媒体操作类似报道时，还会采用这种体验式的采访方式。千里追踪回应社会关切，这件被评委们以全票评为一等奖的作品，其采编过程对今天做好新闻舆论工作，提高主流媒体传播力、引导力、影响力、公信力都有参考意义。

——线索是怎么来的？民生无小事，枝叶总关情。"菜篮子""米袋子""果盘子"，事关千家万户，是最基本的民生。① 新闻好不好，选题很重要。《菜价追踪》的报道，选题是怎么来的呢？这是时任新华社总编辑南振中提出并策划的。生活中并不缺少新闻，缺少的只是发现，记者的生命力其实就是发现力。一个人之所以被称为记者，并不是一种职业头衔使然，而是因为他比普通人看到得更多、思考得更深。一个优秀的记者，穷其一生，都在追求"发现"。苦与乐、喜与悲尽在于斯。新华社原社长穆青在评价南振中著作《记者的发现力》时说，这本书论述的是记者素养最基本和最核心的内容——发现力问题。这本书也是南振中多年从事新闻工作的心得与体验。②

南振中买个菜就发现了菜价高，并指挥策划做出了有力的报道，体现出了一个媒体人非凡的新闻发现能力。那是1994年3月的一天，南振中同家里人一道去菜市场买菜。他很少逛菜市场，菜价格贵得令他吃惊：一公斤小辣椒8元多，一公斤圆白菜4元多，一公斤黄瓜3元多。他同买菜的市民交谈起来，他们说这菜贩子最宰人；旁边有个蔬菜市场，大都是菜农直接运菜进

---

① 《【每日一习话·温暖聆听】抓好"菜篮子""米袋子""果盘子"》，央广网2023年1月27日。

② 穆青：《用毕生去发现》，《新闻战线》2000年第10期。

城，菜价比这里低得多。南振中想，这两个市场相距一公里多，"菜价落差"就这么大，从蔬菜批发市场到菜市场，"菜价落差"是多少呢？从农村的蔬菜生产基地到菜市场，"菜价落差"又是多少呢？这个问题在南振中脑子里转了大半天。当天晚上，他找到新华社分管国内报道的副总编辑，让其派记者跟踪调查，研究和剖析"菜价落差"。新华社国内部的负责同志很快就调集了力量，组织了这一报道。①

——选题是如何操作的？新闻在于发现，但把一个好选题操作好同样重要。记者采写前，南振中提了具体意见：调查研究时既要深入又要细致，用事实来说话，要把材料了解得具体、扎实，以便在写稿时能把最实质性的事件表现出来；编辑部的意见是，不能否定市场经济，不能回到过去"统死"的老路上去，当前的问题只是流通领域出现的问题，绝不是改革出现的问题。带着这些意见，记者开始了千里菜价追踪。

记者从山东寿光开始，跟随一辆运菜的车辆，追踪菜价从产地到售地之间价格变化的全过程，依次推进，层层深入，展现给读者一个完整的蔬菜销售链条，哪个环节的菜价是多少，哪个环节的蔬菜涨价了，非常清晰明白。②记者采访中发现"二道贩子""三道贩子"联手把蔬菜价格炒涨一倍以上，当时北京蔬菜从第一次批发至零售，差价多涨一倍左右，而农民进城直销却手续繁杂。记者还采访了北京市政府、工商、物价、公安等部门，提出应在市场经济条件下，建立一种随时可以调控的，使生产者、经营者、消费者都能承受又都能得益的菜价宏观管理机制。③记者以深入追踪调查的方式，一路采访、一路算账，用事实说话，用数字说话，真正找到了问题菜价高的症结所在。这种"追踪报道"模式直到今天还经久不衰。④

——稿件是如何写的？如果说采访更多是脚力、眼力的体现，那么写作

---

① 南振中：《影响新闻发现力诸要素的分析（下）》，《新闻战线》2004 年第 8 期。
② 巩强：《论经济新闻贴近性与专业性的平衡》，《品牌（下半月）》2013 年第 Z2 期。
③ 王成华：《"铁脚板"磨出鲜活新闻》，《青年记者》2012 年第 36 期。
④ 贾永、樊永强、徐壮志：《追求新闻报道皇冠上的宝石——关于媒体实施精品力作战略的理论与实践思考》，《中国记者》2011 年第 8 期。

则更多是脑力、笔力的体现。新华社最终播发的《菜价追踪》不到 2400 字，比较精练。正文的六个部分逻辑很清晰，依次为：产地菜价比去年没贵多少，菜农收入增加不多；长途贩运，一公斤菜净赚一两角，挣的是"辛苦钱"；相距 4 公里，菜价陡涨 80% 以上；五里一"炒"，十里一"倒"，蔬菜"批发"环节多达五六道；手续繁杂，菜霸横行，农民进城直销几多难；"菜价落差"提出新课题：如何建立一套新的价格调控机制。这六个部分，既讲清楚了蔬菜从产地到商贩之间价格的详细变化，也讲了背后的具体情况，同时分析了农民进城直销存在困难的原因并提出了问题，采访了职能部门，相关负责人给出了一些对策建议。

有人认为，此稿在写作上是宏观与微观的统一。宏观思维是把事物放在广阔的范围内观察分析，从整体、大局上认识事物。微观思维侧重于对事物局部、重点做深刻分析，从事物的个性上了解其特点。把两者结合起来，看问题，分析问题就有广度和深度。① 作者在占有了各方面大量材料和说法后，先从微观上一一审视各个环节的情况，继而从宏观上整体把握，把一件件耳闻目睹的事实进行梳理遴选，最后才把焦点集中在菜价问题上进行分析，既找到了菜价上涨的原因在于市场管理机制不健全，又提出了如何建立一套新的价格调控机制的对策，从而使文章跃上了一个新的高度。②

——**编辑是如何改稿的？** 记者采写与编辑修改，是一篇稿件诞生的两个重要部分，记者深入一线采访重要，后期编辑修改提炼同样重要。很多新闻精品，同样凝聚着编辑的心血。记者花费两个晚上"雕琢"后提交的稿件，与最后播发的稿件虽然材料一样，但结构、重点已大相径庭。记者最初提交的稿件写了 4000 字，按照菜价高到什么程度、怎样涨上去的、如何治理的逻辑呈现，"三段论"给人的感觉是要说的问题没说清楚，尤其是"菜价落差"这一主题不能让人看后一目了然。

南振中认为，文无定则，文章不能拘泥在形式上，可以每个环节为主线

---

① 刘波、王位：《关于新闻策划的几点思考》，《佳木斯大学社会科学学报》2002 年第 3 期。
② 赵刚健：《新闻写作过程中几种特殊思维方法的创造性运用》，《应用写作》2008 年第 11 期。

将稿子串起来，这样更容易让人看明白。时任新华社国内部经济编辑室副主任陈芸同记者一道，最后将稿子重新改写。之后，南振中又两次逐字逐句修改。最后刊发的稿件与记者最初提交的稿件相比，变得准确、简洁、清楚多了。事后，记者也认为，一篇稿件尤其是重点稿件，如果有编辑的精心组织和修改，能使稿件大大增色，社会效果会更好，也能提高记者的报道水平。①

——**报道社会效果如何？** 社会效果如何是评价一篇新闻作品优劣的重要组成部分，体现的是报道的影响力。《菜价追踪》揭示了蔬菜流通环节存在的混乱现象，使人们看到了菜价猛涨的奥秘，为解决菜价问题的决策提供了重要依据。② 通讯见报的当天，许多读者就打电话给编辑说："新华社记者坐运菜的大卡车跟踪采访，替老百姓说话，请代我们感谢这两位记者。"③

1994年初，物价涨势过猛，居高不下，群众议论纷纷，《菜价追踪》为解决这个问题提供了很有说服力的依据。之后，各地出现的蔬菜直销、尽量减少流通渠道加价等措施，都是这篇报道结出的硕果。④ 在全国人大审议政府工作报告的代表团会议上，国务院领导同志说："北京蔬菜价格上涨的原因，我看了新华社的追踪报道，说是因为流通环节太多，能不能减少一些？"看来，这篇以小见大的通讯不仅在老百姓当中引起了共鸣，也引起高层决策者的重视。⑤

——**为何能获评一等奖？** 中国新闻奖评选是展示新闻战线精品佳作的重要平台，是提高舆论引导水平的重要载体。可以说，中国新闻奖评选既是一项政治性很强的业务活动，也是一项业务性很强的政治工作。《菜价追踪》等作品关注民生疾苦，贴近基层一线，反映人民心声，体现时代特征。⑥

---

① 苏会志：《菜价追踪记》，《中国记者》1994年第6期。
② 吴海荣：《深度报道角度选择的最优化》，《新闻大学》1997年第2期。
③ 南振中：《积极开发自己的发现力——在新华社青年记者理论研讨班上的讲话》，《中国记者》1997年第6期。
④ 刘保全：《经济新闻如何才能出精品——兼评"中国新闻奖"部分获奖作品》，《当代传播》2007年第3期。
⑤ 南振中：《"以小见大"：着力表现伟大变革的"一角"》，《郑州大学学报》（哲学社会科学版）1997年第2期。
⑥ 《中国新闻奖的评选宗旨是什么？》，《中国记者》2015年第3期。

时任人民日报社社长、中国新闻奖评委会主任邵华泽评价《菜价追踪》时说：这是一篇较有特色的通讯，作者抓住了当时社会上的"热点"——菜价高涨的问题，追踪求源，从产地追到销地，从消费者追到管理部门，用调查到的第一手材料说话，将中央的有关指示精神同人民群众的反映有机地结合起来，说明流通环节太多，是城市菜价上涨的一个重要原因。^①也有人评价，此稿是记者通过一竿子插到底的采访，耳闻目睹了许多真实情况，读来令人信服、令人感叹，能够获中国新闻奖一等奖与其细腻的叙事密不可分。^②还有人认为，这是一篇很好的分析性新闻，写作上步步紧逼，环环紧扣，文字精练，语言生动。^③

——有哪些值得借鉴之处？一是要善于培养从生活中发现新闻选题的能力。南振中认为，在采访和调查研究中要想发现真正有价值的东西，必须有意识地观察、集中精力观察、随时随地观察，只有这样，才能防止"视而不见"的现象发生，才能真正做到"见人之所未见"。

二是要善于通过深入调查回应百姓关心的热点。追踪菜价，研究价格落差，这是人民群众关心的重大问题。^④深入调查研究是正确引导社会热点的基础，也是探求、揭示新闻热点的本质特征的必由之路。^⑤一篇新闻作品的成败得失，是由多种因素决定的，主题思想的提炼，结构布局的谋划，语言文字的运用，还有作品产生的社会效果，等等，都是十分重要的因素，不论哪一项有明显的缺陷，都不能成为优秀的新闻作品。《菜价追踪》从新闻写作的角度评价，通讯主题重要，结构严谨，语言顺畅，社会反响也很好，尤其是作为一篇现场追踪式的通讯，通篇以耳闻目睹的事实说话，现场感很强，有极强的说服力。这些对新闻写作都可提供有益的启示。可以说，《菜价追踪》成功的一个重要原因就是深入扎实的调查研究。调查研究是新闻工作者的一

---

① 邵华泽：《促进新闻界多出精品多出人才——写在第五届"中国新闻奖"评选圆满结束时》，《新闻战线》1995年第8期。

② 洪波：《增强新闻叙事的个性特色》，《当代传播》2006年第6期。

③ 阮观荣：《哪些新闻作品容易获"中国新闻奖"》，《新闻知识》1997年第11期。

④ 南振中：《新闻报道的宣传效益》，《中国记者》1995年第8期。

⑤ 谢麦祥：《审时度势趋利避害——关于正确引导社会热点的思考》，《新闻前哨》2000年第1期。

项基本功，而追踪采访是记者深入调查研究的一种有效方法。①

三是锲而不舍、追踪采访的求实精神。社会生活中，总会不时出现一些不利于改革且又为人民群众所关心的热点问题，应注意观察，看准了，可以来一个追踪采访，力求将问题的症结暴露在社会公众面前，既利于促成问题的解决，也利于增强媒体的社会影响力。②

作为第五届中国新闻奖获奖代表，此稿作者之一的苏会志在谈及自己的采写体会时说："只有踏踏实实深入生活第一线，去挖掘、采集新闻，才能写出不负人民群众期望的好作品。"③2022年，此稿另一作者、已是新华社对外部主任的王进业获第十七届长江韬奋奖（韬奋系列）。王进业与同事采写的作品先后3次获中国新闻奖一等奖，其中就包括这篇《菜价追踪》。践行"四力"，精心打造精品力作的他，"每年都坚持到基层采访调研"。④值得一提的是，新华社后来播发的《药价追踪》在第十一届中国新闻奖评选中获评通讯二等奖，《药价追踪》与《菜价追踪》有相似之处，都是通过调查追踪价格的变化，只不过一个是菜价，一个是药价。

从赏析的角度而言，《菜价追踪》文中有些字词应注意避免误用。比如，"货主给记者算了一笔帐"中的"帐"应为"账"。"帐"早于"账"出现，"账"是后期的分化字，为账目义造了账字。1988年国家发布的《现代汉语常用字表》和《现代汉语通用字表》"帐""账"都收录在内，此后出版的规范型工具书中"帐""账"明确分工、各自独立。2013年国务院颁布的《通用规范汉字表》中"帐""账"都为一级常用字，各有分工。根据《现代汉语词典》《现代汉语规范词典》，"帐"和"账"不能乱用、混用。凡是跟经济、钱财类有关系的，用"贝"字旁的"账"；而跟帐篷、帐子有关系的，用"巾"字旁的"帐"。因为贝壳曾经用作货币，汉字中凡是带"贝"字旁的，比如，货、

① 张万象：《热点·难点·重点与主题提炼——〈菜价追踪〉获奖的启示》，《写作》1996年第1期。

② 劳璧：《推荐一篇好通讯——〈菜价追踪〉》，《新闻知识》1994年第10期。

③ 张建玲：《第五届"中国新闻奖"在京颁奖》，《人民日报》1995年12月23日。

④ 《王进业长江韬奋奖参评材料》，中国记协网2022年11月1日。

贯、赠、赎等，都是跟钱财有关系的。[①] 还有，"两全齐美"应为"两全其美"。按照《现代汉语词典》解释，"两全其美"的意思是"做一件事顾全两个方面，使两方面都很好"。

文中有些地方表述格式应前后统一。比如，"上午 10 时""下午 3 时"与"中午 11 点"（这里 11 点算不算中午？通常仍是上午而非中午）等中的"时""点"表示格式最好统一，"每公斤 2 元左右""每公斤不到两元钱"中表示价钱的数字格式最好统一。按照《出版物上数字用法》的规则：在同一场合出现的数字，应遵循"同类别同形式"原则来选择数字的书写形式。如果两数字的表达功能类别相同（比如，都是表达年月日时间的数字），或者两数字在上下文中所处的层级相同（比如，文章目录中同级标题的编号），应选用相同的形式。还有，涉及人的量词，有的地方用的是"个"，有的地方用的又是"位"。

稿件的几个小标题，虽然让整篇内容显得很清晰，但小标题过多，难免让内容显得有些碎，且几个小标题长短不一，长的接近 30 个字，格式上就显得不太美观。

阅 读 + 《菜价追踪》

扫码阅读获奖作品全文

（作者：苏会志、王进业；编辑：南振中、陈芸；新华社 1994 年 4 月 12 日；获第五届中国新闻奖一等奖）

---

① 张维纳：《钉钉、小米已改"帐号"为"账号"，微软、华为仍是错的》，长江日报大武汉客户端 2023 年 8 月 30 日。

让敏感问题不敏感

在第五届中国新闻奖评选中,《工人日报》作品《待业记》获评通讯二等奖。"就业是最大的民生,对于一个家庭来说是天大的事情。"① 时隔几十年,这件获奖作品所反映的问题在当下仍值得思考。从新闻采写的角度而言,复杂问题客观理性呈现是这件作品的特色,也是值得学习的地方。

（一）

20 世纪 90 年代,随着中国国有企业开始实施"减员增效"改革,下岗、失业一度是热门词语。有学者认为,下岗是计划经济的就业中断。计划经济体制下的就业理论倡导"社会主义不存在失业",把失业作为理论禁区。在实际工作中则采取统包统配的计划就业制度。计划经济时代的这种所谓的"充分就业",是以低工资来实现高就业的,是以牺牲效率为代价的,而且是以禁止劳动力自由流动来维系的,从而造成表面上的无失业状态与事实上的隐性失业,造成企业冗员泛滥与经济体制的积重难返。随着中国从计划经济走向市场经济,企业被直接推向市场,而不充分就业和隐性失业"消耗"了企业的效益,威胁着企业的生存与发展,面对激烈的市场竞争,"减员增效"成为不得已而又必然的选择。②

根据中国经济数据库（China Entrepreneur Investment Club）的统计数据,1995—2003 年,中国国有企业数量从 11.8 万个下降至 3.42 万个,中国国有

---

① 《李克强细数今年民生这本"大账"》,中国政府网 2020 年 5 月 29 日。
② 汪大海:《挑战失业下岗浪潮,走知识经济时代内涵式就业增长之路》,《中国行政管理》1998年第 9 期。

企业的劳动力数量从 1.126 亿下降到 0.688 亿，减少了近 4400 万人，约 40%的国有企业职工在此期间下岗。[①] 关于"下岗""失业""分流"比较正式的说法是："下岗"是指下岗职工与企业没有解除劳动关系，仍是企业职工。"失业"则是职工与企业没有劳动关系，滞留在社会上。1984 年以后实行劳动合同制的职工，合同到期后解除劳动关系的，不属于下岗职工。"分流"是指企业通过自办经济实体、劳务输出、离岗退养等渠道，将富余人员从原岗位上分离出来，没有推向社会，这实际上是工作调动，是转岗，不同于职工下岗。再就业和就业不同，劳动者具有相对稳定的工作和职业就是就业，再就业是我国在计划经济向市场经济转轨过程中出现的特种现象，指因经济转轨原因造成一批职工失去工作岗位，他们在社会各界的帮助下重新就业的现象。再就业专指下岗职工。[②]

下岗、失业、分流，涉及千家万户，牵一发而动全局，即便在今天，这仍是一个复杂而敏感的问题，要做这方面的宣传报道很棘手，难在既要正视问题，还要引导舆论，这是对媒体水平的考验。

工人日报社对下岗职工及其再就业这一问题的关注始于 1994 年下半年。当时，两位数的通胀率是困扰着举国上下的首要问题，再就业问题尚未形成全社会关注的热点。但此时工人日报社编委会已经觉察到失业（当时大多数人称之为待业）职工的增多将是国企改革、企业减员增效的必然产物，由此带来的职工下岗问题很可能成为不久以后的重要社会问题。这年 10 月，《工人日报》在头版头条位置精心组织和编发了记者采写的《待业记》《就业记》两篇通讯，比较早地提出了广大职工必须转变择业观念的问题。

除了这两篇通讯，《工人日报》还推出了多篇理论文章和报道，目的是要为职工排忧，为政府解难，为改革、发展、稳定的大局服务，把对上负责和对下负责结合起来，通过报道在群众和政府之间架起理解的桥梁。对这样一个重大热点问题进行引导要做到：一是要求报道必须站在理论和社会变革伟

---

① 陈秋霖、胡钰曦、傅虹桥：《群体性失业对健康的短期与长期影响——来自中国 20 世纪 90 年代末下岗潮的证据》，《中国人口科学》2017 年第 5 期。

② 出自《经贸导刊》1998 年第 6 期。

大实践的大背景的高度，对这一问题的现状、产生原因及基本走势进行剖析，以帮助人们正确观察形势；二是要求报道匡正现存的既活跃又混杂的社会舆论，帮助人们正确认识这一问题；三是只有用客观事实说话，才能增强报道的真实性、可信性。① 这在获奖报道《待业记》中有鲜明体现。

（二）

国有企业的调整改革是我国经济改革的重中之重，改革带来的一个突出的矛盾，就是下岗的再就业问题。这是一项涉及方方面面的系统工程。除社会应承担的责任外，下岗者自身就业观念的转变同样重要。习惯了计划经济下的就业机制，如何面对和适应改革带来的冲击，的确是摆在工人阶级面前的一个新课题。《待业记》等报道从不同的角度，以不同的方式，孜孜不倦地呼唤下岗者怎样正确面对现实，树立正确的就业观，创造新的人生辉煌。②

下岗再就业难在哪？《待业记》的采写如同解剖了一只麻雀，条分缕析地把职工的选择和心态恰到好处地呈现了出来。由于经营不景气，北京友谊时装厂（以下简称"友谊厂"）在上级服装公司的支持下，为兼顾企业和职工的利益，决定分流部分富余人员到同属一个服装公司、新组建的中日合资北京高久雷蒙时装有限公司（以下简称"雷蒙公司"）工作。然而，给工人找饭吃的良苦用心没能得到工人的理解。46 人的"分流"名单公布了，厂里还组织了热烈的欢送仪式，可临上车时只到了 28 人；第二天，去雷蒙公司的人数又减至 11 人；第三天再减至 9 人。二十几天后，除 1 名工人还自愿留在雷蒙公司外，其余 45 人全部返回友谊厂。不到 3000 字的《待业记》，正文分为三个部分，对这件事的前后经过、是是非非进行了深度剖析。

"40 多名工人情不自愿而又无可奈何地走了，离开了他们熟悉的工作岗位和赖以生存的企业，从此进入了待业的行列。"《待业记》的开头虽然平实，但也直接表明了态度——"结局本不应该是这样的。可事情偏偏酿成了这种

---

① 工人日报编委会：《我们怎样组织再就业报道》，《中国记者》1998 年第 5 期。
② 郭光华：《中国新闻奖中经济新闻主题的拓展》，《湖南城市学院学报》2004 年第 5 期。

结局。还是让我们从头看看事情的始末吧。"

第一部分 700 多字，概述事情的前因后果，写了工厂方面的态度——厂领导开了会，职代会也召开了会议，经过慎重研究，取得了一致意见；"人员分流"的决定是经上级公司同意的，目的在于安置富余人员，工人应服从这个正确决定。"因分流而引起的上访风波就算是平息了。但围绕这一事件的是是非非，却还没有答案；它在方方面面引起的思想动荡和心理失衡也远没有结束。"第一部分结尾的这段话，很自然地切入第二部分。

第二部分 1100 多字，由分流工人在市劳动局信访处记录的四点不愿去合资企业的理由切入，紧接着由雷蒙公司中方副总经理回应工人提出的四点担忧——退休和保险没保障、工资低、劳动强度大、离家远，同时也再次表明了媒体的态度——"从雷蒙公司副总经理的分析来看，友谊厂工人提出不能到雷蒙公司的理由是不充分的。"接着又旗帜鲜明地呈现了北京市劳动局一位副局长的观点——友谊厂有的人提出"宁愿拿待业金回家也不愿去新单位工作"的就业观念是不正确的。"政府和企业努力为职工着想，然而有的职工却不领这份情。他们又是怎样想的呢？"通过这句话的转承，很自然地过渡到第三部分。

第三部分不到 1000 字，主要呈现了对两位职工的采访内容。其中一位去雷蒙公司工作了一周，觉得那里管得严，让人受不了，不如回来干踏实。另一位在家待业宁愿过紧日子，天天吃面条也不愿意去工作。行文中不仅穿插了记者的一些感慨，并借助市服装公司一位亲自处理过友谊厂风波的干部的话再次表明了态度——计划经济体制下的"大锅饭""铁饭碗"不仅毁了企业，也害了职工。

（三）

有人认为，新闻评奖的一个重要意义，就是把"易碎品"变成"纪念品"。回过头来看，《待业记》不仅是把"易碎品"变成"纪念品"，更重要的是通过解剖一件事的方式，客观理性地记录了 20 世纪 90 年代中国下岗再就业的复杂性。如果要总结《待业记》的优点，值得学习的地方也不少。

——**主题重大**。党的二十大报告提出，加强全媒体传播体系建设，塑造主流舆论新格局。媒体尤其是主流媒体，如果不能直面热点、难点、痛点问题，很难说是主流媒体。推进再就业工作，坚定国有企业改革的方向和决心，事关大局，事关稳定，事关民心。时任工人日报社总编辑的张宏遵，是这篇获奖报道的编辑。他认为，做好再就业报道，是直接关系改革、发展、稳定大局的重大社会政治问题，新闻传媒没有理由回避。作为以亿万职工为主要读者对象的《工人日报》，更不能漠然视之，这是我们不可推卸的神圣社会责任。①

——**客观全面**。"给工人找饭吃的良苦用心没能得到工人的理解""在厂劳资科，干部们苦口婆心地讲解'分流'的意义，工人们则再三申诉难以从命的理由""亮明工厂态度的公告贴出后，被分流的一些工人情绪激动了""一时间，友谊厂上下沸沸扬扬，事情引起了市里方方面面的关注"……就业问题具有复杂性，像很多热点、难点、痛点问题一样，不仅复杂且敏感。媒体该如何报道和呈现复杂问题？这件获奖作品提供了范例。

记者通过客观全面的采访，让复杂的问题不复杂、让敏感的问题不敏感，而做到这一点离不开扎实的采访，这是值得学习的。《待业记》的采访对象包括五方面：一是友谊厂方面；二是雷蒙公司的中方副总经理；三是北京市劳动局的负责人；四是不愿意分流就业的职工；五是市服装公司一位亲自处理过友谊厂风波的干部等。记者本身也去了雷蒙公司，要不然写不出"记者在雷蒙公司采访时深有所感。一踏进那整洁的大楼，就见到一块'请更换拖鞋'的牌子"。

——**平实生动**。《待业记》的标题本身就很平实，不搞噱头、不抓人眼球，虽然报道的主题反映的是转变就业观念刻不容缓，但记者行文时注重摆事实、讲道理，并非居高临下地教育人，平实自然容易让人接受，不至于产生反感情绪。例如，"局面僵持了""工人们的情绪开始稳定了""有这些顾虑和担心

---

① 张熠、张丽：《构筑民心工程　搞好再就业报道——访工人日报总编辑张宏遵》，《新闻三昧》1998 年第 6 期。

属人之常情""从雷蒙公司副总经理的分析来看，友谊厂工人提出不能到雷蒙公司的理由是不充分的""这位女工说的是实情""雷蒙公司制定的厂规厂纪体现了企业严格的科学化管理的要求""是尊重工人的习惯，还是尊重企业的制度"等。

直接引语的使用让稿件更加生动。如对两位待业女工的采访，其中一位谈道："就说做袖子的内衬吧，比规定尺寸长了 0.2 厘米，这在厂里算啥呀？可工段长发现了，让全拆，弄得我做一个袖子拿尺子量三遍，您说累不累，哪如回来干踏实！"另一位说："街坊劝我找个事干，我是全民企业职工，拉不下这个脸，钱少就过紧日子吧，不怕您笑话，待业两个月，我差不多天天吃面条了。"这些直接引语，也从侧面说明转变认识和就业观念的艰巨性。

——态度鲜明。《待业记》虽然语言平实，但平实中也表达了报道鲜明的倾向和态度。记者如何在稿件中表达态度？既可以借他人之口来表达态度，如北京市劳动局副局长的话，在就业问题上长期存在这样一种怪象，"一些人没活干，可有些活又没人干"；也可以是记者本身的议论、感慨等，如"旧体制已经把一些人养懒了，养散了""愿我们在企业工作的成千上万的兄弟姐妹们换一种思维方式，勇敢地迎接挑战，去创造美好的新生活"。

——衔接自然。稿件正文分为三个部分，框架上逻辑清晰，每个部分之间衔接过渡自然，阅读起来比较流畅，也是此稿的特色之一。

有人评价，《工人日报》当时关于再就业的报道有规模，搞得有声有色，从不同角度、不同侧面对再就业进行了较为详尽、权威的报道，报道深度和报道效果在全国是首屈一指的，既解决思想理论问题，又解决方法途径问题，在职工中引起强烈反响，使下岗职工从中获益不少，达到了媒介引导社会舆论的目的。[①]

从赏析的角度而言，这篇报道中个别字词应避免差错。新华出版社 1995 年出版的《中国新闻奖作品选》收录这篇稿件时，"记戴着友谊厂……"中的"记戴"应为"记载"，"活源充足"中的"活源"不知是否应为"货源"，

---

① 马金平：《新闻策划简论》，《河北大学学报》（哲学社会科学版）2000 年第 5 期。

"40 以下的办理待业手续"中的"40"不应掉"岁"。查阅 2019 年《工人日报》创刊 70 周年纪念丛书《足迹：工人日报历年获中国新闻奖作品集》，前一个地方用的是"记载"，"40"后也加了"岁"，但另一个地方表述仍然用的是"活源充足"。

⓪⓪⊕　《待业记》

扫码阅读获奖作品全文

（作者：于飞；编辑：张宏遵；原载《工人日报》1994 年 7 月 14 日；获第五届中国新闻奖二等奖）

第五辑

调查监督有力

做舆论监督报道不要偏听偏信，谨防落入圈套；慎重对待单一信源，尽量多方核实；对于传言一定要多方核实，否则就可能误传误报；落笔成文时，应尽量地避免自己主观情绪在报道中呈现，头脑可热，但下笔一定要冷，同时应多叙事少煽情；在采访时，对于新闻中的每一个关键点都要小心求证，该采访到的部门一定要采访到，该采访到的人也一定要采访到。

用事实增强穿透力

在第二十八届中国新闻奖评选中，《中国消费者报》通讯作品《这28项治疗我都没做过》获评调查性报道二等奖。这篇报道获奖，对记者如何做调查有值得学习之处。

曾经，行业媒体最大的困惑，莫过于社会对报道的负面反应，说"白开水新闻，黑板报版面"是好听的，说"不抄不成稿，不转不成报"也大有人在，虽然这些观点有些偏激，但个别现象也影响整体形象。不但行业报信誉受损，而且对参与评奖也信心不足。中国行业报协会班子面对问题不遮不掩，找症结、抓源头，把"践行走转改、力促三贴近"作为近年来新闻引领的重中之重。提倡原创，重在现场，让版面新闻活起来。"剪刀加糨糊、复制加粘贴"攒稿现象日渐式微，真实鲜活的第一手新闻越来越多。在第二十八届中国新闻奖评选和第十五届长江韬奋奖评选中，中国行业媒体获奖数目超过了前三届之和，其中获得一等奖2件、二等奖2件、三等奖9件，一家会员单位的记者获第十五届长江韬奋奖（长江系列），可谓丰收之年。①

另一个可喜的现象是，行业类媒体近年来在调查性报道中可谓异军突起，纵览近几年获得中国新闻奖的调查性报道，行业报作品不在少数。行业报如若想在如潮的媒体大浪中博得一席之地，就必须在深度报道特别是调查性报道上做文章、下功夫。而作为深度报道版面的责任编辑和撰稿记者，关键就在于如何发挥好行业类媒体的自身优势，在选题、策划、采访、写稿、编辑

---

① 姚军：《脚踏祖国山川大地　写出最新最美文字——从行业媒体获奖作品说开去》，《中国记者》2018年第12期。

的过程中扬长避短、出奇制胜。①

《这 28 项治疗我都没做过》的线索源于一位老人的举报。《中国消费者报》记者田珍祥接到举报后，第一时间与部门同事进行了讨论。"不能辜负一名 86 岁老人的殷切期盼，这是当时我心里的一句话。"为此，记者进行了扎实的调查。

这篇 2500 多字的稿件，正文分为"无中生有的'治疗'""公开的秘密""医院承认虚开治疗项目""被套取的财政资金"等四个部分。整篇报道由点到面，从举报老人的个例到更多老人有相同的遭遇，从住院患者的讲述到医院解释，再到相关职能部门回应，稿件内容完整、全面。稿件中先后出现的人物或受访者有：86 岁离休老人李天祥、88 岁离休老人梁永平（化名）和老伴陈荣（化名）、一名知情医生、天津市民政局老年病医院副院长回金凯、天津市南开区卫生和计划生育委员会医政科马科长、天津市民政局工作人员、天津市人力资源和社会保障局工作人员、中共天津市委老干部局生活待遇处工作人员、天津市财政局等。这背后是记者历时一个多月，三赴天津明察暗访，最终用事实揭露了天津市民政局老年病医院利用老人虚开治疗费、套取财政资金的事实。稿件能在《中国消费者报》头版头条配图突出刊发，也反映了报社对这一报道的重视程度。获奖之后，作者田珍祥分享了这篇稿件的采写经过，总结起来有几点值得关注。

——**前期准备**。查阅有关离休老人医疗政策，做好实地暗访调查的准备，拟定采访提纲和需要核实的具体细节问题，尽量把功课做足。

——**努力突破**。实地探访医院，稍有不慎，就会引起医院的警惕，甚至封锁消息，隐匿证据。几番考虑后，记者以探望亲友的名义进入医院。

——**确保准确**。记者从李大爷那儿获得医院近 4 年来开具的住院费用清单后，连夜对这些单据进行了详细的梳理，整理出了上百个医疗项目，经老人第二天指认，其中 28 个项目从来没有做过。为了获取更准确的信息，记者再次对医院虚开项目的金额进行了梳理，并经李大爷确认，仅他一人，医院 4 年虚开的金额近 20 万元。

---

① 薛亮：《行业类媒体如何在调查性报道中发挥优势》，《新闻与写作》2019 年第 3 期。

——**由点到面**。几经波折，88 岁的离休老人梁永平和老伴陈荣等最终决定向记者说出真相，记者陆续又采访了其他多位老人。

——**突破医生**。记者选择了一名医生作为突破口，背后内情是为了保留老人的床位。

——**突破医院**。记者在院长室门口蹲守 2 个多小时，"堵"到了医院副院长。

——**采访官方**。记者将调查结果写成初稿后向报社进行了汇报，报社让记者再次向天津市有关部门采访求证。

从整个采编过程也可以看出，调查性报道不好做，采访周期长，采访难度大，对记者的职业能力和专业水平要求比较高。作者认为，《这 28 项治疗我都没做过》作为一篇调查性报道，能够打动读者和评委，荣获第二十八届中国新闻奖二等奖，主要是报道用新闻事实来说话，用新闻事实的穿透力来打动受众，反映问题，并解决问题。①

稿件在写作上还有一点值得一提，即第四部分中的——"医院以离休老人治疗费为幌子，套取财政资金，这种行为不能容忍。"李天祥对记者说，"许多住院老人及家属对此都有意见，但出于自身利益或者各种顾虑，不敢也不愿站出来抵制。"这既回答了这位 86 岁老人为何站出来举报的动机，也解释了这个问题存在多年为何没有人站出来抵制的原因。这是整个报道不可或缺的部分，正是有了这块内容，整个报道才显得更加丰满。

从效果上看，这篇报道取得了积极效果。稿件见报后，就引起了社会广泛关注。中央电视台、中央人民广播电台对此进行了专题报道，100 多家媒体进行了转载。报道引起天津市委市政府重视，天津市多部门 40 余人组成联合调查组进驻医院进行调查。随后，医院书记、院长等主要负责人、涉案医生等停职接受调查。天津市民政局下发通知，在全市 38 家单位开展为期一个月的整顿检查活动。天津市卫健委下发通报，责令医院进行整改，并要求全市范围内的医疗机构开展专项普查。② 影响还不止于此。这篇调查性报道反

① 田珍祥：《让新闻事实更具有穿透力——谈中国新闻奖二等奖获奖作品〈这 28 项治疗我都没做过〉》，《报林》2018 年第 5/6 期。
② 《第二十八届中国新闻奖获奖作品〈这 28 项治疗我都没做过〉》，出自中国记协网。

映出了基层医疗机构存在的普遍性问题。2018 年 9 月，国家医保局决定在全国范围内开展打击欺诈骗取医疗保障基金专项行动。

从赏析的角度而言，这篇获奖报道也有可探讨之处。《这 28 项治疗我都没做过》的标题，稿件正文没有直接对应的话，只有"这些心电监护、运动疗法、电脑中频＋药透等项目，这些年我没做过"。另外就是"经李天祥确认，虚开的治疗项目共分为 28 种"。这相当于把两句内容糅合在一起做了一个标题。标题上的"28 项"突出了多，"我"的第一人称有利于拉近与受众的距离。另外，稿件引题"一位八旬老人反映，天津市民政局老年病医院费用清单藏玄机"中的"八旬"是否准确？一旬等于 10 岁，而这位老人当时已 86 岁。

另外，这句"并对清单上那些自己没有做过的治疗项目打勾备注"中的"打勾"一词，《现代汉语词典》中只有"打钩"无"打勾"。对"打钩"一词的释义是：在公文、试题等上面画"√"，表示认可、肯定或正确。不过，"勾"本身也有"用笔画出钩形符号，表示删除或截取"的意思。

此外，稿件正文的四个部分显得不太均衡。前两个部分都是 700 多字，第三部分 500 多字，第四部分 300 多字。通讯写作并未规定每个部分字数一定要一致，但相差太大时难免会让人觉得失衡，在报纸版面上编排时就不太美观。

阅 读 ＋　　《这 28 项治疗我都没做过》

扫码阅读获奖作品全文

（作者：田珍祥；编辑：游婕；原载《中国消费者报》2017 年 12 月 1 日；获第二十八届中国新闻奖二等奖）

做调查孤证不为证

在第二十四届中国新闻奖评选中，新华社主管主办的《经济参考报》刊发的《北京北海地坛公园暗藏高端会所　园方称"曝光也没用"》获评通讯二等奖。这是一篇暗访调查报道，也是一篇舆论监督报道，从影响看，这篇报道直接推动了制度化治理措施的出台。

——**线索来自总编辑点题**。这篇稿件作者之一的王文志介绍，这篇报道是时任经济参考报社总编辑杜跃进点的题。党的十八大以后，中央出台"八项规定"，对群众深恶痛绝的"四风"①加以整肃。此间，杜跃进给王文志等人安排了一个选题：有个叫"乙十六"的会所开在了北京北海公园，并且价位很高，私密性很强，只服务于高端人群。王文志和同事肖波到北海公园、地坛公园等地方，对"乙十六"会所展开了调查。②

——**深入现场暗访调查**。记者怎么进行暗访调查，是个技术活，这篇获奖报道具有示范性。从呈现来看，现场暗访调查包括三个层面：记者现场看到的基本情况，采访了解到的有关情况，暗访到的关键情况。这三个层面是一个由浅到深、由易到难的过程，中间具有不确定性，甚至面临着风险。

记者现场目击是暗访调查最基本的手段。就这篇报道而言，有不少内容属于记者目击到的情况。例如，"这里是乙十六地坛总店，记者推开朱漆金钉大门，只见园内殿室、廊亭、池榭、爬廊、假山等错落有致，园内的遗迹正光殿、正和殿和北侧坛内墙的'盛世堂'，均变成了乙十六会所的包房和办

---

① "四风"是指形式主义、官僚主义、享乐主义和奢靡之风。
② 王文志：《新闻报道如何才能出精品》，《青年记者》2016 年第 1 期。

公用房。记者看到，店内食客盈门，专用停车场豪车云集"。再如，"走进乙十六北海店，记者看到，这里鎏金绘彩，斗角瓦檐。庭院两侧设有七个雅间，厅内装饰均以龙凤为主题，饰以大型彩绘宫灯，配以明黄色的台布、餐巾、椅套，餐具采用仿清宫瓷器或银器，处处体现出浓郁的宫廷气派"。写不出现场的暗访调查报道，很难说是优秀的暗访调查报道。暗访调查报道要写出现场，需要记者用脑用心，需要记者让眼睛像摄像机一样进行观察、记录。

记者与相关人员交流是暗访调查最常见的手段。这篇报道不少内容属于记者与现场人员交流的内容。例如，"乙十六北海御膳堂店工作人员介绍，'包厢内价格不含酒水最低每人 800 元，外加收 15% 服务费；比较受顾客青睐的是具有皇家气派的大房间'"。再如，"服务人员称，他们主打特色宫廷膳食，除了少量婚宴，来用餐的客人中政商界人士占主流，一桌消费五六万元很常见"。只要到了现场，与相关人员有了交流，了解到一些相关情况并不难。

采访到重要人士是暗访调查成功的关键。具体到这篇报道，会所服务人员介绍的情况，一般都还是浅层次的信息，重要但又不是十分重要，会所经理层面掌握但服务员不一定掌握、需要通过暗访调查获取的信息，直接关乎报道的成功。例如，这篇报道多处内容为记者通过几位会所经理了解到的情况——"该店一位服务部经理称""联系上乙十六红领巾公园店一销售经理""据乙十六地坛总店一销售经理介绍""乙十六北海御膳堂店一位服务部经理告诉记者""一位营业经理对记者表示"等。再如，"记者以办理会员卡为由，联系上乙十六红领巾公园店一销售经理，他表示，这里入门会费五万元，最高 50 万元，会员能享受更多尊贵服务，30 万元以上的乙十六会员卡是很时尚的送礼佳品。'前段时间是有些影响，现在缓过气了，一些大机关、大型国企的客源开始回流，来京的地方官员也不少，第二天的豪华包间已订满，只剩几个小包间'"。党的十八大后，党中央以上率下、驰而不息纠治"四风"。这些内容，直接指向了会所高端消费系公务消费，指向了"四风"中的享乐主义和奢靡之风，这是整个报道十分关键的内容。这些内容，如果不是记者采取了暗访调查的手段，一般很难了解到。

——**让被监督对象说话。**舆论监督报道要做到客观、全面，一定要让被监督对象说话，不能只有记者暗访调查的情况，否则报道就不够全面。这篇稿件中，记者采访了北京市公园管理中心和地坛公园管理处，尽管一个相当于没有回应，另一个回应的内容也只是一个很容易成为话题的观点，但这些是整篇稿件不可或缺的部分。

——**借市民和专家表达态度**。除评论之外的新闻作品，一般作者不宜直接表达观点和态度，如果要表达观点和态度，最好通过间接的方式。在这篇稿件中，记者采访了专家也采访了市民，尽管都是匿名的，但借助专家和市民表达了会所建在公园内的影响和危害。

——**写作讲究逻辑和层次**。这篇2800多字的报道，正文三个部分逻辑层次很清晰：第一部分"会所隐身国宝级公园　占据绝佳位置"，主要写会所建在了国宝级公园内；第二部分"突出高端私密　一桌五六万元很常见"，主要写这些会所的高消费情况，涉及价格以及具体是什么人在消费；第三部分"专家市民诟病　园方称'曝光也没用'"，主要是写专家、市民的态度以及相关部门人员的回应。

通讯通常篇幅较长，且正文有小标题，这就要求写作之前一定要搭建好框架。正文分为哪几个部分，每个部分重点写什么，作者心里一定要清楚。如果稿件作者不止一个人，那就还涉及分工合作和统稿问题。采访到位了，方向明确了，思路和框架有了，真正写起来会比较顺畅。

这篇稿件开篇，导语部分很精练，从"北海公园、地坛公园是全国重点文物保护单位，是北京珍贵的历史文化资源，也是中国传统文化的瑰宝"切入，直陈高端会所开到了知名公园内，而相关部门人员"别报道了，曝光也没用"不以为意的态度，很容易成为网络话题。第一部分开头，作者又旗帜鲜明地搬出政策依据，让这篇舆论监督报道师出有名、有理有据——住建部《关于进一步加强公园建设管理的意见》明确要求，严禁在公园内设立为少数人服务的会所、高档餐馆等，对出租公园房屋及设施给私人经营等问题进行整改；《国有文物保护单位经营性活动管理规定（试行）》也要求，不得将文物保护单位设施对外租赁、承包用于商业开发。

——**推动制度化治理措施出台**。评价新闻作品的优劣，一看选题，二看文本，三看效果。**不能产生社会影响的作品，不能对现实有所影响的作品，选题再重大、文本再精致，也很难说是真正的好新闻。**就这篇报道而言，可以说产生了积极的社会影响——揭露了公共利益被粗暴地商业化"变现"的现实，成为一个具有标本意义的观察样本，为制度化治理措施出台，做了直接、有益的舆论推动。具体而言：住建部、国家文物局等部门先后向经济参考报社了解情况，北京市有关部门展开专门调查。2013 年 12 月 8 日，中办、国办印发《党政机关国内公务接待管理规定》，明确提出"不得使用私人会所、高消费餐饮场所"。2013 年 12 月，中央纪委、中央教育实践活动领导小组发出《关于在党的群众路线教育实践活动中严肃整治"会所中的歪风"的通知》。2014 年 1 月，乙十六北海店和红领巾公园店被政府部门停业整顿。①

这篇稿件的第一作者王文志，是中国新闻界知名的调查记者，他也是第十七届长江韬奋奖（长江系列）获得者。采写了上百篇调查报道的他，善于借鉴刑事证据法学的一些理念规则，如孤证不为证，爆料人的言辞证据只能作为证据线索，至少需要三个不同信息来源的证据相互印证；在证据选择上，多引用已公开的司法文书、政府文件，而非个人主观臆测。就青海祁连山非法采煤严重破坏黄河上游水源涵养地局部生态问题，他曾隐姓埋名、乔装打扮，三赴海拔 4200 米的祁连山南麓，在高寒缺氧、戒备森严的木里矿区挑战生理与心理极限进行暗访。经过长达两年多调查后采写的《青海"隐形首富"：祁连山非法采煤获利百亿至今未停》，掀起巨大的舆论冲击波，触发一场声势和力度空前的专项整治行动。②

要么就不做，要做就做出影响力。做调查新闻已经成为王文志的一个理想和情怀。遇到一个特别好的选题的时候，他会非常兴奋。为什么能做出这么多拥有影响力的报道？王文志认为，除了"肯吃苦"，"思想性"也很重要。有思想内涵的作品，才能正确引导舆论，见证历史，推动进步。"从某种意义上讲，我这些年几乎所有的获奖新闻作品和产生重大社会影响力的报道，胜

---

① 《〈北京北海地坛公园暗藏高端会所　园方称"曝光也没用"〉申报资料实录》，出自《中国新闻奖作品选（2013 年度·第二十四届）》，新华出版社 2014 年版，第 224 页。

② 《王文志同志事迹材料》，中国记协网 2022 年 11 月 1 日。

就胜在其中蕴含的思想性。"他举例说，山东庆云县打着解放思想的旗号乱上项目、苏北穷县灌云要"打造世界一流亮化工程"等报道都极具思想性。①

王文志看不上"开个会、采访俩专家就写篇报道"的记者。他相信，有好的平台，加上自己的勤奋、聪明、努力，一定会成为一个好记者，而且未来会做得更好。十几年前，他决心扎实地做一些有影响力的报道，不去为了完成任务写小稿子。那一年，他基本一个月一篇稿子或两篇稿子，但每篇都在地方上有点影响，报社也很支持。每年新华社优秀新闻作品评选，他都有一两篇作品入选，2006年他甚至有3篇获奖。调查报道很耗费时间，这需要媒体提供良好的环境和保障机制。他透露，曾连续快一年没完成考核任务，其实可以调岗，甚至被开除，但领导没有这样做，最终才有机会做一些有影响的报道。②

从赏析的角度而言，这篇报道也有可探讨之处。一是内容的完整性问题。这些会所在知名公园内存在了多长时间，报道没有提及。如果能有所介绍，报道会更加完整。二是表述的规范性和严谨性问题。例如，涉及金额的表述，既有汉字又有阿拉伯数字，"入门会费五万元，最高50万元"，而"场地费分别是十万、六万"没有数量单位。另外，"一公园管理人员""一销售经理"与"一位服务部经理""一位营业经理""一位专家""一位负责宣传工作的张姓工作人员""一位姓曹的女性工作人员"等表述相比，没有使用量词，显得稿件操作不够精细。三是"西邻浴澜轩"中的"浴澜轩"，查阅照片，这个牌匾上的字为书法体，其中"蘭"为繁体字，并无三点水的偏旁，按规范应该使用简体字。《北京日报》刊文介绍，澄观堂、浴兰轩均建于清乾隆十一年（1746），是帝后们到北海阐福寺拈香时沐浴更衣、用膳休息的地方。③

---

① 于靖园：《王文志：为理想而坚守》，《小康》2021年第4期。
② 刘万永：《我的初心就是做一名好记者——访新华社〈经济参考报〉记者王文志》，《青年记者》2021年第7期。
③ 李哲：《梁启超与北京的三座图书馆》，《北京日报》2023年4月18日。

阅读 + 《北京北海地坛公园暗藏高端会所　园方称"曝光也没用"》

扫码阅读获奖作品全文

（作者：王文志、肖波；编辑：王迎晖、王国辰；原载《经济参考报》2013年11月29日；获第二十四届中国新闻奖二等奖）

采访都进行了录音

在第十九届中国新闻奖评选中，《东方早报》[①]记者简光洲采写的《甘肃14婴儿同患肾病　疑因喝"三鹿"奶粉所致》获评通讯一等奖。这篇报道掀开了乳品行业"三聚氰胺"的黑幕，引发了一场前所未有的质量问责风暴，这一问题的曝光也推动了一系列法律法规的修改完善。[②]

（一）

2008年9月8日，位于甘肃省兰州市的中国人民解放军第一医院泌尿科又接收了一名8个月大，来自该省岷县的患有"双肾多发性结石"和"输尿管结石"病症的婴儿，这是该院三个多月来接收的第14名患有同样疾病的患者。对于婴儿患病的原因还没有调查清楚，但是这些家长反映孩子们出生后一直都在吃"三鹿"牌的奶粉。该院泌尿科首席医生李文辉介绍说，该科是在6月28日收到第1例婴儿患"肾结石"的病例。在三个月时间里，陆续共有14名婴儿因患同样的疾病住院。

9月10日，简光洲看到甘肃媒体关于14名婴儿可能因为喝某品牌的奶粉而致肾病报道，联想到当年安徽阜阳假奶粉的报道（报道的作者当时为简光洲以前的同事，当时他们同住一屋），感觉这可能又是一个严重的食品质量安全问题。他随即联系医院，采访中，李文辉医生介绍，婴儿最主要的食源

---

① 《东方早报》创刊于2003年7月7日，2017年1月1日起休刊，原有团队整体转移至澎湃新闻。

② 周玮、璩静、白瀛：《与新中国同行60载——写在第十个中国记者节之际》，新华社2009年11月7日电。

就是奶粉。这话让简光洲对于奶粉可能就是病源有了更多的信心，但又感觉证据还不充分。多个不同的地方出现了相同的病例，他初步判断，问题可能不在水质而在奶粉。意识到报道可能会面临着各种风险，他又联系三鹿集团传媒部进行求证。①

9月11日，《甘肃14婴儿同患肾病 疑因喝"三鹿"奶粉所致》在《东方早报》刊发，这篇报道对三鹿奶粉直接给予点名曝光。对此，简光洲有过犹豫和顾虑：一是虽然患儿的病因从奶源分析、患儿地域分布情况、医生初步判断等方面的推测结果都指向三鹿，但是当时没有确切的证据证明是三鹿奶粉导致了婴儿患肾病；二是湖北、甘肃等地有媒体早在9月上旬就有过零星的报道，然而说到患肾病婴儿食用的是哪家奶粉时，都用"某企业"来代替；三是担心如果批评错了，会给三鹿这家著名的企业带来不必要的麻烦和造成巨大的损失，个人不但要坐上被告席，还会成为千古罪人。

简光洲后来回忆："当晚，报社领导经过慎重考虑后决定报道上版，而我脑子里晃动的都是第二天三鹿公司可能气势汹汹地打电话指责我不负责任并要把我告上法庭的情景。说实话，整个晚上，我都没有怎么睡好。"他的这些忧虑也并非多余。媒体在报道所谓负面新闻的时候，经常会遇到一些企业的"缠诉"，动不动就坐上被告席的他们，在强势的企业眼里，记者只不过是一名招之即来挥之即去的"小记"。② 在这次采访中，简光洲对所有的采访都进行了录音。因为当时他担心稿件可能会产生风险，甚至做好了应诉的准备。

《东方早报》的这篇报道就好像是一个导火线，众多媒体纷纷跟进。三鹿牌婴儿奶粉事件给婴幼儿带来严重伤害，在海内外造成了极为恶劣的影响。这一事件发生后，社会上不少人对我国食品安全状况表示忧虑。③9月16日，三部门在召开的三鹿牌婴幼儿奶粉事件医疗救治工作会上明确：三鹿牌婴幼儿配方奶粉中含有的三聚氰胺，是不法分子为增加原料奶或奶粉的蛋白含量而

---

① 简光洲：《我为什么要公布问题奶粉"三鹿"的名字》，《创造》2008年第9期。
② 简光洲：《我为什么要点"三鹿"的名字》，《青年记者》2008年第28期。
③ 《汲取"三鹿"事件教训 草案针对性强——分组审议食品安全法草案发言摘登（一）》，中国人大网2008年11月10日。

人为加入的，这是一起严重的食品安全事故，也是一起重大的公共卫生事件。①

三鹿奶粉事件发生后，检方经过几个月工作，批捕犯罪嫌疑人 60 人，有 21 人被提起公诉，经最高人民法院复核确认，有人被执行了死刑。媒体的持续报道引起了社会激烈反应，并形成强大的社会舆论，国家有关部门采取坚决措施，对全国乳制品企业进行清理整顿，规范了乳制品企业生产经营行为，维护了人民群众的健康安全。②

对于这篇报道所引发的影响，简光洲后来说："这事我不报也会有人报，真相永远不会被隐藏，何况说实话是记者的职责。"③ 因为这篇报道，简光洲被很多网民称为"中国新闻界的良心"。在人民网、新华网、央视网和中国法院网联合主办的评选中，简光洲因为这篇报道获评 2008 中国十大法制人物。

面对赞誉，简光洲说："点名报道确实有风险，但如果不点名，我良心上会感到不安。"他认为，在这场关乎每个人切身利益的食品质量事件中，舆论力量强大，政府行动迅速，都交出了一份合格的答卷。④ 有人认为，简光洲大无畏的气概建立在对事实的充分采访上，若有一点虚的，他是要"吃不了兜着走"的。对"三鹿"监督报道的成功，体现的是"真实的力量"。⑤

（二）

三鹿奶粉事件是 2008 年我国舆论监督最突出的案例。报道不仅引发了一场前所未有的质量问责风暴，也揭开了中国乳品行业三聚氰胺⑥的黑幕。众多高官及企业负责人因此引咎辞职，并被追究刑事责任。三鹿问题奶粉的受害婴儿达 29 万多名，问题的曝光也推动了一系列法律法规的修改完善。⑦《新周刊》当年发布年度新锐榜，简光洲获评年度新锐人物，颁奖词是：真相因

---

① 《三部门召开三鹿牌婴幼儿奶粉事件医疗救治工作会》，中国政府网 2008 年 9 月 16 日。
② 曾和：《做好党媒深度报道　建强主流舆论阵地》，《中国地市报人》2021 年第 12 期。
③ 简光洲：《悲伤与梦想——一个记者眼中的 2008》，《社会观察》2009 年第 1 期。
④ 李东东：《用良心守望社会》，《新闻采编》2015 年第 4 期。
⑤ 张作生：《坚守社会责任　杜绝虚假新闻》，人民网 2011 年 2 月 10 日。
⑥ 三聚氰胺不是食品原料，也不是食品添加剂，根据世界卫生组织国际癌症研究机构公布的致癌物清单，三聚氰胺在 2B 类致癌物清单中。
⑦ 张博：《新闻精品是怎样炼成的》，《记者摇篮》2010 年第 8 期。

良知而显露，黑幕因勇气而洞开，他和他所供职的《东方早报》，还原了传媒的公共价值和监督角色。①

在第十九届中国新闻奖评选中，有多件获奖作品涉及三鹿奶粉事件：《东方早报》的《甘肃14婴儿同患肾病　疑因喝"三鹿"奶粉所致》获评通讯一等奖，甘肃广电总台的《祸起三鹿奶粉》获评电视评论一等奖，新华社的《"三鹿"奶粉事件震动中国》获评系列报道二等奖，《浙江日报》以"三鹿"奶粉事件为引子而生发的《推荐鲁冠球的一封信》获评评论二等奖，《兰州晨报》的《14名婴儿同患"肾结石"》获评消息三等奖。

这样密集的报道及其监督力度证明了媒体在建设和谐社会过程中的调节器和稳定器作用。第十九届中国新闻奖评委、复旦大学新闻学院教授黄芝晓指出：遗憾的是，《兰州晨报》与《东方早报》都是9月11日点了"三鹿"奶粉的名，但《兰州晨报》参评的却是9月9日发的不点名的消息稿，在事件已经完全清楚并有了明确结论之后，参评的是仍未点名的稿件，早则早矣，却只能与一等奖失之交臂。②

相比之下，《东方早报》的报道显得很有技巧：援引医生的话，明确表示患儿都曾食用"三鹿奶粉"，还从南京儿童医院，以及山东、安徽、湖南等地的家长处求得旁证，所以，报道敢用"罪魁指向'三鹿奶粉'"的小标题。报道还集纳厂方回应："无证据证明婴儿因吃三鹿奶粉致病"，这有利于规避潜在风险。新华社在此前一天的英文报道中，已援引甘肃省卫生厅的权威表述：患儿都曾"食用三鹿集团生产的婴儿配方奶粉"，惜乎未在标题及导语中醒目提示这点。③

参评中国新闻奖时，《东方早报》填报的参评材料称：这篇报道对三鹿问题奶粉的受害者家属、医院、三鹿集团和卫生局等多个相关方进行了认真严

---

① 束开荣：《协商、整合与离散：阐释社群与媒体记忆实践——基于中国新闻界"三鹿事件"报道文章（2008—2019）的研究》，《新闻记者》2020年第1期。

② 黄芝晓：《搏击时代风云　担当社会责任——第十九届中国新闻奖平面媒体作品综述》，《新闻战线》2009年第11期。

③ 孙巡、陈炳山：《舆论监督：提高媒体影响力的有效路径》，《传媒观察》2010年第1期。

谨的调查采访。报道调查严谨细致，行文客观平衡，用词严格缜密，用事实说话，不失为一篇优秀的调查报道。报道还原了传媒的公共价值和监督角色，体现了媒体和新闻工作者的诚实、责任和勇气，弘扬了社会正气，彰显了新闻正义。①

（三）

因为三鹿奶粉事件的报道，简光洲"一举成名"，很多记者可能一生也难碰到这样的报道机会。前后做了 10 年调查记者，简光洲几乎永远都是"在路上"的状态，只要有任务，他几分钟内就可以提上行囊奔赴一线。

做舆论监督报道应该注意什么？他的经验是：不要偏听偏信，谨防落入圈套；慎重对待单一信源，尽量多方核实；对于传言一定要多方核实，否则就可能误传误报；落笔成文时，应尽量地避免自己主观情绪在报道中呈现，头脑可热，但下笔一定要冷，同时应多叙事少煽情；在采访时，对于新闻中的每一个关键点都要小心求证，该采访到的部门一定要采访到，该采访到的人也一定要采访到。对于一些关键的证据，还必须保存，以防日后麻烦。②

"我认为，所谓记者，就是事实的记录者。"简光洲每次和新闻院系的学生交流时，总是提醒他们，"拯救社会"的宏大梦想不易实现，当记者必须耐得住寂寞和平凡。在他看来，在中国当记者，不仅需要专业，更需要智慧，有时候还要冒着很大的风险。记者的绝大多数时间都是花费在看似平凡而又琐细的报道中，而真正能碰上震惊天下的大事的记者总是少数。③

一些新闻系的学生认为新闻无学，简光洲认为这是一个误区。新闻是门实践性很强的学科，必须有较广的知识面作为基础，同时又必须具备很强的与人打交道的能力。特别是在中国，强调的是政治家办报，对新闻工作者来说，除了政治视野，还需要掌握各方面的资讯、知识。从学校教育来说，最

---

① 《〈甘肃 14 婴儿同患肾病　疑因喝"三鹿"奶粉所致〉申报资料实录》，出自《中国新闻奖作品选（2008 年度·第十九届）》，新华出版社 2009 年版，第 45 页。

② 简光洲：《如何避免卷入报道纠纷》，《青年记者》2011 年第 4 期。

③ 简光洲：《记者：更多的是平凡》，《青年记者》2012 年第 31 期。

重要的是作为新闻工作者的责任感和使命感的教育。新闻系不仅要开设非常专业的课程，同时也必须开设或让学生辅修历史、政治、法律及社会学的课程。如果没有较为全面的知识储备，洞察力从何而来？①

从业 10 年之际，简光洲决定离开新闻行业。对此，他说："现实是残酷的，当一家媒体因为影响力渐增而慢慢地失去'雄心'时，记者在其中就更难充分实现其理想。因为理想，我选择了进入；因为热爱，我选择了离开。"②

从赏析的角度而言，这件获奖作品也有可探讨之处。关于这次采访，简光洲曾介绍："立即电话联系到甘肃省解放军第一医院泌尿科，接电话的李文辉医生证实确有 14 名婴儿因患肾结石住院，同时他还介绍了一种情况。"③由此可见，作为重大舆论监督报道，简光洲没有实地进行采访，医院方面作为重要信源，他也只是电话联系采访。虽然整个采访过程他都有录音为证，但舆论监督报道尤其是重大舆论监督报道，该到现场的还是应该到现场，应尽力把前期采访做扎实，不留遗憾。

从写作角度而言，稿件也不是没有问题。一是文章结构较为松散，段落划分频繁，虽然叙述是客观的，但各小标题之间缺乏紧密的逻辑联系，全文没有形成一气呵成的连贯性和美感。二是部分消息来源交代不清。诸如"据了解""家长告诉湖北的记者"等模糊信源，暴露了记者在调查采访的深入方面仍有不足。三是同一个事实，出现两次重复叙述。第 1 自然段就提到解放军第一医院泌尿科接收患儿 14 名，而第 1 个小标题"不排除出院还有后遗症"下，第 1 句又是"解放军第一医院泌尿科已经接收了 14 名患肾结石的婴儿"，隔了两句再次出现"陆续共有 14 名婴儿因患同样的疾病住院"。④

从规范和严谨的角度而言，这件获一等奖的作品也存在瑕疵。《甘肃 14

---

① 赵琪：《新闻教育与新闻实践相去有多远？——一场新闻业界与学界的对话》，《中国记者》2013 年第 1 期。

② 简光洲：《因为热爱，所以离开》，《中国记者》2013 年第 1 期。

③ 简光洲、刘鑫：《良知　责任　问责——从"三鹿奶粉事件"看企业的社会责任与危机公关策略》，《今传媒》2008 年第 11 期。

④ 陈力丹、赵卓伦：《大胆履行职责　谨慎点名揭露——评通讯〈甘肃 14 婴儿同患肾病　疑因喝"三鹿"奶粉所致〉》，《新闻实践》2010 年第 1 期。

婴儿同患肾病 疑因喝"三鹿"奶粉所致》标题中"14 婴儿"的表述数量单位缺失，如严格按今天中国新闻奖审核标准，恐怕难评一等奖。另外，"三名""14 名""6 名""8 名"等数字表述格式应统一。"甘肃卫生厅办公室"的表述不宜省略中间的"省"。"湖北省同济医院"的表述也不严谨，其全称现为"华中科技大学同济医学院附属同济医院"。鉴于这件作品社会影响巨大，对于这些瑕疵，有人认为，如果因瑕疵该作品就被排除在中国新闻奖大门外，那恐怕也是中国新闻奖的遗憾。[①]

阅 读 ＋ 《甘肃 14 婴儿同患肾病 疑因喝"三鹿"奶粉所致》

扫码阅读获奖作品全文

（作者：简光洲；编辑：宁希巍；原载《东方早报》2008 年 9 月 11 日；获第十九届中国新闻奖一等奖）

---

① 钱莲生：《中国新闻奖评选若干问题的理性释诉——兼论中国新闻奖改革的方位》，《新闻战线》2017 年第 21 期。

抓带倾向性的问题

在第十八届中国新闻奖评选中，新华社作品《贫困县刮起奢侈风——河南濮阳干部建豪宅机关盖大楼》获评通讯一等奖。这件获奖作品带来的启示之一是，做舆论监督报道要善于抓在全国范围内带有全局性、倾向性的问题。

（一）

河南濮阳县是一个贫困县，有数十万人还在温饱线上挣扎。但就在这样的情况下，县政府却建起了豪华办公楼，县直机关单位的基层领导也都住进了高档别墅。《贫困县刮起奢侈风》反映了有些干部特权思想浓厚，并利用特权追求享受、追求奢侈的干部作风方面的严重问题。①

关于此稿采访经过，稿件作者、新华社记者李钧德有过讲述。2007年初，一位热心的读者打电话反映：河南省扶贫开发重点县濮阳，县委县政府及一些县直机关竞相建起豪华办公楼，这些单位的"头头脑脑"也纷纷搬进高档别墅，其中面积最大的达600多平方米。群众对此意见很大。多年的新闻工作经验，以及此前媒体上关于豪华办公楼的议论，使李钧德敏锐地感觉到，对濮阳县刮起的这股奢侈之风，有深入剖析的必要。在新华社河南分社总编室和总社国内部的支持下，他很快赶到濮阳。②

做舆论监督报道从来都不是一件容易的事。面对当地有关部门的围追堵

---

① 许璐：《好新闻、好故事——以中新奖获奖作品为例》，《新闻研究导刊》2017年第14期。
② 李钧德：《做好舆论监督报道的三大关键》，《中国记者》2008年第4期。

截，李钧德一方面抓紧时间深入现场、深入群众中去进行采访，另一方面通过与有关部门的沟通，对所采访到的各种事实进行认真核实。① 李钧德多年后透露："当地一名曾找我'灭火'的领导事后告诉我，濮阳县的事情，去采访过的记者，没有 100 人也有 80 人，但都被他们摆平了，只有你没有被摆平，看来还是新华社记者作风过得硬。"②

值得一提的是，采写《贫困县刮起奢侈风》，与李钧德此前采写《县级干部建豪宅　民营企业灭顶灾》有一定关联。《县级干部建豪宅　民营企业灭顶灾》写的是：濮阳县机关事务管理局在地上附着物补偿不到位的情况下，出动警察和保安，驱赶并殴打租赁该地块的民营企业金凌花园职工，强拉围墙将大部分花园圈占，致使金凌花园价值 200 余万元的花木被毁盗一空。2005 年 12 月，因户型面积过大、地上附着物补偿不到位、动用警力强行占地等问题，该小区被有关部门叫停。正是因为这篇报道，李钧德接到了多位濮阳读者反映当地领导干部纷纷开建豪华别墅群、县里各单位办公楼也越盖越漂亮的线索。③

（二）

角度好，新闻新，事半功倍；角度不好，新闻平平，前功尽弃。新闻是不见硝烟的战场，抢新闻更多的时候就是抢角度。④《贫困县刮起奢侈风》一稿 2600 多字，正文分为三个部分。第一部分"东挪西借　党政机关比建豪华办公楼"不到 600 字，第二部分"巧立名目　领导干部搬进高档住宅"不到 900 字，第三部分"讲的是排场　失的是民心"有 1000 多字。有人评价，这篇报道因为深刻揭露了濮阳县领导存在的特权思想浓厚、追求奢侈之风等错

---

① 刘保全：《提升新闻作品影响力的四种途径——以"中国新闻奖"获奖作品为例》，《新闻爱好者》2013 年第 4 期。

② 刘江、李钧德：《监督报道如何做到"硬气"？》，《中国记者》2019 年第 8 期。

③ 李钧德：《冲破舆论监督的"封锁线——〈贫困县刮起奢侈风〉采访手记》，出自《追问与守望：一个新华社记者的社会调查》，新华出版社 2015 年版。

④ 吴林、蒋剑翔：《选择最佳新闻角度的途径与方法》，《城市党报研究》2018 年第 8 期。

误执政理念，当之无愧地获得中国新闻奖一等奖。① 作为舆论监督报道，这篇稿件优点不少。

——**问题典型**。舆论监督报道很多时候都是针对问题的报道，问题是否典型，是否具有全局性、倾向性，会直接关乎报道可能带来的影响。报道的主题越深刻，所反映的问题越普遍，指导意义就越大，在揭露性的报道中，选准典型事件，尤为重要。②《贫困县刮起奢侈风》是一篇集中反映干部作风方面存在的追求奢侈之风等突出问题的报道③，有人评价这篇报道成功的原因之一，是选择的题材是上下都关注的热点，是党和政府多年以来一直抓的一件事，也是老百姓反映强烈、意见很大的一件事。④ 出精品的关键在于抓准问题、选好角度，"问题"是新闻精品的源泉。干部建豪宅、机关盖大楼，侵害了群众利益，这是广大人民群众普遍关注的问题，具有倾向性，问题抓得准、抓得新、抓得深。《贫困县刮起奢侈风》获中国新闻奖通讯一等奖，再一次证明抓问题能成就新闻精品的观点。⑤

——**采写扎实**。舆论监督报道多是批评报道，如果采写不扎实，一旦在事实层面出现较大出入就会很被动，不仅会损害媒体公信力，甚至还会被监督对象诉诸法律。《贫困县刮起奢侈风》涉及的数据有数十个，这些数据既涉及濮阳县县情，也有豪华办公楼、高档住宅方面的，翔实的数据背后体现的是记者求真求实的作风。有人认为，这篇稿件在写作上巧妙地运用了对比，作者前面铺陈介绍贫困县的县情就是为了与后面的盖大楼、建豪宅进行对比。对于刚刚从事新闻工作的媒体记者，尝试借鉴对比技法，对于稿件构思和谋篇布局都大有裨益。⑥ 做舆论监督报道一定要去现场。记者根据群众提供的情况实地进行了察看，这主要集中在稿件的第三部分，记者现场察看了濮阳

① 刘飞锋：《向新闻名作学习说"理"》，《中国记者》2014 年第 6 期。

② 莫授鹏：《舆论监督的震撼力——读〈贫困县刮起奢侈风〉》，《城市党报研究》2008 年第 5 期。

③ 刘保全：《新闻主题的选择、提炼和深化——兼评"中国新闻奖"部分作品》，《新闻三昧》2009 年第 8 期。

④ 翁小绵：《揭露权力异化维护群众利益的力作——读〈贫困县刮起奢侈风——河南濮阳干部建豪宅机关盖大楼〉》，《中国记者》2009 年第 3 期。

⑤ 孙希军：《纸媒：应对新媒体冲击 向精品特色发展》，《记者摇篮》2016 年第 3 期。

⑥ 郭炉：《活用对比巧抓大新闻》，《青年记者》2008 年第 27 期。

县国税局办公楼后面的别墅群和县机关事务管理局建设的别墅小区。通过现场察看，既能验证所掌握的情况，也可以增强报道的现场感和可读性，从而让报道更加真实可信。李钧德后来介绍，为了做到报道准确无误，他采访期间对每位采访对象的谈话内容，都认真记录并做了全程录音，对有些可能引起麻烦和争议的事实，还让提供事实的人在他的采访本上签字认可。写作时，他坚持"没有可靠消息来源的事实，再合理也不写；没有得到证实的细节，再精彩也不用"。[①] 后来不少仕途受到影响的官员把原因归咎于这篇报道，但这些人却无法从这篇稿件中找到事实层面的差错。

——**理性客观**。舆论监督报道做到理性客观，不仅要有群众声音、记者的调查，还要有被监督对象声音、相关部门的态度等，否则报道可能就失衡，就显得不够客观、全面。那种"截至发稿没有回应"的做法并不可取。《贫困县刮起奢侈风》有两段话都是濮阳县劳动和社会保障局一名副局长的观点，起到了一定的平衡作用。此外，稿件结尾部分有濮阳市纪委副书记、监察局长介绍的情况：濮阳县纪委已将部分违规别墅查封，拟公开拍卖。这让报道更加全面。有人评价，这部分内容的作用是让新闻开头所介绍的社会丑恶现象已经得到了遏止和部分解决，群众的不满得到了正面回应，批评性报道依然有着正面的结局。[②] 第十八届中国新闻奖评委、时任山西日报常务副总编辑翁小绵对此评价，这篇报道数次请被批评方出来讲话，体现出作者客观公允的态度，也更增强了文章的说服力。[③]

——**标题独特**。标题是第一个落入读者眼中的重要信息，标题的作用是吸引读者注意力，引起读者的阅读欲望；介绍新闻内容，给读者以向导；评介新闻内容，阐明意义；美化报道版面。如果标题制作表现一般，平淡无味，稿件内容写得再精彩，恐怕也难以激发读者阅读的兴趣。《贫困县刮起奢侈

---

① 李钧德：《以事为据　以理服人——做好舆论监督报道的体会》，《人民日报》2008 年 11 月 9 日。
② 陈阳、郭玮琪、张弛：《我国报纸新闻中的情感性因素研究——以中国新闻奖一等奖作品为例（1993—2018）》，《新闻与传播研究》2020 年第 11 期。
③ 翁小绵：《揭露权力异化　维护群众利益——读〈贫困县刮起奢侈风〉》，出自《追问与守望：一个新华社记者的社会调查》，新华出版社 2015 年版，第 21—22 页。

风》的标题，贫困县是很重要的背景材料，把贫困县这个词放在标题，与奢侈风形成鲜明的对比。① 有人评价，把贫困县与奢侈风两个词放在一起组成一个标题，一正一反，形成鲜明对比，让人触目惊心，让读者看了这样的标题，就会产生进一步阅读的冲动。② 也有人认为，标题中"贫困"和"奢侈"本是鲜明的对比，通过对比的手段单刀直入地击中要害，使贫困愈显贫困，奢侈更显奢侈。③

——**结尾有味**。舆论监督报道该怎么结尾？《贫困县刮起奢侈风》是一个观点式的结尾，这个结尾同时提出了一个问题，即这事将来会怎么处理、又该怎么处理？这个结尾很有味道："一位不愿透露姓名的县直机关负责人说，濮阳县刮起的奢侈风，县委县政府应负主要责任。这就像汽车闯了红灯，应该处罚掌握方向盘的司机，而不能仅仅处罚乘车人就草草了事。"

——**监督有力**。不能推动问题解决的舆论监督报道，很难说是有力、有影响的报道。《贫困县刮起奢侈风》刊发后在社会各界引起强烈反响。中央领导同志对此问题也高度重视，并作出了重要批示。最后，濮阳县委原书记、县长等 18 名责任人分别受到党纪政纪处理。濮阳市委市政府、濮阳县委县政府向河南省委省政府写出书面检查，个别领导干部严重违规建设的住宅楼和办公楼依法予以没收，向社会公开拍卖。河南省委办公厅、河南省人民政府办公厅发出通报，要求全省各级党政机关和领导干部一定要从这一事件中汲取教训，引以为戒，切实加强干部作风建设，坚决刹住违规建设办公楼和住宅楼的不良风气。④ 后来，全国随之掀起了一场清查党政机关豪华楼堂馆所的风暴。

---

① 刘学生：《浅谈新闻报道中背景材料的位置》，《传播力研究》2018 年第 30 期。
② 资云波：《新闻标题制作应讲究个性》，《科技传播》2013 年第 13 期。
③ 杨天洁：《通讯写作如何抓问题》，《新闻与写作》2009 年第 8 期。
④ 李钧德：《河南严肃查处濮阳县违规建设办公楼和领导干部住宅楼问题 18 名责任人受党政纪处理》，《资源导刊》2007 年第 6 期。

（三）

李钧德大学毕业后进入新华社工作，多次获得中国新闻奖。《贫困县刮起奢侈风》获评中国新闻奖一等奖后，他还应邀在第十八届中国新闻奖、第九届长江韬奋奖颁奖报告会上做典型发言。他想当记者，缘于中学时的梦想。当时，他看了一篇介绍新华社记者为民请命、反映灾情的报告文学，连续多天心潮澎湃，从此便有了也要当一名记者的想法。大学毕业时，好几个让人羡慕的单位向他伸出橄榄枝，但当得知有机会到新华社当一名记者时，李钧德毫不犹豫地选择了这个机会。他的代表作均是"硬核"新闻：《贫困县刮起奢侈风》《电话号码簿揭开河南郸城县领导班子超编内幕》《无辜下岗职工缘何命丧"人民满意派出所"？》《濮阳市"冒牌劳模"事件追踪》……这些作品体现了一名新闻人的责任和担当。[①] 他早年获中国新闻奖的作品《取下神像挂地图》也是一篇佳作，通过豫南庄户这个窗口，展示了改革开放新形势下，中国农民思想观念发生的巨大变化。他们破除迷信，相信科学，尊重知识，开阔视野，开始走出家门闯世界。[②]

从业初期，李钧德努力写好每一条消息，即使是一些重要的报道，他也力争用简洁明快的消息来表达。2000 年以后，他加大了对舆论监督和调查性报道的探索和实践力度，这一时期的代表作主要是调查性报道。有人评价他是"新华社著名的舆论监督报道记者"，写了大量尖锐、有影响力的报道，如 2018 年从微信群里发现线索后采写的"农机套补诈骗案"，推动了全国性惠民政策的完善，让农机补贴的手续大大简化了。一个不断进步、变革的社会，需要新闻记者。李钧德觉得记者这个职业最吸引他的是"成就感，能改变一些不合理的事情"，哪怕只是一点点改变，这就是媒体的价值所在。[③]

有人评价，李钧德把调查性报道这种转型社会场域中的新闻体裁写作推向了一个新的高度，他的成功一是因为始终具有清醒的问题意识，二是因为

---

① 《你有代表作吗》，《中国记者》2019 年第 8 期。

② 王建红：《看似波澜不惊 实则自成丘壑——〈取下神像挂地图〉析评》，《新闻爱好者》1995 年第 10 期。

③ 刘江、李钧德：《监督报道如何做到"硬气"？》，《中国记者》2019 年第 8 期。

拥有不忘初心的新闻舆论观。① 谈及过往，李钧德坦承自己也经历了数不清的酸甜苦辣，既有挖出独家新闻的喜悦，也有采访失败的苦恼。记者突破不了采访对象或者稿子被毙掉，都是正常的事情，不要动不动就灰心。首先要把稿子做好，努力争取发稿，实在发不了也别太在意。

回顾自己业务成长的经历，他认为，要想成为一名合格的记者，除了要有较高的政治素养和基本的表达能力外，还要有对社会变化见微知著的悟性，为了正义拍案而起的血性，以及面对困难百折不挠、从容应对的韧性。从某种程度上甚至可以说，后三者才是决定一个记者成功、成才的关键。②

无论技术如何发展，传播环境如何发生变化，人们对社会进步的期待不会降低，对公平正义的追求不会减少，公平、正义、透明、公开，应该始终是每一名记者为之奋斗的目标。③ 如何才能做好舆论监督报道呢？李钧德的经验是，舆论监督报道要想取得较好效果，必须学会在"党和政府明令禁止"和"人民群众深恶痛绝"的结合点上做文章，注重用事实说话，不能为轰动而轰动。唯有如此，才能收到较好的监督效果。④

从赏析的角度而言，这件作品也有可探讨之处。稿件的副标题是"河南濮阳干部建豪宅机关盖大楼"，而稿件正文第一部分讲的是机关盖大楼，第二部分讲的才是干部建豪宅，标题与正文如果能一致，阅读体验则会更好。稿件第一段从"近几年来"切入，时效性上显得有点弱，稿件第三部分才提到了一个最新的时间"2 月中旬"。从写作上而言，稿件前两部分多是叙述、介绍，缺乏现场，稿件第三部分的现场放到第二部分似也可以。文中一些评述的语言似可删减。

———————

① 赵平喜：《转型社会调查与记者"成名的想象"——读李钧德〈追问与守望〉有感》，《现代视听》2016 年第 9 期。

② 李钧德：《悟性 血性 韧性—— 一个新华社记者的职业关键词》，《新闻爱好者》2011 年第 9 期。

③ 李钧德：《新媒体时代调查报道的困境与出路》，《中国记者》2018 年第 3 期。

④ 李钧德：《做好舆论监督报道的三大关键》，《中国记者》2008 年第 4 期。

阅读+　《贫困县刮起奢侈风——河南濮阳干部建豪宅机关盖大楼》

扫码阅读获奖作品全文

（作者：李钧德；编辑：陈芸、孙杰；新华社 2007 年 2 月 27 日；获第十八届中国新闻奖一等奖）

巧妙监督监管部门

在第十七届中国新闻奖评选中，《中国青年报》作品《忻州煤矿安监局好气派》获评通讯二等奖。这篇短而精的通讯，不仅写作上很有特色，刊发后社会影响也比较大，涉事的多人受到处分。

（一）

《忻州煤矿安监局好气派》正文仅千余字，11 个自然段，从体裁上看是通讯，从内容上看是调查报道亦是舆论监督报道。《中国青年报》当时刊发监督忻州煤矿安监局的稿件，背后可能与当年矿难有关——2006 年 11 月 5 日上午 11 时 45 分，大同煤矿集团轩岗煤电公司焦家寨矿（地处忻州市原平县境内）发生瓦斯爆炸事故，47 名被困矿工全部遇难。

不仅如此，这里还接二连三发生特大煤矿安全事故——2005 年 7 月 2 日下午 2 时 20 分，忻州市宁武县阳方口镇贾家堡煤矿接替井发生特别重大瓦斯煤尘爆炸事故，造成 36 人死亡，11 人受伤；2005 年 10 月 31 日下午 4 时 50 分，忻州市原平市长梁沟镇圪合峁煤矿发生瓦斯爆炸事故，造成 15 人死亡，1 人受伤。

特大煤矿安全事故频发的背后与当地煤矿安全监察方面是否存在关联？《中国青年报》的报道引而不发，而是以忻州煤矿安监局最近两年"财气"暴涨的事实为切入口进行了客观呈现。副标题上的一连串数字看了让人产生很多联想——"10 名员工，36 套住宅，9 辆公车，人均办公面积达到 200 平方米"。这显然是不太正常的。有观点认为："愕然良久，醒悟到，我们一直以来强调煤矿生产'安全第一'，原来最让人感到不安全的地方竟然就是安监局。"[1]

---

[1] 颜丙文：《评论：让人感到不安全的是安监局》，光明网 2007 年 1 月 2 日。

对于这种不太正常的现象，报道很巧妙地借用刘副局长的话进行了解释。这集中在稿件的第 8、9、10 自然段，从字数看这部分内容约占全文总篇幅的三分之一。这是报道十分关键的一部分，给了被监督对象说话的机会。至于刘副局长给出的解释，公众信不信，是否经得起调查，则是另外一回事，但这是整个报道不可或缺的一部分。

稿件最具杀伤力的内容是最后一段："不过，有知情人士透露，建设资金中有小部分是向部分乡镇和煤矿'借的'，忻州市宁武县某乡镇就'借给'该局 5 万元。而被该局监管的宁武县的一煤矿，则花了 35 万元购买了该局的一些旧的办公设备。"有了这一段内容，报道的指向不言自明。

稿件在《中国青年报》刊发时还配发了 3 张照片——忻州煤矿安监局的办公楼、住宅楼及正在兴建的宾馆。这 3 张照片是整个报道的重要组成部分，具有很强的直观性，便于读者了解这个地方煤矿安监局怎么个气派，又是怎么个"财气"暴涨的。照片是文字记者拍的。

有人总结这篇报道在写作上的特点是巧用六种方式"说话"：一是用数字"说话"，二是用对比"说话"，三是用权威部门和权威人士提供的信息"说话"，四是用图片"说话"，五是用暗讽"说话"，六是让匿名消息来源"说话"。撰写此稿的记者不仅注意"巧说话"，还有"必要的不说话"——记者自始至终没有"站出来"对新闻事实发表评论或对报道对象进行性质界定，却取得了"此时无声胜有声"的效果。[①]

（二）

评价一件新闻作品，可以从选题的重大性、新闻的显著性、文本的精致性、内容的全面性、表达的客观性、角度的新颖性、形式的融合性等诸多方面进行评价，但社会效果是新闻作品社会评价的一个重要方面，这也是新闻作品参加各级新闻奖评选时，需要填报社会效果的原因。流量只是全媒体时

[①] 王卫明、李铧生：《记者巧"说话""无声"胜"有声"——评第十七届中国新闻奖获奖通讯〈忻州煤矿安监局好气派〉》,《采写编》2009 年第 5 期。

代内容所产生的社会效果的一个方面，不能把流量等同于社会效果。对舆论监督报道而言，所披露的问题是不是引起了相关部门的关注和重视，是不是推动了问题的整改和解决，是报道社会影响的重要体现。

从社会影响看，《中国青年报》的《忻州煤矿安监局好气派》的报道不仅选题抓得好，操作无疑也是成功的。报道刊发后，不仅中央电视台《焦点访谈》栏目进行了跟进，国家层面也迅速介入进行了调查。"作为执法部门，无论采取什么方式，向监察对象借钱、索要好处，都是错误的，对违规超标的问题要立即纠正，对有关责任人要追究责任，严肃处理。""感谢中国青年报、中央电视台等新闻媒体对我们的爱护、鞭策和帮助。在中国没有不受监督的部门，也没有不受监督的个人。安全监管总局从我开始，都要接受监督，要消除存在的一些不正确思想。"在总局和煤矿安监局机关及在京直属单位负责人会议上，时任国家安全监管总局局长、党组书记李毅中表示，安监系统要虚心接受媒体和全社会的监督。①

据后来的官方通报，山西忻州煤矿安全监察局违规修建办公楼存在的主要问题有：违规筹集建设资金，其中向被监管的国有煤矿企业借款 209 万元；办公楼面积严重超标，按照编制内人数计算，人均达 255 平方米；严重超编制配备公务用车，其中有 4 辆为接受地方政府和煤矿企业资助 63 万元购置。国家安全监管总局决定：给予忻州煤监局原局长党内严重警告和行政撤职处分，给予忻州煤监局原党总支书记撤销党内职务处分，给予忻州煤监局原副局长党内警告和行政降级处分；给予山西省煤矿安全监察局党组书记、局长行政记过处分。山西省煤矿安全监察局决定：向国有煤矿企业筹借的基建款和接受 4 家国有煤矿资助的购车款全部归还给有关企业；责令忻州煤监局搬出该办公楼，并对该办公楼予以拍卖；对超编制配备的 4 辆小汽车予以拍卖。②

李毅中当时就忻州煤矿安监局向煤矿借钱超标准建办公楼、接受煤矿资助购买汽车一事表示："媒体不是中央纪委，媒体不是审计署，媒体不是调查

① 程刚：《忻州煤矿安监局的行为严重违规》，《中国青年报》2007 年 2 月 8 日。
② 《山西忻州煤矿安全监察局违规建楼　多人受到处分》，新华社 2007 年 6 月 1 日。

组，你不能要求他每句话都说得对。只要（媒体监督）有事实依据，就要高度重视。"《中国青年报》就此刊发评论称，衷心希望媒体尽量把事实调查得再准确一些，也希望社会各界特别是政府官员能像李毅中那样对媒体多一些理解和宽容，少一些吹毛求疵和求全责备，更希望通过立法形式，对舆论监督和记者、编辑给予应有的保护。①

（三）

这篇稿件的作者高山，早年为一名中学教师，进入中国青年报社工作之前，在山西青年报社做过编辑。进入中国青年报社工作后，长期奋斗在总编室夜班一线岗位，先后获中国新闻奖 6 次（另有一次参与编辑的作品获中国新闻奖二等奖，署名为集体）。他在 6 次获中国新闻奖的作品中，多为编辑或参与编辑。

《忻州煤矿安监局好气派》是高山 2006 年至 2007 年在山西记者站驻站锻炼期间采写的，这一时期他发表了多篇有一定影响的报道，如山西黑砖窑系列报道、《假记者横行吕梁山》等。《忻州煤矿安监局好气派》的线索，其实是一位和忻州煤老板接近的人提供的，说忻州煤矿安监局盖楼时向一些产煤的乡镇和煤矿"借"了钱。"安监局向煤矿借钱？那怎么监督煤矿的安全生产啊？"联想到忻州市每年都要发生一两起特大矿难，高山立刻赴忻州采访。成稿时，他用数字说话，只写事实。②

在日常编辑工作中，高山特别注重版面设计、标题制作和图片的运用。在版面设计上，丰富版面元素，提升"可视化"程度，努力使版面既有表现力，又有冲击力。努力做活标题，使之灵动起来，简洁、口语化、多用动词。比如，刊发一篇一个肌无力的小伙自强不息的报道时，他把标题改为《肌无力生命有力》，简洁、朗朗上口；天宫一号发射成功的消息，他把标题改为《中国人开始在太空安家》；一篇博士扶贫的稿件，他把标题改为《密码学博士破

① 余丰慧：《媒体不是中纪委》，《中国青年报》2007 年 2 月 9 日。
② 《〈忻州煤矿安监局好气派〉申报资料实录》，出自《中国新闻奖作品选（2006 年度·第十七届）》，新华出版社 2007 年版，第 263 页。

译"贫困密码"》。①

　　自然灾害、灾难、突发事件等报道具有较强的社会敏感性，而相关的报道组织工作本身就包含了对报道规模、方式、细节的谨慎控制和把握。高山撰文介绍，中国青年报社在这方面经多年探索实践，设计了三种判断与切入现场的预案供选择：一是编辑部判断与组织报道，二是记者在编辑部未做决定前到位，三是记者到位后编辑部指派和追加记者和编辑。②

　　从赏析的角度而言，《忻州煤矿安监局好气派》副标题上的一组数字虽然直观，但显得过长。写作上，稿件以"山西省忻州煤矿安全监察局最近两年'财气'暴涨"为开头进行切入，显得时效性、贴近性不够强。另外，报道中的一些数据与后来官方通报公布的数据存在出入。尽管不能苛求媒体的报道尤其是舆论监督报道做到一字不差，但从高要求的角度而言，还是要尽可能避免和减少不准确、存在出入的表述。

阅读+　《忻州煤矿安监局好气派》

扫码阅读获奖作品全文

　　（作者：高山；编辑：潘圆、戴长澜；原载《中国青年报》2006 年 12 月 27 日；获第十七届中国新闻奖二等奖）

---

　　① 《中国青年报社推荐参评第十七届长江韬奋奖人选公示——高山》，中国青年网 2022 年 5 月 23 日。
　　② 高山：《程序化决策　个性化操作——〈中国青年报〉公共安全与危机处理报道模式与经验》，《中国记者》2004 年第 9 期。

费尽周折务求准确

在第十三届中国新闻奖评选中,《湖北日报》刊发的《郧西县"石头标语"劳民伤财》获评通讯二等奖,这是一篇典型的舆论监督报道,此稿的采写经过对做好舆论监督报道有借鉴之处。

在这届中国新闻奖评选中,有两件获奖作品报道的都是湖北省十堰市郧西县的"石头标语"——湖北人民广播电台的《"造林"还是"造字"》获评广播专题一等奖,《湖北日报》的《郧西县"石头标语"劳民伤财》获评通讯二等奖。报道披露了郧西县这个国家级贫困县的一些干部不思苦干实干,而是大搞形式主义,耗费大量人力物力在半山腰上大造"石头标语",劳民伤财,把一场"造林运动"变成了"造字运动"。

一个地方同一主题不同体裁的两件作品同获中国新闻奖,本身就比较少见。更为巧合的是,这两件获奖作品不仅是同一天刊播的,作品署名也有相同的地方。通讯作者署名为"胡成、杨宏斌、余秀武",广播专题作者署名为"杨宏斌、胡成"。当时,胡成为湖北日报社记者,杨宏斌为湖北人民广播电台记者,余秀武为郧西县店子镇林业干部。

两篇稿件虽然主题相同,但内容并非雷同,各自都在稿件中交代了线索来源。广播作品中介绍:"今年11月28号,记者乘车经过郧西县店子镇太平寨时,突然发现,公路旁陡峭的高山上,一个巨大的水泥字扑面而来。"通讯稿中则写道:"10月16日,记者在郧西县店子镇姜家沟村一个名叫太平寨的山上,赫然看到'封禁治理'四个石头大字。"

两篇稿件之间究竟有什么关系呢?相关资料显示:2002年10月,胡成坐长途客车到湖北十堰市郧西县采访,透过车窗,他看到山上有石头砌成的"封禁治理"等标语，同车的当地农民告诉他，这是 1999 年几个镇的数千农民历时数月砌成的。他觉得其中有新闻可以挖掘，便当即下车采访，最终写成了报道《郧西县"石头标语"劳民伤财》，并与湖北广播电台记者合作制成了广播报道《"造林"还是"造字"》。两篇稿件发表后，在社会上引起了强烈反响，分别被评为中国新闻奖报刊类二等奖和广播类一等奖。①

　　同题报道，又是同一天刊发，为何一个获一等奖，一个获二等奖呢？仅就内容而言，《"造林"还是"造字"》采访要更深入和全面一些，不仅采访到了标语字的设计者和林业局干部并播出了录音，另外记者还到郧西相邻的陕西相关乡镇进行了采访，看到的是只见树木不见字，对比之中，报道的意味也就更加明显。此外，编辑部对记者稿件进行了认真讨论并提出了补充意见，记者随后再次奔赴郧西采访，使报道内容更丰富、更生动，主题也更鲜明。②有人评价《"造林"还是"造字"》通篇没有深揭猛批的雷霆，也没有义愤填膺的激昂，却将"造字"与"造林"做了非常巧妙的对比，读了或听了这篇报道，有谁不痛恨形式主义"劳民伤财"呢？③

　　《郧西县"石头标语"劳民伤财》一稿主张的是实干为民，鞭笞的是劳民伤财的形式主义。稿件用十分典型的新闻事实，揭露了形式主义的危害，令人过目不忘，该新闻事实成为省委书记在全省会议上批评形式主义引用的典型事例。④作为获奖作品，"石头标语"的提炼也十分形象直观。

　　——顶住压力刊发。记者为了采写此稿，租了一辆小货车在另外一些乡镇跑了 3 天，对"造字"现象进行了深入的采访。记者成稿后，部门主任、总编辑先后对原稿进行了认真修改。编辑部排除了方方面面的干扰，终于将

　　① 张勇：《增强新闻敏感性　见微知著抓"活鱼"——谈"内容为王"理念下记者基本能力建设》，《中国地市报人》2021 年第 5 期。

　　② 《〈"造林"还是"造字"〉【资料】》，出自《中国新闻奖作品选（2002 年度·第十三届）》，新华出版社 2004 年版，第 94 页。

　　③ 周列克、周翔：《一篇批评形式主义的力作——第十三届中国新闻奖一等奖录音新闻〈"造林"还是"造字"〉【评析】》，《新闻战线》2004 年第 5 期。

　　④ 宋汉炎、李迎涛：《认准机关报定位　做好"三贴近"文章》，《新闻前哨》2003 年第 9 期。

此稿公开见报。① 做舆论监督报道，记者自身把报道采写到位十分重要，媒体顶住压力公开刊发同样重要。

——**抓到典型事实**。在国家级贫困县郧西县农村采访的途中，记者本来是为另一个采访目的而来的，却偶然看到了出现在半山腰的巨幅"石头标语"。为什么会有这么多的"石头标语"？这些"石头标语"是如何产生的？记者的好奇心触发了想进一步了解的愿望。通过深入采访，记者抓到了指向形式主义的典型事实。《郧西县"石头标语"劳民伤财》可以说是记者善于观察思考、善于思辨所产生的佳作。②

胡成多次获得中国新闻奖。有人评价，他获中国新闻奖的作品，主题和内容大多是人们习以为常的事情。但胡成能够从这些小事中挖掘出大主题，在平凡中挖掘出不平凡的故事，《郧西县"石头标语"劳民伤财》即为其中之一。从 1999 年到 2002 年，路过"石头标语"的众人都熟视无睹，但是这条好新闻却最终出自胡成笔下，可见新闻意识、新闻敏感对记者是何等重要。③

记者下去采访，如果不用心，只是住宾馆、听汇报、看材料，由地方官员和新闻科长陪着喝酒、打牌，再加一点走马观花式的采访，那是很难获得真正有价值的新闻资源，也是绝难捕捉到新闻的"活鱼"的。④

——**事实准确无误**。《郧西县"石头标语"劳民伤财》用准确无误的事实把这个地方劳民伤财"造字"之风刻画得淋漓尽致。⑤ 稿件发表后，湖北省委书记在全省经济工作会议上对此严重的形式主义进行了严厉批评，要求全省干部进行工作作风整顿。⑥

有人评价，胡成的舆论监督作品坚持了用事实说话，许多地方还是用典

① 《〈郧西县"石头标语"劳民伤财〉【资料】》，出自《中国新闻奖作品选（2002 年度·第十三届）》，新华出版社 2004 年版，第 283 页。

② 陈岩：《思辨性报道谈》，《新闻前哨》2003 年第 8 期。

③ 张勇：《增强新闻敏感性 见微知著抓"活鱼"——谈"内容为王"理念下记者基本能力建设》，《中国地市报人》2021 年第 5 期。

④ 柏健：《探寻、回应底层真实的声音——论主流媒体的社会责任感和使命感》，《新闻前哨》2003 年第 6 期。

⑤ 何志武、李璞：《问题新闻写作须控制感情流量》，《城市党报研究》2005 年第 4 期。

⑥ 胡成：《舆论监督的喜剧美》，《新闻前哨》2004 年第 7 期。

型事实说话，以充满细节的事实说话。对于这篇稿件产生的社会影响，胡成认为可以总结的地方很多，但他个人对其中"石头标语"到底有多大这个细节，有很深的体会，从中既可以看到记者做舆论监督报道的求真务实、敢负责任的精神，又可以看到背后谨小慎微、如履薄冰的心态。

现场采访回去以后，胡成对"石头标语"的大小还是拿不准，便委托一位朋友前去现场用皮尺对其中一个"禁"字进行测量，结果竟是 930 平方米，"封"字中的一点是 45 平方米。报道发出后，郧西县县长、县委宣传部长到报社沟通，他们表示诚恳接受舆论监督，同时也指出，这个"石头标语"没有那么大，记者夸大其词。胡成告诉他们，进行过实测，他们就没话说了。

为了让读者对 930 平方米一个字的"石头标语"有一个直观的印象，胡成写稿时用篮球场的大小与之进行比较。但一个标准的篮球场究竟有多大，让他颇费周折。他首先找到报社一位毕业于体育学院篮球系的体育记者，这位记者说，新颁布的篮球场标准应是 15 米 × 30 米 =450 平方米。他不放心，又找到作为行政管理部门的湖北省体育局，得到的答案是 15 米 × 28 米 =420 平方米。他还是不放心，又驱车找到武汉体育学院，从教科书上求得的答案是 14 米 × 26 米 =364 平方米。

这三个答案可以说都有一定的权威性，但到底信谁的呢？最后，胡成上网又进行了查询，从中央电视台网站的体育频道上看到："篮球比赛的标准场地长 26 米、宽 14 米。"接着，他又从"篮球裁判网"得到更完整的解释："对于国际篮联主要的正式比赛以及所有新建的比赛场地，其尺寸应是长 28 米、宽 15 米，从界线的内沿测量。对于所有其他的比赛，国际篮联的适当部门，如地区委员会或国家联合会，有权批准最小尺寸为长 26 米、宽 14 米的现有比赛场地。"最终，胡成选用了 14 米 × 26 米 =364 平方米这样的国内标准，"一个字两个半篮球场大"成了引题的一部分。

用篮球场的大小来类比"造字"之大，这种表述形象生动，一目了然，令人震撼。胡成认为，真实性是新闻的"命根子"，"一篇失实的舆论监督报道就会叫你一辈子抬不起头来"，哪怕在细节问题上出现一些破绽，也会授人以柄。舆论监督细节失实的进一步发展，可能导致基本事实的失误。避免低级错误，要求记者要有求真务实、吃苦耐劳的作风，有迎难而上、敢拼敢打的勇气。

胡成认为"石头标语"一个字究竟有多大，"大到 930 平方米，大到有两个半篮球场大""大到关系党风、文风；大到关系对一个地方的肯定、否定；大到可能导致一场无谓的官司；大到关系一个记者的形象、声誉；大到影响报社与地方的关系；大到影响党报在人民心目中的威信"。所谓"舆论监督无小事"，这便是一个很好的注解。①

做好舆论监督报道，一方面有赖于记者的政策理论水平，另一方面有赖于记者的社会责任感和良知。如何有效开展舆论监督？必须明确舆论监督选题所涉及的范围和重点：一是要监督一些地方和单位对宪法和法律的实施情况；二是要监督对党和国家方针政策的贯彻执行情况；三是要监督各级干部特别是领导干部的行为，防止滥用权力，严惩执法犯法、贪赃枉法；四是要监督一些地方的社会经济秩序和社会行为规范，弘扬正气，打击歪风，揭露各种丑恶现象。进行舆论监督时，既要做到出发点正确，也要能较好地把握"度"。所谓出发点，就是不能将舆论监督变成表达个人情绪和好恶的道具，揭示事实的角度和采访的初衷都应该是善意的，在披露事实的过程中所采取的评价态度应该是公允的。所谓"度"，就是要慎用结论性、裁判性的语言，不能将被批评者逼到"死"路上去。②

从赏析的角度而言，此稿也有一些值得探讨之处。通讯《郧西县"石头标语"劳民伤财》的标题巧用数字③，这主要体现在引题上——"一个字两个半篮球场大　一条标语长达 5 公里"。一些获中国新闻奖的通讯作品做成了消息的标题，有人称之为通讯的"消息化标题"，这类标题的最大特点是，把通讯中的事实硬件拎到标题上来，用事实说话，《郧西县"石头标语"劳民伤财》就是这方面的代表。这个标题批评了"石头标语"劳民伤财的事实，让

---

① 胡成：《舆论监督的细节真实》，《新闻前哨》2004 年第 1 期。
② 吴咏林：《坚持正确导向　反映群众呼声——胡成与他的舆论监督作品【专家点评】》，《新闻前哨》2003 年第 4 期。
③ 赵玉武：《让新闻标题活起来亮起来的方法技巧探析》，《新闻研究导刊》2022 年第 12 期。

人一看就知道通讯说的是什么事情。① 通讯标题消息化也要辩证地看，消息化让新闻事实很明了，但消息化难免就少了通讯应有的意味。稿件篇幅不长，1500余字，但如果处理成消息不仅长了，又面临时效性弱的问题。从文字上而言，内容也可以更加精练。

与获一等奖的广播专题《"造林"还是"造字"》相比，获二等奖的通讯《郧西县"石头标语"劳民伤财》在采访的广度和深度上稍显逊色，最关键的是通讯中的主要受访者是农民，是农民在介绍情况，而广播专题中的主要受访者是镇林业站参与"造字"设计和建造的职工，并且用了实名。另外有一点让人疑惑，存在"石头标语"的夹河到底是乡还是镇，两件作品一个用的是"乡"，一个用的是"镇"。

阅 读 ＋　《郧西县"石头标语"劳民伤财》

扫码阅读获奖作品全文

（作者：胡成、杨宏斌、余秀武；编辑：王新；原载《湖北日报》2002年12月9日；获第十三届中国新闻奖二等奖）

---

① 姜圣瑜：《追求新闻标题中的事实魅力》，《新闻与写作》2020年第4期。

删除证据不足信息

在第十二届中国新闻奖评选中，《中国青年报》刊发的《曹县一中：高考替考已成公开秘密》获评通讯二等奖。这是一篇调查报道，也是一篇成功的舆论监督报道，是媒体履行党的新闻舆论工作"澄清谬误、明辨是非"职责和使命的体现。

《中国青年报》刊发过多篇与高考有关的调查报道，并在全国产生重大社会影响。例如，2000 年 8 月，《中国青年报》对湖南隆回一中保送生舞弊事件进行了连续报道，引发了保送生政策的重大调整，2001 年保送生数量从往年的 25000 人锐减到 5000 人左右。2001 年 7 月，《中国青年报》连续刊登山东曹县一中"高考替考"的报道，引起社会舆论极大关注。2006 年 6 月，《中国青年报》陆续推出《上千"体育竞赛优胜生"是水货》等 20 多篇报道，多方面展现和剖析一些加分项目已沦为腐败"温床"的事实和原因，这组报道推动了体育特长生高考加分政策得到进一步规范。2009 年 5 月，《中国青年报》对罗彩霞被冒名顶替上大学一事进行了报道，数名涉案人员分别受到刑事和行政处罚。[1] 通过获奖报道《曹县一中：高考替考已成公开秘密》，也可以看出《中国青年报》调查报道的一些特点。

——**线索来自举报**。当年 6 月中旬，中国青年报社接到一封来自山东曹县的举报信。举报信中说："我是曹县一中高三理科班的学生，一些家长想法让去年考上大学的尖子生来替他们的孩子考试，俗称替考。方法是一切档案都是被替考考生的，只有相片是大学一年级回来的学生的。"中国青年报社不

---

[1] 《中国青年报中的高考面孔》，中青在线 2017 年 6 月 8 日。

缺乏报道线索，但需在海量信息中仔细筛选报道题材。选题标准有四点：一是事件在全国具有普遍性；二是涉及多数人利益或是符合多数人价值观；三是事件本身有特别荒诞的戏剧化冲突，即把一类事件推到极致；四是事件的主角是一个具体的人。这四点起码要占三点，其中有一点特别突出，才有可能得到较大关注。①

——记者核实调查。举报人在信中没有留下地址、姓名和联系方法。编前会上，时任中国青年报社采访中心负责人杜涌涛极力游说记者前往采访揭开事实真相，两位年轻女记者很快反馈愿意前往。考虑到采访难度和危险性，他希望能有一位男记者一同前行，先后找到两位，对方都婉言谢绝。最后一名男记者答应前行，但出发前一日深夜，突然以某种理由推托了采访。年轻女记者之一的郑琳深夜给杜涌涛打电话请求援兵，他表示一同前往采访。次日一早，杜涌涛买了一张站台票，3 人上了火车。②

杜涌涛是第十届长江韬奋新闻奖（韬奋系列）获得者，曾任中国青年报社副总编辑、冰点周刊主编。他就"非典型人物报道"总结过十四条提示，值得一看。具体为：（1）写人物就是写个性；（2）写人物要突出人物的某个侧面；（3）人物报道切忌写成人物小传；（4）学会用故事和细节刻画；（5）人物报道切忌仰视被采访对象；（6）不要做被采访对象的传声筒；（7）一个好的人物报道通常用三种方式交叉写作，一种是陈述，一种是描写，一种是和被采访对象之间的言语；（8）把人物置放到特殊场景中去表现；（9）直接引语和间接引语的使用；（10）在写人物方面要追求细节；（11）引语后面一般会有"他说"或前面有"他说"；（12）尽量少用小标题；（13）采访一个人物要采访 20个人，最少应该采访 10 个人，不能采访一个人就开始写；（14）好的记者要培养自己独特的风格，找到适合自己的文体。③

---

① 郑琳、王俊秀：《"王帅诽谤案"——一起典型舆论监督报道操作过程解析》，《中国记者》2010年第 5 期。

② 周世康：《他们为新闻经历了什么——第九届长江韬奋奖评选随记之二》，《传媒观察》2008 年第 8 期。

③ 杜涌涛：《写好人物的十四点提示》，中国青年报网 2009 年 8 月 6 日。

——**客观全面呈现**。《曹县一中：高考替考已成公开秘密》是一篇重大舆论监督报道，具有很强的"杀伤力"，这要求采写要深入，报道要做到客观全面，做到事实准确，避免因为事实有出入陷入被动。新闻要讲事实，调查报道、舆论监督报道更要注重事实。考虑到此次采访难度，报社特意买了一部微型摄像机供记者使用，能根据会议记录披露县里的紧急会议，可能就缘于微型摄像机发挥了作用。记者到当地进行暗访调查时，为了融入当地人群，3人特意穿得很土气。起初采访很不顺利，由于不敢暴露真实身份，该校学生没人敢对记者说实话。县里有关部门知道了记者行踪后，派一人"贴身"陪同。考虑到安全和保护证据的需要，3名记者深夜还搬过一次住处。

稿件正文 4200 余字，七个部分的小标题依次为："举报信说：替考奇风刮得太大了""学生说：替考好几年来都有""老师说：只要有钱，学习再差，我也能帮他上大学""校长说的最多的是：我不清楚""县里的'紧急会议'强调：今天的会议要保密""究竟有多少毕业生？""究竟有多少考生临阵缺考？"从这些小标题可以看出，记者做了大量细致深入的调查。值得一提的是，对于这一选题，中国青年报社委会多次召开会议，进行研究，稿件刊发前，社领导进行了审读，夜班责任编辑精心组版并精雕细琢稿件，删除了证据不足的信息，确保万无一失。[①]这些做法对做好调查报道都有一定的参考性。

——**白描手法和直接引用的使用**。白描手法的特征是准确、客观，配合与之具有相同属性的直接引语，能避免作品因为直接批评性的写作语言而引起纠纷。《曹县一中：高考替考已成公开秘密》作为调查性报道，文中五分之四的文字是白描和引语，而非叙述性分析。稿件第五部分"县里的'紧急会议'强调：今天的会议要保密"没有分析，只是对县里"紧急会议"的内容做了如实的白描，校方包庇、暗中纵容"替考"的行径已跃然纸上。引语为调查性报道的真实性、说服力提供了重要的保障，此稿中引用了大量被采访学生的直接话语："还有一些是考完以后直接买卖录取通知书。张三考上大

---

① 《〈曹县一中：高考替考已成公开秘密〉【资料】》，出自《中国新闻奖作品选（2001 年度·第十二届）》，新华出版社 2002 年版，第 212 页。

学，或因考得不理想，或因经济困难等原因，把录取通知书卖给李四。到大学报到的还是张三，因为要核对照片和本人的身份，可大学开学后，就是李四去了。从此，李四就一辈子叫张三的名字，或以后再想办法改过来。"对于这些无奈的声音，文章的结尾同样是一段发人深省的引语："我本来以为学校是块净土，但现在看到学校的种种黑幕，真叫人失望。"说到这儿，这位提供情况的学生声音有点哽咽。他坦承，"我家里生活也很困难，如果不是你们这次来采访，我也会把自己的考分卖掉"。白描手法与直接引语在调查性报道的写作中受到了记者、读者的喜爱。有学者认为，通讯的写作要适当地用白描的手法勾画人物面貌，推动故事进程，否则笔墨就会显得琐碎、拖沓，篇幅也会随之加长，失去作品应有的感染力。①

——报道引发强烈社会反响。山东曹县一中高考替考已成公开秘密的报道，经《中国青年报》独家披露后，引起强烈反响。报道刊发当天，时任中央政治局委员、山东省委书记吴官正批示山东省教育厅，对曹县一中高考替考事件要"从严查处绝不手软，否则败坏社会风气，危害极大！！！"当天，调查组赶赴曹县。调查组由山东省教育厅、监察厅和省招办有关同志组成。省教育厅厅长担任联合调查组组长。② 调查认定，在 2001 年全国普通高等院校招生考试中，曹县一中有 11 人替考，112 人缺考，285 名高二在校生违规报考。县教委党组书记、主任，一中校长、副校长等 14 名责任人受到党纪政纪处分。③ 次年高考，山东省采取指纹鉴别监控进考场等多项措施严肃考风考纪，要求全省涉考部门、单位及人员吸取此前曹县一中高考舞弊事件的教训，坚决维护高校招生考试的严肃性和权威性。④

从赏析的角度而言，这篇稿件有值得注意的地方。稿件第五部分"县里的'紧急会议'强调：今天的会议要保密"对会议具体内容列举了三点，《中

---

① 张萱：《论新时期通讯写作的流变特征——以历届"中国新闻奖"通讯类获奖作品为中心》，《东方论坛》2015 年第 2 期。

② 《山东省委书记吴官正批示严查曹县高考替考行为》，《中国青年报》2001 年 7 月 11 日。

③ 《曹县替考案：11 人替考 112 人缺考 14 人受处分》，中国新闻网 2001 年 7 月 20 日。

④ 《指纹鉴别监控进考场　山东不让"曹县一中"事件重演》，《中国青年报》2002 年 5 月 31 日。

国青年报》原稿阿拉伯数字后面用的是"、"，新华出版社《中国新闻奖作品选（2001 年度·第十二届）》收录此稿时阿拉伯数字后面用的是"."。根据相关用法规范，不带括号的阿拉伯数字、拉丁字母或罗马数字做序次语时，后面用下脚点。另外根据《国家行政机关公文处理办法》，结构层次序数具体为：第一层为"一、"，第二层为"（一）"，第三层为"1."，第四层为"（1）"。通俗地说，汉字序号后加顿号"、"，阿拉伯数字序号后加下脚点"."，加了括号的序号后就不要再加点号了。

　　稿件前后出现了"预订"和"预定"——"提前预订已上大一的学生或高二的尖子生，交几百元定金"与"也有的家长有钱，孩子又考不上，就想买分。但有没有预定，我不知道"。"预定"和"预订"是人们日常生活中容易混淆的词语。《现代汉语词典》中，"预定"的意思为预先规定或约定，如预定计划、预定时间等。"预订"的意思为预先订购，如预订报纸、预订酒席等。"预定"和"预订"区别明显，"预定"是指预先规定、约定或确定，使用范围较宽，可用于时间、计划、方案、目标等。"预订"的"订"有"订购""订租""订阅"的意思，涉及钱款交易，"酒店、酒席、车票、机票、报刊"等都可以"预订"。[①]

　　文中"……主动找到记者驻地"的"驻地"似也不合适。《现代汉语词典》对"驻地"有两个解释：部队或外勤工作人员所驻的地方；地方行政机关的所在地。外出采访的记者，还不能算外勤工作人员，故记者临时住的地方恐怕不是"驻地"。还有，"教导主任称还有两个班近 200 人的名单没有提供给"，这句话中的"给"，疑似多字，新华出版社收录的《中国新闻奖作品选》中则无这个字。

[①] 张维纳：《"登录"还是"登陆"、"掉头"还是"调头"？这些词别用错了》，长江日报大武汉客户端 2023 年 8 月 1 日。

阅读 + 《曹县一中：高考替考已成公开秘密》

扫码阅读获奖作品全文

（作者：郑琳、蒋莘薇、杜涌涛；编辑：张坤、刘存学；原载《中国青年报》2001 年 7 月 10 日；获第十二届中国新闻奖二等奖）

调查要以事实说话

在第十一届中国新闻奖评选中,《黑龙江日报》刊发的《治病?骗钱?——发生在哈传染病医院的怪事》获评通讯一等奖。这是一篇舆论监督报道,记者通过艰苦细致的调查采访,以详尽的事实说话,揭露了一件发生在医院里的损害患者利益的事情,是一篇针砭时弊的优秀新闻作品。[①] 在这届中国新闻奖评选中,新华社获通讯二等奖的《药价追踪》是一篇调查报道,关注的也是医疗领域的问题。

——**医生报料**。此稿的线索来源于医生报料。根据稿件作者萧芷茆后来的讲述可知,哈尔滨市传染病医院的两位医生主动向报社提供了自家医院"通过私改化验单,把没有传染病或不该收留住院的轻微患者收留住院,以至于没病的有了传染病、小病的成了大病"的新闻线索。他们还成功地"借"出了 3 本有涂改痕迹的病例本,后来还千方百计找到被改过化验单的 3 位出院患者的联系办法。

——**深入调查**。《治病?骗钱?》一稿的作者萧芷茆时任黑龙江日报社哈尔滨新闻部记者。风风火火、马不停蹄、夜以继日、坚忍不拔的萧芷茆,1998 年 8 月 5 日至 31 日在抗洪报道期间共发稿近 60 篇。[②]《北望佳木斯——大动脉在流泪》《黑河号黑不黑?》《停车场风波》《不该倾斜的天平》《执法闹剧》《蓝天幼儿园挡了谁的"蓝天"?》……萧芷茆写过许多社会热点报道,因为她的报道,从铁路局长到列车长被撤职一大批。她甚至因写批评报道一

---

① 王大龙:《打造精品先锤炼人品——写在第十一届中国新闻奖揭晓之际》,《新闻战线》2001 年第 9 期。

② 《萧芷茆脚步永不停歇》,《新闻传播》1998 年第 5 期。

年被 3 次告上法庭，但 3 次都是对方败诉。她认为，做批评报道的记者需要有正义感和骨气，也更需要信任、支持与鼓励。

中国记协甚至还为萧芷茁公开发声。一次，萧芷茁受领导指派采访一起私建滥建事件遭殴打，之后凶手在公安机关的追查压力下投案自首。针对萧芷茁被打一事，中国记协维权委致电黑龙江记协，对萧芷茁表示支持和慰问。中国记协维权委指出，新闻工作者进行正常采访报道的合法权益应该得到社会各界的尊重、支持和保护，实行正确的舆论监督是党和人民赋予新闻工作者的崇高职责，符合党心民心。①

可能是萧芷茁常年做批评报道比较有"战斗经验"，部门就把哈尔滨传染病医院的线索转给了她。当时，萧芷茁不慎摔折了左腕和尾骨，由于工作繁忙，一直坚持采访没有休病假。接受这个报道任务后，萧芷茁顶着 7 月的高温，挎着打着夹板的胳膊忍痛完成了采访，但中间的过程并不顺利。为了找到相关患者，萧芷茁等人在新建的小区里一个单元、一家一户地找——因为很多新住户没有报户口，街道和派出所查找也很困难，所幸最后克服困难完成了采访，拿出了扎实的调查稿件。

——**写作讲究**。读《治病？骗钱？》有一种解渴去乏、痛快淋漓的感觉。稿件开头观点鲜明而又充满悬念。报道篇幅不长，1300 多字，从正文的三个小标题"三位病人的化验单""医生的奇怪遭遇""为什么要改写转氨酶"，可以看出作者思路清晰。从具体事实到问题实质，予以毫不留情的曝光，富有战斗力，读来让人精神为之一振。稿件主标题"治病？骗钱？"句短、急促、尖锐、有力，既有咄咄逼人之势，又给人以思考的空间；副标题"发生在哈传染病医院的怪事"以平实叙述的口吻，体现了新闻作品质朴翔实的本质。主标题和副标题前后组合在一起，文势跌宕有致。②

另外，此稿在文风上也可资借鉴。作者掌握新闻的特性和规律，严格运用无可辩驳的事实来说话。从典型的事实切入，由小到大，由近及远，用事

---

① 《中国记协声援萧芷茁》，《中国律师》1999 年第 3 期。

② 周胜林：《针砭时弊 力透纸背——谈获奖通讯〈治病？骗钱？——发生在哈传染病医院的怪事〉》，《新闻战线》2002 年第 8 期。

实的逻辑说明问题、回答问题，将事实的结果公之于社会。在叙述事实的过程中，适当做些画龙点睛的议论，大都点到为止，留有思考的空间。[①]

——**领导批示**。有人评价此稿说，医疗界的不正之风正是政府部门要抓的问题，媒体提供了事实，抓住了典型，触及了一个可能是全国性的普遍问题——医院为创收而不惜蒙骗就诊者、医德沦丧、危及群众生命安全的大问题。报道一经刊发即引起省、市有关领导的重视，也引起省、市卫生主管部门的关注，哈尔滨市副市长做出批示，副省长也批示要严查责任者。[②]

——**央视跟进**。首发报道产生的舆论影响"像导火索点燃了炸药库"，举报的医生把《黑龙江日报》刊发的报道寄给了中央电视台，央视《焦点访谈》栏目立即派出 3 位记者跟进采访。《黑龙江日报》后续持续进行了跟进，做成了系列报道，获奖的报道为开篇。

——**监督有力**。一篇批评报道见报，没有任何反响，应当说是报道的失败。在央视《焦点访谈》跟进之后，此事传遍全国。后来，涉事医院院长被撤职，相关责任人受到了应有的处罚，彰显了舆论监督报道的力量。省卫生厅专门召集各大医院专家学者展开了一次有关医德医风的大讨论，省内各医疗机构以此为契机相继提出整改措施。

《治病？骗钱？》后获中国新闻奖一等奖，从某种程度上说，也是对记者职业精神的认可。萧芷苗对于这篇报道是否能够获奖根本没有想过，获奖纯属意外。她认为，那些敢于提供新闻线索的正义之士，他们才是中国的希望和脊梁。[③]编辑在这一报道中也发挥了积极作用，参与了整体策划，并最终让报道操作得更加圆满、严密。

从赏析的角度而言，这件获奖作品并非没有瑕疵。例如，医生与医院是利益共同体，文中两名医生为什么站到患者一边揭露医院，是需要有一些交

---

① 尤莉：《法制新闻要敢于针砭时弊》，《传媒观察》2012 年第 9 期。

② 《〈治病？骗钱？〉资料》，出自《中国新闻奖作品选（2000 年度·第十一届）》，新华出版社2001 年版，第 35 页。

③ 萧芷苗：《笔尖沉甸甸——写在〈治病？骗钱？——发生在哈传染病医院的怪事〉获奖之后》，《新闻传播》2001 年第 5 期。

代的，"出于义愤"这样的词也许是不可少的。①

文中"想复印一份化验单给自己备案"的"备案"，《现代汉语词典》中"备案"的意思是"把情况用书面形式报告给主管部门，供存档备查"，结合文意这里用"备案"并不合适，改为"备用"似更合适。

还有，"结果是：21.30""检验结果是42.6""结果是30.50""结果是：82.80""结果是：23.50"等表述，有的使用了冒号有的则无，一篇文章内的表述格式应统一。另外，"当别的病房每月只能收治30多病人时"中的数量单位缺失，按照如今的中国新闻奖评选细则，参评作品如存在数量单位缺失等问题，不得获一等奖。

阅读+   《治病？骗钱？——发生在哈传染病医院的怪事》

扫码阅读获奖作品全文

（作者：萧芷茁；编辑：戚泥莲、张长虹；原载《黑龙江日报》2000年7月13日；获第十一届中国新闻奖一等奖）

---

① 傅盛宁：《中国新闻奖实证分析》，《新闻知识》2003年第6期。

正邪较量中不退缩

在第八届中国新闻奖评选中,《福州晚报》稿件《夜探"虎"穴》获评通讯二等奖。此稿不到千字,但引发的反响远远超过了报道本身——采写此稿的记者顾伟,因为此事在报社宿舍楼的家遭枪击,此事震惊了全国新闻界。

——**其人**。没有大学文凭当记者,今天看来是不可能的事。"我没有大学文凭,进报社前在一家国有印刷厂当工人。"顾伟撰文分享经历时直言,他之所以能进报社,不是有多大的"后门",而是在进报社前已经在报刊上发表了近200万字的大特写、明星专访和生活随笔。

顾伟当时作为一名工人,所能接触到的明星主要是到福州演出、匆匆而过的演员。采访明星不易,采访过路的明星更难。20世纪80年代末到90年代初,顾伟只是几家报社的特约通讯员,通讯员写的稿要发表,一般情况下比记者要下更大功夫。同一位明星到福州,通常一家报刊只会发一篇专访,业余作者要战胜专业记者,唯一的条件是业余记者的作品必须有"鲜活"的内容。

有一次,顾伟采访到福州演出的刘欢,但由于没有找准被采访者的"穴位",并没有引起刘欢共鸣。在与刘欢交谈时,刘欢接到妻子电话,那天恰巧是2月14日情人节,刘欢和妻子在电话中谈的大多是情人节里的甜言蜜语。顾伟一旁听着,突发灵感,写情人节里的刘欢不是一个很好的角度吗?刘欢打完电话,顾伟把新的写作构思告诉他。刘欢一下子兴奋起来说:"你这记者采访还挺会用脑。"刘欢主动地将他一些家庭情况告诉顾伟。刘欢说:"我最讨厌有的记者没话找话,将一些大家都已知道的内容重复问上你几十遍,你说烦不烦?起先我把你也当作那类记者。"打那以后,顾伟又多次采访过刘欢。有时刘欢到福州，还邀请顾伟与他喝啤酒。顾伟后来还写了《教书匠的刘欢》《刘欢不想被人淡忘——写在〈记住刘欢〉音带出版前》等。①

顾伟后来长期在采访一线工作，当过《福州晚报》首席记者。2018 年，上海出版印刷高等专科学校建校 65 周年之际，学校授予 16 人"杰出校友"荣誉称号，其中就包括顾伟——1987 年毕业于原上海印刷学校，1997 年因"曝光老虎机事件遭黑枪"，被《人民日报》《光明日报》和中央电视台等媒体广泛报道，称为"新中国新闻界第一枪"，其采写的《夜探"虎"穴》获中国新闻奖二等奖，并入选国内多所大学新闻专业教材，成为"隐性采访与实录式报道"的范文。他还 3 次获全国晚报最高奖——赵超构新闻奖特等奖，获福建省新闻界先进工作者称号。②

——**其事**。1995 年，福州市在全国率先取缔赌博电子游戏机，引起社会广泛关注。然而，在高额利润引诱下，福州一些游戏机场所从 1997 年下半年起，又开始进行赌博活动。福州晚报社文化新闻部于 1997 年 10 月中旬起，对游戏机经营场所进行调查、采访，并进行了连续报道。11 月 20 日，《福州晚报》文化新闻版以头条位置发表了记者顾伟冒着风险明察暗访后采写的《夜探"虎"穴》《"老虎机"害人不浅》《"赌"机必须禁绝》等一组文章。③

当时，福州某报刊登了一则《双福楼没有"老虎机"》的短文。擅长披露赌博机内幕的福州晚报社文化新闻部当天便接到多位读者打来的电话。电话中，这些读者举报说，不但双福楼有害人的"老虎机"，福州市有"老虎机"的地方多啦。顾伟听后心情十分沉重，请示领导之后他进行了暗访调查，后顶住各种压力写了《20 秒吞进百元，这种"游戏机"的胃口真大》的报道，又进行了跟进。其间，有人"教导"顾伟，得饶人处且饶人，但被顾伟拒绝。在经过多次较量之后，"老虎"终于露出了狰狞面目。1997 年 11 月 29 日晚，

---

① 顾伟：《访明星、当明星、说明星》，《新闻记者》1998 年第 6 期。

② 《建校 65 周年纪念日活动系列之五：我校举行第一届杰出校友表彰活动》，上海出版印刷高等专科学校网站 2018 年 10 月 30 日。

③ 《〈夜探"虎"穴〉【资料】》，出自《中国新闻奖作品选（1997 年度·第八届）》，新华出版社1999 年版，第 198 页。

福州晚报宿舍内的两声枪响震惊了新闻界。那晚，面对屋子里的玻璃碎片，面对墙上密密麻麻的黑点，平时自认为比他坚强的妻子哭了。顾伟的心一度软过。他想到，如果面对歹徒的"黑枪"投降，这些开"老虎机"的日后会更猖狂，将会有更多的家庭失去安宁。在正义和邪恶的较量中，作为一名记者，他无法选择退缩。①

"黑枪事件"激怒了新闻界。中国记协致电福建记协，对记者顾伟的正义行动表示支持，新华社向全国播发了通稿。此后，包括中央电视台、《光明日报》在内的近50家新闻媒体刊登了这一消息，有的还专门配发了言论。时任中宣部副部长徐光春强调，要加紧查处赌博机事件，坚决支持舆论监督。②在全国众多媒体报道关注后，这起案件成为福建省督办案件。不过，此案直到2003年12月12日才告破。顾伟家里遭到枪击背后系有人指使。③

曾经，一些记者在采访中，尤其是在调查和揭露那些危害社会和公众利益的新闻事件时，常常遭到毒打、威胁，有时记者面对的还有更多更极端的危险。④对于此次枪击事件，有人评论，我们仍然不能否认舆论监督的艰难性，它需要行政、司法等社会各界的支持做保障。否则，新闻界的"舆论声援"只能是惺惺惜惺惺的自怜。⑤也有人撰文说，只有立法，用法律手段保证记者的基本权益，用法律手段保证舆论监督的正常发挥，舆论监督才不会是一句空话。⑥

——**其文**。《夜探"虎"穴》是一篇暗访报道，不到千字，记者一个晚上两个多小时走访了6家游乐场所，内容采写很扎实，既有鲜活的现场，也有生动的细节。比如，稿件第2段记者问服务员："假使游戏赢了能不能换现金？"服务员答道："可以换钱，不换钱傻瓜才到这儿来。"再如，第3段已经输了数万元的中年人"每次下注我手都会抖"。还有第4段中的服务小姐直

① 顾伟：《面对邪恶，我无法选择退缩——一个"打虎"者自叙》，《新闻记者》1998年第2期。
② 汪一新：《黑枪，瞄准了记者》，《检察风云》1998年第4期。
③ 周军、宁凯、潘莹斌：《福州高层"大地震"》，《检察风云》2004年第2期。
④ 王健：《新闻工作者职业风险剖析》，《理论界》2007年第8期。
⑤ 刘玉梅：《枪击记者住宅事件发生以后……》，《新闻爱好者》1998年第1期。
⑥ 广隶：《是聋了哑了，还是另有苦衷》，《新闻记者》1998年第7期。

言道："15 元想玩一小时？想得美！我们这儿对客人免费送茶水和快餐，假使每小时 15 元，我们吃啥？这字条是为了应付那些不懂行情的人的检查。"这些十分形象的内容，记者若不是深入现场进行了暗访调查，是写不出来的。

在有些采访中，记者如公开身份，无法收集到真实的线索和信息，也无法体验正在发生或已经发生的新闻事件，于是记者只能乔装改扮进行"暗访"，进入新闻现场或事件中心。《夜探"虎"穴》被视为隐性采访的典型案例。隐性采访是在特殊情况下为了采集公开采访得不到的真实情况而使用的一种特殊的采访方法。作为实录式报道，《夜探"虎"穴》一稿是记者用隐瞒身份的方式进行的"暗访"。在调查中，记者的提问也恰到好处。由此也可以看出，隐瞒身份的采访需要更高的技巧，不仅要善于收集信息，揭穿"内幕"，而且要随时保护自己，做到神态自然，不露声色。①

通过隐性采访的方式，弄清复杂社会问题，并不是一件容易的事。如果记者不能机智灵活处置采访中遇到的复杂情况，有些材料是无法得到的。②在许多隐性采访实例中，有相当多的记者因为涉及公民的隐私权而被告上公堂。这种情况的出现，一方面要求记者提高自身各方面素质，知法懂法，同时也要懂得保护自己；另一方面说明了加强新闻立法，把隐性采访作为一种新闻自由权利用法律加以规范和保障的迫切性。③

从赏析的角度而言，《夜探"虎"穴》稿件中的个别表述值得注意。例如，"记者穿过用衣柜围成的档板"中的"档板"应为"挡板"；"我在这儿已输了6、7 万元"，根据《出版物上数字用法》规则，数字连用表示的概数、含"几"的概数，应采用汉字数字，此处应为"六七万元"。还有，"一服务员""一年轻人"等表述，按照如今中国新闻奖审核的细则，不知会不会被视为数量单位缺失？相比之下，文中"一位中年人"的表述则比较严谨。

---

① 徐国源：《隐性采访及其法律问题》，《新闻导刊》2002 年第 6 期。

② 栾新传、林贵夫：《敢入"虎穴" 喜得"虎子"——怎样搞好隐性采访》，《新闻与写作》2002 年第 11 期。

③ 甘丽华：《新闻自由与隐性采访》，《当代传播》2002 年第 4 期。

阅读 + 《夜探"虎"穴》

扫码阅读获奖作品全文

（作者：顾伟；编辑：潘文森、乔梅；原载《福州晚报》1997 年 11 月 20 日；获第八届中国新闻奖二等奖）

第六辑

创新话语表达

改革时代，新闻写作也在不断创新，一批新闻工作者的笔下写出了一批"不伦不类"的新闻力作。这批力作既非传统新闻学意义上的通讯、述评，也非深度报道、立体报道。通讯写作是不是要拘泥于一种固定的形式呢？一些获奖作品说明，通讯写作也可以有所创新。

没有采访胜似采访

在第十九届中国新闻奖评选中，中国新闻社作品《那一夜，我们没有采访》获评通讯二等奖。这件获奖作品不到 800 字，没有采访胜似采访，为灾难报道如何把握新闻道德伦理提供了借鉴。

2008 年 5 月，汶川大地震发生之前，在我国新闻界曾发生过这样两件事：一件是 2004 年 9 月，某电视台以俄罗斯人质事件为背景，借人质危机死亡人数进行有奖竞猜；另一件是 2005 年 5 月，某报摄影记者拿着照相机等候一个多小时，拍摄到一个骑车人摔倒在水坑中的镜头。两件事在新闻界引起了不同的反应：一种意见认为，这是媒介竞争加剧带来的结果；另一种意见认为，这暴露出媒介道德伦理的可怕缺失。[1]

"5·12" 汶川大地震发生后，我国的媒体迅速反应，在第一时间和第一现场报道震区的灾情和政府与社会的救灾行动，尤其是各电视媒体的现场直播，引起了全球对于地震灾情和中国抗震救灾行动的关注和支持。在这场灾难中，中国媒体的表现赢得了国外同行的尊敬，及时准确透明的报道，产生了很好的社会效果，不仅稳定了秩序，消除了谣言、恐慌，也大大增强了政府和媒体的公信力。面对汶川大地震，虽然媒体的表现令人高兴和骄傲，但是，我国媒体对突发灾难事件的应对传播还有许多不尽如人意之处。一般而言，面对那些灾难中幸存的人，面对那些痛苦的呼救，面对失去至亲的哀号，记者在报道灾难时经常会面对这样的悖论：是因为同情和悲悯抑或减轻受难

---

[1] 刘保全：《用道德的血液，维系新闻的生命——评第 19 届中国新闻奖通讯二等奖作品〈那一夜，我们没有采访〉》，《新闻与写作》2009 年第 12 期。

者的痛苦而选择放弃和沉默，还是为了保障更多的人知悉灾难的权利而承担起报道灾情的社会责任？是选择参与救助难民的生命而放弃采访报道的职责，还是向那些幸存者递去追问灾难故事的话筒以让更多的人为之动容？这构成了一种两难的选择。①

汶川大地震发生后，中国新闻社的 3 位记者第一时间抵达当时尚未有救援队伍进入的绵竹汉旺镇，目击了当地灾后惨状。"采访还是救人"，他们选择了"救人"，以至于当时没有完成计划中的完整采访。《那一夜，我们没有采访》这篇短通讯，按时间顺序展开描述，以第一人称的表述方式，较完整地交代了记者在地震发生后勇闯灾区的经过，通过直接引语和细节描写，展现了记者在当时的特殊情况下，职业道德服从社会伦理道德，想方设法向外界通报严重灾情的同时，并竭尽所能运送、救助伤员的"拯救生命"的过程。②

在整个汶川大地震的报道中，《那一夜，我们没有采访》这件作品较早地提出了新闻人新闻道德和社会责任感的问题。一篇"失职"的记者手记，成为举国哀恸中直击心灵的文字。③报道在新闻界引起较大关注，在众多报道大地震的新闻资讯中跳跃而出，成为亮点。

有人评价，这篇稿件的采写过程体现了"逆向思维"，通俗地说就是"唱反调"，其最显著的特征是"反其道而行之"，是一种从相反的方向去考察事物的方法。新闻是变动着的事物的信息，新闻的本质属性决定其具有反常特征，这就要求记者从平常事物潜藏的反常现象中抓出鲜活的新闻来。④

还有人评价这篇稿件时说，大难来临，生命濒危，记者的行为和职责发生了错位，但是作为人，他们真实展示了人性大爱！⑤也有人认为，灾难

① 季为民：《灾难报道的新闻职业规范——以四川汶川大地震的新闻报道为例》，《国际新闻界》2008 年第 8 期。

② 《没完成采访却获中国新闻奖！840 字短通讯揭晓来龙去脉！》，"庖丁解 news"微信公众号2021 年 9 月 14 日。

③ 周兆军、左志新：《一家通讯社的坚守与蝶变——写在中国新闻社建社 70 周年之际》，《传媒》2022 年第 19 期。

④ 刘保全：《创新思维方式成就新闻精品——以"中国新闻奖"获奖作品为例》，《当代传播》2015 年第 2 期。

⑤ 《〈那一夜，我们没有采访〉点读》，《优秀作文选评》（高中版）2008 年第 Z2 期。

带给每个人的记忆都是深刻的，地震中的每个人都值得记录，《那一夜，我们没有采访》的细节描写，将记录的意义达到了最大化。① 另有人认为，《那一夜，我们没有采访》真实、朴实，是一篇精彩的灾区报道，并且闪耀着人性道德的光辉。这篇报道堪称新闻人"转作风"的创新实践。新闻人在工作实践中，不仅是新闻事件的记录者和旁观者，有时也需要充当参与者和建设者。②

这篇报道也为认识独家新闻和独家报道提供了一个视角。独家报道与独家新闻的不同点在于，独家报道并不一定强调由一家媒体报道新闻，而是强调在新闻的报道中有媒体或记者的独特视角，并不单纯是对独家信息的简单化复制。更多情形下，媒体是以同源的新闻事件本身为依据，写出别人没有写的独特见解、独特思考、深刻解读和全面剖析。《那一夜，我们没有采访》一稿，记者以新闻道德视角切入，将采访与救人孰重孰轻进行比较，深情讲述了那一夜的救人事迹，为新闻工作者树立了一个新闻道德伦理的典范。③

前方与后方、记者与编辑在一件新闻作品中究竟是一种什么关系？这件获奖作品为此提供了一个生动注脚。这件作品并不是前方的记者主动写的，而是事后在前后方的沟通过程中，后方编辑意识到"那一夜我们没有采访"本身就是新闻，遂建议记者就此写出报道，并精心进行了编辑。④ 试想，如果没有双方之间的沟通，如果没有后方编辑的建议，可能就不会有这件作品了。这也说明，前方与后方、记者与编辑双方之间的沟通的必要性和重要性。就这件作品而言，写作当然重要，而能意识到"那一夜我们没有采访"本身就是新闻则更为重要，这是新闻工作者的脑力的重要体现。

从赏析的角度而言，这件获奖作品也有值得探讨之处。一是发稿时间有点晚。稿件写的其实是 2008 年 5 月 12 日晚记者抵达地震现场的情况，而中

---

① 蓝歆旻：《试析人物通讯中的细节描写——以历届中国新闻奖获奖作品为例》，《科技传播》2019 年第 15 期。

② 韩雪洁：《新闻人应做"转作风"的"排头兵"》，《才智》2014 年第 19 期。

③ 何璐：《历久弥新的独家报道》，《军事记者》2011 年第 5 期。

④ 《〈那一夜，我们没有采访〉申报资料实录》，出自《中国新闻奖作品选（2008 年度·第十九届）》，新华出版社 2009 年版，第 206 页。

国新闻社播发稿件的时间是 5 月 19 日，中间相隔了一周。二是个别用词和表述值得商榷。例如，"垮塌的房屋中，不时透出被埋学生凄惨的呼救声"中的"透"，按照《现代汉语词典》对"透"的解释，多用于指液体、光线等渗透、穿透，把"透"用于呼救声不太常见。再如，稿件标题上用的是"那一夜"，稿件结尾点题用的是"这一夜"，"这"和"那"虽然都是指示代词，但"这"指示比较近的人或事物，而"那"指示比较远的人或事物。

阅读+　《那一夜，我们没有采访》

扫码阅读获奖作品全文

（作者：李安江、郭晋嘉、杜远；编辑：彭伟祥；中国新闻社 2008 年 5 月 19 日电；获第十九届中国新闻奖二等奖）

结合直播写出特写

在第十八届中国新闻奖评选中，中国新闻社作品《夫人奈娜最后吻别叶利钦》获评通讯二等奖。短，是这件获奖作品的显著特点，全文只有 500 多字。比较有意思的是，这是记者结合直播写出的特写。

（一）

在历届中国新闻奖获奖通讯中，特写占有一定的比例。特写是用类似电影"特写镜头"的手法，抓住富有典型意义的某个空间和时间，通过一个片段、一个场面、一个镜头对事件或人物、景物做出形象化的报道的一种有现场感的生动活泼的新闻体裁。其写作特点是以描写为主要表现手段，截取新闻事实中某个最能反映其特点或本质的片段、剖面或细节，做形象化的再现与放大的一种新闻体裁。[①]

特写在以往的分类中，有的把它放在新闻类中称"新闻特写"；有的把它放在通讯中视为特殊的通讯，称"通讯特写"；还有的将它视为与通讯并列的独立体裁，直接以"特写"命名。与常用的新闻文体相比，从报道内容上看，特写近似于消息，是反映正在发生、发展的变化着的事实，时效性很强，要求像消息一样快写、快发、快传。但在写法上它又和消息大不一样。消息以叙述为主，概括简洁，很少有细节描绘。特写比一般消息更形象、生动、传神，视觉效果更好；特写在表现手法上近似于形象再现式通讯，但在反映的内容上又和通讯有明显区别。通讯是报道已经发生、变化了的事实，特写却

---

① 崔艺缤：《新闻通讯的分类及其写作技巧》，《采写编》2015 年第 6 期。

必须描绘正在发生、变化的事实。通讯报道的事实应具有完整性，特写只需再现有意义的片段。特写比一般通讯更集中、形象，文字却少得多。有观点认为，特写是既具有新闻和通讯的某些特征而又不同于新闻和通讯的一种边缘体裁。①

也有观点认为，融媒体时代，过分强调新闻体裁之间的分野已不足取，各种体裁应彼此借鉴，扬长避短。在消息、通讯甚至报告文学中隐约可见新闻特写的手法，这并不表示新闻特写这一体裁的特征正在消失，而是其在新闻体裁格局中发生了微妙变化。特写手法的常规化，是特写体裁优势的必然体现，是媒体环境变迁的信号，是时代的进步。②

（二）

作为特殊时代有着特殊性格、特殊经历的俄首任总统，叶利钦的名字注定与 20 世纪最后 20 年的苏联、俄罗斯历史联系在一起。2007 年 4 月 25 日，叶利钦因病在莫斯科去世。中国新闻社记者发出快讯的同时，记者与国内总社联系，连续采写消息、述评、通讯等报道，《夫人奈娜最后吻别叶利钦》为其中一篇。

叶利钦葬礼当天，这位记者想尽一切办法在教堂和送葬沿途现场采访，感受气氛。由于公墓附近戒严，根本无法近身，记者当即奔跑近两公里才拦到车，火速赶回驻地观看电视直播。③ 从某种程度上说，这篇获奖报道，是记者结合电视直播写出的新闻特写。

对记者而言，重大事件应该努力去现场，但万一去不了现场怎么办呢？结合电视直播写出现场特写，似乎也是一种不是办法的办法。结合直播写出有细节的感人现场，体现了记者的眼力和笔力。

这篇特写正文由 8 个自然段组成。第 1 段是对葬礼的概述；第 2 段是最

---

① 王雅婷、安莹：《浅谈新闻文体的划分》，《东南传播》2008 年第 7 期。
② 吴雨蓉：《特写手法的常规化》，《青年记者》2013 年第 6 期。
③ 《〈夫人奈娜最后吻别叶利钦〉申报资料实录》，出自《中国新闻奖作品选（2007 年度·第十八届）》，新华出版社 2008 年版，第 165 页。

长的一段，主要写的是运送叶利钦灵柩；第 3 段主要写沿途市民的送别和哀悼；第 4 段写夫人奈娜在墓地吻别叶利钦；第 5 段对奈娜进一步介绍；第 6 段用一句话写了葬礼现场叶利钦的两个女儿；第 7 段很短，写叶利钦遗体沉入墓穴；第 8 段介绍俄罗斯葬礼的一些风俗。

"覆盖着俄罗斯三色旗的叶利钦灵柩""缓缓驶过铺满红色鲜花的街道""处处摆放者人们敬献的红色康乃馨""有妇女忍不住悲痛，流下了眼泪""伏在即将远去的父亲身上，轻轻抽泣，久久不愿起来""遗体缓缓沉入墓穴"……稿件虽短，但行文中有细节、有历史背景，具有现场感，显示出作者过硬的文字功底。

尤其是第 4 段写得特别到位："在墓地，一袭黑衣，头戴黑色围巾的俄罗斯前第一夫人奈娜忍着悲伤走上前去，把一方白手帕塞在相伴五十余年的丈夫枕下，轻柔地整理了逝者发型，她双手颤抖着再次轻抚丈夫的脸颊，轻轻亲吻丈夫的额头，仿佛怕惊扰了这位当年叱咤风云的人物。"这一段有很多细节，从奈娜这一连串的动作，我们可以窥探她的内心世界。从这些细节描写中，我们还可以看出主人公的身份与修养，像这样的细节描写是上乘的。①

如果没有现场，也没有细节，特写就很难称为特写。寻找场景、捕捉细节，需要作者具有细致观察的本领和把握细节特征的能力。在细节的把握上，细节的选择、描写要有画面性。《夫人奈娜最后吻别叶利钦》一稿的第 3 段、第 4 段都有很生动的细节描写。尤其是第 4 段写俄罗斯前第一夫人奈娜时的细节细致、感人，用"文字作画""于细微处见精神"，再现了俄罗斯人对叶利钦的爱戴以及奈娜对丈夫的情谊。②

（三）

有人评价，《夫人奈娜最后吻别叶利钦》没有对叶利钦政治生涯和是非做过多的诠释，而是独辟蹊径，截取片段对葬礼做现场还原。读罢全文，行文

---

① 王宏铭：《人物通讯的采访与写作》，《新闻三昧》2009 年第 8 期。
② 李毅坚：《捕捉、拓展、截取与衔接：新闻特写写作的一种新视角》，《广东农工商职业技术学院学报》2012 年第 3 期。

精致独到、点到为止，却真情流露，作品的魅力在于成功运用了"感觉写作"的手法。新闻报道本是一种"易碎品"的文字表达，但作者通过红色康乃馨、白手帕、吻别……成功定格了瞬间，让报道具备了重读的文学价值。作为特写，这篇报道荣获中国新闻奖二等奖，的确是实至名归。[①] 对于这件作品获奖，有人认为是从"人文关怀"上找"卖点"而赢得读者和评委们厚爱的。[②]

这篇稿件的作者田冰曾任中国新闻社俄罗斯分社首任社长。他认为，驻外记者不仅应当具备敏锐的政治判断能力、出色的语言和业务能力、丰富的知识储备，还应当重视人际交往能力，具备良好的身体素质和心理调适能力，培养生存技能。[③]

从赏析的角度而言，这件获奖作品也有可探讨之处。信息显示，这篇稿件在中国新闻网上的发布时间为"2007 年 04 月 26 日 10：12"，标题为《特写：夫人奈娜轻抚丈夫脸颊　最后吻别叶利钦》，正文信息显示为"中新社莫斯科四月二十五日电　题：夫人奈娜最后吻别叶利钦"。这说明，稿件在中国新闻网上发布时改了标题，改后的标题增加了"轻抚丈夫脸颊"的细节。北京与莫斯科有时差，从葬礼举行到稿件在中国新闻网发出，从时效性上来说，中间间隔的时间略久。

"熟悉叶利钦一家的人都说"中的"都"字，不是那么严谨。另外，如果能用简洁的文字介绍一下叶利钦的年龄、去世时间等基本信息，这篇稿件就会更加完整。放在当时，作为特写，这些信息似乎没有必要，但今天重读，就显得有必要了。值得警惕的是，原稿中"处处摆放者人们敬献的红色康乃馨"中的"者"为错字，应为"着"，可能是笔误所致，这是这篇稿件的硬伤。

---

① 郑贵兰、陈强：《深情而传神的现场描写——评第 18 届中国新闻奖作品〈夫人奈娜最后吻别叶利钦〉》，《新闻三昧》2009 年第 1—2 期。
② 刘保全：《找准报纸的"卖点"写新闻》，《当代传播》2009 年第 4 期。
③ 黄若鸿：《中新社国际部主任来新闻传播学部交流"新时期国际新闻报道"》，中国传媒大学白杨网 2015 年 11 月 2 日。

阅读+ 《夫人奈娜最后吻别叶利钦》

扫码阅读获奖作品全文

（作者：田冰；编辑：张明新；中国新闻社 2007 年 4 月 25 日电；获第十八届中国新闻奖二等奖）

好新闻要有好角度

在第八届中国新闻奖评选中，新华社通讯《在大海中永生——邓小平同志骨灰撒放记》获特别奖。经典的新闻作品是有生命力和穿透力的，这件作品今日读来依然深受震撼。虽然学术界对于新闻散文化的争论一直没有间断，但从操作层面上看，某些特定题材用此方式能够成就新闻精品。①

——**主题重大、角度独特**。主题即灵魂，出彩的作品大多有着深刻独到的主题。如果没有主题，新闻不过是对实事的被动记录。巧妙构思的要义，实质是突破常规写新闻。邓小平同志是"世界级领袖"，他的丧事举世瞩目。如同火化遗体、举行追悼会一样，撒放骨灰同样令人关注。新华社当天在播发《邓小平同志骨灰撒入大海》消息之外，还播发了《在大海中永生——邓小平同志骨灰撒放记》的通讯。主题重大、角度独特是这篇获奖通讯的显著特点。

《在大海中永生》写作难度很大，但作者巧妙地把邓小平同志的一生与大海相连，最后形成了一个清晰的思路：以大海为主线，以撒骨灰为切入点，串起这位世纪伟人大海般波澜壮阔的一生，并最终体现了邓小平同志与大海同在、与祖国同在、与人民同在的重大主题。说它是美文、雄文绝不过分。②

值得一提的是，写作上，记者的视野并没有单纯局限在骨灰撒放的纪实和描写上，而是以海为骨架构全篇，以海为线串联全篇，以海为镜营造全篇，以海抒情，情洒全篇。在大开大合、数开数合中追述伟人波澜壮阔的一生，

---

① 王学文等：《调动文学手法进行新闻表达》，《青年记者》2020 年第 24 期。

② 贾永、樊永强、徐壮志：《追求新闻报道皇冠上的宝石——关于媒体实施精品力作战略的理论与实践思考》，《中国记者》2011 年第 8 期。

紧紧抓住邓小平同志一生与大海的契合点，全面概述伟人的奋斗历程和光辉业绩，构思巧妙而大气，成为人物散文中的难得佳作。^①试想，如果报道只是说邓小平同志骨灰是在何时何地、由谁撒向大海，那样的报道怎会呈现如此动人心魄的力量？^②

可以说，《在大海中永生》的写作手法是独特的，记者打破常规的角度选得很成功。文章内容并不是信手拈来，想到哪儿写到哪儿，而是在全文中一直贯穿了"永生"这一主题，贯穿了回归、希望、力量、人性等多种基调。^③时任中国记协常务副主席郑梦熊评价说，《在大海中永生》记录邓小平同志骨灰撒入大海的经过，作者怀着对邓小平同志的深厚感情，站在历史的高度，声情并茂地歌颂了一代伟人的丰功伟绩，寄托了人民对他的哀思，读了十分感人。^④也有人评价，这件作品写作手法上的突破创新，给读者留下了深刻印象。如果只是满足于罗列邓小平同志一生的丰功伟绩，这篇通讯很容易写成泛泛而谈的平庸之作。^⑤

——**积极主动、准备充分**。《在大海中永生》的新闻名篇出自新华社，不仅仅在于新华社作为国家通讯社有机会去报道这样的重大事件，同样在于记者的积极主动和准备充分。邓小平同志逝世后，新华社记者何平、刘思扬多次参与了有关报道。他们认为，尽管采写了一批稿件，但邓小平同志波澜壮阔的一生还没有通过他们的笔充分展现。骨灰撒放是一次契机，他们都觉得应该写一篇通讯或特写，才能为邓小平同志丧事报道画上圆满的句号。

接到参加邓小平同志骨灰撒放报道任务，他们既感到荣幸，又感到肩上担子的分量沉甸甸的。根据有关部门要求，新华社是担负这次文字报道唯一

---

① 东流：《苦苦寻觅铸华章——浅论梁衡人物散文对人物通讯的借鉴》，《城市党报研究》2005 年第 1 期。

② 沈雪、沈清良：《浅析新闻与文学的融合》，《中国地市报人》2015 年第 9 期。

③ 张琪：《于悲痛中积聚力量——谈〈在大海中永生——邓小平同志骨灰撒放记〉的基调》，出自《新闻传播精品导读：通讯卷》，复旦大学出版社 2004 年版，第 358 页。

④ 郑梦熊：《集中精力下苦功 改革创新出精品——第八届中国新闻奖评选的启示》，《新闻战线》1998 年第 8 期。

⑤ 李宁：《笔锋常带感情》，出自丁柏铨、胡素华《通讯范文评析》，新华出版社 2001 年版，第 126 页。

的新闻单位，这一重任落在了他们两人肩上。撒骨灰的过程时间很短，不到半小时。如何通过骨灰撒放写出邓小平同志光彩照人的一生，开始时是颇费思量的，思路并不清晰。他们在查阅资料中得知，早在 1920 年，邓小平 16 岁时就越洋过海，到欧洲勤工俭学，寻求救国救民真理。此时，他们的思路豁然打开。最后确定的写作思路是：以大海为主线，以撒骨灰为切入点，写邓小平同志波澜壮阔的一生，突出他对改革的贡献，对开放的贡献，对"一国两制"的贡献，体现邓小平同志与大海同在、与祖国同在、与人民同在的主题。

因时间紧、要求高，为了保证发稿时效，他们在骨灰撒放前就做了较充分的准备，搭好了稿件的框架。骨灰撒放当天，他们根据现场情况又做了修改、补充。① 有人评价，新华社记者何平、刘思扬怀着高度的历史责任感和无限深情，全力以赴地投入悼念邓小平同志的最后一次报道，最后捧出了《大海中永生》震撼人心的精品、历史性的佳作。② 这也启示，媒体人在重大历史事件面前，要能积极作为，而不仅仅是完成报道任务。

——**思辨性强、富有哲理**。时任新华社总编辑南振中评价获得首届全国百佳新闻工作者荣誉的何平说，何平写了不少带有理论思辨色彩的新闻报道，借新闻报道浅显的文字，深入浅出地阐明深刻的理论问题。他认为，何平和刘思扬采写的《在大海中永生》的成功，不仅在于记者使用了抒情诗般的语言，更重要的是作品中蕴含着哲学的思考。记者着力描绘了邓小平同志的三落三起，描绘了 1978 年第三次复出的邓小平，以党的十一届三中全会为起点，揭开一场新的伟大革命的序幕，开创了一条有中国特色的社会主义康庄大道。正是这些富有哲理色彩的描绘，震撼了亿万读者的心。他认为，从何平的成长道路可以看出年轻记者提高理论素养的重要性和迫切性。③

---

① 何平、刘思扬：《〈在大海中永生——邓小平同志骨灰撒放记〉名稿档案登记表》，《报刊管理》2000 年第 11 期。

② 徐一化：《论新闻策划的基本要求》，《城市党报研究》2007 年第 2 期。

③ 南振中：《积极开发自己的发现力——在新华社青年记者理论研讨班上的讲话》，《中国记者》1997 年第 6 期。

新闻工作者只有站在时代高点，把准社会脉搏，深入基层调研，反映人民心声，才能正确引导舆论，有效影响受众。刘思扬获得全国优秀新闻工作者最高奖——长江韬奋奖（长江系列）后说："作为媒体人，传播者，我认为获奖这个结果其实并不重要，重要的是你努力的过程；从这个角度说，获奖也是个新的开始，是一种责任的开始，是一种努力的开始。"信息爆炸时代对媒体从业者的职业精神提出了更高要求。刘思扬认为，改革、转型对人的冲击难以避免。他说："重要的是，我们需要看到，转型，是人的转型，是思想观念的转变，是能力水平的提高，如果不在这方面改变自己，那早晚会被边缘化，甚至被淘汰。"①

——文字质朴、语言优美。《在大海中永生》反映的是邓小平同志丧事活动中的最后一幕——骨灰撒向大海。这本身就是简朴的瞬间，记者以一段段朴实无华的文字，一幕幕忠实的记录催人泪下，感人肺腑。朴朴素素的纪实性描写，达到了融叙事、描景、抒情为一体的境界。②

语言优美是这篇通讯的另一显著特点。有人评价，《在大海中永生》是一篇散文式新闻的典范之作，全文时空跳跃，笔势纵横，借譬取喻，生动贴切，骈句迭出，寓意深沉，回环复沓，一唱三叹，使追念亲人、崇敬领袖和痛悼伟人之情层层递进、步步升华。③也有人认为，作者使用"抒情诗般的语言"，把散文诗般跳荡的语言融入通讯写作中，使感情步步递进、升华，令读者回肠荡气。④

还有人点评，这篇通讯虚实结合，情景交融，文中多处运用优美语言，深深地打动读者的心，与其说是一篇通讯，不如说是一首精美的政治抒情诗。⑤此外，通讯结尾犹如神来之笔，将邓小平同志比作一朵汇入大海的浪花，以"敢向时代潮头立，沧海一粟也永恒"精辟而深刻地揭示了邓小平同

① 刘国铮：《刘思扬：新闻探索永不停》，《青年记者》2015 年第 7 期。
② 辛欣：《新闻写作的美学意义初探》，《采写编》1999 年第 4 期。
③ 杨欣欣：《论散文式新闻的写作特点》，《写作》2003 年第 9 期。
④ 乔振友：《老主题怎样出新意》，《新闻知识》1998 年第 8 期。
⑤ 陈金松：《创新，新闻精品写作之母（下）》，《当代传播》2000 年第 3 期。

志的伟大品格。从这篇通讯中，可以感到记者执着的审美追求和深厚的美学素养。①

——**细节动人、情感充沛**。《在大海中永生》的细节描写很动人，如"强忍着悲痛，81 岁的卓琳眼含热泪，用颤巍巍的双手捧起邓小平同志的骨灰久久不忍松开。她一遍又一遍地呼唤着小平同志的名字，许久才将骨灰和五彩缤纷的花瓣缓缓撒向大海"。文中的这几句场景描写，把庄严肃穆沉重哀伤的气氛表现了出来，给人以强烈的感染。②

大海呜咽那是在"痛悼伟人的离去"，天空的彩虹那"也许是苍天为之动容"而出现的……这些拟人化的抒情具有十分感人的力量。③ 有人评价，《在大海中永生》集纪实性、政论性、抒情性于一体，把一代伟人邓小平同志的光辉名字镌刻在历史的丰碑上，镌刻在亿万中国人民的心间，邓小平同志像一面高悬的历史明镜照亮中华民族前进的征程④；稿件在读者中引起了强烈共鸣⑤；很多人都是眼含热泪读完这篇新闻稿的⑥。

——**过渡自然、转接紧密**。凡是文章都有个过渡问题。作为新闻精品和范文佳作，更需讲究过渡，使全文转接紧密、顺畅而自然。所谓过渡，是指文章各个层次、段落之间的自然衔接与转换。它是使文章气脉贯通、承接紧密、结构严谨、文路清晰的一种重要手段和方法，能在上下文间起桥梁作用，让读者的思维能够由上一个内容顺利地转入下一个内容，中间不感到突然或有什么阻隔，从而达到先人所说的"承上接下，血脉相连"。排比过渡是过渡的方式之一，是指用三个以上的句式和语法结构基本相同的句子并列起来，就构成了排比。用这种排比句分别做各层次或各段的开首句或结尾句，就形成了层次或段落的排比。用层次或段落排比方法构成的文章，其层次或段落

---

① 陈燕侠：《浅谈新闻记者的人文素养》，《焦作大学学报》2003 年第 2 期。

② 高颖：《人物通讯如何抓住细节来描写》，《赤峰学院学报》（汉文哲学社会科学版）2011 年第 10 期。

③ 郝凤阁：《以情感人——人物通讯中的情感表现》，《克山师专学报》2004 年第 2 期。

④ 刘向东：《试论新闻精品的五大规律（上）》，《城市党报研究》2004 年第 1 期。

⑤ 王梅芳：《论新闻评析的本质、特性和任务》，《中南民族大学学报》（人文社会科学版）2004 年第 5 期。

⑥ 马晓丽：《浅析新闻的散文化写作》，《新闻传播》2017 年第 12 期。

间的过渡就是靠排比句来实现的。《在大海中永生》一文中有两处用语法结构基本相同的排比句做过渡。①

——**巧妙组合、匠心独运**。《在大海中永生》围绕缅怀伟人邓小平同志这一主题，报道需展示两方面的材料：邓小平同志骨灰撒放现场情况以及邓小平同志的经历与丰功伟绩，这些材料中前者属现在的新闻事实材料，后者属过去的新闻背景材料，要把时空跨度以及动静跳跃都很大的这两方面材料巧妙自然地组合在一起，就需要寻找两类材料的衔接点以及匠心独运的结构方式。报道巧妙地以"海"为线索，把现在与过去的材料连接起来，同时采用纵中有横的结构方式，即以骨灰撒放现场的情况为主体，把经历、丰功伟绩等过去的材料穿插其中，整个结构方式既浓缩凝练，又有利于拓展报道的厚度。②

——**多种修辞、增添文采**。《在大海中永生》通过选择邓小平同志一生中那些与大海相连、与大海汹涌澎湃特征最相契合的事实，颇富匠心地加以剪辑组合，一次又一次回述，运用诗歌反复咏叹手法，通过排比、对仗，充分表现了通讯的一种体态美。③也有人评价，此稿运用拟人、对偶、反复、排比等手法，以生动的语言、充沛的激情使读者深受感染。④作为一件散文式通讯精品，《在大海中永生》中的一些重叠和重复，显示了对伟人深沉的感情、无限的哀思、无尽的寓意。⑤

对于《在大海中永生》的通讯像散文又像诗的评价，何平、刘思扬认为，其实它还是新闻通讯，只不过借用了散文和诗的一些写法。"在写作中我们注意了纪实、政论与抒情的结合，注意了排比、对偶、象征、拟人等修辞手法的运用，使通讯既有思想深度，又有感人的艺术力量。"对于此稿的成功，何平、刘思扬认为：一是邓小平同志的伟绩、风范深深感染着他们，激励着他

---

① 陈金松：《承接严密　文气贯通——谈新闻精品的过渡技法》，《当代传播》1999 年第 1 期。

② 张萍：《问题意识在新闻采写中的运用》，《新闻采编》2007 年第 3 期。

③ 郭赫男、万红金：《论记者风格的美学表征形态》，《求索》2008 年第 5 期。

④ 刘兰明：《提高新闻作品感染力技巧管窥》，《中国报业》2017 年第 7 期。

⑤ 陈金松：《错落多姿　灵活出彩——新闻精品语言句式的多样化》，《新闻与写作》1999 年第 4 期。

们只有把这篇通讯采写好,才能无愧于人民,无愧于时代;二是多年的采访积累,使他们对邓小平同志伟大的一生有较为深入的了解,因而落笔能够做到胸有成竹,得心应手。①

另外,中央有关领导的支持,也是此稿成功的原因之一。为了便于采访写作,骨灰撒放前,他们就看到了较为详细的骨灰撒放方案。有关负责同志还和他们一起商讨报道思路,确定了"与大海同在、与祖国同在、与人民同在"的主题。② 对此,何平曾撰文谦虚地说,倘若别人来承担这一采访任务,他同样会取得成功,因为这一事件本身就足以在广大读者中产生强烈共鸣。但他同时也说:"当然,一切偶然的背后都有必然。必然是规律,是趋势,是预言,而偶然是机遇,是意外,是幸运。我们任何人都不可能改变必然,但我们可以抓住偶然。抓住偶然就是抓住机遇,抓住机遇你就可能获得意外的成功,甚至创造奇迹。"③

从赏析的角度而言,《在大海中永生》也有可探讨之处。比如,到底是"飘洋过海"还是"漂洋过海"?查询收录这篇稿件的几本图书和刊发这篇稿件的部分媒体,有的用的是"飘洋过海",有的用的是"漂洋过海"。依据《现代汉语词典》,"飘"除可作为姓之外,还有三重意思:一是"随风飘动或飞扬";二是"形容腿部发软,走路不稳";三是"轻浮;不踏实"。而"漂洋过海"是指"乘船渡过海洋,指远离家乡,前往海外异国他乡",结合文意,这里应该用"漂洋过海"。

---

① 《〈在大海中永生——邓小平同志骨灰撒放记〉【作者附语】》,出自《通讯名作 100 篇》(修订版),新华出版社 2009 年版,第 608 页。

② 何平、刘思扬:《蘸深情笔墨 写伟人业绩》,出自《新闻传播精品导读:通讯卷》,复旦大学出版社 2004 年版,第 356 页。

③ 何平:《珍惜机遇》,《新闻战线》1999 年第 10 期。

阅读+　《在大海中永生——邓小平同志骨灰撒放记》

扫码阅读获奖作品全文

（作者：何平、刘思扬；编辑：张万象、王启星；新华社1997年3月3日电；获第八届中国新闻奖特别奖）

掩不住的思想光芒

在第六届中国新闻奖评选中，《工人日报》作品《寻找时传祥》获通讯一等奖。新闻作品并不都是易碎品，入选中学语文教材的《寻找时传祥》，至今仍闪烁着思想的光芒。今天来看，媒体后来关于劳模的诸多报道中，无论是文本上还是思想上都鲜有超越《寻找时传祥》的。

（一）

时传祥是谁？时传祥 1952 年起在北京市崇文区①清洁队当掏粪工人，1956 年加入中国共产党。他以"宁愿一人脏，换来万家净"的精神，在平凡的岗位上做出了突出的成绩，受到党和国家领导人接见。1975 年 5 月 19 日，时传祥逝世，享年 60 岁。②时传祥是新中国第一代劳动模范，中国工人阶级的杰出代表。2019 年 9 月，时传祥入选"最美奋斗者"。

1959 年 10 月 26 日，是时传祥终生难忘的日子。他作为首都环卫工人的优秀代表，光荣地出席了全国群英会——全国工业、交通运输、基本建设、财贸方面社会主义建设先进集体和先进生产者代表大会。这天下午，国家主席刘少奇一见到时传祥，就亲切地握住他的手说："这就是老时吧！"刘少奇将自己身上的英雄牌钢笔送给时传祥，鼓励他尽快摘掉文盲的帽子，并对时传祥说："你掏大粪是人民勤务员，我当主席也是人民勤务员，这只是革命分

---

① 2010 年，国务院批复北京市政府关于调整首都功能核心区行政区划的请示，同意撤销北京市东城区、崇文区，设立新的北京市东城区。

② 《历史上的今天　5 月 19 日》，新华社 2013 年 5 月 18 日电。

工不同，都是革命事业不可缺少的一部分。"①10 月 29 日，新华社记者吕厚民拍摄的"刘少奇主席和北京粪便清洁工时传祥握手"的照片登在了《人民日报》，时传祥的名字从此传遍了大江南北，成为载誉全国的著名劳动模范。

（二）

在时传祥离世 20 周年之际，《工人日报》再次报道时传祥的直接原因之一是，这是《工人日报》为配合全国劳模表彰大会宣传推出的策划。这个策划具体为系列报道"重返精神高原"，《寻找时传祥》为其中的一篇。

20 世纪 90 年代初期，商品经济大潮下全民皆商，很多机关干部、知识分子都下海做买卖，更令人痛心疾首的是，假冒伪劣、坑蒙拐骗一时间到处泛滥，社会上对理想、信念的追求变得边缘化，很多人感到迷茫。新闻只有有了"普遍性"，报道才可能具有"永恒性"。

媒体为某个大会召开推出类似的营造氛围报道或预热报道很常见，但像工人日报社这样操作成获奖报道并成为经典流传的并不多。工人日报社编委会在筹划这一报道时，有同志提出是否可以搞一组重访老劳模的报道，他们的精神至今仍有时代价值。对此想法，时任工人日报社总编辑张宏遵表示可行，同时要求：一定要在写老劳模的过程中注意在历史与现实的交汇中找到一个恰当的结合点。

当年，在《工人日报》推出《寻找时传祥》之前，《中国青年报》推出的《北京最后的粪桶》也属于以平民意识来挖掘社会生活美的好作品。《北京最后的粪桶》实录了曾插队于北大荒，后回京默默无闻地背起了已经罕见于京城的粪桶的 3 位老知青的过去和现在。报道表达了这样动人的主题：他们的职业虽是社会的冰点，但他们的人格却是社会的热点。②这两篇报道在社会上的影响都很大。

《寻找时传祥》一稿的作者孙德宏后来在谈到此文时表示，寻找并弘扬

---

① 《掏粪工人时传祥：一人脏累换来万家皆清洁》，京报网 2021 年 6 月 3 日。
② 陈堂发：《从审美角度谈新闻素材的选择》，《新闻界》1998 年第 1 期。

时传祥正直、善良、勤恳、敬业的精神品格，对现实说话——从挖掘事实表面的信息价值，转向事实背后的意义价值。他要写的是一个远远超过仅有信息价值的报道，要努力挖掘新闻惊奇感背后的意义价值。他说，换一个劳模，他恐怕也会这么写。这篇报道是在探讨不同社会发展阶段下的社会和人的价值取向，同时以拥有审美性的方式进行传播，这些普遍性的东西具有永恒性，它能感动人、引导人。①

（三）

《寻找时传祥》是从资料库由旧闻发现的新闻②；《寻找时传祥》具有认清历史、现在和未来的意义③；"叙事平实"是《寻找时传祥》一稿独特的手法④；《寻找时传祥》是在旧题目上写出了新意，有时赖于机遇，更多的还是靠挖掘和探寻⑤；《寻找时传祥》是求异思维的典范之作，记者运用求异思维，纵横拓展，把传统意义上的人物通讯作为一个现实的重大社会问题来写，提出"我们今天该有什么样的人生观、价值观"这样一个振聋发聩的呼喊，题材就有了广度和深度⑥……各种评析《寻找时传祥》的说法都有一定道理。今天来看，这篇获奖作品有几方面是值得学习的。

——**从写作角度而言，文本独特**。《寻找时传祥》一稿算不上特别长，也就 2700 多字，分为了五个部分。第一部分 100 多字，切入报道；第二部分900 多字，由现实切入，与高光时刻的时传祥形成了鲜明对比；第三部分 400 多字，重点写时传祥人生的最后时刻；第四部分 900 多字，重点写现实中环卫工的境况；第五部分 300 多字，点明报道主题，戛然而止中又言犹未尽，给读者留下的是挥之不去的思考。

---

① 刘江：《新闻作品靠什么抵御时间的冲刷——专访工人日报社社长孙德宏》，《中国记者》2022 年第 1 期。

② 韩晓晖：《"穷编辑"与"富编辑"》，《新闻知识》2000 年第 3 期。

③ 徐勇雁：《部编中职语文教材编写刍议》，《编辑学刊》2021 年第 5 期。

④ 余养健：《语文书，学生记住了什么》，《中学语文》2007 年第 Z1 期。

⑤ 崔建华：《等机遇不如深入挖掘》，《青年记者》1997 年第 2 期。

⑥ 胡仁钧：《求异思维内涵深》，《新闻前哨》2000 年第 4 期。

有人评价，此稿的开头和结尾值得单独一说。开头异峰突起，给人以历史纵深感。结尾表面写时传祥遭人嗤笑，但事实是记者表示了对时传祥精神的渴望与向往。这是一种更深刻、更耐人寻味的对主题的深化。① 也有人评价，该文人物、事件繁多，但作者精心谋篇布局，采用对比、反差的手法，把每件看起来很平常的事放在一起体味，则显得那么不同寻常，显示了作者高超的驾驭材料的能力。②

写《寻找时传祥》时，孙德宏还在工人日报社机动记者组当记者。机动记者不用跑口，主要是研究问题，采写有分量的报道。偶尔开个会，回来写个小稿，总编辑张宏遵对此还不大高兴："又跑去搞这些不痛不痒的干什么？"那时没有互联网，孙德宏就到报社资料室查剪报看材料。看了半天材料不得要领，总不能把过去的事迹重写一遍吧？于是，他想先去找当事人聊聊。为此，他采访了时传祥的家人、环卫局的清洁队职工、环卫局干部、路人等，并开过座谈会，前前后后单独采访的人加起来有几十人。听说环卫局"时传祥清洁班"有十几个年轻小伙子，他决定去看看，想知道今天的"时传祥们"是什么状态。采访时，他买了些啤酒、熟食就去了，他们家长里短什么都跟孙德宏聊。孙德宏采访也会拿本记，但很有限，他主要是靠脑子记，回去后靠回忆整理。孙德宏总结他几十年新闻职业的经验是，凡是记不住的基本没啥用。③

因为主题的敏感（高了易"左"，低了怕"右"），写作时既要发扬优良传统，又要防止片面性。孙德宏舍弃了以往写时传祥的诸多报道中的"宁肯一人脏，换来万家净"等豪言壮语，不去任意拔高主人公，把时传祥写成一个受人尊敬的"好人"，这才能使人们感到可亲、可敬、可学习。《寻找时传祥》不是一篇常规的人物纪实，在写法上坚持"用事实说话"的新闻原则，尽可

---

① 张宏遵：《于朴素中见奇崛　于平实处显机锋——简评〈寻找时传祥〉》，《新闻三昧》1996 年第 12 期。

② 谭萍：《在历史与现实之间追问》，出自董广安主编《新闻传播精品导读：通讯卷》，复旦大学出版社 2004 年版，第 342 页。

③ 刘江：《新闻作品靠什么抵御时间的冲刷——专访工人日报社社长孙德宏》，《中国记者》2022 年第 1 期。

能地避免使用直露的、主观的评论词句。①

　　语言平实是此稿的显著特色。作为此稿编辑，张宏遵在评价《寻找时传祥》时说：这是一篇具有鲜明个性特征的通讯，通篇读下来是一种十分平实、十分朴素的风格，透过字里行间，作品所体现出的情感却是热烈而鲜明的。这与一些虚张声势、情感虚假的报道形成了明显对比。②

　　——从现实角度而言，有突破性。 新闻作品尤其是获中国新闻奖的作品，涉及"文革"的很少。《寻找时传祥》虽然在主题上并非为了写"文革"，但寻找时传祥不可避免地会涉及"文革"和担任过国家主席的刘少奇。这该怎么把握？无论是稿件的写作还是工人日报社的处理，都有一定的突破性。比如，稿件的开头就很不寻常——"他们死于同一场名叫'文化'的'革命'。"又写道："后来，便赶上了那个动荡的年月。""背了大半辈子粪的时传祥因与被污蔑为'工贼'的共和国主席握过手，便也成了'工贼'。""纯朴的乡亲不认为他是什么'工贼'。""正直、朴实的人格没能战胜那个劳动有罪、正直有罪的年代。""若干年后，一个'文革'中曾踢打过时传祥的徒弟，带着妻儿在师傅的遗像前泪流满面……"这种突破性，赋予了这件作品独特的历史价值。能做到这种突破，既有赖于记者的认知，也有赖于负责把关审稿的总编辑的态度。一些获中国新闻奖的作品至今还被后人津津乐道，除了直面现实具有思想性外，突破性也是重要因素之一。

　　——从价值角度而言，有引领性。 文学作品成为经典的根本是什么？爱情和生死，这进一步来说讲的都是人性。新闻报道同样需要达到这个境界。孙德宏谈道，写作《寻找时传祥》是在努力挖掘时传祥身上闪烁的人性光辉，写的是时传祥作为一个普通人的正直、诚恳、勤劳。③稿件第三部分有这么一段，绝不是闲笔："1972 年 10 月 26 日，一直半昏迷的时传祥竟变得很激动。

　　① 孙德宏：《在历史与现实间体味生命——〈寻找时传祥〉一文采写体会》，《新闻三昧》1996 年 12 期。

　　② 彭朝丞：《朴实，新闻作品应有的本色》，《新闻知识》1999 年第 3 期。

　　③ 张垒、李婷：《当"新闻"遇见"审美"——访〈工人日报〉社长、总编辑孙德宏》，《中国记者》2011 年第 8 期。

他让老伴把院门、屋门都插上，又让做几样'好菜'，翻箱倒柜找出半瓶薯干酒。他要敬13年前这一天握着他的手鼓励他的刘主席一杯：'就冲他能看得起俺这个掏大粪的，俺就到死也不信他是个坏人！'"有人评价，《寻找时传祥》此稿正因为有着触及社会神经的理性思考，才使文章有了深邃的思想主题。

新闻作品要发挥价值引领作用就不能刻意回避现实。《寻找时传祥》在立意、文字表达上没有回避世俗与高尚的矛盾、现实与理想的反差，作者在文中做了总结性的评价："现在赚再多钱的人内心深处也都有一种感慨——大家都能像时传祥那样正直、敬业、实在，该多好。"这其实就是文章所传递的主流价值观。① 孙德宏去采访以时传祥名字命名的清洁班时，工人们宣泄了很多牢骚不满。他没有把这些话私吞、屏蔽，而是真实地记录下来。工人们感谢他："终于有人替我们说话了，我们发牢骚他都敢写出来。"这些可能被其他记者认为没用、不妥的采访素材，被孙德宏视若珍宝，成为这篇后来被收入中学语文课本的作品中最富质感的时光颗粒，折射出一个时代的痛感、迷茫。②

有观点认为，新闻传播的目的应该有两个：一是传递信息，二是影响社会。简单地传递信息是不难的，但是要影响社会则不那么简单。《寻找时传祥》这篇通讯不仅具有十分鲜明的现实针对性，而且展现出深刻的思想光芒，鲜明地弘扬了时代应具有的主流价值和理想期待，起到了很好的舆论引导作用。③有人曾问孙德宏，你的作品表达了极丰富的思想内涵，可一句话没见你说呀。孙德宏认为，这就是他对新闻规律的理解：只说事，把想说的事串起来，让人感受到你说的那个理，这就是新闻的独特性吧。任何类型的精神产品创造者、优秀的新闻人都应该努力追求在作品中表达对社会对人生的看法。④

孙德宏认为，只有把一度成为政治意义上的时传祥还原成他本来的样子，才可能使他令大多数人感到亲切，才可能使读者从时传祥身上看到一点自己

① 吴娟：《人物通讯中主流价值观的体现》，《新闻世界》2009年第1期。
② 刘江：《你有代表作吗》，《中国记者》2022年第1期。
③ 徐福平：《展现价值是人物报道应遵循的核心理念》，《东南传播》2017年第6期。
④ 孙德宏：《呼唤劳动与良知——〈寻找时传祥〉一文采写体会》，《写作》1996年第12期。

本来也具有的美好的东西，进而起到呼唤良知、尊重劳动的舆论导向作用。①
今天来看，《寻找时传祥》这篇通讯从历史与现实的交汇点上选取主题，站得
高，立意深，问题提得尖锐，思想性很强，这在大力宣扬社会主义精神文明
的今天，不仅浓墨重彩地讴歌了至今仍须弘扬光大的"时传祥精神"，而且有
力地抨击了时弊，给人以深刻的启示和震撼力。②

（四）

有人评价孙德宏，"是中国当代典型的专家型记者""对新闻事业的执着
和热爱是有口碑的""在新闻理论和新闻实践方面都作出了有价值的探索""他
关于'新闻美学'的研究成果，对新闻学界和业界都具有开创性价值"。③

孙德宏担任工人日报社副总编期间，仍笔耕不辍，撰写了 200 多篇社评
和专栏文章。他认为，在严格遵守新闻传播规律的前提下，文章并无一定之
规，那些"好看的，读者愿意看的，能引发受众心灵共鸣的作品"就是"好
新闻"。业界、学界了解孙德宏，除了名篇《寻找时传祥》外，还有其"新闻
审美传播"的学术主张。在他看来，新闻的审美传播与传播主体、接受主体
对"美"的需求有关——那些实现了"审美传播"的报道就能"打动人"，就
可能成为经典而长久流传。反之，传播效果可能就比较差——进一步从新闻
学"深层机理"的角度讨论，这就是"新闻美学"讨论的问题，新闻美学是
从新闻学、传播学与美学、哲学交叉处生长出来的一门科学。他认为，在当
下媒体深度融合的大背景下，坚持"新闻的审美传播"尤其具有极为重要的
理论价值和实践意义。④

孙德宏先后 6 次获中国新闻奖，获奖作品类型包括消息、通讯、论文、

---

① 孙德宏：《人，一切问题的起点与终点——〈寻找时传祥〉一文的采写体会》，《新闻知识》
1996 年第 9 期。

② 劲松：《揭示点·交会点·沟通点·契合点——新闻精品主题提炼探析》，《新闻界》1998 年第
2 期。

③ 《孙德宏 | 寻找时传祥》，出自郑保卫主编《中国百年新闻经典·通讯卷》，人民出版社 2013 年
版，第 431—432 页。

④ 左志新、孙航：《融合时代的新闻必须实现审美传播——工人日报社社长孙德宏采访录》，《传
媒》2021 年第 17 期。

版面等。谈及获奖体会他总结了几点。一是新闻的优劣取决于价值大小，所以对新闻价值的判断水平很重要。二是力争每篇较重要的报道都要尽可能真实、深刻地表达对社会的看法，表达人到底应该怎样做的价值判断。优秀的新闻人应该努力追求在作品中表达对社会对人生的看法。具有较高的新闻价值判断水平，是名编辑、名记者最重要的特征。三是多读书。大学毕业后，孙德宏平均每天差不多读书五六小时，当领导后每天读三四小时。没当领导的时候，他上班时间不采访就看书。没学过新闻，他就满世界去找各种新闻学和新闻作品集看。向前人、优秀同行学习，是提高自己最有效率、最有效益的捷径。优秀的编辑、记者应该都有较好的思想和专业功底，对若干经典烂熟于胸。孙德宏建议年轻新闻人多读经典，多去研究新闻史上的好作品，多去研读文学、哲学、社会学、经济学、法学等人文社会科学的那些优秀的经典作品。①

从赏析的角度，《寻找时传祥》也有可探讨之处。有教师认为入选教材的《寻找时传祥》有表述搭配不当的地方——"1971 年，他带着一身病痛被遣送回解放前他揣着七块糠饼子、步行十三天来京的山东农村老家。"乍一看，"解放前他揣着七块糠饼子、步行十三天来京"成了"山东农村老家"的修饰语。"解放前他揣着七块糠饼子、步行十三天来京"如何能修饰或限制"山东农村老家"呢？显然是修饰语与中心语搭配不当，定语不能修饰名词中心词。再仔细一分析，造成这种状况的原因是作者把"1971 年他带着一身病痛被遣送回山东农村老家"和"解放前他揣着七块糠饼子、步行十三天来京"两个句子杂糅在一起。如果改成两句话"1971 年，他带着一身病痛被遣送回山东农村老家。而解放前，他是揣着七块糠饼子、步行十三天来到京城的"，前后文也能衔接，同样不减悲剧效果，一看就明白。② 这些年中国新闻奖参评作品中，语句杂糅是常见的问题之一。语句杂糅指的是本来应该分成两句或多句说的话，一股脑地被糅进了一个句子里，结果造成了意思表达不清，语义

---

① 杨芳秀：《规律就是效益 规矩就是人心》，《新闻战线》2016 年第 3 期。

② 夏峥嵘：《〈寻找时传祥〉指瑕》，《湖南教育》2006 年第 35 期。

不明。①

　　孙德宏也认为，《寻找时传祥》一稿存在不足之处：一是设想中的主题在报道中未能全面而更深刻地体现出来；二是个别地方的语言还有雕琢的痕迹等。他认为，报道最终体现出来的，实质上是记者自身对新闻事实、对问题的认识，以及表达这种认识的功力和素质。记者功力有限，报道所体现出的社会影响力也必定有限。②

阅读+　《寻找时传祥》

扫码阅读获奖作品全文

　　（作者：孙德宏；编辑：张宏遵；原载《工人日报》1995年5月17日；获第六届中国新闻奖一等奖）

---

① 唐绪军：《在吹毛求疵中树立中国新闻界的标杆——首届"两奖"审核委员会工作纪要》，《新闻战线》2014年第11期。

② 孙德宏：《在历史与现实间体味生命——〈寻找时传祥〉一文采写体会》，《新闻三昧》1996年第12期。

用日记方式写新闻

在第五届中国新闻奖评选中，《辽宁日报》作品《批评报道未见报 说情电话铃不停——记者采访日记五则》获评通讯二等奖。这件获奖作品很特别，用日记体的方式，把一次进行舆论监督报道过程中遭遇的各种打招呼报道了出来，是一次形式颇为新颖的舆论监督报道。

舆论监督报道难做，过去难做，现在亦难做。习近平总书记强调，舆论监督和正面宣传是统一的。进入新时代，科学而准确地开展舆论监督，是维护党和人民利益的需要，是推进社会主义民主政治建设的需要，是增强社会治理、基层治理的需要。舆论监督要把握正确的舆论导向，站在党和人民的立场上，选择那些具有典型性的新闻事件进行剖析和评说，善于把领导和群众关注的结合点作为舆论监督的重点。新闻媒体履行法律赋予的对社会环境的舆论监督的权利和义务，目的是激浊扬清、扶正祛邪、匡正时弊、抵制错误倾向、促进问题的解决。舆论监督的作用，核心体现在给人以信心、给人以希望、给人以力量。用好舆论监督这把"手术刀"的关键在于要有清醒的全局意识，有高度的社会责任感，有实事求是的工作作风，既把握好政策又把握好时机，兼顾批评力度和报道尺度的平衡，从而达到对党负责与对人民负责的高度统一。①

第三十二届中国新闻奖在奖项设置上的变化之一，是在专门类奖项中设置了舆论监督报道——"揭示社会存在问题、维护公平正义、促进时代进步的新闻作品。应事实准确充分，报道客观全面，富有建设性，切实促

---

① 李扬：《打好舆论引导"主动仗"》，《红旗文稿》2020 年第 2 期。

进实际问题的解决。"在中国新闻奖奖项由 29 项调整为 20 项的背景下，中国记协为舆论监督报道专门增设了一个奖项，殊为不易。不少媒体人认为，近年来舆论监督报道的数量和质量有明显下滑趋势，比如，深度报道版面的裁撤、调查记者队伍的压缩、重大突发事件的采访减少等，背后原因很复杂，一个比较重要的原因是随着媒体赢利能力的下滑，媒体用以支撑调查报道的费用降低等。①

在舆论监督报道奖成为中国新闻奖奖项之前，中国新闻奖获奖作品中也不乏舆论监督报道。有人统计，获中国新闻奖的舆论监督报道，从题材上而言，涵盖了政治、经济、社会生活的方方面面，真实地反映了上述这些方面存在的问题，给人以警醒。对政府部门及其工作人员实行监督是舆论监督类报道应有之义，监督范围涉及官员贪污腐败、官僚主义、形式主义、数字造假、作风不良等多方面。②

舆论监督报道奖成为中国新闻奖的一个奖项后，引发了很多关注和讨论。陕西记协主席薛保勤认为，舆论监督报道奖项的设立可谓"惊喜"。长期以来，有人对舆论监督报道存在认识误区，认为舆论监督是"抹黑""添乱"。这其实是对舆论监督的曲解。从本质上来讲，舆论监督与正面宣传有相同的精神内涵、一致的出发点和统一的校验标准。舆论监督报道奖项的设立，激浊扬清、扶正祛邪，鼓励媒体真正当好党和人民的"耳目喉舌"，激励从业人员切实担负起"瞭望者"的使命。③ 中宣部新闻阅评专家顾勇华认为，为舆论监督设立专门奖项，为鼓励媒体承担各自职责功能提供了支持。多次因舆论监督报道获中国新闻奖的知名媒体人王文志认为，中国新闻奖首设舆论监督报道奖，表明在坚持正面宣传的前提下，舆论监督类报道将进一步受到重视，地位将不断提升，而评选的价值取向正不断发生变化。④

2023 年 12 月 7 日，中国记协道德委员会召开"全媒体时代如何做好舆论

① 贺涵甫、窦锋昌：《中国新闻奖改革的新特点与新思维》，《青年记者》2022 年第 21 期。
② 靖鸣、刘锐：《中国新闻奖舆论监督类报道分析》，《传媒观察》2005 年第 8 期。
③ 《中国新闻奖奖项设置新在哪儿？且听专家评析》，中国记协网 2022 年 6 月 14 日。
④ 《专家展开解读：中国新闻奖设立"舆论监督报道奖"》，中国创业家网 2022 年 7 月 3 日。

监督"专题评议会。中国记协党组书记、副主席刘思扬表示：舆论监督是中国特色社会主义监督体系的重要组成部分，是党和人民对新闻工作者提出的重要要求，赋予的神圣职责。

第三十二届中国新闻奖评出舆论监督报道奖 16 件。这些获奖作品涉及的内容既有农业发展、生态保护，也有医疗教育、科技发展，还有资本市场黑幕、突发社会事件。这些作品有一个共同的特点：选题都围绕着"党和国家明令禁止""人民群众深恶痛绝"这"两头"的问题展开。有媒体人总结，对从事舆论监督报道的新闻从业者来说，要像《揭露"抽血验子"的黑色利益链》稿件记者那样，不惧危险、忠于职守、敢于担当；要像《让新业态劳动者权益"不落空"》稿件记者那样，与外卖骑手、快递小哥、网约车司机、电商平台主播交朋友、话冷暖；要像《七获省部级科技奖的"大国工匠"，却评不上正高职称》稿件记者那样，扭住一个问题不放，修补制度的漏洞，打通政策的梗阻；要像《"店招用了'青花椒'竟成被告"系列报道》记者那样，敢于追逐热点，勇于触碰难点，不断探索舆论监督报道的多媒体表达，以融合式报道、立体式传播重塑舆论监督报道的最大价值。唯有这样，舆论监督的正面价值才能不断彰显，媒体的公信力才能不断提升。①

今天重读《批评报道未见报　说情电话铃不停》一稿，别有一番滋味在心头。都说舆论监督重要，但真正实施起来并不容易，尤其是地市媒体。有些媒体人不愿意做舆论监督报道，有些媒体不愿意刊发舆论监督报道，各种原因难以细说。媒体尤其是主流媒体，如果丧失了舆论监督功能，主题宣传搞得再有声有色，也少了点媒体应有的成色。中国新闻奖首设舆论监督报道奖项的评选结果别有意味——16 件获奖作品中，央媒及其主办的媒体占 9 件，省级媒体占 7 件，地市级媒体没有。《批评报道未见报　说情电话铃不停》能顶住各种压力刊发，本身就很不容易。

——**创新监督报道形式**。记者接到举报反映一住宅小区工程质量存在严

---

① 孙越：《彰显舆论监督的正面价值——第 32 届中国新闻奖舆论监督报道获奖作品评析》，《中国记者》2022 年第 12 期。

重隐患，相关部门现场检查证实举报人反映的问题属实，但意想不到的是记者随后接到了各种说情电话。按照常规，记者如顶住压力发稿，直接写这个小区工程质量存在严重隐患即可，但作者通过日记的方式，把前后5天的经过详细记录并披露出来，这是对舆论监督报道形式的创新。《批评报道未见报　说情电话铃不停》虽然也是文字报道，从体裁看是通讯，但这颠覆了传统的舆论监督报道形式，读起来让人有一种眼前一亮、耳目一新之感。全媒体时代，更要勇于创新报道方式和传播手段，只有这样才能不断提升主流舆论的传播力、引导力、影响力、公信力。

——**社会效果一举两得**。舆论监督报道通常都是就事论事，是对具体某一件事的监督，《批评报道未见报　说情电话铃不停》不仅详细披露了"可久巷"住宅小区7号楼工程质量存在严重隐患的问题，同时也反映了舆论监督报道面临的现实困境——社会上各种说情风气。就这件事而言，找到记者说情的有同行、有建筑部门的、有老领导、有公安局的、有工程质量监察部门的……最后连记者也感慨，说情电话后面有一张无形的网，做舆论监督采访难，发稿难，闯过人情关更难，"碰软"比"碰硬"更难。此稿在监督工程质量的同时，也对社会不良风气进行了批评，该报道达到了一般舆论监督报道难以取得的一举两得的社会效果。

——**文字表达诙谐幽默**。记者虽然是用日记的方式写新闻，但在遵循新闻客观性、真实性的同时，也让文字表达更具个性化和生活化。"记者的心随着'叮咣'山响的锤声跳得愈来愈重""想到这，记者毅然拿起了这支既轻又沉的笔"……五篇日记一共2000多字，但很可读，文字表达精练、语言生动、现场感强、诙谐幽默，体现了记者的脚力、眼力、脑力、笔力。

——**标题制作反差强烈**。《批评报道未见报　说情电话铃不停》的标题特点鲜明，题与文相得益彰。在当天的会上，领导说此稿推荐省好新闻一等奖。果然，此稿后来获得了省好新闻一等奖。不仅如此，此稿还获得了中国新闻奖二等奖。标题多用动词，可让标题自身特点鲜明。如何做好标题？此稿编辑李志远认为，要把握新闻的特点潜心制作标题，切忌步后尘。很多标题让人有似曾相识之感，进而让人觉得是套话，既无新意、无个性，又无特色。

编采人员一定要有创新精神，努力使标题呈现出千姿百态的生动局面，这样报纸的质量才会提高。[①] 也有人评价这是一个"反差"强烈的好标题。"反差"强烈的东西，是让人思考、引人入胜的东西，也是制作新闻标题很好的切入点。如果将新闻中具有强烈"反差"的事实抓出来，放进标题中，则可以引起读者的强烈关注和阅读新闻的欲望。[②]

从赏析的角度而言，原稿中的有些字词要注意避免误用。比如，"记者当场拔通电话"中的"拔"应为"拨"，"对方只得认帐"中的"帐"应为"账"，"你抬抬手放他一码"中的"码"应为"马"，"巴嗒"应为"吧嗒"。另外，从事发到见报，此事中间时隔半个多月，稿件能刊发，虽然旗帜鲜明地表明了媒体的态度，但此事最终的结果如何呢？不得而知，留有遗憾。

阅读+ 《批评报道未见报 说情电话铃不停——记者采访日记五则》

扫码阅读获奖作品全文

（作者：倪伟龄；编辑：李志远；原载《辽宁日报》1994 年 7 月 18 日；获第五届中国新闻奖二等奖）

---

① 李志远、李宏：《怎样把标题制作得更好》，《记者摇篮》2002 年第 7 期。
② 刘保全：《新闻标题制作中常见的技巧——兼评部分"中国新闻奖"作品的标题（下）》，《新闻实践》2007 年第 8 期。

悲情中流露着激情

在第四届中国新闻奖评选中,《中国青年报》刊发的《9·24,我们一起升国旗》获通讯二等奖。这件获奖作品与传统的新闻作品相比,说它是新闻作品它又不像新闻作品,说它不像新闻作品它又有新闻作品的特性,体现出了一定的创新性。

奥林匹克运动会源于古希腊,因举办地点在奥林匹亚而得名。1892年,顾拜旦发表了他复兴古希腊奥运会理想的计划。1896年,在希腊雅典举行了第一届奥运会,此后,奥运会每4年举行一次,如因故不能按期举行,届次照常计算。第一、二次世界大战期间,即有三届奥运会未能照常举行,但届数仍沿袭下来。从1924年开始,奥运会分为夏季和冬季两类。现代奥运会规模越来越大,水平越来越高,活动越来越丰富。奥运会是世界最具影响力的青年大聚会。通过公平的体育竞争,通过友好交往,各国青年和人民间的了解和友谊得到加深,从而有利于促进世界和平与人类事业进步。奥运会已成为对世界政治、经济、文化发展有重大影响的活动。①

1990年,邓小平同志在参观亚运会主场馆——国家奥林匹克体育中心时,突然问陪同他参观的国家体委和北京市领导:"办了亚运会,还要办奥运会,举办奥运会对振奋民族精神、振兴经济都有好处,你们下决心了没有?"经过精心准备,北京向国际奥委会申请举办2000年奥运会。②

1993年9月23日,《人民日报》头版刊发稿件中写道:24小时后,各申

---

① 梁仁协:《奥运会一瞥》,《人民日报》1993年9月24日。

② 岳明洁:《微观陕体 | 奥运三问——百年圆梦之路》,陕西省体育局网站2021年4月8日。

办城市的努力将会随着投票结果而告一段落，人们期待着那激动人心的时刻，等待着那神秘的结果。北京时间 9 月 24 日凌晨，全世界亿万人的目光都通过电视屏幕盯住国际奥委会主席萨马兰奇。当萨马兰奇的嘴唇吐出"悉尼"一词时，这意味着出席国际奥委会第 101 次会议的 89 名国际奥委会委员在秘密无记名投票中，选择了悉尼作为 2000 年第二十七届奥运会的举办城市。投票一共进行了四轮，在前三轮投票中，北京一直处于领先地位，在最后一轮投票中，悉尼和北京的得票数分别为 45 票和 43 票。人们期盼、猜测的谜底终于揭晓之后，在场的悉尼代表团成员欢呼雀跃，抑制不住欣喜之情。北京代表团的成员则报之以礼貌的微笑，并挥手向悉尼代表团成员表示祝贺。①

得而不骄，失而不馁，这是中国人民应有的气度和风范。9 月 24 日，《人民日报》在头版刊发《悉尼获 2000 年奥运会举办权》消息的同时，还刊发了《坚定不移地走向世界》的评论：我们要深刻地认识到，要想办成一两件大事，要想在世界上被人了解和信任，最重要的是自己要有志气，首先把国内的事情办好。国力增强了，面貌一新了，无论什么大事也就好办了。9 月 25 日，《人民日报》头版与申奥相关的两篇稿件是《中国仍将积极参与奥林匹克运动》《向支持北京申办各界人士致谢》，体现了大国气度。

北京申办 2000 年奥运会虽然未果，但申办形成的"奥运热"极大地唤起了中国人对"在中国举办一次奥运会"的渴望。②1998 年，北京再次申办奥运会，最终梦想成真。北京奥运会的成功举办，向世界展示了中国人民昂扬向上的精神风貌，人类奥运史上从此留下了不可磨灭的中国印记。③令人自豪的是，继 2008 年夏奥会之后，2022 年冬奥会花落北京，北京也成为世界上首座"双奥之城"。

与《人民日报》在北京错失 2000 年奥运会主办权时刊发的稿件不同，《中国青年报》刊发的《9·24，我们一起升国旗》以独特视角呈现了当时人们颇

① 《悉尼获 2000 年奥运会举办权》，《人民日报》1993 年 9 月 24 日。
② 金育强：《2008 年奥运会后的中国体育走向》，国家体育总局网站 2006 年 11 月 22 日。
③ 《百炼成钢·党史上的今天：2008 年 8 月 8 日，第 29 届夏季奥运会在北京开幕》，湖南省应急管理厅网站 2021 年 8 月 8 日。

为复杂的心情，在呈现浓烈情感的同时，对度的把握也比较到位。这件获奖作品，既是一篇独特的现场新闻特写，也是一篇独特的体验式采访、散文式通讯，在历届中国新闻奖获奖通讯中具有一定的典型性。今天再来看这件获奖作品，仍有一些值得学习之处。

——预判。中国首次提出申办奥运会是国际瞩目的大事，结果揭晓之际，既要有迎接成功的喜悦也要有面对失败的沮丧。作为媒体，面对大事，前期策划和准备时都应该做两手准备。有人评价，《9·24，我们一起升国旗》是一篇"等"来的新闻，体现出记者很强的新闻预判能力。北京申办 2000 年奥运会失利，大家心中有一股难以名状的情绪，而中国青年报社记者想到了升国旗。因为职业使然，他们想到一定会有人聚集到天安门广场，所以下了夜班后，就顶着深夜的秋寒，骑着自行车奔向了天安门广场。由于内涵深刻，情景感人，文笔简练，这篇通讯在第四届中国新闻奖评选中荣获二等奖。

新闻大家梁衡认为，新闻按照发生的态势可分为三种：一是已经发生的明摆着的新闻，如突发新闻；二是已经发生但还未被人知道的新闻，如人物新闻；三是必定要发生但尚未发生的新闻，如可预见的事件等。一个记者要预知大事，不漏要闻；要预测效果，选好角度；要把握报道时机，以求最大社会效应。

有人认为，能抓到《9·24，我们一起升国旗》这样的报道，体现了记者的政治敏感性。新闻政治敏感性能帮助记者衡量事实的新闻价值，决定是否投入采访与报道。新闻不是有闻必录，这需要有一把"尺子"来衡量和筛选，这把"尺子"就是新闻价值。一件事情是否需要报道，关键取决于是否具有新闻价值，新闻价值大小如何，新闻政治敏感性往往能让记者看清新闻事实的价值所在。①

——情感。我国申办奥运会失败之后，亿万中华儿女心中充溢着一种难以名状的情绪。在天安门广场，记者被普通老百姓表现出来的爱国主义激情深深震撼了。返回报社后，记者立即含泪记录下了一次不同寻常的升旗仪式：

---

① 赵淞莹：《试论新闻政治敏感性》，《新闻传播》2013 年第 8 期。

这一天，和国旗一同升起的是中国人强烈的民族自尊心和不屈不挠的奋斗精神。《9·24，我们一起升国旗》在《中国青年报》刊发后受到了读者的青睐，被新闻界同行誉为"平静中透着激情的好新闻"。

作者如果不深入天安门广场去观察升国旗，去体验普通老百姓的心态和听取人民群众的心声，就不可能使自己当初产生的感情得到升华，从而写出这篇得奖新闻。激情是一种深刻的、高级的精神行为。需要注意的是，凡事都应该有个"度"，记者的激情必须控制在一定的范围之内，要热情奔放，而不狂热。在采访中冷静地思考，在写作时恰如其分，不妄加渲染，同样也是激情的一种表现。①

有人在评价这件作品时说，有激情也要有人情味。能打动人的新闻作品无不具备了这种品质。新闻作品应顺应时代要求，少一点冷面孔，多一点人情味，少一点说教，以真情实感打动读者。②"好运北京，把太阳揽进怀中。"稿件结尾处的这种文学化表达，让整篇稿件在情感上达到了高潮。

——**主题**。主题是一篇新闻作品的灵魂。爱国主义是此稿的主题，也是这篇稿件的价值所在。中华民族的爱国主义精神，有着深厚的历史、文化和情感积淀，已成为流淌在中华儿女血液里的精神基因。爱国主义是我们民族精神的核心，是中华民族团结奋斗、自强不息的精神纽带。③

《9·24，我们一起升国旗》的稿件中没有出现"爱国主义"四个字，但处处又体现了"爱国主义"，而且是在不动声色中把中国人的爱国主义淋漓尽致地表现了出来。这也是此稿的独特之处。新闻亦政治，但讲政治不是空洞地喊口号，靠空洞地喊口号达到政治宣传的目的，不仅是苍白的也是无力的。在润物细无声中达到政治宣传的目的，这才是最高明的宣传，而这需要在尊重规律的基础上靠新闻传播的方式来实现。

——**视角**。《9·24，我们一起升国旗》的叙事角度不同于一般的新闻报道，采用的是有限人物视角的方式。在新闻文本中，有限人物视角不能直接

---

① 刘保全：《激情——记者成功的力量》，《新闻通讯》1994 年第 11 期。
② 谢吉恒：《身入心入情入——浅谈记者的成功之路》，《新闻三昧》1997 年第 7 期。
③ 《"爱国主义是具体的、现实的" 习近平这样谈爱国主义》，中国网信网 2019 年 12 月 27 日。

描写故事中其他人的心理活动，但由于叙述者、聚焦者和故事中的人物合一，所以叙述者能"合法"地叙述自己的心理活动，以及发表自己对所述事件的评价。《9·24，我们一起升国旗》通过"我"的所见所闻所思等，给读者带来一个独特的世界。

在新闻叙事中，采用有限人物视角的亲历性报道，通过对亲身经历事情的酸甜苦辣的讲述，一方面能够产生强烈的真实感，并获得读者的信任，调动读者阅读的兴趣；另一方面由于有限人物视角的采用，"我"也能袒露自己内心深处的秘密，使读者产生一种促膝长谈、推心置腹的亲切感，易于被读者接受，从而拉近与读者的心理距离，赢得广大读者的信赖和好感。运用有限人物视角的体验式报道在 20 世纪 90 年代初兴起，1996 年至 1998 年体验式报道抵达其顶峰，从中央级媒体到地方媒体，许多报纸都开辟了体验式报道的专栏。①

——现场。新闻写作不去现场不行，去了现场写不出现场也不行，现场感强是《9·24，我们一起升国旗》的另一个特色。比如，这一段："长安街汇往天安门广场的人流中，有背着大包小包远道而来的游客，也有骑着自行车的北京人；有霓虹灯光里步履蹒跚的老人，也有双手被父母牵引着的儿童；有三三五五肩并肩的一群，也有急匆匆的单行者。"寥寥数语，写出了社会各界聚集到天安门广场等待升旗仪式。

"一位身穿单衣、背着行李的小伙子话未出口，看了眼记者的证件，便哽咽了。""他们每人手里提着一袋面包，那是前一天晚上为驱赶后半夜的秋寒而准备的。可谁都没吃。""人群中突然有一个女声随着旋律唱起来。记者扭头看去，认出来了，那是我们的同行，一位中央级报纸的记者。她的眼里噙满了泪水。"……稿件中多个动人的细节也进一步增强了新闻的现场感。

——语言。《9·24，我们一起升国旗》篇幅不长，1000 余字，多达 21 个段落。整篇稿件不仅句子短，段落也短。短的好处是，读起来节奏感强。节奏感强与语言的简洁有直接关系。全媒体时代，文字是一种更为高级的表

① 聂志腾：《报纸新闻叙事中的有限人物视角分析》，《新闻窗》2009 年第 1 期。

达方式，文字要激发受众的阅读兴趣，是对写作者笔力的考验。好的新闻作品，在文字表达和呈现上一定要有语言的魅力。

稿件中提到的人很多，但具体有 3 个，写这 3 个人时又都使用了直接引语——澳大利亚回国的女士："我一知道结果就来了。当时说不出心里是什么滋味，真的，我睡不着，心里堵得难受。我突然有一股强烈的冲动，只想到广场看一次升国旗，听一听国歌。"身穿单衣、背着行李的小伙子："我从来就没想过北京会输，有老半天，心里都空空落落的。我想不能这样就走（离开北京），我得去看看升旗，哪怕到广场站站也行。"一位操着老北京口音的年轻人："我把电视抱到院儿里看的，一听没戏，我蹬车子就奔天安门。我不看升旗，只是想到这儿来找人聊聊，不聊不行，我能憋死。您想想，下回，不还得等四年吗？" 3 个人物的选择各有侧重，但他们的语言都很生动，尤其是直接引语的使用，增强了稿件的可读性和感染力，让情感表达更加充沛有力。

——**逻辑**。写作都应该是有逻辑的，不讲逻辑的作品很难说是好作品，新闻作品亦是如此。《9·24，我们一起升国旗》一稿在写作上的逻辑线条很清晰，是按照时间的顺序在叙事。具体而言：（1）凌晨 2：36，人们从电视从广播里，听到萨翁吐出那个亿万人期待的名字。（2）4：30，记者来到长安街。（3）5：30，晨曦微露。（4）5：50，东方的天空现出一抹云霞。（5）6：02，那个熟悉的方队从天安门城楼中走出来，咔，咔，咔，迈过金水桥，穿过长安街。稿件按时间叙事，中间插入诸多记者看到、观察到的现场。

从赏析的角度而言，这篇稿件也有值得探讨之处。为什么说这篇稿件像新闻作品而又不像新闻作品呢？一方面"记者"在文中多处出现，如"记者来到长安街""记者见到一位自称刚从澳大利亚回国的女士""看了眼记者的证件""他告诉记者""记者扭头看去"等，体现了记者的在场和采访，从这个角度而言确实是新闻作品；另一方面文中人的身份比较模糊，没有一个是实名实姓的，这种模糊又让这篇稿件看起来不像是一篇新闻作品。

1993 年 9 月 24 日这天，平平常常又与众不同，"9·24"的表述是否规范？《标点符号用法》《出版物上数字用法》都涉及间隔号"·"的使用。《标点符号用法》明确，间隔号的基本用法之一，是以月、日为标志的事件或节日，用汉字数字表示时，只在一、十一和十二月后用间隔号；用阿拉伯数字表示时，月、日之间均用间隔号（半角字符）。例如，"九一八"事变、"五四"运动、"一·二八"事变、"一二·九"运动、"3·15"消费者权益日、"9·11"恐怖袭击事件。《出版物上数字用法》明确，含有月日的专名采用汉字数字表示时，如果涉及一月、十一月、十二月，应用间隔号"·"将表示月日的数字隔开，涉及其他月份时，不用间隔号。照此标准看，9月24日这天能算标志的事件、节日、专名吗？

阅 读 + 《9·24，我们一起升国旗》

扫码阅读获奖作品全文

（作者：刘海涛、马明洁；编辑：何春龙、陈婷舒；原载《中国青年报》1993年9月25日；获第四届中国新闻奖二等奖）

一篇随笔式的写作

在首届中国新闻奖评选中，《人民日报》刊发的《一位日本朋友的忠告》获评通讯二等奖。这篇 1300 多字的稿件，是艾丰根据在日本访问期间在汽车上与一位日本朋友的交谈内容所写，一篇随笔式的写作，看似信手拈来的背后，源于平时的积累和思考，这对今天做好新闻舆论工作仍有启示和借鉴之处。

（一）

艾丰是"党的新闻宣传战线优秀领导干部，著名新闻记者、新闻教育家、经济学者、社会活动家"；在新闻报道工作中，解放思想，勇于探索；勤于思考，笔耕不辍，在新闻理论、哲学、文学领域都有所建树，在新闻理论研究方面成果尤为丰硕。[①] 他 1938 年 4 月生于河北玉田，1961 年 10 月进入北京人民广播电台工作，先后任记者、组长。1981 年 9 月进入人民日报社工作，先后担任记者部记者、工商部副主任、经济部主任、编委会委员。1986 年被评为高级记者。1996 年 3 月起先后任经济日报社副总编辑、总编辑。2019 年 5 月 19 日，艾丰在北京因病逝世，享年 81 岁。艾丰逝世后，中央有关领导同志以不同方式表示哀悼并向其亲属表示慰问。[②]

艾丰以深入的思考和积极的实践，给新闻界留下了无限的宝贵财富。他作为学者型记者，极力提倡思考。他把自己的新闻作品集命名为《思考的笔》，希望记者能做一支"思考的笔"。艾丰提出，记者有三个任务：报道、解释、

---

① 《艾丰同志生平》，中国经济网 2019 年 5 月 23 日。
② 《艾丰同志逝世》，新华社 2019 年 5 月 24 日电。

预测。新闻行业是"五说"行业：最先说话、说自己不甚懂的事情的话、公开说话、迅速说话、经常这样说话。记者完成这三个任务、做到"五说"，都离不开思考。艾丰的作品讲究新意，无论是形式上还是写作思路上，他的求新体现在三方面：一是对报道过的内容力求新的概括，二是善于从新的角度和层面表现对象，三是善于提出新的见解。①

在我国新闻界诸多名家中，艾丰成名偏晚。1978 年，中国社会科学院研究生院新闻系招收第一届新闻研究生时，已 40 岁的艾丰冒着考不上"丢脸"的危险，抓住机会拼了一下，结果不仅考上了，分数还挺高。艾丰最忌讳别人把记者称为笔杆子，认为笔杆子就是没头没脑的，别人怎么说，自己就怎么记。他推崇范长江的这句话：记者要穷毕生精力去研究几个问题。艾丰认为，研究问题就是要思考。他思考的深度还体现在他对新闻理论的贡献上。获吴玉章奖金② 优秀奖的《新闻采访方法论》，第一次把新闻采访和哲学名词方法论联结起来，并建立了自己的体系。在这之前，学术界包括新闻界一直有一种看法，就是新闻无学，可以说这次艾丰用这本书打破了这种说法。③

1991 年，53 岁的艾丰获首届范长江新闻奖。长江韬奋奖是经中央批准常设的全国优秀新闻工作者最高奖，由中华全国新闻工作者协会（简称"中国记协"）主办。范长江新闻奖创设于 1991 年，韬奋新闻奖创设于 1993 年。2005 年，根据中央关于《全国性文艺新闻出版评奖管理办法》精神，合并为长江韬奋奖。2005 年至 2010 年，每年评选一次；2010 年至今，每两年评选一次。每届评选 20 名获奖者，其中长江系列 10 名，主要奖励优秀记者、新闻评论员、新闻节目播音员（主持人）；韬奋系列 10 名，主要奖励新闻编辑、新闻类节目制片人、校对等新闻工作者。首届范长江新闻奖的 9 名获得者艾丰、江志顺、刘效礼、杨登榜、南振中、俞新宝、郭梅尼、曹仁义、樊云芳，

---

① 《沉痛悼念中国人民大学新闻学院校友艾丰同志》，"中国人民大学新闻学院"微信公众号 2019 年 5 月 21 日。

② 吴玉章奖金是为纪念中国人民大学第一任校长吴玉章，中国人民大学于 1983 年设立的、面向全国的人文社会科学奖。

③ 《经济日报原总编辑艾丰逝世，他最忌讳别人把记者称为笔杆子》，"长江朱建华"微信公众号 2019 年 5 月 21 日。

都是在新闻编采工作中有重要成果的编辑、记者。获范长江新闻奖后，艾丰感慨："这把子年纪了，才做这么多，唉！"其实，他做的并不少。①

女儿艾冬云追忆父亲艾丰时说："从我有记忆开始，父亲就一直很忙碌，无论我上小学、中学还是大学，和父亲能够交流的机会似乎并不多。"艾丰在人民日报社经济部工作的数年里，父女两人每天的见面顶多是在家里吃晚饭的半个多小时的时间。放假的时候，父亲会带女儿去他的办公室，让她帮忙剪报纸上的文章，然后一张一张粘到小卡片上，一粘就是一天，直到女儿累得在办公室睡着了。那时年纪小，艾冬云不知道父亲粘这些报纸是做什么用，后来才知道他是把他认为有用的、写得好的文章保留下来学习的，还有很多是他为了后来写书的时候作为背景资料收集的。②

艾丰逝世一周年之际，人民日报出版社再版了艾丰广为人知并使无数读者受益的《新闻采访方法论》《新闻写作方法论》，并特别约请他的研究生同窗、中国人民大学荣誉一级教授陈力丹作序。陈力丹认为，新闻采访无非就是处理好两大关系——采访与事实、采访与采访对象。前者，要进一步处理好材料与事实、角度与事实、立场与事实的关系；后者，要进一步处理好取与予、生与熟、说与做的矛盾。丰富的采访经验必须与深度的学术思考相结合，否则，就是做了一辈子新闻工作，也不一定能架构得如此周全，更不要说详尽论证了，但艾丰做到了。③

艾丰认为，做一名好记者应该具备三个素质：第一，社会责任感；第二，要研究问题；第三，社会活动能力。④他举例说，如果在宾馆里采访运动员，就很难成功，因为宾馆这个环境，跟运动员的新闻价值一般是没有什么联系的。在运动场上采访，即使他一句话不说，有时也能抓到生动的镜头，因为那是他的"用武之地"。⑤

---

① 候兵：《生命之火为事业燃烧——记艾丰》，《新闻界》1992年第2期。
② 艾冬云：《父亲：您的身教是我一生的财富》，"码字工匠老詹"微信公众号2020年5月19日。
③ 《一个记者到底能够走多远？》，"长江朱建华"微信公众号2020年5月19日。
④ 王丽遥：《好记者的诀窍：10位长江韬奋奖得主告诉你》，《新闻战线》2019年第18期。
⑤ 滕敦斋：《善择一枝显春光——中国新闻奖作品启示之五》，《青年记者》2019年第24期。

2020 年，经济日报社评论理论部常务副主任齐向东获第十六届长江韬奋奖。打开她的文件柜，厚厚的一摞红色证书冲入眼帘：中国新闻奖特别奖、5 次中国新闻奖一等奖……学习一直贯穿在齐向东的新闻生涯里，向书本学、向专家学者学、向社会学、向师长学……齐向东进报社时，艾丰在赠予她的著作扉页上题了一首《登山赋》，告诫她学习如登山，要时刻牢记"学，然后知不足"："登小山，飘飘然；登大山，茫茫然；登深山，惶惶然。知然也。"①

"记者要想总理想的事情。"艾丰的这句名言，道出了新闻工作者在追踪事物、认识世界时所应具备的思维与高度。② 对此，已故著名新闻工作者、人民日报社原总编辑范敬宜评价，敢于这样"夫子自道"，而且能够真正这样去实践的，可能只有艾丰。这正是艾丰的可贵之处、可爱之处。③ 多次获中国新闻奖的上海广播电视台高级记者丁芳，很喜欢艾丰的这句名言。这句话传递出的信息是：一名好记者，必须有社会责任感，必须有对这个国家、对人民深切关爱的情怀，必须有重视培养宏观思维素养的意识。什么是记者的宏观思维呢？顾名思义就是从全局和整体出发，用高屋建瓴、综合系统的方法思考问题，并将其放入更广泛的社会背景下和社会系统中进行透视的思维方式。④

《一个记者能走多远？——艾丰评传》一书作者这样评价艾丰："作为著名报人、品牌专家、策划大家与经济学者，艾丰经历之丰，成就之繁，风格之异，在中国新闻传媒界恐怕绝无仅有。"⑤ 在大家眼中，艾丰其人，乐天爽朗，豪气干云；艾丰其文，多彩多姿，内蕴深厚。艾丰的新闻作品，多选取重大题材、宏观角度，在大量占有资料的基础上，用夹叙夹议的方法和带有思辨色彩的语言，力求在分析问题的深度上见长。艾丰的《现代化的觉悟》《需要你啊——软科学》《已是山花烂漫时》《首钢启示录》《理一理思路》《一位日

---

① 管斌：《齐东向：总信天道好酬勤》，《青年记者》2020 年第 31 期。
② 陈伟军：《如何提升新闻作品的思想性》，《新闻与写作》2019 年第 1 期。
③ 《那个"想总理想的事情"的好记者走了》，"经济日报"微信公众号 2019 年 5 月 23 日。
④ 丁芳：《中国新闻奖青睐怎样的记者？——一名连续六次获得中国新闻奖记者的采写感悟》，《中国记者》2013 年第 12 期。
⑤ 周克冰：《画新闻之龙 点功成之睛——新闻人传记概览》，《新闻爱好者》2012 年第 21 期。

本朋友的忠告》等代表作脍炙人口。①

（二）

《一位日本朋友的忠告》在《人民日报》刊发后，几位中央领导同志作了批示，认为报道中提出的问题值得重视，后来国务院办公厅又将这篇报道转发给各部和各省的领导同志参阅。对此，艾丰谦虚地说：这篇文章引起领导同志的如此重视，是事先没有想到的，没有什么更多新的经验和体会可谈，如果硬要说一点，还是大家常说的，平时多思考，采访时就比较顺手了。②《一位日本朋友的忠告》作为艾丰的新闻作品代表作之一，有一些特别的地方。

——**写作不拘一格**。通讯到底应该怎么写？《一位日本朋友的忠告》从体裁上看当然属于通讯，但这明显又不同于一般的通讯。此稿的采写经过并不复杂，甚至还有点"得来全不费工夫"之感。1990 年，应日本读卖新闻邀请，人民日报社代表团抵达日本访问，艾丰是访问团成员之一。有一天，代表团去东京附近的一家大型购物中心参观。领着代表团去的日本人是林信太郎，他在日本通产省担任机械局长多年，对日本机械出口政策的制定和实施起过相当大的作用，后兼任日中人才交流协会理事长。此稿实际上就是艾丰根据此次访日时与年近 70 岁的林信太郎在车上的交谈所写。汽车在路途中行进了一小时，由于翻译费了一定的时间，实际上两人的谈话还要短。

艾丰曾说："凡是从事过采访工作的人都有这样的体会：有价值的线索，不一定在上班时间碰到；重要的情况，不一定在重要场合获得。有时，最妙的采访恰恰是在'非正式采访'的情况下进行的。"③《一位日本朋友的忠告》的采写过程就体现了这一观点。类似的参观访问交谈并不鲜见，但艾丰却把一个看似旅途上闲聊的内容转化成了报道，着实不一般。回国之后，艾丰在

---

① 熊丽：《高歌猛进逞风流——追记著名记者、经济日报社原总编辑艾丰同志》，中国记协网 2019 年 5 月 27 日。

② 艾丰：《平时多思 得来顺手》，《新闻与写作》1990 年第 12 期。

③ 《新闻，艾丰一生的挚爱》，"长江朱建华"微信公众号 2020 年 5 月 31 日。

动手写访日报道的时候，想到要写的第一篇就是与林信太郎之间的谈话。其他几篇具体为：《储蓄：幸运与决策》《黄酒加冰块》《满浓之情》。

就作品而言，这篇获奖通讯其实更像是一篇随笔。有人评价《一位日本朋友的忠告》写作不拘一格，朴实生动，以对话的形式记下了日本朋友对我国从国外引进设备与引进技术之间关系的重要意见，针对性强，写作简朴明快，生动可读。[①] 通讯写作是不是要拘泥于一种固定的形式呢？此稿受到好评并获中国新闻奖说明，通讯写作也可以不拘一格。

改革时代，新闻写作在不断创新，一批新闻工作者的笔下写出了一批"不伦不类"的新闻力作。这批力作既非传统新闻学意义上的通讯、述评，也非深度报道、立体报道。以至擅写这类报道的艾丰出于慎重，对这类报道属什么体裁，"连自己也说不清楚"。有人认为，艾丰自己都"说不清楚"的这类报道，可以称之为"理性报道"。具体而言，理性报道是在以反映新闻事实为主的前提下，同时点明某种事理或蕴含一定事理的新闻报道。艾丰在这方面尤为突出。他在新闻理论与实践上的闪光点就是哲学思辨，他以哲学思辨在新闻事业上取得了成功。他所报道的人和事物，加进了深深的思辨，而使报道的主题及思想意义凝聚升华。[②]

《一位日本朋友的忠告》没有引用专家观点进行加持。如果今天来写类似的报道，又会如何写呢？2022 年 5 月，"建议专家不要建议"的话题两度冲上热搜。"建议专家不要建议"一方面表达了人们对一些专家建议的不满意、不服气，对其能力和水平的质疑；另一方面反映了人们对专业、科学、严谨的高质量专家建议的渴盼。[③] 值得关注的是，媒体对各行各业专家的依赖似乎越来越强，大有离开专家的言论就无法完成稿件之势。记者过度依赖专家原因有二：一是害怕吃苦，采访不深，调查不细，蜻蜓点水，缺乏敬业精神，

---

① 何光先：《新闻写作中的喜与忧——首届"中国新闻奖"作品简析》，《新闻通讯》1992 年第 1 期。

② 朱道钰：《时代需要理性报道——兼析艾丰同志一个"说不清"的问题》，《新闻知识》1993 年第 9 期。

③ 龚先生：《"建议专家不要建议"，是希望专家好好说话》，中工网 2022 年 5 月 26 日。

责任心不强，没有对事实进行思考分析，而是寻找"捷径"，拉出专家帮自己完成一篇看似有分量的报道；二是缺乏广博而又专业的知识。深入基层，不断学习、积累，是一个艰苦的过程。要成为名记者，必须经过如此历练，让记者自己成为专家。①

——**现实针对性强**。为什么99%的记者无法成为名记者？什么样的人能成为名记者？记者如何才能超越平庸？如果说新闻敏感是记者必备的专业素养之一，那么问题意识则是名记者成功的关键。所谓问题意识，是指记者对其所处时代、社会环境以及相关报道领域存在的问题与发展状况所形成的一个清晰的认知，它往往能帮助记者透过新闻事件的表象挖掘其背后深层次的内涵。艾丰职业生涯中的每一次飞跃，几乎都得益于其浓厚的"问题意识"。现实针对性强，是获奖作品《一位日本朋友的忠告》的另一个显著特点。文章指出，多在企业的基础工作上下功夫，只有这样，技术引进才能获得更好的效果。这是中国记者反思我国企业技术引进问题的发端。②

传播学原理认为："新闻事实是由记者通过观察、调查而发现的，事实是新闻得以形成与成立的基础，新闻是在事实的基础上通过归纳而获得的，新闻依赖于客观存在的事实而存在。"从这个意义上来说，记者只是读者的一双眼睛。在新闻界一向以行文的气势和深度享誉的艾丰非常善于使用细节。《一位日本朋友的忠告》撷取了一位日本朋友讲述的先前访问中国时在手表厂见到的一个细节：企业使用着先进精细的瑞士设备，然而工人和技术管理人员却根本不在乎元件上面粘着的油污。通过这一细节的转述，来说明"人的素质不提高，再先进的技术也不可能发挥作用"的道理，同时指出了我国在改革开放中急于引进技术和设备，却疏于消化和创造，从而造成巨大浪费的积弊。这篇文章可谓以小见大的典范之作。③

——**角度选择巧妙**。如何报道中国引进国外技术存在的问题？报道角度可以有多个，不同的角度报道效果会存在差异。《一位日本朋友的忠告》通过

① 由文光：《记者的思考不应被专家代替》，《新闻知识》2010年第3期。
② 刘勇、李娟：《"名记者"共性特质剖析》，《采写编》2011年第2期。
③ 王丽平：《善于寻找报道中的细节》，《采写编》2007年第4期。

一位日本友人忠告的角度直面问题，通过平实自然的角度讲出了一个不容忽视的大问题，报道角度的选择可谓十分巧妙。这又何尝不是新闻工作者"脑力"的体现呢？

新闻角度是记者发现事实、挖掘事实、表现事实的着眼点或入手处。一篇新闻报道，没有角度就没有侧重点，就无法在有限的篇幅和时间里，反映出新闻事实本身的价值。记者在日常的新闻写作中，必须通过一种恰当的新闻角度，从一个侧面或一个截面，去反映全局性、宏观性的东西，将所要表现的新闻主题展现出来。①新闻写作的角度不同，每种选择都会产生不同的传播效果，也会影响到人们对一个事物的倾向性。②

艾丰把选取新闻角度比喻为"探矿"。新闻价值在事实内的蕴藏是不均匀的，有各种不同的"矿藏"，选择好的角度，便于记者更迅速、更顺利地开采这些价值。巧妙选取新闻角度，可以提升新闻价值、增强报道效果、赢得受众青睐。③《一位日本朋友的忠告》通过一位日本朋友的忠告揭示出"中国许多企业设备是第一流的，问题出在管理和人员的素质上"的大问题，探究了企业整体素质和企业精神的欠缺，是设备闲置、效率低下的社会根源。这个报道角度的选择，体现出记者对新闻的道德伦理关怀。在面对复杂的社会、经济现象时，摒弃非此即彼的思维模式，透视其背后存在的两难选择，校正不断冲突的价值坐标，才能选取最佳视角体现新闻价值。④

——**内容发人深思**。有人评价，《一位日本朋友的忠告》一文"发人深思"。新闻报道有三个基本特征：新、短、深。这里的深，就是深刻，就是深度，就是对新闻事实的挖掘程度。做到深刻是比较困难的，但也并不是做不到。要做到这一点，最根本的是要有过人的思想。在具体操作上强调两点：一是选题深刻，二是思想深刻。深刻是为有思想有研究的人准备的，深刻是

---

① 杨华：《浅议最佳报道角度的选择》，《新闻世界》2009 年第 10 期。
② 张俐：《新闻角度对报道效果的影响》，《发展》2010 年第 4 期。
③ 龚荣生：《价值·角度·意义——中国新闻奖评委谈新闻作品创新创优的四点建议》，《全媒体探索》2022 年第 12 期。
④ 张坤：《记者的道德伦理视野》，《青年记者》1998 年第 1 期。

在深刻之外的。《一位日本朋友的忠告》的奥妙就是作者抓到了点子上，作者艾丰日常对经济问题有研究，因为"心中有"，所以才能"出得来"。①

新闻工作者阅读优秀新闻作品时，常常会感慨这些题材自己怎么没想到，有些即使想到了，也写了，但立意总是不高。其实这正是理论素养在起作用。艾丰的理论素养强，为新闻界公认，正是艾丰的这一优势，使他写的报道切入点独到，主题深刻重大，往往高出别人一筹。②怎样才能做到站位高呢？如何才能达到高境界呢？艾丰认为，记者要有理论素养、能力素养、道德素养、业务素养、知识素养。他把理论素养放在第一位，就是要求记者要学会理论思维，学习从世界观和方法论的角度去看待事物、分析问题。这是经验之谈。③对于《一位日本朋友的忠告》的成功，艾丰认为，采访很简单，写作很容易，但效果不错。重要的原因之一，是他平时对这个问题有较多的思考。如果没有长期的思考、积累，恐怕也不会有这种看似信手拈来的写作。

（三）

从某种意义上说，新闻是选择的产品。选择是新闻记者的主要工作手段。这种选择是能动和积极的，选择贯穿新闻产品采集、写作、播发的全过程。新闻产品生产的每一个环节，都需要一次次选择。④

艾丰在谈到经济报道的体会时认为，搞好经济报道的基础是记者的素质，这里的素质，最重要的表现就是善于把经济和新闻结合。记者发现新闻的途径，恰如艾丰在《新闻采访方法论》中所云：在记者的头脑中形成一条由已有事实组成的"地平线"，当任何一个稍稍超出这条线的新事实、新消息"冒头"时，记者就可以发现新闻。⑤如果没有平时的积累和思考，艾丰恐怕也

---

① 孙正东：《深刻，经济报道的着力点》，《新闻界》1995 年第 6 期。

② 李磊明：《作品的"灵魂"从哪儿来？——谈新闻工作者的理论素养》，《新闻实践》2000 年第 3 期。

③ 杨廷兵：《"好新闻"的制胜之道》，《科技传播》2015 年第 13 期。

④ 宗焕平：《新闻与选择》，《新闻与写作》2004 年第 4 期。

⑤ 马金山：《新闻精品"八悟"》，《武汉工程职业技术学院学报》2001 年第 2 期。

不会凭借在旅途上与日本友人不到一小时的交谈，就写出思想深刻、针对性强的《一位日本朋友的忠告》。

《一位日本朋友的忠告》也让艾丰想起了"功夫在诗外"的写诗格言。诗如果要想写得好，并不是把时间花在"写"字上，而是着重在对生活的感受上。记者搞采访似乎也有类似的道理。要想当好记者，平时要多关心各种事情，多收集各种材料，特别是多想问题。艾丰发现现实中有两类记者，一类记者头脑里经常装着许多问题，因而他们有写不完的题目；另一类记者脑子里几乎没有问题，没有对任何问题的思考，因此他们总是向别人要题目，如果别人不给他题目，他就觉得没有什么题目可写。后面的这类记者是不可能成为好记者的。平时多想问题是一个方法问题，它同记者的素质又是紧密相关的。有人说，新闻是用笔写出来的；有人说，新闻是用脚写出来的（指要不怕跑路）；有人说，新闻是用脑写出来的……艾丰认为，这些都对，但他还要说，"新闻是用心写出来的——强调记者的责任心"。

从赏析的角度而言，《一位日本朋友的忠告》优点很多，篇幅不长，行文紧凑，三言两语之间讲透了具有现实紧迫性的大问题，内容发人深省。标题是单行题，只有 9 个字，好处是简洁直观，弊端是仅看标题不知道谈论的是哪方面的问题。值得探讨的是，作为获奖通讯，时间元素只有一个模糊的"早晨"。此外，文中有几个字词，从写作的角度很容易用错，值得注意。

一个是"粘"。"粘"是动词，读 zhān，表示"黏的东西附着上或附着在一起"及"用黏的东西把物体连接起来"。例如，没留神，粘了一手油漆；锅里的饺子粘到一块了，快用勺搅一下；把照片粘在履历表上。"粘"与"黏"很容易混用。"黏"是形容词，读 nián，表示"具有黏性的"。例如，这瓶新买的胶水真黏，只用了一点，就把纸条贴牢了；干了半天活直出汗，身上有点发黏，晚上得冲个澡；这年糕味道不错，就是太黏了，慢点吃。1955 年颁布的《第一批异体字整理表》中，把"黏"字作为"粘"的异体字予以淘汰。从此，"粘"字既做动词读 zhān，也可以做形容词读 nián。1965 年颁布的《印刷通用汉字字形表》恢复了"黏"字。从此，"黏"读 nián，是形容词；"粘"读 zhān，是动词，二者读音、意思都不相同。这也是"黏"跟"粘"出现混用的原因。①"沾"读 zhān，作为动词也有"因为接触而被东西附着上"的意思。

另一个是"不以为然"。"不以为然"与"不以为意"很容易用混。"不以为然"是指"不认为是对的，表示不同意（多含轻视意）"。"不以为意"是指"不把它放在心上，表示不重视，不认真对待"。两个成语只有一字之差，意思却大不相同，不可不察。②还有一个词是"工夫"，不能与"功夫"混淆，应清楚二者的区别。

阅 读 ＋　《一位日本朋友的忠告》

扫码阅读获奖作品全文

（作者：艾丰；原载《人民日报》1990 年 5 月 7 日；获首届中国新闻奖二等奖）

---

① 杜永道：《"黏"跟"粘"用法不同》，《人民日报》（海外版）2021 年 8 月 21 日。
② 赵丕杰：《【咬文嚼字】"不以为然"≠"不以为意"》，"新闻与写作"微信公众号 2015 年 10 月 12 日。

逸事成为生动案例

在首届中国新闻奖评选中，新华社记者陈芸采写的《商业部长买鞋上当记》获评通讯二等奖。此稿正文仅 570 字，在历届获中国新闻奖的作品中是比较短的一件，甚至比有些消息还要短。这是记者从别人讲的笑话中发现的线索。一开始，商业部部长胡平并不同意报道，直到记者第三次去找他，他才详细讲了整个过程。

（一）

1988 年 4 月至 1993 年 3 月，胡平任商业部部长、党组书记兼全国供销合作总社理事会主任。《商业部长买鞋上当记》一稿的故事性很强：胡平买了双皮鞋，穿上脚不到 24 小时，后跟就掉了一块。

2020 年 8 月 4 日，福建省原省长，原商业部部长、党组书记，原国务院特区办公室主任、党组书记胡平因病医治无效在北京逝世，享年 90 岁。有人撰文追忆胡平时写道："对我来说，他是一位可亲可敬的智者，他智慧、豁达、开明、自律的品格让人心生敬仰，他朴素、真诚、博学、谦和，让人感到温暖可亲。"①

《商业部长买鞋上当记》能被公开报道，既与新华社记者陈芸的努力争取有关，也与胡平的支持分不开。陈芸为什么能抓到商业部部长买了一双劣质皮鞋的事呢？背后的采访经过同样精彩。

---

① 张建新：《缅怀追思老部长胡平　首提"商业文化学"，一位务实的睿智者》，《北京青年报》2020 年 10 月 18 日。

大致情况是：1990 年 8 月的一天，分工采访商业的新华社记者陈芸又到商业部采访。那天，她在商业部一个司里和人聊天，无意间听说胡平部长逛商场时买了双皮鞋，穿了不到一天后跟就掉了一块。陈芸到商业部采访，常常是挨个办公室转，到这个司局去看看，到那个司局和人聊聊，看能不能发现点可写的新鲜事。这件事别人是当笑话说的，陈芸觉得怪有意思的，马上跑到平易近人的胡平部长的办公室向他问个究竟。胡平说，确有此事，但他不愿意让陈芸报道此事。过了几天，陈芸又去找胡平，他还是不松口，说中国商报社记者目睹了这件事都没让报。心里总是惦念着这件事的陈芸，出差一周回到北京后又去找了胡平，他这才松了口，并向陈芸详细讲了整个过程，最终才有了后面的报道。对此有人评价，记者要有持之以恒的精神，善于将注意力和精力专注于某一点，就会"精诚所至，金石为开"。①

报道播发后引发的巨大社会影响，让陈芸体会到：记者如果不为老百姓利益着想，就少了许多新闻敏感，就会变得"有眼无珠"，好新闻在你面前你也看不见。新闻在于发现，写好新闻，功夫在新闻之外。从新闻角度上讲，这篇短通讯的成功，最重要的原因是遵循了新闻规律，在写作上用的是真正的新闻笔法，即白描的手法，语言朴实无华，没有什么空话、大话、不实的话、多余的话，因此读起来给人一种真实感和可信感；结构是按照事件的顺序编排的，紧凑而完整；材料的运用上取舍得当，情节的描写也比较细腻，所以读起来活灵活现，生动有力。通讯文字虽短，但读来意味深长，给人一种言犹尽而意无穷的感觉。②

如果不是陈芸到商业部采访时深入司局办公室与人聊天，会有后来的获奖报道吗？如果不是陈芸具有很强的新闻敏感性，能从别人当笑话讲的故事中抓出获奖报道吗？如果不是陈芸锲而不舍三次去找胡平部长，会有后来的公开报道吗？今天，做好新闻舆论工作，如果只是靠通讯员或者根据宣传部门提供线索或材料甚至通稿写稿，这样写成的稿件要获奖恐怕很难。

---

① 李长开：《到现场捕捉"第一手材料"》，《新闻爱好者》2011 年第 9 期。
② 陈芸：《新闻在于发现——〈商业部长买鞋上当记〉采写经过》，出自董广安、纪元主编《中国高级记者成名作透视·通讯卷》（下卷），河南人民出版社 2003 年版，第 460 页。

（二）

时任新华社社长田聪明曾谈道：若新闻真实记录了重大事件和新生事物，若新闻正确反映了事物本质和发展规律，若新闻充分表达了人民意愿和时代精神，这样的新闻就具有经得起时间冲淘的长久生命力；当新闻符合改天换地的历史潮流，当新闻讴歌人民群众的伟大创造时，当新闻体现党和政府的正确决策时，这样的新闻就成为历史的见证和时代的写真。①

后来，担任中国记协主席的田聪明在谈到中国新闻奖时说，获奖作品，从新闻角度讲，应该是精品；从写作角度讲，应该是范文。② 究竟何谓新闻精品？复旦大学出版社出版过一套《新闻传播精品导读》的丛书，丛书总主编刘海贵认为，新闻精品，即高质量、高水准的新闻作品，也就是俗称的好新闻。联系新闻实际，新闻精品具体的评判标准主要有政治性、显著性、必读性。时任中国记协新闻培训中心主任刘梓良历时 6 年主编了五卷本的《中国百年新闻经典》丛书。他在谈及百年新闻经典的选编标准时表示，概括地说就是以"重要事件、典型人物、重大意义、深远影响"作为选编的主要依据。③

曾任新华日报社总编辑、社长，江苏记协主席的刘向东多次担任中国新闻奖评委。"精品是记者的通行证，是记者走向成熟的里程碑。新闻工作者第一个品格就是要无限忠诚于自己的事业，终生不悔地追求。"④ 他认为，新闻精品的含金量越高，对社会实践的作用就越大；对记者而言，新闻精品是他的荣誉牌、里程碑和通行证；对媒体而言，新闻精品是其品牌和旗帜；新闻精品产生的过程就是发现、培养人才的过程；一般新闻如明日黄花，其生命是短暂的，而新闻精品则如生命之树常绿，有着"鉴今、存史、资政、传世"的重大价值。刘向东还总结提炼了创作新闻精品的一些规律，如新闻线索特

---

① 田聪明：《与时俱进　继往开来——新华社建社 70 周年纪念丛书》，出自《新华社 70 年新闻作品选集》，新华出版社 2001 年版，第 3 页。

② 出自《中国新闻奖作品选（2014 年度·第二十五届）》，新华出版社 2016 年版，第 1 页。

③ 刘梓良：《创新理论　精研一事　物我两善》，出自《中国百年新闻经典·通讯卷》，人民出版社 2013 年版，第 2 页。

④ 顾星欣、王梦然、王岩：《荣誉代代珍惜，精神薪火相传——从座座奖杯看新华日报八十年记者人生》，《新华日报》2018 年 1 月 11 日。

别是重大线索的发现，是新闻采写的第一要旨，是其决定性的一环，它对新闻作品、新闻精品来说有着关键意义，其生死成败首先系于"发现"二字。①

刘向东曾从不同角度多次点评过《商业部长买鞋上当记》。从体裁的角度看，这是一篇消息中掺杂的小通讯②；从社会新闻的角度而言，好的社会新闻出新，绝不等于猎奇、专门报道那些奇闻怪事，而在于新得深刻有意义，《商业部长买鞋上当记》不仅好在它的深刻性，而且在于它的典型性，伪劣商品泛滥到商业部部长都上当的地步，可见其危害之广之烈③；从新闻发现的角度而言，这是记者在商业部跑口采访时，司局工作人员将"商业部长买了假鞋"当作笑话讲给她听④。

无论是从新闻角度还是写作角度，《商业部长买鞋上当记》都属于精品、范文。1999 年新中国成立 50 周年之际出版的《1949—1999 新华社优秀新闻作品选集·国内通讯选》和 2001 年新华社 70 周年之际出版的《新华社 70 年新闻作品选集》，均收录了这篇《商业部长买鞋上当记》。此外，《新闻传播精品导读：通讯卷》《中国高级记者成名作透视·通讯卷》等也收录了此文。

时隔几十年，《商业部长买鞋上当记》仍在被人提及。2016 年，有媒体人举的讲故事的典范，即为《商业部长买鞋上当记》，"这则新闻至今还被传媒人津津乐道，就是因为记者善于讲故事"⑤。2018 年，环球时报微信公众号转发的《站在 1990 年看今天的中国，既无风雨也无晴！》，其中提到了《商业部长买鞋上当记》——把逸事变成生动案例，为正如火如荼的假冒伪劣整顿添了一把火。⑥2021 年"3·15"之际，有文章介绍，"3·15"晚会的诞生

① 刘向东：《论新闻精品的五大规律》，《徐州工程学院学报》2005 年第 2 期。

② 刘向东：《重视消息 发掘消息——首届中国新闻奖参评札记（一）》，《新闻通讯》1991 年第 12 期。

③ 刘向东：《评委们为啥青睐社会新闻——首届中国新闻奖参评札记（二）》，《新闻通讯》1992 年第 1 期。

④ 刘向东：《重视消息 发掘消息——首届中国新闻奖参评札记（一）》，《新闻通讯》1991 年第 12 期。

⑤ 左志红：《文化发展的壁垒与边界逐渐打破——北京文化安全与文化产业研究论坛侧记》，《中国新闻出版广电报》2016 年 5 月 24 日。

⑥ 刀贱笑：《站在 1990 年看今天的中国，既无风雨也无晴！》，"补壹刀"微信公众号 2018 年 11 月 13 日。

与一双烂皮鞋有关，鞋的主人是时任商业部部长胡平。这样说是有道理的，1990 年新华社播发《商业部长买鞋上当记》后，部长买到假冒伪劣皮鞋这件事成为那一年的热门事件；半年后，央视"3·15"晚会便在这样的社会背景下横空出世。① 2022 年"3·15"之际，又有文章提到了《商业部长买鞋上当记》——新华社报道了胡平部长的遭遇，全国人民都知道假冒伪劣皮鞋竟然坑到了商业部部长的头上。②

（三）

对一件新闻精品的关注，不应该局限于作品本身，更应该关注背后的人，为什么是他或她搞出了新闻精品？ 1988 年，陈芸作为主创之一的《关于物价的通信》，被收录到了《新华通讯社 90 年 90 篇精品选》和冯健领衔主编的《通讯名作 100 篇》中。

采写《关于物价的通信》时，陈芸是新华社专门跑物价的记者。她与同事一起，花了一个多月，写出了这篇稿件。1988 年 1 月 12 日，这篇署名为"新华社记者姬乃甫　陈乃进　陈芸"的稿件播发了。稿件第一个小标题是"涨得大家有点受不了"，里面写道：一位部长级干部说，他家的保姆不敢去买菜，一花就是 10 元钱，看着眼晕；一位大学毕业已经三年、每月工资 70 元的年轻人，26 岁不敢谈恋爱，说是没钱谈不起，有了女朋友也不敢带上街，怕到吃饭时间不好办……稿件播发当晚，人民日报社的人打来电话问，稿件有没有经过有关部门审阅，并建议送审。陈芸感叹，新华社的领导还是很敢做主的：这稿子里除了数据，没有引用有关部门的看法，无须送审。第二天，除《人民日报》外，首都各大报和省报尽数刊登。一时间引起轰动。当时中央主要领导同志特意把新华社记者找去了解物价上涨情况，见面第一句话就是：听说"涨得大家受不了"？③

---

① 夏峰红雨：《年年 3·15：央视 3·15 晚会，曾被称为"上半年的春晚"》，腾讯网 2021 年 3 月 15 日。

② 魏一宁：《爱它，就送它去 3·15》，财经天下 2022 年 3 月 14 日。

③ 《价格改革：艰难的跨越》，经济参考报网 2008 年 11 月 7 日。

1993 年，陈芸随国务院贯彻《全民所有制工业企业转换经营机制条例》调查组跑了甘肃、广东两个省，一路有感即写，以"随行记"形式，半个月与分社记者共同发了 14 篇稿件，接触到企业转换机制中一些深层次问题。这些稿件播发后，在经济界和新闻界引起了一定反响，受到新华社和国家经贸委领导表扬。这次采访让陈芸受益匪浅：报道难点，记者必须到第一线去。真正的新闻在基层，在社会生活中，在人民群众中，在企业第一线。① 这与新闻界后来倡导的"走转改"以及"四力"具有一致性。

2000 年，新华社成立了一个专门从事深度报道的采编室，推出《新华视点》栏目，后获中国新闻名专栏。2002 年，陈芸以《新华视点》采编室主任的身份分享了经验：我们的成功，不过是遵循了一些新闻的基本规律。最难的是实践这些基本规律，要排除各种干扰，我们自己也要从那些不合时宜的观念、惯例中跳出来。新闻竞争中，谁有影响力、谁能引导舆论，并不是以谁的牌子大、资格老为标志，而是要看谁能抢占报道的制高点，谁的报道有深度。深度报道所写的东西，首先必须是新闻，不是新闻就谈不上什么深度报道。②

2002 年，陈芸获评新华社第二届十佳编辑。"在我刚当记者的时候，一位资深编辑对我说，当你写稿的时候，一定要先问问自己要写的是不是新闻。如果你自己都觉得没什么新的东西，趁早就别写。"陈芸做编辑后，常问记者要写的是不是新闻。我们处在一个变革的时代，编辑的追新过程，常常与不断否定分不开，因为新的东西也在不断地变化着。有些事物昨天还是新闻，今天就成了旧闻，所以追新又贵在一个"快"字上。③

"没想到不足 20 篇的解读性报道，竟在新华社 500 多篇对内通稿中脱颖而出，成为一大亮点。"2007 年，陈芸在总结新华社十七大解读性报道时谈道：

---

① 陈芸：《深入调研　突破难点——关于国有企业转换经营机制报道的思考》，《中国记者》1993 年第 8 期。

② 陈芸：《〈新华视点〉专攻深度报道的探索》，《新闻战线》2002 年第 10 期。

③ 陈芸：《无新不写》，出自《最值得珍视的——新华社十佳编辑、十佳记者笔谈》，《中国记者》2002 年第 11 期。

解读性报道在媒体采用上创出新高，体现了媒体的需求和认可。梳理这些解读性报道，"第一时间""权威专家""百姓视角"三个关键词，或许可以视为解读性报道制胜的"法宝"。①

2010年，已是新华社国内部副主任的陈芸在总结新华社《七个"怎么看"——理论热点面对面·2010》的报道时说：在日常新闻报道中，只要对热点问题稳妥把握，做到不回避、不缺位、不失语，也不炒作、不渲染、不添乱，着眼建设性，体现责任感，就有利于疏导群众情绪，化解社会矛盾，推动改进工作。②

2013年，在中国微博大会上，陈芸以新华社国内部副主任的身份做了发言：微博的信息能直达公众，并更有效地与公众进行互动。对传统媒体来说，微博的重要性已经不言而喻。③2021年4月，粉丝过亿的"新华视点"微博正式更名为新华社法人微博。今天，微博仍然是重要的舆论场。《三联生活周刊》主编李鸿谷认为，微博、微信发展路径各不相同，微博在硬资讯的道路上一路狂奔，最终定型于"热搜"——舆情风向标。

（四）

《商业部长买鞋上当记》作为反映问题的小通讯，篇幅不长，影响却不小。胡平部长的这双鞋是在武汉买的，武汉市还以此为契机，大抓质量，并在报纸上展开了振兴汉货的讨论。④此稿除获首届中国新闻奖通讯二等奖外，还获全国维护消费者权益好新闻一等奖。这篇精品小文，在呼唤精品的时代，为我们送来了些许清新之风。⑤此稿获评中国新闻奖后，多位学界和业界人士从不同角度对这件作品进行了评析。有人认为，这篇洋溢着激情、文采和

---

① 陈芸：《解读性报道的三个"关键词"——新华社十七大解读性报道的启示》，《中国记者》2007年第11期。

② 陈芸：《紧扣热点引导舆论 多媒融合扩大影响》，《新闻战线》2010年第12期。

③ 吴佳蔚、谢盼盼：《新华社陈芸：将新闻首发权抢夺战"打"到微博去》，中国新闻网2013年6月16日。

④ 刘保全：《脚板底下出新闻》，《新疆新闻界》1993年第1期。

⑤ 魏钰尧："聊"出来的"精品"》，出自董广安主编《新闻传播精品导读：通讯卷》，复旦大学出版社2004年版，第294页。

生活气息的作品，是"新新华体"佳作中的代表之一。①

——**时代性强**。《商业部长买鞋上当记》抓住商业部部长买鞋被坑的遭遇，突出了一个硬主题"打击假冒伪劣刻不容缓"，既扣人心弦、针砭时弊，又耐人寻味、引人深思。②此稿看起来更像是一篇现代版的"世说新语"，但其背后揭示的东西却发人深省。③伪劣商品是人们经济生活中的一个重要话题，此稿充分讲透了伪劣商品泛滥的程度。报道从一个细小的经济现象反映出重要内容，比用干巴巴的文字写领导重视、全社会要抓伪劣商品的长篇大论更有舆论影响，也更生动有力。④有人评价，此稿是从宏观来分析微观的典型作品。⑤该报道向社会曝光伪劣商品，从而引起有关部门重视，采取措施制止伪劣商品的泛滥。报道对督促生产鞋的厂家提高产品质量和维护消费者合法权益，都起到了很好的作用。⑥

——**新闻性强**。按照常情，一般不易发生的事，偏巧发生了，这种情理的反差，往往构成新闻，《商业部长买鞋上当记》"巧"在管全国商场的商业部部长在全国著名的大商场上当。⑦此稿获胜的原因就在于没有空谈打假的意义，而是讲述了时任商业部部长胡平买了一双劣质皮鞋的故事，从而引发强烈社会反响。⑧经济新闻中的人，也是一个有思想、有感情、有形象、有活动的人。这样的经济新闻才会是见物见人见思想，有血有肉有感染力的。《商业部长买鞋上当记》之所以能引起强烈的社会反响，原因也正在于此。⑨

——**故事性强**。商业部部长买了假冒伪劣产品不但"巧"，情节也一波三折。通讯充分展示了新闻事实所具有的天然故事性，以轻松的口吻道出了现

---

① 王君超：《是耶非耶"新华体"》，《报刊之友》2002 年第 4 期。
② 陈朝晖：《新闻写作中的"化硬为软"与"化软为硬"》，《写作》2009 年第 1 期。
③ 贾永、樊永强、徐壮志：《追求新闻报道皇冠上的宝石——关于媒体实施精品力作战略的理论与实践思考》，《中国记者》2011 年第 8 期。
④ 刘袭：《从社会新闻角度入笔——谈谈提高经济新闻的可读性》，《中国记者》1996 年第 1 期。
⑤ 李新文、唐艳林：《中国新闻奖通讯作品对地方报纸的启示》，《新闻知识》2010 年第 7 期。
⑥ 刘保全：《经济新闻如何才能出精品——兼评"中国新闻奖"部分获奖作品》，《新闻爱好者》2009 年第 5 期。
⑦ 徐占焜：《反差越大　印象越深》，《新闻前哨》1996 年第 2 期。
⑧ 魏晔玲：《传统媒体必须建立互联网思维》，《文化软实力》2016 年第 3 期。
⑨ 彭朝丞：《树立以人为主体的经济新闻写作思维》，《新闻界》1992 年第 6 期。

实生活中极为严肃的大问题，具有很强的可读性。^① 有人说，记者就是给受众讲故事的。把任何新闻报道都看作讲故事固然有些绝对化，但它所反映的受众本位观和对新闻可读性的追求是值得称道的。^② 以讲故事的方式提供的信息更容易被理解和记忆。《商业部长买鞋上当记》全文不到600字，却引发社会强烈关注，在当年众多批判假冒伪劣现象的稿件中脱颖而出，荣获中国新闻奖，至今仍不时被提及，这样的好故事应该更多一些。传统媒体在新闻故事采集方面本身拥有天然优势，如能及时扭转观念、深入挖掘，将是主流媒体突破表达困境的有力武器。^③

——**篇幅短小**。该写简讯的不写成短消息，该写成短消息的不写成长消息，能写成消息的不写成长篇通讯，该写成长消息、长篇通讯的就应当写成长消息、长通讯。只要言之有物，有血有肉就成，这应当是记者乃至新闻媒体的本分。新闻精品，长有魅力，短也有魅力。《商业部长买鞋上当记》是一篇故事型的小通讯，选取的事件很典型，反映的问题在当时来说也不小。^④此稿也可归为特写范畴。人贵直文贵曲，平铺直叙的文章容易让人感到乏味。从写作角度而言，短小的特写，如果能写得一波三折，肯定增色不少，《商业部长买鞋上当记》就是这样的特写。^⑤

——**引人深思**。《商业部长买鞋上当记》将一位高级领导干部受骗的事公开披露，作者"可谓大胆"，如果不是突破旧的思维和旧的写作方式，连这样去想都不敢，就写不出这种思想性和可读性强的报道。^⑥稿件抓住社会普遍存在、群众反映十分强烈的商品质量问题，以主管商业的部长自己买鞋被坑后的心态、行为为主线，掀起层层波澜。^⑦有人说，此稿人物身份显著，有"太

---

① 沈敏：《构建吸引受众的"召唤结构"——人物通讯与事件通讯的可读性探悉》，《零陵学院学报》2004年第7期。

② 王俊玲：《论"召唤结构"的构建途径》，《新闻爱好者》2006年第7期。

③ 巩琳萌：《提高新闻舆论"四力"必须重视"微表达"》，《前线》2016年第6期。

④ 郭增彬：《论短新闻二题》，《新闻三昧》2004年第12期。

⑤ 李大容：《正文与结尾：便于读者阅读和理解——现场新闻特写的采访与写作（十一）》，《新闻通讯》1997年第11期。

⑥ 唐曾孝：《浅议反向新闻》，《零陵师专学报》1998年第2期。

⑦ 丁林：《经济报道的深度挖掘》，《声屏世界》1999年第2期。

岁头上动土"的趣味性，构成了强烈的新闻价值。报道用事实说话，结尾处引用了商业部部长的一句话："我是一个部长，买了劣质鞋能及时退换。但要是普通消费者呢？"文章就此结束，答案留给了读者，蕴意极为深长，节省了文字，深化了主题。[①] 有人认为，《商业部长买鞋上当记》的结尾之问，把弦外之音全部弹了出来，成为全篇新闻的点睛之笔。[②]

——标题质朴。"清水出芙蓉，天然去雕饰。"质朴是新闻标题重要的审美特征。质朴是一种不矫饰的朴实美、朴素美。新闻标题及新闻语言应遵循"有真意，去粉饰，少做作，勿卖弄"的原则，力求质朴。《商业部长买鞋上当记》的标题就是质朴的代表。[③] 也有人认为，此稿标题是以标出"反差"来抓人眼球的代表之一。[④] 还有人认为，此稿标题很好地表现了三个新闻要素，即 Who、What 和 Where，对新闻进行了简单明了的概括，使读者了解新闻的主要内容。[⑤]

从赏析的角度看，《商业部长买鞋上当记》中的个别表述应当注意。例如，关于胡平的身份表述为"商业部长"，对曾宪林的身份表述为"轻工部长"，如果今天还这样表述是否妥当？不妨看下 2022 年 12 月 30 日全国人大常委会发布的任免决定：免去周祖翼的人力资源和社会保障部部长职务，任命王晓萍（女）为人力资源和社会保障部部长。再看一下国务院任免国家工作人员的表述，以 2023 年 1 月 6 日发布的内容为例——任命陈杰、吴岩为教育部副部长。

职务简称不能随心所欲地减去职务中的字词。例如，不可将"全国人大常委会（副）委员长"简称为"全国人大（副）委员长"，也不可将"省人大常委会（副）主任"简称为"省人大（副）主任"。各级人大常委会的委员，不可称作"人大常委"，应表述为"人大常委会委员×××"。"常委会"三个字不能省略。全国人民代表大会常务委员会简称"全国人大常委会"，是中

① 宋兆宽：《短胜于长的艺术——兼评首届"中国新闻奖"获奖通讯》，《新闻知识》1993 年第 8 期。
② 欧阳荣良：《论新闻的第二种叙事》，《新闻知识》2002 年第 7 期。
③ 王亚明：《豪华落尽见真淳》，《新闻爱好者》1996 年第 4 期。
④ 刘保全：《新闻标题制作中常见的技巧——兼评部分"中国新闻奖"作品的标题（下）》，《新闻实践》2007 年第 8 期。
⑤ 韩惠彬：《消息标题与通讯标题的对比分析》，《新闻传播》2020 年第 10 期。

华人民共和国最高国家权力机关——全国人民代表大会的常设机关，行使国家立法权。全国人民代表大会常务委员会由委员长、副委员长若干人、秘书长、委员若干人组成。在有些媒体上，还能见到"×××是人大常委"或"人大常委×××"的说法。这样的说法是不正确的，因为人大常委会没有"常委"这个职务，只有"委员"。在一些媒体的报道里，偶尔会见到"自治区委书记"的说法，正确规范的简称应该是"自治区党委书记"。①

另外，《商业部长买鞋上当记》第4段开头"在11城市一商局长会上"，从严谨的角度而言，数字"11"与"城市"之间应该加量词。今天看，这句中的"一商局长"表述令人费解，这是因为当时一些城市既有第一商业局也有第二商业局。两个部级干部见面，到底该怎么表述？稿件用的是"约见"，"约见"有"约定时间会见"的意思，但多用于外交场合。

虽然通讯的时效性不像消息那么强，但好的通讯也应重视时效性，这件通讯所反映的事与刊发时间相比，中间隔了一两个月，略有遗憾。

阅读+　《商业部长买鞋上当记》

扫码阅读获奖作品全文

（作者：陈芸；新华社 1990 年 9 月 11 日电；获首届中国新闻奖二等奖）

---

① 肖潘潘：《职务简称，慎之又慎》，出自《好新闻的诞生》，人民日报出版社 2022 年版，第110—111页。

第七辑

重视融合传播

构建全媒体传播体系，主流媒体仅靠自身力量还远远不够，对移动端的争夺必须敞开胸怀、兼容并包，善于借船出海、扬帆远航，主动与各类强势媒体合作，利用多样化的传播平台扩大粉丝规模，推动主流价值的广泛传播。

影响比流量更重要

在第三十三届中国新闻奖评选中，长江日报刊发在大武汉客户端上的作品《痛心！协和专家：在兴趣班学的这个动作已致1000多名中国孩子瘫痪》获评通讯一等奖。地市媒体作品能获评中国新闻奖一等奖，今天殊为不易，而这件作品的采编过程，有耐人寻味之处。

（一）

第三十三届中国新闻奖评选，中国记协公示的参评作品一共有1254件，最终评出获奖作品377件，获奖比例30%，也就是说10件参评作品要淘汰7件，只有3件能获奖，竞争可谓十分激烈。这届评选，评出获奖通讯34件，其中一等奖5件、二等奖11件、三等奖18件（不包括特别奖、专门类奖项中的通讯作品）。而这届参评通讯一共有99件，算下来，略高于整体比例。

在这34件获奖通讯中，从媒体地位和级别看，人民日报、新华社等中央媒体占了12件，金融时报等全国性行业媒体占了5件，陕西日报等省级媒体占了14件，长江日报等地市媒体2件，期刊1件；从发布平台看，2件作品刊发在客户端上，1件作品刊发在微信公众号上，其余31件作品均在报纸版面上刊发。中国新闻奖评选办法并未限制广播、电视等媒体参评通讯奖项的评选，但从最终的结果看，获奖的通讯作品绝大部分仍是报纸刊发的。

近年来，在中国新闻奖评选中表现亮眼的华龙网，在这届评选中还凭借刊发在新重庆客户端上的《从"第一"到"第一" 7本火车驾驶证见证"中国速度"》拿下了通讯一等奖。至此，华龙网已连续11年16次获得中国新闻奖，其中8个一等奖，奖项涉及新闻专题、网页设计、新闻专栏、网络访谈、短视频新闻、融合创新、重大主题、典型报道、通讯等。华龙网的通讯此次获奖，也是"全国网络媒体获得的首个中国新闻奖通讯类一等奖"。出一个精品容易，一直出精品却很难。正是得益于重点选题机制常态化的运行和对优质内容一直不变的追求，华龙网才能年年有重点、年年出精品。[①]

在这届中国新闻奖评选中，长江日报社共有 3 件作品获奖，其中《痛心！协和专家：在兴趣班学的这个动作已致 1000 多名中国孩子瘫痪》获评通讯一等奖，《来自大凉山的彝族小伙，大学毕业论文致谢写了 6000 余字》获评典型报道三等奖，《全世界仅此一枚的"戒指"，我拥有了！》获评融合报道三等奖。从中国新闻奖设立到第三十三届评选，长江日报社累计获中国新闻奖的数量达到 66 件，在全国地市媒体中可以说是首屈一指。比较巧合的是，此次获奖的 3 件作品的刊发平台都是大武汉客户端。

与一般通讯作品不同的是，全媒体时代刊发在客户端上的通讯已具有鲜明的融合特点。以《痛心！协和专家：在兴趣班学的这个动作已致 1000 多名中国孩子瘫痪》为例，稿件在大武汉客户端上发布时，还同时配发了一条 3 分 33 秒的视频。视频具有很强的直观性，既有幼儿练习舞蹈的画面，也有医学专家受访出镜的画面。这个视频也为后期成为微博上的热搜话题奠定了基础。

（二）

《痛心！协和专家：在兴趣班学的这个动作已致 1000 多名中国孩子瘫痪》一稿是由长江日报社记者田巧萍与实习生赵心瑜共同采写的。即将告别职业生涯之际，作品能获评中国新闻奖一等奖，无疑是对田巧萍的一种褒奖和肯定。对于这次获奖，她撰文感慨"有些意外，细一想又在情理之中"。

2021 年 7 月，长江日报社特稿中心成立，田巧萍调到特稿中心做记者，她平均两三周就能拿出一篇有一定分量的、三五千字的报道，无论是产量还是质量，这在一线记者中都是不多见的。特稿中心没有战线，线索多靠记者

---

① 张一叶、康延芳：《独家 | 媒体融合发展大潮中的坚守与创新——华龙网连续 11 年获 16 个中国新闻奖背后》，"两江观媒"微信公众号 2023 年 11 月 9 日。

自己发掘。比较巧合的是，无论是这次获奖的作品，还是田巧萍与同事合写的获第二十届中国新闻奖通讯三等奖的《上医之境》、获第二十一届中国新闻奖消息三等奖的《8个全国首创开出医改好方子》，从题材上看都属于医疗卫生健康领域。田巧萍从华中师范大学中文系毕业后，最初在学校工作，到媒体工作后，她跑过政法线、卫生线，也做过重大新闻报道，还编过理财周刊，总的来说，她在医疗卫生健康领域工作的时间最长。

田巧萍能抓到《痛心！协和专家：在兴趣班学的这个动作已致1000多名中国孩子瘫痪》的线索，与她前期的职业积累有很大关系。具体情况是：2022年春节，田巧萍像往年一样给在自己主持《田巧萍导医》专栏时给予很大帮助的专家电话拜年，告诉他们自己换部门了，到了长江日报社特稿中心，顺便恳请他们"有比较重要的事情一定要跟我说一声啊！"华中科技大学同济医学院附属协和医院骨科医生郭晓东教授当即就说："我正好完成了一项研究，发现舞蹈中的下腰动作现在是导致中国儿童瘫痪的第一位原因。"[1]敏锐意识到此事在"双减"背景下具有重大现实意义，田巧萍立即展开深度调研式采访，整个采访历时半个月，采访对象有医学专家、少儿舞蹈机构负责人、一线少儿舞蹈教师、下腰瘫儿童家庭、少儿舞蹈教育研究人员等。[2]最终推出了两篇深度报道，获奖的为第一篇，另一篇为《危险的"下腰"！孩子学舞蹈致瘫痪，问题出在哪？》

（三）

近年来，媒体对儿童练习舞蹈下腰时导致瘫痪的情况陆续有报道，而《痛心！协和专家：在兴趣班学的这个动作已致1000多名中国孩子瘫痪》的不同之处在于，既没有单纯地停留在报道致残儿童的悲剧层面，也没有单纯地报道专家学者的观点，而是巧妙地把两者结合在一起，点面结合给出了一个惊人的问题：郭晓东教授团队完成的对中国儿童因练习舞蹈下腰动作导致截瘫

---

① 田巧萍：《眼界·站位·情怀：好新闻是这样来的｜第33届中国新闻奖一等奖创作谈①》，"全媒体探索"微信公众号2023年11月9日。

② 《〈痛心！协和专家：在兴趣班学的这个动作已致1000多名中国孩子瘫痪〉中国新闻奖参评作品推荐表》，中国记协网2023年10月26日。

问题的 10 年回顾性研究发现，舞蹈下腰训练已经成为导致中国儿童脊髓损伤的第一位原因。通过随访和打电话，郭晓东团队初步统计，这样的孩子在中国超过了 1000 人，而这只是目前在坚持治疗和康复的孩子，不包括误诊和弃诊的孩子。这是之前其他媒体没有报道过的。

3400 多字的稿件，写作上亦有特色，文字富有张力，尤其是开头，娓娓道来中抛出了问题。正文的三个部分"孩子因练舞下腰而瘫痪不是孤例""这种灾难性疾病通俗名字叫下腰瘫""孩子练舞下腰摔倒应立即停止训练"，逻辑层次清晰。第一部分从个体的遭遇切入指出问题有一定的普遍性，第二部分重点呈现专家的研究发现，第三部分又回到了个体，侧重警示和提醒——"脊髓损伤目前没有一个有效的治疗措施，提前预防是减少下腰瘫唯一的途径。"

这篇稿件能获评一等奖，与报道产生的广泛社会影响有直接关系。主要体现在：一是让更多家长知晓儿童舞蹈下腰存在的风险，起到了警示作用，不少人在长江日报微信公众号推文后留言"这个科普做得很有必要""确实要引起社会公众警惕""这种病例需要引起培训机构和家长的重视""这种知识应该早点跟家长普及宣传"；二是在互联网上一度成为话题，长江日报微信公众号推文阅读量达到"10 万 +"，相关微博话题阅读量有 5300 万人次；三是包括新华社在内的多家媒体以不同的形式持续进行了关注，形成了更广泛的社会影响；四是报道发表两天后，武汉市社科院成立了一个联合课题组，长江日报社记者田巧萍被邀请到联合课题组，以"下腰瘫"为切入口，研究"双减"政策下校外非学科类市场的现状和社会治理；五是该问题最终引起了国家层面的关注。2023 年 7 月，教育部、中国消费者协会提醒家长要高度关注诸如儿童舞蹈"下腰"动作，可能导致的受伤甚至瘫痪风险；2023 年 11 月，教育部发布《中小学生舞蹈等体育艺术类校外培训安全提醒》指出，练习身体腾空翻转、下腰、掰腿、劈叉等动作需有系统化的专业训练基础，并在专业人员指导和成人看护下进行，不适合初学者和非专业人士，专家建议未满 10 周岁的儿童慎做"下腰"等脊椎、腰部身体训练，避免出现伤害。

全媒体时代，主流媒体的报道产生积极社会影响，这比单纯追求流量更为重要。需要认识到，流量是影响的直观体现，但流量又并不完全等于影响，追求流量没有错，但完全唯流量并不可取。有些内容虽然能产生高流量，但未必能体现媒体的核心竞争力和影响力，媒体追求的高流量应该以坚持正确的政治方向、舆论导向、价值取向为前提。

第三十三届中国新闻奖评委、经济日报社副总编辑郑波在谈到这篇稿件时说："这篇报道通过披露舞蹈下腰成为中国儿童截瘫的首要原因，对校外非学科培训中普遍存在的巨大风险进行了及时监督。报道具有强烈的问题意识，现实意义重大，充分彰显了主流媒体的社会责任。记者采访扎实。先后深入少儿舞蹈机构、下腰瘫儿童家庭，展开细致深入调查；报道还对话权威医学专家，体现出新闻工作者的专业能力和优良作风。报道社会反响好，在教育'双减'大背景下，这篇报道受到广泛关注，引起全国媒体跟进，校外非学科类培训机构的综合治理成为热点课题。"[①]

江西日报社总编辑张天清在评价这篇稿件时说："新闻报道本质上是关于人和时代的叙事。对准细小切口，展示宏大视野，才能激发深邃思考，把握时代主题。这篇中国新闻奖一等奖作品贵在'洞察'与'深挖'，一起'下腰瘫'看似个案，作者捕捉到的是各种培训的无序和乱象，超越了社会新闻的本质，体现了以人为本的情怀，展现了党的新闻工作者的责任与担当。作品见人见事，文字精练，叙述严谨，并对专业内容作出权威解读，娓娓道来，步步深入，是一篇可读性与科学性兼具的优秀新闻作品。"[②]也有媒体人评价，能够通过自己的新闻敏感，发现、提出问题并发出警示，最终推动解决问题，也是新闻人重要价值之一。还是那句话：问题意识，始终不要看淡与自弃。[③]

（四）

早年，田巧萍为了报道好社区医生王争艳（后获评全国道德模范），光采访就花了3个月的时间。获中国新闻奖的作品《8个全国首创开出医改好

---

① 出自中国记协网《第33届中国新闻奖评选结果公示》。

② 《〈痛心！协和专家：在兴趣班学的这个动作已致1000多名中国孩子瘫痪〉专家点评》，《中国记者》2023年第11期。

③ 出自2023年11月13日"主编来了"微信公众号。

方子》，田巧萍前后跟踪了 17 年。① 对于这次获奖，田巧萍应新闻期刊《全媒体探索》杂志之邀分享采写经过时总结了五点：一是记者要有深刻观察社会的能力，保持对社会深刻观察的能力，要求记者俯下身来，践行"四力"，用真心用真情去观察和体验；二是共情是记者基本的能力之一，记者的共情，不仅是与采访对象的共情，还有与国家的共情；三是去现场，现场知道答案，电话采访、视频采访、邮件采访、资料研究等都只是辅助性的采访方式，最重要的还是去现场；四是互联网上有你想找的东西，需要警惕的是，不能被一些精心包装的广告带了节奏；五是跨界合作，促进问题的解决。如果说，记者通过《痛心！协和专家：在兴趣班学的这个动作已致 1000 多名中国孩子瘫痪》敏锐地发现了问题，那么在当前的传播环境和条件下，是跨界合作最终实现了报道的目标。

很多时候，稿件获不获奖有不确定性，但偶然性之间又有一定的必然性，这篇稿件也是如此。一开始，谁也没想到这篇稿件能获奖，更不要说能获评中国新闻奖一等奖了，最初也只是觉得这是一个值得做的题目，获不获奖并不重要，重要的是如果能让更多的家长知晓此事，能预防和减少悲剧的发生，已善莫大焉。与获奖相比，为什么是田巧萍抓到了这样的报道，其实这是更值得思考的。

高级记者、专业技术二级、全国三八红旗手……像田巧萍这样的资深记者还能坚持跑一线的并不多。到特稿中心后，田巧萍采写的报道，民生社会类题材占有一定比例，如《30 万粉武汉女主播停播做代驾：不后悔，一单一单挣的辛苦钱更踏实》《她像妈妈一样！留守儿童有了"公主房"》《被网暴后，22 岁法律专业女孩清空网络账号躲回老家》《每天凌晨，武汉"飘姐"直播刹鱼》《这个夏天，乘公交车长途旅行火了》《训狗起家，小伙 5 年打拼出新产业：最怕被娇生惯养的狗》《10 万元变 120 万元？ 78 岁老人不听劝受骗后醒悟了》等。这些报道的线索，有的是她在生活中发现的，有的是她在网络

---

① 朱建华：《人民大会堂受表彰的她，何以写出刷屏硬核报道？》，《城市党报研究》2020 年第 10 期。

上发现的。回顾田巧萍的记者职业生涯，对如何成为一个好记者有几点认识。

——**要在某个领域有积淀**。好记者需要在某个领域有一定的积淀。这种积淀，最大的好处在于对比较专业的问题有较为准确的新闻价值判断，并能在最短的时间内找到这个领域内比较权威的专家进行采访。很多专家学者穷其一生在专业道路上只关注某一个领域，对记者而言，多岗位、多部门、多领域锻炼虽然有好处，但也要防止学艺不精，最后一事无成。

——**要多深入一线去采访**。田巧萍非常看重现场，与部门同事交流时，她谈得最多的是，做记者采访一定要多去现场、多去一线。为了做好南水北调工程移民村的报道，田巧萍先后去了村里 3 次，其中一次因为村干部下午要外出开会，她一直采访到下午 3 点钟，连午饭也没顾上吃。全媒体时代，好记者需要多深入一线去采访。只有俯下身、沉下心，察实情、说实话、动真情，才能推出有思想、有温度、有品质的作品。

——**要在学习中不断突破**。作为资深记者，田巧萍一直在坚持学习并不断突破自己。学习主要包括两方面，一是政治学习，二是新闻业务技能学习。作为党的新闻舆论工作者，只有坚持政治学习，才能不断增强政治判断力、政治领悟力、政治执行力。面对舆论生态、媒体格局、传播方式发生的深刻变化，只有强化新闻业务技能学习，才能着力提升主流舆论的传播力、引导力、影响力、公信力。田巧萍能根据医学专家的研究做出敏锐判断，得益于长期的日常政治学习；而报道能在互联网平台上实现全媒体化传播，得益于她积极地进行新闻业务技能学习。这几年，田巧萍在锤炼文字看家本领的同时，也在努力向全媒体记者转型。外出采访，她不仅要写文字稿，也要拍照片和视频。为此，她还专门学习了视频拍摄和剪辑方面的课程。不断突破自己，也体现在田巧萍努力拓展报道领域。

——**要有有影响力的好作品**。文章大家梁衡提出名记者的标准之一是，有一篇或数篇在社会上产生了广泛影响的代表作。好记者也同样如此，需要有有影响力的好作品。今天来看，好的新闻作品应是在坚持正确政治方向、舆论导向、价值取向下，以人民为中心，有一定的传播力和影响力。

——**要能够正确对待得失**。很多时候，好新闻可遇不可求，今天抓到了一个好选题，明天呢？后天呢？今年有了获奖报道，明年呢？后年呢？新闻奖评选标准是确定的，但能不能获奖，必然性与偶然性之间，往往又具有很大的不确定性。记者这个职业的残酷性，不仅在于新闻每天都是新的、新闻无时无刻不在发生，也在于需要记者能源源不断地采写好作品。田巧萍在新闻一线工作30余年直到退休。她的一些报道，投入很大，花费时间很长，但有的报道效果一般，甚至付出与收获不成比例，这个时候田巧萍也不气馁，觉得自己只是做了自己应该做、值得做的事，尽力了。风物长宜放眼量。她这种正确对待得失的态度是值得学习的。

从赏析的角度而言，《痛心！协和专家：在兴趣班学的这个动作已致1000多名中国孩子瘫痪》仅就标题而言，也有可探讨之处。这个标题的优点是有情感、有态度，比较实，基本上把一个事说清了，"兴趣班""1000多名""瘫痪"组合在一起让人感到这个事比较触目惊心，整个表达有一定的网感，适应了互联网传播。缺点有两点：一是标题比较长，网络稿件的标题只能是单行题，但近30个字就显得不够简洁；二是没有在标题上直接点明"下腰"，而是笼统地模糊为"这个动作"，让内容表述显得不是那么直观。

阅读+ 《痛心！协和专家：在兴趣班学的这个动作已致1000多名
中国孩子瘫痪》

扫码阅读获奖作品全文

（作者：田巧萍、赵心瑜；编辑：朱建华、叶凤；原载长江日报大武汉客户端2022年2月25日；获第三十三届中国新闻奖一等奖）

破圈要有优质内容

在第三十二届中国新闻奖评选中，《中国青年报》作品《生死五号线》获评通讯二等奖。在历届中国新闻奖获奖通讯中，这是为数不多的事件类、灾害类报道，稿件先在冰点周刊微信公众号上发布，次日刊发在《中国青年报》，写作上有很强的"冰点"风格。

（一）

2021 年 7 月 17 日至 23 日，河南省遭遇历史罕见特大暴雨，发生严重洪涝灾害，特别是 7 月 20 日郑州市遭受重大人员伤亡和财产损失。经国务院调查组调查认定，河南郑州"7·20"特大暴雨灾害是一场因极端暴雨导致严重城市内涝、河流洪水、山洪滑坡等多灾并发，造成重大人员伤亡和财产损失的特别重大自然灾害；郑州市委市政府及有关区县（市）、部门和单位风险意识不强，对这场特大灾害认识准备不足、防范组织不力、应急处置不当，存在失职渎职行为，特别是发生了地铁、隧道等本不应该发生的伤亡事件。[①]《生死五号线》即是与此相关的一篇报道。

《生死五号线》在《中国青年报》上刊发的时间是 2021 年 7 月 22 日，当天的头版头条是新华社稿件，刊发的是习近平对防汛救灾工作作出重要指示要求，头条下面是《中国青年报》的 3 篇自采稿件，具体是《风雨中筑起"青春堤坝"》《灾情揪心　救援同心》《生死五号线》的组合。《生死五号线》参评中国新闻奖时的理由是："这篇报道内容翔实，细节感人。在重大突发事件

---

① 《河南郑州"7·20"特大暴雨灾害调查报告公布》，新华社 2022 年 1 月 21 日电。

中，充分回应了社会关切，同时展现了灾难中普通人的互助互救和救援中的感人瞬间。报道符合'时、度、效'的要求，传播效果好，影响力大，很好发挥了主流媒体的舆论引导作用。"①

（二）

《生死五号线》出自冰点团队，领衔采写此稿的记者杨杰和见习记者焦晶娴，都是中国青年报社冰点周刊记者，稿件的另两名作者卢思薇、林子璐均为实习生。近年，《中国青年报》获中国新闻奖的作品中，不乏冰点团队的稿件。

在第二十八届中国新闻奖评选中，冰点特稿《洄游中国》以报告文学的体裁参评并获评副刊作品二等奖，中国报纸副刊研究会评价此稿，选取从硅谷回流的互联网工程师、科学家施一公等人的故事，反映了中国当下正在经历的海归潮，并通过受访者的言谈，点明了要做中国发展的参与者而不是"旁观者"的主题。这篇稿件也是最早反映海归潮的深度特稿，具有前瞻性和历史纵深感。②

在第三十届中国新闻奖评选中，冰点特稿《活在表格里的牛》同样以报告文学的体裁参评并获评副刊作品一等奖，作者李强当时还是见习记者。一次，李强在西海固采访，偶然间了解到老百姓反映贫困户通过借牛套取扶贫资金的现象，跟编辑聊在西海固的见闻时，敏锐地发现这是个新闻点，和领导沟通并向报社报告选题后，决定就这个问题赴当地调研采访。他两赴西海固，20多天走访近百人，目睹当地"借牛骗补"，以翔实的证据展示了这一链条，对"数字脱贫"等荒腔走板现象提出批评。采访最大的困难是取得采访对象的信任，李强一开始去村里采访，不仅无从下手而且感觉很难突破，因为很多情况当地村民根本不愿透露。后来他通过跟村民闲聊、寻找共同话题、挨家挨户走访等逐渐拉近距离，才慢慢将局面打开。作为记者一定要善

---

① 《中国新闻奖参评作品推荐表〈生死五号线〉》，中国记协网 2022 年 11 月 1 日。
② 《〈洄游中国〉申报资料实录》，出自《中国新闻奖作品选（2017 年度·第二十八届）》，新华出版社 2019 年版，第 372 页。

于思考，就这篇报道来说，李强起初的思路是先把骗补链条搞清楚，再思考背后潜藏的问题，探究深层次的逻辑，如此呈现出的报道才具有系统性和警示意义。①

在第三十一届中国新闻奖评选中，刊发在冰点周刊上的《父亲留在了火神山》获评文字通讯与深度报道二等奖。作者耿学清是一名90后，从业以来曾在商场抓过色狼，在坟场蹲过乱象，跑过水电气热，追过命案现场，有时在大会堂采访，有时随督查暗访，更多的时候在村野城镇间奔忙，经历了民生记者、时政记者、调查记者、深度记者的工作变化，但不变的是以人民为中心、以社会公平正义为新闻工作指引。②2020年3月，耿学清在火神山医院红区采访，偶然发现几个带有编号的来自遗体捐献者的器官标本。这篇稿件采写也不容易，他采访了火神山医院军方负责人、病理专家、医护人员，并找到一个全家人都感染的遗体捐献者家庭。稿件刊发于武汉火神山医院休舱闭院之日，是新冠疫情报道中第一篇连接起新冠遗体捐献者家庭和遗体解剖团队的深度报道，记录了一个普通武汉家庭在疫情中的坚韧、善良、奉献，以及中国军民同心战疫的故事。③

虽然没有获评中国新闻奖，至今仍被视为经典的冰点特稿《永不抵达的列车》，报道的是2011年发生的温州动车事故。这篇稿件以故事化的表达方式，叙述了两名大学生在灾难前、灾难中与灾难后的反应与场景，记录动车事故发生的惨烈，借以缅怀灾难中逝去的生命。从标题上看，"永不抵达的列车"既指D301与D3115次列车在相撞后无法抵达目的地，也指动车事故的发生使两位大学生的命运相撞，鲜活生命的逝去使其无法抵达人生列车的终点。"这辆列车在将他们带向目的地之前，把一切都撞毁了"等直接引句更点明事故发生造成的严重后果与恶劣影响，并呼吁公众持续关注事故，引导公众探讨如何让列车更安全。记者赵涵漠在接受采访时表示："这些东西你看上

① 肖人夫、张青：《"给历史留一份底稿"——专访第三十届中国新闻奖一等奖〈活在表格里的牛〉作者李强》，《光明日报》2020年11月18日。

② 《〈父亲留在了火神山〉荣获第三十一届中国新闻奖二等奖》，澎湃新闻2021年11月19日。

③ 《中国新闻奖参评作品推荐表〈父亲留在了火神山〉》，中国记协网2021年10月29日。

去好像是我在写他们，但确实是记录了当时在发生什么。"①

（三）

冰点周刊始于《中国青年报》冰点特稿专栏。1995 年 1 月 6 日，《中国青年报》刊发的《最后的粪桶》，首次把普通百姓的生活作为主流话语的陈述对象，引起了极大的轰动。2004 年 6 月，以冰点特稿为基础的 4 个版的冰点周刊创刊；2008 年，中国青年报社在其官方网站、中青在线开辟冰点周刊栏目。多年以来，冰点周刊的稿件一直在全国新闻界中深受推崇。②推进媒体深度融合发展，以内容建设为根本，冰点周刊的深度报道、调查报道、人物报道、特稿和全媒体传播，都是值得关注和研究的对象。

冰点周刊成就了中国青年报社几代名记者名编辑，堪称新闻界的传奇。特有的选题关怀、标题质感和写作风格，能让读者从新闻信息的海洋中一眼找到"冰点"特稿。冰点周刊的稿件从体裁上看，到底是通讯还是特稿、报告文学，从参评中国新闻奖的作品看，之间的界限又不是那么明显，有的既可归为通讯也可以视为报告文学。

一种观点认为，作为舶来品的特稿不是新闻特写，也不是通讯，而是通过高超的写作技巧，让故事深入人心的一种新闻体裁。中国学界对特稿大多强调以下特征：一是新闻性，特稿的文学性和故事性都是以新闻性为前提的；二是故事性，在尊重事实的前提下，需要作者写出新闻事件发生过程中的故事，更强调角度新颖，能够逼真地描写细节，生动地传达事实真相；三是文学性，文学性是特稿区别于其他新闻体裁的主要特征；四是深入；五是人情味，侧重于表现新闻中与人性相关的内容。作为国内媒体特稿实践的先锋，冰点周刊特稿题材选择的标准：偏重普通人，普通事。在写作手法上，特稿之"特"就在于用文学手法达到"以情动人"的目的。通过报道，能够产生情感上的共鸣和阅读上的快感，具备打动人心的力量，从而对抗时间的流逝，

---

① 张志安、刘虹岑：《记录小人物就是记录时代本身——〈中国青年报·冰点周刊〉记者赵涵漠访谈》，《新闻界》2013 年第 2 期。

② 《〈冰点周刊〉是如何做深度调查报道的？ | 芒种观点》，腾讯网 2022 年 4 月 1 日。

对抗新闻的易碎性。①

常常有人觉得"'冰点'胆子很大",很多别人不敢碰的题材"冰点"敢碰。冰点周刊主编从玉华接受知名媒体人曹林访谈时表示,讲"胆子大不大"显然不是当下很理性的表达,鼓励记者每接到一个选题都用尽全力,是不是实现了最大半径的闭环采访,有没有在通往事实内核的隧道里再多铲一铲子,是不是读完了相关主题的几十万字论文,是不是为这篇稿子搭了最大面积的龙骨架……经过这几年新媒体的冲击,越来越有做深度内容的定力,好内容不在乎什么平台、什么排版样式,只要它足够好,就能破圈,就能被看到。好新闻的审美要求是很高的,它不是易碎品,生命不止一天,它是历史的底稿。这些年,尽管有人说"冰点""软"了,变味了,但传统的基因,那锅"老汤的味道"还在。"冰点"稿件取标题时总希望有一种抽离,这种抽离多数不是信息,而可能是意象、态度、双关词等,总之,是努力把思考塞在标题里,不那么让你一眼看到底。②《生死五号线》就有这样的特点。

作为冰点周刊的编辑,陈卓、张国认为,所有机构媒体和自媒体蜂拥而上的时候,那些忠实生动还原现场、提出思考、复盘全局的深度报道总能脱颖而出。冰点周刊内部有一个自我评价的词语叫作"传统的手工作坊",说的是每一个选题和最终的文本都要精工细作地打磨。冰点周刊 2020 年改版时的目标之一是加强调查研究,特别是与重大公共利益相关和青年人普遍关注问题的调查研究,要做到激浊扬清、针砭时弊别无他法,只能增强"四力",用脚采访。只有采访多下苦功夫,反映情况准确客观,才能让"硬核"的内容走得更远。③

(四)

3000 多字的《生死五号线》是通讯,也是一篇特稿,采访与写作都很独特。稿件正文分为三个部分。第一部分"乘客轮流举起陌生人的小孩",具体

① 张玉洪:《新闻特稿"特"在哪里?》,《青年记者》2021 年第 7 期。

② 曹林:《那张业务桌子让我们对抗着流量焦虑——访中国青年报〈冰点周刊〉主编从玉华》,《青年记者》2021 年第 1 期。

③ 陈卓、张国:《中国青年报:"硬核"内容为王》,《青年记者》2020 年第 16 期。

写乘客被困在地铁车厢内的情况；第二部分"这种激动'像身处贫困的人突然中了彩票'"，具体写求助和获救情况；第三部分"乘客大多就近下车，也有人没能走出 5 号线"，具体写获救后的情况和事故发生原因及造成的影响。不同于一般的碎片化、动态性报道，稿件通过扎实细致的采访，还原了事故发生时车厢内的场景，是媒体中较早以相对全景方式还原事故现场的报道。①

——**报道及时**。郑州"7·20"特大暴雨灾害事故发生后，为尽快回应社会关切，中国青年报社在事故发生当晚就组织采访，联系事件亲历者。7 月 21 日即完成了这篇报道。稿件中提到的具体人主要有 3 个：1 号线上的都市白领成杰，5 号线上的女性乘客李静和男性乘客张谈。3 人都是化名，他们的乘车经历构成了报道的主体。能在很短的时间内找到亲历者和幸存者并做了深入采访，及时推出报道，反映了中国青年报社面对重大突发事件反应迅速和记者较强的执行力和突破力。类似的灾害事故发生后，媒体尤其是权威的主流媒体及时推出非碎片化、动态性的深度报道，既能回应社会关切也能引领舆论。

——**视角独特**。有人以冰点周刊的 60 篇稿件为研究样本得出的结论之一，是以文字表达为主，重视语言"厚度"，语言风格上具有"报道倾向上呈现积极向上的态势，语言朴实、精辟，传递了温暖、成长、希望、创伤修复等积极元素，给公众以力量"。②《生死五号线》并不同于当天《中国青年报》同一版面上刊发的其他报道，具有冰点周刊稿件的独特气质，这在标题上就得到了体现。《生死五号线》的标题与冰点周刊的一些经典特稿的标题很相似，不仅短而有力，而且有一种难以言说的味道在里面，既有情感也有态度。与当时其他媒体刊发的《郑州地铁五号线：生死一号车厢》《郑州地铁 5 号线生死营救》《特写｜生存还是死亡？郑州地铁 5 号线被困者的艰难时刻》《"大水如浪涌来"，郑州五号线的生死三小时》等报道相比，《生死五号线》标题上

---

① 《〈生死五号线〉申报资料实录》，出自《中国新闻奖作品选（2021 年度·第 32 届）》，新华出版社 2023 年版，第 408 页。

② 曹宇雯：《国内媒体建设性新闻实践路径探究——以〈冰点周刊〉60 篇新闻文本为中心的考察》，《中国报业》2022 年第 16 期。

"生死"两个字的提炼很到位，报道理性客观地把这种生与死呈现了出来。稿件虽然在第一和第二部分花了大量笔墨讲述被困和获救情况，但第三部分的结尾，留下的仍是掩不住的悲伤——"乘客大多就近下车，也有人没能走出5号线。有家属发布了寻人启事，一位35岁的高个子女士昨天下午在5号线失联。今天下午，失踪者亲属向中青报·中青网记者证实，这位女士已不幸遇难，留下即将上小学的孩子。"

——**内容全面**。因为一场暴雨，被困在地铁里的乘客，有人最后获救了，但也有人遇难了。《生死五号线》在还原事故发生时车厢内的场景的同时，也介绍了为何会发生这样的悲剧以及事故发生后采取的一些应对措施。比如，稿件中提到，列车长匆匆走过，试图与地面联系；郑州市消防救援支队指挥中心接到乘客被困的报警，随即紧急调拨救援人员赶到现场；乘务员一直在搬运沙袋，防止水从换乘通道涌入。稿件中还提到，郑州一小时降雨量达到201.9毫米，刷新了中国陆地小时降雨量极值。稿件中还援引了郑州地铁公司安全部门主任郑玉堂在接受媒体采访时的话——对市民而言，地铁是恶劣天气下回家的唯一希望，"我们一直在撑，一直在撑，直到下午六点，实在撑不住了"。这相当于解释了为何地铁没有及时停运，及时停运可能会避免悲剧发生，但地铁是恶劣天气下回家的唯一希望，不到万不得已不会停运。稿件还用了一定篇幅解释了雨水为何会倒灌入地下隧道和5号线列车内，这相当于对事故发生的原因做了一定解释，这种解释是借助爱好研究地铁设计的百度郑州地铁吧的吧主之口说出的。贴吧的吧主虽然算不上权威人士，但在当时的情况下，这样做也算是权宜之计。这些内容，既有记者采访得来的，也有援引其他媒体的，还有对通报等公开信息的灵活使用。有观点认为，冰点周刊对郑州"7·20"特大暴雨的报道，叙事策略实现了引导维稳等功能，对灾难特稿创作具有一定借鉴和启发意义。①

——**现场感强**。全媒体时代，并不都是视频的天下，文字表达仍有其独

---

① 宋子贤：《"冰点周刊"微信公众号灾难新闻特稿叙事策略研究——以河南7·20洪涝灾害事件为例》，《新闻世界》2021年第12期。

特的价值和魅力，文字能力仍然是记者最基本也是最核心的职业能力，这在《生死五号线》一稿中有鲜明体现。比如，稿件中有这样一段话："起初是脚脖、小腿、膝盖，然后水位到了半人高。人们站上座椅，有人把包挂在脖子上，包也湿了。"还有这段："21时，窗外的水足足有一人高，下沉的后半截车厢内部，水已到顶，人们聚集在前三节车厢，水追上了脖子。氧气越来越少，李静看到周围人开始发抖、大喘气、干呕。车厢里还有孕妇、老人和孩子。"这些如场景一般的文字，是冰点稿件的特色，这种现场感让文字有了质感，也为新闻成为历史的底稿增加了一抹底色。这背后既得益于记者扎实深入细致的采访，也得益于编辑匠心般的打磨和修改。

——**悲中有暖**。第三十二届中国新闻奖评委、中国青年报社副总编辑吴湘韩在谈到《生死五号线》时说，车厢内人们互助的人性闪光瞬间，"乘客轮流举起陌生人的小孩"等细节引发较多共鸣，展现了灾难中普通人的互助互救和救援中的感人瞬间。① 也有人评价，这篇稿件以细腻的笔触还原多位受灾者的心境和处境，详细地呈现了灾难之下的人性和情感，表达出对生命的敬畏与慨叹。② 曾任中国青年报社副总编辑、冰点周刊主编的杜涌涛认为，记者在采访中被感染是好事，但是如果主观诉求过度，就可能带着利己动机和认知偏差，在事实的选择和表达上失去客观公正的立场。记者必须时刻牢记"用事实说话"这一准绳，即使在表达强烈感情时，也多以理性包裹，将情感隐于字里行间。记者退一步，也许受众就能进一步了解所报道的人物。记者不能自己跳出来下结论。③《生死五号线》虽然呈现了一些人性闪光瞬间，有一定的情感色彩，但呈现时都比较客观理性，注重新闻事实的呈现。"以前（对人性）总有负面揣测，最后一刻发现人心里面想的只有家人、只有爱。"文中张谈获救后的这句感言并非闲笔，实际上也在传递一种价值导向。

---

① 《这些通讯作品靠什么获中国新闻奖｜评委有话说》，中国记协网2023年2月2日。
② 张志安、谭晓倩：《现代传播体系建设中的重大事件主题报道——2021年中国新闻业年度观察报告》，《新闻界》2022年第1期。
③ 王巍：《〈冰点周刊〉人物报道中的共情叙事——以新冠疫情环境下的人物特稿为例》，《新闻传播》2021年第10期。

（五）

从赏析的角度而言，这篇获奖报道也有可探讨的地方。稿件实际上是2021年7月21日晚11时许在冰点周刊微信公众号上先发布的，是文图模式，没有配发视频，阅读量达"10万+"，网民留言跟评互动踊跃。文尾信息显示，"文章已于2021-07-22修改"。先在公众号发布，次日刊发在《中国青年报》版面上，这适应了传播格局与形势的变化。稿件中，女性乘客李静的亲历部分占有较大篇幅，而这部分内容又主要出自冰点周刊微信公众号7月21日上午发布的、实习生卢思薇采写的《郑州地铁5号线被困人员口述：车厢外水有一人多高，车厢内缺氧》。

《生死五号线》优点很多，但值得注意的是文中"当晚18时郑州地铁宣布全线停运"表述不规范，这里12时计时法和24时计时法混用，使用24时计时法时不加"下午""晚上"等表述。对比冰点周刊微信公众号推文与《中国青年报》报纸上的稿件，虽是同一篇稿件，但细微处有不少差别。这种修改值得逐一细看，具体如下：

1. 公众号推文标题《生死5号线》，报纸稿件标题《生死五号线》，阿拉伯数字改成汉字，显得更庄重。

2. 报纸稿件把"郑州地铁5号线是这个城市最长的地铁线，也可能是最忙的线路"中的"也可能是最忙的线路"删了。"最长"是确定性的事实，"最忙"属于推测性的内容，删掉让报道更严谨。

3. 公众号推文的小标题使用的是阿拉伯数字"1""2""3"，报纸稿件改成了"乘客轮流举起陌生人的小孩""这种激动'像身处贫困的人突然中了彩票'""乘客大多就近下车，也有人没能走出5号线"。改后，更符合报纸阅读特点。

4. 报纸稿件把"都市生活里，很少有人对一场雨表露出过分地担忧"中的"地"，改成了"的"。

5. 报纸稿件把"5号线的主色调是绿色，日客流量50万"中的"50

万"，改成了"50万人次"。加上数量单位表述更严谨，一旦数量单位缺失，作品审核时会被视为问题。

6. 报纸稿件把"水也已经到顶"，改成了"水已到顶"，改后更简洁。

7. 报纸稿件把"'像交代遗言'一样说着"，改成了"'像交代遗言'一样说着话"，改后加了一个"话"字。

8. 报纸稿件把"雨水不停涨"中的"雨"删了。在地下封闭的车厢里，看到的应是"水"在不停涨，而不是"雨"。

9. 报纸稿件在"有效的救援却迟迟难以联系"的句尾，加了一个"上"，变成了"……难以联系上"。

10. 报纸稿件把"但当水位过了头顶"改成了"但随着水位越涨越高"。水位一旦过了头顶，人恐怕就很难再呼吸，改后更符合实际情况。

11. 报纸稿件把"还把社交账号密码交给了同学"的"交"，改成了"发"。结合文意，在当时非正常的情况下，交流采取的是发微信的方式，而非面对面的"交"。

12. 报纸稿件把"随即紧急调救援人员赶到现场"中的"调"，改成了"调拨"。

13. 报纸稿件把"母亲则是明显的缺氧状态"中的"是"，改成了"呈现"。"呈现"有"显出；露出"的意思。

14. 报纸稿件把"当晚6点"，改成了"18时"，但改后"当晚"与"18时"放在一起不规范。

15. 报纸稿件把"直到次日凌晨5点"中"点"，改成了"时"，改后全文格式一致。

16. 报纸稿件把"安全起见"，改成了"出于安全起见"。

17. 报纸稿件把"眼前总是漆黑一片，只能偶尔看见清障车的红灯，抛锚的公交车和水里漂浮的私家车"中的第二个逗号，改成了顿号。

18. 报纸稿件把"等待的乘客静静靠墙坐成一排，十几根充电线在一百多人手里轮转"的后半句删掉了。

19. 报纸稿件把"郑州地铁公司一位安全部门的主任郑玉堂"，改成了"郑州地铁公司安全部门主任郑玉堂"。

20. 报纸稿件把"李东岳是百度郑州地铁吧的小吧主"表述中的"小"删了。

21. 报纸稿件把"这位女士已不幸去世"的"去世"改成了"遇难"。"去世"可以是因病也可以是意外，这里是意外，改成"遇难"更准确，也体现了人文关怀。

阅读+　《生死五号线》

扫码阅读获奖作品全文

（作者：杨杰、焦晶娴、卢思薇、林子璐；编辑：陈卓、李立红、张凌；原载《中国青年报》2021 年 7 月 22 日；获第三十二届中国新闻奖二等奖）

拼出来的独家爆款

在第三十二届中国新闻奖评选中，北京日报客户端稿件《四名领诵员是如何被选上的？看看他们都是谁》获评通讯二等奖。时效性强是这件获奖作品最显著的特点，最值得关注的是自这届中国新闻奖开始，通讯也可以来自客户端等新媒体平台。

（一）

第三十二届中国新闻奖评选改革后，通讯是基础类 14 个奖项之一，具体要求为：翔实报道新闻人物、事件的新闻作品。应主题鲜明，选材典型，结构合理，表述生动，感染力强。单从奖项上看，这届评选共评出获奖通讯 33 件，其中特别奖 1 件、一等奖 5 件、二等奖 11 件、三等奖 16 件。

值得关注的是，中国新闻奖评选改革后，重大主题报道、国际传播、典型报道、舆论监督报道等专门类奖项体裁可以是通讯，也可以是别的体裁。第三十二届中国新闻奖专门类奖项中，体裁属于通讯的共有 20 件，其中一等奖 3 件、二等奖 7 件、三等奖 10 件。这样算下来，这届评选共有 53 件通讯作品获奖，占获奖作品总数的 14%。这 53 件作品中报纸作品 43 件，占了大头，通讯社作品 5 件、期刊作品 3 件。

最值得关注的是获通讯二等奖的北京日报客户端作品《四名领诵员是如何被选上的？看看他们都是谁》和获国际传播三等奖的科技日报微信公众号作品《惊人发现！美国 2008 年已人工合成 SARS 样冠状病毒》。这两件作品的共同点都是在新媒体平台上发布的，只不过一个发在了自主阵地，一个发在了第三方平台，另一个共同点是稿件没有在《北京日报》《科技日报》上刊发。可以说，自中国新闻奖设立以来，此前评出的获奖通讯要么刊发在报纸上，要么是新华社、中国新闻社播发的通稿。通讯也可以是新媒体平台上发布的作品，这一变化具有划时代的意义，适应了媒体融合发展的趋势和要求。

（二）

北京日报报业集团社委会主任委员、社长赵靖云认为，融合的水平决定了融合报道的水平，平时的水平决定了战时水平。战时的经验要应用于平时，重大报道的经验要应用于日常。《四名领诵员是如何被选上的？看看他们都是谁》的获奖也印证了这一点。之前，很多获奖通讯都是精雕细琢，数易其稿，全媒体时代的通讯对发稿的时效性要求更高，这更加考验媒体人的文字功底和全媒体传播能力。

媒体融合要真正解决"融"和"通"的问题，必须改变生产关系，从体制机制下手，带动观念深刻转变。2018 年 7 月，《北京日报报业集团深化改革融合发展工作方案》经北京市委深改组会议审议通过。具体内容主要有：一是快速"止血"，果断关停生存困难、影响力弱小的报刊，腾出资源和采编力量转场融媒体；二是确定新的产品体系；三是重构内容生产流程；四是调整组织架构，整合北京日报、北京晚报采编体系，将两大编辑部打通，每个生产部门都面向北京日报、北京晚报、新媒体端口进行融媒体内容生产；五是构建融媒体薪酬绩效体系。[①]

2018 年 10 月 9 日，作为京报集团融合发展的主打产品，定位"新闻＋政务"的北京日报客户端 2.0 版上线，7×24 小时不间断地为用户提供即时新闻、全面的北京消息、权威的政策解读、深刻的时事分析、贴心的政务服务。"曾有央媒的同行问我们，为什么北京日报客户端的新闻能快人一步，其实我们就是靠人盯，争分夺秒，拼手拼脑拼经验。"做客户端是一项非常艰辛的工作，新的生产模式要求随时响应，不间断地提供即时新闻。从时间上看，北

---

① 李佳咪：《怎么融合、靠什么融合、为什么融合——专访北京日报报业集团社委会主任委员、社长赵靖云》，《新闻与写作》2021 年第 7 期。

京日报客户端起步不算早，但后发优势明显。①

2023 年 10 月，北京日报超级客户端上线试运行。此次北京日报客户端迭代升级为超级客户端（3.0 版），聚合京报集团旗下报、网、端、微、屏所有内容，以图文、音视频全媒体形态呈现。一端在手，用户可尽览京报集团所有优质内容。"我的客户端"是超级客户端的一大亮点。在这里，用户就是主编，可自行定义"我的客户端"的频道、栏目、专题，也可以关注喜欢的记者，想获得什么样的资讯服务自己说了算，订阅的内容模块可以自由拖放摆布，哪个放头条，哪个放二条……新闻客户端从此告别千人一面。在"北京号"板块，400 多个政务和机构官方账号为用户提供权威、立体的信息服务。②

（三）

像庆祝中国共产党成立 100 周年大会这样的重大政治活动，北京日报当然比其他省级媒体有优势。对这次大会的报道，在各大中央媒体将重点聚焦于盛会的宏大之时，北京日报社近 30 人的现场报道团队，以领诵员、党徽年号台、服装、鸽子、气球、请柬等小视角切入，原创稿件约 100 篇，爆款产品频出。③有人评价，《四名领诵员是如何被选上的？看看他们都是谁》是以"剑走偏锋"的特殊性收获了大流量——客户端阅读量达到 132 万人次，为北京日报客户端创办后历史最高，北京晚报主持的微博话题 # 四名领诵员是如何被选上的 # 阅读量超过 4 亿人次。④

恐怕这不是简单的"剑走偏锋"。这背后，更多的是凭借前方记者的准确预判、扎实采访和后方编辑的精心制作，做到及时推送。⑤也有人认为，这是报社融媒体改革成果的一次集中体现。之所以能发得这么快、点这么准，

---

① 邱伟：《激流勇进推动融合转型》，《北京日报》2022 年 9 月 30 日。
② 《北京日报超级客户端来了！"超级"在哪里？》，北京日报客户端 2023 年 10 月 16 日。
③ 李瑶：《让宏大饱含温度：大型主题报道的"小角度"叙事——以党报的全媒体实践为例》，《新闻世界》2022 年第 1 期。
④ 脱润萱、任鹏飞：《融媒体语境下新闻媒体的守正与创新——以建党 100 周年报道为例》，《中国记者》2021 年第 8 期。
⑤ 高海珍、杨萌：《重塑连接能力　扩大党报朋友圈——以北京日报客户端发展路径为例》，《中国报业》2022 年第 5 期。

背后是融媒体改革中采编团队长期训练形成的"肌肉记忆"。每逢重大事件和重大报道，采访团队都会力求提前制作好稿件给客户端编辑，由编辑团队润色、配图、做标题，判断潜在的爆款，根据直播或前方记者通知及时发布，前后方精密配合，如同钟表计时。①

有人评价，《四名领诵员是如何被选上的？看看他们都是谁》独家报道了庆祝中国共产党成立 100 周年大会上 4 名领诵员背后的故事。作品紧扣万众瞩目的建党百年庆祝大会，正面展现了新时代中国青少年风貌，弘扬了时代正能量。②北京记协推荐这篇稿件参评中国新闻奖时给出的理由之一是："准确预判、提前采访、精准发布，在新媒体传播中，无论是采写还是编发，这篇稿件的前后方配合程度高，采写细致动人，抓住读者关注点，才实现了非常好的传播效果。"③

（四）

全媒体时代，独家报道更加可遇不可求，北京日报能在众多央媒的眼皮子底下抓到这样的独家报道，本身就有值得说道之处。建党百年庆祝大会亮点很多，其中的千人献词是在天安门广场举办大型广场活动以来的首次尝试。北京日报社前方记者叶晓彦在报道策划阶段就已经预判到站在队伍最前方、天安门城楼正下方的 4 名领诵员会受到关注。

采访广场演出总导演时，叶晓彦趁机提出了采访领诵员的诉求，导演直接帮她对接了另一个导演，发了提纲之后很快约上了采访。中午 12 时接到通知，下午 4 时可采访，报道组半小时完成集结，3 小时完成了对 10 名领诵员和两位培训老师的采访。采访采取流水线作业的方式，文字记者分批采访领诵员，之后领诵员去视频记者那里拍视频，摄影记者随机抓拍。最终上场的

① 王然：《传统媒体自主可控平台的突围——以北京日报客户端实践为例》，《新闻战线》2023 年第 4 期。

② 游舒乔：《教育类新闻如何迸发生命力——以中国新闻奖教育类获奖作品为例》，《全媒体探索》2023 年第 4 期。

③ 《中国新闻奖参评作品推荐表〈四名领诵员是如何被选上的？看看他们都是谁〉》，中国记协网 2022 年 11 月 1 日。

领诵员只有 4 名，设计的报道方案是 10 人全采，4 名最终上场的挑出来单发，没上的 6 名也可以作为幕后故事来用。①

这个过程中有很多值得说道的地方：一是能不能提前做出准确研判，判断出什么内容受关注；二是有了明确方向后，能不能找到突破采访的路径和方法；三是时间紧、任务重，现场怎么进行分工协作，并对后期发稿及时提前安排；四是在非指令的情况下，如何积极主动有所作为……如此看来，这篇稿件能成为爆款并获奖，似乎也不是偶然。

有媒体人根据经验判断，庆祝大会是七一当天全国最大的事，如果能产生爆款，必定会从这里出，究竟哪篇能成爆款，说不好，但可以肯定的是独家稿件的概率最大。让人感动的是，北京日报社记者在大会举办当天凌晨，现场蹲点数小时拿到最终入选的 4 名领诵员的名单，克服现场通信不畅困难，第一时间交给后方编辑。几位参与采写的记者后来直言，前期完成了采访并成稿，如果没有后方的紧密配合，这篇稿件也不会迅速成为爆款。②

当时，北京日报客户端制订了两套方案：一旦发现别的媒体推了类似稿件，马上就推；如果别人都没推送，就在节目气氛烘托起来的时候再推送。幸运的是，一直没有媒体推送类似的稿件，于是北京日报客户端选择 4 名领诵员齐声朗诵后推送。发布后不到半小时，后台阅读量显示这条冲得很猛，随后编辑采取了置顶、换图等操作，巩固流量，后来因为访问量太大，服务器崩溃了五六次。当天，北京日报客户端阅读量排名前十位的稿件，前两名分别是《四名领诵员是如何被选上的？看看他们都是谁》《6 名未能上场的预备领诵员，他们也是棒棒哒！》。③

根据《北京晚报》当天的报道："早上 8 时 19 分，当中国传媒大学播音与主持艺术专业的大三学生冯琳，领诵出第一句献词时，来自北京大中小学

---

① 叶晓彦：《一次宝贵的采访经历》，出自《广场"领诵员"爆款是这样挖出来的！》，"北京日报嘚吧嘚"微信公众号 2021 年 8 月 12 日。

② 叶晓彦等：《在今后的工作中再接再厉》，出自《报社 5 件作品获中国新闻奖！听获奖者怎么说——》，"北京日报嘚吧嘚"微信公众号 2022 年 11 月 18 日。

③ 巩峥：《做好预案，临场调整》，出自《"领诵员"爆款，客户端编辑是如何把握推送时机的？》，"北京日报嘚吧嘚"微信公众号 2021 年 8 月 17 日。

青少年组成的千人献词团，亮相于全国人民面前。"[①]北京日报客户端显示《四名领诵员是如何被选上的？看看他们都是谁》的发布时间是 8 时 20 分，这个速度也真够快的。

有人分析，这篇稿件能成为爆款，背后的逻辑是：领诵员们与大团队朗诵的内容，述说了筚路蓝缕、坚忍不拔、光辉灿烂的百年历程，唤起了广大观众心底里对于共同信仰的记忆，形成了强烈的共鸣，节目因此成了热点，与节目相关的内容也都变得更抓眼球。这正是这篇报道能成为爆款的心理基础。明晰这一点很重要，为今后的新闻产品制作指明了方向，也给了十足的底气。[②]但叶晓彦认为，这篇稿件能成为爆款，既在于正好触碰了广大家长的神经，都想知道谁家的孩子这么优秀，也在于后方的精准判断，在准确的时间推送出去。

值得一提的是，4 名领诵员之一的中国传媒大学学生冯琳是浙江嘉兴人，发现这个传播点后，嘉兴日报报业传媒集团读嘉客户端在北京日报客户端稿件基础上，迅速推送了《四名领诵员是如何被选上的？其中一名是嘉兴人》，这在嘉兴形成了"霸屏效应"。这个二次传播成为爆款也带来了三点启示：一是在海量信息传播的当下，迫切需要更敏感的新闻捕捉，即在"茫茫大海"中第一时间发现"硬核新闻"；二是要抓准硬核新闻，就需要敏锐的发现力；三是在发现"硬核新闻"之后，十分关键的就是快速反应，高效率、高质量地推进新闻发现及作品生产，哪怕"早一分钟也好"。[③]

（五）

《四名领诵员是如何被选上的？看看他们都是谁》将近 3000 字，正文有四个小标题，每个人是独立的一部分。四个小标题分别为：彭友馨"为了准

---

① 赵莹莹：《"请党放心，强国有我！"》，《北京晚报》2021 年 7 月 1 日。

② 巩峥：《流量与正能量双赢的实现路径浅析——以北京日报客户端"四名领诵员"爆款文章为例》，《南方传媒研究》2021 年第 4 期。

③ 陶克强：《一条二次传播稿缘何成为爆款——以〈四名领诵员是如何被选上的？其中一名是嘉兴人〉为例》，《传媒评论》2021 年第 8 期。

确表达一句话，到处喊'妈妈'"；冯琳"'红船'故里的姑娘向党抒发最真挚情感"；姚牧晨"这个夏天，注定会让我铭记终生"；赵建铭"非科班'黑马'的逆袭路"。这篇报道在客户端上发布时是文图模式，除发了一张来自新华社客户端的 4 人的合影外，还与文字一起配发了个人照片，但没有发视频。稿件文尾有链接《6 名未能上场的预备领诵员，他们也是棒棒哒！》。

巧合的是，这篇稿件作者之一的叶晓彦采写的 700 多字的《丢失纪念章31 小时后，老人获赠新奖章》，在第三十一届中国新闻奖评选中获评文字通讯与深度报道二等奖。那天采写结束后，她给一位多年的好友发了一条信息。"今天很开心，为一位 92 岁的老兵牵线搭桥，让他重获丢失的抗美援朝纪念章。又找到了咱们当年采访的感觉了。"这位好友已经不在新闻战线工作，但十多年前两人曾一起采访过很多民生类稿件，帮助过很多人。发出了这条信息，叶晓彦心中涌动着一种难以平复的兴奋。她忽然意识到，做了 15 年记者，初心一直都在。刚做记者的那几年，她一直在热线部，每当报道能为被采访对象带来帮助的时候，带给她的那种心情跟这次是一模一样的，采访的辛苦根本不算什么。[①]

叶晓彦的作品连续获评中国新闻奖，只是一个巧合吗？从她身上，也可以看到媒体人的职业精神。对于《四名领诵员是如何被选上的？看看他们都是谁》能获奖，在叶晓彦看来，重大选题同题报道中的报道内容，只有选择受众最关心的、最贴近百姓生活的角度，并在稿件中呈现一定的专业品质和职业素养，这样的稿件才能出奇制胜。[②]

从赏析的角度而言，作为获奖通讯，这篇报道的优点主要体现在独家和快速发布，稿件在文本写作上很难说有多么出彩。作为 4 名作者之一的叶晓彦也坦承，有些遗憾的是稿件应该写得更精致，回头看略显粗糙和仓促了一些。[③]

---

① 叶晓彦：《干了 15 年记者，我的初心一直都在》，出自《讲出好故事！北京日报社这四件作品斩获中国新闻奖》，"北京日报嘚吧嘚"微信公众号 2021 年 11 月 7 日。

② 叶晓彦：《同题报道如何做出"爆款"——以〈四名领诵员是如何被选上的？看看他们都是谁〉为例》，《新闻与写作》2021 年第 11 期。

③ 叶晓彦：《一次宝贵的采访经历》，出自《广场"领诵员"爆款是这样挖出来的！》，"北京日报嘚吧嘚"微信公众号 2021 年 8 月 12 日。

稿件标题直奔主题，很直观，符合网络传播的特性，但少了通讯应有的味道。标题上是"四名"，而正文第 1 段用的是"四位"，后面又用的是"四个人"，而文尾链接的稿件标题中又出现了"6 名"，显得全文格式不统一。稿件开头"在庆祝中国共产党成立 100 周年大会上，天安门城楼前的千人献词团备受瞩目。而在献词方阵的最前面，是四位经过层层选拔，脱颖而出的领诵员。他们都是谁？是如何选拔出来的？"这句话看不出最新的时间元素。另外，稿件配图既无标注来源，也没有图片说明，不够规范。

2021 年 7 月 1 日下午出版的《北京晚报》刊发了这篇稿件，不仅大标题、小标题都略有改动，正文的一些字词和表述与北京日报客户端稿件相比也有多处改动。例如，客户端稿件"其实我到现在还是懵的"中的"懵"，《北京晚报》改成了"蒙"。根据《现代汉语词典》"蒙"有"昏迷；神志不清"之意，如"头发蒙"，而"懵"的解释只有"懵懂"，"懵懂"的意思是"糊涂；不明事理"。再如，"发现是个可塑之才"中的"才"，《北京晚报》改成了"材"。"才"与"材"容易混淆。"才"有"才能""从才能方面指某类人"之意，如"人才""才华""成才"；"材"的意思之一是"指某类人"，常见的词语有"蠢材""栋梁之材""大材小用"等。另外，《北京晚报》还把"赵建铭平时没少下工夫"中的"工夫"改为了"功夫"，把"但朗诵可远没有自己想象得那么轻松"中的"得"改为了"的"。

"工夫"与"功夫"比较容易混淆，用法值得注意。在第三十三届中国新闻奖审核工作中，"工夫"与"功夫"等同音词是否误用，是审核的内容之一。①"工夫"作为名词有三重意思：一是指"时间（指占用的时间）"，如"他三天工夫就学会了游泳"；二是指"空闲时间"，如"明天有工夫再来玩儿吧"；三是指方言"时候"，如"我当闺女那工夫，婚姻全凭父母之命，媒妁之言"。而"功夫"作为名词也有三重意思：一是指"本领；造诣"，如"他的诗功夫很深""这个杂技演员真有功夫"；二是指"武术"，如"中国功夫"；三是指

---

① 《在现场 | 第 33 届中国新闻奖评选结果公示！听审核志愿者说》，"中传新闻传播学部"微信公众号 2023 年 9 月 22 日。

"（做事）所耗费的时间和精力"，如"下功夫""苦功夫"。

阅读+　《四名领诵员是如何被选上的？看看他们都是谁》

扫码阅读获奖作品全文

（作者：叶晓彦、张楠、孙延安、蔡代征；编辑：杨萌、杨滨、巩峥；原载北京日报客户端 2021 年 7 月 1 日；获第三十二届中国新闻奖二等奖）

提前谋划发稿渠道

在第二十一届中国新闻奖评选中，新华社记者周科拍摄的"春运母亲"《孩子，妈妈带你回家》获评新闻摄影二等奖。在第三十二届中国新闻奖评选中，《新华每日电讯》刊发的通讯《11 年前那位感动中国的"春运母亲"，找到了！》获评典型报道二等奖。通过回访新闻人物而再次获得中国新闻奖，这本身也比较少见。周科 2007 年从华中科技大学本科毕业后考进新华社当记者，这些年来先后干过摄影记者、视频记者和文字记者。

（一）

"春运母亲"可称为"标志性照片"。标志性照片（iconic photographs）是指被广泛传播、具有强大的象征意义的图像，其能够促进公众的讨论，并融入集体记忆的结构中。[①]2010 年全国春运首日，新华社记者周科拍了一张照片：一位年轻的母亲，背上巨大的行囊压弯了她的身躯，手里的背包眼看拖地，但揽在右臂中的婴孩整洁而温暖。抬头前行的年轻母亲面色红润，一双大眼睛坚定有力。[②] 这张直击人心的照片被称为"春运母亲"，被数百家网站和报纸选用，成为当年的"春运表情"。这张照片后获评中国新闻摄影年度金奖和中国新闻奖，每年的春运和母亲节等重要时间节点，"春运母亲"这张照片总会被人们津津乐道。因为这张照片，央视新闻频道曾给了周科 3 分钟的出镜画面和同期声采访。

---

① 龚新琼：《标志性照片的力量：图像叙事互文链的生成与传播——以"春运母亲"照片为例》，《传媒》2022 年第 12 期。

② 任冠青：《把由"春运母亲"引发的感动和思考传递出去》，《中国记者》2021 年第 5 期。

　　这张照片其实是周科在火车站抓拍到的。2010 年 1 月 30 日一大早，当时在新华社江西分社工作的周科背着相机来到南昌火车站采访。这是他第二年报道春运，也是他参加工作的第三年。按照惯例，拍完车站启动仪式上的一些活动后，周科便打算返回单位发稿，但他多少心有不甘。春运第一天，全国每个火车站都是千篇一律的仪式，镜头画面大同小异，发到新华社稿库很容易就被淹没。于是，他换上长焦镜头，打算抓拍旅客返家的各类表情，从另一个角度来看春运。没过多久，一位年轻的母亲出现在远方，并朝进站口方向走来。她肩扛着超大行囊，左手拎着一个破旧的双肩包，右手抱着襁褓中的孩子，特别显眼。那一刻，周科被这一形象深深震撼，丝毫没有犹豫便拿起相机，蹲下身来，在她距离周科十几米远的时候把镜头推了上去。巧合的是，这位母亲原本一直低着头走路，当周科按下快门的瞬间，她突然抬起头望向前方。周科抓紧连按了几下快门，抓拍到这位年轻母亲一瞬间的形象和坚定的眼神。就在这时，不少摄影记者也追了过来。拍摄完成后，周科跑到这位母亲面前，询问是否需要帮助，同时了解了她的基本情况，并表明想继续采访。但她只是摇了摇头，向进站口方向走去。[①]

　　周科认为，当时能抓拍到"春运母亲"的典型瞬间离不开两点：一是她突然出现的偶然性；二是他对突发状况早已有所准备的必然性，抓拍成功跟他当时的新闻热情和好奇心有关。[②] 进入新华社工作后，周科发表了上万张新闻照片，"春运母亲"只是其中之一，能抓拍到"春运母亲"并不全是运气。2007 年从华中科技大学毕业后，周科清晰地记得，走进新华社那天的内心忐忑，不知道自己能否胜任这份崇高的职业。周科一开始当摄影记者，但由于没有摄影实践经历，不会用长焦和广角镜头，他只能拿着相机说明书，边学习边拍摄。在工作的最初几年，他习惯每天熬夜把新华社待编稿库和成品稿库中的文字、图片等稿件看完，一是学习他人的写作和构图，二是熟悉新华社的发稿题材。与此同时，他还经常浏览稿件的采用情况，看看哪些题材受

①　周科：《她脸上的笑容始终灿烂》，《新华每日电讯》2021 年 2 月 2 日。
②　曹林：《以职业激情在"常规框架"中找寻新闻点——访"春运母亲"拍摄者、新华社记者周科》，《青年记者》2021 年第 17 期。

到用户欢迎。

在新华社当记者，一般都是专职干某一个工种，但周科一直兼顾文、图、视频三种报道形式，很多时候他都是一个人带着照相机、摄像机、三脚架、电脑等设备外出采访，这在别人眼中可能认为是"吃力不讨好"，因为有的工种可能不算在考核内，还要耗费时间、体力和精力。但他坚信，年轻人吃点亏多干活，多掌握一些技能，总是有好处的。[①]

（二）

所谓回访报道，是指针对曾经报道过的新闻事件或者新闻人物再次进行报道。回访报道需进行全新的议题设置，进一步深度挖掘新闻事件背后的新闻价值，特别是对重大新闻事件的报道，一石激起千层浪，容易引起广泛的讨论和强烈的反响。[②]《11年前那位感动中国的"春运母亲"，找到了！》就是一次成功的回访报道。

周科多年来一直关心着"春运母亲"的命运，遗憾的是当年没有留下她的联系方式。多少个日夜里，周科闭上眼睛总会想起这位母亲。她是谁、身在何处、现在过得怎么样？寻找她，既是一种深情的牵挂，也是一种深沉的情结。寻找她，既是想知道她过得好不好，也是想探求时代变迁中的个体命运，更是试图在丰富的人生况味中找到一种熨帖人心的答案。[③]

每到基层采访，周科就拿出手机给对方看照片，希望寻找到蛛丝马迹。在江西工作7年时间，周科跑遍了赣鄱大地的100个县市区。调到山东和广东工作后，他依然没有放弃寻找，还委托过贵州、广西、四川等地的朋友和同事帮忙打听，并在网上发布寻找信息。这些年，有的说"春运母亲"是浙江的，有的说她是安徽的，后来才锁定凉山州越西县，越西恰好也是广东佛山对口扶贫所在地。2020年底，根据网民和关注者提供的信息，在佛山扶贫

---

① 周科：《在时代坐标中把准历史方位——一位新华社地方分社记者的实操手记》，《中国记者》2021年第10期。

② 张学文：《运用回访报道提高新闻舆论"四力"》，《新闻战线》2019年第23期。

③ 周科：《共鸣、共情、共振——以"春运母亲"报道为例》，《新闻战线》2021年第5期。

工作组的帮助下，周科在四川省凉山彝族自治州越西县瓦岩乡桃园村找到了这位 32 岁的母亲巴木玉布木。[①]

周科当时想，大凉山是我国深度贫困地区之一，如果她是贫困户，在脱贫攻坚战中脱贫了，就是一个非常好的选题。如果不是，她和怀抱中的孩子 11 年的变化，也是一个今昔对比的好镜头。2021 年 1 月 19 日，新华社记者周科和李思佳来到桃园村，见到了巴木玉布木，翻开了她背后的 11 年生活历程和变化。[②]

2021 年 2 月 2 日，农历腊月二十一，《新华每日电讯》以整版的篇幅刊发了《11 年前那位感动中国的"春运母亲"，找到了！》和周科的记者手记《她脸上的笑容始终灿烂》。版面的中心位置配发了 4 张照片，左边是 2010 年拍摄的"春运母亲"的照片，右边是 2021 年拍摄的 3 张照片，从上到下依次为"春运母亲"巴木玉布木和孩子们在新建的房子门口的合影、巴木玉布木和小女儿在一起玩耍的情景、新华社记者周科和巴木玉布木的合影。

有人评价，11 年后，脱贫攻坚战收官之年，记者找到这位母亲，通过她 11 年来的生活变化，生动展现脱贫攻坚成果，鲜活、接地气的人物故事，让读者看到了这位母亲的坚强和伟大，更看到了国家精准扶贫的意义所在。这篇报道取得如此大的反响，既得益于内容，也得益于其精准的发布时机。既是回望过去、展望未来之时，更是脱贫攻坚的收官之时，社会高度关注群众生活改善情况，这篇报道的出现恰逢其时。[③]

（三）

全媒体时代，单纯刊发在报纸版面的作品很难产生重大社会影响，必须通过融合传播实现效果最大化，既要用好自主平台，也要用好第三方平台。主流媒体移动端建设经历了不同阶段，从最初的手机报，到现在的新闻客户

---

① 曹林：《以职业激情在"常规框架"中找寻新闻点——访"春运母亲"拍摄者、新华社记者周科》，《青年记者》2021 年第 17 期。

② 周科、李思佳、张博令：《一张照片背后的行进中国》，《中国记者》2021 年第 3 期。

③ 杨小燕：《融媒体时代党媒创新发展的新特征及启示》，《新闻世界》2021 年第 9 期。

端，传播渠道不断扩展、壮大，形成了具有自身特色的移动传播矩阵。但面临快速发展的商业平台和技术变革，主流媒体仅靠自身力量还远远不够，移动端的争夺必须敞开胸怀、兼容并包，善于借船出海、扬帆远航，主动与各类强势媒体合作，利用多样化的传播平台扩大粉丝规模，推动主流价值的广泛传播。前期采访时，周科等人就提前谋划了发稿渠道。

《11 年前那位感动中国的"春运母亲"，找到了！》在微信、微博、客户端、抖音等多平台推送，新华每日电讯相关微博话题浏览量突破 2 亿次，新华社推特、脸谱等账号相关英文推文浏览量超过 416 万次，各大央媒等 300 多家主流媒体也纷纷转发并配发评论，形成矩阵式传播效应。根据 2021 年 2 月 2 日下午 4 时 35 分百度热榜的数据，"11 年前那位春运母亲找到了"排名第八，搜索量达 369 万次。2 月 3 日上午 10 时百度热榜显示"央视评春运母亲再次打动国人"排名第九，搜索量达 361 万次。2 月 5 日，《新华每日电讯》头版刊发《每日电讯寻访"春运母亲"的报道，为何让华春莹连发 4 条推文点赞？》，仅在新华每日电讯微信公众号后台留言就达 11000 多条。①

这篇稿件在新华每日电讯微信公众号上推送时，除文字、组照之外还配发了一条时长近 5 分钟的视频。这一融合报道引发巨大社会关注之后，新华社又推出了《"春运母亲"11 年后为何仍然击中人心》《"春运母亲"背后的彝族女性命运之变》等报道，并在《新春走基层》专栏推出《"春运母亲"命运之变，是脱贫攻坚最生动的故事》《从山到海，"春运母亲"开启海上养殖新职业》等报道。此组融媒体回访报道，是对脱贫攻坚工作的生动刻画，是这个奋进时代的亮眼注脚，引起了千万网友的共鸣。②

新华社评选 2021 年上半年社级好稿，融合报道作品《11 年前那位感动中国的"春运母亲"，找到了！》以高票荣登榜首。这篇稿件，不仅获新华社党组通令嘉奖，还获得了 2021 年中央新闻单位青年记者践行"四力"交流活动一等奖。有人评价这篇报道"是脱贫攻坚报道中的精品，达到了镇版、刷

---

① 朱可江：《小切口里寻找时代经典意象——由"春运母亲"回访报道看新闻的观照》，《中国地市报人》2021 年第 9 期。

② 刘晖：《媒体融合背景下做好回访报道的关键》，《中国记者》2022 年第 7 期。

屏之效"①。一系列数据和殊荣让周科倍感欣慰和自豪，也让他更加坚信好的新闻报道在任何时代都是有市场的，要一辈子走好新闻这条路，新闻业不是许多人口中常悲叹的"夕阳行业"。他认为，记者应该掌握"十八般武艺"，新闻报道适合哪种形式就采用哪种形式，尤其是媒体转型时代，更需要做一个本领高强的记者，毕竟技多不压身。②

（四）

不到 4000 字的《11 年前那位感动中国的"春运母亲"，找到了！》，正文分为三个部分："住上不漏雨的房子，是我儿时的梦想"；"打工一个月能挣五六百块钱，比家里种地要强"；"无论生活有多难，我们都要勇敢向前"。这三个部分每个部分其实都有一个主题词，第一部分重点写"房子"，第二部分重点写"打工"，第三部分重点写"向前"，三个部分很巧妙地把过去、现在和未来勾连在了一起。

胸中装有大局，笔下方有细节。周科说，新华社教会了他要有大视野、高站位，站在天安门上看问题。正因如此，这篇报道没有停留在个人命运、本身家庭境况上，而是将其置于中国这些年经济社会发展的大背景下，揭示的是脱贫攻坚行动、少数民族政策的成效和力量，还有广大人民群众为创造美好生活奋斗的精神，从而增加了报道的思想深度。他始终相信，只要用心用情去感知这个大时代，小稿子可做大，大稿子可做强、做出影响力。他认为，当好一名记者应具备三个条件：敬业精神、职业操守、专业素养。敬业是态度，职业是规范，专业是技能，三者缺一不可。如果只是坐在办公室里编材料，这样的工作状态走不远，也保持不了多久的激情，更没有读者愿意看。③

这篇稿件写作上亦有技巧。导语部分，通过周科与这位母亲跨越 11 年的

---

① 雒国成：《新范畴 新表达 新视角——青年记者践行"四力"获奖作品评析》，《中国记者》2021 年第 5 期。

② 曹林：《以职业激情在"常规框架"中找寻新闻点——访"春运母亲"拍摄者、新华社记者周科》，《青年记者》2021 年第 17 期。

③ 周科：《在时代坐标中把准历史方位——一位新华社地方分社记者的实操手记》，《中国记者》2021 年第 10 期。

见面背景介绍引人入胜；第一部分，为了不让大家对这位母亲带襁褓中的婴儿外出打工产生反感，他特意把她家 11 年前的吃穿住行等生活穷困情况娓娓道来，埋下不打工不行的伏笔，给读者一个逐渐接受的过程；第二部分，特意把孩子去世、超生等内容隐藏在这部分，一个月打工收入不过五六百元，但是可以让孩子们过得好一些，这样读者因为孩子去世产生的心理上的不适会降低；第三部分，从家人生活之变升华脱贫攻坚大主题，也表现一个母亲由于坚强乐观，迎来欣欣向荣的美好生活。

当年照片中在巴木玉布木怀里的那个孩子后来夭折了，让人很难过。周科坦承，得知巴木玉布木当年怀抱中的孩子早已病逝时，他顿时陷入了极度痛苦之中，不是因为能不能发稿，而是作为一个自然人的情感迸发。他不曾想过，11 年来在脑海中日夜思念的一个天真活泼的孩子竟然是一片空白，眼泪忍不住夺眶而出，心情急转直下。其间，周科一度疑惑：怀抱中的孩子已经夭折，报道基调如何把握？读者会不会从道德层面抨击他？这位母亲 16 岁出嫁，生育 6 个孩子（其中 2 个夭折），婚育年龄和超生问题如何处理？ 11 年前她的家乡依然穷苦，教育、医疗、交通等状况都非常落后，报道今天的成就会不会引起人们的不适？

3 天的交流，周科的情绪从高昂到低落，又再次变得高昂起来。他想，当年那个孩子的离世是人生的不幸，孩子的离世正是因为贫穷，这更加凸显了脱贫攻坚的重要性。通过复盘，他重新回到了最初设想的报道主题。他曾想过忽略孩子离世、早嫁、超生等细节，但是再一细想，报道出来后，肯定会有地方媒体跟进深挖，同样会把这些情况"曝光"，到时他还落得一个失实的"罪名"。经过深入思考，并与新华社总社编辑部门深入沟通，最后达成一致：用朴实的语言原原本本记录这位母亲的真实情况，不掺杂个人感情。①

2023 年 1 月 16 日，《新华每日电讯》在《新春走基层》栏目刊发《"春运母亲"回家了》的报道，再次关注巴木玉布木。春节后，她不打算再外出，

---

① 曹林：《以职业激情在"常规框架"中找寻新闻点——访"春运母亲"拍摄者、新华社记者周科》，《青年记者》2021 年第 17 期。

家乡的变化让她有了新选择。新成昆铁路缩短了越西与外界的时空距离，如今当地有了花椒、苹果、山泉水等产业，还有了千亩花椒州级示范基地、万亩烤烟省级示范基地。夫妻俩流转了 20 多亩土地，每亩特色种植可纯收入 3000 元，总体和外出务工差不多，还能照顾老人和孩子。周科准备在"春运母亲"人生的重要节点继续进行跟踪报道，比如，她第一个孩子考上大学，没读过一天书的她送孩子上学的场景；再如，她的几个孩子走出大山，到大城市工作等，通过她们体现祖国日新月异的变化，从而构成每一个时代的缩影。

从赏析的角度而言，这篇获奖报道也有可探讨之处。这算不算典型报道？典型报道是第三十二届中国新闻奖改革后新设立的 6 个专门类奖项之一，不限体裁，可以是通讯，也可以是其他体裁的作品，具体要求为"报道全国性或区域性先进人物、先进集体、先进事迹、先进经验的新闻作品。应具有时代性、典型性、代表性，受众面广，影响力大"。这篇报道获奖，也刷新了对典型报道的认知。"春运母亲"是个新闻人物，也有一定的典型性，但按照传统的典型人物报道的标准，很难归为全国性或区域性先进人物的范畴。这说明，典型报道不一定都是对全国性或区域性先进人物或集体的报道，也可以是对时代大背景下具有一定典型性人物的报道。

人民网全媒体制作一部主任、第二十八届中国新闻奖特别奖获得者雷阳在点评这篇稿件时说，如此可遇不可求的好故事，期待细节再饱满些，呈现方式再丰富些，便会让新闻作品的生命力和给予公众的力量感更为持久。[①]值得注意的是，稿件中第一个小标题加了引号——"住上不漏雨的房子，是我儿时的梦想"，但这与正文对应的话并不完全一致——"住上这栋大雨漏不进去、寒风吹不进来的房子，小时候做梦都想。"稿件标题上用了"春运母亲"，算是提炼了一个标签，但正文却没有这个词。600 多字的导语虽然把事情的前因后果讲清楚了，但显得略长。稿件的引题和主题加起来有 55 个字符，比较长，不够简洁，少了文字通讯应有的美感。《新华每日电讯》刊发的通讯

---

① 雷阳：《〈11 年前那位感动中国的"春运母亲"，找到了！〉专家点评》，《中国记者》2021 年第 3 期。

《"七虎"竞南通》，在第三十三届中国新闻奖评选中获评典型报道一等奖，这篇稿件是一个单行题，没有引题或副题，但很巧妙地反映了全文主旨——江苏南通下辖的 7 个县、市、区像老虎一样"谁都不服输"，相互竞争，你追我赶，一个"竞"字生动反映了南通高质量发展的精气神，折射出长三角一体化发展国家战略带来的喜人变化。这说明，通讯的标题即便不长，也可以做到出彩。

阅读+　《11 年前那位感动中国的"春运母亲"，找到了！》

扫码阅读获奖作品全文

（作者：周科、李思佳；编辑：强晓玲、刘梦妮、刘小草；原载《新华每日电讯》2021 年 2 月 2 日；获第三十二届中国新闻奖二等奖）

正能量成为大流量

在第三十二届中国新闻奖评选中，《河南日报》作品《一万个馕　九千里路》获评通讯三等奖。短是此稿的一大特点，正文不足千字。用不到千字写好一个暖心故事，本身也是对文字功底的考验。

事情的经过并不复杂。2021 年 7 月，河南多地因暴雨受灾，身处新疆喀什的维吾尔族同胞伊敏江·库尔班一直密切关注着河南暴雨灾情，在刷短视频时看到了扶沟县红十字会发出的求援信息，他萌发了一个念头，要做点什么。带着一万个馕，两天三夜，行程九千里，伊敏江·库尔班把爱心物资送到了扶沟县崔桥镇一中安置点。《一万个馕　九千里路》就是对这件事的报道。

馕古称"胡饼"，它的制作已有 2000 多年的历史。馕作为新疆极具代表性的食物，在重大突发公共事件中无一例外被作为"礼物"赠给各灾区。有观点认为，这种行为在强化了人的情感对礼物的绝对主导作用的同时，也打破了礼物互惠原则中的平衡性，其意义不仅仅限于赠礼双方的情感交流，对于促进社会治理、提升国家认同度、铸牢中华民族共同体意识无疑有着重要作用。①

——**争独家、抢首发**。从时间上看，伊敏江·库尔班是 2021 年 7 月 27 日凌晨抵达扶沟的，在短暂休息后，就去了崔桥镇一中安置点。7 月 28 日上午，《一万个馕　九千里路》在河南日报客户端上发布，配发了一条 1 分 19 秒的视频，视频署名为"视频拍摄：聂海　视频剪辑：李昊"。《河南日报》在 7 月 29 日头版刊发此稿，并配发了客户端稿件的二维码。这件事为何会被河南日

---

① 王祖龙：《重大突发公共事件中的馕馈赠透视》，《长江师范学院学报》2022 年第 3 期。

报社记者抓到并实现首发呢？参评中国新闻奖的材料中称，"记者得到线索后第一时间前往扶沟县"。扶沟县融媒体中心"扶沟融媒"微信公众号上，《万里驰援"馕"中情》的发布时间为"2021-07-29 09：37"；河南广播电视台大象新闻客户端显示，《V 视：一万个馕 九千里路 两天三夜》的发布时间为"2021-07-30 19：17：21"。7 月 29 日出版的《周口日报》，虽然也刊发了这个事的报道，但稿件来源为河南日报客户端，相当于周口日报没有自己的自采稿件。《一万个馕 九千里路》获评中国新闻奖再次说明，全媒体时代，争独家、抢首发仍是提高媒体传播力、影响力的重要手段。

——**主题时代性强**。河南记协推荐此稿参评中国新闻奖时给出的理由是：作品反映的是维吾尔族同胞对汉族受灾民众的深情援助，"礼"虽轻情谊却重，从一个不同民族同胞间手足相亲、守望相助的故事，折射出中华民族共同体意识日益增强的时代主题，朴实生动，稿短情长。它涵盖抗汛救灾、扶危济困、民族团结、对口援疆等社会关注的新闻元素，在不足千字的篇幅内，传递了非常丰富的内涵，是一篇难得的新闻精品。[①] 时任河南日报报业集团总编辑刘雅鸣在谈到《一万个馕 九千里路》一稿时说，"一万个馕、九千里路、两天三夜、急行军"等关键词简短明了又生动具体，文中还运用了大量直接引语，真实富有感染力，反映了"民族团结一家亲"的深厚情谊。[②] 第三十二届中国新闻奖评委、中国青年报社副总编辑吴湘韩评价说，《一万个馕 九千里路》等报道从人文关怀的视角挖掘感人故事，体现社会主义核心价值观，传播正能量，以情动人。[③]

——**文本写作精练**。《一万个馕 九千里路》在《河南日报》刊发时正文只有 850 余字，从标题到行文都很讲究。一是标题。既不同于一般的网络化标题，也不同于一般的消息式标题，这个标题有文字的魅力，有通讯的味道。"一万个馕"与"九千里路"既有对仗之感，又暗含送馕不易，背后饱含着浓浓的情谊。二是正文。用简洁的文字把整件事的来龙去脉、前因后果和社会

---

① 《中国新闻奖参评作品推荐表〈一万个馕 九千里路〉》，中国记协网 2022 年 11 月 1 日。
② 刘雅鸣：《突发事件中凡人视角的现实意义及传播策略》，《中国记者》2021 年第 10 期。
③ 《这些通讯作品靠什么获中国新闻奖｜评委有话说》，中国记协网 2023 年 2 月 2 日。

反响都讲到了——为何要送馕，如何弄到一万个馕，如何一路奔波送馕，把馕送到了哪里，送馕现场的具体情况，最后是伊敏江·库尔班的感言。三是开头。"九千里路意味着什么？意味着比目前中国最长的高速公路——连霍高速还要长，超过地球直径的三分之一……"这个开头既呼应了标题，也用类比的手法，让抽象的九千里路变得通俗直观起来。四是巧妙使用对比。比如，远行"9000 里路"和历时"两天三夜"的对比，突出了伊敏江·库尔班与时间赛跑，急于把救灾物资送到河南灾民手中的迫切心情，体现了他的辛劳。"1 万个烤馕、140 条被子和 3 万多元捐款"和"千百人的爱心"的对比，反映了新疆同胞和在新疆河南老乡对河南灾民的手足情深；"一天才挣 20 多元"和"月收入'蹿'到了 1.5 万多元"的对比，揭示了维吾尔族同胞由贫穷到富裕的变化，也暗含了知恩图报、民族团结的正能量；"1 万个馕"和"180名维吾尔族打馕人"以及"4 家合作社连续干了 8 个小时"的对比，形象地说明了参与救灾人群的广泛性和扶危济困的艰难。在抗汛救灾的大故事中嵌入对口援疆的小故事，并巧妙地把数字融入故事化的叙述手法中，是《一万个馕　九千里路》的一大特色。它使报道既显得理性和客观，又兼具可读性和感染力。①

　　——成为全国议题。这篇稿件在河南日报客户端首发后，经新华社、人民日报为代表的全国性主流媒体的二次传播，由地方议题上升为全国重要议题，在微信、微博、客户端、抖音等平台上引起全国广泛关注，其中微博话题＃维吾尔族兄弟赶制一万个馕驰援河南灾区＃阅读量超过千万。②不过，这个过千万的微博话题出自新华社，新华社微博【倾"馕"相助！＃维吾尔族兄弟赶制一万个馕驰援河南灾区＃】是"2021 年 07 月 28 日　15：15"发布的，署名为"记者任卓如　李文哲"，视频素材来源为扶沟县融媒体中心。新华社微信公众号"2021-07-28　19：06"发布《一万个馕，九千里路，两天三夜！》的推文，文尾注明来源"新华社微博"，"记者：任卓如、李文哲"。

---

① 龙鸿祥、吴淑佳、袁娟：《顺势而为立主题　精雕细琢谋精品——对第 32 届中国新闻奖获奖通讯〈一万个馕　九千里路〉的解析》，《新闻采编》2023 年第 1 期。

② 《中国新闻奖参评作品推荐表〈一万个馕　九千里路〉》，中国记协网 2022 年 11 月 1 日。

人民日报微信公众号"2021-07-29　07：24"原题转载了新华社公众号的这条推文。值得一提的是，中共新疆维吾尔自治区委统战部所属的"新疆民族团结一家亲"微信公众号2021年底推送的《21个故事，温暖了我们的2021》的盘点中，也专门提到了"一万个馕，九千里路，两天三夜"的故事。这带来的启示是，对首发报道产生的社会影响，要善于从全网全国来看，不必拘泥于媒体自身平台的数据。

从赏析的角度而言，这篇稿件也有可探讨之处。根据"扶沟融媒"微信公众号推文内容可知，伊敏江·库尔班此次倾"馕"相助的另一个原因是，他的干娘老家是扶沟县崔桥镇金指李村人。灾情发生后，他立即与干娘取得联系，询问汛情灾情，表示要去干娘的老家看一看灾情，表达一下心意。①获奖报道则没有提这方面的情况。稿件正文中的"九千里路""约9000里路""9000里路"等，表述和格式应该统一。

《一万个馕　九千里路》首发在河南日报客户端，文尾署名为"编辑：李昊"，如果作者与编辑相同，不知是否符合相关发稿规范？客户端稿件有1000多字，次日在《河南日报》见报时只有850多字，对比报与端的稿件可以发现，有多处修改。全媒体时代，很多稿件都是先在移动端首发，次日再在报纸上刊发，在移动端首发的稿件如何减少和避免差错等问题，不是个小问题。从端到报，部分改动如下：

　　1.报纸稿件把一些汉字改成了数字，路程长度加了一个"约"，改后让表述更严谨。

　　2.报纸稿件把"月收入'窜'到了一万五千多"中的"窜"改成"蹿"，"蹿"有"向上或向前跳"之意。"窜"有"乱跑；乱逃""放逐；驱逐""改动（文字）"等意思。此处如果用"窜"就错了。

　　3.报纸稿件删掉了"耗时近3个小时""虽然不值什么钱，但代表了我们的一片心意"等表述。删后更简洁，避免引发歧义。

---

① 谷志方：《万里驰援 "馕"中情》，"扶沟融媒"微信公众号2021年7月29日。

4. 报纸稿件删掉了"伊敏江一行除了上厕所，其他时间都用来赶路""除了开始的 800 多公里由其余两人交替着开，剩下的 3700 公里都是伊敏江一个人顶着"等表述。驰援灾区的心情可以理解，但安全仍是第一位的，这种急着赶路不怎么休息的做法并不值得提倡，甚至还存在安全风险，如果媒体照实刊发就存在导向问题。

5. 报纸稿件删掉了"谢谢维吾尔族的朋友们冒着酷暑、不分昼夜地赶到我们这里"的表述。"不分昼夜"同样存在安全风险，不值得倡导。

阅 读 ✚   《一万个馕　九千里路》

扫码阅读获奖作品全文

（作者：方化祎、李昊；编辑：李芳；原载《河南日报》2021 年 7 月 29 日；获第三十二届中国新闻奖三等奖）

后　记

　　《好新闻的魅力——中国新闻奖通讯作品赏析》是人民日报出版社"好新闻"系列的第四本书了，回忆整个过程，殊为不易。很多事，都是从一点一滴做起，有了日积月累，最后才可能有结果。"好新闻"系列图书能先后出版四本亦是如此，这也是我没有想到的。

　　逝者如斯夫。2024 年是我到长江日报社从事新闻工作的第十五个年头，不由得感慨时间过得真快。日复一日，年复一年，每天早出晚归，忙忙碌碌，做了很多事，但能拿出来说的似乎又不多。

　　新闻这个职业的残酷性在于，让人时常处于忙碌状态，忙着找选题、忙着采访、忙着写稿……这种忙是一种循环反复，只要从事这个职业，就没有止境，看不到尽头。今天，媒体的内容生产好似工厂上的流水线，生产的稿件数量不算少，但真正能称为作品的并不多，能称为代表作或精品的就更少了。

　　新闻奖是新闻业务评价的重要手段之一，能评上新闻奖尤其是中国新闻奖的作品，通常都有值得称道之处。诚然，内容生产不能以获奖为目标和追求，但生产的内容能获奖，无疑是对内容质量的一种认可和肯定。

　　很多媒体同行都渴望自己采写的内容能获奖，尤其是获中国新闻奖。想法是好的，但获中国新闻奖从来都不是一件容易的事。学然后知不足。学习是提高自己职业能力和专业水平最有效的途径之一。要获中国新闻奖，首先要认识中国新闻奖，学习中国新闻奖获奖作品。

　　"好新闻"系列的四本书，从某种程度上说，是个人的学习笔记，是对学习中国新闻奖作品的一些感悟与思考。与一般学习不同的是，这更像是一种研究式、探究式的学习。通过学习，希望弄明白获奖作品为何能获奖和作品的采编经过、学界和业界的评价、作品优缺点、经验与启示等。

通讯是新闻体裁中比较难写的文体，虽然难写，但很多在社会上产生重大影响的新闻佳作属于通讯。很长一段时间，我对如何写好通讯都不得要领，采写的一些通讯只能算是长消息，根本不能算通讯。通讯的消息化情况比较普遍。篇幅长的才叫通讯？署名为"本报记者"的才叫通讯？思想性强的才叫通讯？时效性不怎么强的内容才写成通讯？其实都不然。但不管怎么说，写好通讯需要下功夫才行，好的通讯不是易碎品，今天重读仍有独特魅力。这也是这本书取名的缘由。

如何从历届获中国新闻奖的通讯作品中筛选出赏析篇目，是一件比较为难的事。最终所选篇目有很强的主观性，只是个人认为这些作品在今天仍有值得学习和借鉴之处。成书的过程，查阅并参考了大量资料，并尽可能逐一注明了出处，对遗漏之处还请予以包涵。在此，向这些资料的作者们表示诚挚谢意。正是他们的点评分析，为今天重新认识和学习这些获奖作品奠定了基础。

学习优秀的新闻作品关键是要看原文。作为一种尝试，书中以二维码的形式链接了获奖作品原文，这些原文基本上都在个人微信公众号上发过。本想把这些作品的原文与赏析的文字放在一起，这样阅读起来会比较方便，但这样做无疑会让这本书非常厚。最终，选择了链接二维码的形式。

今天，虽然体裁对内容传播的影响已经不大，一些改革也在试图打破体裁对内容传播的束缚。中国新闻奖评选改革后，通讯是基础类14个奖项之一，每年评出的获奖作品中通讯的数量、比例都不算低。与以往不同的是，全媒体时代通讯的参评要求有了一些新特点，如取消了字数限制，广播、电视、网络等媒体也可以参与通讯奖项的评选，发在客户端、网站、微信公众号上的通讯也可以参加评选，通讯不再只是单纯的文字，具有了鲜明的融合特征。

作品获中国新闻奖的背后，很多时候是偶然性中有必然性、必然性中有偶然性，对个人而言，关键是提升职业能力和专业水平，以自己的确定性应对外部的不确定性。希望这本书的出版，能对大家了解和认识通讯、采写优秀的通讯有所帮助。

最后，对长期以来给予我关心和帮助的长江日报社的领导和同事们表示感谢，对人民日报出版社能持续出版"好新闻"系列图书表示感谢，对热情作序并给予鼓励的工人日报社原社长、总编辑孙德宏表示感谢，对鼓励我继续把"好新闻"系列实务研究做下去的媒体同行和高校新闻院校师生表示感谢，对家人们长期背后的奉献和支持表示感谢。

朱建华

2024 年 1 月 18 日